Frederick Marryat

Das Geisterschiff
oder
Der fliegende Holländer

Zu diesem Buch

Kapitän William Vanderdecken, für seine Zornesausbrüche weithin gefürchtet, scheitert bei seinem Versuch, das Kap der Guten Hoffnung zu umsegeln. Er stößt einen gotteslästerlichen Fluch aus – für den er büßen muss: Bis zum Jüngsten Tag soll er auf einem Geisterschiff die sieben Weltmeere durchkreuzen. Seine Frau beauftragt auf dem Totenbett ihren Sohn, den Vater vom grausamen Bann zu erlösen.

Marryats klassisch gewordener Roman wurde zur Inspiration für zahlreiche Werke, von Richard Wagners *Der fliegende Holländer* bis hin zur Hollywood-Filmreihe *Fluch der Karibik.*

»Spannung pur ist angesagt. Man kann förmlich das Meer riechen, die Kommandos und die Pfeife des Bootsmanns hören und dazu das Schlagen der Segel und das Jaulen der Böen.« *Amtsblatt Blumberg*

»Der Roman atmet die Faszination von Abenteuergeschichten vergangener Zeiten. Wer als Jugendlicher gern Karl-May-Romane und Trappergeschichten las, natürlich auch, wer sich als Erwachsener an den Büchern von Robert Louis Stevenson, Jules Verne und vor allem an Melvilles *Moby Dick* erfreut, der sollte sich unbedingt *Das Geisterschiff* von Frederick Marryat vornehmen.« *www.suite101.de*

Der Autor

Frederick Marryat (1792–1848) wurde, weil er in der Schule versagte, mit vierzehn Jahren zur Marine geschickt. So kam er durch die ganze Welt, erlebte Seeschlachten und wurde mit dreiundzwanzig Kapitän. Er schrieb zahlreiche Romane, die meist vom Meer handeln.

Mehr über den Autor und sein Werk auf *www.unionsverlag.com*

Frederick Marryat

Das Geisterschiff
oder
Der fliegende Holländer

Roman

Aus dem Englischen
von Marie Elisabeth Biener

Mit einem Nachwort
von Karl Heinz Kramberg

Unionsverlag

Die Originalausgabe erschien 1839 in London.
Die vorliegende Übersetzung erschien 1970 im Carl Hanser Verlag, München,
unter Verwendung der Übersetzung von Carl Kolb aus dem Jahr 1844.

Im Internet
Aktuelle Informationen, Dokumente und Materialien
zu Frederick Marryat und diesem Buch
www.unionsverlag.com

Unionsverlag Taschenbuch 871

Originaltitel: The Phantom Ship (1839)

Neptunstrasse 20, CH-8032 Zürich
Telefon +41 44 283 20 00
mail@unionsverlag.ch

Die erste Ausgabe dieses Werks im Unionsverlag erschien 2010
Reihengestaltung: Heinz Unternährer
Umschlagbild: Peter Horree (Alamy Stock Photo)
Umschlaggestaltung: Peter Löffelholz
Druck und Bindung: CPI – Clausen & Bosse, Leck
ISBN 978-3-293-20871-1
1. Auflage dieser Ausgabe
2. Auflage als Taschenbuch

Der Unionsverlag wird vom Bundesamt für Kultur mit einem
Verlagsförderungs-Strukturbeitrag für die Jahre 2016–2020 unterstützt.

Auch als E-Book erhältlich

I

Am rechten Ufer der Schelde und fast der Insel Walcheren gegenüber liegt die kleine, befestigte Stadt Terneuse, an deren äußerstem Rande um die Mitte des siebzehnten Jahrhunderts neben ein paar anderen, noch bescheideneren Behausungen ein kleines, aber schmuckes und nach dem vorherrschenden Geschmack der Zeit erbautes Häuschen stand. Die Vorderseite desselben war vor einigen Jahren tief orangegelb angestrichen worden, während man für die Fensterrahmen und Läden eine lebhafte grüne Farbe verwendet hatte. Bis zu einer Höhe von etwa drei Fuß über der Erde war es abwechselnd mit blauen und weißen Ziegeln verkleidet. Darum breitete sich ein zwei Ruten großer Garten aus, der von einer niedrigen Hartriegelhecke und einem Wassergraben umgeben wurde, über welchen man nicht so leicht hinwegspringen konnte. Zu dem Eingang des Häuschens führte eine schmale, kleine Brücke, die zur Sicherheit derjenigen, welche darüber gingen, mit einem eisernen Geländer geziert war. Die Farben des Häuschens waren jedoch, so hell sie auch ursprünglich gewesen sein mochten, verblichen; an den Fenstersimsen, den Türpfosten und andern aus Holz gefertigten Teilen ließen sich Merkmale eines schnellen Ruins unterscheiden, und viele heruntergefallene Ziegel waren nicht wieder ersetzt worden. Es war offensichtlich, dass man früher viel Sorgfalt auf die kleine Behausung verwendet hatte, obschon sie in der letzten Zeit sehr vernachlässigt wurde.

Im Innern teilte sich das Erdgeschoss sowohl als der erste Stock in zwei größere Vorderzimmer und zwei kleinere Hintergemächer – die Vorderzimmer waren natürlich nur im Vergleich zu den beiden anderen groß zu nennen, da jedes nur ein einziges Fenster besaß und wenig mehr als zwölf Fuß ins Geviert maß. Das obere Stockwerk wurde, wie damals üblich, zum Schlafen benutzt, während die zwei kleineren Gemächer des Erdgeschosses als Waschküche und als Rumpelkammer dienten. Eines der größeren war als Küche eingerichtet und mit Tischen und Simsen versehen, auf welchen die metallenen Kochgeräte wie Silber blinkten. Der Raum selbst war höchst reinlich gehalten, aber nur spärlich möbliert. Die Dielen des Bodens erschienen so weiß, dass man alles hätte darauf niederlegen können, ohne befürchten zu müssen, es zu beschmutzen. Ein starker Tannenholztisch, zwei hölzerne Stühle und ein kleines Kanapee, das man aus einem der oberen Schlafgemächer heruntergeholt hatte, waren das ganze Mobiliar. Das andere Vordergemach hatte man zum Besuchszimmer ausgestattet; über die Art der Einrichtung wusste aber niemand Auskunft zu geben, da es seit fast siebzehn Jahren hermetisch verschlossen war und nicht einmal von den Bewohnern des Hauses betreten wurde.

In der vorgenannten Küche befanden sich zwei Personen. Die eine war eine Frau von etwa vierzig, aber durch Gram und Leid völlig abgezehrt. Die ebenmäßige Silhouette ihres Gesichts, die edle Stirne und die großen dunklen Augen ließen vermuten, dass sie früher sehr schön gewesen war, jetzt aber wirkte ihr Gesicht so schmächtig, dass es beinahe durchsichtig erschien. Wie sie so sinnend dasaß, überzog sich ihre Stirne mit tiefen vorzeitigen Runzeln, und bei dem gelegentlichen Aufblitzen ihrer Augen konnte man sich des Gedankens nicht erwehren, dass hier ein irrer Geist brüte. Es schien eine tiefe, unüberwindliche, hoffnungslose Leidensursache vorhanden zu sein, die keinen Augenblick aus ihrem Gedächtnis wich – ein bleibender Druck, fest ins Innere eingegraben, der bloß im Tode Erleichterung fand. Sie trug die Witwentracht ihrer Zeit, die zwar ordentlich und sauber, aber doch vom langen Gebrauch sehr verschossen war, und saß auf dem kleinen Kanapee, das augenscheinlich um ihres leidenden Zustandes willen heruntergebracht worden war.

Auf dem Tannenholztisch in der Mitte des Gemachs saß die andere Person, ein kräftiger, blondhaariger, blühender Jüngling von neunzehn oder zwanzig Jahren. Seine Züge waren schön und keck, sein Körperbau fast bis zum Übermaße muskulös und sein Auge voll mutiger Entschlossenheit. Während er so dasaß, sorglos seine Beine schlenkernd und laut ein Liedchen vor sich hinpfeifend, konnte man sich unmöglich des Gedankens erwehren, dass er ein kühner, waghalsiger Mensch sei.

»Geh nicht zur See, Philipp. Oh, versprich mir dies, mein liebes, teures Kind«, sagte die Frau, ihre Hände zusammenschlagend.

»Und warum soll ich nicht zur See gehen, Mutter?«, versetzte Philipp. »Was nützt michs, wenn ich hier bleibe und verhungere? – denn beim Himmel, wir haben wenig Besseres in Aussicht. Ich muss für mich und für Euch etwas tun – und was sonst bliebe mir übrig? Der Onkel van Brennen hat mir angeboten, er wolle mich mitnehmen und mir guten Lohn zahlen. An Bord ist dann für mich gesorgt, und mein Verdienst wird wohl zureichen, auch Euch zu Hause zu ernähren.«

»Philipp – Philipp, höre mich. Ich sterbe, wenn du mich verlässt. Wen habe ich auch in der Welt, außer dir? Oh, mein Kind – wenn du mich liebst – und ich weiß, du liebst mich, Philipp, so verlass mich nicht; oder wenn du schon fort musst, so geh in keinem Falle auf See.«

Philipp antwortete nicht sofort; er pfiff einige Sekunden lang vor sich hin, während seine Mutter in Tränen ausbrach.

»Dringt Ihr deshalb so in mich«, sagte der Sohn endlich, »weil mein Vater auf dem Meer ertrank?«

»Oh, nein – nein!«, rief die schluchzende Frau. »Wollte Gott –«

»Wollte Gott – was, Mutter?«

»Nichts – nichts. Sei barmherzig – sei barmherzig, o Gott!«, entgegnete die Mutter, von ihrem Sitz heruntergleitend und neben dem Kanapee niederkniend, wo sie einige Zeit in inbrünstigem Gebet verharrte. Endlich nahm sie ihren Platz wieder ein, und ihr Antlitz zeigte einen gefassten Ausdruck.

Philipp, der inzwischen still und nachdenklich geblieben war, wandte sich wieder an seine Mutter.

»Ja, seht, Mutter – Ihr verlangt, ich solle bei Euch bleiben und hungern; das sind ziemlich harte Bedingungen. Doch hört, was ich Euch sagen will. Seit ich mich erinnern kann, ist das Zimmer nebenan immer verschlossen – warum dies geschieht, wolltet Ihr mir nie mitteilen; aber ich habe Euch einmal sagen hören, als wir ohne Brot waren und nicht auf die baldige Rückkehr des Onkels rechnen durften – Ihr wart damals etwas verwirrt, Mutter, und Ihr wisst, dass dies öfters bei Euch vorkommt –«

»Nun, Philipp, was hörtest du mich sagen?«, fragte die Mutter in bebender Angst.

»Ihr sagtet, Mutter, dass in jenem Zimmer Geld sei, das uns helfen könnte, und dann schriet Ihr und rastet und sagtet, dass Ihr lieber sterben wolltet als es angreifen. Nun, Mutter, was ist in jenem Gemach, und warum haltet Ihr es so lange verschlossen? Entweder gebt Ihr mir Auskunft, oder ich gehe auf See.«

Während er so redete, schien die Frau zunächst ganz versteinert zu sein, denn sie saß regungslos da wie eine Statue; allmählich aber trennten sich ihre Lippen, und ihre Augen funkelten. Sie schien das Vermögen zu antworten verloren zu haben, und drückte ihre Hände in die rechte Seite, als wolle sie sich Erleichterung gegen eine quälende Folter verschaffen, bis sie endlich, mit dem Kopf voran, niedersank. Aus ihrem Munde strömte Blut.

Philipp sprang vom Tisch auf, um ihr Beistand zu leisten, und verhinderte gerade noch rechtzeitig, dass sie zu Boden stürzte. Er brachte sie auf das Kanapee und sah angstvoll dem fortwährenden Bluterguss zu.

»Oh, Mutter – Mutter – was ist das?«, rief er endlich verzweifelt.

Eine Zeit lang vermochte die Frau nicht zu antworten. Sie legte sich etwas mehr auf die Seite, um durch den Blutstrom, der aus einer geborstenen Ader kam, nicht erstickt zu werden, und die schneeigen Planken des Bodens waren bald purpurrot gefleckt.

»So redet doch, teuerste Mutter, wenn Ihr könnt«, versetzte Philipp in Todesangst, »was soll ich tun? Was kann ich Euch geben? Allmächtiger Gott! Was ist das?«

»Der Tod, mein Kind, der Tod!«, versetzte endlich die arme Frau und versank dann in einen Zustand von Besinnungslosigkeit.

Philipp eilte in seinem Schrecken aus dem Hause und rief die Nachbarinnen zu Hilfe. Einige kamen herzu, und sobald Philipp sie um seine Mutter beschäftigt sah, rannte er aus Leibeskräften nach dem Hause eines Arztes, der eine Meile entfernt wohnte – eines Mynheer Poots, der für seine Geschicklichkeit ebenso bekannt war wie für seinen erbärmlichen Geiz. Philipp fand Poots zu Hause und bat ihn, augenblicklich mitzukommen.

»Ich will kommen – ja, ganz gewiss«, versetzte Poots, der das Holländische nur unvollkommen sprach, »aber, Mynheer Vanderdecken, wer wird mich bezahlen?«

»Wer Euch bezahlen wird? Nun, mein Onkel, sobald er nach Hause kommt.«

»Euer Onkel, der Schiffer van Brennen? Nein, der schuldet mir selbst schon seit langer Zeit vier Gulden. Außerdem kann sein Schiff sinken.«

»Er wird Euch Eure vier Gulden und auch diesen Besuch bezahlen«, versetzte Philipp wütend. »Kommt augenblicklich! – Während Ihr hier disputiert, ist meine Mutter vielleicht tot.«

»Nein, Herr Philipp, ich erinnere mich jetzt, dass es nicht angeht. Ich habe das Kind des Bürgermeisters von Terneuse zu besuchen«, versetzte Mynheer Poots.

»Lasst Euch was sagen, Mynheer Poots«, rief Philipp mit zornglühendem Gesicht, »Ihr habt die Wahl – wollt Ihr gutwillig mit mir gehen oder muss ich Euch hinbringen? Ich lasse nicht mit mir spielen.«

Mynheer Poots geriet jetzt in beträchtliche Unruhe; denn Philipp Vanderdeckens Charakter war bekannt.

»Ich will gelegentlich kommen, Mynheer Philipp, wenn ich kann.«

»Ihr geht jetzt, Ihr verwünschter alter Geizhals!«, rief Philipp, indem er den kleinen Mann am Kragen packte und zur Tür hinauszerrte.

»Mordio! Mordio!«, rief Poots, als er den Boden unter den Füßen verlor, doch der ungestüme junge Mann schleppte ihn weiter.

Philipp machte halt, denn er bemerkte, dass Poots ganz blau im Gesicht war.

»Muss ich Euch erdrosseln, oder wollt Ihr ruhig mitgehen? – Denn mit müsst Ihr – hört Ihr? – lebendig oder tot!«

»Wohlan denn«, versetzte Poots, sich sammelnd, »ich will gehen; aber Ihr sollt mir heute Nacht noch ins Gefängnis wandern. Und was Eure Mutter betrifft – ich will nicht – nein, ich will nicht – verlasst Euch darauf, Mynheer Philipp.«

»Merkt Euch meine Worte, Mynheer Poots«, erwiderte Philipp. »So wahr ein Gott im Himmel ist – wenn Ihr nicht mitkommt, erdrossle ich Euch auf der Stelle. Und wenn Ihr in unserem Hause anlangt und nicht Euer Bestes tut, um meine arme Mutter zu retten, so ists auch dort um Euer Leben geschehen. Ihr wisst, dass ich stets Wort halte; lasst Euch daher raten und kommt ruhig mit. Ihr sollt gewiss bezahlt werden – und noch obendrein gut bezahlt – und wenn ich meinen letzten Rock deshalb verkaufen müsste.«

Diese letzte Bemerkung tat vielleicht eine bessere Wirkung als selbst die Drohungen. Poots war ein erbärmliches kleines Wichtlein und in der gewaltigen Faust des jungen Mannes wie ein Kind. Sein Haus stand einsam, und er konnte erst etwa hundert Schritte von Vanderdeckens Häuschen entfernt Beistand erhalten. Mynheer Poots beschloss daher zu gehen, einmal weil ihm Philipp Bezahlung versprochen hatte, und dann, weil er musste.

Sobald dieser Punkt bereinigt war, eilten Philipp und Mynheer Poots dem Hause zu. Dort angelangt, fanden sie die Kranke noch immer in den Armen zweier Nachbarinnen, welche ihr die Schläfen mit Weinessig rieben. Sie war wieder zu sich gekommen, konnte aber nicht sprechen. Poots ließ sie nach ihrem Schlafgemach hinauf und zu Bett bringen, reichte ihr einen säuerlichen Trank und ging mit Philipp fort, um die nötigen Arzneien zu besorgen.

»Ihr müsst dies Eurer Mutter sogleich geben, Mynheer Philipp«, sagte Poots, indem er seinem Begleiter ein Fläschchen reichte. »Ich will jetzt zu dem Kind des Bürgermeisters gehen und nachher wieder zu Euch kommen.«

»Aber täuscht mich nicht«, versetzte Philipp mit einem drohenden Blick.

»Nein, nein, Mynheer Philipp. Eurem Onkel Van Brennen würde

ich nicht trauen, aber Ihr habt mir versprochen, mich zu bezahlen, und ich weiß, dass Ihr stets Euer Wort haltet. In einer Stunde bin ich wieder bei Eurer Mutter – aber jetzt sputet Euch.«

Philipp eilte nach Hause. Nach Anwendung des Tranks hörte die Blutung völlig auf, und eine halbe Stunde später konnte seine Mutter flüsternd ihre Wünsche äußern. Als der Doktor anlangte, untersuchte er die Kranke sorgfältig und ging dann mit ihrem Sohn in die Küche hinunter.

»Mynheer Philipp«, begann Poots, »bei Allah, ich habe mein Bestes getan, muss Euch aber sagen, dass ich nur wenig Hoffnung habe, Eure Mutter wieder aufstehen zu sehen. Sie kann vielleicht noch einen Tag oder zwei leben, aber länger nicht. Es ist nicht meine Schuld, Mynheer Philipp«, fügte Poots in entschuldigendem Tone hinzu.

»Nein, nein, es ist der Wille des Himmels«, versetzte Philipp wehmütig.

»Und Ihr wollt mich bezahlen, Mynheer Vanderdecken?«, fuhr der Doktor nach einer kurzen Pause fort.

»Ja«, entgegnete Philipp mit einer Donnerstimme, jetzt aus einem Tagtraum erwachend.

Nach einer kurzen Pause begann der Doktor von Neuem.

»Soll ich morgen wieder kommen, Mynheer Philipp? Ihr wisst, das macht abermals einen Gulden. Es führt übrigens zu nichts, sein Geld oder seine Zeit zu vergeuden.«

»Kommt morgen – kommt stündlich – und fordert von mir, was Ihr wollt. Ihr sollt zuverlässig bezahlt werden«, versetzte Philipp, verächtlich seine Lippe aufwerfend.

»Gut; wie Ihr wollt. Sobald sie tot ist, gehören Haus und Mobiliar Euch; Ihr werdet das Letztere natürlich verkaufen. Ja, ich will kommen. Ihr werdet Geld in Fülle haben. Mynheer Philipp, ich würde das erste Angebot auf das Häuschen tun, wenn es zu vermieten ist.«

Philipp hob seinen Arm, als wolle er Herrn Poots niederschmettern, der sich sofort in eine Ecke zurückzog.

»Ich meine, erst wenn Eure Mutter begraben ist«, sagte Poots in einschmeichelndem Tone.

»Geht, elender Wicht, geht!«, sagte Philipp, sein Gesicht mit den Händen bedeckend, während er auf das blutbefleckte Kanapee niedersank.

Nach einer Weile kehrte Philipp Vanderdecken an das Bett seiner Mutter zurück, die er viel besser fand. Die Nachbarinnen, welche ihren eigenen täglichen Geschäften nachgehen mussten, hatten sie allein gelassen. Von dem Blutverlust erschöpft, schlummerte die arme Frau viele Stunden, ohne die Hand ihres Sohnes loszulassen, der in wehmütigen Gedanken auf ihre Atemzüge lauschte.

Gegen Morgen um ein Uhr erwachte die Witwe. Sie hatte so ziemlich den Gebrauch ihrer Stimme wiedergewonnen und redete folgendermaßen zu Philipp: »Mein lieber, mein wilder Knabe, und ich habe dich so lange wie einen Gefangenen hier festgehalten.«

»Meine eigene Neigung hielt mich zurück, Mutter. Ich will Euch nicht anderen überlassen, bis Ihr wieder wohlauf seid.«

»Das wird nie geschehen, Philipp. Ich fühle, dass der Tod seine Ansprüche auf mich geltend macht, und wärest nicht du, mein Sohn, so würde ich diese Welt mit Freuden verlassen. Ich trage schon längst den Tod im Herzen, Philipp – und habe lange, lange darum gebetet.«

»Aber warum das, Mutter?«, versetzte Philipp mit Derbheit. »Ich habe doch mein Bestes getan.«

»Ja, mein Kind, das hast du – und Gott möge dich dafür segnen. Wie oft war ich nicht Zeuge, als du dein ungestümes Temperament zügeltest und deinen gerechten Unwillen niederkämpftest, um die Gefühle deiner Mutter zu schonen. Vor einigen Tagen konnte dich nicht einmal der Hunger verleiten, deiner Mutter ungehorsam zu werden. Und, Philipp, du musst mich für wahnsinnig gehalten haben, dass ich so lange darauf bestand, dich hier zu behalten, ohne dir einen Grund anzugeben. – Ich will gleich noch einmal sprechen.«

Die Witwe wandte den Kopf auf dem Kissen zur Seite und blieb einige Minuten ruhig liegen. Als habe sie aufs Neue ihre Kräfte gesammelt, fuhr sie dann fort: »Ich glaube, ich bin zu Zeiten verstört gewesen – ists nicht so, Philipp? Ach, Gott weiß, ich trage ein Geheimnis in meinem Herzen, das wohl ein Weib zum Wahnsinn zu treiben vermag. Es hat mir weder bei Tag noch bei Nacht Ruhe gelassen, meine Vernunft zerstört und jetzt endlich, dem Himmel sei Dank, diese sterbliche Hülle überwältigt. Mein Los ist entschieden, Philipp – ich weiß es gewiss. Du sollst jetzt alles erfahren – und doch möchte ich lieber schweigen – es wird dich verrückt machen, wie es mich verrückt gemacht hat, Philipp.«

»Mutter«, versetzte Philipp ernsthaft, »ich beschwöre Euch, lasst mich dieses todbringende Geheimnis vernehmen. Mag Himmel oder Hölle dabei beteiligt sein, ich fürchte es nicht. Der Himmel kann mir nicht schaden, und dem Bösen biete ich Trotz.«

»Ich kenne deine kühne, stolze Seele, Philipp – und deine Geistesstärke. Wenn jemand imstande ist, die Last eines so schrecklichen Wissens zu tragen, so bist dus. Mein Gehirn war leider zu schwach dafür; aber ich sehe, es ist meine Pflicht, dir alles zu sagen.«

Die Witwe hielt für eine Weile inne, um ihre Gedanken für das, was sie zu eröffnen hatte, zu sammeln. Einige Minuten rannen Tränen über ihre eingesunkenen Wangen nieder; dann aber schien sie die erforderliche Kraft und Entschlossenheit gewonnen zu haben.

»Philipp, ich will von deinem Vater mit dir sprechen. Man glaubt – er sei – auf See ertrunken.«

»Wie – und das wäre nicht so, Mutter?«, versetzte Philipp mit einem Ausdruck der Überraschung.

»O nein!«

»Aber er ist doch schon lange tot, Mutter?«

»Nein – ja – und doch – nein«, sagte die Witwe, ihre Augen bedeckend.

»Sie redet irre«, dachte Philipp, nahm aber das Gespräch wieder auf.

»Wohlan denn, Mutter, wo ist er?«

Die Witwe richtete sich auf, und ein Zittern lief über ihren ganzen Körper, als sie entgegnete: »Er erleidet im *Leben das Gericht.*«

Die arme Frau sank dann wieder auf das Kissen zurück und barg ihren Kopf unter der Bettdecke, als suche sie Schutz gegen den Stachel ihrer eigenen Erinnerung. Philipp war so verwirrt und erstaunt, dass er nicht antworten konnte. Einige Minuten schwieg er; dann aber konnte er die Qual der Ungewissheit nicht länger ertragen und flüsterte leise: »Das Geheimnis, Mutter, das Geheimnis! Geschwind, lasst michs hören.«

»Ich kann dir jetzt alles sagen«, versetzte die Mutter mit feierlicher Stimme. »Höre mich, mein Sohn. Der Charakter deines Vaters war dem deinigen nur zu ähnlich – ach, möge sein schreckliches Los eine Lehre für dich sein, mein teures Kind! Er war kühn, waghalsig und, wie man sagt, ein Seemann ersten Rangs. Er war nicht von hier, sondern von Amsterdam gebürtig, wo er aber nicht leben mochte, weil er noch der katholischen Religion anhing. Du weißt, Philipp, dass, unserem Glaubensbekenntnis zufolge, die Holländer Ketzer sind. Es sind jetzt siebzehn Jahre oder mehr, dass er in seinem schönen Schiff, dem Amsterdamer, mit einer wertvollen Ladung nach Indien ausfuhr. Es war seine dritte Indienreise, Philipp, und hätte, wenn es Gottes Wille gewesen wäre, auch seine letzte sein sollen; denn er hatte auf den Ankauf jenes guten Schiffes nur einen Teil seiner Ersparnisse verwandt und bedurfte nur noch einer einzigen Fahrt, um sein Glück zu machen. Ach! Wie oft sprachen wir miteinander über das, was wir tun wollten – nach seiner Rückkehr, und wie trösteten mich diese Zukunftspläne doch über seine Abwesenheit – denn ich liebte ihn zärtlich, Philipp, da er stets gütig und freundlich gegen mich war. Oh, wie zählte ich die Stunden bis zu seiner Heimkehr! Das Weib eines Seemanns hat kein beneidenswertes Los. Wie viele Monate sitzt sie einsam und allein, in den langen Docht der Kerze schauend und auf das Heulen des Windes lauschend, der ihr schlimme Ahnungen von Schiffbruch und Witwenschaft zuflüstert. Er war bereits sechs Monate fort, und ich sollte noch ein langes, trauriges Jahr harren, ehe er wieder zurückkehrte. Eines Abends, mein Kind, warst du fest eingeschlafen – du, der einzige Trost in meiner Verlassenheit. Ich hatte gewacht, während du schlummertest. Du lächeltest und sprachst halb den Namen ›Mutter‹ aus. Endlich küsste ich deine nichts ahnenden Lippen, kniete nieder und betete um Gottes Segen für dich, mein Kind, und auch für ihn – ohne zu ahnen, dass ein so schrecklicher, so fürchterlicher *Fluch* über ihn ergangen war.«

Die Witwe schöpfte Atem und begann dann von Neuem. Philipp konnte nicht sprechen. Seine Lippen öffneten sich, und seine Blicke hafteten auf der Mutter, als er begierig ihren Worten lauschte.

»Ich verließ dich und ging die Treppe hinunter in das Zimmer, welches seit jener schrecklichen Nacht nicht wieder geöffnet wurde. Ich setzte mich nieder und las, denn der Wind heulte, und wenn ein Sturm weht, kann das Weib eines Seemanns selten schlafen. Mitternacht war vorüber, und der Regen schoss in Strömen nieder. Eine ungewöhnliche Furcht wandelte mich an, ohne dass ich mir den Grund zu erklären vermochte. Ich stand vom Kanapee auf, tauchte meine Finger in das Weihwasser und bekreuzigte mich. Ein heftiger Windstoß fegte um das Haus und beunruhigte mich noch mehr. Ich hatte eine schmerzliche, furchtbare Ahnung. Da wurden plötzlich Fenster und Fensterläden hereingeweht. Das Licht erlosch, und ich befand mich in völliger Finsternis. In meinem Schrecken schrie ich laut auf, erholte mich aber endlich wieder und war eben im Begriff, an das Fenster zu gehen, um es wieder zu schließen – da sah ich – deinen Vater langsam zum Fenster hereinkommen! – Ja, Philipp – es war dein Vater!«

»Barmherziger Gott!«, murmelte Philipp in dumpfem, fast ersticktem Flüstertone.

»Ich wusste nicht, was ich denken sollte – er war im Zimmer, und trotz der dichten Finsternis stand seine Gestalt so klar und deutlich vor mir wie am hellen Mittag. Die Furcht ließ mich zurückschrecken – der Anblick seiner geliebten Gestalt zog mich zu ihm hin. Ich blieb an der Stelle, wo ich war, vor Angst fast erstickt. Sobald er sich im Zimmer befand, schlossen sich Fenster und Läden von selbst und die Kerze entzündete sich wieder. Jetzt dachte ich, dass es eine Erscheinung sei, und sank ohnmächtig zu Boden.

Als ich wieder zu mir kam, lag ich auf dem Kanapee, und eine eisig kalte, feuchte Hand hielt die meinige umfasst. Dies ermutigte mich wieder, und ich vergaß die übernatürlichen Zeichen, welche sein Erscheinen begleitet hatten. Ich meinte, er sei verunglückt und wieder nach Hause zurückgekehrt. Ich öffnete meine Augen und erblickte meinen teuren Gatten, dem ich mich in die Arme warf. Seine Kleider waren vom Regen durchnässt, und es dünkte mich, als ob ich einen Eiskörper umfasst hielte – aber nichts ist imstande, die glühende Liebe einer Frau zu zügeln, Philipp. Er nahm meine Liebkosungen hin, ohne sie jedoch zu erwidern, oder auch nur zu sprechen; dabei sah er nachdenklich und traurig aus. ›William – William‹, rief ich, ›rede Vanderdecken, sprich mit deiner armen Catharine!‹

›Ich will‹, versetzte er feierlich, ›denn meine Zeit ist kurz.‹

›Nein, nein, du darfst nicht wieder auf See gehen. Du hast zwar dein Schiff verloren, bist aber doch gerettet. Willst du nicht wieder bei mir bleiben?‹

›Ach, nein – doch erschrick nicht, sondern höre; denn meine Zeit ist kurz. Mein Schiff ist nicht zugrunde gegangen, Catharine, *aber ich habe verloren!!!* Antworte mir nicht, sondern höre! Ich bin nicht tot, aber auch nicht am Leben. Ich schwebe zwischen dieser Welt und der der Geister. Merke auf, was ich dir sage!

Neun Wochen lang versuchte ich, am stürmischen Kap gegen die Macht der Winde anzukämpfen, aber ohne Erfolg, und ich fluchte fürchterlich. Neun weitere Wochen führte ich meine Segel gegen die widrigen Winde und Strömungen, ohne jedoch vorwärts zu kommen, und dann brach ich – ach, in schreckliche Gotteslästerungen aus. Noch immer gab ich nicht auf; die Schiffsmannschaft, von den langen Anstrengungen erschöpft, verlangte, dass ich zur Tafelbai zurückkehre, aber ich weigerte mich; ja, ich wurde sogar zum Mörder – unabsichtlich zwar, aber doch zum Mörder. – Der Steuermann widersetzte sich mir und überredete die Leute, mich zu binden. Im Übermaß meiner Wut fasste ich ihn am Kragen und schlug ihn. Er taumelte, und bei einem plötzlichen Schwanken des Schiffs fiel er über Bord, um nicht wieder zum Vorschein zu kommen. Selbst sein schrecklicher Tod zügelte mich nicht, und ich schwor bei der Reliquie des heiligen Kreuzes, die jetzt um deinen Hals hängt, dass ich mein Ziel erreichen wolle trotz Ungewitter und wilder See, trotz Blitz und Donner, trotz Himmel oder Hölle, und wenn ich mich bis zum Jüngsten Tage abmühen müsste.

Mein Fluch wurde unter Donnerschlägen und in Strömen schwefeligen Feuers aufgezeichnet. Der Orkan tobte auf das Schiff los und die Segel flogen in Fetzen davon. Berge von Wogen wälzten sich über uns hin, und in einer tief niederhängenden Wolke, welche alles in äußerste Finsternis hüllte, standen mit blauen Flammen die Worte geschrieben: *»bis zum Jüngsten Tage«*.

Höre mich nun, Catharine, denn meine Zeit ist kurz. Nur eine Hoffnung bleibt mir noch und deshalb ist es mir gestattet, hierher zu kommen. Nimm diesen Brief.‹ Er legte ein versiegeltes Papier auf den Tisch. ›Lies ihn, teuerste Catharine, und versuche, ob du mir beistehen kannst – lies ihn, und nun lebe wohl, meine Zeit ist gekommen.‹

Abermals flogen das Fenster und der Laden auf – das Licht erlosch aufs Neue, und die Gestalt meines Gatten schien in das Dunkel hinauszuschwimmen. Ich sprang auf und folgte ihm mit ausgebreiteten Armen. Ein Ruf des Wahnsinns rang sich aus meiner Brust, während er durch das Fenster segelte – meine starren Augen erblickten seine Gestalt, wie sie, dem Blitze gleich, auf den Schwingen des wilden Sturmes dahingetragen wurde, bis sie sich in einen einzigen lichten Punkt zusammendrängte und dann verschwand. Abermals schlossen sich die Fenster, die Kerze brannte wieder, und ich war allein!

Himmel, habe Erbarmen! Mein Gehirn! – Mein Gehirn! – Philipp! – Philipp!«, schrie die arme Frau, »verlass mich nicht – bitte – bitte – verlass mich nicht.«

Während sie aufschrie, erhob sich die Witwe ungestüm in ihrem Bett, bis sie zuletzt in die Arme ihres Sohnes sank, wo sie einige Minuten regungslos blieb. Nach einer Weile ängstigte sich Philipp über ihre lange Ruhe; er legte sie sanft auf das Bett nieder, und während er dies tat, sank ihr Kopf zurück. Ihre Augen hatten sich verdreht – die Witwe Vanderdecken war nicht mehr.

2

Philipp Vanderdecken fühlte sich trotz seiner Seelenstärke doch fast gelähmt, als er entdeckte, dass seine Mutter ihre Seele ausgehaucht hatte. Eine Weile blieb er an der Seite des Bettes, keines Gedankens fähig und das Auge nur auf die Leiche geheftet. Aber allmählich fasste er sich wieder. Er stand auf, legte das Kissen zurecht, schloss der Verschiedenen die Augenlider und faltete dann seine Hände, während die Tränen über seine Wangen niederträufelten. Er drückte einen feierlichen Kuss auf die blasse, weiße Stirne der Toten und zog die Vorhänge des Bettes zu.

»Arme Mutter!«, sagte er bekümmert, als er fertig war, »endlich ist dir Ruhe geworden – aber deinem Sohne hast du ein bitteres Vermächtnis hinterlassen.«

Und als Philipps Gedanken zu dem, was vorgegangen war, zurückkehrten, bemächtigte sich die furchtbare Erzählung seiner Einbildungskraft und marterte sein Gehirn. Er hob die Hände zu den Schläfen, drückte sie mit Macht dagegen und versuchte, sich zu sammeln, um entscheiden zu können, was er tun solle. Er fühlte, dass er keine Zeit hatte, seinem Gram nachzuhängen. Seine Mutter ruhte in Frieden – aber sein Vater – wo war dieser?

Er rief sich die Worte seiner Mutter ins Gedächtnis. »Nur eine Hoffnung bleibt mir noch.« Hoffnung war also vorhanden. Sein Vater hatte ein Papier auf den Tisch gelegt – war es wohl noch dort? Ja, es musste so sein; seine Mutter hatte nicht den Mut besessen, es an sich zu nehmen. Der Brief, der mehr als siebzehn Jahre unerbrochen dagelegen hatte, gab eine Aussicht an die Hand.

Philipp Vanderdecken beschloss, das verhängnisvolle Gemach zu untersuchen, um die ganze entsetzliche Wahrheit auf einmal kennenzulernen. Sollte er es unverweilt tun oder bis zum Morgen warten? – Aber, wo war der Schlüssel? Seine Augen ruhten auf einem alten, lackierten Schrein in dem Zimmer; seine Mutter hatte ihn nie in seiner Gegenwart geöffnet – er war also der einzige Ort, wo das, was er suchte, wahrscheinlicherweise verborgen sein konnte. Rasch in allen seinen Entschlüssen, griff er nach der Kerze und schickte sich an, den Schrein zu untersuchen. Er war nicht verschlossen, die Türen gingen leicht auf, und Philipp durchsuchte alle Schubladen, ohne den Gegenstand seiner Nachforschung zu finden; wieder und wieder öffnete er die Laden, aber sie waren leer. Da kam Philipp auf den Gedanken, dass vielleicht geheime Schubfächer vorhanden sein könnten, und untersuchte das Innere geraume Zeit ohne Erfolg. Endlich nahm er sämtliche Laden heraus, legte sie auf den Boden, hob den Schrank hoch und rüttelte ihn. Ein rasselndes Geräusch in einer Ecke sagte ihm, dass der Schlüssel wahrscheinlich dort verborgen war. Wiederholt versuchte er herauszufinden, wie er seiner habhaft werden könne, aber vergeblich. Das Tageslicht strömte jetzt zum Fenster herein, und Philipp hatte seine Bemühungen noch immer nicht eingestellt. Ermattet beschloss er endlich, die hintere Platte des Schreins herauszunehmen; er stieg nach der Küche hinunter, kehrte mit einem kleinen Stemmeisen und einem Hammer zurück und lag eben auf den Knien, emsig damit beschäftigt, das Hinterbrett herauszubrechen, als sich eine Hand auf seine Schulter legte.

Philipp fuhr zusammen. Sein Spähen und seine wild jagenden Gedanken hatten ihn dermaßen in Anspruch genommen, dass er die nahenden Fußtritte nicht gehört hatte. Er sah auf und erblickte Pater Seysen, den Geistlichen des kleinen Sprengels, dessen Augen ernst auf ihm hafteten. Der gute Mann hatte Kunde erhalten von dem gefährlichen Zustand der Witwe Vanderdecken und war beim Morgengrauen aufgebrochen, um sie zu besuchen und ihr geistlichen Trost zu spenden.

»Was soll das, mein Sohn?«, fragte der Priester. »Fürchtest du nicht, die Ruhe deiner Mutter zu stören, und willst du mausen und stibitzen, noch ehe sie unter dem Boden liegt?«

»Die Ruhe meiner Mutter fürchte ich nicht zu stören, guter Vater«, versetzte Philipp sich aufrichtend, »denn sie ist bereits unter den Seligen. Auch ist es nicht meine Absicht, etwas zu mausen; denn ich spähe nicht nach Gold, obgleich ich es mir mit Recht zueignen könnte, wenn welches vorhanden wäre. Meine Suche gilt bloß einem Schlüssel, welcher, wie ich glaube, seit Langem in diesem geheimen Schubfach verborgen liegt, das ich nicht zu öffnen verstehe.«

»Deine Mutter ist nicht mehr, sagst du, mein Sohn? Und tot, ohne die heiligen Sterbesakramente empfangen zu haben? Warum hast du nicht nach mir geschickt?«

»Sie starb plötzlich, guter Vater – ganz plötzlich – erst vor ein paar Stunden, in diesen meinen Armen. Um ihre Seele bin ich unbekümmert, obgleich es mir sehr leid tut, dass Ihr nicht an ihrer Seite wart.«

Der Priester öffnete sachte die Vorhänge und blickte auf die Leiche hin. Dann sprengte er etwas Weihwasser auf das Bett und verharrte eine geraume Zeit in stummem Gebete. Endlich wandte er sich nach Philipp um.

»Warum sehe ich dich aber so beschäftigt, und was ist der Grund, dass du so ängstlich nach diesem Schlüssel suchst. Der Tod einer Mutter sollte doch wohl geeignet sein, kindliche Tränen und Gebete für ihre ewige Ruhe hervorzurufen. Und doch sind deine Augen trocken. Du bemühst dich, einen gleichgültigen Gegenstand aufzufinden, während die Hülle noch warm ist, aus der vor Kurzem die Seele entwich. Das ist durchaus nicht schicklich, Philipp. Was ists mit dem Schlüssel, den du suchst?«

»Vater, ich habe keine Zeit zu Tränen – keine Zeit für Schmerz oder Wehklagen. Es bleibt mir viel zu tun, und ich habe mehr zu denken, als vielleicht mein Gehirn zu fassen vermag. Dass ich meine Mutter liebte, ist Euch nicht unbekannt.«

»Aber der Schlüssel, den du suchst, Philipp?«

»Vater, es ist der Schlüssel zu dem Gemach, das seit Jahren verschlossen blieb – und das ich – öffnen will – selbst wenn –«

»Wenn was, mein Sohn?«

»Ich wollte etwas sagen, was ich verschweigen muss. Vergebt mir, Vater; ich meinte, dass ich jenes Gemach untersuchen müsse.«

»Ich habe längst auch von jener verschlossenen Stube gehört und weiß wohl, dass deine Mutter keine Auskunft darüber geben mochte; denn sie wollte sogar auf meine Fragen nie Rede und Antwort stehen. Meine Pflicht veranlasste mich, in sie zu dringen, aber als ich fand, dass mein Eifer sie nur verwirrte, gab ich jeden weiteren Versuch auf. Auf das Herz deiner Mutter muss eine schwere Last gedrückt haben, mein Sohn, obgleich sie mir nie darüber beichten oder sich mir anvertrauen mochte. Sage mir, hat sie dir vor ihrem Tode das Geheimnis mitgeteilt?«

»Ja, mein ehrwürdiger Vater.«

»Würde es dir nicht zum Troste gereichen, wenn du es mir anvertrautest? Ich könnte dir mit meinem Rat, mit meinem Beistand –«

»Gewiss würde das der Fall sein, Vater; denn ich könnte auf Euren Beistand bauen und weiß recht wohl, dass Euch nicht bloße Neugierde, sondern ein besserer Beweggrund leitet. Aber mir ist noch nicht klar, ob das, was meine Mutter mir sagte, die Wahrheit war oder nur das Wahngebilde eines kranken Gehirns. Hat es mit der Sache seine Richtigkeit, so will ich gerne die Last mit Euch teilen – wie wenig Ihr mir auch Dank wissen werdet; vorderhand aber muss ich schweigen und mein Werk verrichten – ich muss allein das verhasste Zimmer betreten.«

»Fürchtest du dich nicht?«

»Vater, ich fürchte nichts. Ich habe eine Pflicht zu erfüllen – eine schreckliche zwar, aber ich bitte, fragt mich nicht weiter; denn gleich meiner Mutter ists mir, als ob eine Untersuchung dieser Wunde fast meine Vernunft über den Haufen werfen könnte.«

»Ich will nicht weiter in dich dringen. Vielleicht kommt die Zeit, in der ich dir Dienste leisten kann. Lebe wohl, mein Kind; aber ich bitte dich, von dieser unziemlichen Arbeit abzulassen; denn ich muss zu den Nachbarn schicken, damit sie deiner hingeschiedenen Mutter, deren Seele hoffentlich bei Gott ist, den letzten Dienst erweisen.«

Der Priester sah Philipp an und bemerkte aus dessen starrer und betrübter Miene, dass seine Gedanken anderswo waren; er entfernte sich mit einem Kopfschütteln.

»Er hat recht«, sagte Philipp zu sich selbst, als er wieder allein war, indem er den Schrein wieder an seinen vorigen Platz rückte. »Ein paar Stunden mehr oder weniger können keinen Unterschied ausmachen. Ich will mich niederlegen; denn mein Kopf ist schwindlig.«

Er begab sich in das anstoßende Gemach, warf sich auf sein Bett und lag nach ein paar Minuten in einem Schlafe, so tief wie derjenige, der ein paar Stunden vor der Hinrichtung die Augen eines Verurteilten zudrückt.

Während er schlummerte, kamen die Nachbarn herbei und trafen alle Vorkehrungen für die Beerdigung der Witwe, ohne jedoch den Sohn zu wecken, weil sie es für eine heilige Pflicht hielten, den Schlaf zu schonen, dem nur ein schmerzliches Erwachen folgen konnte. Bald nach Mittag langte unter anderem auch Mynheer Poots an. Er hatte zwar bereits Kunde von dem Tode der Witwe erhalten, konnte aber über ein freies Stündchen verfügen und meinte, er könne recht wohl einen Besuch machen, da er damit seine Rechnung um einen weiteren Gulden erhöhen würde. Zuerst begab er sich nach dem Gemach, wo die Leiche lag, dann aber nach der Kammer Philipps, welchen er an der Schulter rüttelte.

Philipp erwachte, richtete sich auf und sah den Doktor neben seinem Lager stehen.

»Nun, Mynheer Vanderdecken«, begann der gefühllose kleine Mann, »so ist also alles vorüber. Ich wusste wohl, dass es so kommen würde; aber wohlgemerkt, Ihr schuldet mir jetzt einen weiteren Gulden und Ihr habt mir versprochen, alles redlich zu bezahlen. Mit dem Trank macht alles zusammen vierthalb Gulden, vorausgesetzt, dass Ihr mir das Fläschchen zurückgebt.«

Während er redete, erhole sich Philipp von seiner Schlaftrunkenheit, stand von seinem Bett auf und erwiderte: »Ihr sollt Eure vierthalb Gulden haben und die Flasche obendrein, Herr Poots.«

»Ja, ja, ich weiß. Ihr habt die Absicht, mich zu bezahlen – wenn Ihr könnt. Aber schaut, Mynheer Philipp, es wird vielleicht einige Zeit anstehen, ehe Ihr das Häuschen verkaufen könnt. Ihr werdet nicht viele Kauflustige finden. Nun, ich möchte nicht gerne hart mit Leuten umgehen, die kein Geld haben, und will Euch daher sagen, was meine Ansicht ist. Eure Mutter trägt da etwas um den Hals. Es besitzt für niemanden einen Wert als – für einen guten Katholiken. Um Euch aus Eurer Not zu helfen, will ich es nehmen, und dann mit Euch quitt sein. Ich bin dann bezahlt, und die Sache hat ein Ende.«

Philipp hörte ruhig zu; er wusste, was der kleine Geizhals meinte – die Reliquie am Halse seiner Mutter – dieselbe Reliquie, auf welche sein Vater den verhängnisvollen Eid geschworen hatte. Er fühlte, dass eine Million Gulden ihn nicht veranlassen konnten, sich davon zu trennen.

»Verlasst das Haus«, antwortete er, »verlasst es augenblicklich. Euer Geld soll bezahlt werden.«

Nun wusste Mynheer Poots fürs Erste, dass die Fassung der Reliquie, eine viereckige Kapsel von reinem Golde, mehr wert war als die ihm geschuldete Summe. Desgleichen war ihm nicht unbekannt, dass für die Reliquie selbst ein hoher Preis bezahlt worden war, und da in jener Zeit derartige Reliquien sehr geschätzt wurden, so zweifelte er nicht, dass er einen erklecklichen Gewinn daraus ziehen werde. Als er in das Sterbezimmer getreten war, hatte der Anblick der Kapsel so verführerisch auf ihn gewirkt, dass er sie weggenommen und in seiner Rocktasche verborgen hatte. Er entgegnete daher: »Mein Anerbieten ist nicht unrecht, Mynheer Philipp, und Ihr würdet gut daran tun, es anzunehmen. Wozu ist auch ein solcher Tand nütze?«

»Ich sage Euch nochmals, nein«, rief Philipp ergrimmt.

»Wohlan denn, so überlasst es mir wenigstens, bis ich bezahlt bin, Mynheer Vanderdecken – das ist nicht mehr als billig. Ich mag mein Geld nicht verlieren. Wenn Ihr mir die vierthalb Gulden und die Flasche bringt, so will ich es Euch zurückgeben.«

Philipps Entrüstung kannte nun keine Grenzen mehr. Er ergriff Mynheer Poots am Kragen und warf ihn zur Türe hinaus.

»Hinweg mit Euch, augenblicklich«, rief er, »oder bei –«

Philipp hatte keine Gelegenheit, seine Verwünschung zu beenden. Der Doktor war so erschrocken fortgeeilt, dass er halb die Treppe hinunterstürzte und sich hinkend über die Brücke hinüberhelfen musste. Er wünschte fast, die Reliquie nicht an sich genommen zu haben; aber seine plötzliche Flucht hinderte ihn, sie der Leiche wieder anzulegen; selbst wenn er gewollt hätte, wäre es nicht möglich gewesen. Das Gespräch mit Poots lenkte natürlich Philipps Gedanken auf die Reliquie; er begab sich in das Zimmer seiner Mutter, um sie zu holen. Als er die Vorhänge öffnete, lag die Leiche ausgestreckt – er wollte das schwarze Band losknüpfen, aber es war nicht mehr da.

»Es ist fort!«, rief Philipp. »Die Nachbarn werden es wohl nicht entfernt haben – nein, nimmermehr! – Es muss jener Schurke, der Poots, gewesen sein. Aber ich will es wieder haben, selbst wenn er es verschluckt hätte – oder wenn ich ihm Glied für Glied vom Leibe reißen müsste.«

Philipp stürzte die Treppe hinunter, eilte aus dem Hause, setzte mit einem Sprung über den Graben und eilte ohne Rock und Hut in die Richtung, in der des Doktors einsame Behausung lag. Die Nachbarn sahen ihn in Windes Eile vorbeirennen, blickten ihm verwundert nach und schüttelten die Köpfe. Mynheer Poots hatte den Weg noch nicht zur Hälfte zurückgelegt, da sein Knöchel verrenkt war. Aus Furcht vor den Folgen seines Diebstahls sah er hin und wieder zurück, bis er endlich zu seinem Entsetzen Philipp Vanderdecken aus der Entfernung ihm nachstürzen sah.

Vor Schrecken ganz außer sich, wusste der armselige Dieb kaum, was er tun sollte. Halt zu machen und das gestohlene Eigentum wieder zurückzugeben war sein erster Gedanke; aber die Furcht vor Vanderdeckens Ungestüm verbot es ihm, weshalb er beschloss, nach Kräften zu eilen, um sein Haus zu erreichen. Dort konnte er sich verschanzen und das entwendete Gut bergen oder wenigstens seine Bedingungen machen, ehe er es herausgab.

Mynheer Poots hatte es wohl nötig, schnell zu laufen, und tat es auch nach Kräften; seine welke Gestalt huschte rasch auf den Spindelbeinen über den Boden hin. Sobald jedoch Philipp bemerkte, dass der Doktor zu entfliehen versuchte, fühlte er sich völlig überzeugt, dass dieser der Missetäter war und verdoppelte deshalb seine Anstrengungen. Hundert Schritte vor seiner Türe hörte Mynheer Poots Philipps raschen Tritt immer näher kommen, und die Todesangst beschleunigte seine Eile. Näher und näher vernahm er seinen Verfolger, bis er zuletzt dessen Atemzüge unterscheiden konnte; er schrie deshalb in seiner Furcht laut auf, wie der Hase im Rachen des Windspiels. Philipp befand sich nur noch eine Elle hinter ihm; sein

Arm war bereits ausgestreckt, als der Doktor, vor Schrecken völlig gelähmt, zusammensank. Vanderdecken schoss in seinem Ungestüm an ihm vorbei, tat einen Fehltritt und fiel, während er sein Gleichgewicht zu erhalten bemüht war, stolpernd zu Boden. Dies rettete den Geizhals – er war ganz das Seitenstück eines Hasen. Im Nu befand er sich wieder auf den Beinen, und noch ehe sich Philipp erheben konnte, hatte Poots bereits seine Türe erreicht und sie von innen verriegelt. Der junge Mann war jedoch entschlossen, seinen wichtigen Schatz nicht aufzugeben, und warf keuchend seine Blicke umher, um zu sehen, welche Mittel sich darböten, um einen Zugang zu dem Haus zu erzwingen. Da jedoch die Behausung des Doktors abgelegen stand, war jede Vorsichtsmaßregel getroffen worden, um sie gegen Beraubung zu sichern; die unteren Fenster hatten starke Gitter und die des obern Stocks waren zu hoch, als dass sie hätten erklommen werden können.

Wir müssen hier bemerken, dass Mynheer Poots, der seiner anerkannten Tüchtigkeit eine gute Praxis verdankte, doch allgemein im Rufe eines hartherzigen, gefühllosen Geizhalses stand. Niemand durfte je über seine Schwelle kommen oder hatte überhaupt nur Lust dazu. Poots war so abgeschieden von seinen Mitmenschen wie seine Behausung und ließ sich überhaupt nur in Kranken- und Leichenstuben blicken. Wie es in seinem Hauswesen aussah, wusste niemand zu sagen. Als er sich in der Gegend niederließ, zeigte sich hin und wieder auf das Klopfen derjenigen, welche die Dienste des Doktors verlangten, ein altes, hinfälliges Weib; aber sie war bereits seit einiger Zeit begraben und seitdem antwortete Mynheer Poots in Person, während die zudringlichen Hilfsbedürftigen in seiner Abwesenheit gar keinen Bescheid erhielten. Daraus folgerte man, dass der alte Mann ganz allein lebe; denn er war zu knauserig, um einen Dienstboten zu bezahlen. Auch Philipp war dieser Ansicht, und sobald er wieder zu Atem gekommen war, sann er auf einen Plan, der es ihm möglich machte, nicht nur das gestohlene Eigentum wieder an sich zu bringen, sondern auch schreckliche Rache zu üben. Die Türe war stark und ließ sich mit den Hilfsmitteln, welche sich Vanderdeckens Augen darboten, nicht erbrechen. Einige

Minuten hielt er inne, um zu überlegen, und da sich in dieser Zeit sein Zorn kühlte, beschloss er, sich mit der Rückgabe der Reliquie zu begnügen, ohne Gewalt anzuwenden. Er rief daher mit lauter Stimme: »Mynheer Poots, ich weiß, dass Ihr mich hören könnt. Gebt mir zurück, was Ihr mir genommen habt, und ich will Euch kein Leides tun. Habt Ihr aber keine Lust dazu, so müsst Ihr die Folgen auf Euch nehmen; denn Ihr sollt mir den Diebstahl mit Eurem Leben bezahlen, ehe ich von der Stelle weiche.«

Diese Worte waren in der Tat vernehmlich genug, um von Mynheer Poots gehört zu werden; der kleine Geizhals hatte sich jedoch von seinem Schrecken wieder erholt, und da er sich jetzt sicher wähnte, konnte er sich nicht entschließen, die Reliquie so leichten Kaufs aufzugeben. Er antwortete deshalb nicht, in der Hoffnung, Philipps Geduld werde sich erschöpfen, und sann auf einen Ausweg, etwa den Verzicht auf einige Gulden, die für einen armen Teufel wie Philipp keine Kleinigkeit waren, um sich so die Reliquie zu sichern, die ihm einen hohen Preis einzubringen versprach.

Als Vanderdecken bemerkte, dass keine Antwort erfolgte, brach er in heftige Schimpfreden aus und entschloss sich zu Maßregeln, die ihrer Natur nach keineswegs unentschieden genannt werden konnten.

Nicht weit von dem Hause stand ein kleiner Schober dürren Futters und unter der Hauswand ein Stoß Brennholz. Damit gedachte Vanderdecken das Haus in Brand zu stecken, um so, wenn er auch seine Reliquie nicht erhielt, wenigstens volle Rache zu nehmen. Er brachte mehrere Arme voll Heu herbei, legte sie an die Türe und schichtete Reisigbündel und Holzscheite auf, bis von der Türe nichts mehr zu sehen war. Dann griff er zu Stein, Stahl und Zunder, wie sie jeder Holländer stets bei sich führt, und hatte bald den Stoß in Brand gesetzt. Der Rauch stieg in dichten Wolken zu den Dachsparren empor, während die Flammen unten wüteten. Auch die Türe fing Feuer und vermehrte die Heftigkeit des Brandes. Philipp jubelte in wilder Freude über den glücklichen Erfolg seines Anschlags.

»Ha! Du erbärmlicher Leichenberauber – du armseliger Dieb!

Jetzt sollst du meine Rache fühlen«, rief Philipp mit lauter Stimme. »Wenn du drinnen bleibst, wirst du von den Flammen verzehrt, und versuchst du herauszukommen, so sollst du von meinen Händen sterben! – Hört Ihrs, Mynheer Poots – hört Ihrs?«

Philipp hatte kaum geendet, als das Fenster des oberen Stocks, das von der brennenden Türe am weitesten entfernt war, aufgerissen wurde.

»Ha – jetzt kommst du, um zu bitten und zu betteln; aber da wird nichts daraus«, rief Philipp, hielt aber plötzlich inne, da sich an dem Fenster etwas zeigte, was ihm wie eine überirdische Erscheinung vorkam; denn statt der Jammerfigur des alten Geizhalses erblickte er eine der lieblichsten Gestalten, welche die Natur je geschaffen haben mochte, einen wahren Engel von ungefähr sechzehn oder siebzehn Jahren, der inmitten der Gefahr, von welcher er bedroht war, die größte Ruhe und Entschlossenheit bewahrte. Das lange Haar des Mädchens war in Flechten gelegt und zweimal um den schöngebildeten Kopf geschlungen. Aus ihren großen dunklen Augen leuchtete eine sanfte Glut; ihre hohe weiße Stirne, das Grübchen an ihrem Kinn und die zart gewölbten, rubinroten Lippen stachen allerliebst gegen die kleine, gerade Nase ab. Ein lieblicheres Antlitz konnte man sich nicht leicht denken; es erinnerte an das, was die besten Maler in ihren glücklicheren Augenblicken bisweilen darzustellen vermögen, wenn sie eine schöne Heilige malen. Dazu noch die züngelnde Flamme und der Rauch, der an dem Fenster vorbeizog – man hätte das Mädchen in seiner ruhigen Haltung für eine Märtyrerin auf dem Scheiterhaufen nehmen mögen.

»Was beginnst du, ungestümer junger Mann? Warum sollen die Bewohner dieses Hauses durch dich den Tod erleiden?«, rief die Jungfrau mit Fassung.

Philipp starrte die Gestalt einen Augenblick an und vermochte nicht zu antworten; dann erfasste ihn der Gedanke, dass er im Begriff sei, seiner Rache ein so liebliches Wesen zum Opfer zu bringen. Angesichts der Gefahr, in der das Mädchen schwebte, alles andere vergessend, ergriff er einen der großen Pfähle, die er zur

Nahrung für die Flamme herbeigebracht hatte, und warf die brennende Masse nach allen Richtungen auseinander, bis nichts mehr zurückblieb, was das Gebäude hätte beschädigen können, als die brennende Türe, welche gleichfalls noch keine sehr wesentliche Beeinträchtigung erlitten hatte, da sie aus einer dicken eichenen Bohle bestand. Aber auch hier wurde die Flamme bald gelöscht, indem Philipp dem verzehrenden Element mit einigen Erdklumpen Einhalt gebot. Während dieser tätigen Maßregeln vonseiten des jungen Mannes sah die Jungfrau schweigend zu.

»Alles ist jetzt sicher, junge Dame«, sagte Philipp. »Gott verzeih mir, dass ich ein so kostbares Leben in Gefahr bringen konnte. Ich hatte jedoch nur die Absicht, an Mynheer Poots meine Rache zu kühlen.«

»Und welchen Grund kann Mynheer Poots zu einer so schrecklichen Rache gegeben haben?«, versetzte das Mädchen ruhig.

»Welchen Grund, junge Dame? Er kam in mein Haus und beraubte die Toten, indem er der Leiche meiner Mutter eine unschätzbare Reliquie abnahm.«

»Er beraubte die Toten? – Nein, gewiss, das kann nicht sein – Ihr tut ihm unrecht, junger Mann.«

»Nein, nein. Es ist Tatsache, meine Dame – und diese Reliquie – verzeiht mir – aber die Reliquie muss ich haben. Ihr wisst nicht, was davon abhängt.«

»Geduldet Euch, junger Mann«, erwiderte die Jungfrau, »ich werde bald wieder zurückkehren.«

Philipp wartete mehrere Minuten, in Gedanken und Bewunderung verloren. Ein so schönes Wesen im Hause von Mynheer Poots! Wer mochte sie sein? Während er seine Betrachtungen über diese Frage anstellte, wurde er durch eine silberhelle Stimme aus seinen Träumen geweckt. Die Person, von der er geträumt hatte, lehnte im Fenster und hielt in der Hand das schwarze Band, an welchem der so sehnlich verlangte Gegenstand hing.

»Hier ist Eure Reliquie, Herr«, sagte das Mädchen. »Ich bedaure recht sehr, dass mein Vater eine Tat beging, welche wohl Euren Zorn rechtfertigt. Aber hier ist Euer Eigentum«, fuhr sie fort, die

Kapsel auf den Boden niederfallen lassend, »und jetzt könnt Ihr Euch entfernen.«

»Euer Vater, Jungfrau? Kann dieser Mensch Euer Vater sein?«, entgegnete Philipp und vergaß dabei sogar, die Reliquie aufzuheben, welche zu seinen Füßen lag. Sie würde sich ohne Antwort vom Fenster zurückgezogen haben, aber Philipp fuhr fort: »Haltet ein, Jungfrau! Haltet einen Augenblick ein, bis ich Euch um Vergebung gebeten habe für mein wildes, törichtes Handeln. Ich schwöre es Euch bei dieser geheiligten Reliquie«, fügte er hinzu, indem er diese vom Boden aufhob und an seine Lippen führte, »dass ich nicht so gehandelt haben würde, wenn ich gewusst hätte, dass sich eine unschuldige Person in diesem Haus befindet; umso mehr freut michs aber jetzt, dass kein Schaden geschehen ist. Dennoch ist die Gefahr noch nicht vorüber, Jungfrau. Die Türe muss aufgeriegelt und die Pfosten, welche noch immer glühen, müssen mit Wasser begossen werden, da das Haus sonst doch noch in Brand geraten könnte. Fürchtet nichts für Euren Vater, Jungfrau; denn hätte er mir auch tausendmal mehr unrecht getan, so wäret Ihr doch imstande, jedes Haar auf seinem Haupt zu schützen. Er kennt mich gut genug, um zu wissen, dass ich mein Wort halte. Erlaubt mir, das Unrecht, das ich verübt habe, wiedergutzumachen, und dann will ich mich entfernen.«

»Nein, nein, trau ihm nicht«, sagte Mynheer Poots aus dem Inneren des Gemachs.

»Doch, ich will ihm trauen«, versetzte die Tochter. »Seine Dienste sind sehr vonnöten; denn was könnten ein armes, schwaches Mädchen wie ich und ein noch schwächerer Vater in einer so beängstigenden Lage ausrichten? Öffnet die Türe, damit wir die Gefahr beseitigen können.«

Die Jungfrau wandte sich sodann an Philipp: »Er wird die Türe öffnen. Ich danke Euch für den freundlichen Dienst und baue unbedingt auf Euer Versprechen.«

»Niemand kann mir nachsagen, dass ich je mein Wort gebrochen hätte«, erwiderte Philipp, »aber er muss sich beeilen; denn die Flammen lodern bereits wieder auf«

Mynheer Poots öffnete nun die Türe mit zitternden Händen und flüchtete sich hastig wieder die Treppe hinauf. Die Richtigkeit dessen, was Philipp gesagt hatte, war augenscheinlich. Es bedurfte vieler Eimer Wasser, bis das Feuer ganz gelöscht war; aber während Philipp sich abmühte, ließen sich weder Tochter noch Vater blicken.

Sobald alle Gefahr beseitigt war, schloss Philipp die Türe und blickte nach dem Fenster hinauf. Das schöne Mädchen erschien wieder, und Philipp versicherte ihr mit einer tiefen Verbeugung, dass jetzt nichts mehr zu fürchten sei.

»Ich danke Euch«, versetzte sie, »ich danke Euch recht sehr. Ihr habt Euch anfangs zwar übereilt, aber doch zuletzt noch mit großer Umsicht benommen.«

»Versichert Eurem Vater, Jungfrau, dass ich keinen Groll mehr gegen ihn hege und dass ich in einigen Tagen kommen werde, um seine Rechnung zu begleichen.«

Das Fenster schloss sich. Philipp sah in großer Aufregung, aber mit ganz anderen Gefühlen als bei seiner Ankunft noch eine Minute lang hinauf und lenkte dann seine Schritte nach seiner Behausung.

3

Die Begegnung mit Mynheer Poots' schöner Tochter hatte einen lebhaften Eindruck auf Philipp Vanderdecken gemacht, dessen Brust jetzt außer der alten Last noch eine neue Aufregung bedrückte. Zu Hause angelangt, ging er die Treppe hinauf und warf sich auf das Bett, aus welchem ihn Mynheer Poots aufgescheucht hatte. Anfangs rief er sich die im vorigen Kapitel geschilderten Szenen wieder ins Gedächtnis und stellte sich die Züge des holden Mädchens, ihre Augen, ihren Gesichtsausdruck, ihre Silberstimme und die Worte, welche sie gesprochen hatte, vor; aber das liebliche Bild wurde bald durch den Gedanken verscheucht, dass die Leiche seiner Mutter im anstoßenden Gemach liege und seines Vaters Geheimnis im unteren verborgen sei.

Die Beerdigung sollte am anderen Morgen stattfinden, und Philipp, der seit seinem Zusammentreffen mit der Tochter von Mynheer Poots nicht mehr so dringend verlangte, das Zimmer alsbald zu öffnen, beschloss, dieses Werk erst nach der Bestattung vorzunehmen. Mit diesem Entschluss schlief er, körperlich und geistig sehr erschöpft, ein und erwachte erst am andern Morgen, als er vom Priester geweckt wurde, damit er dem Leichengottesdienst beiwohne. Nach einer Stunde war alles vorüber; die Menschenmenge zerstreute sich, und Philipp kehrte nach Hause zurück; er verriegelte die Tür, um sich gegen alle Störungen zu schützen, und fühlte sich glücklich, dass er allein sein konnte.

Der menschlichen Natur ist ein Gefühl eigen, das sich stets zeigt, wenn wir uns wieder in der Behausung finden, wo der Tod geweilt hat und wo nunmehr alle seine Spuren entfernt sind. Es ist ein Gefühl der Beruhigung und Erleichterung darüber, dass wir das Erinnerungszeichen der Sterblichkeit fortgeschafft haben – das stumme Zeugnis der Flüchtigkeit unseres Treibens und unserer Entwürfe. Wir wissen, dass wir eines Tages sterben müssen, mögen aber nie daran denken. Die fortwährende Erinnerung daran wäre ein zu straffer Zügel unserer irdischen Wünsche, und obgleich man uns predigt, wir sollen stets das Jenseits im Auge haben, so finden wir doch, dass das Leben kein sonderlich heiteres sein könnte, wenn es uns nicht hin und wieder gestattet wäre, zu vergessen; denn wer würde Pläne entwerfen, die so viel erfordern, dass sie nur selten ausgeführt werden, wenn er jeden Augenblick des Tages an den Tod dächte? Wir hoffen entweder, dass wir länger leben werden als andere oder vergessen wenigstens, dass das Umgekehrte ebenso leicht möglich ist.

Wäre diese Sorglosigkeit nicht unserer Natur eingepflanzt, wie wenig hätte die Welt selbst seit der Sintflut verbessert werden können! Philipp ging in das Zimmer, in dem seine Mutter noch vor einer kurzen Stunde gelegen hatte, und fühlte sich unwillkürlich erleichtert. Er nahm sich den Schrein wieder vor und begann abermals sein Geschäft. Das Hinterbrett war jetzt bald beseitigt, und er entdeckte ein geheimes Schubfach, das er herauszog. Wie er vermutet hatte, enthielt es, was er suchte – einen großen Schlüssel mit einem leichten Rostüberzug, der sich durch die Berührung ablöste. Unter dem Schlüssel lag ein Papier, auf dem die Schrift etwas verblichen war. Philipp erkannte die Hand seiner Mutter; das Geschriebene lautete folgendermaßen:

»Es sind nun zwei Nächte, seit ein schreckliches Ereignis eintrat, das mich veranlasste, die untere Stube zu schließen, und der Schrecken verfolgt mich noch immer in einem Grade, dass mir bei dem Gedanken daran der Kopf springen möchte. Sollte ich zu meinen Lebzeiten nicht enthüllen, was vorgefallen ist, so wird man doch diesen Schlüssel brauchen, um nach meinem Tod das Zimmer zu öffnen. Als ich aus dem Zimmer fortstürzte, eilte ich die Treppe hinauf und blieb in jener Nacht bei meinem Kinde. Am andern Morgen nahm ich allen meinen Mut zusammen, um hinunterzugehen, den Schlüssel umzudrehen und ihn nach meinem Gemach zu bringen. Jene Stube soll verschlossen bleiben, bis ich meine Augen im Tode schließe. Keine Not, keine Entbehrung soll mich veranlassen, sie je wieder zu öffnen, obgleich in der Eisenkiste unten in dem Schrank, der am weitesten vom Fenster entfernt ist, Geld genug für alle meine Bedürfnisse liegt. Jenes Geld soll dort bleiben für mein Kind, das, wenn ich ihm das verhängnisvolle Geheimnis nicht mitteile, sich damit abfinden muss, dass es ein Geheimnis ist, welches besser verborgen bleibt – ein Geheimnis, schrecklich genug, mich zu derartigen Schritten zu bewegen. Die Schlüssel zu der Kiste und zu den Schränken lagen, glaube ich, auf dem Tisch oder in meinem Arbeitskörbchen, als ich das Zimmer verließ. Auch befindet sich auf dem Tisch ein Brief – ich glaube es wenigstens. Er ist versiegelt. Niemand soll das Siegel erbrechen als mein Sohn, und auch dieser nicht, wenn er nicht bereits von dem Geheimnis Kunde hat. Der Priester möge den Brief verbrennen – denn er ist verflucht –, und selbst wenn mein Sohn alles wissen sollte –, was mir bekannt ist –, oh! – so möge er inne halten und sich wohl bedenken, ehe er das Siegel öffnet; denn es wäre besser, dass er nichts Weiteres erführe!«

»Nichts Weiteres?«, dachte Philipp, während seine Augen immer noch auf dem Papier hafteten. »Ja, aber ich muss und will mehr erfahren! Verzeih mir daher, teuerste Mutter, wenn ich keine Zeit mit Erwägungen verschwende; es wäre doch nur vergeblich, wenn man so entschlossen ist wie ich.«

Philipp presste die Unterschrift seiner Mutter an die Lippen, legte das Papier zusammen und steckte es in seine Tasche; dann ergriff er den Schlüssel und begab sich die Treppe hinunter.

Es war gegen Mittag, als Philipp sich anschickte, das Gemach zu öffnen. Die Sonne schien hell, der Himmel war klar und alles in der Natur draußen atmete Frohsinn und Leben. Die Haustüre war verschlossen, folglich nicht viel Licht im Flur, als Philipp den Schlüssel in das Schloss steckte und ihn mit einiger Mühe herumdrehte. Es wäre unrichtig, wenn ich sagen wollte, dass er keine Unruhe fühlte, als er die Türe öffnete. Sein Herz klopfte, aber seine Entschlossenheit reichte aus, um das Bangen seines Innern zu überwältigen und noch größere Ängste zu besiegen, die aus dem, was ihm bevorstand, entspringen mochten. Er trat nicht augenblicklich in das Gemach, sondern blieb eine Weile auf der Schwelle stehen; denn es war ihm, als dringe er in den Aufenthaltsort eines körperlosen Geistes ein, dessen Schattengestalt mit jedem Momente vor seinen Blicken auftauchen könne. Nachdem er eine Minute gewartet hatte, um sich zu sammeln, da er vom Öffnen der Türe ganz außer Atem war; blickte er hinein.

Er konnte die Gegenstände in dem Gemach nur unvollkommen unterscheiden; durch die Ritzen in den Läden drangen jedoch drei helle Sonnenstrahlen herein, die ihn anfangs wie vor etwas Übernatürlichem zurückbeben ließen. Nach kurzer Erwägung ermannte er sich jedoch wieder. Er verweilte eine Minute, ging dann in die Küche, zündete ein Licht an, seufzte einige Male schwer, um sein Herz zu erleichtern, und kehrte dann entschlossen nach der verhängnisvollen Stube zurück. Auf der Schwelle stehen bleibend, musterte er zuerst beim Schein der Kerze das Innere. Alles war still. Den Tisch, auf welchem der Brief liegen sollte, konnte er nicht sehen, da er hinter der Türe stand. »Es muss geschehen«, dachte Philipp, »und warum dann nicht gleich?«, fuhr er fort, indem er, all seinen Mut zusammennehmend, ins Zimmer trat und auf das Fenster zuging, um die Läden zu öffnen. Dass seine Hand dabei ein wenig zitterte, als er sich ins Gedächtnis rief, auf welch gespenstische Weise sie zuletzt geöffnet worden waren, darf wohl nicht überraschen. Wir sind nur sterbliche Geschöpfe und schrecken zurück vor einem Zusammentreffen mit allem, was einem anderen Leben angehört. Nachdem die Riegel zurückgeschoben und die Läden aufgeworfen waren, strömte ein so lebhaftes Licht in das Gemach, dass Philipps Augen geblendet wurden. Seltsamerweise erschütterte der Anblick des hellen Tages seine Entschlossenheit mehr als das vorherige Dunkel, und, die Kerze in der Hand, kehrte er hastig wieder in die Küche zurück, um seinen Mut zu sammeln. Dort weilte er einige Minuten in tiefen Gedanken, das Gesicht mit seinen Händen bedeckend.

Es ist seltsam, dass er in seinen Träumereien zuletzt bei Mynheer Poots' schöner Tochter und ihrem ersten Erscheinen am Fenster stehen blieb; es war ihm, als ob der Lichtstrom, der ihn eben erst verscheucht hatte, ihn nicht mehr beeindrucken könne als jene bezaubernde Gestalt. Die Erinnerung an jenes Gesicht schien Philipps Entschlossenheit wieder herzustellen. Er erhob sich und schritt keck in das Gemach. Wir wollen die Gegenstände nicht schildern, wie sie Philipps Augen zufällig entgegentraten, sondern sie dem Leser in klarer Ordnung vorzuführen versuchen.

Die Stube hatte etwa zwölf oder vierzehn Fuß im Geviert und nur ein einziges Fenster. Der Türe gegenüber stand der Kamin und zu jeder Seite desselben ein hoher Glasschrank von dunklem Holze. Der Boden des Gemachs war nicht schmutzig, obgleich sich an Decke und Wänden allenthalben Spinnweben ausgebreitet hatten. In der Mitte hing eine Quecksilberkugel, eine gewöhnliche Zierde in jenen Tagen; sie hatte jedoch ihren Glanz großenteils verloren, und Spinnweben hüllten sie wie ein Leichentuch ein. Über dem Kaminmantel hingen einige Zeichnungen mit Glas und Rahmen, aber ein staubiger Mehltau befleckte das Glas, sodass sich auf den Bildern kaum etwas unterscheiden ließ. In der Mitte des Kaminsimses stand ein Bild der Jungfrau Maria von reinem Silber in einem Tabernakel von dem gleichen Metalle, das aber eine Bronze- oder Eisenfarbe angenommen hatte; zu beiden Seiten befanden sich einige indianische Figuren. Die Glastüren der Schränke waren gleichfalls getrübt, sodass sich das Innere nicht erkennen ließ; Licht und Hitze, welche erst seit so kurzer Zeit in das Gemach strömten, hatten bereits die Dünste vieler Jahre aufgewirbelt und bildeten mit dem Staub auf den Glasscheiben einen matten Schleier, der nur hin und wieder das Blinken silberner Gefäße unterscheiden ließ. Letztere waren durch die verschlossenen Glastüren gegen Schwärzung geschützt; dennoch hatten auch sie viel von ihrem Glanz verloren.

An der Wand, welche dem Fenster gegenüber lag, befanden sich andere eingerahmte Bilder, welche ebenfalls mit einem Schleier von Dunst und Spinnweben überzogen waren, desgleichen auch zwei Vogelkäfige. Philipp näherte sich den Letzteren und sah hinein. Ihre Bewohner waren natürlich längst tot, aber auf dem Boden eines jeden Käfigs befand sich ein Häuflein gelber Federn, unter welchem die kleinen weißen Knochen eines Skeletts sichtbar wurden – also die Überreste von Kanarienvögeln, die man in jener Periode sehr teuer bezahlte. Philipp schien geneigt zu sein, vorerst alles andere zu untersuchen, ehe er nach dem spähte, was zu finden er am meisten fürchtete und doch zugleich wünschte. Es standen mehrere Stühle umher; auf einem von ihnen lag etwas Leinwand. Philipp hob sie auf – es war ein Kleidungsstück, das ihm gehört haben musste, als er noch ein Kind war. Endlich richtete er seine Blicke auf die noch nicht untersuchte Wand dem Kamin gegenüber, in welcher sich die Türe befand. Hinter der Türe musste er den Tisch, das Arbeitskörbchen und den *verhängnisvollen Brief* finden. Sein Puls hatte allmählich den regelmäßigen Schlag wieder gewonnen, aber als er sich umwandte, begann er heftiger zu pochen. Philipp gab sich jedoch einen Ruck, und es war vorüber. Anfangs musterte er denjenigen Teil der Wand, an welchem verschiedenartige Schwerter und Pistolen, hauptsächlich aber asiatische Bogen und Pfeile nebst anderen Zerstörungswerkzeugen hingen. Dann senkten sich seine Augen allmählich gegen den Tisch und das kleine Kanapee dahinter, wo seine Mutter, ihrer Angabe zufolge, gesessen hatte, als der Gatte ihr seinen schrecklichen Besuch machte. Das Arbeitskörbchen samt seinem Inhalt stand auf dem Tisch, wie sie es verlassen hatte; auch die erwähnten Schlüssel lagen dabei. Philipp schaute und schaute, aber kein Brief war zu sehen. Er trat nun näher und untersuchte genauer, ob er ihn nicht auf dem Kanapee, auf dem Tisch oder auf dem Boden entdecken könne. – Er hob das Arbeitskörbchen auf, um sich zu überzeugen, dass er nicht darunter liege – aber nein. Ein Mustern des Arbeitsgerätes und ein Umdrehen der Kanapeekissen blieb gleichfalls erfolglos. Philipp fühlte sich von einer schweren Last befreit.

»In der Tat«, dachte er, während er sich an die Wand lehnte, »das Ganze war nichts als der Wahn einer erhitzten Einbildungskraft. Meine arme Mutter ist wohl eingeschlummert und träumte die schreckliche Geschichte. Dachte ich mirs doch, dass es unmöglich sei, oder hoffte es wenigstens. Es muss sich wohl so verhalten haben; der Traum war so gewaltig, so sehr einer fürchterlichen Wirklichkeit ähnlich, dass er zeitweise den Verstand meiner armen Mutter verwirrte.« Philipp stellte abermals Erwägungen an und gewann dann die Überzeugung, dass seine Annahme richtig sei.

»Ja, es ist nicht anders möglich. Gute, teure Mutter! Wie viel hast du gelitten – aber der Lohn ist dir geworden im Angesicht deines Gottes!«

Noch einige Minuten musterte er das Gemach mit größerer Ruhe und vielleicht einiger Gleichgültigkeit, da er jetzt die übernatürliche Geschichte für unwahr hielt. Endlich nahm er das beschriebene Blatt, das er bei den Schlüsseln gefunden hatte, aus seiner Tasche und überlas es.

»In der Eisenkiste unten in dem Schrank, der am weitesten vom Fenster entfernt ist – gut so.«

Er nahm die Schlüssel vom Tisch und fand bald denjenigen, welcher in die Glastüre des Schrankes passte, der die eiserne Truhe barg. Ein zweiter Schlüssel öffnete den Deckel, und Philipp sah sich nun im Besitze einer beträchtlichen Geldsumme, die in kleinen gelben Säcken vor ihm lag und seiner Schätzung nach gegen zehntausend Gulden betragen mochte.

»Meine arme Mutter!«, dachte er. »So musste denn ein bloßer Traum dich in Entbehrung und Armut hetzen, während dir dieser ganze Reichtum zu Gebote stand!«

Er legte die Säcke wieder zurück und schloss die Kiste, nachdem er aus einem bereits halb geleerten Sack einige Münzen für seine augenblicklichen Bedürfnisse genommen hatte. Er richtete seine Aufmerksamkeit nun zunächst auf den oberen Teil des Schrankes, den er mit einem anderen Schlüssel öffnete, und fand darin Porzellan, silberne Krüge und Tassen von beträchtlichem Werte. Nachdem er alles wieder verschlossen hatte, warf er den Schlüsselbund auf den Tisch.

Der plötzliche Besitz eines so großen Reichtums und die Überzeugung, dass keine übernatürliche Erscheinung stattgefunden hatte, belebten und beruhigten ihn zugleich; er fühlte jetzt einen Stimmungsumschwung, der sich fast bis zur Heiterkeit steigerte. Er setzte sich auf das Kanapee, und seine Gedanken kehrten wieder zu Mynheer Poots' liebenswürdiger Tochter zurück; er baute allerlei Luftschlösser und verbrachte mit dieser angenehmen Beschäftigung mehr als zwei Stunden, bis sich endlich seine Gedanken wieder mit seiner armen Mutter und ihrem furchtbaren Tode beschäftigten.

»Teuerste, gütigste Mutter!«, rief Philipp laut, indem er sich vom Sofa erhob, »hier weiltest du, vom Wachen ermüdet, und gedachtest des abwesenden Vaters und der Gefahren, in denen er schwebte; du quältest deinen Geist mit schlimmen Vorahnungen, bis dein fiebriger Schlaf jene Erscheinung heraufbeschwor. Ja, so muss es gewesen sein; denn hier liegt noch die Stickerei auf dem Boden wie sie deinen ermatteten Händen entsank, und das Glück deines Lebens fand ein jähes Ende wie deine Arbeit an dieser Stickerei. Liebe, teure Mutter!«, fuhr er fort, und eine Träne rollte über seine Wangen, als er sich bückte, um das Stück Musselin aufzulesen, »wie viel hast du gelitten, als – Gütiger Himmel!«, rief Philipp, plötzlich mit Ungestüm zurückfahrend und den Tisch umstürzend, »gerechter Gott – da ist – da ist wirklich –«. Philipp schlug die Hände zusammen und beugte voll Angst und Entsetzen das Haupt, als er in ganz verändertem und schrecklichem Tone hinzufügte – »der *Brief!*«

Es war nur zu wahr – unter der Stickerei auf dem Boden hatte Vanderdeckens verhängnisvolles Schreiben gelegen. Hätte Philipp den Brief beim Betreten des Zimmers, als er darauf vorbereitet war, auf dem Tische erblickt, so würde er ihn mit einem gewissen Grad von Fassung an sich genommen haben – aber ihn jetzt zu finden, nachdem er sich schon eingeredet hatte, das Ganze sei nur eine Selbsttäuschung seiner Mutter gewesen – nachdem er bereits in Träumen künftigen Glücks und künftiger Ruhe geschwelgt hatte! Für einige Augenblicke war er starr vor Entsetzen und Staunen. Mit einem Mal waren alle Luftschlösser der letzten zwei Stunden dahin, und während er sich allmählich von seiner Bestürzung erholte, füllte sich sein Herz mit traurigen Ahnungen. Endlich stürzte er vor, packte den Brief und verließ voller Hast das verhängnisvolle Gemach.

»Ich bin außerstande – wage es nicht, ihn hier zu lesen!«, rief er. »Nein, nein, ich muss die Botschaft unter dem Gewölbe des freien, beleidigten Himmels empfangen.«

Philipp nahm seinen Hut, verließ die Hütte, sperrte mit der Ruhe der Verzweiflung die Türe ab, steckte den Schlüssel ein und ging fort, ohne zu wissen, wohin.

4

Wenn ein Mensch, der zum Tode verurteilt war und sich bereits in sein Schicksal ergeben hatte, plötzlich Begnadigung erfährt – wenn er sich dann von der Aufregung erholt, die aus einem Wiederaufleben aller verlorenen Hoffnungen erwächst, und abermals in Zukunftserwartungen schwelgt – dann aber plötzlich gewahr wird, dass der Begnadigungsbrief widerrufen ist und er dennoch den Tod zu erleiden hat – falls sich der Leser die Gefühle eines solchen Menschen zu vergegenwärtigen vermag, so ist er in etwa imstande, sich eine Vorstellung von den Empfindungen zu machen, mit denen Philipp das Häuschen verließ.

Gleichgültig gegen den Weg, den er einschlug, ging er lange Zeit fort, den Brief in der zusammengeballten Hand und die Zähne fest geschlossen. Allmählich wurde er ruhiger und setzte sich, atemlos von der Hast seiner Bewegungen, auf eine Bank, wo er sitzen blieb, die Augen auf das gefürchtete Papier geheftet, das er mit beiden Händen auf seinen Knien hielt.

Mechanisch drehte er den Brief um. Das Siegel war schwarz. Philipp seufzte. »Ich kann ihn jetzt nicht lesen«, dachte er, indem er aufstand, um seine unstete Wanderung wieder aufzunehmen.

Nach einer halben Stunde weiteren Umherirrens machte Philipp halt und blickte nach der untergehenden Sonne, bis seine Sehkraft versagte.

»Ich könnte mir vorstellen, sie sei das Auge Gottes«, dachte Philipp, »und vielleicht ist es so. Aber warum, barmherziger Schöpfer, bin ich unter so vielen Millionen auserlesen, eine so furchtbare Aufgabe zu erfüllen?«

Er sah sich nach einer Stelle um, wo er gegen Beobachtung gesichert war, wo er das Siegel erbrechen und die Botschaft aus der Geisterwelt lesen konnte. Nicht weit von der Stelle, an der er stand, befand sich ein kleines Gebüsch am Saume eines Waldes. Er ging darauf zu und setzte sich nieder, um von keinem Vorübergehenden bemerkt zu werden. Abermals blickte er nach der niedergehenden Lichtscheibe und wurde ruhiger.

»Es ist Dein Wille!«, rief er. »Es ist meine Bestimmung, und beides muss erfüllt werden.«

Philipp legte die Hand auf das Siegel – das Blut zuckte ihm eiskalt durch die Adern, wenn er sich vergegenwärtigte, dass der Brief von keinen sterblichen Händen überliefert worden war und dass er das Geheimnis eines Gerichteten enthielt. Aber dieser Gerichtete war sein Vater, und nur in diesem Schreiben war noch Hoffnung! Es war die einzige Hoffnung seines armen Vaters – dessen Andenken er lieben gelernt hatte – der ihn um Hilfe anflehte.

»Memme, die ich bin, dass ich so viele Stunden verliere!«, rief Philipp. »Jene Sonne dort scheint über dem Berge zu zögern, um mir beim Lesen zu leuchten.«

Für eine kurze Weile versank er in Gedanken und nahm dann seinen ganzen Mut zusammen. Ruhig erbrach er das Siegel, das die Initialen seines Vaters trug, und las, wie folgt:

An Catharine
Einem jener mitleidigen Geister, deren Tränen für die Verbrechen der Sterblichen strömen, ist es gestattet worden, mir zu eröffnen, durch welche Mittel einzig das fürchterliche Urteil abgewendet werden kann, das über mich verhängt ist.

Wäre es mir nur möglich, an Bord meines Schiffes die heilige Reliquie zu empfangen, auf welche ich den verhängnisvollen Eid schwur, könnte ich sie in Demut küssen und über dem geheiligten Holze eine Träne tiefer Zerknirschung vergießen, so würde ich Ruhe finden.

Wie dies bewerkstelligt werden kann, oder wer eine so verhängnisvolle Aufgabe vollziehen wird, weiß ich nicht. O Catharine, wir haben einen Sohn – doch nein, nein, lass ihn nichts von mir hören, bete für mich – und nun – lebe wohl.
J. Vanderdecken.

»Dann ists also Wahrheit, fürchterliche Wahrheit«, dachte Philipp, »und über meinen Vater ist im Leben das Gericht ergangen. Und er weist auf seinen Sohn hin, auf mich – auf wen sonst? Bin ich nicht sein Sohn und ist es nicht meine Pflicht?«

»Ja, Vater«, rief Philipp laut, indem er auf seine Knie niederfiel, »du sollst diese Zeilen nicht vergeblich geschrieben haben. Ich will sie noch einmal lesen.«

Philipp hob seine Hand, aber obgleich es ihn dünkte, als halte er den Brief noch immer fest, war dieser doch nicht mehr vorhanden – er hielt ein Nichts umfasst. Er blickte auf das Gras, um zu sehen, ob er ihn habe fallen lassen – aber nein, der Brief war verschwunden. War es ein Traum? – Nein, nein, er hatte jedes Wort gelesen.

»Dann galt die Botschaft mir und niemand anderem als mir. Ich nehme dies als ein Zeichen an. Hör mich, teurer Vater – wenn es dir gestattet ist – und du, barmherziger Himmel, vernimm gnädig mein Gelübde, höre den Sohn auf die heilige Reliquie schwören, dass er das Urteil abwenden will, und wenn er darüber in den Tod gehen müsste. Dieser heiligen Pflicht will er seine Tage weihen, und wenn er sie erfüllt hat, voll Hoffnung und in Frieden sterben. O Himmel, der du den übereilten Eid meines Vaters aufgezeichnet hast, tue nun ein Gleiches mit dem Angelöbnis, das der Sohn auf das selbe geheiligte Kreuz leistet, und wenn ich jetzt einen Meineid schwöre, so möge ich von einer grausameren Strafe heimgesucht werden als mein unglücklicher Vater! Höre meinen Schwur, o Himmel, der du in deinem Erbarmen zuletzt noch den Vater und den Sohn aufnehmen wirst – und wenn ich zu kühn bin, o so vergib meine Anmaßung!«

Philipp warf sich auf sein Antlitz nieder und berührte mit seinen Lippen das geheiligte Emblem. Die Sonne ging unter, und die Dämmerung wich der Nacht, die alles in Dunkelheit hüllte; aber immer noch verharrte Philipp abwechselnd in Gebeten und Betrachtungen!

Da wurde er plötzlich durch die Stimmen einiger Menschen aufgeschreckt, welche sich einige Schritte von seinem Versteck auf den Rasen niederließen. Er achtete wenig auf ihr Gespräch; aber dennoch hatte es ihn gestört, und sein erster Gedanke war, nach Hause zurückzukehren, um seine Pläne weiter zu überlegen. Die Männer sprachen in gedämpftem Tone, fesselten aber bald seine Aufmerksamkeit durch den Gegenstand ihrer Unterhaltung; denn sie erwähnten den Namen Mynheer Poots'. Er lauschte aufmerksam und erfuhr, dass die Sprecher vier entlassene Soldaten waren, welche noch in der nämlichen Nacht das Haus des kleinen Doktors zu überfallen gedachten, da sie wussten, dass Mynheer Poots viel Geld besaß.

»Mein Vorschlag ist der beste«, sagte der eine. »Er hat niemand bei sich als seine Tochter.«

»Die ist mir lieber als sein Geld«, versetzte der andere, »also wohlgemerkt, ehe wir gehen, muss es vollkommen ausgemacht sein, dass sie mir zufallen soll.«

»Ja, wenn du sie kaufen willst, so haben wir nichts dagegen«, erwiderte ein Dritter.

»Es gilt! Wie viel könnt ihr auch mit gutem Gewissen für ein quieksendes Mädel verlangen?«

»Ich dächte fünfhundert Gulden«, entgegnete der andere.

»Gut, seis darum – aber nur unter der Bedingung, dass sie, im Falle mein Anteil an der Beute sich nicht so hoch beläuft, dennoch mir gehört und ich sie für meinen Part behalten darf, wie viel er auch immer ausmachen mag.«

»Das ist nicht mehr als billig«, sagte der andere.

»Aber ich müsste mich sehr täuschen, wenn wir aus den Truhen des Alten nicht mehr als zweitausend Gulden herausholten.«

»Was meint ihr beiden anderen – bleibt es dabei, dass Beatens das Mädel haben soll?«

»Ja«, versetzten die andern.

»Wohlan denn«, erwiderte derjenige, welcher sich Mynheer Poots' Tochter ausbedungen hatte, »jetzt bin ich dabei – mit Herz und Seele. Ich liebte das Mädchen und versuchte, sie zu gewinnen – ja, ich machte ihr sogar einen Heiratsantrag, aber der alte Knicker hat mich zurückgewiesen – mich, einen Fähnrich und Offizier; aber jetzt will ich Rache nehmen. Wir dürfen ihn nicht schonen.«

»Nein, nein«, entgegneten die andern.

»Wollen wir jetzt gleich aufbrechen oder bis später warten? Ungefähr in einer Stunde geht der Mond auf und wir können gesehen werden.«

»Wer sollte uns schon sehen, wenn es nicht etwa jemand ist, der ihn zu einem Patienten holen will? Ich bin der Ansicht, je später, desto besser.«

»Wie lange werden wir brauchen, um an Ort und Stelle zu gelangen?«

»Nicht ganz eine halbe Stunde, wenn wir zu Fuß gehen. Gesetzt, wir brechen in einer halben Stunde auf, so langen wir gerade zur rechten Zeit an, um die Gulden beim Mondschein zählen zu können.«

»Recht so. Inzwischen setze ich einen neuen Stein in mein Schloss und lade meine Büchse. Das kann ich auch im Dunkeln verrichten.«

»Du bist daran gewöhnt, Jan.«

»Allerdings – und ich denke, die Kugel soll dem alten Spitzbuben durch den Kopf fliegen.«

»Gut, es ist mir lieber, wenn du ihn totschießt, als wenn ich es tun müsste«, versetzte ein anderer. »Er hat mir zu Mittelburg das Leben gerettet, als mich jedermann schon aufgegeben hatte.«

Philipp hörte nicht weiter zu. Er kroch hinter dem Gebüsch entlang, bis er den Wald erreicht hatte, und machte nun einen Umweg, um von dem Raubgesindel nicht entdeckt zu werden. Er wusste, dass es entlassene Soldaten waren, die in Massen das Land unsicher machten. Alle seine Gedanken galten nun der Rettung des alten Doktors und seiner Tochter, sodass er für eine Weile sogar seinen Vater und die aufregenden Erlebnisse dieses Tages vergaß. Obgleich er beim Verlassen des Hauses nicht gewusst hatte, in welche Richtung er ging, so kannte er doch die Gegend genau, und nun, da es Not tat zu handeln, erinnerte er sich schnell, wo er Mynheer Poots' einsame Behausung aufzusuchen hatte. In größter Hast eilte er dorthin und langte nach weniger als zwanzig Minuten vor der Haustüre an.

Wie gewöhnlich war alles stumm und die Türe verschlossen. Philipp klopfte, erhielt aber keine Antwort. Nach mehrmaligem vergeblichem Pochen wurde er ungeduldig. Mynheer Poots musste zu einem Kranken gerufen worden sein und war nicht zu Hause. Philipp rief daher so laut, dass es im Innern gehört werden konnte: »Jungfrau, wenn Euer Vater ausgegangen ist, wie ich vermute, so hört, was ich Euch zu sagen habe. Ich bin Philipp Vanderdecken und habe eben erst vier Schurken belauscht, welche einen Plan schmiedeten, Euren Vater zu ermorden und ihn seines Geldes zu berauben. In weniger als einer Stunde werden sie hier sein, und ich bin zu Euch geeilt, um Euch zu warnen und zu beschützen, wenn Ihr erlaubt. Ich schwöre bei der Reliquie, die Ihr mir diesen Morgen ausgeliefert habt, dass ich die Wahrheit spreche.«

Philipp wartete eine. Weile, ohne dass eine Erwiderung folgte.

»Jungfrau«, begann er wieder von Neuem, »antwortet mir, wenn Ihr das wertschätzt, was Euch noch teurer sein muss als Eurem Vater das Geld. öffnet das Fenster und hört, was ich zu sagen habe. Ihr lauft keine Gefahr dabei, und selbst wenn es nicht dunkel wäre, so habe ich Euch ja bereits gesehen.«

Kurze Zeit darauf wurde das obere Fenster geöffnet, und Philipp konnte die zierliche Gestalt von Mynheer Poots' schöner Tochter in der Dunkelheit unterscheiden.

»Was willst du, junger Mann, zu dieser ungebührlichen Stunde, und was hast du mir mitzuteilen? Ich verstand dich nur unvollkommen, als du an der Türe sprachst.«

Philipp teilte nun umständlich mit, was er gehört hatte, und schloss mit der Bitte um Einlass, damit er das Mädchen verteidigen könne.

»Überlegt wohl, Jungfrau, was ich Euch gesagt habe. Ihr seid an einen dieser Bösewichte verkauft, dessen Name, wie ich vernahm, Beatens ist. Ich weiß, dass Ihr auf das Geld keinen Wert legt, aber denkt an Euch selbst – lasst mich in das Haus und glaubt ja nicht, dass meine Geschichte erdichtet sei. Ich schwöre Euch bei der Seele meiner teuren, armen Mutter, die, wie ich hoffe, jetzt im Himmel ist, dass ich Euch mit keiner Silbe belogen habe.«

»Beatens, habt Ihr gesagt, Herr?«

»Wenn ich nicht irre, so war dies der Name; er sagte, er hätte Euch einmal geliebt.«

»Der Name ist mir nicht unbekannt, und ich weiß nicht, was ich tun oder sagen soll. Mein Vater ist zu einer Gebärenden gerufen worden und bleibt vielleicht noch viele Stunden aus. Aber wie kann ich Euch die Türe öffnen – zur Nachtzeit – während mein Vater abwesend ist – und ich allein bin? Ich kann und darf nicht, obgleich ich Euren Worten Glauben schenke. Gewiss, Ihr könntet unmöglich so niederträchtig sein, eine derartige Erzählung zu erdichten.«

»Nein – bei meiner Hoffnung auf eine künftige Seligkeit! – ich wäre dazu nicht imstande! Aber setzt nicht Euer Leben und Eure Ehre aufs Spiel, sondern gebt mir Einlass.«

»Und wenn ichs auch täte, was könntet Ihr anfangen gegen so viele? Die vier würden Euch, einen einzelnen Mann, bald überwältigen, und es ginge nur ein weiteres Leben verloren.«

»Nicht, wenn Ihr Waffen habt, und Euer Vater wird sich wohl damit vorgesehen haben. Ich fürchte die Strauchdiebe nicht – und Ihr wisst, dass ich mich nicht so leicht einschüchtern lasse.«

»Allerdings – und nun wollt Ihr Euer Leben für Leute wagen, die Ihr zuvor selbst mit einem Angriff bedrohtet? Ich danke Euch, danke Euch von Herzen, Herr – aber ich wage es nicht, die Türe zu öffnen.«

»Wenn Ihr das nicht wollt, Jungfrau, so bleibe ich hier, obgleich ohne Wehr und nur schlecht imstande, mit vier gut bewaffneten Räubern zu kämpfen. Aber dennoch will ich standhalten und Euch meine Aufrichtigkeit dadurch beweisen, dass ich Euch gegen alle Angriffe verteidige – ja, selbst hier unter freiem Himmel!«

»Dann werde ich Eure Mörderin sein! Nein, das kann ich nicht zugeben. – Oh! – Schwört, schwört mir, Herr, bei allem was heilig und rein ist, dass Ihr mich nicht täuschen wollt.«

»Ich schwöre bei Euch selbst, Jungfrau, die Ihr mir heiliger seid als alles!«

Das Fenster schloss sich, und bald danach wurde oben ein Licht sichtbar. Eine Minute später öffnete Mynheer Poots' Tochter die Türe. Sie stand mit dem Licht in der rechten Hand da, und die Farbe ihrer Wangen wechselte vom tiefsten Rot bis zu Leichenblässe. Ihre Linke, in der sie eine Pistole halb verborgen hielt, hing an ihrer Seite nieder. Philipp bemerkte diese Vorsichtsmaßregel, achtete aber nicht darauf und suchte, das Mädchen zu beruhigen.

»Jungfrau«, sagte er, ohne einzutreten, »wenn Ihr noch immer Bedenken tragt – wenn Ihr es nicht für geheuer haltet, mich einzulassen, so ist noch Zeit, die Türe wieder zu schließen; aber um Eurer selbst willen bitte ich Euch, es nicht zu tun. Noch ehe der Mond aufgeht, werden die Räuber hier sein, und wenn Ihr mir nur Vertrauen schenkt, will ich Euch mit meinem Leben beschützen. Wer könnte auch einem Wesen wie Euch etwas zuleide tun?«

Wie sie so dastand, unschlüssig und verwirrt durch die Eigentümlichkeit ihrer Lage, obgleich es ihr im Falle der Not sonst nicht an Mut gebrach – war sie wirklich einer staunenden Bewunderung wert. Ihre Züge, die, von dem im Winde flackernden Lichte beleuchtet, bald mit Bestimmtheit, bald eher schattenhaft hervortraten und lieblich gegen die Anmut ihrer Gestalt und gegen das Auffallende ihrer Tracht abstachen, verfehlten denn auch nicht ihre Wirkung auf Philipp. Ihr Kopf war unbedeckt und ihr langes Haar fiel in reichen Flechten über die Schulter. Ihre Figur war nicht ganz von Mittelgröße, verriet aber das vollkommenste Ebenmaß, und ihre einfache, aber kleidsame Tracht war ganz verschieden von der, welche die Mädchen der Umgegend zu tragen pflegten. Nicht nur der Schnitt ihres Gesichtes, sondern auch ihr Anzug würde jeden Fremden auf den ersten Blick darüber belehrt haben, dass sie aus arabischem Blute stammte.

Während Philipp sprach, sah sie ihm ängstlich ins Antlitz, als wolle sie seine geheimsten Gedanken lesen; aber die offene Freimütigkeit in seiner Haltung und die Biederkeit in seinem männlichen Gesicht beruhigten sie.

»Kommt herein, Herr«, entgegnete sie nach einem kurzen Stocken, »ich fühle, dass ich Euch trauen kann.«

Philipp entsprach der Aufforderung. Die Türe wurde sodann verschlossen und verriegelt.

»Wir haben keine Zeit zu verlieren, Jungfrau«, sagte Philipp, »aber nennt mir Euren Namen, damit ich Euch anreden kann, wie es sich gehört.«

»Ich heiße Amine«, versetzte sie, ein wenig zurückweichend.

»Ich danke Euch für diesen kleinen Vertrauensbeweis. Doch wir haben keine Zeit zu verlieren. Was für Waffen habt Ihr im Hause? Seid Ihr mit Munition versehen?«

»Beides ist vorhanden. Ach, wenn doch mein Vater zu Hause wäre!«

»Ich wünschte es gleichfalls«, entgegnete Philipp. »Hätten wir ihn doch hier, ehe diese Mörder kommen. Aber während des Überfalls darf er sich nicht sehen lassen; denn eine Büchse ist ausdrücklich für seinen Kopf geladen, und wenn sie ihn zum Gefangenen machen, werden sie sein Leben nicht schonen, es sei denn, dass er sein Gold und Euch als Lösegeld zahlt. Doch die Waffen, Jungfrau – wo sind sie?«

»Folgt mir«, entgegnete Amine, Philipp nach einem innern Zimmer im oberen Stock führend. Es war das Heiligtum ihres Vaters, und auf den Simsen standen gefüllte Flaschen und Arzneigefäße umher. In einer Ecke befand sich eine eiserne Kiste, und über dem Kamin hingen ein paar Büchsen und drei Pistolen.

»Sie sind alle geladen«, bemerkte Amine darauf hinzeigend, indem sie zugleich die Pistole auf den Tisch legte, die sie in der Hand gehalten hatte.

Philipp nahm die Waffen herunter und untersuchte sämtliche Zündpfannen. Dann ergriff er auch die auf dem Tisch liegende Pistole und fand, dass sie gleichfalls schussbereit war. Als er die Pfanne wieder schloss, bemerkte er mit einem Lächeln: »Diese sollte also mir gelten, Amine?«

»Nein – nicht Euch – sondern einem Verräter, der sich möglicherweise Einlass verschaffen konnte.«

»Wohlan, Jungfrau«, entgegnete Philipp, »ich will meinen Posten an dem Fenster einnehmen, das Ihr geöffnet habt, aber im Zimmer darf kein Licht brennen. Ihr mögt hier bleiben und könnt zu Eurer Sicherheit den Schlüssel umdrehen.«

»Ihr kennt mich wenig«, versetzte Amine, »und missdeutet meine Furcht; ich muss neben Euch bleiben und die Waffen wieder laden – ein Geschäft, in dem ich wohl geübt bin.«

»Nicht doch«, erwiderte Philipp, »Ihr könntet Schaden nehmen.«

»Und wenn auch, glaubt Ihr, ich werde müßig bleiben, wenn ich einem Manne Beistand leisten kann, der sein Leben für mich einsetzt. Ich kenne meine Pflicht und werde sie erfüllen.«

»Ihr dürft Euer Leben nicht aufs Spiel setzen, Amine«, sagte Philipp, »mein Ziel wird nicht so sicher sein, wenn ich weiß, dass Ihr in Gefahr seid. Doch jetzt muss ich die Waffen in das andere Gemach schaffen, denn die Zeit ist gekommen.«

Philipp brachte die Büchsen und Pistolen unter Aminens Beistand in das anstoßende Zimmer; dann entfernte sich Letztere, das Licht mit sich fortnehmend. Sobald Philipp allein war, öffnete er das Fenster und sah hinaus, ohne dass sich jemand blicken ließ; er horchte, aber alles war stumm. Hinter einem fernen Hügel ging soeben der Mond auf, aber flockige Wolken trübten sein Licht. Philipp spähte einige Minuten umher und vernahm endlich unten ein Flüstern. Er blickte hinunter und konnte jetzt im Dunkeln die vier Räuber unterscheiden, die dicht an der Haustüre standen. Leise vom Fenster wegtretend, begab er sich in das Nebengemach zu Amine, die er mit der Zurichtung der Munition beschäftigt fand. »Amine, sie beraten sich unten an der Türe. Ihr könnt sie jetzt ohne Gefahr sehen und Euch überzeugen, dass ich die Wahrheit gesagt habe.«

Amine erwiderte nichts, sondern ging in das Vorderzimmer und sah zum Fenster hinaus. Dann kehrte sie zurück, legte ihre Hand auf Philipps Arm und sagte: »Vergebt mir mein Misstrauen. Ich fürchte jetzt nur noch, dass mein Vater bald zurückkehren und von den Räubern ergriffen werden könnte.«

Philipp verließ das Zimmer abermals, um sich auf Kundschaft zu legen. Es hatte den Anschein, als könnten die Räuber zu keinem Entschluss kommen – die Stärke der Türe bot allen ihren Bemühungen Trotz, weshalb sie jetzt eine List versuchten. Sie klopften, und als keine Antwort erfolgte, klopften sie immer lauter. Da auch dies zu keinem Resultat führte, hielten sie abermals Rat, worauf sie die Mündung einer Büchse an das Schlüsselloch legten und das Gewehr abfeuerten. Das Schloss der Türe gab nach, aber die eisernen Riegel, die an der Innenseite oben und unten angebracht waren, leisteten noch immer Widerstand.

Philipp wäre berechtigt gewesen, auf die Räuber schon bei deren erster Konsultation an der Tür zu schießen, doch ein edles Gemüt vermeidet die Zerstörung eines Menschenlebens, wo nicht der äußerste Notfall sie gebietet. Philipp wollte von seinen Waffen keinen Gebrauch machen, ehe der Kampf wirklich begonnen hatte. Jetzt aber legte er eine Büchse auf den Kopf des am nächsten bei der Tür stehenden Räubers an, welcher eben eifrig die Wirkung seines Schusses und die Natur der noch vorhandenen Hindernisse untersuchte. Philipp zielte scharf, und der Mann fiel tot zusammen, während die andern, von dieser unerwarteten Vergeltung überrascht, zurückfuhren. Dann aber wurde auf Philipp, der noch immer im

Fenster lehnte, eine Pistole abgefeuert, ohne jedoch zu treffen, und im nächsten Augenblick fühlte sich unser Held zurück und aus dem Bereich der feindlichen Kugeln gezogen, eine Aufmerksamkeit, die ihm von Amine erwiesen wurde, welche, ohne dass er darum wusste, an seine Seite getreten war.

»Ihr dürft Euch nicht in dieser Weise der Gefahr aussetzen, Philipp«, sagte sie in gedämpftem Tone.

»Sie hat mich Philipp genannt«, dachte er, ohne jedoch eine Antwort zu geben.

»Sie werden Euch jetzt wieder am Fenster erwarten«, fuhr Amine fort. »Nehmt die andere Büchse und geht in den Hausflur hinunter. Wenn das Schloss der Türe abgesprengt ist, so langen sie vielleicht mit ihren Armen herein, um den Riegel zurückzuschieben. Ich glaube zwar nicht, dass es ihnen gelingen wird, kanns aber doch nicht mit Sicherheit behaupten. Jedenfalls ist es besser, wenn Ihr unten seid, weil man Euch dort am wenigsten erwartet.«

»Ihr habt recht«, versetzte Philipp, indem er sich anschickte hinunterzugehen.

»Ihr dürft übrigens nicht mehr als einmal Feuer geben. Wenn noch einer fallt, haben wir's nur noch mit zweien zu tun, welche nicht zugleich auf das Fenster acht geben und sich Zutritt verschaffen können. Geht, ich will inzwischen die Büchsen wieder laden.«

Philipp schlich leise und ohne Licht hinunter. An der Türe bemerkte er, dass einer der Schurken seinen Arm durch die Schlossöffnung hereinstreckte und bemüht war, den oberen eisernen Riegel zurückzuschieben, welchen er eben erreichen konnte. Philipp legte an und war eben im Begriffe, seine ganze Ladung dem Räuber unter den erhobenen Arm hindurch in den Leib zu schießen, als er von draußen einen Büchsenknall hörte.

»Amine hat sich am Fenster blicken lassen«, dachte Philipp, »und ist vielleicht verwundet.«

Das Verlangen nach Rache veranlasste ihn, zuerst seine Kugel in den Leib des Mannes zu jagen; dann aber flog er die Treppe hinauf, um sich über Aminens Lage Gewissheit zu verschaffen. Das Mädchen war nicht am Fenster. Er stürzte in das innere Zimmer, und da stand sie und lud bedachtsam die Büchse.

»Mein Gott, wie Ihr mich erschreckt habt, Amine! Ich schloss aus dem Feuer draußen, dass Ihr Euch am Fenster gezeigt hättet.«

»Nein, das war gewiss nicht der Fall; aber ich meinte, wenn Ihr durch die Tür schösset, könnten sie Euer Feuer erwidern und Euch verletzen. Ich trat daher neben das Fenster und hielt an einem Stock etliche Kleider meines Vaters hinaus, und da die Räuber auf der Lauer lagen, so machten sie augenblicklich von ihren Waffen Gebrauch.«

»Wahrhaftig, Amine, wer hätte so viel Mut und Besonnenheit bei einem so jungen und schönen Wesen erwartet!«, rief Philipp überrascht.

»So sind also nur die von der Natur benachteiligten Leute tapfer?«, entgegnete Amine lächelnd.

»Das wollte ich nicht sagen, Amine – aber ich verliere Zeit und muss wieder nach der Türe hinunter. Gebt mir die andere Büchse und ladet diese aufs Neue.«

Philipp schlich abermals die Treppe hinunter, um zu rekognoszieren; ehe er jedoch die Tür erreicht hatte, hörte er in der Ferne die Stimme von Mynheer Poots. Amine, der die Rückkehr ihres Vaters gleichfalls nicht entgangen war, befand sich im Nu an der Seite unseres Helden und hielt in jeder Hand eine geladene Pistole.

»Fürchtet nichts, Amine«, sagte Philipp, während er die Türe aufriegelte, »es sind nur ihrer zwei, und Euer Vater soll gerettet werden.«

Die Türe ging auf, und Philipp stürzte mit seiner Büchse hinaus; er fand Mynheer Poots zwischen den beiden Räubern auf dem Boden liegend. Einer davon hatte eben sein Messer erhoben, um es seinem Opfer in den Leib zu bohren, als eine Kugel in seinen Schädel drang. Der letzte Räuber wurde nun mit Philipp handgemein, und es folgte ein verzweifelter Kampf, der jedoch bald dadurch entschieden wurde, dass Amine vortrat und dem Strauchdieb eine Pistolenkugel in den Leib jagte.

Wir müssen hier unsere Leser davon unterrichten, dass Mynheer Poots auf dem Heimwege den Knall von Feuerwaffen vernahm, der aus der Richtung seines eigenen Hauses kam. Der Gedanke an sein Geld und seine Tochter – denn wir müssen ihm die Gerechtigkeit widerfahren lassen, dass er das Mädchen zärtlich liebte – liehen ihm Schwingen; er vergaß, dass er ein waffenloser, schwacher, alter Mann war und hatte nichts im Sinn, als sein Haus zu erreichen.

Der Gefahr nicht achtend und wie ein Wahnsinniger brüllend, eilte er heran und stürzte in die Arme der beiden Räuber, welche ihn ergriffen und auch ermordet haben würden, wäre nicht Philipp rechtzeitig zu Hilfe gekommen.

Sobald der letzte Räuber überwältigt war, macht Philipp sich los, um Myheer Poots beizustehen, den er auf seinen Armen emporhob und ins Haus trug, als hätte er es mit einem Kinde zu tun. Der alte Mann befand sich infolge der Angst und der vorausgegangenen Aufregung noch immer in einem Zustand des Deliriums. Es stund einige Minuten an, ehe Mynheer Poots zusammenhängend sprechen konnte. »Meine Tochter!«, rief er. »Meine Tochter! Wo ist sie?«

»Hier, Vater«, entgegnete Amine. »Gott sei Dank, ich habe keinen Schaden genommen.«

»Ach! Mein Kind ist unversehrt«, sagte er, seine Augen weit aufreißend. »Ja, es ist ganz recht – und mein Geld – mein Geld – wo ist mein Geld?«, fügte er hinzu.

»Gänzlich in Sicherheit, Vater.«

»Gänzlich in Sicherheit – du sagst gänzlich in Sicherheit – weißt du es auch gewiss? – Lass mich sehen.«

»Hier ist es, Vater, wie Ihr selbst sehen könnt – unangetastet. Ihr dankt es einem Manne, den Ihr nicht so besonders gut behandelt habt.«

»Wem? – Was meinst du damit? – Ach ja, ich sehe ihn jetzt – es ist Philipp Vanderdecken – er ist mir vierthalb Gulden schuldig, und dann ist da auch noch die Flasche – hat er dich und mein Geld gerettet?«

»Allerdings, und zwar unter Lebensgefahr.«

»Gut, gut; ich will ihm die ganze Schuld erlassen – ja, die ganze Schuld, aber das Fläschchen – es ist ihm doch zu nichts nütze – das muss er mir wieder zurückgeben. Bring mir ein wenig Wasser.«

Es stund einige Zeit an, ehe der alte Mann wieder völlig zur Besinnung kam. Philipp ließ ihn mit seiner Tochter allein, nahm ein paar geladene Pistolen und ging hinaus, um sich über die vier Räuber Gewissheit zu verschaffen. Der Mond war inzwischen über den Wolkensaum emporgestiegen und strahlte in lichter Klarheit am Himmel, sodass sich in seinem Scheine alles unterscheiden ließ. Die beiden Männer an der Türschwelle waren tot, die andern aber, welche Mynheer Poots ergriffen hatten, noch am Leben, obschon der eine im Sterben lag, der andere aber aus einer schweren Wunde blutete. Philipp stellte an den Letzteren einige Fragen, die dieser jedoch nicht beantworten mochte oder konnte. Unser Held nahm daher die Waffen der Räuber an sich und kehrte in das Haus zurück, wo er den alten Mann, der nun von seiner Tochter gepflegt wurde, in einer verhältnismäßig gefassten Stimmung antraf.

»Ich danke Euch, Philipp Vanderdecken – ich danke Euch sehr. Ihr habt mein liebes Kind gerettet – und mein Geld – es ist freilich nur wenig – sehr wenig – denn ich bin arm. Mögt Ihr lange und glücklich leben.«

Philipp versank in ein Brüten. Der Brief und das Gelübde tauchten jetzt zum ersten Male, seit er mit den Räubern zusammengetroffen war, in seiner Erinnerung auf, und ein düsterer Schatten überflog seine Züge. »Lange und glücklich? – Nein, nein«, murmelte er mit einem unwillkürlichen Kopfschütteln.

»Und ich muss Euch gleichfalls danken«, sagte Amine und blickte forschend in Philipps Gesicht. »Oh, wie sehr bin ich Euch verpflichtet! In der Tat, ich werde es nie vergessen.«

»Ja, ja, sie wird Euch ihr Leben lang Dank wissen«, fiel ihr der alte Mann ins Wort, »aber wir sind arm – sehr arm. Ich habe von meinem Geld gesprochen, weil ich so wenig besitze und einen Verlust nicht verschmerzen könnte. Die vierthalb Gulden braucht Ihr mir jedoch nicht zu bezahlen – diese will ich gerne verlieren, Herr Philipp.«

»Und warum auch nur diese verlieren, Mynheer Poots? Ich versprach, Euch zu bezahlen, und werde mein Wort halten. Ich habe Geld genug – Tausende von Gulden – und weiß nicht, was ich damit anfangen soll.«

»Ihr – Ihr – Tausende von Gulden?«, rief Poots. »Pah, Unsinn! Das macht Ihr mir nicht weis.«

»Ich wiederhole es Euch, Amine«, sagte Philipp, »dass ich Tausende von Gulden besitze. Ihr wisst, dass ich Euch niemals anlügen würde.«

»Ich glaubte Euch schon, als Ihr es meinem Vater sagtet«, versetzte Amine.

»Aber dann, wenn Ihr so viel habt, und da ich gar so arm bin, Herr Vanderdecken –«

Amine legte jedoch die Hand auf ihres Vaters Lippen, und der Satz wurde nicht beendet.

»Vater«, sagte das Mädchen, »es ist Zeit, dass wir uns zurückziehen; Ihr müsst uns für heute verlassen, Philipp.«

»Nein, das will ich nicht«, versetzte Philipp, »und ebenso wenig gedenke ich zu schlafen. Ihr beide mögt ruhig zu Bett gehen; denn es ist in der Tat hohe Zeit. Gute Nacht, Mynheer Poots. Ich will nur um eine Lampe bitten und Euch dann allein lassen. – Gute Nacht, Amine.«

»Gute Nacht«, erwiderte Amine, ihre Hand ausstreckend, »und tausend, tausend Dank.«

»Tausende von Gulden!«, murmelte der alte Mann, während Philipp das Zimmer verließ und hinunterging.

5

Philipp Vanderdecken setzte sich unter das Vordach der Haustüre und strich sich das Haar aus der Stirne, welche er dem Fächeln des Windes preisgab; denn die fortgesetzte Aufregung der letzten drei Tage hatte in seinem Gehirn ein Fieber erzeugt, das ihn unruhig und verwirrt machte. Er sehnte sich nach Ruhe, wusste aber wohl, dass es für ihn keine gab. Finstere Ahnungen bedrängten ihn, und er sah eine lang fortgesetzte Kette von Katastrophen und Gefahren voraus, die in den Tod führten; aber seine Seele blieb frei von Furcht. Es war ihm, als hätte erst vor drei Tagen sein Dasein begonnen, das zwar traurig, aber nicht unglücklich war. Ohne Unterlass kehrten seine Gedanken zu dem verhängnisvollen Brief zurück, dessen seltsames Verschwinden entschieden auf einen übernatürlichen Ursprung hinzudeuten schien und ihn außerdem davon überzeugte, dass die Botschaft nur ihm zugedacht war. Die Reliquie in seinem Besitze bestätigte diese Tatsache nur noch mehr.

»Es ist mein Schicksal, meine Pflicht«, dachte Philipp. Nachdem er zu diesem einleuchtenden Schlusse gekommen war, kehrten seine Gedanken wieder zu der schönen, mutigen und geistesgegenwärtigen Amine zurück.

»Ist wohl das Geschick dieses schönen Wesens bestimmt, sich mit dem meinen zu verflechten?«, sagte er zu sich selber, als er dem Monde nachblickte, der hoch am Himmel dahinschwebte. »Die Ereignisse der letzten drei Tage könnten fast diese Vermutung rechtfertigen. Doch dies liegt in der Hand des Allmächtigen, und sein Wille geschehe. Ich habe feierlich gelobt, und mein Gelübde ist aufgezeichnet worden, dass ich mein Leben der Erlösung meines unglücklichen Vaters weihen will – aber hindert mich dies, Aminen zu lieben? Nein, nein; der Matrose, der die indischen Meere befährt, muss Monate an Land zubringen, ehe es ihm möglich wird, zu seinem Dienst zurückzukehren. Ich habe mein Ziel auf dem weiten Weltmeere aufzusuchen, aber wie oft muss ich nicht vielleicht wieder zurück, und warum sollte ich mir den Trost einer lächelnden Heimat versagen? – Und doch – handle ich recht, wenn ich um die Neigung eines Wesens werbe, das, wie ich überzeugt bin, in seiner Liebe so innig, treu und zärtlich sein würde? – Darf ich Amine überreden, sich einem Menschen zuzugesellen, dessen Leben so ungewiss ist? – Aber ist nicht das Leben eines jeden Seemanns ungewiss? – Muss er nicht den erzürnten Wogen Trotz bieten, während nur eine zolldicke Planke zwischen ihm und dem Tod liegt? Zudem bin ich auserwählt, eine Aufgabe zu erfüllen – und wenn dem so ist, was kann mir schaden, bis ich sie erfüllt habe, zu der vom Himmel dafür bestimmten Zeit? Aber wann – und wie wird es enden? Im

Tode? Ich wollte, mein Blut wäre ruhiger, damit ich besser überlegen könnte.«

Mit solchen Betrachtungen trug sich Philipp Vanderdecken geraume Zeit. Endlich graute der Tag, und weniger achtsam, sobald er die Morgenröte am Horizont entdeckte, schlummerte Philipp auf seinem Polster ein. Ein leichter Druck auf die Schulter schreckte ihn wieder auf, und er zog die Pistole aus seiner Brust. Als er sich umwandte, bemerkte er Amine.

»Diese Pistole sollte also mir gelten?«, sagte Amine lächelnd, indem sie Philipps Worte vom vorigen Abend wiederholte.

»Euch, Amine? Ja – Euch, zu Eurem abermaligen Schutze nämlich, falls es nötig wäre.«

»Ich bin davon überzeugt – wie freundlich ist es von Euch, nach so viel Anstrengung und Erschöpfung die lange Nacht durch zu wachen! Aber es ist jetzt heller Tag.«

»Bis ich die Morgenröte sah, Amine, war ich ein treuer Hüter.«

»Aber jetzt müsst ihr hereinkommen und Euch ein wenig ausruhen. Mein Vater ist bereits aufgestanden – Ihr könnt Euch auf sein Bett niederlegen.«

»Ich danke Euch, fühle mich aber nicht schläfrig. Es gibt noch viel zu tun. Wir müssen zum Bürgermeister gehen und den Vorfall anzeigen. Auch dürfen die Leichname nicht entfernt werden, bis das Ganze bekannt gemacht ist. Will Euer Vater gehen, Amine, oder soll ich es tun?«

»Mein Vater ist, als derjenige, der dieses Haus bewohnt, unstreitig die passendere Person. Ihr müsst bleiben und, wenn Ihr nicht schlafen wollt, eine Erfrischung zu Euch nehmen. Ich will hineingehen und meinem Vater Bescheid sagen; er hat bereits gefrühstückt.«

Amine begab sich ins Haus und kehrte bald mit ihrem Vater zurück, der bereit war, zum Bürgermeister zu gehen. Er grüßte Philipp freundlich, schauderte aber, als er an den Leichen vorbeigehen musste, und verfügte sich raschen Schritts nach der nahe gelegenen Stadt, wo der Bürgermeister wohnte.

Amine forderte Philipp auf, ihr zu folgen; sie begaben sich in das

Zimmer des Arztes, wo der junge Mann zu seiner Überraschung etwas Kaffee für sich bereitgestellt fand; ein derartiges Frühstück war nämlich in jener Zeit eine Seltenheit, wie sie Philipp in dem Hause des geizigen Mynheer Poots nicht zu finden erwartete – indes hatte sich der alte Mann in früheren Jahren so sehr an diesen Genuss gewöhnt, dass er seiner nicht gut entraten konnte.

Philipp, der in den letzten vierundzwanzig Stunden fast nichts zu sich genommen hatte, sprach ohne Bedenken dem ihm vorgesetzten Frühmahle zu. Amine setzte sich ihm gegenüber und schwieg.

»Amine«, begann Philipp endlich, »während meiner Nachtwache habe ich reichlich Zeit zum Nachdenken gehabt. Darf ich mich offen aussprechen?«

»Warum nicht?«, versetzte Amine. »Ich fühle mich überzeugt, dass Ihr nichts reden werdet oder überhaupt nicht reden könnt, was das Ohr einer Jungfrau nicht hören dürfte.«

»Ihr lasst mir Gerechtigkeit widerfahren, Amine. Meine Gedanken haben sich mit Euch und Eurem Vater beschäftigt. Ihr könnt nicht länger in diesem einsamen Hause bleiben.«

»Ach, es ist freilich zu einsam – das heißt, für seine Sicherheit – vielleicht auch für die meinige – aber Ihr kennt meinen Vater – gerade diese Abgeschiedenheit sagt ihm zu, der Mietzins ist nur gering, und er scheut größere Ausgaben.«

»Wem sein Geld so sehr am Herzen liegt, der sollte es auch an einem sichern Ort unterbringen – und dieser hier ist nicht sicher. Hört mich an, Amine. Wie Ihr wahrscheinlich wisst, habe ich ein Wohnhäuschen, das von vielen andern umgeben ist, welche sich gegenseitig Schutz gewähren. Ich verlasse es – vielleicht für immer; denn ich gedenke, mit dem erstbesten Schiff nach Indien auszufahren.«

»Nach Indien? Und warum dies? Habt Ihr nicht erst in der letzten Nacht gesagt, dass Ihr im Besitze von mehreren Tausend Gulden seid?«

»Das hat ganz seine Richtigkeit; aber, Amine, ich muss fort – meine Pflicht ruft mich. Fragt mich nicht weiter, sondern hört, was ich Euch jetzt vorschlage. Euer Vater muss mein Haus beziehen und in meiner Abwesenheit dafür Sorge tragen; er wird mir durch seine Einwilligung einen Gefallen erweisen, und Ihr werdet ihm zureden. Ihr seid dort sicher. Er mag auch mein Geld in seine Obhut nehmen – ich brauche es vorderhand nicht und kann es nicht mitnehmen.«

»Meinem Vater ist nicht gut fremdes Geld anvertrauen.«

»Aber warum ist er so habgierig? Er kann sein Geld doch nicht mitnehmen, wenn er aus dieser Welt abberufen wird. Er ist es also für Euch – und sollte in diesem Falle mein Geld nicht in sicherer Hand sein?«

»So vertraut es meiner Obhut an, und es soll gut aufbewahrt bleiben. Aber wozu müsst Ihr Euer Leben auf dem Wasser in Gefahr bringen, wenn Euch so reichliche Mittel zu Gebote stehen?«

»Amine, fragt mich hierüber nicht, denn ich kann Euch – wenigstens vorderhand – nicht mehr sagen, als dass ich die Pflicht eines Sohnes zu erfüllen habe!«

»Wenn es Eure Pflicht ist, so will ich nicht weiter in Euch dringen. Es war nicht bloß weibliche Neugierde, nein, nein – sondern ein besseres Gefühl, glaubt mir, das mich veranlasste, die Frage zu stellen.«

»Und welcher Art war dieses Gefühl, Amine?«

»Ich weiß es selbst kaum – vielleicht eine Mischung vieler guter Gefühle – Dankbarkeit, Achtung, Vertrauen, Zuneigung. Sind sie nicht hinreichend?«

»Allerdings, Amine – und jedenfalls sind sie ein reicher Gewinn nach einer so kurzen Bekanntschaft; aber auch ich empfinde sie für Euch, und noch viel mehr. Aber wie dem auch sein mag, wenn Ihr all dies für mich fühlt, so erweist mir den Gefallen, Euren Vater zu bereden, dass er heute noch dieses einsame Haus verlässt und das meinige bezieht.«

»Und wohin wollt dann Ihr gehen?«

»Wenn mich Euer Vater für die kurze Zeit meines Hierbleibens nicht zum Hausgenossen haben will, kann ich anderswo ein Obdach suchen; zeigt er sich aber geneigt, so will ich ihn gut entschädigen –

das heißt, falls Ihr nichts dagegen habt, dass ich noch einige Tage in dem Hause bleibe.«

»Warum sollte ich denn? Unsere Behausung ist nicht länger sicher, und Ihr bietet uns Schutz. Es wäre in der Tat höchst unrecht und undankbar, Euch von Eurem Herde zu vertreiben.«

»So redet ihm zu, Amine. Ich verlange keinen Mietzins, sondern betrachte es als eine Gunst, da ich nur mit Bekümmernis scheiden könnte, wenn ich Euch nicht in Sicherheit wüsste. – Wollt Ihr mirs versprechen?«

»Ich will mir alle Mühe geben – ja – ich kann Euch schon jetzt sagen, dass es geschehen wird, denn ich kenne meinen Einfluss. Hier meine Hand darauf. Wird Euch dies zufrieden stellen?«

Philipp nahm die ihm dargebotene kleine Hand. Seine Gefühle besiegten seine Klugheit; er führte die Hand an seine Lippen. Um sich zu überzeugen, dass Amine nicht unwillig sei, blickte er zu ihr auf und fand ihr dunkles Auge auf sich geheftet; wie schon einmal zuvor, nämlich als sie ihn einließ, schien sie in seiner Seele lesen zu wollen – die Hand aber wurde nicht zurückgezogen.

»In der Tat, Amine«, sagte Philipp, die Hand des Mädchens abermals küssend, »Ihr dürft auf mich bauen.«

»Ich hoffe – ich glaube – ja, ich bin überzeugt davon«, entgegnete sie endlich.

Philipp ließ ihre Hand los. Amine setzte sich wieder und schwieg eine Weile und sann. Auch Philipp ging seinen Gedanken nach und blieb stumm. Endlich begann Amine: »Ich glaube von meinem Vater gehört zu haben, dass Eure Mutter sehr arm war – und ein wenig verstört – und dass sich in Eurem Hause eine Stube befinde, welche viele Jahre verschlossen gehalten wurde.«

»Sie war verschlossen bis gestern.«

»Und dort habt Ihr Euer Geld gefunden? War denn Eurer Mutter nichts davon bekannt?«

»Doch; denn sie sprach zu mir auf ihrem Sterbebett davon.«

»So muss sie wohl gewichtige Gründe gehabt haben, das Gemach nicht zu öffnen?«

»Ja.«

»Und welcher Art waren sie, Philipp?«, fragte Amine in weichem und gedämpftem Tone.

»Ich darf nicht davon sprechen – sollte wenigstens nicht. Dies muss Euch genügen: Es war die Furcht vor einer Erscheinung.«

»Vor einer Erscheinung?«

»Sie sagte, mein Vater sei ihr erschienen.«

»Und glaubt Ihr, dass es wirklich der Fall war, Philipp?«

»Ich zweifle nicht im Mindesten daran. Aber jetzt kann ich auf Eure Fragen nicht weiter antworten, Amine. Das Gemach ist wieder geöffnet, und es steht nicht zu besorgen, dass sich abermals eine Spukgestalt zeigt.«

»Ich fürchte mich nicht davor«, versetzte Amine nachsinnend. »Aber«, fuhr sie nach einer Weile fort, »hängt dies vielleicht mit Eurem Entschlusse, auf See zu gehen, zusammen?«

»Ich will Euch so viel antworten, dass es mich veranlasst, auf See zu gehen; jetzt aber bitte ich Euch, nicht mehr in mich zu dringen. Es ist schmerzlich, Euch etwas abzuschlagen, und meine Pflicht verbietet mir, mich weiter darüber auszulassen.«

Einige Minuten blieben beide stumm, bis endlich Amine wieder anhub: »Ihr wart gar so darauf erpicht, wieder in den Besitz jener Reliquie zu gelangen, dass ich mich des Gedankens nicht erwehren kann, sie stehe in einer Beziehung zu Eurem Geheimnis. Ist es nicht so?«

»Ich will Euch auch diese letzte Frage noch beantworten, Amine. – Ja, sie hängt mit meinem Geheimnis zusammen; aber jetzt fragt nicht mehr!«

Die Derbheit, mit der Philipp seine Antwort beendete, blieb nicht ohne Wirkung auf Amine, welche erwiderte: »Ihr seid so sehr von anderen Gedanken in Anspruch genommen, dass Ihr das Kompliment nicht zu fühlen scheint, welches darin liegt, dass ich so viel Interesse an Euch nehme.«

»Doch – ja – ich fühle es, und bin Euch auch dankbar dafür, Amine. Vergebt mir meine Barschheit, aber vergesst nicht, dass das Geheimnis nicht mein Eigentum ist – wenigstens scheint es mir so. Gott ist mein Zeuge, wie sehr ich wünschte, es selbst auch nicht zu kennen, denn es hat alle meine Lebenshoffnungen vernichtet.«

Philipp schwieg, und als er seine Augen wieder erhob, sah er, dass Aminens Blicke auf ihm ruhten.

»Wollt Ihr meine Gedanken lesen, Amine, oder mein Geheimnis?«

»Eure Gedanken vielleicht, nicht aber Euer Geheimnis. Dennoch tut es mir leid, dass es Euch augenscheinlich so schwer deprimiert. Es muss in der Tat furchtbar sein, dass es ein Gemüt wie das Eure so bedrücken kann.«

»Wo habt ihr gelernt, so mutig zu sein, Amine?«, fragte Philipp, um den Gegenstand des Gesprächs zu wechseln.

»Die Umstände machen den Menschen mutig oder verzagt. Wer an Schwierigkeiten und Gefahren gewöhnt ist, fürchtet sie nicht mehr.«

»Und wo sind Euch Gefahren begegnet, Amine?«

»In dem Land, in welchem ich geboren bin, nicht an dem feuchten und trüben Ort, an dem ich mich jetzt befinde.«

»Wollt Ihr mir die Geschichte Eures früheren Lebens anvertrauen, Amine? Ich kann verschwiegen sein, wenn Ihr es wünscht.«

»Dass Ihr verschwiegen sein könnt, vielleicht auch gegen meinen Wunsch, habt Ihr mir bereits bewiesen«, versetzte Amine lächelnd, »indes seid Ihr immerhin berechtigt, etwas von dem Leben zu erfahren, das Ihr gerettet habt. Ich kann Euch nicht viel sagen, aber auch dieses wenige wird reichen. Mein Vater wurde, als er noch ein Knabe war, an Bord eines Handelsschiffes von den Mauren geraubt und später an einen Hakim, einen arabischen Arzt, als Sklave verkauft. Der Maure, dem die Talente meines Vaters gefielen, bildete ihn zu seinem Gehilfen heran, und diesem Manne verdankt mein Vater seine Kenntnisse. Im Laufe einiger Jahre stand er seinem Meister nicht mehr nach, durfte aber als Sklave nicht für sich selbst arbeiten. Ihr kennt die Habsucht meines Vaters, die sich leider nicht verheimlichen lässt. Er seufzte danach, so reich zu werden wie sein Herr und seine Freiheit zu erlangen. Sein Übertritt zum mohammedanischen Glauben verschaffte ihm die Freiheit, und er praktizierte nun selbstständig. Die Tochter eines arabischen Häuptlings, dessen Gesundheit er wiederhergestellt hatte, wurde sein Weib, und er ließ sich im Lande nieder. Ich wurde geboren; mein Vater sammelte Schätze und wurde sehr berühmt. Aber der Sohn eines Beys, der unter seinen Händen starb, bot einen Vorwand, ihn zu verfolgen. Man trachtete ihm nach dem Leben, aber er entkam, freilich nicht ohne den Verlust seines ganzen geliebten Reichtums. Meine Mutter und ich begleiteten ihn; er flüchtete sich zu den Beduinen, bei denen er einige Jahre blieb. Dort gewöhnte ich mich an rasche Märsche, an wilde und grimmige Angriffe, an Niederlagen und Flucht, auch an grausames Gemetzel. Die Beduinen bezahlten jedoch die Dienste meines Vaters schlecht, und Gold war sein Idol. Als er hörte, dass der Bey tot sei, kehrte er nach Kairo zurück, um zu praktizieren. Aufs Neue raffte er Reichtümer zusammen, die allmählich groß genug wurden, um die Gier des neuen Beys zu erregen; aber glücklicherweise erhielt er Kunde von den Absichten des Herrschers. Er flüchtete wieder mit einem großen Teil seiner Habe und erreichte in einem kleinen Schiff die spanische Küste, durfte aber sein Geld nicht lange behalten. Ehe er dieses Land erreichte, wurde er nahezu seiner ganzen Habe beraubt, und nun hat er seit drei Jahren wieder Ersparnisse angesammelt. Wir waren nur ein Jahr in Mittelburg und zogen dann hierher. Dies ist die Geschichte meines Lebens, Philipp.«

»Und hält Euer Vater noch immer an dem mohammedanischen Glauben fest, Amine?«

»Ich weiß es nicht, möchte aber eher vermuten, dass er es mit gar keinem Glauben hält; wenigstens hat er mich keinen gelehrt. Das Gold ist sein Gott.«

»Und der Eurige?«

»Ist der Gott, der diese schöne Welt geschaffen hat, samt allem, was sie enthält – der Gott der Natur – nennt ihn, wie Ihr wollt. Ich fühle ihn, Philipp, möchte ihn aber wohl noch näher kennenlernen. Es gibt so viele Glaubensbekenntnisse, die aber zuverlässig nichts anderes sein können, als verschiedene Pfade, die in gleicher Weise zum Himmel führen. Euer Glaube ist der christliche, Philipp – ist er der wahre? Doch jeder nennt den seinen den wahren, welcher Art er auch sein mag.«

»Er ist der wahre und der einzig wahre, Amine. Dürfte ich nur sprechen – ich habe die furchtbarsten Beweise zur Hand –«

»Dass Euer Glaube der wahre ist? Seid Ihr dann nicht verpflichtet, sie zu offenbaren? Sagt mir, seid Ihr durch eine feierliche Zusage gebunden, Eure Beweise nicht zu enthüllen?«

»Nein, das nicht – aber doch ist mirs, als ob es der Fall wäre. Ich höre übrigens Stimmen – es muss Euer Vater sein – mit den Vertretern der Obrigkeit – ich will ihnen entgegengehen.«

Philipp stand auf und begab sich die Treppe hinunter. Amine folgte ihm mit den Augen, und ihre Blicke blieben auf der Türe haften.

»Ists möglich?«, sagte sie, sich das Haar aus der Stirne streifend. »So bald schon? Ja, ja – und doch ists so. Ich fühle, dass ich lieber sein geheimes Weh – seine Gefahren – ja, sogar den Tod mit ihm teilen möchte, als Ruhe und Glück mit einem andern. Und es wäre in der Tat sonderbar, wenn es nicht so kommen sollte. Diesen Abend noch soll mein Vater in Philipps Haus ziehen – ich will unverweilt meine Vorbereitungen treffen.«

Die Magistratspersonen nahmen die Angaben von Philipp und Mynheer Poots zu Protokoll und untersuchten die Toten, von denen ein paar als berüchtigte Räuber erkannt wurden. Der Bürgermeister ließ sie fortschaffen. Dann brachen die Magistratspersonen ihre Beratung ab, und Philipp konnte mit Mynheer Poots wieder zu Amine zurückkehren. Es wird nicht nötig sein, über die nun folgende Unterhaltung Bericht zu erstatten; wir begnügen uns daher mit der Mitteilung, dass Poots die Gründe, welche Amine und Philipp vorbrachten, einsah, umso mehr, da er keinen Mietzins zu bezahlen brauchte. Die Möbel und Arzneien wurden auf einen Wagen geladen, und gegen Abend war fast das ganze Haus geräumt. Des Doktors Geldkiste sollte jedoch erst in der Dunkelheit auf den Karren geladen werden, und Philipp ging als Beschützer mit. Amine und ihr Vater begleiteten das Fuhrwerk auf der anderen Seite. Wie man sich denken kann, wurde es spät, bis alles an seinem Platz stand und die neuen Hausbewohner zur Ruhe gehen konnten.

6

»Dies ist also das Gemach, das so lange verschlossen blieb«, sagte Amine, da sie es am andern Morgen betrat, noch lange, bevor Philipp aus dem tiefen Schlaf erwachte, der eine notwendige Folge der vorangegangenen Nachtwache war. »Ja, schon die dumpfe Luft bekundet es.«

Amine blickte umher und musterte das Mobiliar. Ihre Blicke blieben an den Vogelkäfigen hängen; sie sah hinein.

»Arme kleine Geschöpfe!«, fuhr sie fort. »Und hier ist also seiner Mutter der Gatte erschienen. Wohl, das mag so sein – Philipp sagt, er habe Beweise – und warum hätte auch sein Vater nicht sollen erscheinen können. Wäre Philipp tot, so würde es mich freuen, seinen Geist zu sehen – es wäre wenigstens etwas! Doch, was sage ich? – Falsche Lippen, wie mögt ihr so mein Geheimnis verraten? – Der Tisch ist umgeworfen – das sieht aus wie ein Werk der Furcht; ein Arbeitskörbchen, dessen Inhalt auf dem Boden verstreut ist – nur der Schrecken eines Weibes! Eine Maus hätte dazu Anlass geben können – und doch liegt etwas Feierliches in der einfachen Tatsache, dass so viele Jahre kein lebendes Wesen diese Schwelle überschritten hat! Dass sogar ein Tisch viele Jahre so umgestürzt bleiben kann, scheint kaum natürlich – wirkt deshalb umso gewaltiger auf das Gemüt. Es wundert mich nicht, dass Philipp in diesem Raum ein so bedrückendes Geheimnis vermutet – aber es darf nicht so bleiben – das Gemach muss sofort wieder bewohnt werden.«

Amine, welche seit Langem gewohnt war, ihrem Vater aufzuwarten und die Obliegenheiten des Hauswesens zu besorgen, machte sich nun an die Arbeit.

Das ganze Zimmer und jedes darin befindliche Möbelstück wurde gereinigt. Der Staub und die Spinnweben verschwanden. Das Sofa und der Tisch wurden aus der Ecke in die Mitte gerückt, und die Vogelkäfige, die wie düstere kleine Gefängnisse anmuteten, wurden entfernt. Als Amine mit ihrer Arbeit zu Ende war, schien die

Sonne hell durch die geöffneten Fenster, und das Gemach gewann ein heiteres Aussehen.

Amine war verständig genug, um zu wissen, dass trübe Erinnerungen sich verflüchtigen, wenn man die Gegenstände entfernt, mit denen sie zusammenhängen. Sie wollte Philipp Beruhigung verschaffen; denn sie hatte ihn mit all dem Feuer und all der Warmblütigkeit ihrer mütterlichen Vorfahren ins Herz geschlossen und war nun darum bemüht, ihn zu gewinnen. Wieder und wieder nahm sie ihr Geschäft auf, bis die Gemälde und all die übrigen Gegenstände ringsumher frisch und rein aussahen.

Nicht nur die Vogelkäfige, sondern auch das Arbeitskörbchen und sein Inhalt wurden weggeschafft – ebenso die Stickerei, die Philipp vom Boden aufgehoben hatte, bevor er im nächsten Augenblick wie vor einer Natter zurückgebebt war. Er hatte übrigens die Schlüssel auf dem Boden liegen gelassen. Amine öffnete damit die Schränke, reinigte sodann die Glastüren und war eben im Begriffe, die silbernen Gefäße blank zu reiben, als ihr Vater ins Zimmer trat.

»Barmherziger Himmel!«, rief Mynheer Poots. »Und dies alles ist Silber? Dann muss es wahr sein, und er hat wirklich Tausende von Gulden; aber wo sind sie?«

»Kümmert Euch nicht darum, Vater! Euer Eigentum ist ja geborgen, und das habt Ihr Philipp Vanderdecken zu danken.«

»Ja, ganz richtig; aber, da er hier leben will – er wird wohl viel essen – was wird er mir bezahlen? Es stünde ihm wohl an, gut zu bezahlen, da er so viel Geld hat.«

Aminens Lippen kräuselten sich zu einem verächtlichen Lächeln, ohne dass sie jedoch eine Antwort gab.

»Ich möchte nur wissen, wo er sein Geld aufbewahrt; und er will auf See gehen, sobald er ein Schiff ausfindig macht? Wer wird dann auf sein Eigentum achthaben, wenn er fort ist?«

»Das will ich tun, Vater«, versetzte Amine.

»Ach – ja – gut, wir wollen dafür Sorge tragen. Das Schiff könnte zugrunde gehen.«

»Nein, Vater, nicht *wir* werden dafür Sorge tragen. Ihr habt nichts damit zu schaffen; kümmert Euch um Eure eigene Habe.«

Amine stellte das Silber in die Schränke, verschloss die Türen und nahm, als sie hinausging, um das Frühstück zu bereiten, die Schlüssel mit sich, während der alte Mann zurückblieb und durch die Glasscheiben das kostbare Metall dahinter betrachtete. Seine Blicke blieben lange darauf geheftet, ohne dass er sie abzuwenden vermochte, und von Zeit zu Zeit murmelte er vor sich hin: »Ja, es ist alles Silber.«

Philipp kam die Treppe herunter; als er auf seinem Wege nach der Küche an dem Zimmer vorbeiging und Mynheer Poots vor dem Schranke erblickte, trat er gleichfalls ein. Er war überrascht über die angenehme Veränderung und fühlte mit tiefem Danke, warum und durch wen sie geschehen war. Amine kam mit dem Frühstück, und ihre Augen drückten mehr aus, als ihre Lippen zu sagen vermocht hätten; Philipp setzte sich weniger bekümmert und mit einer entwölkteren Stirne zu seinem Mahle nieder.

»Mynheer Poots«, begann Philipp, sobald er sein Frühstück beendigt hatte, »ich gedenke, Euch im Besitze meines Häuschens zu lassen, und hoffe, Ihr werdet Euch darin wohl befinden. Vor meiner Abreise will ich Eurer Tochter mitteilen, welche Anordnungen noch zu treffen sind.«

»Ihr verlasst uns also, Herr Philipp, und wollt auf See gehen? Es muss allerdings schön sein, fremde Länder zu sehen – weit schöner, als zu Hause zu bleiben. Wann gedenkt Ihr abzureisen?«

»Ich werde heute Abend nach Amsterdam aufbrechen, um ein Schiff ausfindig zu machen«, versetzte Philipp, »aber ich komme wahrscheinlich vor meiner Ausfahrt noch einmal zurück.«

»Ah! Ihr wollt wiederkommen? Ja, Ihr müsst nach Eurem Geld und Eurer Habe sehen – müsst das Geld zählen – wir wollen es gut in Acht nehmen. Wo habt Ihr Euer Geld, Herr Vanderdecken?«

»Das soll Eure Tochter erfahren – diesen Morgen, noch bevor ich aufbreche. Spätestens in drei Wochen könnt Ihr mich wieder zurückerwarten.«

»Vater«, sagte Amine, »Ihr habt dem Bürgermeister versprochen, sein Kind zu besuchen; es ist Zeit, dass Ihr geht.«

»Ja, ja – gleich – alles zu seiner Zeit; aber ich muss zuerst Herrn

Philipps Wünsche hören – er hat mir vor seiner Abreise noch viel zu sagen.«

Philipp konnte sich eines Lächelns nicht erwehren, als er sich erinnerte, was vorgefallen war, als er Mynheer Poots zum ersten Male in sein Haus gerufen hatte; aber Kummer und eine düstere Miene lösten die Heiterkeit ab.

Amine, die wohl wusste, was in ihrem Vater und in Philipp vorging, brachte jetzt ihrem Vater den Hut und führte ihn nach der Türe. Mynheer Poots war darüber zwar nicht sonderlich erfreut, zugleich aber auch gewohnt, dem Willen seiner Tochter zu gehorchen, weshalb er seinen Weg zu dem Kinde des Bürgermeisters antrat.

»So bald schon, Philipp?«, fragte Amine, nach dem Zimmer zurückkehrend.

»Ja, Amine, ich muss unverweilt aufbrechen, hoffe aber, vor meiner Ausfahrt noch einmal zurückzukommen. Sollte dies nicht der Fall sein, so will ich Euch gleich jetzt die betreffenden Weisungen erteilen. Gebt mir die Schlüssel.«

Philipp öffnete das untere Fach des Schrankes und den Deckel der eisernen Truhe. »Hier, Amine, ist mein Geld; wir brauchen es nicht zu zählen, wie mir Euer Vater vorschlug. Ihr seht, dass ich recht hatte, als ich behauptete, dass ich Tausende von Gulden besitze. Vorderhand sind sie mir nichts nütze, da ich mein Gewerbe zu erlernen habe. Sollte ich eines Tages zurückkehren, so können sie mir zu einem eigenen Schiffe verhelfen; aber mein künftiges Geschick ist ungewiss.«

»Und wenn Ihr nicht wieder zurückkehren solltet?«, entgegnete Amine mit Ernst.

»Dann soll alles, was das Häuschen enthält, wie auch das Häuschen selbst Euer Eigentum sein.«

»Ihr habt Verwandte – oder nicht?«

»Nur einen – einen reichen Onkel, der uns in unserer Not nur wenig unterstützte und kinderlos ist. Ich habe ihm nicht viel zu verdanken und er braucht nichts. Auf der ganzen Welt gibt es nur ein einziges Wesen, das in meinem Herzen Anteilnahme geweckt hat, und dieses Wesen seid Ihr, Amine. Ich wünsche, dass Ihr in mir einen Bruder seht – und ebenso werde ich Euch stets wie eine teure Schwester lieben.«

Amine gab keine Antwort. Philipp nahm noch einiges Geld aus dem bereits angebrochenen Beutel, um damit seine Reisekosten zu bestreiten, verschloss dann Truhe und Fach und übergab die Schlüssel Amine. Er wollte ihr eben etwas sagen, als sich ein leichtes Pochen an der Türe vernehmen ließ und Pater Seysen, der Priester, eintrat. »Gott sei mit dir, mein Sohn, und auch mit Euch, mein Kind. Ich habe Euch noch nie gesehen. Vermutlich seid Ihr die Tochter von Mynheer Poots?«

Amine antwortete mit einem Neigen des Kopfes.

»Ich bemerke, Philipp, dass das Zimmer jetzt geöffnet ist, und habe von allem, was geschehen ist, Kunde erhalten. Der Wunsch, mit dir zu sprechen, führt mich hierher; ich muss daher diese Jungfrau bitten, uns für eine Weile allein zu lassen.«

Amine verließ das Zimmer, worauf der Priester sich auf das Kanapee setzte und Philipp an seine Seite winkte. Das Gespräch der beiden hier zu wiederholen würde zu lange dauern. Der Priester befragte Philipp zuerst über sein Geheimnis, konnte aber nicht die gewünschte Auskunft erhalten, da ihm Philipp nur so viel anvertraute, als er bereits Amine mitgeteilt hatte. Philipp erklärte zugleich seine Absicht, auf See zu gehen, und fügte hinzu, dass er, im Falle er nicht zurückkehren sollte, sein Vermögen (dessen Höhe er nicht berührte) dem Doktor und seiner Tochter vermacht habe. Der Priester erkundigte sich über Mynheer Poots und fragte Philipp, zu welchem Glauben dieser sich bekenne, da er ihn noch nie in einer Kirche gesehen habe und das Gerücht umgehe, dass er ein Heide sei. Philipp gab hierauf wie gewöhnlich eine freimütige Antwort und erklärte, dass zumindest die Tochter im Glauben unterwiesen zu werden wünsche, und er bat den Priester, die Aufgabe zu übernehmen, da er selbst ihr nicht gewachsen sei. Pater Seysen, der Philipps Gefühle für das Mädchen bald durchschaut hatte, war einverstanden. Nach etwa zwei Stunden wurde die Unterhaltung durch die Rückkehr des Herrn Poots unterbrochen, der, sobald er

Pater Seysen bemerkte, augenblicklich das Zimmer wieder verließ. Philipp rief Amine, stellte sie dem Priester vor und bat sie, seine Besuche anzunehmen, worauf der gute Mann das Paar segnete und sich entfernte.

»Ihr habt ihm doch kein Geld gegeben, Herr Philipp?«, fragte Mynheer Poots, sobald Pater Seysen das Gemach verlassen hatte.

»Nein«, antwortete Philipp, »aber ich wollte, ich hätte daran gedacht.«

»Nicht doch – es ist besser so – denn Geld ist besser als das, was er Euch geben kann. Er sollte aber nicht wieder herkommen.«

»Warum nicht, Vater, wenn Herr Philipp es wünscht?«, entgegnete Amine. »Philipp ist hier in seinem eigenen Hause.«

»O ja, wenn Herr Philipp es wünscht; aber du weißt ja, er will von hier fortgehen.«

»Gut, und wenn auch – warum sollte der Pater nicht hierherkommen? Er kann ja mich besuchen.«

»Dich besuchen, mein Kind? Was kann er von dir wollen? Ei, meinetwegen – aber wenn er kommt, so erhält er von mir keinen Stüber – und dann wird er bald wegbleiben.«

Philipp hatte keine Gelegenheit, sich weiter mit Amine zu besprechen – wusste ihr auch nichts mehr zu sagen. Nach einer Stunde verabschiedete er sich von ihr in Gegenwart ihres Vaters, der sie nicht allein lassen wollte, weil er von Philipp Auskunft über das Geld zu erhalten hoffte, welches im Hause zurückbleiben sollte.

Zwei Tage nachher langte Philipp zu Amsterdam an, erkundigte sich und erfuhr, dass es wohl noch einige Monate anstehen konnte, ehe ein Schiff nach Ostindien aussegelte. Die holländische Ostindien-Kompanie hatte sich schon längst konstituiert und privaten Unternehmungen ein Ende gemacht; auch segelten ihre Schiffe nur zu einer Zeit aus, in welcher man das Kap der Stürme – wie die frühen Abenteurer das Kap der Guten Hoffnung nannten – am besten umfahren zu können glaubte. Eines der Schiffe, welches mit der nächsten Flotte aussegeln sollte, war die »Ter Schilling«, ein dreimastiges Fahrzeug, das jetzt abgetakelt im Hafen lag.

Philipp suchte den Kapitän auf und gab ihm zu verstehen, dass er mit ihm ausfahren und das Gewerbe eines Seemanns erlernen wolle. Der Kapitän war nicht unzufrieden darüber, und da Philipp nicht nur keinen Lohn verlangte, sondern auch noch Lehrgeld zahlen wollte, so versprach er ihm eine Unterkunft an Bord, wie sie sonst einem zweiten Maaten zustand; auch sagte er ihm, er solle Kunde erhalten, wenn das Schiff absegle. Da nun Philipp alles getan hatte, was sein Gelübde von ihm forderte, so beschloss er, nach Hause zurückzukehren, und bald war er wieder bei Amine.

Wir müssen nun zwei Monate überspringen, während welcher Mynheer Poots seinem Berufe nachging und, da er nur selten zu Hause war, unser junges Paar oft stundenlang allein ließ. Philipps Liebe zu Amine wurde in vollem Maße erwidert, ja es war mehr als Liebe – eine aufopfernde Hingabe von beiden Seiten, die sich mit jedem Tag steigerte. Wo hätte man auch ein bezaubernderes und anziehenderes Geschöpf finden können, als es die mutige und doch so zarte Amine war? Wohl umwölkte sich Philipps Stirne oft, wenn er der dunklen Zukunft gedachte; aber das Lächeln des Mädchens verscheuchte die Düsterkeit, und wenn sie ihm ins Auge blickte, war alles vergessen. Amine machte kein Geheimnis aus ihrer Neigung, sondern zeigte sie in jedem Wort, in jedem Blick und in jeder Gebärde. Sie zierte sich nicht, wenn Philipp ihre Hand fasste, seinen Arm um ihren Leib schlang oder sogar ihre Korallenlippen küsste. Voll großmutigen Vertrauens fühlte sie, dass ihr Glück sich auf seine Liebe gründete und dass sie eigentlich nur in seiner Gegenwart lebte. So gingen zwei Monate dahin, bis eines Tages Pater Seysen, der oft einsprach und Aminen in den Lehren seines Glaubens unterwies, hereintrat, als Philipp eben das Mädchen mit seinen Armen umschlungen hielt.

»Meine Kinder«, sagte er, »ich beobachte Euch schon seit einiger Zeit – dies ist nicht gut und auf alle Fälle gefährlich – selbst wenn du sie zu heiraten gedenkst, Philipp, was ich von dir erwarte. Ihr müsst getraut werden.«

Philipp sprang auf.

»Ich habe mich hoffentlich nicht in dir getäuscht, mein Sohn!«, fuhr der Priester in strengem Tone fort.

»Nein, nein, guter Vater; aber ich muss Euch bitten, mich jetzt zu verlassen. Kommt morgen wieder her, und dann wird alles entschieden sein; zuvor aber will ich mit Amine sprechen.«

Der Priester verließ das Gemach, und Philipp war wieder mit Amine allein. Die Farbe in Aminens Gesicht wechselte, und ihr Herz pochte in schnelleren Schlägen; denn sie fühlte, wie sehr ihre ganze Seligkeit auf dem Spiele stand.

»Der Priester hat recht, Amine«, sagte Philipp, sich an ihrer Seite niederlassend. »So kann es nicht fortgehen. Wollte Gott, dass ich stets bei Euch bleiben könnte und nicht ein so grausames Schicksal mich verfolgte! Ihr wisst, dass ich sogar den Boden verehre, den Ihr betretet, und doch wage ich es nicht, Euch zu bitten, mit mir einen Bund des Elends einzugehen.«

»Ein Bund mit Euch wird kein Bund des Elends sein, Philipp«, versetzte Amine mit niedergeschlagenen Augen.

»Es wäre nicht freundlich von mir, Amine. Ich würde sehr selbstsüchtig handeln.«

»Ich will offen mit Euch reden, Philipp«, entgegnete Amine. »Ihr behauptet, mich zu lieben – ich weiß nicht, wie Männer lieben – wohl aber, wie ich lieben kann. Wenn Ihr mich jetzt verließet, so fühle ich, dass es in der Tat unfreundlich und selbstsüchtig von Euch wäre; denn ich – ich würde sterben, Philipp. Ihr sagt, dass Ihr fort müsst – dass das Schicksal dies von Euch fordere – und sprecht von Eurem verhängnisvollen Geheimnis. Sei es drum – aber kann ich nicht mit Euch gehen?«

»Mit mir gehen, Amine? In den Tod?«

»Ja, auch in den Tod; denn was ist der Tod anderes als eine Erlösung? Den Tod fürchte ich nicht, Philipp, wohl aber fürchte ich, Euch zu verlieren. Und außerdem – ist Euer Leben nicht in der Hand dessen, der alles geschaffen hat? Woher wisst Ihr denn so gewiss, dass Ihr in den Tod geht? Ihr habt mir zu verstehen gegeben, Ihr seiet erkoren – auserwählt für eine Aufgabe. Wenn dies der Fall ist, so habt Ihr den Tod nicht zu fürchten; denn der Erkorene muss bis zur Vollendung seines Werkes leben. Ich wünschte, Euer Geheimnis zu kennen, Philipp; der Verstand eines Weibes könnte

Euch vielleicht nützlich werden, und wenn nicht, würde es Euch denn nicht zum Troste, zur Freude gereichen, sowohl Wonne als Leid mit einem Wesen zu teilen, das Euch teuer ist?«

»Amine, teuerste Amine – nur meine Liebe, meine heiße, innige Liebe lässt mich zögern; denn welche Seligkeit wäre es nicht für mich, wenn wir in dieser Stunde schon miteinander verbunden wären. Ich weiß kaum, was ich sagen oder tun soll. Wenn Ihr mein Weib wäret, könnte ich mein Geheimnis nicht vor Euch verbergen, und ebenso wenig dürfte ich Euch heiraten, bevor Ihr es erfahren habt. Nun, wohlan, Amine, ich will alles auf einen Wurf setzen. Ihr sollt das Geheimnis kennenlernen und erfahren, dass ich ein Verlorener und Elender bin, obgleich nicht durch meine Schuld. Dann mögt Ihr selbst entscheiden, dürft aber dabei nicht vergessen, dass mein Eid im Himmel aufgezeichnet ist und dass mir daher niemand abraten darf. Behaltet dies im Gedächtnis und hört meine Geschichte. – Entschließt Ihr Euch dann, einen Mann zu heiraten, dessen Aussichten so bitter sind, so sei es drum. Mir wird ein kurzes Glück werden – aber für Euch, Amine –«

»Zögert nicht länger mit Eurem Geheimnis, Philipp«, rief Amine ungeduldig.

Philipp erzählte nun ausführlich, was wir dem Leser bereits mitgeteilt haben. Amine hörte schweigend zu, ohne im Laufe der ganzen Geschichte in ihrem Antlitz auch nur eine einzige Veränderung merken zu lassen. Zum Schluss berichtete Philipp von dem Eid, den er geleistet hatte. »Das ist alles«, fügte er mit wehmütiger Stimme hinzu.

»Es ist eine wunderbare Geschichte, Philipp«, versetzte Amine, »doch hört mich an und gebt mir zuerst jene Reliquie, damit ich sie betrachte. – Kann denn wirklich so viel Kraft – ich hätte beinahe gesagt, so viel Unheil – in diesem kleinen Ding liegen? Seltsam! Verzeiht mir, Philipp, aber ich habe doch meine Bedenken über diese Mär von Eblis. Ihr wisst, ich bin noch nicht stark in dem neuen Glauben, den Ihr und der gute Priester mich in der letzten Zeit gelehrt habt. Ich will seine Wahrheit nicht in Abrede stellen, muss aber doch mit Nachsicht behandelt werden, wenn ich noch nicht so festen Fuß gefasst habe, um nicht zu wanken. Nehmen wir einmal an, Philipp, dass alles wahr ist – in diesem Falle würdet Ihr auch ohne Eid nur Eure Pflicht tun. Denkt nicht so niedrig von Amine, dass Ihr glaubt, sie wolle Euch daran hindern, das Rechte zu tun. Nein, Philipp, sucht Euren Vater und rettet ihn, wenn Ihr könnt und er Eurer Hilfe bedarf. Aber glaubt Ihr, eine so hohe Aufgabe lasse sich in einem einzigen Versuch vollführen? O nein. Seid Ihr wirklich erkoren, sie zu erfüllen, so werdet Ihr durch alle Schwierigkeiten und Gefahren bewahrt bleiben, bis Ihr das Ziel erreicht habt. Ihr werdet nicht sterben, sondern wieder und wieder zurückkehren – werdet Trost, Beruhigung und Liebe in den Armen Eures Weibes finden. Und wenn es dem Himmel gefällt, Euch aus dieser Welt abzuberufen, so wird sie, falls sie Euch überleben sollte, Euer Andenken ebenso lieben wie sie Euch selbst geliebt hat. Philipp, Ihr habt mir die Entscheidung anheim gegeben – teuerster Philipp, ich bin die Deinige.«

Amine streckte die Arme aus, und Philipp drückte das Mädchen an seine Brust. Noch am nämlichen Abend warb er um sie bei dem Vater, und Mynheer Poots gab seine Einwilligung, sobald der Freier seine Eisentruhe geöffnet und die Gulden vorgezeigt hatte.

Pater Seysen erschien am andern Morgen wieder und erhielt die Antwort, die er erwartet hatte. Drei Tage später hörte man das fröhliche Geläute der kleinen Kirchenglocken von Terneuse bei der Hochzeit von Amine Poots und Philipp Vanderdecken.

7

Erst im Spätherbst wurde Philipp durch einen Bescheid des Kapitäns, auf dessen Schiff er sich hatte anwerben lassen, aus seinem Liebestraum geweckt – denn was sind die Freuden dieses Lebens anderes als ein Traum? So seltsam es auch erscheinen mag – von dem Tag an, der ihn für immer mit seiner Amine verband, hatte Philipp nicht länger über sein künftiges Geschick gebrütet, das zwar hin und wieder in seiner Erinnerung auftauchte, aber ebenso schnell wieder vergessen war. Philipp meinte, es sei hinreichend, den Eid zu erfüllen, wenn die Zeit dafür gekommen sei, und obgleich die Stunden im Fluge vergingen, und Tage, Wochen und Monate mit der einem wandellos ruhigen Glücke eigenen Schnelligkeit aufeinander folgten, so mochte er doch in Aminens Armen nie an sein Gelübde zurückdenken, während natürlich seine junge Gattin sorgfältig bemüht war, einen Gesprächsgegenstand zu vermeiden, der nur die Stirne ihres angebeteten Gemahls mit düsteren Wolken umgeben konnte. Ein paar Mal hatte der alte Poots zwar von Philipps Abreise zu sprechen angefangen, aber Aminens unwilliges Stirnrunzeln und ihr gebieterischer Befehl – denn sie kannte nur zu gut die schmutzigen Beweggründe ihres Vaters und konnte ihn zu solchen Zeiten nicht ohne Abscheu ansehen – machten ihn verstummen. Der alte Mann pflegte dann ganze Stunden damit zu verbringen, dass er in dem Besuchszimmer auf und ab ging und seine Blicke auf die Schränke heftete, in denen die silbernen Gefäße jetzt in ihrem ganzen früheren Glanze strahlten.

Eines Morgens im Monat Oktober ließ sich ein Pochen an der Haustüre vernehmen. Da diese Vorsichtsmaßnahme einen Fremden vermuten ließ, so ging Amine hinaus, um zu öffnen.

»Ich möchte mit Herrn Philipp Vanderdecken sprechen«, sagte der Fremde mit halb flüsternder Stimme.

Der Mann, der Amine also anredete, war eine kleine, magere Person in dem Anzuge der holländischen Matrosen jener Zeit und hatte eine Dachsmütze tief in den Kopf gedrückt. Die Züge seines leichenblassen, kleinen Gesichtes waren scharf geschnitten, seine Lippen bleich und seine Haare ein Gemisch von rot und weiß. Er hatte nur sehr wenig Bart, und der ganze Mann bot einen Anblick, der nur schwer ein Urteil über sein Alter erlaubte. Vielleicht war er ein kränklicher Jüngling, der früh zum Greise geworden war, vielleicht auch ein alter Mann von frischer Konstitution, aber abgemagert bis auf die Knochen. Das Auffallendste an diesem Menschen, das auch sogleich Aminens Aufmerksamkeit fesselte, war das Auge – denn er hatte nur ein einziges; das rechte Lid war geschlossen und der Augapfel im Innern sichtlich geschwunden, das linke Auge besaß aber im Vergleich mit der Größe des Gesichtes und des Kopfes ganz ungewöhnliche Dimensionen – es stand weit hervor, war durchscheinend wässrig und bot einen sehr unangenehmen Anblick, da es weder oben noch unten von Wimpern umgeben war. Überhaupt war es so ungewöhnlich, dass man, wenn man den Mann ansah, den Blick nicht davon abwenden konnte. Man stand nicht einem Menschen mit einem einzigen Auge gegenüber, sondern man sah ein einziges Auge mit einem Menschen darum herum. Der Körper war gewissermaßen nur das Gemäuer eines Leuchtturms und erregte ebenso wenig Aufmerksamkeit wie dieses im Vergleich mit der Flamme, welche dem kühnen Schiffer den Weg weisen soll. Bei näherer Betrachtung fand man übrigens, dass der Mann von feinem, obgleich unscheinbarem Körperbau war; seine Hände hatten weder die Derbheit noch die Färbung, welche man sonst bei den Seeleuten trifft; seine Züge waren im Allgemeinen trotz ihres scharfen Schnitts regelmäßig, und selbst in seinem unterwürfigen Wesen lag noch ein Ausdruck von Überlegenheit, ein gewisses, unbeschreibliches Etwas, das fast Grauen einzuflößen vermochte.

Aminens dunkle Augen hafteten für einen Moment auf dem Besucher, und als sie ihn eintreten hieß, drang es ihr eiskalt durchs Herz, ohne dass sie dafür einen Grund hätte angeben können.

Philipp war nicht wenig überrascht über das Erscheinen des Fremden, der sich, sobald er eingetreten war, ohne ein Wort zu sagen, neben Philipp auf den Sofaplatz setzte, welchen Amine eben erst verlassen hatte. Philipp sah etwas Verhängnisvolles in dem Umstand, dass diese Person Aminens Platz eingenommen hatte. Die Vergangenheit tauchte in seiner Erinnerung wieder auf, und er fühlte, dass er jetzt abberufen werden sollte von seinem kurzen Glück zu einem rastlosen Leben voller Gefahren und Leiden. Was ihn am meisten erstaunte, war das Gefühl plötzlicher Kälte, das seinen ganzen Körper durchdrungen hatte, als sich der kleine Mann neben ihn setzte. Die Farbe wich von den Wangen unseres Helden, aber er sprach nicht. Einige Minuten herrschte tiefes Schweigen.

Der einäugige Gast blickte in der Stube umher, zuerst auf die Schränke, dann auf Aminens Gestalt, die vor ihm stand; endlich unterbrach er die Stille durch eine Art von Kichern und sagte: »Philipp Vanderdecken – hihi! – Philipp Vanderdecken, Ihr kennt mich nicht?«

»Nein«, versetzte Philipp in halb zornigem Tone.

Die Stimme des Kleinen war sehr eigentümlich – eine Art gedämpften Kreischens, und die Laute tönten noch in den Ohren, nachdem der Mann längst zu sprechen aufgehört hatte.

»Ich bin Schriften, ein Steuermann der ›Ter Schilling‹«, fuhr er fort, »und komme nun – hihi!« – er blickte scharf auf Aminen – »um Euch hinwegzuholen aus den Armen der Liebe« – ein weiterer Blick nach dem Schranke – »hihi! – von aller Bequemlichkeit und auch von diesem!«, rief er, während er vom Sofa aufstand und auf den Boden stampfte – »von der Terra firma! – hihi! – vielleicht zu einem nassen Grabe. – Sehr angenehm!«, fuhr Schriften kichernd fort, während er sein einziges Auge mit einer bedeutsamen Miene auf Philipps Gesicht heftete.

Philipps erster Gedanke war, den Besuch zur Türe hinauszuwerfen; Amine jedoch, welche seine Gedanken erriet, trat mit verschränkten Armen vor den kleinen Mann, blickte ihn mit Verachtung an und bemerkte: »Wir alle müssen unser Schicksal über uns ergehen lassen, guter Freund, und der Tod will das Seinige haben, sei es zu Lande oder auf See. Aber selbst wenn ihm der Tod ins Gesicht starrt, wird Philipp Vanderdeckens Wange nicht so weiß sein, wie die Eurige jetzt ist.«

»Meint Ihr?«, entgegnete Schriften, augenscheinlich ärgerlich über diese ruhige Entschiedenheit eines so jungen und schönen Wesens; dann heftete er sein Auge auf den silbernen Schrein der heiligen Jungfrau, der auf dem Kaminmantel stand. »Ihr seid Katholik, wie ich bemerke – he?«

»Ich bin Katholik«, versetzte Philipp, »aber was geht das Euch an? Wann segelt das Schiff?«

»In einer Woche – hihi! – nur eine Woche zur Vorbereitung – nur sieben Tage, um dann alles zu verlassen – kurze Frist!«

»Mehr als zureichend«, entgegnete Philipp, sich vom Sofa erhebend. »Ihr mögt Eurem Kapitän sagen, dass ich pünktlich sein werde. Komm, Amine, wir dürfen keine Zeit verlieren.«

»Nein, in der Tat nicht«, erwiderte Amine, »aber unsere erste Pflicht ist die Gastfreundlichkeit. Mynheer, dürfen wir Euch eine Erfrischung anbieten nach Eurer Reise?«

»Heute über acht Tage«, sagte Schriften zu Philipp, ohne Aminen eine Antwort zu geben.

Philipp nickte mit dem Kopfe. Der Kleine wandte sich um, verließ das Zimmer und war nach kurzer Zeit nicht mehr zu sehen.

Amine sank auf das Sofa. Das Ende ihres Glücks war dem zärtlich liebenden, obgleich heroischen Weib doch zu plötzlich und auf eine allzu grausame Art und Weise herangekommen. In den Worten und in dem Wesen des einäugigen Boten lag eine gewissen Bosheit, und er weckte den Anschein, als wisse er mehr als andere, sodass sowohl Philipp als sie selbst davon eingeschüchtert und verwirrt wurde. Amine weinte nicht, bedeckte aber ihr Antlitz mit den Händen, während Philipp mit unsteten Schritten in dem kleinen Gemach auf und ab ging. Die halb vergessenen Szenen tauchten wieder aufs lebhafteste in seiner Erinnerung auf. Abermals trat er in die verhängnisvolle dunkle Stube. Die Stickerei lag zu seinen Füßen, und wieder fuhr er zurück, als er den Brief auf dem Boden entdeckte.

Sie waren beide aus dem Traume ihres gegenwärtigen Glücks erwacht und schauderten vor der furchtbaren Zukunft, die sich ihnen jetzt ankündigte. Indes reichten einige Minuten zu, um Philipp seine natürliche Selbstbeherrschung wieder gewinnen zu lassen. Ersetzte sich an Aminens Seite und umschlang sie mit seinen Armen. Sie blieben stumm – kannten sie ja doch gegenseitig ihre Gedanken nur zu gut; sie nahmen beide all ihren Mut zusammen, um ihre Herzen gegen die Erkenntnis zu stählen, dass sie sich eine Zeit lang trennen mussten – vielleicht für immer!

Amine ergriff zuerst das Wort; sie zog ihre Arme zurück, die sie um ihren Gatten geschlungen hatte, drückte seine Hand an ihr Herz, als wolle sie dessen schmerzliches Klopfen beschwichtigen und bemerkte sodann: »Gewiss war das kein irdischer Bote, Philipp!

Fühltest du nicht eine tödliche Kälte in dir, als er an deiner Seite saß? Wenigstens ging es mir so, als er hereinkam.«

Philipp hatte wohl den gleichen Gedanken, wünschte aber nicht, Aminen zu beunruhigen, weshalb er verwirrt antwortete: »Nein, Amine. Du bildest dirs nur ein – das heißt, sein plötzliches Erscheinen und sein seltsames Benehmen haben eine solche Vorstellung in dir geweckt. Was mich betrifft, so sah ich in ihm nur einen Mann, der durch seine Missgestalt zu einem neidischen Auswürfling der Gesellschaft wurde – einen Menschen, dem das häusliche Glück und die Gunst des anderen Geschlechts versagt ist; denn welches weibliche Wesen könnte freundlich auf eine solche Kreatur blicken? Seine Galle wurde rege, als er so viel Schönheit in den Armen eines anderen sah, und es machte ihm eine boshafte Freude, eine Nachricht überbringen zu dürfen, von der er wusste, sie werde eine Wonne verkürzen, die ihm verwehrt ist. Sei versichert, meine Liebe, das ist das Ganze.«

»Und selbst wenn meine Vermutung richtig wäre, was läge daran?«, versetzte Amine. »Es gibt nichts mehr – nichts, was deine Lage furchtbarer und verzweifelter machen könnte. Als deine Gattin, Philipp, fühle ich nicht mehr den Mut, den ich besaß, als ich dir meine Hand reichte. Damals wusste ich noch nicht, wie viel ich verlieren würde – doch fürchte nichts; wie tief ich auch hier fühle«, fügte Amine hinzu, indem sie ihre Hände ans Herz drückte, »so bin ich doch gefasst und stolz darauf, dass mein Gatte für ein solches Werk erkoren wurde.« Amine hielt inne. »Du kannst dich doch nicht geirrt haben, Philipp?«

»Nein, Amine, ich habe mich weder in der Aufforderung, die an mich ergangen ist, noch in meinem eigenen Mute oder in der Wahl meiner Gattin getäuscht«, entgegnete Philipp traurig, indem er sie mit seinen Armen umschlang. »Es ist der Wille des Himmels.«

»So möge er denn geschehen!«, erwiderte Amine und erhob sich. »Der erste Schmerz ist vorüber. Ich fühle mich jetzt besser, Philipp. Deine Amine kennt ihre Pflicht«

Philipp antwortete nicht, und Amine fuhr nach einer kleinen Weile fort: »Aber nur eine kurze Woche, Philipp –«

»Ich wollte, es wäre nur ein Tag«, versetzte er, »auch dieser wäre schon lange genug. Das einäugige Ungeheuer ist zu bald gekommen.«

»Nicht doch, rede nicht so, Philipp. Ich danke ihm für diese Woche – es ist eine kurze Frist, in der ich mich meines Glückes entwöhnen muss. Freilich, würde ich dich, wie so viele andere Weiber es täten, durch meine Tränen quälen, ärgern und entmutigen – würde ich dir mit Bitten oder Vorwürfen zusetzen, Philipp, so wäre schon ein Tag mehr als hinreichend, um dich mit meiner Schwäche elend zu machen. Doch nein, Philipp, deine Amine kennt ihre Pflicht besser. Du musst wie ein Ritter des Altertums zu einem gefährlichen Abenteuer ausziehen, in dem du vielleicht den Tod findest; aber Amine wird dir die Waffen reichen und dir ihre Liebe zeigen, indem sie sorgfältig jede Niete deines Harnisches schließt und dich dann ziehen lässt, voll zuversichtlicher Hoffnung deiner Rückkehr entgegenblickend. Eine Woche ist nicht zu lang, Philipp, wenn sie ausgefüllt wird, wie ich sie ausfüllen werde – eine Woche des Austausches unserer Gefühle, in der ich deine Stimme höre und auf deine Worte lausche, jedes derselben in mein Herz eingrabe, bei ihnen verweile und meine Liebe damit nähre, wenn du abwesend bist und ich mich einsam fühle. – Nein, nein, Philipp; ich danke Gott, dass es doch noch eine Woche ist.«

»Und auch ich, Amine. Im Grunde wussten wir ja, dass es so kommen musste.«

»Ja, aber meine Liebe war so übermächtig, dass sie mein Gedächtnis auslöschte.«

»Und doch muss während unserer Trennung deine Liebe aus der Erinnerung schöpfen, Amine.«

Amine seufzte. Ihr Gespräch wurde jetzt durch den Eintritt von Mynheer Poots unterbrochen, der, als er die Veränderung in Aminens sonst so strahlenden Zügen bemerkte, ausrief: »Heiliger Prophet! Was gibt es denn?«

»Nichts, als was wir alle schon zuvor wussten«, versetzte Philipp, »ich bin im Begriffe, Euch zu verlassen – das Schiff wird in einer Woche ausfahren.«

»Oh! Also in einer Woche gedenkt Ihr abzusegeln?«

In dem Gesicht des alten Mannes lag ein wunderlicher Ausdruck von Freude, den er jedoch vor Amine und ihrem Gatten zu verbergen bemüht war. Allmählich gelang es ihm, sich zu beherrschen und eine ernste Miene zu machen. »Das ist in der Tat eine schlimme Kunde«, sagte er.

Amine und Philipp gaben keine Antwort darauf, sondern verließen miteinander das Gemach.

Wir müssen diese Woche übergehen, die mit den Vorbereitungen zu Philipps Abreise ausgefüllt war; Aminens Heldenmut hielt ihre Gefühle im Zaum, wie sehr auch der Schmerz über die Trennung von ihrem angebeteten Gatten ihr Innerstes zerriss. Auch können wir nicht bei den Empfindungen verweilen, die in der Brust unseres Helden stritten, der Wohlstand, Glück und Liebe verlassen sollte, um Gefahren, Entbehrungen und dem Tode entgegenzugehen. Das eine Mal war er fest entschlossen zu bleiben, ein anderes Mal nahm er wieder die Reliquie von seiner Brust, rief sich sein Gelübde ins Gedächtnis und wünschte sich fast den Tag der Abreise früher herbei. Auch Amine pflegte in den Armen ihres Gatten die wenigen Stunden zu zählen, die ihnen noch blieben, oder konnte schaudernd zusammenfahren, wenn sie wach lag und Betrachtungen über Philipps Zukunft anstellte, während der Wind draußen heulte. Es war für beide eine lange Woche, und, obgleich sie wähnten, dass die Zeit mit Flügeln dahineilte, fühlten sie doch fast eine Erleichterung, als der Morgen des Abschieds herankam; denn nun konnten sie doch ihren ängstlich unterdrückten Gefühlen Luft machen. Die ungewisse Spannung war gewichen, und die Hoffnung blieb zurück, um den dunklen Horizont der Zukunft aufzuhellen.

»Philipp«, sagte Amine, als sie mit verschlungenen Händen nebeneinander saßen, »ich werde weniger erschüttert sein, wenn du fort bist. Ich will mir ins Gedächtnis rufen, dass du mir vor unserer Vermählung alles gesagt hast und dass ich aus Liebe zu dir das Wagnis einging. Mein liebendes Herz sagt mir, dass du zurückkehren wirst; aber es könnte mich betrügen. – Zurück kommst du vielleicht, aber möglicherweise nicht lebend. In diesem Zimmer werde ich dich erwarten: Auf diesem Sofa, das seine alte Stelle wieder einnehmen soll, will ich sitzen, und wenn ich dich auch im Leben nicht mehr sehen sollte, so versage mirs nicht, mir, wenn es möglich ist, nach deinem Tod zu erscheinen. Ich werde mich vor keinem Sturme, vor keinem Auffliegen des Fensters fürchten. O nein! Selbst dein Geist soll mir willkommen sein. Noch einmal – vergönne mir wenigstens, dich zu sehen – gib mir die Gewissheit, dass du tot bist, dann werde ich wissen, dass ich hienieden für nichts mehr zu leben habe und freudig einem Wiedersehen in einer besseren Welt entgegeneilen kann. Versprich mir das, Philipp.«

»Ich verspreche dir alles, was du wünschest, vorausgesetzt, dass es mir vom Himmel gestattet wird; aber, Amine« – und Philipps Lippen zitterten – »ich kann nicht – barmherziger Gott! – diese Prüfung ist zu schwer – Amine, ich kann nicht länger verweilen.«

Aminens dunkle Augen blickten unverwandt auf Philipp – sie vermochte nicht zu sprechen – ihre Züge waren krampfhaft verzerrt – die Natur konnte nicht länger gegen das Übermaß der Gefühle standhalten – sie sank in seine Arme und blieb regungslos. Als ihr Philipp einen letzten Kuss auf die blassen Lippen drückte, bemerkte er, dass sie ohnmächtig geworden war.

»Sie fühlt es jetzt nicht«, sagte er, als er sie auf das Sofa legte, »es ist besser so – ach, nur zu bald wird sie erwachen und sich erneut ihres Elends bewusst werden.«

Er rief aus dem anstoßenden Zimmer Mynheer Poots herbei, damit er seiner Tochter Hilfe leiste, griff nach seinem Hut, drückte noch einen glühenden Kuss auf Aminens Stirne, stürzte aus dem Hause und war schon außer Sichtweite, ehe sich Amine aus ihrer Ohnmacht erholte.

8

Ehe wir Philipp Vanderdecken auf seiner unsicheren Bahn folgen, wird es nötig sein, unseren Lesern die Umstände ins Gedächtnis zu rufen, welche den Unternehmungsgeist der Holländer nach den östlichen Weltteilen lenkten, die sich nunmehr als eine Quelle des Reichtums erwiesen, die man für unerschöpflich hielt.

Nachdem Karl V. den größeren Teil von Europa seiner Herrschaft unterworfen hatte, zog er sich aus Gründen, die wohl ihm selbst am besten bekannt waren, aus der Welt zurück und teilte seine Königreiche zwischen Ferdinand und Philipp. Ersterem gab er Österreich und die dazugehörigen Länder, Letzterem aber Spanien. Um die Teilung gerechter und für Philipp schmackhafter zu machen, schlug er die Niederlande mit einigen Millionen Menschen, die dort vegetierten, zu Spanien. Nachdem er solcherart über seine Mitmenschen verfügt hatte, begab er sich zufrieden in ein Kloster und behielt sich lediglich ein kleines Einkommen, zwölf Diener und ein Pferd vor. Ob er nachher je seine Grille bereute oder sein Pony bestieg, ist nicht überliefert; so viel aber bleibt gewiss, dass er zwei Jahre später starb.

Philipp dachte (wie so viele vor und nach ihm), dass er ein Recht habe, über sein Eigentum nach Belieben zu verfügen. Er nahm daher den Holländern den größten Teil ihrer Privilegien und gab ihnen zum Ersatz die Inquisition; aber die Holländer brummten, und Philipp, dem dies nicht behagte, ließ einige von ihnen verbrennen. Hierauf protestierten die Holländer, die sich von jeher zum Wasser hingezogen fühlten, gegen eine Religion, die ihnen so gar heiß machte. Kurz, die Ketzerei griff gewaltig um sich, und der Herzog von Alba wurde mit einer großen Armee ausgeschickt, um den Holländern zu beweisen, dass die Inquisition die allerbeste Einrichtung sei und dass man besser eine halbe Stunde in dieser Welt brenne als eine Ewigkeit in der anderen.

Diese kleine Meinungsverschiedenheit gab Anlass zu einem Kriege, der ungefähr achtzig Jahre währte und, nachdem er einige hunderttausend Menschen der Mühe überhoben hatte, im Bette zu sterben, damit endigte, dass die sieben Vereinigten Provinzen für unabhängig erklärt wurden. – Wir müssen das Rad der Geschichte nochmals zurückdrehen.

Schon im ersten Jahrhundert nach Umschiffung der Südspitze Afrikas wurde der Verkehr der Portugiesen mit Ostindien durch andere Völker beeinträchtigt. Endlich erwachte aber auch der abenteuerliche Geist der Engländer. Die Portugiesen beanspruchten die Schifffahrt um das Kap als ihr ausschließliches Recht und verteidigten es mit aller Macht. Geraume Zeit wagte es keine private Kompanie, ihnen entgegenzutreten, und der Indienhandel schien nicht bedeutend genug zu sein, um irgendeine Regierung zu einem Krieg zu veranlassen. Die englischen Abenteurer lenkten daher ihre Aufmerksamkeit auf die Entdeckung eines nordwestlichen Weges nach Indien, auf dem die Portugiesen sie nicht mehr behindern konnten, und der größte Teil des fünfzehnten Jahrhunderts verging bei derartigen vergeblichen Versuchen. Endlich stand man von diesen Bemühungen ab und beschloss, sich nicht länger durch die Anmaßung der Portugiesen einschüchtern zu lassen.

Nach einigen erfolglosen Expeditionen wurde eine Kriegsflotte ausgerüstet und unter Drakes Befehl gestellt. Dieser mutige und erfolgreiche Seemann leistete mehr, als selbst die größten Optimisten erhofft hatten. Er kehrte im Mai 1580 nach einer fast dreijährigen Reise in die Heimat zurück, brachte große Schätze mit und hatte überdies einen sehr günstigen Vertrag mit dem König der Molukken geschlossen.

Nach einem so glücklichen Vorspiel brachen im Jahre 1600 Cavendish und andere auf. Inzwischen hatte die englische Ostindien-Kompanie von der Regierung ihren ersten Freibrief erhalten und nun bereits mehr als fünfzig Jahre mit wechselndem Erfolg den Indienhandel betrieben.

Solange die Holländer Vasallen der spanischen Krone waren, pflegten sie die Produkte des Ostens in Lissabon zu holen und nachher durch Europa zu verteilen; als sie aber mit Philipp Streit anfingen, wurde es ihnen nicht länger gestattet, den Verkauf seiner indischen Güter zu betreiben. Die Folge davon war, dass sie während ihres Unabhängigkeitskampfes auch Geschwader nach Indien ausschickten.

Ihre Bemühungen waren erfolgreich, und im Jahre 1602 erhielten die verschiedenen Spekulanten, welche sich zu einer Kompanie zusammengeschlossen hatten, von ihrer Regierung die selben Privilegien, welche bereits früher die englische an eine nach denselben Grundsätzen konstituierte Gesellschaft verliehen hatte.

Zu der Zeit, in der unsere Geschichte sich zutrug, hatten also die englischen und holländischen Schiffe schon seit mehr als fünfzig Jahren die indischen Meere befahren, die Portugiesen aber fast alle ihre Macht verloren, da die Potentaten des Ostens, welche unter der Habgier und der Grausamkeit der Portugiesen sehr gelitten hatten, mit den Rivalen Bündnisse und Freundschaftsverträge schlossen.

Wie sehr nun auch die Holländer den Engländern für ihren Beistand im Unabhängigkeitskriege verpflichtet waren, schien es doch nicht, als habe sich ihre Dankbarkeit über das Kap hinaus erstreckt, da sich im Gegenteil die portugiesischen, englischen und holländischen Schiffe gegenseitig bekämpften, einander ohne viel Federlesens kaperten und nur das Recht der Gewalt gelten ließen. Die Mutterlande wurden zwar hin und wieder aufgefordert, sich ins Mittel zu legen, aber ihr Eingreifen hatte zu der gedachten Zeit nichts erwirkt als einen Papierkrieg, und es war augenfällig, dass alle Parteien unrecht hatten.

Im Jahre 1650 usurpierte Cromwell die Herrschaft in England. Dieser Königsmörder verlangte unter anderem für den Mord an seinem Gesandten und für die Grausamkeiten, die etwa dreißig Jahre früher zu Amboina an den Engländern verübt worden waren, von den Holländern vergeblich Genugtuung und erklärte ihnen deshalb 1651 den Krieg. Um zu beweisen, dass es ihm ernst sei, nahm er den Holländern mehr als zweihundert Schiffe weg, was diese (sehr gegen ihre Neigung) zu Kriegsvorbereitungen zwang. Blake und Van Tromp trafen in hartnäckigen Seeschlachten aufeinander. Die »Englische Geschichte« verleiht fast unabänderlich den Engländern den Sieg, während ihn die Holländer sich selbst zuschreiben. Jedenfalls waren jene Schlachten so verzweifelt, dass man wohl sagen darf, beide Teile seien gründlich besiegt worden. Im Jahre 1754 wurde jedoch der Friede unterzeichnet, und der Holländer versprach, seinen Hut abzunehmen, sooft er einem Engländer auf hoher See begegnen würde – ein bloßer Akt der Höflichkeit, gegen den Mynheer nichts einzuwenden hatte, weil er nichts kostete. Da wir nun den Stand der Dinge bis zu der Zeit von Philipps Einschiffung auseinandergesetzt haben, wollen wir in unserer Geschichte fortfahren.

Sobald Philipp die Schwelle seines Hauses überschritten hatte, eilte er fort, als versuche er, seinen eigenen schmerzlichen Gedanken zu entrinnen. Nach zwei Tagen langte er in Amsterdam an, wo er zuerst darauf dachte, sich eine kleine, aber starke Stahlkette zu verschaffen, um damit das Band zu ersetzen, an welchem er bisher seine Reliquie um den Hals getragen hatte. Nachdem dies geschehen war, eilte er mit seinem Gepäck an Bord der »Ter Schilling«. Philipp hatte nicht vergessen, das Geld mitzubringen, das er dem Kapitän versprochen hatte; denn er sollte als Lehrling, nicht als ein gedungener Matrose angeheuert werden. Auch mit der nötigen Summe für seine eigenen Bedürfnisse hatte er sich versehen. Es war schon spät, als er an Bord der »Ter Schilling« anlangte, die inmitten der übrigen zur indischen Flotte gehörigen Schiffe vor einem einzigen Anker lag. Der Kapitän, welcher Kloots hieß, nahm ihn sehr freundlich auf, zeigte ihm seine Koje und ging dann in den Laderaum hinunter, um eine die Fracht betreffende Angelegenheit zu entscheiden, während Philipp auf dem Deck seinen eigenen Betrachtungen überlassen blieb.

»Und dies«, dachte Philipp, während er sich an die Heckreling lehnte und nach vorne schaute, »dies ist also das Schiff, auf dem ich meinen ersten Versuch machen soll – den ersten und vielleicht auch den letzten! – Ahnen wohl diejenigen, mit welchen ich auszusegeln im Begriffe bin, den Zweck meiner Einschiffung? Wie verschieden sind meine Absichten von denjenigen anderer? Jage ich Glücksgütern nach? Nein! Bin ich ein neugieriger und pflichtvergessener Weltenbummler? Nein! Ich suche die Begegnung mit den Toten. Wird sie mir gelingen, ohne dass ich mich selbst und diejenigen, welche mit mir segeln, in Gefahr bringe? Ich glaube nicht; denn ich kann mein Ziel wohl nur im Tode erreichen. Hätten sie eine Ahnung von meinen Wünschen und Absichten, würden sie mir dann wohl gestatten, auch nur eine Stunde bei ihnen an Bord zu bleiben? Die Matrosen sollen abergläubisch sein und hätten, wenn sie von meiner Sendung unterrichtet wären, einen guten Grund, sich eines Menschen zu entledigen, der in einer so schrecklichen Absicht ausfährt. Jawohl, schrecklich – und wie kann ich sie ausführen? Nur der Himmel und meine Beharrlichkeit vermögen das Geheimnis zu lösen.«

Dann blieben seine Gedanken bei Amine stehen. Er verschränkte die Arme, erhob seine Augen zum Firmament und schien wie gebannt dem Flug der Wolken zu folgen.

»Wärs nicht besser, Ihr gingt hinunter?«, sprach eine milde Stimme, welche Philipp aus seinen Träumen weckte. Es war die des ersten Maaten, der Hillebrant hieß, eines kleinen, gut gebauten Mannes von ungefähr dreißig Jahren. Das flachsgelbe Haar fiel ihm in langen Strähnen über die Schultern nieder; sein Teint war hell, seine Augen von sanftem Blau, und obgleich er in seinem Äußeren von einem Seemann nicht viel an sich hatte, wussten doch wenige ihren Dienst besser zu erfüllen als er.

»Ich danke Euch«, versetzte Philipp. »In der Tat, ich habe mich selbst und den Ort, wo ich bin, ganz vergessen. Meine Gedanken waren weit weg. Gute Nacht und vielen Dank.«

Die »Ter Schilling« unterschied sich wie die meisten Schiffe jener Periode in Bau und Ausstattung wesentlich von denen der heutigen Zeit. Sie war als Vollschiff getakelt und mochte etwa vierhundert Tonnen führen. Ihr Boden war fast flach, und die Seiten neigten sich über dem Wasser gegeneinander, sodass die oberen Decks kaum die halbe Breite des Laderaums einnahmen.

Da alle Schiffe der Kompanie zugleich auch für den Krieg gerüstet waren, so führte die »Ter Schilling« keine Güter auf dem Hauptdeck, wohl aber sechs Neunpfünder an jeder Breitseite, mit kleinen, ovalen Stückpforten. Sämtliche Decks liefen in einer Kurve nach vorn und hinten. Auf dem Vorderkastell befand sich vor den Bugstücken des Vorstevens ein anderes kleines Deck, das die Oberbramback genannt wurde. Das Halbdeck trug eine Kampanje, die sich hoch über das Wasser erhob. Das Bugspriet ragte sehr weit empor und sah fast wie ein vierter Mast aus – und dies umso mehr, da es ein Sprietsegel und ein Sprietmarssegel führte. Auf dem Halbdeck und den Hüttenbollwerken staken in Gestellen Kriegswerkzeuge, die nunmehr seit Langem außer Brauch gekommen sind, damals aber unter den Bezeichnungen Cohorns und Patteraros bekannt waren; sie waren auf Warlen drehbar und wurden mithilfe eines eisernen Griffs, der sich am Bodenstück befand, gerichtet. Das Segel hinter dem Besanmast war auf einer Lateinrah befestigt. Nach dieser Beschreibung ist es kaum nötig, hinzuzufügen, dass die Gefahren einer langen Fahrt durch die eigentümliche Konstruktion der damaligen Schiffe nicht wenig erhöht wurden; denn der Windfang und das viele Holz über Wasser waren zwar vor einer günstigen Brise gut, aber einem ungünstigen Wind konnten die Schiffe nicht standhalten, und vor einer Leeküste waren sie so gut wie verloren.

Die Mannschaft der »Ter Schilling« bestand aus dem Kapitän, zwei Maaten, zwei Steuermännern und fünfundvierzig Matrosen. Der Ladungsaufseher war noch nicht an Bord gekommen. Ihm gehörte die Kajüte unter der Kampanje; die Hauptdeckkajüte aber gehörte dem Kapitän und den Maaten, aus denen die ganze Offiziersmesse bestand.

Als Philipp am anderen Morgen erwachte, sah er, dass die Marssegel gehisst waren und der Anker sich vor dem Fockstag befand. Einige der übrigen Schiffe waren schon unter Segel und steuerten auswärts. Das Wetter war schön, das Wasser glatt. Das rührige Gewühl auf den Schiffen und die Ungewöhnlichkeit der ganzen Szene wirkten belebend auf die Laune unseres Helden. Der Kapitän, Mynheer Kloots, stand auf der Hütte und blickte durch ein kleines Teleskop angelegentlich nach der Stadt hin. Wie gewöhnlich hatte er seine Pfeife im Munde, deren Rauch von Zeit zu Zeit die Linsen seines Fernglases verdunkelte. Philipp stieg die Hüttentreppe hinauf und grüßte ihn.

Mynheer Kloots war ein Mann von beträchtlichem Umfang, und

die Menge von Kleidungsstücken, die er trug, ließ ihn noch um einiges korpulenter erscheinen. Der nach außen hin sichtbare Anzug bestand aus einer neuen Fuchsmütze, unter der eine rot wollene Nachthaube hervorsah, einer roten Plüschweste mit großen Metallknöpfen, einer grünen Tuchjacke und einer anderen von grobem blauem Tuch, die man ihrer Länge wegen einen Spenzer nennen konnte. Außerdem trug er noch schwarze Plüschhosen, hellblaue Baumwollstrümpfe und Schuhe mit großen silbernen Schnallen. Um den Leib hatte er einen breiten Gürtel und eine Segeltuchschärpe, welche in dichten Falten fast bis auf die Knie niederfiel. In seinem Gürtel stak ein großes, breites Messer in der Scheide von Haifischhaut. Dies war der Anzug von Mynheer Kloots, dem Kapitän der »Ter Schilling«.

Seine Größe entsprach ganz seiner Beleibtheit. Sein Gesicht war oval und im Vergleich zum Rumpf klein zu nennen. Sein graues Haar flatterte im Winde, und seine gerade Nase zeigte an der Spitze ein glühendes Rot, zum Teil eine Folge häufigen Zuspruchs zu der Schnapsflasche, zum Teil aber auch der Hitze einer kleinen Pfeife zuzuschreiben, die nur selten von seinen Lippen kam – etwa wenn er sie wieder füllen wollte oder wenn er Befehle erteilte.

»Guten Morgen, mein Sohn«, sagte der Kapitän, die Pfeife einen Augenblick aus dem Munde nehmend. »Wir werden noch durch den Ladungsaufseher aufgehalten, der offensichtlich nicht besonders scharf darauf ist, an Bord zu kommen. Das Boot wartet schon eine Stunde am Ufer auf ihn, und wir werden wohl erst als Letzte ausfahren können. Ich wollte, die Kompanie ließe uns ohne diese Herren segeln, die uns meiner Ansicht nach nur behindern. Freilich, zu Lande hat man eine andere Meinung von der Sache.«

»Was haben sie denn an Bord zu tun?«, fragte Philipp.

»Sie müssen nach der Ladung sehen und unseren Warenhandel überwachen. Wenn sie sich darauf beschränkten, so wäre es so übel nicht; sie aber mischen sich in alles und denken an nichts als an ihre eigene Bequemlichkeit. In der Tat, sie spielen den König an Bord; denn sie wissen wohl, dass wir uns nicht getrauen, sie zu beleidigen, da ein Wort von ihnen zureicht, ein Schiff zu benachteiligen, wenn der Kapitän sich um einen neuen Chartervertrag bemüht. Die Kompanie verlangt, dass man ihnen alle Ehren erweist, und wenn sie an Bord kommen, salutieren wir mit fünf Schüssen.«

»Seid Ihr mit dem Manne, den Ihr erwartet, bereits bekannt?«

»Nein – kenne ihn bloß vom Hörensagen. Ein Kollege von mir, mit dem er bereits gesegelt ist, teilte mir mit, er fürchte sich sehr vor den Gefahren der See und sei ungemein von seiner eigenen Bedeutsamkeit eingenommen.«

»Ich wollte, er käme«, entgegnete Philipp, »denn ich kann es kaum erwarten, dass wir endlich in See stechen.«

»Ihr müsst wohl ein unruhiges Gemüt haben, mein Sohn. Ich höre, Ihr verlasst ein behagliches Heim und ein hübsches Weib obendrein.«

»Ich bin sehr begierig, die Welt zu sehen«, versetzte Philipp. »Auch muss ich ein Schiff lenken lernen, ehe ich mir ein eigenes kaufe und damit mein Glück zu machen versuche.« (»Ach, wie ganz anders verhält sichs mit meinen wirklichen Wünschen«, dachte Philipp, als er diese Antwort gab.)

»Man kann auf dem Ozean Geld verdienen; er ist aber auch gefräßig und verschluckt es«, entgegnete der Kapitän. »Könnte ich nur dieses gute Schiff in ein gutes Haus umwandeln und besäße ich genug Gulden, das Letztere warm zu halten, so würdet Ihr mich nicht auf dieser Hütte stehen sehn. Ich habe das Kap schon zweimal in beiden Richtungen umschifft. Das ist oft genug, und ein drittes Mal wird es vielleicht nicht so glücklich ablaufen.«

»Ist es denn so gefährlich?«, fragte Philipp.

»Gerade so gefährlich, wie es Flut und Strömungen, Riffe und Sandbänke, schwere Böen und hohe Wogen machen können! Selbst wenn man diesseits vom Kap in der Bai ankert, kann man dies nur mit Furcht und Zittern tun; denn man hat zu gewärtigen, dass man vom Anker weg in die See hinausgeblasen oder ans Ufer unter die Wilden geworfen wird, ehe die Leute imstande sind, ihre Kleider anzulegen. Hat man jedoch einmal die andere Seite erreicht, so tanzen die Wellen heiter im Sonnenschein, und man kann wochenlang unter einem wolkenlosen Himmel beim besten Winde segeln, ohne sich mit Halsen oder Schoten abmühen oder auch nur seine Pfeife aus dem Munde nehmen zu müssen.«

»In welche Häfen werden wir einlaufen, Mynheer?«

»Darüber kann ich nur wenig Auskunft geben. Gambrun im Golf von Persien wird wahrscheinlich der erste Sammelplatz der ganzen Flotte sein. Dann trennen wir uns. Einige fahren nach Bantam auf der Insel Java, andere werden Auftrag erhalten, die Meerenge hinunterzusegeln, um Kampfer, Gummi, Benzoe und Wachs einzuhandeln. Auch Gold und Elefantenzähne kann man dort eintauschen, doch müssen wir, wenn wir je auf dieses Geschäft ausgeschickt werden sollten, vorsichtig mit den Eingeborenen umgehen, Mynheer Vanderdecken. Sie sind ein stolzes, verräterisches Volk und führen scharfe, gekrümmte Messer (oder Krisen, wie sies nennen), die sie in tödliches Gift getaucht haben. Auch mit den Portugiesen und Engländern habe ich mich in jener Meerenge schon hart herumschlagen müssen.«

»Nun, jetzt ist doch Friede.«

»Ganz richtig, mein Sohn, aber wenn wir jenseits des Kaps sind, dürfen wir uns nicht sonderlich auf die Papiere verlassen, die in der Heimat unterzeichnet werden. Die Engländer setzen uns hart zu und folgen unserem Kielwasser, wohin wir auch segeln. Sie müssen im Zaume gehalten werden, und ich vermute, unsere Flotte ist nur deshalb so groß und so gut mit Waffen versehen, weil man Feindseligkeiten erwartet.«

»Wie lange werden wir wohl für unsere Reise brauchen?«

»Je nachdem – vielleicht zwei Jahre – kann sein, auch weniger, wenn wir nicht in den Faktoreien aufgehalten und zu Kriegsdiensten herangezogen werden, was wahrscheinlich der Fall sein wird.«

»Zwei Jahre!«, dachte Philipp. »Zwei Jahre fern von Amine!« Und er seufzte tief; denn er fühlte, dass es vielleicht eine Trennung für immer war.

»Nun, mein Sohn, zwei Jährchen sind so lange nicht«, sagte Mynheer Kloots, als er die Wolke auf Philipps Stirne bemerkte. »Ich war einmal fünf Jahre unterwegs und hatte dabei auch noch Unglück; denn ich brachte nichts nach Hause, nicht einmal mein

Schiff. Ich wurde nach Chittagong an der Ostseite des großen Bengalischen Meerbusens gesandt und lag dort drei Monate im Fluss vor Anker. Die Häuptlinge des Landes hielten mich mit Gewalt zurück; sie wollten meine Ladung nicht umtauschen und mir ebenso wenig gestatten, einen anderen Markt zu suchen. Mein Pulver war an Land gebracht worden, und ich konnte daher keinen Widerstand leisten. Die Würmer zerfraßen den Boden meines Schiffes so sehr, dass es sank, als es vor Anker lag. Sie wussten, dass es so kommen würde, und nahmen dann die Ladung zu dem Preis, den sie gerne bezahlten. Ein anderes Schiff brachte uns nach Hause. Wäre ich nicht so verräterisch behandelt worden, so hätte ich es nicht nötig, diese Fahrt mitzumachen, und obendrein mit so geringem Gewinn, da die Kompanie allen Privathandel verbietet. Doch da kommt er endlich; sie haben den Wimpel am Bootsmast gehisst – da – jetzt sind sie abgestoßen. Mynheer Hillebrant, sorgt dafür, dass die Kanoniere mit ihren Leuten bereit sind, den Ladungsaufseher zu begrüßen.«

»Welchen Dienst weist Ihr mir an?«, fragte Philipp. »Wie kann ich mich nützlich machen?«

»Vorderhand sehr wenig, außer bei schweren Böen etwa, wo jedes Paar Hände von großem Wert ist. Seht einstweilen zu und lernt auf diese Weise den Dienst. Auch könnt Ihr das Journal, das für die Kompanie geführt wird, hübsch abschreiben und mir auch anderweitig an die Hand gehen, sobald die unangenehme Übelkeit vorüber ist, welche alle diejenigen empfinden, welche zum ersten Mal an Bord eines Schiffes gehen. Als Gegenmittel möchte ich Euch raten, ein Schnupftuch dicht um den Leib zu gürten und so den Magen zusammenzupressen; auch empfehle ich Euch den häufigen Gebrauch meiner Schnapsflasche, die Euch stets zur Verfügung steht. Aber nun müssen wir den Faktor der mächtigen Kompanie empfangen; Mynheer Hillebrant, lasst die Kanonen abfeuern.«

Das Geschütz entlud sich, und sobald sich der Rauch verteilt hatte, kam das Boot, dessen langer Wimpel im Wasser nachschleppte, an die Seite der »Ter Schilling«. Philipp betrachtete den Ladungsaufseher, der erst an Bord stieg, nachdem er mehrere Truhen mit den Initialen und dem Wappen der Kompanie hatte auf das Deck schaffen lassen.

Der Beamte war ein mageres Männchen mit einem welken Gesicht; auf dem Kopf trug er einen goldbetressten, dreieckigen Hut, unter welchem eine gewaltige Perücke saß, deren Locken tief über die Schultern niederfielen. Sein Rock bestand aus scharlachrotem Samt und hatte breite Taschenklappen, seine weißseidene Weste war mit farbigen Blumen bestickt und reichte fast bis zu den Knien. Seine Hose war aus schwarzem Atlas und seine Beine steckten in weißseidenen Strümpfen. Fügt man hierzu noch goldene Knie- und Schuhschnallen, Spitzenmanschetten und einen Stock mit silbernem Knopf, so hat man den ganzen Anzug von Mynheer Jakob Janz von Stroom, dem Ladungsaufseher der hochpreislichen Kompanie auf dem wackeren Schiffe »Ter Schilling«.

Wie der Ladungsaufseher so umherblickte, in achtungsvoller Entfernung von dem Kapitän, den Offizieren und den Matrosen des Schiffes umgeben, die sämtlich ihre Mützen in der Hand hielten, hätte der Beschauer wohl an das Bild des »Affen, der die Welt gesehen hat«, im Kreise seiner Stammesgenossen erinnert werden können. Man bemerkte übrigens an den Matrosen nicht die mindeste Neigung zum Lachen, nicht einmal angesichts der gewaltigen Perücke; denn man zollte in jener Zeit der Kleidung einen tiefen Respekt, und obgleich man Mynheer von Stroom nicht für einen Seemann halten konnte, wusste man doch, dass er der Ladungsaufseher der Kompanie und ein sehr großer Mann war. Er genoss daher alle Achtung, die einer so bedeutsamen Person gebührte.

Es war jedoch Mynheer von Stroom augenscheinlich nicht sonderlich darum zu tun, auf Deck zu bleiben; denn er ließ sich alsbald in seine Kabine weisen. Der Kapitän ging ihm dorthin voran, und Mynheer von Stroom folgte, indem er sich bedachtsam zwischen umherliegenden Taurollen hindurch einen Weg bahnte. Die Türe wurde geöffnet, und der Ladungsaufseher verschwand. Der Anker wurde gelichtet, und man setzte die Segel; sobald aber die Matrosen die Haspel verlassen hatten und nun eben den Anker an Bord befestigten, wurde die Glocke der Hüttenkajüte (die Mynheer von Stroom angehörte) mit großem Ungestüm geläutet.

»Was mag das zu bedeuten haben?«, fragte Mynheer Kloots, der im Vorderschiff stand, seine Pfeife aus dem Munde nehmend. »Mynheer Vanderdecken, wollt Ihr nachsehen, was es gibt?«

Philipp ging, während die Glocke noch immer forttönte, nach hinten; er öffnete die Kajütentüre, und da saß der Ladungsaufseher auf dem Tisch und zerrte mit allen Merkmalen der Furcht in seinem Gesicht noch immer an der Glockenschnur, die in der Mitte des Gemachs herunterging. Er war ohne Perücke, und der kahle Schädel gab ihm ein eigentümlich lächerliches Aussehen.

»Was gibts, Herr?«, fragte Philipp.

»Was es gibt?«, stieß Mynheer von Stroom hervor. »Ruft die Soldaten mit den Gewehren herbei. Hurtig, mein Herr! Soll ich getötet, in Stücke gerissen und verzehrt werden? Um Gottes willen, Herr, reißt nicht Eure Augen auf, sondern tut etwas! Seht Ihr ihn nicht auf den Tisch zukommen? Ojemine! Ojemine!«, fuhr der Ladungsaufseher fort, dem der Schrecken augenscheinlich den Verstand geraubt hatte.

Philipp, der unverwandt auf Mynheer von Stroom geschaut hatte, blickte nun in die angedeutete Richtung; da bemerkte er denn zu seinem großen Erstaunen einen kleinen Bären, der sich mit der Perücke des Ladungsaufsehers vergnügte, indem er sie mit den Tatzen hin- und herstieß und bisweilen seine Schnauze darin begrub. Philipp war zuerst über den Anblick des Tieres erschrocken; nachdem er sich einen Augenblick besonnen hatte, war er jedoch überzeugt, dass das Tier harmlos sein müsse, weil man ihm sonst nicht gestatten würde, sich frei auf dem Schiff zu bewegen.

Dessen ungeachtet mochte sich Philipp doch dem Tiere nicht nähern, da er seine Launen nicht kannte, und endlich erschien Mynheer Kloots, welcher der ganzen Geschichte ein Ende machte.

»Was gibts, Mynheer?«, fragte der Kapitän. »Oh, ich sehe, es ist Johannes«, fuhr er fort, indem er auf den Bären zuging, ihn mit einem Fußtritt begrüßte und die Perücke des Ladungsaufsehers sicherstellte.

»Hinaus aus der Kajüte, Johannes – hinaus, Bürschlein!«, rief Mynheer Kloots, das Hinterteil des Bären mit Fußtritten bearbeitend, bis sich die Bestie durch die Türe gerettet hatte. »Mynheer von Stroom, ich bedauere recht sehr – hier ist Eure Perücke. Schließt die Türe, Mynheer Vanderdecken, damit der Bär nicht wieder zurückkommt; denn er ist mir sehr zugetan.«

Sobald die Türe sich zwischen Mynheer von Stroom und dem Anlass seines Schreckens geschlossen hatte, glitt der kleine Mann vom Tisch in den daneben stehenden Stuhl herunter, schüttelte die beleidigten Locken seiner Perücke und setzte sie sich wieder auf den Kopf; dann zupfte er an seinen Manschetten, nahm eine gebieterische Miene an, schlug mit seinem Stock auf den Boden und begann: »Mynheer Kloots, was soll diese Achtungswidrigkeit gegen den Ladungsaufseher der mächtigen Kompanie bedeuten?«

»Gott im Himmel, keine Achtungswidrigkeit, Mynheer! Das Tier ist ein Bär, wie Ihr seht, und sogar gegen Fremde sehr zahm. Er gehört mir und war erst drei Monate alt, als er in meinen Besitz kam. Es ist nichts als ein Versehen. Der Maat, Mynheer Hillebrant, sperrte ihn in die Kajüte, um ihn bei der Arbeit aus dem Wege zu haben, und vergaß ganz darauf, dass er noch hier war. Es tut mir sehr leid, Mynheer von Stroom, aber er wird nicht wiederkommen, es sei denn, Ihr wollt mit ihm spielen.«

»Mit ihm spielen – ich, der Ladungsaufseher der Kompanie, sollte mit einem Bären spielen? Mynheer Kloots, das Tier muss augenblicklich über Bord geworfen werden!«

»Nein, nein, ich kann nicht ein Tier über Bord werfen, das ich lieb gewonnen habe, Mynheer von Stroom; aber es soll Euch nicht wieder belästigen.«

»Dann, Kapitän Kloots, werdet Ihr Euch mit der Kompanie auseinanderzusetzen haben, der ich die Sache vortragen werde. Man wird Euren Vertrag annullieren und Euer Frachtgeld für verwirkt erklären.«

Wie die meisten Holländer war Kloots nicht wenig hartnäckig, und dieses gebieterische Benehmen des Ladungsaufsehers brachte seine Galle zum Überlaufen.

»Es steht nichts in meinem Vertrag, was mich hinderte, einen Bären an Bord zu haben«, versetzte Kloots.

»Nach den Vorschriften der Kompanie«, entgegnete von Stroom, indem er sich mit bedeutsamer Miene in seinem Stuhl zurücklehnte und die dünnen Beine übereinanderschlug, »seid Ihr verpflichtet, exotische und merkwürdige Tiere an Bord zu nehmen, welche die Gouverneure und Faktoren gekrönten Häuptern zum Geschenk machen wollen – als da sind: Löwen, Tiger, Elefanten und andere Tiere des Ostens; aber in keinem Fall ist es den Kommandeuren gecharterter Schiffe gestattet, auf eigene Rechnung Tiere von irgendeiner Art mit an Bord zu nehmen, da dies unter die Artikel des verbotenen Privathandels fällt.«

»Mein Bär ist nicht verkäuflich, Mynheer von Stroom.«

»Er muss augenblicklich aus dem Schiffe entfernt werden, Mynheer Kloots. Ich befehle es, und weigert Ihr Euch, so geschieht es auf Eure eigene Gefahr.«

»Dann will ich lieber wieder vor Anker gehen, Mynheer von Stroom, und jemand an Land schicken, damit im Hauptquartier darüber entschieden werde. Besteht die Kompanie darauf, dass das Tier an Land geschickt werde, so seis drum; aber merkt Euch wohl, Mynheer von Stroom, wir werden dann den Schutz der Flotte verlieren und haben allein auszufahren. Soll ich die Anker auswerfen, Mynheer?«

Diese Bemerkung milderte die Hartnäckigkeit des Ladungsaufsehers. Auf einem einzelnen Schiff auszufahren, wollte ihm nicht zusagen, und die Furcht vor dieser schlimmen Notwendigkeit überwog sogar die vor dem Bären.

»Mynheer Kloots, ich will nicht allzu strenge sein; wenn das Tier an eine Kette gelegt wird und mir nicht nahe kommen kann, so will ich mirs gefallen lassen, dass es an Bord bleibt.«

»Ich will es von Euch fernhalten, so gut ich kann, aber wenn ich das arme Tier ankette, wird es Tag und Nacht heulen, dass Ihr nicht schlafen könnt, Mynheer von Stroom«, erwiderte Kloots.

Als der Ladungsaufseher merkte, dass der Kapitän seinen Willen mit Entschiedenheit behauptete und sich nicht an Drohungen kehrte, tat er alles, was ein Mann tun kann, der eine Sache nicht zu ändern vermag. Er gelobte in seinem Innern Rache und bemerkte dann mit herablassender Miene: »Unter dieser Bedingung, Mynheer Kloots, mag Euer Tier an Bord bleiben.«

Mynheer Kloots und Philipp verließen nun die Kajüte. Ersterer, der nicht in der besten Stimmung war, murmelte im Fortgehen vor sich hin: »Wenn die Kompanie ihre *Affen* an Bord schickt, werde ich wohl meinen *Bären* behalten dürfen.« Und dieser Witz erfreute Mynheer Kloots so sehr, dass er seinen Ärger wieder vergaß.

9

Wir müssen die Indienflotte nun bei wechselndem Wind und Wetter ihren Weg nach dem Kap suchen lassen. Sie zerstreute sich teilweise, sollte aber in der Tafelbai wieder zusammentreffen. Philipp Vanderdecken war bald imstande, sich an Bord einigermaßen nützlich zu machen. Er bemühte sich eifrig um seinen Dienst; denn die Beschäftigung hinderte ihn daran, zu viel über den Anlass seiner Einschiffung zu brüten; er versah mit Eifer die schwersten Verrichtungen, da ihm die Anstrengung den Schlaf sicherte, der ihm sonst versagt geblieben wäre.

Er war bald ein Liebling des Kapitäns und stand auf sehr freundschaftlichem Fuße mit Hillebrant, dem ersten Maaten. Struys, der zweite Maat, war jedoch ein mürrischer junger Mensch, mit dem er nur wenig Verkehr hatte. Was den Ladungsaufseher Mynheer Jakob Janz von Stroom betraf, so wagte sich dieser nur selten aus seiner Kajüte. Da der Bär Johannes nicht eingesperrt wurde, so hielt sich Mynheer von Stroom selbst hinter Verschluss und ließ kaum einen Tag vergehen, ohne einen Brief zu überlesen, den er über die Angelegenheit an die Kompanie ausgefertigt hatte; auch erachtete er es jedes Mal für nötig, eine Änderung anzubringen, von der er glaubte, sie dürfte seiner Beschwerde noch mehr Nachdruck verleihen und den Interessen des Kapitäns Kloots noch schädlicher sein.

Inzwischen rauchte Mynheer Kloots in glücklicher Unwissenheit über das, was in der Hüttenkajüte vorging, seine Pfeife, trank seinen Schnaps und spielte mit Johannes. Das Tier hatte auch zu Philipp eine große Zuneigung gefasst und pflegte mit ihm auf und ab zu spazieren, wenn er die Wache hatte.

Auf dem Schiff befand sich noch eine weitere Person, die wir nicht aus den Augen verlieren dürfen – nämlich der einäugige Steuermann Schriften, der einen großen Widerwillen sowohl gegen unseren Helden als gegen dessen stummen Liebling, den Bären, zu hegen schien. Da Philipp den Rang eines Offiziers hatte, so wagte es Schriften nicht, ihn offen zu beleidigen, nutzte aber jede Gelegenheit, ihn zu ärgern, und nahm nicht Anstand, vor der Schiffsmannschaft unaufhörlich über ihn zu schimpfen. Gegen den Bären zeigte er seine Feindseligkeit offener; er ging selten an ihm vorbei, ohne ihm mit einem furchtbaren Fluch einen derben Tritt zu versetzen. Obgleich niemand an Bord den Menschen zu lieben, wohl aber alle ihn zu fürchten schienen, so hatte er doch über die Matrosen einen Einfluss gewonnen, der kaum erklärlich war.

Dies war der Stand der Dinge auf dem wackeren Schiffe »Ter Schilling«, als es zusammen mit einigen anderen, zwei Tagereisen vom Kap entfernt, von einer Windstille befallen wurde. Das Wetter war ungemein heiß; denn in den südlichen Breiten war Sommer, und Philipp, der unter dem Hüttenzelt lag, war infolge der schwülen Luft eingeschlafen.

Da erwachte er auf einmal mit einer fröstelnden Empfindung am ganzen Körper, namentlich aber auf der Brust, und als er die Augen halb öffnete, bemerkte er, dass der Steuermann Schriften sich über ihn beugte und einen Teil der Kette, an welcher die heilige Reliquie befestigt war, zwischen Daumen und Zeigefinger hielt. Philipp schloss noch einmal seine Lider, um herauszufinden, was der Mann beabsichtige, und merkte, dass Schriften allmählich die Kette samt der Reliquie weiter und weiter herauszog und sie zuletzt – augenscheinlich in der Absicht, sich des Kleinods zu bemächtigen – über seinen Kopf wegzuziehen suchte. Jetzt sprang Philipp auf und fasste den Dieb um den Leib.

»Darauf wars also abgesehen?«, rief Philipp mit entrüsteten Blicken und riss die Kette aus der Hand des Steuermanns.

Schriften schien jedoch nicht im Mindesten darüber betroffen zu sein, dass er ertappt worden war; er warf Philipp mit seinem einen Auge einen boshaften Blick zu und bemerkte spöttisch: »Ist Ihr Bild an dieser Kette? – Hihi!«

Vanderdecken stand auf, stieß ihn zurück und verschränkte die Arme. »Ich rate Euch nicht, gar so neugierig zu sein, Meister Steuermann; Ihr dürftet es bereuen.«

»Oder ists vielleicht«, fuhr der Steuermann ohne Rücksicht auf Philipps Grollen fort, »eine Glückshaube, ein unfehlbares Mittel gegen das Ertrinken?«

»Kümmert Euch um Euren Dienst«, rief Philipp.

»Doch, Ihr seid Katholik – vielleicht ist es der Fingernagel eines Heiligen – oder – ja, ich habe es – ein Stück vom heiligen Kreuze!« Philipp fuhr zusammen.

»Ja, so ist es, so ist es!«, rief Schriften, der jetzt nach vorne ging, wo die Matrosen um die Laufplanke standen. »Eine gute Nachricht für Euch, Jungen!«, rief er. »Wir haben ein Stück vom heiligen Kreuz an Bord und können jetzt dem Teufel Trotz bieten.«

Philipp war Schriften, ohne eigentlich zu wissen warum, die Hüttentreppe hinunter gefolgt und stand eben vorn auf dem Halbdeck, als der Steuermann die erwähnte Bemerkung gegen die Matrosen laut werden ließ.

»Ja«, erwiderte ein alter Matrose, »und zwar nicht nur dem Teufel, sondern dem fliegenden Holländer obendrein.«

»Dem fliegenden Holländer?«, dachte Philipp, »sollte sich dies auf –«

Er trat ein paar Schritte vor, um sich hinter dem Hauptmast zu verbergen, und hoffte, mehr zu erfahren, falls sie das Gespräch fortsetzten; er täuschte sich hierin nicht.

»Man sagt, es sei weit schlimmer, ihm zu begegnen als dem Teufel«, bemerkte ein anderer aus dem Haufen.

»Wer hat ihn je gesehen?«, fragte ein Dritter.

»Gesehen hat man ihn, das ist gewiss; aber ebenso gewiss ist es auch, dass ein Schiff, das ihm begegnet ist, vom Unglück verfolgt wird.«

»Und wo kann man ihm denn begegnen?«

»Oh, hierüber weiß man nichts Gewisses, er kreuzt jedenfalls vor dem Kap.«

»Ich möchte wohl einmal die ganze Geschichte erfahren«, bemerkte einer.

»Ich will dir sagen, was ich davon weiß. Es ist ein verfluchtes Schiff – waren, glaube ich, Piraten, die ihrem Kapitän die Kehle abschnitten.«

»Nein, nein«, rief Schriften, »der Kapitän ist noch darauf – und war ein Schurke. Dem Vernehmen nach hat er, wie ein anderer, der jetzt bei uns an Bord ist, ein sehr hübsches Weib zurückgelassen, das er zärtlich liebte.«

»Woher wisst Ihr das, Steuermann?«

»Weil er stets Briefe nach Hause schicken will, wenn er an Bord eines Schiffes kommt, mit dem er auf See zusammengetroffen ist. Aber wehe denen, die sich seiner Briefe annehmen; sie dürfen darauf zählen, dass ihr Schiff zugrunde geht – mit Mann und Maus!«

»Woher wisst Ihr denn das alles?«, fragte einer von den Matrosen. »Habt ihr je das Schiff gesehen?«

»Ja, freilich hab ich das«, kreischte Schriften, ließ aber, als fasse er sich wieder, sein Kreischen in sein gewöhnliches Kichern übergehen und fügte hinzu: »Doch wir haben nichts von ihm zu fürchten, Jungen, da wir eine echte Kreuzreliquie an Bord führen.«

Schriften begab sich nach achtern, als wolle er weiteren Fragen aus dem Wege gehen; da bemerkte er Philipp neben dem Hauptmast. »Ah so – ich bin nicht der einzige Neugierige – hihi! Sagt mir doch, habt Ihr das Ding mit an Bord gebracht, im Falle wir mit dem fliegenden Holländer zusammentreffen sollten?«

»Ich fürchte mich nicht vor dem fliegenden Holländer«, entgegnete Philipp verwirrt.

»Nun, da fällt mir eben ein, Ihr tragt ja den gleichen Namen; wenigstens sagt man, er heiße Vanderdecken – he?«

»Es gibt außer mir noch viele Vanderdecken auf der Welt«, versetzte Philipp, der nun seine Fassung wieder gewonnen hatte. Nach dieser Antwort ging er weg und begab sich nach der Hütte.

»Man könnte fast glauben, diesem boshaften einäugigen Wicht sei bekannt, warum ich mich eingeschifft habe«, dachte Philipp. »Doch nein, das ist unmöglich. Aber warum muss ich einen solchen Schauder fühlen, sooft er mir nahe kommt? Obs wohl andern auch so ergeht? Oder ists vielleicht bloße Einbildung von mir und Amine? Zu fragen getrau ich mich nicht. – Indes ists doch seltsam, dass der Mensch einen so boshaften Groll gegen mich hegt. Ich habe ihn doch nie beleidigt. Was ich eben mit angehört habe, bestätigt alles – wenn es überhaupt einer Bestätigung bedürfte. O Amine! Amine! Wärest nicht du, so würde ich mit Freuden mein Leben in die Schanze schlagen, um dieses Rätsel zu lösen. O Gott, zügle in deinem Erbarmen den Glutstrom meiner Gedanken«, murmelte Philipp, »damit mein Verstand nicht irre werde!«

Drei Tage nachher langte die »Ter Schilling« mit ihren Begleitschiffen in der Tafelbai an, wo der Rest der Flotte bereits vor Anker lag. Damals hatten die Holländer gerade am Kap der Guten Hoffnung eine Niederlassung gegründet, wo die Indienfahrer ihre Wasservorräte zu erneuern und von den Hottentotten des Küstenstreifens Vieh einzuhandeln pflegten. Die Letzteren boten für einen Messingknopf oder einen großen eisernen Nagel bereitwillig einen von ihren fetten Stieren. Ein paar Tage war das Geschwader damit beschäftigt, seine Wasservorräte zu ergänzen, worauf die Schiffe, denen für den Fall einer Trennung vom Admiral der Sammelplatz bezeichnet worden war, alle Vorbereitungen für das zu erwartende schlechte Wetter trafen und dann die Anker lichteten, um die Fahrt fortzusetzen.

Drei Tage lang hatten sie einen leichten Gegenwind, weshalb sie nur wenig vorankamen; am dritten kam von Süden eine starke Brise auf, die sich bis zur Bö steigerte und die Flotte von der Bai nach Norden trieb. Nach sieben Tagen war die »Ter Schilling« allein, das Wetter aber war milder. Es wurden sofort wieder die Segel gesetzt und der Schnabel ostwärts gedreht; man nahm Kurs auf die Küste.

»Es ist ein unglücklicher Umstand, dass wir von allen unsern Gefährten getrennt wurden«, bemerkte Mynheer Kloots zu Philipp, während sie beide an der Laufplanke standen, »Wir haben jetzt ungefähr Mittag, und die Sonne wird mich in den Stand setzen, unsere Breite festzustellen. Freilich ist es schwer zu sagen, wie weit uns die Bö und die Strömung nordwärts gefegt haben. Junge, bring mir meinen Jakobsstab herauf, gib aber acht, dass du nirgends damit anstößt.«

Der Jakobsstab war das einfache Werkzeug, das in jener Zeit zur Ermittlung der geografischen Breite benutzt wurde und einem sorgfältigen Beobachter seinen Standort auf etwa fünf oder zehn Meilen angab. Quadranten und Sextanten sind die Erfindung einer sehr viel späteren Periode. Wenn man bedenkt, wie wenig damals die Schifffahrtskunde entwickelt war, ferner die Abweichung der Magnetnadel in Anschlag bringt und in Erwägung zieht, dass die Länge nur ungefähr berechnet werden konnte, so ist es fast ein Wunder, dass unsere Vorfahren mit so verhältnismäßig wenigen Unfällen ihre Fahrten über den Ozean machten.

»Wir sind volle drei Grad nördlich vom Kap«, bemerkte Mynheer Kloots, nachdem er die Breite berechnet hatte. »Die Strömungen müssen stark sein; der Wind flaut schnell ab, und ich müsste sehr irren, wenn wir nicht anderes Wetter bekämen.«

Gegen Abend trat Windstille ein, und eine starke Dünung rollte auf das Ufer zu. Scharen von Seehunden zeigten sich auf der Wasseroberfläche und folgten dem vor der Dünung hertreibenden Schiffe. Die Fische sprangen und hüpften in allen Richtungen, und ringsumher schien der Ozean voll Leben zu sein, während die Sonne langsam am Horizont niederging.

»Was ist das für ein Geräusch?«, bemerkte Philipp. »Es klingt wie ferner Donner.«

»Habs auch vernommen«, versetzte Mynheer Kloots. »Ihr oben auf dem Mast, seht Ihr das Land?«

»Ja«, versetzte der Mann nach einer Pause, während er an der Stengenwand hinaufstieg. »Ganz vorne – niedrige Sandhügel und hochbrechende See.«

»Dann muss das Geräusch davon herrühren. Wir treiben mit dieser starken Grunddünung schnell einwärts. Ich wollte, wir bekämen Wind.«

Die Sonne hatte sich nun unter den Horizont gesenkt, und die Windstille hielt noch immer an. Die »Ter Schilling« war infolge der Dünung so rasch dem Ufer zugetrieben, dass man jetzt die Brandung sehen konnte, die sich mit Donnergetöse am Gestade brach.

»Kennt Ihr die Küste, Steuermann?«, sagte der Kapitän zu Schriften, der in der Nähe stand.

»Kenne sie wohl«, versetzte der Steuermann, »die See bricht sich hier mindestens zwölf Faden tief. In einer halben Stunde ist das gute Schiff zu Zahnstochern zerschellt, wenn uns nicht eine Brise Abhilfe bringt.« Und der kleine Mann kicherte, als finde er nichts belustigender als diesen Gedanken.

Mynheer Kloots vermochte seine Besorgnis nicht zu verhehlen; seine Pfeife wanderte unaufhörlich von der Hand in den Mund und wieder zurück. Die Mannschaft sammelte sich in Gruppen auf dem Vorderkastell und auf der Laufplanke und lauschte mit Entsetzen auf das fürchterliche Tosen der Brandung. Der letzte Widerschein der Sonne war nach und nach verglommen, und das Düster der Nacht vermehrte die Unruhe der Matrosen.

»Wir müssen die Boote niederlassen«, sagte Mynheer Kloots zum ersten Maaten, »und versuchen, ob wir das Schiff nicht hinausschleppen können. Freilich fürchte ich, dass wir nicht viel tun können, aber für alle Fälle sind dann doch die Boote bereit, um die Mannschaft aufzunehmen, ehe die ›Ter Schilling‹ auf den Strand läuft. Schafft die Schlepptaue heraus und lasst die Boote nieder, während ich dem Ladungsaufseher Meldung mache.«

Mynheer von Stroom saß in der ganzen Würde seines Amtes da, und hatte, weil es Sonntag war, seine beste Perücke aufgesetzt. Er war eben im Begriffe, abermals seinen Bärenbrief an die Kompanie zu überlesen, als Mynheer Kloots erschien und ihm in wenigen

Worten mitteilte, dass sie sich in einer sehr gefährlichen Lage befänden und das Schiff wahrscheinlich in weniger als einer halben Stunde zerschellen werde. Bei dieser beunruhigenden Kunde sprang Mynheer von Stroom von seinem Stuhle auf und stieß in seiner furchtsamen Hast das Licht um, das er eben angezündet hatte.

»In Gefahr, Mynheer Kloots? – Ei, das Wasser ist doch glatt, und der Wind hat sich gelegt! Mein Hut – wo ist mein Hut und mein Stock! Ich will an Deck gehen. Hurtig, ein Licht, Mynheer Kloots, lassen Sie doch Licht bringen! Ich kann in der Dunkelheit nichts finden. Mynheer Kloots, warum geben Sie keine Antwort? Barmherziger Himmel, er ist fort und hat mich allein gelassen!«

Mynheer Kloots hatte sich entfernt, um ein Licht zu holen, und kehrte jetzt wieder zurück. Mynheer von Stroom setzte seinen Hut auf und verließ die Kajüte. Die Boote wurden niedergelassen und das Schiff vom Lande abgedreht; aber es herrschte nun finstere Nacht, und man vermochte nichts zu unterscheiden, als die weiße Schaumlinie der Brandung, welche sich mit furchtbarem Getöse an der Küste brach.

»Mynheer Kloots, Ihr werdet erlauben – ich will das Schiff augenblicklich verlassen. Lasst mein Boot an das Schiff kommen – ich muss das größte Boot haben für die hochpreisliche Kompanie – für die Papiere und mich selbst.«

»Ich fürchte, dass ich Euch damit nicht dienen kann, Mynheer von Stroom«, versetzte Kloots, »unsere Boote werden kaum die ganze Mannschaft fassen, und jedem ist sein Leben so teuer wie Euch das Eurige.«

»Aber, Mynheer, ich bin der Ladungsaufseher der Kompanie. Ich befehle Euch – ich will ein Boot haben – untersteht Euch, es zu verweigern!«

»Ich unterstehe mich, es zu verweigern«, erwiderte der Kapitän, seine Pfeife aus dem Munde nehmend.

»Gut, gut«, versetzte Mynheer von Stroom, der nun all seine Geistesgegenwart verloren hatte, »wir wollen sehen, Herr – sobald wir wieder nach – Gott steh uns bei! – Wir sind verloren – O Gott! O Gott!«

Und mit diesen Worten eilte Mynheer von Stroom, ohne selbst zu wissen warum, nach der Kajüte hinunter, stolperte aber in seiner Hast über den Bären Johannes, der ihm in den Weg kam, und bei seinem Sturze flogen ihm Hut und Perücke vom Kopf.

»Ach, barmherziger Himmel! Wo bin ich? Hilfe! Hilfe für den Ladungsaufseher der hochpreislichen Kompanie!«

»Lasst los da in den Booten und kommt an Bord«, rief Mynheer Kloots, »wir haben keine Zeit zu verlieren; hurtig jetzt, Philipp; schafft den Kompass hinunter, das Wasser und den Zwieback – wir dürfen in fünf Minuten nicht mehr auf der ›Ter Schilling‹ sein!«

Das Toben der Brandung war nun so wütend geworden, dass man nur mit Mühe die Befehle des Kapitäns hören könnte. Mynheer von Stroom lag mittlerweile auf dem Deck, zappelte, stampfte und schrie nach Hilfe.

»Es weht eine leichte Brise vom Ufer her«, rief Philipp, seine Hand ausstreckend.

»Ihr habt recht, aber ich fürchte, es ist zu spät. Schafft das Nötige in die Boote und benehmt Euch besonnen, Leute! Wir haben noch Aussicht, das Schiff zu retten, wenn der Wind auffrischt.«

Sie waren nun den Brechern so nahe, dass sie spürten, wie die Dünung, in welcher das Schiff windlos lag, da und dort sich an ihrer Längslinie überschlug; aber die Brise frischte auf, und das Schiff blieb auf der Stelle. Die ganze Mannschaft befand sich in den Booten, Mynheer Kloots, die Maaten und Mynheer von Stroom ausgenommen.

»Wir bewegen uns vorwärts«, sagte Philipp.

»Ja, ich denke, wir können das Schiff retten«, versetzte der Kapitän. »Nur stetig fortgemacht, Hillebrant«, fuhr er gegen den ersten Maaten am Steuerruder gewandt fort. »Wir kommen jetzt von der Brandung ab – wenn nur die Brise noch zehn Minuten anhält!«

Die Brise hielt an, und die »Ter Schilling«, die vom Lande absteuerte, geriet wieder in einen windstillen Strich; dann wurde sie abermals gegen die Brandung gefegt, bis endlich die Brise sich verstärkte und das Schiff wieder durch das Wasser schnitt. Die Mannschaft wurde aus den Booten gerufen. Man las Mynheer von Stroom mit seinem Hut und seiner Perücke auf und führte ihn in die Kajüte; in weniger als einer Stunde war die »Ter Schilling« außer Gefahr.

»Wir können jetzt die Boote hochziehen«, sagte Mynheer Kloots, »ehe wir aber zu Bett gehen, wollen wir alle Gott für unsere Rettung danken.«

Während der Nacht legte die »Ter Schilling« zwanzig Meilen auf hoher See zurück und steuerte dann südwärts. Gegen Morgen legte sich die Brise wieder, und es fiel fast völlige Windstille ein.

Mynheer Kloots war ungefähr eine Stunde auf Deck gewesen und hatte mit Hillebrant sowohl über die Gefahr, der man am vorigen Abend entronnen war, als über Mynheer von Strooms engherzige Selbstsucht gesprochen, als sich mit einem Male ein lautes Getöse aus der Hüttenkajüte vernehmen ließ.

»Was mag das zu bedeuten haben? Hat der gute Mann vor Schreck seinen Verstand verloren? Ei, er schlägt ja die Kajüte in Stücke.«

In diesem Augenblick kam der Diener des Ladungsaufsehers aus der Kajüte geeilt.

»Mynheer Kloots, geschwinde – helft meinem Gebieter – er wird umgebracht – der Bär – der Bär!«

»Der Bär? Wie, Johannes?«, rief Mynheer Kloots. »Ei, das Tier ist ja so zahm wie ein Hund. Ich will gehen und nachsehen.«

Aber ehe Mynheer Kloots nach der Kajüte gehen konnte, stürzte der erschreckte Ladungsaufseher, nur mit einem Hemd bekleidet, heraus.

»Mein Gott! Mein Gott! Soll ich denn getötet – lebendig gefressen werden?«, rief er, nach dem Vorderschiff rennend, wo er am Focktakelwerk hinaufzuklettern versuchte.

Mynheer Kloots folgte den Bewegungen Mynheer von Strooms mit Staunen, und als er sah, dass der Ladungsaufseher in das Takelwerk steigen wollte, wandte er sich nach hinten und ging in die Kajüte, wo er zu seiner Überraschung gewahr wurde, dass Johannes in der Tat Unfug anrichtete.

Das Getäfel der Staatskajüte war heruntergeschlagen, die Perückenschachteln lagen zerfetzt auf dem Boden, und auf den Perücken selbst erblickte man die Scherben zerbrochener Honigtöpfe samt deren vormaligem Inhalt, welchen Johannes mit besonderem Wohlbehagen aufleckte.

Mynheer von Stroom hatte sich nämlich, als das Schiff in der Tafelbai vor Anker lag, von den Hottentotten einigen Honig, für den er eine besondere Vorliebe hatte, verschafft, und denselben durch seinen Diener in Töpfe füllen lassen. Diese standen nun unter den zwei langen Schachteln, damit der Ladungsaufseher sich für den Rest seiner Reise nach Belieben bedienen könne. An jenem Morgen öffnete der Diener eine der Schachteln, weil er annahm, dass die Perücke seines Herrn am Abend zuvor durch dessen Sturz gelitten habe und durch eine andere ersetzt werden müsse. Johannes war nun zufälligerweise in die Nähe der Türe gekommen und witterte den Honig. Die Bären sind durchweg noch größere Freunde dieser Leckerei, als Mynheer von Stroom es war, und wagen alles, um sie sich zu verschaffen. Johannes gab daher dem seiner Spezies eigenen Trieb nach, folgte seiner Nase, kam in die Kajüte und war eben im Begriff, in Mynheer von Strooms Schlafkoje einzudringen, als der Diener vor ihm die Türe zuschlug. Johannes schlug nun das Getäfel herunter und erzwang sich den Zutritt. Dann machte er sich an die Perückenschachteln. Dem Diener, der ihn fortzujagen versuchte, zeigte er seine mächtigen Zähne und gab damit zu verstehen, dass er nicht mit sich spaßen lasse. Mynheer von Stroom geriet darüber in äußerste Aufregung und kam, da er die Absicht des Bären nicht kannte, auf die Idee, die Bestie wolle ihn selbst angreifen. Der Bediente gab nach einigen vergeblichen Bemühungen, die letzte Schachtel zu retten, Fersengeld, und Mynheer von Stroom, der sich jetzt allein fand, sprang endlich von seiner Bettstelle herunter und entkam in dem bereits erwähnten Zustand nach dem Vorderkastell, Johannes als Sieger auf der Walstatt zurücklassend, der sich sofort über die spolia opima hermachte. Mynheer Kloots war sich augenblicklich über die Lage der Dinge im Klaren; er ging auf den Bären zu, redete auf ihn ein und versetzte ihm dann einige Fußtritte, aber Meister Petz wollte von seinem Honig nicht ablassen und knurrte wütend über die Unterbrechung seines Mahls.

»Das ist sehr schlimm für dich, Johannes«, bemerkte Mynheer

Kloots. »Du musst jetzt das Schiff verlassen; denn der Ladungsaufseher hat guten Grund zur Beschwerde. Nun, wenn du denn einmal Honig fressen musst, so seis drum.« Mit diesen Worten verließ Mynheer Kloots die Kajüte, um nach Mynheer von Stroom zu sehen, der sich noch immer auf dem Vorderkastell befand, wo er seinen mageren Leib und den kahlen Schädel zur Schau stellte und den Matrosen eine Rede hielt, während sein Hemd sich im Winde bewegte.

»Ich bedauere dieses Vorkommnis recht sehr, Mynheer von Stroom«, sagte Kloots, »aber der Bär soll aus dem Schiffe geschafft werden.«

»Ja, ja, Mynheer Kloots, aber das ist eine Angelegenheit der hochpreislichen Kompanie – das Leben ihrer Diener darf nicht der Torheit eines Seekapitäns geopfert werden. Ich wäre beinahe in Stücke gerissen worden.«

»Das Tier wollte nichts von Euch, sondern hatte nur Appetit auf den Honig«, versetzte Kloots. »Es ist jetzt darüber hergefallen, und ich selbst bin nicht imstande, ihm seine Beute abzunehmen. An der Natur eines unvernünftigen Tieres lässt sich nichts ändern. Wollt Ihr so gut sein, in meine Kajüte hinunterzugehen, bis die Bestie sich wieder in Gewahrsam befindet? Sie soll sich nicht wieder frei bewegen.«

Mynheer von Stroom hielt es für ratsam, dieses Angebot anzunehmen; denn einmal stand seine Würde nicht ganz im Einklang mit seinem Äußeren, und vielleicht war er sich auch darüber im Klaren, dass die Majestät nur zu einer Posse wird, wenn sie ihrer äußeren Hülle beraubt ist. Mit einiger Mühe und unter dem Beistand der Matrosen wurde der Bär gefesselt und aus der Kajüte fortgeschafft, freilich sehr gegen seinen Willen; denn es gab an den Perückenlocken noch einigen Honig abzulecken. Der Umstand, dass er auf hoher See über dem Verbrechen des Einbruchs ertappt worden war, trug ihm strenge Haft ein; das neue Abenteuer war nun das Thema des Tages; denn es war wieder Windstille eingetreten, und das Schiff lag regungslos auf der spiegelglatten Fläche des Meeres.

»Die Sonne geht rot unter«, bemerkte Hillebrant zu dem Kapitän, der mit Philipp auf der Hütte stand. »Ich müsste sehr irren, wenn es nicht vor morgen noch Wind gäbe.«

»Bin auch der Meinung«, versetzte Mynheer Kloots. »Es ist sonderbar, dass wir mit keinem Schiff der Flotte zusammentreffen. Sie müssen doch alle hier herabgetrieben worden sein.«

»Vielleicht halten sie sich weiter von der Küste entfernt.«

»Wir hätten besser das Gleiche getan«, sagte Kloots. »Gestern Abend sind wir nur um Haaresbreite davongekommen. Zu wenig oder zu viel Wind, keines von beiden will etwas taugen.«

Ein wirres Geschrei ließ sich nun von der Stelle her vernehmen, wo sich die Matrosen auf einem Haufen gesammelt hatten und über die Windvierung des Fahrzeugs hinblickten.

»Ein Schiff! Nein – ja, es ist eines!« – so hörte man mehrmals rufen.

»Sie meinen, ein Schiff zu sehen«, sagte Schriften, auf die Hütte kommend, »hihi! Wo?«

»Dort, in der Nacht draußen!«, versetzte der andere Steuermann, auf den dunkelsten Teil des Horizonts deutend; denn die Sonne war bereits untergegangen.

Der Kapitän, Hillebrant und Philipp richteten ihre Blicke nach der bezeichneten Stelle und meinten gleichfalls, etwas wie ein Schiff unterscheiden zu können. Allmählich schien sich das Dunkel aufzuhellen, und ein blasses, flackerndes Licht schien jenen Teil des Horizonts zu beleuchten. Kein Lüftchen regte sich auf dem Wasser – die See war wie ein Spiegel, das fremde Schiff zeichnete sich immer deutlicher ab, bis sich endlich sein Rumpf, seine Masten und seine Rahen deutlich unterscheiden ließen. Die drei Männer sahen hin und rieben sich die Augen; denn sie trauten kaum ihren Sinnen. Im Zentrum des blassen Lichts, das sich etwa fünfzehn Grad über den Horizont erhob, etwa drei Meilen entfernt, befand sich in der Tat ein großes Schiff, das trotz der vollkommenen Windstille mit einer gewaltigen Bö zu kämpfen schien, da es sich bald über die spiegelglatte Fläche erhob, bald wieder niederstürzte und sich aufs Neue aufrichtete. Mars- und Hauptsegel waren eingerollt und die Rahen zum Winde gerichtet; es hatte außer dem dicht gerefften

Focksegel, einem Sturmstagsegel und einem Schnausegel im Hinterschiff kein weiteres Segel gesetzt. Es kam im Wasser nur wenig vorwärts, obgleich es, von der Gewalt der Bö getrieben, rasch näher zu rücken schien und mit jeder Minute dem Auge deutlicher wurde. Endlich sah man es vieren, und während dies geschah, noch ehe der Wind für einen anderen Gang gefangen war, kam es so nahe an die »Ter Schilling« heran, dass man die Leute an Bord unterscheiden konnte. Das Wasser schäumte vor dem Bug her; man hörte den schrillen Ton der Bootsmannspfeifen, das Krachen des Schiffsgebälks, das Ächzen der Masten; dann aber steigerte sich allmählich das Dunkel, und in wenigen Sekunden war das Schiff völlig verschwunden.

»Gott im Himmel!«, rief Mynheer Kloots.

Philipp fühlte eine Hand auf seiner Schulter, und eine Eiseskälte durchzuckte seinen ganzen Körper. Er wandte sich um und begegnete dem einzigen Auge Schriftens, der ihm ins Ohr kreischte: »Philipp Vanderdecken, das ist der *fliegende Holländer.*«

10

Die plötzliche Dunkelheit, welche dem blassen Licht gefolgt war, ließ der erstaunten Mannschaft der »Ter Schilling« alle Gegenstände nur noch unbestimmter erscheinen. Für eine Weile wurde an Bord kein Laut gehört. Einige hielten ihre Blicke auf die Stelle geheftet, wo die Erscheinung verschwunden war, andere wandten sich voll düsterer, ahnungsvoller Gedanken ab. Hillebrant brach das Schweigen zuerst; er wandte sich um, blickte gen Osten und fuhr, da er dort ein Licht bemerkte, zusammen. Zugleich ergriff er Philipp beim Arm und rief: »Was ist das?«

»Nur der Mond, der über die Wolken emporsteigt«, versetzte Philipp wehmütig.

»Das gesteh ich!«, bemerkte Mynheer Kloots, die von Schweiß

feuchte Stirne abwischend. »Ich habe früher oft von dieser Geschichte gehört, aber stets nur darüber gelacht.«

Philipp blieb stumm. Von der Wirklichkeit der Erscheinung überzeugt und wohl fühlend, wie sehr sie ihn persönlich anging, kam er sich selbst wie ein Verbrecher vor.

Der Mond hatte sich jetzt über die Wolken erhoben und goss sein mildes, blasses Licht über den schlummernden Ozean. Wie infolge eines gemeinschaftlichen Antriebes richteten alle die Augen auf die Stelle, an der die fremdartige Erscheinung zuletzt gesehen worden war. Alles war ruhig – eine völlige Windstille trat ein.

Seit dem Auftauchen des Schiffes hatte Schriften auf der Hütte gestanden; er näherte sich jetzt allmählich Mynheer Kloots, blickte umher und sagte: »Mynheer Kloots, als Steuermann dieses Fahrzeugs sage ich Euch, dass Ihr Euch auf sehr schlimmes Wetter gefasst machen müsst.«

»Schlimmes Wetter«, entgegnete Kloots, sich aus einem tiefen Tagtraum aufraffend.

»Ja, schlimmes Wetter, Mynheer Kloots. Nie ist ein Schiff mit – mit dem, was wir eben gesehen haben, zusammengetroffen, ohne bald nachher ins Verderben zu fahren. Schon der Name Vanderdecken bringt Unglück – hihi!«

Philipp wollte auf diesen Hohn antworten, fühlte sich aber außerstande; seine Zunge war wie gelähmt.

»Was hat der Name Vanderdecken damit zu schaffen?«, fragte Kloots.

»Habt Ihr denn nie von der Geschichte gehört? Der Kapitän des Schiffes, das uns eben zu Gesicht kam, ist ein gewisser Mynheer Vanderdecken – er ist der fliegende Holländer.«

»Wie könnt Ihr dies wissen, Steuermann?«, fragte Hillebrant.

»Nun, ich weiß es eben – und noch viel mehr, wenn ich es sagen wollte«, antwortete Schriften. »Doch gleichviel – ich habe Euch vor schlimmem Wetter gewarnt und damit meine Pflicht erfüllt.« Mit diesen Worten stieg Schriften die Hüttentreppe hinunter.

»Gott im Himmel! Hat mich doch in meinem Leben nie etwas so verwirrt und erschreckt«, bemerkte Kloots. »Ich weiß nicht, was ich davon denken oder sagen soll. – Was haltet Ihr davon, Philipp? War es nicht übernatürlich?«

»Ja«, versetzte Philipp traurig, »ich zweifle nicht daran.«

»Ich glaubte, die Tage der Wunder seien vorbei«, sagte der Kapitän, »und war der Meinung, wir seien in der jetzigen Zeit unserer eigenen Anstrengung überlassen, ohne andere Warnungen zu erhalten, als die uns das Aussehen des Himmels gibt.«

»Und auch dieses warnt uns jetzt«, bemerkte Hillebrant. »Seht, wie schnell jene Wolkenbank in den letzten fünf Minuten heraufgekommen ist. Der Mond ist zwar noch entwischt, wird aber bald wieder eingeholt sein – und seht, da zuckt im Nordwesten ein Blitz auf.«

»Wohlan, meine Kinder, ich kann so gut als irgendeiner dem Element Trotz bieten und mein Bestes tun; habe mich von jeher wenig um Böen und stürmisches Wetter bekümmert, aber doch gefällt mir die Warnung, die wir heute Abend erhalten haben, ganz und gar nicht. In Wahrheit, das Herz liegt mir wie ein Bleigewicht in der Brust. Philipp, lasst die Schnapsflasche heraufbringen, wärs auch nur, um mir das Gehirn ein bisschen zu klären.«

Philipp ergriff mit Freuden die Gelegenheit, die Hütte zu verlassen; er wünschte sich nur wenige Minuten, um seine Gedanken zu sammeln. Das Erscheinen des Geisterschiffs hatte ihn furchtbar erschüttert – nicht, dass er je an der Existenz desselben gezweifelt hätte, aber ihm schwindelte bei dem Gedanken, das Fahrzeug gesehen zu haben und ihm so nahe gewesen zu sein – dem Schiff, in welchem sein Vater unter einem so schrecklichen Bann lag – auf dem, wie er in tiefster Seele empfand, sein eigenes Geschick sich erfüllen musste. Als er den Ton der Bootsmannspfeife hörte, lauschte er begierig, um die Befehle zu vernehmen, die – er wusste es wohl – von seinem Vater gegeben wurden. Auch seine Augen strengte er an und versuchte die Gesichtszüge und die Kleidung derjenigen zu unterscheiden, die sich auf den Decks bewegten. Sobald er den Knaben zu Mynheer Kloots hinaufgeschickt hatte, eilte er nach seiner Kajüte und begrub sein Antlitz in der Decke seines Bettes: Dann betete er – betete, bis er seinen gewöhnlichen Mut wiedergewonnen und sich hinreichend gefasst hatte, um mit der Ruhe und dem Heroismus eines Märtyrers der Gefahr entgegenzusehen.

Philipp blieb nicht länger als eine halbe Stunde unten. Aber welche Veränderung hatte nicht stattgefunden, als er wieder auf Deck erschien! Vor kurzer Frist noch schwamm das Schiff regungslos auf dem stillen Wasser, und die hohen Segel hingen schlaff von den Rahen nieder. Der Mond schwebte in seiner ganzen Schönheit am Himmelszelt, die Masten und Segel spiegelten sich bei seinem milden Licht in der glatten See. jetzt aber war alles dunkel. Das Wasser brach sich in kurzen, schäumenden Wellen; die kleinen oberen Segel waren eingeholt worden, und das Schiff pflügte rasch durch das Wasser. Der Wind verkündete durch seine wilden, ruckartigen Stöße und sein zorniges Geheul nur zu deutlich, dass sein Grimm geweckt worden war und dass er jetzt seine Kräfte sammelte, um ein Werk der Zerstörung zu vollführen. Die Matrosen waren noch immer mit dem Einholen der Segel beschäftigt, betrieben aber ihr Geschäft missvergnügt und mit düsteren Mienen. Was Schriften zu ihnen gesagt hatte, wusste Philipp nicht; er bemerkte jedoch, dass sie ihn mieden und augenscheinlich mit feindseligen Gefühlen betrachteten. Die Bö steigerte sich mit jeder Minute.

»Der Wind ist nicht stetig«, bemerkte Hillebrant. »Es lässt sich nicht ausfindig machen, aus welcher Richtung der Sturm blasen wird; denn der Wind hat bereits fünf Striche gewechselt. Philipp, die Lage der Dinge will mir gar nicht gefallen, und ich kann wohl mit dem Kapitän sagen, dass auch mir das Herz schwer ist.«

»Mir ergeht es gleichfalls nicht besser«, versetzte Philipp, »aber wir sind in den Händen einer barmherzigen Vorsehung.«

»Hart Backbord! Vorn eingelegt! Das Schnausegel aufgegeit, Leute! Tummelt Euch!«, rief Kloots, als der Wind sich plötzlich nach Norden und dann nach Westen gedreht hatte, und das Schiff dadurch nach rückwärts geworfen wurde und sich tief auf die Seite legte. Der Regen schoss nun in Strömen nieder, und es war so dunkel, dass auf Deck kaum einer den andern sehen konnte.

»Wir müssen die Marssegel aufgeien, während die Mannschaft auf die Rahen steigt. Kümmert Euch darum, Herr Hillebrant.«

Blitze zuckten nun quer über das Firmament, und der Donner rollte mit Macht.

»Hurtig, hurtig! Ihr Leute, wir wollen alles beschlagen!«

Die Matrosen schüttelten das Wasser aus ihren triefenden Kleidern, und einige von ihnen machten sich an die Arbeit, während andere die Dunkelheit benutzten, um sich zu verbergen und mit ihrer eigenen Furcht zurate zu gehen.

Alle Leinwand des Schiffes, mit Ausnahme des Fockstagsegels, war nun eingezogen, und die »Ter Schilling« flog, den Wind in ihrer Vierung, gen Süden. Die See brüllte in schäumenden Wogen; der Regen goss in Strömen durch die pechfinstere Nacht, und die durchnässten, erschrockenen Matrosen suchten unter den Bollwerken Schutz. Obgleich viele ihren Dienst verabsäumt hatten, wagte sich doch nicht ein einziger unter Deck. Sie versammelten sich nicht wie gewöhnlich, sondern jeder zog es vor, mit seinen Gedanken allein zu sein. Das gespenstische Schiff erhitzte ihre Einbildungskraft und bedrückte ihre Gemüter.

Es war eine endlos lange, eine schreckliche Nacht – der Tag schien gar nicht wiederkommen zu wollen. Endlich ging die Dunkelheit allmählich in ein trübes, düsteres Grau über – dies war der Tag. Die Leute sahen sich gegenseitig an, aber keiner fand in dem Blick des anderen Trost. In keinem einzigen Gesicht konnte man einen Strahl der Hoffnung entdecken. – Sie wussten, dass sie alle verloren waren – sie blieben zusammengekauert sitzen, wo sie in der Nacht Schutz gesucht hatten, und verhielten sich stumm.

Die See warf jetzt berghohe Wogen auf und schleuderte das Schiff mehr als einmal nach hinten. Kloots befand sich eben in dem Kompasshäuschen, und Hillebrant stand mit Philipp am Steuer, als eine hohe Welle über das Heck hereinschlug und sich mit unwiderstehlicher Gewalt auf das Deck Bahn brach. Der Kapitän und seine zwei Maaten wurden weggeschwemmt und fast besinnungslos gegen die Bollwerke geworfen – das Binnakel und der Kompass brachen in Stücke – niemand eilte nach dem Steuer – das Schiff drehte bei, und unter den hereinbrechenden Wogen stürzte der Hauptmast über Bord.

Alles befand sich in größter Verwirrung; Kapitän Kloots lag besinnungslos da, und nur mit Mühe konnte Philipp zwei Matrosen bereden, dass sie ihm den Verunglückten hinuntertragen halfen. Hillebrant hatte noch größeres Pech gehabt – er hatte den rechten Arm gebrochen und war auch sonst schwer verletzt. Philipp brachte ihn nach seinem Lager und ging dann wieder an Deck, um zu sehen, ob er die Ordnung nicht wiederherstellen könne.

Philipp Vanderdecken war noch kein erfahrener Seemann, übte aber doch jenen moralischen Einfluss auf die Matrosen aus, welcher dem Mut und der Entschlossenheit immer gewiss ist.

Von einem bereitwilligen Gehorsam war zwar keine Rede, aber sie gehorchten doch, und in einer halben Stunde war das Schiff von den Resten des zertrümmerten Mastes befreit. Durch den Verlust des Hauptmastes um einiges leichter geworden und von zweien der besten Matrosen gesteuert, flog die »Ter Schilling« abermals vor dem Sturme dahin.

Aber wo befand sich Mynheer von Stroom, während auf Deck ein solches Werk der Zerstörung vor sich gegangen war? Er steckte tief in den Laken seines Bettes, zitterte an allen Gliedern und gelobte hoch und teuer, wenn er je seinen Fuß wieder an Land setze, sollten ihn alle Kompanien der Welt nicht mehr dazu verleiten können, sich abermals dem Salzwasser anzuvertrauen. Es war zuverlässig das Beste, was sich der arme Mann vornehmen konnte.

Obgleich übrigens die Matrosen für eine Weile Philipps Befehlen gehorchten, sah man sie doch bald angelegentlich mit dem einäugigen Steuermann reden; sie hielten mit ihm eine viertelstündige Beratung und verließen sodann samt und sonders, die zwei Männer am Steuer ausgenommen, das Deck. Warum sie dies taten, stellte sich bald heraus – mehrere kehrten mit Krügen voll Branntwein zurück, den sie sich, indem sie die Luke über der Branntweinkammer aufbrachen, verschafft hatten. Philipp blieb ungefähr eine Stunde auf Deck und redete den Leuten zu, sie möchten sich nicht betrinken, aber vergeblich; auch die Männer am Steuer wiesen das Getränk nicht zurück, als man es ihnen reichte, und es stand nicht lange an, bis das Gieren des Schiffes bekundete, welche Wirkung der Branntwein geübt hatte. Philipp eilte nun hinunter, um nachzusehen, ob Mynheer Kloots sich hinreichend erholt habe, um auf das Verdeck zu kommen. Er fand ihn in tiefem Schlaf, aus dem er ihn nur mit Mühe wecken konnte, um ihm die unglückselige Kunde mitzuteilen. Mynheer Kloots folgte Philipp auf das Deck, spürte aber noch immer die Wirkung seines Sturzes; denn sein Kopf war verwirrt, und er taumelte im Gehen, als ob er gleichfalls dem Branntwein gehörig zugesprochen hätte. Er war noch nicht lange an Deck, als er in einem Zustand vollkommener Hilflosigkeit auf eine der Kanonen niedersank; denn er hatte eine schwere Gehirnerschütterung erlitten. Hillebrant war zu schwer verletzt worden, um sein Bett verlassen zu können, und Philipp sah jetzt, wie hoffnungslos ihre Lage war. Das graue Licht des Tages machte der Dunkelheit Platz, und die Szene wurde dadurch nur erschütternder. Das Schiff lief zwar noch vor der Bö, aber die Leute am Ruder hatten augenscheinlich ihren Kurs gewechselt; denn der Wind, der vorher von Steuerbord gekommen war, wehte jetzt aus der Backbordrichtung. Es war jedoch kein Kompass an Bord, und außerdem würde die Mannschaft in ihrem betrunkenen Zustand sich geweigert haben, auf Philipps Befehle und Ermahnungen zu hören. Er sei kein Matrose, sagten sie, und habe sie nicht zu lehren, wie sie ein Schiff steuern müssten. Die Bö hatte jetzt ihren Höhepunkt erreicht. Der Regen ließ nach, aber der Wind tobte furchtbar, und das Schiff wurde von den Betrunkenen so nachlässig gesteuert, dass über beide Schanzdecks die Wogen hereinbrachen. Die Matrosen aber lachten und sangen, und ihr Gesang mischte sich mit dem Heulen des Sturmes.

Schriften schien der Anführer des meuterischen Haufens zu sein. Die Branntweinkanne in seiner Hand, tanzte und sang er und schnippte mit den Fingern wie ein Dämon, während er sein einziges Auge auf Philipp heftete; zuweilen wälzte er sich auch mit schallendem Gelächter in den Speigatten. Immer wieder wurde Branntwein heraufgereicht, kaum dass jemand danach gerufen hatte. Flüche, Geschrei und Gelächter mischten sich; die Matrosen am Steuer banden die Speichen fest und eilten, sich ihren Gefährten anzuschließen, während die »Ter Schilling« vor der Bö dahinflog; sie gierte abwechselnd nach Backbord und Steuerbord, wobei sie nur durch das Fockstagsegel – das einzige, welches gesetzt war – noch leidlich auf ihrem Kurs gehalten wurde. Philipp blieb bei der Hüttentreppe auf dem Deck. »Sonderbar«, dachte er, »dass ich allein noch zu handeln fähig bin und dazu bestimmt scheine, auf diese Szene des Schreckens und Abscheus niederzublicke, dass ich Zeuge sein soll, wie das Gebälk dieses Schiffes auseinanderkracht und alles Leben darauf vernichtet wird – ich, der einzige Ruhige und Gefasste, der weiß, was nun bald geschehen muss. Gott vergebe mir, aber wie unnütz und ohnmächtig ich auch bin, stehe ich doch augenscheinlich hier als der Herr des Sturmes – abgesondert von meinen Mitmenschen durch meine eigentümliche Bestimmung. Es muss so sein. Ich fühle, dieser Schiffbruch gilt nicht mir – ich bin gegen den Tod gefeit – oder es ist vielmehr meinem Leben eine längere Dauer bestimmt, damit ich den Eid erfüllen möge, der im Himmel aufgezeichnet ist. Doch der Wind heult nicht mehr so laut, und das Wasser ist weniger wild und bewegt. Meine Vorahnungen sind vielleicht unrichtig, und es kann noch alles gut gehen. Gebe es der Himmel; denn es ist traurig und deprimierend, Menschen, die nach Gottes Ebenbild geschaffen sind, in einem Zustand aus der Welt scheiden zu sehen, der sie unter das Vieh herabwürdigt!«

Philipp hatte recht, wenn er glaubte, dass der Wind nicht mehr so scharf und die See nicht mehr so rau sei. Das Schiff war südwärts über die Tafelbai hinaus und infolge der Kursänderung in die False Bai geraten, wo es bis zu einem gewissen Grade gegen Wind und Wellen geschützt war. Aber trotz der ruhigeren See war die Gewalt der Wogen noch mehr als zureichend, um jedes Schiff zerschellen zu lassen, das im Rücken der Bai auf den Strand lief; auf den Rücken der Bai aber trieb die »Ter Schilling« jetzt zu. Die Bucht bot jedoch insofern eine gute Aussicht auf Rettung, als sie statt eines Felsgestades, andern das Schiff in ein paar Sekunden in Trümmer gegangen wäre, einen sanft ansteigenden Sandstrand besaß. Hiervon konnte Philipp freilich keine Kenntnis haben; denn sie hatten in der Dunkelheit der Nacht den Eingang der Bucht passiert, ohne es zu bemerken. Nach etwa zwanzig Minuten wurde Philipp gewahr, dass die ganze See ringsumher sich in einen Schaumkessel verwandelte, und noch ehe er sich Gedanken darüber machen konnte, stieß das Schiff so hart auf den Sand, dass die noch vorhandenen Masten über Bord gingen.

Das Krachen der stürzenden Masten und das schwere Schlagen des Schiffs auf dem Sande, bei dem ein beträchtlicher Teil des Gebälks auseinanderbrach und das ganze Meer über das unglückliche Schiff hinwegzurollen schien, zügelten das Geschrei und den betrunkenen Lärm der Bande. Noch eine Minute, und das Schiff wurde mit seiner Breitseite seewärts geworfen und kippte dann auf die Seite. Philipp, der sich auf der Luvseite befand, klammerte sich am Bollwerk fest, während die betrunkenen Matrosen leewärts im Wasser zappelten und die andere Seite des Schiffs zu gewinnen suchten. Mit großem Entsetzen bemerkte unser Held, wie Mynheer Kloots im Wasser versank, das jetzt mehrere Fuß hoch die Seeseite des Verdecks überspülte; der Kapitän machte auch nicht den geringsten Versuch, sich zu retten. Er war also dahin, und es gab keine Hoffnung mehr. Philipp dachte an Hillebrant und eilte hinunter; der Maat lag noch, an die Seite gedrückt, in seinem Bett. Philipp hob ihn heraus, schaffte ihn mit Mühe auf das Deck und legte ihn in das Langboot an den Spieren, weil hier am ehesten Aussicht auf die Rettung seines Lebens bestand. Zu dem gleichen Boot hatten auch die Matrosen ihre Zuflucht genommen, weil es das einzig erreichbare war. Auch Philipp wollte einsteigen, wurde aber von der Bande zurückgewiesen, welche nun die Bindseile loshieb, da das Boot bereits von starken Brechern überspült wurde. Eine schwere Welle hob das Boot von seinen Schoren und trug es leewärts über das Schanzdeck in das verhältnismäßig glatte Wasser, aber nicht ohne es fast bis an die Duchten zu füllen. Darum kümmerten sich jedoch die betrunkenen Matrosen nicht sonderlich; denn sobald das Boot flott war, begannen sie aufs Neue zu schreien und zu singen, während Wind und Wellen sie dem Ufer zutrieben. Philipp, der sich am Stumpf des Hauptmastes festhielt, sah ihnen mit ängstlichen Blicken nach und bemerkte, wie das Boot sich auf der schäumenden Brandung hob und dann in einem Wellentroge verschwand. Der Lärm der trunkenen Stimmen entfernte sich immer mehr, bis Philipp zuletzt nicht mehr hören konnte; endlich entdeckte er das kleine Fahrzeug auf einer ungeheuren Rollwoge, und dann entschwand es seinen Blicken für immer.

Philipp wusste, seine einzige Überlebenschance bestand nun darin, dass er bei dem Schiff blieb und sich auf einem Wrackstück zu retten versuchte. Das Gebälk konnte unmöglich mehr lange zusammenhalten; denn die oberen Decks hatten sich bereits losgelöst, und jeder neue Wellenstoß richtete noch größere Verheerungen an. Endlich vernahm Philipp vom Hinterschiff her ein Geräusch, welches ihn daran erinnert, dass Mynheer von Stroom noch in seiner Kajüte war. Er kroch von seinem Maststumpf aus nach hinten und sah, dass die Hüttentreppe gegen die Kajütentüre geworfen worden war, sodass man Letztere nicht mehr öffnen konnte. Philipp beseitigte das Hindernis, gelangte in die Kajüte und fand dort Mynheer von Stroom, der sich starr vor Todesangst an der Luvseite festgeklammert hielt. Philipp redete ihn an, erhielt jedoch keine Antwort; dann versuchte er, ihn von der Stelle zu rücken, aber es war unmöglich, ihn von dem Stück Trennwand, das er umfasst hatte, zu lösen. Ein lautes Getöse und das Rauschen von Wassermassen belehrten Philipp, dass das Schiff jetzt in der Mitte geborsten war. Nur ungern überließ er den armen Ladungsaufseher seinem Schicksal und ging wieder zur Kajüte hinaus. An der Hinterluke sah er etwas zappeln – es war Johannes, der Bär, welcher im Wasser schwamm, aber noch immer an seinem Strick hing und nicht entkommen konnte. Philipp nahm ein Messer heraus und befreite das arme Tier; aber kaum hatte er diese freundliche Tat vollbracht, als eine schwere Woge über den hinteren Teil des Schiffes rollte, denselben in viele Stücke zertrümmerte und auch unseren Helden ins Wasser stürzte. Er griff nach einem Balken des Decks und wurde von der Brandung dem Ufer zugetragen. Nach einigen Minuten befand er sich in der Nähe des Strandes; aber nun stieß das Wrackstück, an das er sich geklammert hatte, auf Sand, und eine Welle, die ihn davon losriss, zwang ihn, sein Heil in der eigenen Anstrengung zu suchen. Er kämpfte sich lange ab, konnte aber, obwohl er dem Ufer so nahe war, keinen festen Grund gewinnen; der Anprall einer Welle warf ihn wieder zurück, und nun wurde er hin- und hergeschleudert, bis seine Kräfte völlig erschöpft waren. Eben versank er in einer Woge, und es hatte den Anschein, als sollte er nicht wieder auftauchen – da spürte er, dass seine Hand gegen etwas streifte; er griff danach mit der Verzweiflung eines Ertrinkenden. Es war das zottige Fell des Bären Johannes, der dem Ufer zusteuerte und ihn nun aus der Brandung herausschleppte, sodass er bald festen Boden unter den Füßen spürte. Philipp kroch ans Ufer und sank dann, von der Anstrengung erschöpft, ohnmächtig zusammen.

Als er wieder aus seinem Zustand der Betäubung erwachte, fühlte er in seinen noch immer geschlossenen Augen einen ungeheuren Schmerz, welcher davon herrührte, dass er viele Stunden, den Strahlen einer glühenden Sonne ausgesetzt, dagelegen hatte. Er öffnete die Lider, musste sie aber sofort wieder schließen; denn das Licht wirkte auf seine Augen mit der Schärfe einer Messerspitze. Er drehte sich auf die Seite, bedeckte die Augen mit der Hand und blieb eine Weile in dieser Lage, bis er allmählich merkte, saß seine Sehkraft wieder hergestellt war.

Dann erhob er sich, und nach wenigen Sekunden vermochte er die Szene um sich her zu unterscheiden. Die See war noch immer wild bewegt und warf in der Brandung die Schiffstrümmer umher; der ganze Sand war mit Gegenständen übersät, die zur Ladung gehört hatten. In der Nähe lag die Leiche Hillebrants, und der Anblick der übrigen Toten, welche über das Ufer verstreut dalagen, belehrte unseren Helden darüber, dass diejenigen, welche zum Boot ihre Zuflucht genommen hatten, samt und sonders zugrunde gegangen waren.

Der Sonnenhöhe nach schätzte Philipp die Zeit auf ungefähr drei Uhr nachmittags; er fühlte sich jedoch so niedergeschlagen und erschöpft und empfand so große Schmerzen, dass er sich nur ganz flüchtig umsah. Ihm schwindelte und er bedurfte der Ruhe. Von dem Schauplatz der Zerstörung sich entfernend, fand er bald einen Sandhügel, hinter welchem er sich gegen die sengenden Strahlen der Sonne schützen konnte. Er legte sich nieder und versank in einen tiefen Schlaf, aus welchem er erst am andern Morgen erwachte.

Bei seinem zweiten Erwachen hatte Philipp ein Gefühl, als steche ihn etwas auf der Brust; er fuhr auf und erblickte über sich eine Gestalt. Seine Augen waren noch schwach, und er nahm die Gestalt nur verschwommen wahr; er rieb sich eine Weile die Augen; denn zuerst dachte er, dass der Bär Johannes, und dann, dass der Ladungsaufseher von Stroom an seiner Seite stehe. Ein weiterer Blick belehrte ihn, dass er sich in beidem getäuscht hatte, wenn auch sein Irrtum sehr wohl entschuldbar war; denn die Gestalt war ein langer Hottentott mit einem Assagai in der Hand, der die frisch abgezogene Haut des armen Bären über die Schulter geworfen und sich eine von den Perücken Mynheer von Strooms, deren Locken ihm bis zu den Lenden niederfielen, auf den Kopf gesetzt hatte. Der Wilde nahm sich in diesem sonderbaren Kostüm – er war ansonsten vollkommen nackt – so komisch aus, dass Philipp laut aufgelacht haben würde, wären seine Empfindungen in diesem Augenblick nicht gar zu schmerzlich gewesen. Er richtete sich auf und trat an die Seite des Hottentotten, der noch immer unbeweglich, aber augenscheinlich ohne das mindeste Anzeichen einer feindseligen Absicht dastand.

Philipp empfand einen verzehrenden Durst, weshalb er dem Wilden durch Zeichen zu verstehen gab, dass er zu trinken wünsche. Der Hottentott forderte ihn durch einen Wink auf, ihm zu folgen, und führte ihn über die Sandhügel nach dem Strand, wo unser Held gegen fünfzig Menschen entdeckte, welche emsig beschäftigt waren, sich aus den umhergestreuten Vorräten des Schiffs unterschiedliche Gegenstände auszulesen. Die Achtung, welche dem Führer Philipps erwiesen wurde, bekundete augenscheinlich, dass er der Häuptling des Krals war. Ein paar feierlich ausgesprochene Worte reichten aus, um Philipps Wünsche wenigstens zum Teil zu erfüllen; denn man bot ihm in einer Kalabasse ein wenig schmutziges Wasser an, das ihm gleichwohl sehr köstlich vorkam. Sein Führer forderte ihn sodann durch einen Wink auf, auf dem Sande Platz zu nehmen.

Es war eine furchtbare, aber doch zugleich lächerliche Szene. Hier der weiße Sand, der im hellen Licht der Sonne noch weißer erschien und allenthalben mit Schiffstrümmern, Fässern und Warenballen übersät war, dort die schäumende Brandung, welche Bruchstücke des Wracks umherwarf; hier die Knochen von Walfischen, die von einem früheren Sturm an die Küste geworfen worden waren und nun, halb im Sand begraben, als Bruchstücke riesiger Skelette identifiziert werden konnten, dort die verstümmelten Leichen von Philipps Gefährten, deren Kleider die Wilden offensichtlich unberührt gelassen hatten – mit Ausnahme der Knöpfe, auf die sie fieberhaft Jagd gemacht hatten –, dazu noch die nackten Hottentotten (denn es war Sommer, und sie trugen keine Schaffelle), die gravitätisch am Gestade hin- und hergingen, wertlose Dinge zusammenlasen und all das unberührt ließen, was von zivilisierten Menschen am meisten begehrt wird – vor allem aber der Häuptling, der in der noch blutigen Bärenhaut und Mynheer Strooms gewaltiger Perücke mit der Gravität eines Vizekanzlers dasaß, ohne auch nur entfernt eine Ahnung zu haben, wie lächerlich er sich ausnahm. Das Ganze bot vielleicht eines der seltsamsten und wirrsten Bilder, die je ein menschliches Auge gesehen hat.

Obgleich sich die Holländer damals noch nicht sehr lange am Kap niedergelassen hatten, wurde doch seit vielen Jahren mit den Eingeborenen ein beträchtlicher Handel in Häuten und anderen afrikanischen Produkten unterhalten. Schiffe waren daher den Hottentotten nichts Neues, und da die Wilden bisher freundlich behandelt worden waren, so zeigten sie sich auch sehr dienstfertig gegen die Europäer. Nach einer Weile begannen die Wilden, alles Holz zu sammeln, das Eisen zu enthalten schien; sie bildeten daraus mehrere Haufen und steckten dieselben in Brand. Der Häuptling fragte nun Philipp durch Zeichen, ob er hungrig sei, steckte auf dessen bejahende Antwort hin seine Hand in einen Beutel aus Ziegenhaut und holte eine Handvoll sehr großer Käfer heraus, die er unserem Helden anbot. Philipp wies sie mit Abscheu zurück, worauf der Häuptling seine Leckerbissen mit viel Würde selbst verzehrte. Als er damit fertig war, stand er auf und bedeutete Philipp, dass er ihm folgen solle. Im Aufstehen bemerkte Letzterer seine Seekiste in der Brandung; er eilte darauf zu und gab durch Gebärden zu verstehen, dass dies sein Eigentum sei. Dann nahm er den Schlüssel aus der Tasche, öffnete die Truhe und knüpfte das Nützlichste in ein Bündel zusammen, nicht ohne dabei auch an einen Beutel mit Gulden zu denken. Sein Führer machte keine Einwendungen, rief aber einen der nahe stehenden Wilden herbei, machte ihn auf das Schloss und die Scharniere aufmerksam und trat dann mit Philipp den Weg über die Sandberge an. Nach einer Stunde langten sie an dem Kral an, der aus niedrigen, mit Häuten bedeckten Hütten bestand. Die Weiber und Kinder schienen den neuen Anzug ihres Häuptlings sehr zu bewundern und erwiesen sich äußerst zuvorkommend gegen Philipp, indem sie ihm Milch herbeibrachten, die er gierig trank. Unser Held betrachtete diese Evastöchter und dachte, während er sich von den wunderlichen Gestalten abwandte, mit einem Seufzer an seine liebliche Amine.

Die Sonne ging jetzt unter, und Philipp fühlte sich noch immer sehr erschöpft. Er gab durch Gebärden zu verstehen, dass er zu ruhen wünsche. Man führte ihn in eine schmutzige Hütte, und obgleich seine Nase von üblen Dünsten aller Art und überdies auch von Insekten belästigt wurde, so legte er doch den Kopf auf sein Bündel, sprach ein kurzes Dankgebet und lag bald in tiefem Schlafe.

Am andern Morgen weckte ihn der Häuptling des Krals; er hatte einen andern Mann mitgebracht, der ein wenig holländisch sprach. Philipp gab zu erkennen, dass er nach der Niederlassung gebracht zu werden wünsche, vor der die Schiffe ankerten, und wurde vollkommen verstanden; der Dolmetscher entgegnete jedoch, dass zurzeit keine Schiffe in der Bucht lägen. Dessen ungeachtet bat Philipp, man möchte ihn nach der Ansiedlung bringen; denn er wusste, dass er am ehesten an Bord eines Schiffes gelangen würde, wenn er sich in der Niederlassung aufhielt, und auf alle Fälle würde er in der Zwischenzeit unter Europäern sein. Die Entfernung betrug, wie er erfuhr, nicht ganz eine Tagreise. Nach einem kurzen Gespräch mit dem Häuptling forderte der Dolmetscher unseren Helden auf, ihm zu folgen, da er ihn nach der Niederlassung bringen wolle. Philipp labte sich reichlich an einem Topf Milch, den ihm eines der Weiber gebracht hatte, wies abermals eine Handvoll Käfer zurück, die ihm der Häuptling anbot, nahm sein Bündel und folgte seinem neuen Begleiter. Gegen Abend langten sie bei den Hügeln an, von denen aus Philipp die Tafelbai und die wenigen von den Holländern errichteten Häuser sehen konnte. Mit Entzücken bemerkte er außerdem noch ein Schiff auf offener See, das, wie er bei seiner Ankunft am Ufer bemerkte, ein Boot ans Land geschickt hatte, um frische Vorräte an Bord zu nehmen. Er redete die Leute an, sagte ihnen, wer er sei, erzählte ihnen vom Schiffbruch der »Ter Schilling« und äußerte seinen Wunsch, an Bord zu gehen.

Der Offizier, welcher das Boot kommandierte, zeigte sich bereit, ihn mitzunehmen, und sagte ihm, dass sie auf dem Heimweg seien. Philipps Herz pochte heftig bei dieser Nachricht. Er wäre auch an Bord gegangen, wenn das Schiff auf dem Weg nach Indien gewesen wäre, durfte aber nun hoffen, seine teure Amine wieder zu sehen, ehe er sich abermals einschiffte, um seiner Bestimmung zu folgen. Er fühlte, dass ihm noch einiges Glück vorbehalten war, dass in seinem Leben Entbehrung und Ruhe einander abwechseln sollten und dass seine Zukunft nicht aus einer einzigen, zusammenhängenden und nur durch den Tod unterbrochenen Kette von Leiden bestehen würde.

Der Kapitän des Schiffes nahm ihn freundlich auf, gestattete ihm bereitwillig die Überfahrt nach Holland, und nach drei Monaten erreichte Philipp Vanderdecken, ohne dass ihm in der Zwischenzeit irgendetwas Erzählenswertes begegnet wäre, die Reede von Amsterdam.

II

Es braucht kaum gesagt zu werden, dass Philipp mit aller erdenklichen Hast nach seinem Häuschen eilte, das alles barg, was ihm auf Erden wert und teuer war. Da er nun fürs Erste seine Pflicht getan hatte, versprach er sich einige Monate glücklicher Ruhe; denn so sehnlich er auch wünschen mochte, sein Gelübde zu erfüllen, so wusste er doch, dass er erst im Herbst mit der nächsten Flotte wieder aussegeln konnte, und jetzt hatte kaum der April begonnen. So sehr er übrigens den Verlust von Mynheer Kloots und Hillebrant wie auch den Tod der unglücklichen Matrosen beklagte, so fand er doch einigen Trost, wenn er sich vergegenwärtigte, dass er den elenden Schriften, der das Schicksal seiner Gefährten geteilt hatte, für immer losgeworden war; ja, er segnete fast den Schiffbruch, weil er ihm ermöglichte, so bald wieder in Aminens Arme zurückzukehren.

Es war spät am Abend, als Philipp in Vließingen ein Boot nahm und nach Terneuse übersetzte. Ein rauer Abend für die Jahreszeit – der Wind blies frisch, und der Himmel war mit flockigen Wolken bedeckt, die da und dort von breiten weißen Rändern umgeben waren; denn der Vollmond stand hoch am Firmament. Bisweilen wurde das Licht des Mondes von einer Wolke verdunkelt; dann trat seine silberne Scheibe wieder in ihrem vollen Glanze hervor. Philipp sprang an Land, hüllte sich in seinen Mantel und eilte nach Hause. Als er mit klopfendem Herzen näher kam, bemerkte er, dass das Fenster der Wohnstube offen stand und eine Frauengestalt sich herauslehnte. Es konnte niemand anders als seine Amine sein, und er ging, nachdem er die kleine Brücke hinter sich hatte, nicht auf die Türe, sondern auf das Fenster zu. Amine war jedoch zu sehr in die Betrachtung des Himmels und in ihre eigenen Gedanken vertieft, um die Ankunft ihres Gatten zu bemerken. Philipp gewahrte dies und blieb deshalb stehen, als er noch vier oder fünf Schritte von ihr entfernt war.

Um sie durch sein plötzliches Erscheinen nicht zu erschrecken, wollte er unbemerkt die Tür gewinnen; denn er erinnerte sich, dass er ihr versprochen hatte, er wolle sie, falls es ihm gestattet werde, besuchen, wie sein Vater einst seine Mutter besucht hatte. Während er noch zweifelnd dastand, wandten sich Aminens Blicke ihm zu; sie gewahrte ihn, aber eine dicke Wolke bedeckte jetzt die Mondscheibe, und das trübe Licht verlieh seiner Gestalt ein schattenhaftes, überirdisches Aussehen. Da Amine außerdem keinen Grund hatte, seineRückkehr schon jetzt zu erwarten, so hielt sie ihn für einen Bewohner der Geisterwelt, fuhr zurück, strich sich mit beiden Händen das Haar aus der Stirne und schaute abermals mit ernstem Gesichtsausdruck nach ihm hin.

»Ich bins, Amine, fürchte dich nicht«, rief Philipp hastig.

»Ich fürchte mich nicht«, versetzte Amine, ihre Hand ans Herz drückend, »es ist jetzt vorüber. Geist meines teuren Gatten – denn das musst du wohl sein – ich danke dir. Sei willkommen, Philipp – auch im Tode willkommen!«

Und Amine winkte, als sie vom Fenster zurücktrat, wehmütig mit ihrer Hand, Philipp zum Eintreten auffordernd.

»Mein Gott, sie hält mich für tot!«, dachte Philipp und sprang, kaum wissend, was er tun sollte, durch das Fenster hinein, wo er sie auf dem Sofa fand.

Er wollte sprechen, aber Amine, deren Augen fest auf ihn geheftet waren, rief in der vollen Überzeugung, dass sie eine übernatürliche Erscheinung vor sich habe: »So bald – so bald schon! O Gott! Dein Wille geschehe! Und doch ist es schwer zu ertragen, Philipp, teurer Philipp, ich fühle es, dass ich dir bald folgen werde.«

Philipp war jetzt noch mehr beunruhigt; denn er fürchtete eine heftige Reaktion, wenn Amine entdecken würde, dass er noch lebe.

»Teure Amine, höre mich. Ich komme unerwartet und zu einer ungewöhnlichen Stunde. Doch wirf dich in meine Arme, und du wirst sehen, dass dein Philipp nicht tot ist.«

»Nicht tot?«, rief Amine aufspringend.

»Nein, nein, ich bin aus Fleisch und Blut, Amine, und noch immer dein dich zärtlich liebender Gatte«, rief Philipp, während er sie mit seinen Armen umfasste und an sein Herz drückte.

Amine sank auf das Sofa und konnte sich glücklicherweise in einem Strom von Tränen Erleichterung verschaffen, während Philipp an ihrer Seite kniete und sie zu trösten suchte.

»O Gott! O Gott, ich danke dir«, entgegnete Amine nach einer Weile. »Ich glaubte, es sei dein Geist, Philipp. Oh, es machte mich glücklich, auch nur deinen Geist zu sehen«, fuhr sie fort, während sie an seinem Halse weinte.

»Kannst du mir jetzt zuhören, Teuerste?«, fragte Philipp nach einem kurzen Schweigen.

»O sprich, Lieber; ich könnte dir eine ganze Ewigkeit zuhören.«

Philipp berichtete nun in wenigen Worten, was sich zugetragen und Anlass zu seiner unerwarteten Rückkehr gegeben hatte. Die zärtlichen Liebkosungen seiner noch immer aufgeregten Gattin entschädigten ihn reichlich für all seine Leiden.

»Und dein Vater, Amine?«

»Er ist wohl – doch wir können morgen von ihm sprechen.«

»Ja«, dachte Philipp, als er am anderen Morgen erwachte und die lieblichen Züge seiner noch immer schlummernden Gattin betrachtete. »Ja, Gott ist barmherzig. Ich fühle, dass mir noch ein Glück vorbehalten ist; ja, noch mehr, dass dieses Glück von der treuen Erfüllung meiner Aufgabe abhängt und Strafe mich ereilt, wenn ich mein feierliches Gelübde vergesse. Doch sei es so – sogar durch Todesgefahren will ich meiner Pflicht nachgehen und auf Gottes Erbarmen hoffen und darauf vertrauen, dass er mich hier auf Erden und droben im Himmel belohnen wird. Bin ich nicht jetzt schon reichlich entschädigt für all meine Leiden? O ja, mehr als entschädigt«, dachte er weiter, als er seine Gattin mit einem Kuss aus ihrem Schlummer weckte; ihre dunklen Augen blickten ihn an und strahlten vor Liebe und Glück.

Ehe Philipp die Treppe hinunterging, erkundigte er sich nach Mynheer Poots.

»Mein Vater hat mir in der Tat Ungelegenheiten gemacht«, versetzte Amine. »Ich musste, wenn ich fortging, das Wohnzimmer abschließen; denn ich ertappte ihn mehr als einmal, als er versuchte, die Schrankschlösser zu erbrechen. Seine Geldgier ist unersättlich; er träumt von nichts anderem. Er hat mir viel Kummer gemacht, denn er behauptete, ich würde dich nie wieder sehen, und verlangte deshalb von mir, ich solle ihm dein ganzes Vermögen übergeben. Doch er fürchtet mich, noch mehr aber fürchtet er deine Rückkehr.«

»Geht es mit seiner Gesundheit gut?«

»Er ist nicht krank, schwindet aber augenscheinlich mehr und mehr dahin – gleich einer Kerze, die in den Leuchter hinuntergebrannt ist und abwechselnd scheinbar erlischt und dann wieder aufflackert; das eine Mal ist er geradezu geistesschwach, ein anderes Mal schmiedet er Pläne, als fühlte er noch die Kraft seiner Jugend. Oh, welch ein schlimmer Fluch muss doch dieser Goldurst sein. Ich glaube – ach, Philipp, nur mit Entsetzen kann ich es sagen –, dass der arme, alte Mann – am Rande des Grabes, in welches er doch nichts mitnehmen kann – dein Leben und das meinige zum Opfer bringen könnte, um in den Besitz jener Gulden zu gelangen, die ich bereitwillig gegen einen Kuss von deinen Lippen hingeben würde.«

»So hat er es wirklich in meiner Abwesenheit versucht, Amine?«

»Ich wage es nicht, meine Gedanken auszusprechen, und will ebenso wenig Mutmaßungen laut werden lassen, die schwer zu beweisen sein dürften. Sprechen wir nicht mehr von ihm, sondern lass dirs genügen, wenn ich sage, dass ich ein waches Auge auf ihn habe. Du wirst ihn bald sehen; erwarte übrigens keinen herzlichen Willkomm, und selbst wenn er dich freundlich begrüßen sollte, so glaube nicht, dass es ehrlich gemeint ist. Ich will ihm nichts von deiner Rückkehr sagen, um sehen zu können, welche Wirkung sie auf ihn übt.«

Amine ging nun hinunter, um das Frühstück zu bereiten, und Philipp machte einen kleinen Spaziergang. Als er wieder zurückkehrte, saß Mynheer Poots neben seiner Tochter am Tisch.

»Barmherziger Allah! Darf ich meinen Augen trauen?«, rief der alte Mann. »Seid Ihrs wirklich, Mynheer Vanderdecken?«

»Ei freilich«, versetzte Philipp, »ich bin gestern Abend zurückgekehrt.«

»Und du hast mir nichts davon gesagt, Amine?«

»Ich wollte Euch überraschen«, entgegnete Amine.

»Mich überraschen? Wann segelt Ihr wieder aus, Mynheer Philipp? Vermutlich recht bald? Vielleicht morgen?«, sagte Mynheer Poots.

»Sicher erst in sieben Monaten«, antwortete Philipp.

»Erst in sieben Monaten? Das ist eine lange Zeit, wenn man dabei müßig ist. Ihr solltet Geld erwerben. Sagt mir, bringt Ihr diesmal ein hübsches Häufchen mit?«

»Nein«, versetzte Philipp, »ich habe Schiffbruch erlitten und wäre beinahe ums Leben gekommen.«

»Ihr geht aber doch wieder?«

»Ja, wenn die Zeit dafür gekommen ist.«

»Gut, wir wollen auf Euer Haus und Eure Gulden achthaben.«

»Die Mühe, mein Geld zu hüten, werde ich Euch wahrscheinlich ersparen«, entgegnete Philipp, um den alten Mann zu ärgern, »denn ich habe im Sinn, es mitzunehmen.«

»Es mitzunehmen? Und warum denn, wenn ich fragen darf?«, entgegnete Poots unruhig.

»Um auf der Reise Waren einzukaufen und noch mehr Geld zu erwerben.«

»Aber Ihr könntet wieder Schiffbruch erleiden und all Euer Geld verlieren. Nein, nein, Ihr könnt ruhig gehen, Mynheer Philipp, aber Eure Gulden dürft Ihr nicht mitnehmen.«

»Ich wills aber nun einmal«, entgegnete Philipp. »Wenn ich mein Haus wieder verlasse, werde ich all mein Geld mitnehmen.«

Philipp war nämlich im Verlauf dieses Gesprächs eingefallen, wenn Mynheer Poots nur auf den Glauben gebracht werden könne, dass er sein Geld mitgenommen habe, so würde Amine ein ruhigeres Leben haben und bräuchte nicht mehr ständig auf der Hut zu sein. Er beschloss daher, bei seiner nächsten Abreise nach diesem Plan zu verfahren.

Mynheer Poots nahm das Gespräch nicht wieder auf, sondern versank in düstere Gedanken. Einige Minuten später verließ er das Wohnzimmer und begab sich nach seinem Gemach. Philipp teilte nun seiner Gattin mit, aus welchem Grunde er den alten Mann auf den Glauben zu bringen wünschte, dass er sein Eigentum mitnehmen wolle.

»Das war sehr rücksichtsvoll von dir, Philipp, und ich danke dir für deine Güte, obschon ich wünschte, dass du nichts über den Gegenstand hättest verlauten lassen. Du kennst meinen Vater nicht; ich muss ihn jetzt wie einen Feind beobachten.«

»Nun, wer wird denn von einem gebrechlichen alten Mann so viel fürchten!«, versetzte Philipp lachend.

Amine war jedoch anderer Ansicht und ließ keinen Augenblick von ihrer Wachsamkeit ab.

Der Frühling und der Sommer schwanden rasch dahin; denn unser Paar fühlte sich glücklich. Philipp besprach sich viel mit seiner Gattin über das Vorgefallene – namentlich über die gespenstische Erscheinung jenes Schiffes und über den verhängnisvollen Schiffbruch.

Amine fühlte, dass ihrem Gatten noch viele Mühsale und Gefahren bevorstanden, versuchte aber auch nicht ein einziges Mal, ihn von einer zweiten Ausfahrt und von der Erfüllung seines Gelübdes abzubringen. Gleich ihm blickte sie mit Hoffnung und Vertrauen in die Zukunft; denn obwohl sie wusste, dass sich sein Geschick zu irgendeiner Zeit erfüllen musste, so beredete sie sich doch gerne, dass die Stunde noch fern sei.

Gegen Ende des Sommers begab sich Philipp wieder nach Amsterdam, um sich einen Platz auf einem der Schiffe zu besorgen, welche mit dem Beginn des Winters ausfahren sollten.

Der Schiffbruch der »Ter Schilling« war wohl bekannt; denn Philipp hatte während seiner Heimfahrt alle Umstände, mit Ausnahme der Erscheinung des Geisterschiffs, aufgezeichnet und dem Direktorium mitgeteilt. Die Kompanie hatte ihm nicht nur wegen seines trefflichen Berichtes, sondern auch in Anbetracht der von ihm erlittenen Mühsale und seiner wunderbaren Rettung die Stelle eines zweiten Maaten versprochen, im Falle er geneigt sein sollte, wieder nach Ostindien zu segeln.

Als er den Direktoren einen Besuch machte, erhielt er seine Ernennung für die »Batavia«, ein schönes Schiff von ungefähr vierhundert Tonnen Tragfähigkeit. Nachdem dies bewerkstelligt war, eilte er nach Terneuse zurück und berichtete seiner Gattin in Anwesenheit von Mynheer Poots, was er getan hatte.

»Ihr geht also wieder auf See?«, bemerkte Mynheer Poots. »Ja, aber wahrscheinlich erst in zwei Monaten«, versetzte Philipp.

»Ach«, entgegnete Poots, »in zwei Monaten!« Und der alte Mann murmelte vor sich hin.

Wie wahr ist es, dass wir weit leichter ein wirkliches Übel als die

Ungewissheit ertragen können! Wir dürfen nicht glauben, dass Amine sich über die nahe Trennung von ihrem Gatten abhärmte; freilich fühlte sie dieselbe schmerzlich, aber der Abschied war eine unumstößliche Pflicht, die ihr immer vorschwebte, weshalb sie auch gegen ihre Empfindungen ankämpfte und sich ohne Klage in das fügte, was sich nicht vermeiden ließ. Nur ein Umstand verursachte ihr viel Unruhe – nämlich das Naturell und das Benehmen ihres Vaters. Amine kannte seinen Charakter gut und bemerkte, dass er Philipp insgeheim bereits hasste, da er in ihm das einzige Hindernis sah, das es ihm unmöglich machte, sich das im Hause befindliche Geld zuzueignen; denn der alte Mann wusste wohl, dass seine Tochter nach Philipps Tod sich wenig darum kümmern würde, wer davon Besitz nähme oder was daraus würde. Der Gedanke, dass sein Schwiegersohn das Geld mitnehmen wolle, hatte den alten Geizhals verrückt gemacht. Amine, die ihn scharf beobachtete, sah ihn oft stundenlang umhergehen und vor sich hin murmeln, aber sie sah ihn kaum noch seinem Beruf nachgehen, wie er es früher getan hatte.

Ein paar Abende nach der Rückkehr von Amsterdam klagte Philipp darüber, dass er sich nicht wohl befinde.

»Ihr seid nicht wohl?«, rief der alte Mann aufspringend. »Lasst mich sehen – ja, Euer Puls ist sehr schnell. Amine, dein armer Gatte ist sehr krank. Er muss zu Bett gehen, und ich will ihm etwas geben, was ihm gut tun wird. Ihr braucht mir nichts dafür zu bezahlen, Philipp – ganz und gar nicht.«

»Gar so krank fühle ich mich doch nicht, Mynheer Poots«, versetzte Philipp, »obschon ich arge Kopfschmerzen verspüre.«

»Ja, und Ihr habt auch Fieber, Philipp, und Vorbeugen ist besser als Heilen. Geht zu Bett und nehmt, was ich Euch hinaufschicke; Ihr werdet dann morgen wieder wohl sein.«

Philipp ging mit Amine die Treppe hinauf, während sich Mynheer Poots nach seinem eigenen Gemach begab, um die Arznei zu bereiten. Sobald Philipp im Bett lag, ging Amine wieder hinunter; ihr Vater kam ihr entgegen, gab ihr ein Pulver mit der Weisung, es ihrem Gatten zu reichen, und verließ dann die Wohnstube.

»Gott verzeih mir, wenn ich meinem Vater unrecht tue«, dachte

Amine, »aber ich habe meine Bedenken. Philipp ist krank – kränker, als er sich eingestehen will, und wenn er keine Arznei nimmt, so könnte es noch schlimmer werden, aber eine böse Ahnung sagt mir, dass ich nicht trauen darf. Und doch – wahrhaftig, er kann nicht so teuflisch verrucht sein.«

Sie untersuchte den Inhalt des Papiers; es war eine sehr geringe Menge dunkelbraunen Pulvers, welches, der Weisung des Doktors zufolge, in einem Becher warmen Weines gereicht werden sollte. Mynheer Poots hatte sich erboten, den Wein selbst heiß zu machen. Seine Rückkehr aus der Küche unterbrach Amine in ihren Betrachtungen.

»Hier ist der Wein, mein Kind; gib ihm den ganzen Becher mit dem Pulver und decke ihn warm zu; es wird bald ein Schweißausbruch erfolgen, der nicht eingedämmt werden darf. Wache bei ihm, Amine – du darfst nicht zu Bett gehen; morgen wird er dann wieder gesund sein.« Mynheer Poots verließ nun das Gemach, während er noch hinzufügte: »Gute Nacht, mein Kind.«

Amine schüttete das Pulver in einen der silbernen Becher auf dem Tisch und mischte es mit dem Wein. Der freundliche Ton in der Stimme ihres Vaters hatte für einen Augenblick ihren Argwohn beschwichtigt; auch musste man ihm die Gerechtigkeit widerfahren lassen, dass er als Arzt stets sehr um seine Patienten besorgt war. Als Amine das Pulver auflöste, bemerkte sie, dass kein Bodensatz zurückblieb und der Wein nichts von seiner Klarheit verlor. Dies war ungewöhnlich, und ihr Argwohn erwachte von Neuem.

»Das gefällt mir nicht«, sagte sie, »ich fürchte meinen Vater – Gott steh mir bei! – Ich weiß kaum, was ich tun soll. Nein, ich will es Philipp nicht geben. Der warme Wein allein wird zureichen, um den Schweißausbruch herbeizuführen.«

Sie hielt inne und dachte wieder nach. Das Pulver hatte sie mit so wenig Wein gemischt, dass der Trank nicht einmal den vierten Teil des Bechers füllte; sie stellte ihn beiseite, goss einen anderen bis an den Rand voll und begab sich sodann nach dem Schlafgemach.

Auf dem Treppenabsatz begegnete sie ihrem Vater, von dem sie geglaubt hatte, dass er bereits zu Bett gegangen sei.

»Gib acht, dass du nichts verschüttest, Amine. Das ist recht – gib ihm nur einen ganzen Becher voll. Halt, gib ihn mir; ich will ihm den Trank selbst bringen.«

Mynheer Poots nahm den Becher aus Aminens Händen und begab sich in Philipps Gemach.

»Hier, mein Sohn, trink dies auf einmal aus; es wird Euch gut tun«, sagte Mynheer Poots, und seine Hände zitterten, sodass der Wein auf die Bettdecke niederträufelte. Amine, welche ihrem Vater zusah, freute sich jetzt erst recht, dass sie das Pulver nicht in den Becher getan hatte. Philipp stützte sich auf seinen Ellbogen, trank den Wein, und Mynheer Poots wünschte ihm eine gute Nacht.

»Verlass ihn nicht, Amine – es muss alles richtig gemacht werden«, sagte Mynheer Poots, ehe er das Zimmer verließ.

Amine hatte zwar beabsichtigt, hinunterzugehen und das in der Wohnstube stehende Licht zu holen; auf die Worte ihres Vaters hin aber blieb sie bei ihrem Gatten, dem sie von ihrem Argwohn erzählte und ihm zugleich versicherte, dass sie ihm das Pulver nicht gegeben habe.

»Ich hoffe, dass du im Irrtum bist, Amine«, versetzte Philipp. »In der Tat, du kannst unmöglich recht haben. Niemand kann so schlecht sein, wie du es von deinem Vater vermutest.«

»Du hast nicht so lange mit ihm gelebt wie ich, und auch nicht gesehen, was ich gesehen habe«, entgegnete Amine. »Möglich, dass ich unrecht habe – aber du weißt nicht, zu welchen Untaten das Gold die Menschen zu verlocken imstande ist. Aber wie dem auch sein mag, du musst jetzt schlafen, und ich will bei dir wachen, mein Teuerster. Ich bitte dich, sprich nicht – ich fühle, dass ich jetzt doch nicht schlafen kann, und will ein wenig lesen – ich will mich dann auch bald niederlegen.«

Philipp machte keine weiteren Einwendungen und schlief bald ein. Amine wachte schweigend an seiner Seite, bis Mitternacht längst vorüber war.

»Er atmet schwer«, dachte Amine, »aber hätte ich ihm das Pulver gegeben – wer weiß, ob er je wieder erwachen würde! Mein Vater ist so tief in die Künste des Ostens eingeweiht, dass ich mich vor ihm fürchte. Ach, ich weiß ja, wie er nur zu oft für einen mit Goldgefüllten Beutel den Schlaf des Todes bereitete. Ein anderer würde bei dem Gedanken schaudern, aber wer sich dazu brauchen lässt, für gute Bezahlung den Tod unter seine Mitmenschen auszuteilen, wird wenig Bedenken tragen, auch dem Gatten seiner eigenen Tochter das Gift zu reichen. Ich habe ihn sorgfältig beobachtet, ich kenne seine Gedanken und Wünsche. Welch schlimme Vorahnung hat mich doch heute Abend befallen – welche unabwendbare Furcht vor einem Übel! Philipp ist allerdings krank, aber doch nicht ernstlich – nein, nein! Und außerdem ist seine Zeit noch nicht gekommen; er hat das furchtbare Werk, dem er sich unterzog, noch zu vollenden. Ich wollte, die Nacht wäre vorüber. Wie süß er schläft – und die Schweißtropfen stehen ihm auf der Stirne. Ich muss ihn warm zudecken und acht haben, dass er in dieser Lage bleibt. Horch, da klopft jemand unten. Ach, wenn er nur nicht erwacht – das Pochen gilt meinem Vater.«

Amine verließ das Gemach und eilte die Treppe hinunter. Wie sie vermutet hatte, wollte man Mynheer Poots zu einer Gebärenden rufen.

»Er wird unverweilt kommen«, sagte Amine, »ich will ihn wecken.«

Sie ging die Treppe hinauf nach dem Zimmer, in dem ihr Vater schlief, und klopfte; da sie keine Antwort erhielt, pochte sie abermals.

»Mein Vater schläft doch sonst nicht so tief«, dachte Amine, als auch auf ihr zweites Klopfen keine Antwort erfolgte.

Sie öffnete die Türe, ging hinein und sah zu ihrem Erstaunen, dass ihr Vater nicht im Bett lag.

»Seltsam«, dachte sie, »aber ich erinnere mich jetzt, dass ich ihn nicht heraufkommen hörte, nachdem er hinuntergegangen war, um das Licht wegzuräumen.«

Amine eilte in die Wohnstube hinunter, wo sie ihren Vater scheinbar in tiefem Schlaf auf dem Sofa liegen sah. Sie rief ihm etwas zu, erhielt aber keine Antwort.

»Barmherziger Himmel, ist er tot?«, dachte sie, als sie mit dem Lichte herantrat, um in das Gesicht ihres Vaters zu leuchten.

Ja, es war so – seine Augen waren starr und gläsern, seine untere Kinnlade heruntergesunken.

Eine Weile lehnte sich Amine in einem Zustand tiefster Bestürzung gegen die Wand; ihr schwindelte. Endlich gewann sie ihre Fassung wieder.

»Es wird sich gleich zeigen«, dachte sie, während sie auf den Tisch zuging und in den silbernen Becher blickte, in welchem sie das Pulver aufgelöst hatte. Er war leer! »Der Gott der Gerechtigkeit hat ihn bestraft!«, rief Amine. »Aber ach! Dass dieser Mensch mein Vater sein musste! Ja, es ist klar. Über seine eigenen verruchten und verdammungswürdigen Machenschaften erschreckt, goss er sich Wein ein, um sein Gewissen zu betäuben. Er wusste nicht, dass das Pulver noch in dem Becher war, füllte ihn auf und trank selbst – den Tod, den er einem anderen zugedacht hatte! Einem andern! – Und wem? Einem Mann, der der Gatte seiner eigenen Tochter ist! – Wärst du nicht mein Vater«, fuhr Amine fort, während sie die Leiche betrachtete, »so würde ich dich anspeien und verfluchen! – Doch du bist bestraft, und Gott möge dir vergeben – du armes, schwaches gottloses Geschöpf!«

Amine verließ sodann das Gemach und ging in das Obergeschoss hinauf, wo Philipp noch immer in tiefem Schlafe lag, während ihm der Schweiß auf der Stirne stand.

Die meisten Weiber hätten in einer solchen Situation ihren Gatten geweckt, aber Amine dachte nicht an sich selbst. Philipp war krank, und sie mochte ihn nicht wecken, um ihn nicht unnötig aufzuregen. Sie setzte sich neben dem Bett nieder, drückte die Hände an die Stirne, stützte die Ellbogen auf ihre Knie und verblieb in tiefen Gedanken, bis die Sonne aufgegangen war und ihre hellen Strahlen durch das Fenster sandte.

Ein abermaliges Klopfen weckte sie aus ihren Betrachtungen. Sie eilte in den Hausflur hinunter, ohne jedoch die Türe zu öffnen.

»Mynheer Poots möchte doch augenblicklich kommen«, sagte das Mädchen, das draußen stand.

»Meine gute Therese«, versetzte Amine, »mein Vater bedarf noch dringender des Beistands als die arme Frau; denn ich fürchte, seine irdische Pein ist nahezu vorüber. Ich fand ihn sehr krank, als ich ihn rufen wollte, und er ist nicht imstande, sein Bett zu verlassen. Ich muss Euch selbst um einen Gefallen bitten; ersucht doch den Pater Seysen, er möchte hierherkommen; denn ich fürchte, mein armer Vater liegt in den letzten Zügen.«

»Ach, du mein Himmel!«, erwiderte Therese. »Ists wirklich so? Seid unbesorgt, ich will Euer Geheiß erfüllen, Frau Amine.«

Das zweite Klopfen hatte Philipp geweckt, welcher sich jetzt viel besser fühlte und ganz vom Kopfweh befreit war. Er bemerkte, dass sich Amine die ganze Nacht über nicht zur Ruhe begeben hatte, und war eben im Begriff, ihr deshalb Vorhaltungen zu machen, als sie ihm sogleich berichtete, was vorgefallen war.

»Du musst dich ankleiden, Philipp«, fuhr sie fort, »und mir helfen, die Leiche zu Bett zu bringen, ehe der Priester kommt. Barmherziger Gott! Hätte ich dir das Pulver gegeben, mein teuerster Philipp – doch sprechen wir nicht mehr davon. Beeile dich; denn Pater Seysen wird bald hier sein.«

Philipp kleidete sich an und folgte Amine nach dem Wohnzimmer hinunter. Die Sonne schien hell und warf ihre Strahlen auf das abgezehrte Gesicht des alten Mannes; dieser lag mit geballten Fäusten da, und seine Zunge war in einem der beiden Mundwinkel zwischen den Zähnen eingeklemmt.

»Ach, dies scheint ein verhängnisvolles Zimmer zu sein! Wie viele Schreckensszenen werden sich wohl noch darin abspielen?«

»Hoffentlich keine mehr«, versetzte Amine. »Auch erscheint mir die gegenwärtige nicht als eine Schreckensszene. Aber als dieser alte Mann, der jetzt ein Opfer seines eigenen Verrats geworden ist, an deinem Bett stand – jeder Zug seines Gesichtes Teilnahme und Wohlwollen – und dir den Becher reichte – dies war ein Auftritt des Entsetzens«, fügte Amine schaudernd hinzu, »und die Erinnerung daran wird mich lange verfolgen.«

»Gott vergebe ihm, wie ich ihm vergebe«, versetzte Philipp, indem er den Leichnam aufhob und die Treppe hinauf nach dem Gemach brachte, welches von Mynheer Poots bewohnt worden war.

»Wir wollen die Leute wenigstens glauben lassen, dass er in seinem

Bett und eines natürlichen Todes gestorben ist«, sagte Amine. »Mein Stolz vermöchte es nicht zu ertragen, dass die Untat bekannt und ich als die Tochter eines Mörders angesehen würde! O Philipp!«

Amine setzte sich und brach in Tränen aus.

Ihr Gatte war noch bemüht, sie zu trösten, als Pater Seysen an die Tür klopfte; Philipp eilte hinunter, um zu öffnen. »Guten Morgen, mein Sohn. Wie geht es dem Leidenden?«

»Er hat aufgehört zu leiden, Vater.«

»Wirklich?«, versetzte der gute Priester mit bekümmerter Miene. »So komme ich also zu spät? Und doch habe ich keinen Augenblick gezögert.«

»Er verschied plötzlich unter Konvulsionen, Vater«, versetzte Philipp, den Geistlichen die Treppe hinaufführend.

Pater Seysen betrachtete die Leiche und erkannte sehr wohl, dass seine Dienste hier überflüssig waren. Er wandte sich an Amine, welche ihren Tränen noch immer freien Lauf ließ.

»Weine, mein Kind, weine immerhin; denn du hast alle Ursache dazu«, sagte der Priester. »Der Verlust der väterlichen Liebe muss eine schwere Heimsuchung sein für ein dankbares und zärtliches Kind. Doch gib dich nicht zu sehr dem Schmerze hin, Amine; du hast andere Pflichten, andere Bande, mein Kind – du hast einen Gatten.«

»Ich weiß es, Vater«, versetzte Amine, »aber doch muss ich weinen; denn ich bin seine Tochter.«

»Ist er denn gestern Abend nicht zu Bett gegangen, dass er noch immer die Kleider anhat? Wann klagte er zum ersten Mal?«

»Ich sah ihn zum letzten Mal, Vater«, antwortete Philipp, »als er in mein Zimmer kam und mir eine Arznei reichte; dann wünschte er mir gute Nacht. Jemand wollte ihn zu einem Kranken rufen, weshalb meine Gattin hinging, um ihn zu wecken; sie erhielt aber keine Antwort mehr.«

»Das ist sehr schnell gegangen«, versetzte der Priester, »aber er war ein alter Mann, und mit alten Leuten nimmt es oft plötzlich ein Ende. Wart Ihr bei ihm, als er starb?«

»Ich nicht, Herr«, entgegnete Philipp. »Meine Frau weckte mich, und ehe ich mich ankleiden konnte, war er bereits aus dieser Welt geschieden.«

»Wir wollen hoffen, um in eine bessere einzugehen, meine Kinder.«

Amine schauderte.

»Sage mir, Amine«, fuhr der Priester fort, »gibt es Anzeichen dafür, dass er im Frieden mit Gott starb? Denn du weißt wohl, dass sein Glaube als sehr zweifelhaft galt und er nicht viel nach den Zeremonien unserer heiligen Kirche fragte.«

»Es gibt Zeiten, Vater«, versetzte Amine, »in welchen sogar bei einem wahren Christen keine solchen Anzeichen erwartet werden können. Betrachtet nur seine geballten Fäuste und die Spuren des Todeskampfes in seinem Gesicht!«

»Es ist leider nur zu wahr, meine Tochter; so müssen wir eben das Beste hoffen. Kniet mit mir nieder, meine Kinder, damit wir für die Seele des Hingeschiedenen beten.«

Philipp und Amine ließen sich mit dem Priester auf die Knie nieder, und Pater Seysen betete inbrünstig. Als sie sich wieder erhoben, wechselten Philipp und Amine einen Blick, der vollkommen enthüllte, was in ihrem Inneren vorging.

»Ich will Leute schicken, welche dem Toten den letzten Dienst erweisen und die Leiche für die Beerdigung zurechtmachen«, sagte Pater Seysen. »Übrigens wird es gut sein, wenn Ihr nicht sagt, er sei schon vor meiner Ankunft gestorben. Man braucht nicht zu mutmaßen, dass er abberufen wurde, ohne die heiligen Sterbesakramente empfangen zu haben.«

Philipp, der zu Füßen des Bettes stand nickte bejahend mit dem Kopfe, und der Priester entfernte sich. Man hatte im Dorf stets eine große Abneigung gegen Mynheer Poots gehegt. Seine Vernachlässigung aller religiösen Pflichten – der Zweifel, ob er überhaupt der Kirche angehöre – sein Geiz und sein Wucher – all dies hatte ihm eine Schar von Feinden eingebracht; gleichwohl war er durch seine große medizinische Geschicklichkeit, die allenthalben volle Anerkennung fand, zu einem Manne von Bedeutung geworden. Hätte man erfahren, dass er ein Moslem, wo nicht gar ein völlig Ungläubiger war, ferner, dass er in dem Versuche gestorben war, seinen Schwiegersohn zu vergiften, so würde ihm zuverlässig ein christliches Begräbnis versagt worden sein, und auf die Tochter hätte man verächtlich mit den Fingern gezeigt. Da jedoch Pater Seysen auf jede Frage mit milder Stimme antwortete, er sei in Frieden dahingegangen, so nahm man an, Mynheer Poots sei als guter Christ gestorben, obgleich er im Leben nur wenig Christentum gezeigt hat. Am anderen Tage wurden die Überreste des alten Mannes mit den üblichen Feierlichkeiten bestattet; Philipp und Amine aber fühlten sich nicht wenig erleichtert, dass alles so ruhig abgelaufen war.

Erst nach der Beerdigung untersuchten die Hinterbliebenen das Gemach des Toten. Der Schlüssel zu der eisernen Truhe war in seiner Tasche gefunden worden, aber Philipp hatte das Behältnis, das der alte Mann wie seinen Augapfel gehütet hatte, noch nicht geöffnet. Das Zimmer war mit Flaschen und Büchsen angefüllt. Was Amine als brauchbar kannte, wurde in eine Kammer geschafft, das Übrige aber weggeworfen. Der Tisch hatte viele Schubladen, die neben anderen Gegenständen viele Papiere mit arabischen Schriftzügen enthielten – wahrscheinlich Rezepte. Auch fanden sich Büchsen mit arabischen Zeichen, und die erste, welche sie in die Hand nahmen, enthielt ein ähnliches Pulver wie das, welches Herr Poots Aminen gegeben hatte. Viele der vorhandenen Gegenstände verrieten, dass der alte Mann sich auch mit den Geheimen Wissenschaften, welche zu jener Zeit im Schwange waren, beschäftigt hatte. Sie wurden unverweilt den Flammen übergeben.

»Hätte Pater Seysen all dies gesehen!«, bemerkte Amine in wehmütigem Tone. »Doch da sind noch einige gedruckte Papiere, Philipp.«

Philipp untersuchte sie und fand, dass es Aktienscheine der holländischen Ostindien-Kompanie waren.

»Nein, Amine, das ist Geld oder doch Geldeswert – acht Aktien des Kompanie-Kapitals, die uns ein schönes Jahreseinkommen abwerfen werden. Ich hätte mir nicht träumen lassen, dass der alte Mann von seinem Geld einen solchen Gebrauch machte. Ich hatte im Sinn, vor meiner Abreise einen Teil meines Vermögens in ähnlicher Weise anzulegen, damit es nicht ungenutzt bliebe.«

Nun wurde die eiserne Truhe untersucht. Sie schien nur wenig zu enthalten; denn sie war groß und tief und sah fast leer aus; als jedoch Philipp auf den Boden hinuntergriff, fand er dreißig oder vierzig kleine Beutel, die statt silberner Gulden lauter Goldmünzen enthielten; nur ein einziger großer Sack mit Silbergeld war vorhanden. Nun wurden aber noch mehrere kleine Schachteln und Pakete entdeckt, in denen man beim Öffnen Diamanten und andere kostbare Steine fand. Als alles beisammen lag, zeigte es sich, dass es ein Schatz von hohem Wert war.

»Meine liebe Amine, du hast mir eine in der Tat sehr unerwartete Mitgift gebracht«, sagte Philipp.

»Du darfst wohl sagen *unerwartet*«, versetzte Amine, »diese Diamanten und Kleinodien muss mein Vater aus Ägypten mitgebracht haben; und doch, wie armselig lebten wir, bis wir in dieses Haus kamen! Gott verzeih ihm! Und trotz all dieses Reichtums wollte er meinen Philipp vergiften, um noch mehr zusammenzuscharren!«

Sie zählten das Geld, das sich fast auf fünfzigtausend Gulden belief, legten dann alles wieder zurück und verließen das Zimmer.

»Ich bin ein reicher Mann«, dachte Philipp, als er allein war, »aber was nützen mich all diese Schätze? Ich könnte mir ein Schiff kaufen und selbst Kapitän sein – aber würde das Schiff nicht zugrunde gehen? Freilich nicht notwendigerweise, aber doch spricht die Wahrscheinlichkeit dafür. Ich will daher kein eigenes Schiff haben. Aber ist es recht, mit solchen Vorahnungen auf den Schiffen anderer zu segeln? Ich weiß es nicht; so viel ist jedenfalls gewiss, dass ich eine Pflicht zu erfüllen habe und dass unser aller Leben in der Hand einer gütigen Vorsehung ist, die uns abruft, wenn sie es für richtig hält. Ich will den größten Teil meines Geldes in Aktien der Kompanie anlegen; wenn ich dann auf den Schiffen der Gesellschaft segle und aus einer Begegnung mit meinem armen Vater Unglück erwächst, so bin wenigstens auch ich gemeinschaftlich mit den Übrigen geschädigt. Nun aber will ich meiner Amine das Leben ein wenig behaglicher machen.«

Philipp leitete unverweilt eine große Veränderung in ihrem Hauswesen ein. Er mietete zwei weibliche Dienstboten, ließ die Zimmer komfortabler einrichten und scheute, wo es um Bequemlichkeit für seine Gattin ging, keine Kosten. Er schrieb nach Amsterdam und kaufte mehrere Aktien der ostindischen Gesellschaft, ließ aber sein eigenes Geld und die Diamanten noch immer in Aminens Händen. Während Philipp mit derartigen Vorkehrungen beschäftigt war, gingen die zwei Monate rasch dahin, und als alles erledigt war, erhielt Philipp abermals (diesmal brieflich) eine Aufforderung, auf sein Schiff zu kommen. Es wäre Aminen wohl lieber gewesen, wenn Philipp als Passagier, nicht als Offizier mitgefahren wäre; unser Held zog jedoch das Letztere vor, da er sonst für seine Indienfahrt keinen Grund hätte angeben können.

»Ich weiß nicht, wie es kommt«, bemerkte Philipp am Abend vor seiner Abreise, »aber es ist mir nicht wie das letzte Mal; denn ich fühle mich durch keinerlei schlimme Vorahnungen beklommen.«

»Auch ich nicht«, versetzte Amine, »dennoch ist mirs, als ob du lange fortbleiben würdest, Philipp, und ist das nicht schlimm genug für ein zärtliches, bekümmertes Weib?«

»Ja, Liebe, du hast ganz recht, aber –«

»O ja, ich weiß, es ist deine Pflicht, und du musst gehen«, entgegnete Amine und verbarg ihr Antlitz an seiner Brust.

Am andern Tag nahm er Abschied von seiner Gattin, die sich jetzt weit gefasster benahm als bei ihrer ersten Trennung. »Alles ging zugrunde, nur er wurde gerettet«, dachte Amine. »Ich fühle, dass er zu mir zurückkehren wird. Gott im Himmel, Dein Wille geschehe!«

Philipp langte bald in Amsterdam an. Nachdem er sich viele Dinge gekauft hatte, die er im Falle eines fast mit Sicherheit vorauszusehenden Unglücks für vorteilhaft hielt, schiffte er sich an Bord der »Batavia« ein, die seefertig vor einem einzelnen Anker lag.

12

Philipp befand sich noch nicht lange an Bord, als er gewahr wurde, dass ihnen nicht gerade eine sehr gemütliche Fahrt bevorstand; denn die »Batavia« war beauftragt, eine große Abteilung Truppen nach Ceylon und Java zu bringen, die die Streitkräfte der Kompanie an jenen Orten verstärken sollte. Das Schiff sollte auf der Höhe von Madagaskar die Flotte verlassen und unmittelbar nach Java laufen; denn die Zahl der an Bord befindlichen Soldaten wurde für hinreichend erachtet, um jeden Angriff von Piraten und feindlichen Kreuzern abzuschlagen. Die »Batavia« war außerdem mit dreißig Kanonen ausgerüstet und hatte fünfundsiebzig Matrosen. Außer militärischer Ausrüstung, welche die Hauptladung bildete, führte sie auch eine große Menge baren Geldes für den indischen Warenhandel an Bord. Die Soldaten wurden eben eingeschifft, als sich Philipp an Bord meldete, und einige Minuten lang waren die Decks so gedrängt voll, dass man sich kaum zu rühren vermochte. Unser Held, der den Kapitän noch nicht gesprochen hatte, machte den ersten Maaten ausfindig und trat augenblicklich seinen Dienst an, mit dem er dank seines Eifers während seiner ersten Fahrt weit besser vertraut war, als man hätte glauben mögen.

Nach kurzer Zeit verschwanden allmählich alle Anzeichen der Eile und der Verwirrung, das Gepäck der Truppen wurde verstaut, und die Soldaten, die man in Rotten abgeteilt hatte, erhielten ihre Plätze zwischen den Kanonen des Hauptdecks, damit für die Handhabung des Schiffes genügend Raum bliebe. Philipps Einsatz an Bord verriet sowohl Fleiß als auch Methode, weshalb der Kapitän, als er sich kurz von seinem eigenen anstrengenden Dienst ausruhte, zu ihm sagte: »Ich meinte, Ihr nähmet die Sache sehr leicht, weil Ihr nicht früher eintraft; aber nun, da Ihr an Bord seid, bemerke ich wohl, dass Ihr die verlorene Zeit einzubringen sucht. Ihr habt im Laufe dieses Vormittags mehr getan, als ich erwarten konnte, und ich freue mich, dass Ihr gekommen seid, obgleich es mir sehr leid tut, dass Ihr nicht hier wart, als wir den Laderaum füllten; denn ich fürchte, da ist nicht alles so, wie es sein sollte. Mynheer Struys, der erste Maat, hatte zu viel zu tun, um dem Einstauen gehörige Aufmerksamkeit schenken zu können.«

»Ich bedauere, mich verspätet zu haben, mein Herr«, versetzte Philipp, »aber ich brach auf, sobald die Kompanie mich benachrichtigte.«

»Ja, und weil man weiß, dass Ihr ein verheirateter Mann und namentlich selbst mit bedeutenden Aktien an der Kompanie beteiligt seid, so wollte man Euch nicht zu bald bemühen. Ich vermute, bei der nächsten Fahrt werdet Ihr das Kommando eines Schiffes erhalten; denn in Anbetracht des bedeutenden Kapitals, das Ihr bei der Kompanie investiert habt, kann Euch ein derartiger Posten gar nicht entgehen. Ich habe erst heute Morgen mit einem der älteren Rechnungsführer über die Sache gesprochen.«

Philipp bereute es ganz und gar nicht, sein Geld so gewinnbringend angelegt zu haben; denn es war sein sehnlichster Wunsch, Kapitän eines Schiffes zu sein. Er versetzte daher, dass er allerdings hoffe, nach der nächsten Fahrt selbst ein Schiff zu kommandieren, da er dann wahrscheinlich der Aufgabe völlig gewachsen sein werde.

»Zweifellos, Herr Vanderdecken. Ich kann das klar voraussehen. Ihr müsst übrigens ein großer Freund des Meeres sein.«

»Ihr habt recht«, versetzte Philipp, »denn ich zweifle, ob ich es je aufgeben werde.«

»Wie, Ihr wollt es gar nicht wieder aufgeben? Ach, das glaubt Ihr jetzt. Ihr seid ein junger, rühriger Mann, der hoffnungsvoll in die Zukunft blickt – werdet es aber auch mit der Zeit müde werden und einmal froh sein, Euch für den Rest Eurer Tage zur Ruhe setzen zu können.«

»Wie zahlreich sind die Truppen, die sich auf dem Schiff befinden?«, fragte Philipp.

»Wir haben zweihundertfünfundvierzig Rekruten, dazu sechs Offiziere. Die armen Teufel! Nur wenige von ihnen werden je wieder zurückkehren, und vielleicht mehr als die Hälfte wird ihren nächsten Geburtstag nicht mehr erleben. Es ist ein schreckliches Klima. Habe selbst einmal dreihundert Mann in diesem schrecklichen Loch abgesetzt, und nach sechs Monaten, noch ehe ich wieder aussegelte, waren nicht hundert mehr davon übrig.«

»Dann ist es ja fast Mord, sie dorthin zu schicken«, bemerkte Philipp.

»Pah! irgendwo müssen sie sterben; was liegt daran, wenns auch ein wenig früher geschieht? Das Leben ist eine Ware, die sich wie jede andere kaufen und verkaufen lässt. Wir schicken Manufakturgüter und Geld hinaus, um indische Produkte dafür einzuhandeln; ebenso treiben wirs mit menschlichem Leben, und die Kompanie macht dabei einen guten Gewinn.«

»Aber nicht die armen Soldaten, fürchte ich.«

»Nein, die Kompanie kauft sie wohlfeil und verkauft sie teuer«, versetzte der Kapitän, worauf er sich nach dem Vorderschiff begab.

»Es ist wahr«, dachte Philipp, »sie kaufen Menschenleben wohlfeil und ziehen einen großen Gewinn daraus; denn wie könnten sie ohne diese armen Tröpfe ihre Besitzungen gegen die Eingeborenen und die fremden Feinde behaupten? Für welchen ärmlichen Jahressold verkaufen nicht diese Leute ihr Leben; gegen einen erbärmlichen Hungerlohn setzen sie sich allen Schrecken eines tödlichen Klimas aus, ohne auf eine Rückkehr in die Heimat hoffen zu dürfen, wo sie ihre erschöpften Kräfte wiederherstellen und ihr Leben aufs Neue verkaufen könnten! Gütiger Gott! Wenn diese Menschen so herzlos dem Mammon geopfert werden können, warum sollte ich Gewissensbisse haben, falls in der Erfüllung einer heiligen Pflicht, die mir vom Lenker unseres Schicksals auferlegt ist, einige Erdengeschöpfe zugrunde gehen? Kein Sperling fällt vom Dache ohne Sein Wissen, und in Seiner Hand liegt es zu opfern oder zu retten. Ich bin nur ein Geschöpf Seines Willens und folge meiner Pflicht, wenn ich den Befehlen Dessen gehorche, dessen Wege unerforschlich sind. Sollte aber dieses Schiff um meinetwillen gleichfalls verloren sein, so könnte ich allenfalls wünschen, ich möchte auf einem anderen fahren, auf dem die Zahl der Opfer geringer wäre.«

Erst eine Woche nach Philipps Ankunft waren die »Batavia« und die übrigen Schiffe der Flotte zur Abfahrt gerüstet.

Es würde schwer sein, genau zu beschreiben, was Philipp bei dieser seiner zweiten Einschiffung fühlte. Seine Gedanken beschäftigten sich unaufhörlich mit dem Zweck seiner Reise, sodass ihm das übrige Leben, obgleich er die religiösen Pflichten treulich erfüllte, nur wie ein Traum entschwand. Er war überzeugt, er werde wieder mit dem Geisterschiff zusammentreffen, die »Batavia« aber dadurch Unglück erfahren, wo nicht gar mit ihrer ganzen Mannschaft zugrunde gehen, und der Gedanke nagte an ihm, bis er nur noch ein Schatten seiner selbst war. Er sprach nur dann, wenn sein Dienst es erforderte, und kam sich wie ein Verbrecher vor, der seine ganze Umgebung in Gefahr, Unglück und Tod führte. Wenn dann einer von seinem Weibe, ein anderer von seinen Kindern erzählte, wenn sie sich in süßen Hoffnungen ergingen und Pläne für ein künftiges Glück schmiedeten, so hätte Philipp vor Kummer fast vergehen mögen; er stand dann vom Tisch auf und eilte nach einer einsamen Stelle des Decks. Das eine Mal suchte er sich einzureden, dass seine Sinne damals von einer augenblicklichen Aufregung überreizt waren, er selbst aber das Opfer eines Trugbilds geworden sei; ein anderes Mal aber rief er sich die ganze Vergangenheit ins Gedächtnis – er fühlte ihre schreckliche Wirklichkeit–, und ihm drängte sich der Verdacht auf, dass die ganze übernatürliche Erscheinung mit dem Himmel nichts zu schaffen habe, sondern nur das Werk eines höhnenden Teufels sei. Aber dann besah er wieder die Reliquie – durch solche Mittel konnte doch der Teufel nicht wirken!

Ein paar Tage nach seiner Ausfahrt bereute er es bitter, dass er nicht alles dem Pater Seysen anvertraut und den Geistlichen nicht gefragt hatte, ob es nicht etwa eine Sünde sei, auf ein derartiges Unternehmen auszuziehen. Es war jedoch zu spät; denn die »Batavia« war schon mehr als tausend Meilen vom Amsterdamer Hafen entfernt, und seine Pflicht, wie sie auch immer beschaffen sein mochte, musste erfüllt werden.

Als sich die Flotte dem Kap näherte, steigerte sich seine Angst in einem solchen Grade, dass er sie vor niemandem mehr verbergen konnte. Der Kapitän und die Offiziere der eingeschifften Truppen, welche sich sehr für ihn interessierten, bemühten sich vergeblich, die Ursache seiner Beklommenheit zu erfahren. Philipp schützte Krankheit vor – womit denn auch sein abgezehrtes Gesicht und seine eingesunkenen Augen nicht im Widerspruch standen. Die Nächte verbrachte er größtenteils auf Deck; er blickte nach allen Richtungen aus, merkte auf jede Veränderung am Horizont und erwartete alle Augenblicke das Auftauchen des Geisterschiffs. Erst beim Morgengrauen zog er sich in seine Kajüte zurück, um sich einer kurzen und oft unterbrochenen Ruhe hinzugeben. Nach einer günstigen Fahrt ankerte die Flotte in der Tafelbai, um frische Vorräte an Bord zu nehmen, und Philipp fühlte sich ein wenig erleichtert, weil sich bis jetzt die übernatürliche Erscheinung nicht hatte blicken lassen.

Sobald sich die Flotte mit frischem Wasser versorgt hatte, fuhr sie weiter, und Philipps Aufregung steigerte sich abermals. Sie umschifften jedoch das Kap bei günstigem Winde, passierten Madagaskar und gelangten in das indische Meer, wo sich die »Batavia« von der übrigen Flotte, die auf Cambrun und Ceylon zusteuerte, trennte.

»Und nun«, dachte Philipp, »wird sich wohl das Gespensterschiff zeigen. Es hat nur gewartet, bis alle unsere Gefährten uns verlassen haben, die uns im Unglück hätten beistehen können.«

Aber die »Batavia« segelte in glattem Wasser und unter einem wolkenlosen Himmel fort, ohne dass sich etwas blicken ließ. Nach einigen Wochen kam sie vor Java an, wo sie für die Nacht beidrehte, ehe sie in die prächtige Reede von Batavia einfuhr. Es war die letzte Nacht, die die Mannschaft auf See zubringen sollte; Philipp ging ohne Unterlass auf dem Deck hin und her und sah ängstlich dem Tag entgegen. Der Morgen brach an – die Sonne stieg in aller Pracht empor, und die »Batavia« steuerte in die Reede ein. Noch am Vormittag hatte sie geankert, und Philipp eilte mit erleichtertem Herzen in die Kajüte hinunter, um der Ruhe, deren er so sehr bedurfte, zu genießen.

Er schlief einige Zeit und erwachte sehr erfrischt; denn eine Zentnerlast, war von seiner Seele gewichen.

»Es ist also keine notwendige Folge«, dachte er, »dass die Mannschaft eines Schiffes umkommen muss, weil ich mich an Bord befinde; auch muss das Gespensterschiff nicht deshalb erscheinen, weil ich es suche. Mein Gewissen ist von einer schweren Last befreit. Allerdings wünsche ich mit dem Schiff zusammenzutreffen, habe aber dabei dieselbe Aussicht wie andere, und es ist keineswegs sicher, dass ich immer finde, was ich suche. Dass das geheimnisvolle Schiff denen, welchen es begegnet, Unheil bringt, mag wohl wahr sein, nicht aber, dass ich immer die Ursache einer solchen Begegnung bin. O Gott, ich danke dir! Jetzt kann ich die Suche nach meinem unglücklichen Vater ohne Gewissensbisse fortsetzen.«

Durch diese Überlegungen ruhiger gestimmt, begab sich Philipp wieder an Deck. Die Ausschiffung der Truppen hatte bereits stattgefunden; denn die Soldaten verlangten ebenso sehnlich, ihrer langen Haft zu entkommen, wie es den Matrosen darum zu tun war, mehr Spielraum auf dem Schiff zu gewinnen. Unser Held betrachtete die Landschaft. Die Stadt Batavia lag ungefähr eine Meile entfernt in der Ebene; dahinter erhob sich eine hohe Bergkette, aus deren üppig grünen Wäldern da und dort anmutige Landhäuser hervorsahen. Das Panorama war wunderschön, und das lebhafte Grün der reichen Vegetation übte einen sehr erfrischenden Eindruck auf das Auge. In der Nähe der Stadt lagen große und kleine Schiffe, ein ganzer Wald von Masten. Das Wasser in der Bai war von dem klarsten Blau und kräuselte sich unter einer sanften Brise. Da und dort unterbrachen kleine Inseln mit üppig grünen Baumgruppen die Eintönigkeit der Wasserfläche, und auch die Stadt selbst bot einen lieblichen Anblick; die weißen Häuser hoben sich angenehm gegen das dunkle Blätterwerk der Bäume ab, welche in den Gärten wuchsen und die Straßen säumten.

»Ist es möglich«, bemerkte Philipp gegen den Kapitän der »Batavia«, welcher neben ihm stand, »dass dieser schöne Ort so ungesund sein kann? Dem äußeren Anschein nach zu schließen, würde ich gerade das Gegenteil glauben.«

»Wie die giftigen Schlangen des Landes unter den Blumen lauern«, versetzte der Kapitän, »so wandelt der Tod in dieser schönen und üppigen Landschaft umher. Fühlt Ihr Euch besser, Mynheer Vanderdecken?«

»Viel besser«, entgegnete Philipp.

»Um Eures geschwächten Zustandes willen würde ich Euch übrigens raten, an Land zu gehen.«

»Ich werde dankbar von Eurer Erlaubnis Gebrauch machen. Wie lange bleiben wir hier?«

»Nicht lange; wir haben Auftrag, bald wieder zurückzukehren. Unsere Ladung liegt schon bereit und wird an Bord gebracht werden, sobald wir die jetzige gelöscht haben.«

Philipp befolgte den Rat des Kapitäns und fand ohne Schwierigkeit ein Unterkommen bei einem gastfreundlichen Kaufmann, der an einer von der Stadt etwas abgelegenen Stelle, an der das Klima gesünder war, ein Wohnhaus besaß. Hier blieb er zwei Monate. Während dieser Zeit erholte er sich wieder und ging dann wenige Tage vor Abfahrt des Schiffs wieder an Bord. Die Rückreise verlief glücklich, und vier Monate nachdem sie Batavia verlassen hatten, langten sie vor Helena an; denn die Schiffe benutzten in jener Zeit gewöhnlich die Ostpassage, indem sie die afrikanische Küste entlangfuhren, statt auf den amerikanischen Kontinent zuzusteuern. Abermals hatten sie das Kap passiert, ohne dem Geisterschiff zu begegnen, und Philipp war nicht nur bei bester Gesundheit, sondern auch guter Dinge. Vor St. Helena befiel sie eine Windstille; sie bemerkten ein Boot, das auf sie zuruderte und nach drei Stunden an der Seite der »Batavia« anlangte. Die Mannschaft war sehr erschöpft; denn sie hatte sich zwei Tage lang in ihrem Boote abgemüht und war ohne Unterlass gerudert, um die Insel zu gewinnen. Die Leute gaben sich als die Besatzung eines kleinen holländischen Indienfahrers zu erkennen, der zwei Tage zuvor auf hoher See gesunken war; eine der Planken war in Trümmer gegangen, und das Schiff hatte sich so rasch mit Wasser gefüllt, dass die Leute kaum Zeit gehabt hatten, sich zu retten. Die Schar der Überlebenden bestand aus dem Kapitän, den Maaten, zwanzig Matrosen und einem alten, portugiesischen Priester, der vom holländischen Gouverneur nach Hause geschickt worden war, weil er sich der holländischen Japanpolitik widersetzt hatte. Er war lange Zeit von den Eingeborenen verborgen worden, da die japanische Regierung sich gleichfalls bemühte, seiner habhaft zu werden, um ihn hinrichten zu lassen. Endlich sah er sich jedoch genötigt, sich den Holländern in die Arme zu werfen, die weniger grausam waren als die Japaner.

Der holländische Gouverneur beschloss, ihn des Landes zu verweisen, weshalb er an Bord des Indienfahrers gebracht wurde, der ihn mit nach Hause nehmen sollte. Dem Bericht des Kapitäns und der Matrosen zufolge war nur eine einzige Person ums Leben gekommen; dabei handelte es sich jedoch um einen Mann von Bedeutung, der viele Jahre die Stellung eines Präsidenten in der holländischen Faktorei in Japan innegehabt hatte. Er wollte mit den Reichtümern, die er dort gesammelt hatte, nach Holland zurückkehren. Dem Zeugnis des Kapitäns und der Mannschaft zufolge hatte er, nachdem er bereits ins Boot gebracht worden war, darauf bestanden, noch einmal auf das Schiff zurückzukehren, um ein Kästchen von unermesslichem Wert zu retten, welches Diamanten und andere kostbare Steine enthielt. Während das Boot auf ihn wartete, tauchte das Bugspriet plötzlich unter, und das Schiff sank so schnell, dass die Matrosen sich nur mit Mühe zu retten vermochten. Sie harrten noch eine Zeit lang aus und warteten darauf, dass der unglückliche Mann wieder über der Wasseroberfläche auftauchen würde; er kam jedoch nicht wieder zum Vorschein.

»Ich dachte mirs wohl, dass uns etwas zustoßen würde«, bemerkte der Kapitän des gesunkenen Schiffes, nachdem er sich in der Kajüte eine Weile mit Philipp und dem Kapitän der »Batavia« unterhalten hatte, »denn nur drei Tage vorher sahen wir den Bösen Feind oder das Teufelsschiff, wie man es nennt.«

»Wie? Den sogenannten fliegenden Holländer?«, fragte Philipp

»Ja, das ist, glaube ich, der Name, den man dem Gespenst gibt«, versetzte der Kapitän. »Ich habe oft davon sprechen hören, bin aber nie zuvor mit ihm zusammengetroffen und hoffe, Gott wird mich auch in Zukunft gnädig davor bewahren. Ich bin jetzt ein ruinierter Mann und muss wieder von vorne anfangen.«

»Habe auch schon von dem Schiff gehört«, bemerkte der Kapitän der »Batavia«, »seid doch so gut, uns zu erzählen, wie es aussah.«

»Je nun, die Sache verhält sich so: Ich sah nichts als die undeutlichen Umrisse eines Rumpfs«, versetzte der andere. »Es war sehr sonderbar; die Nacht war schön und der Himmel klar; wir hatten nur die Bramsegel gesetzt; denn bei Nacht mag ich nicht eilen. Sonst hätten wir auch die Oberbramsegel noch hissen können und wären so in der Brise hübsch vorwärts gekommen. Ich hatte mich zu Bett gelegt, als mich gegen zwei Uhr morgens der Maat auf das Deck rief. Ich fragte, was es gebe, und er meinte, das wisse er kaum zu sagen; die Leute seien indes sehr eingeschüchtert; denn man sehe ein Schiff, das die Matrosen für eine Gespenstererscheinung erklärten. Ich begab mich auf das Deck; der ganze Horizont war klar, aber unserer Windvierung gegenüber befand sich eine Art von Nebel, rund wie eine Kugel und nicht weiter als zwei Kabellängen entfernt. Wir liefen ungefähr fünfthalb Knoten, konnten aber dennoch dem Nebel nicht entrinnen. ›Schaut dorthin‹, sagte der Maat. ›Ei, was zum Teufel mag das sein?‹, entgegnete ich, meine Augen reibend. ›Keine Sandbänke im Luv, und doch ein Nebel mitten unter einem klaren Himmel, dazu eine frische Brise und ringsumher Wasser.‹ Ihr müsst nämlich wissen, dass der Nebel nicht mehr als ein halbes Dutzend Kabellängen bedeckte; denn rechts und links davon sah man den Horizont. ›Hört, Herr‹, sagte der Maat, ›sie sprechen wieder.‹ – ›Wer spricht?‹, entgegnete ich und horchte; und aus dem Nebelball heraus vernahm ich Stimmen. Endlich rief eine: ›Haltet scharfen Lug aus da vorne, hört Ihr?‹ – ›Ja, ja, Herr‹, versetzte eine andere Stimme. ›Schiff auf dem Steuerbordbug!‹ – ›Sehr wohl; ihr im Vorderschiff, schlagt die Glocke!‹ Und nun hörten wir die Glocke tönen. ›Es muss ein Schiff sein‹, sagte ich zu dem Maaten. ›Keines von dieser Welt, Herr Kapitän‹, versetzte er. ›Horcht!‹ – ›Eine Kanone bereit gehalten, da vorne!‹ – ›Ja, ja, Herr‹, klang es jetzt aus dem Nebel heraus, der uns augenscheinlich näher kam. ›Alles bereit, Herr!‹ – ›Feuer!‹ Der Knall der Kanone dröhnte wie ein Donnerschlag in unseren Ohren und dann –«

»Nun, und dann?«, entgegnete der Kapitän der »Batavia« in atemloser Spannung.

»Und dann«, erwiderte der andere Kapitän mit feierlicher Stimme, »verschwand alles wie durch Zauberei. Der ganze Horizont war klar, und nirgends war mehr etwas zu sehen.«

»Ists möglich?«

»Es sind zwanzig Personen an Bord, die Ihr alle darüber befragen könnt«, versetzte der Kapitän. »Auch haben wir da den alten katholischen Priester, der die ganze Zeit über neben mir auf dem Deck stand: Die Matrosen sagten, es werde uns ein Unglück begegnen, und als wir bei der Morgenwache den Pumpensod untersuchten, fanden wir vier Fuß Wasser; wir griffen zu den Pumpen, aber das Wasser gewann bald die Oberhand, und wir gingen unter, wie ich bereits erzählt habe. Der Maat sagte, das Schiff sei wohl bekannt; man nenne es überall den fliegenden Holländer.«

Philipp schwieg, war aber sehr zufrieden über das, was er vernommen hatte.

»Wenn das Geisterschiff meines armen Vaters anderen ebenso gut begegnen kann wie mir und wenn auch andere Schiffe nach einer solchen Begegnung in ihr Verderben fahren, so spielt es keine Rolle, ob ich an Bord bin oder nicht. Ich nutze nur die Gelegenheit, die mich mit ihm zusammenführt, und setze nicht das Leben derjenigen aufs Spiel, welche in dem selben Schiff mit mir segeln. Mein Gewissen ist beruhigt, und ich kann die Suche nach meinem unglücklichen Vater ohne Bedenken fortsetzen.«

Am anderen Tage ergriff Philipp die Gelegenheit, mit dem katholischen Priester bekannt zu werden, der das Holländische und noch andere Sprachen so gut verstand wie das Portugiesische. Er war ein ehrwürdiger Mann von ungefähr sechzig Jahren mit weißem, wallendem Bart, sehr freundlich in seinem Benehmen und angenehm in der Unterhaltung.

Als Philipp in der folgenden Nacht seine Wache hielt, ging der Greis mit ihm auf dem Deck umher, und nachdem sie sich lange Zeit miteinander unterhalten hatten, vertraute Philipp dem Priester, dass er der katholischen Kirche angehöre.

»In der Tat, mein Sohn, das ist sehr ungewöhnlich bei einem Holländer.«

»Allerdings«, versetzte Philipp, »auch ist es an Bord nicht bekannt – nicht dass ich mich meines Glaubens schämte, aber ich möchte Kontroversen vermeiden.«

»Ihr seid klug, mein Sohn. Ach! Wenn die reformierte Religion keine besseren Früchte trägt als das, was ich im Osten mit angesehen habe, so ist sie wenig besser als Götzendienst.«

»Sagt mir, Vater«, entgegnete Philipp, »Eure Begleiter sprechen von einer übernatürlichen Erscheinung – von einem Schiff, das nicht mit Sterblichen bemannt sei. Habt Ihr es gleichfalls gesehen?«

»Ich sah, was die Übrigen sahen«, erwiderte der Priester, »und in der Tat, soweit meine Sinne mir ein Urteil erlauben, dünkte mich die Erscheinung sehr ungewöhnlich – ich möchte sagen übernatürlich. Ich habe indes schon früher von diesem Geisterschiff gehört und außerdem vernommen, dass es stets der Vorläufer eines Unglücks sei. Auch bei uns hat sich dies bewahrheitet. Allerdings hatten wir einen Menschen an Bord – er lebt nicht mehr – dessen Sündenlast mehr als hinreichend gewesen wäre, jedes Schiff zu versenken. Ich spreche da von einem Mann, welcher samt seinen Schätzen, von denen er in seiner Heimat alle Freuden der Welt erwartete, durch die Wogen verschlungen wurde – ein Geschick, welches augenfällig zeigt, dass der Allmächtige oft schon in dieser Welt eine gerechte und schreckliche Vergeltung an denen übt, die seinen Zorn auf sich geladen haben.«

»Ihr sprecht von dem holländischen Präsidenten, der mit Eurem versunkenen Schiff unterging?«

»Ja, die Geschichte seiner Verbrechen ist lang. In der kommenden Nacht will ich wieder mit Euch zusammentreffen und Euch das Ganze erzählen. Der Friede sei mit Euch, mein Sohn – gute Nacht.«

Das Wetter blieb fortwährend schön, und die »Batavia« drehte gegen Abend bei, um am nächsten Morgen in der Reede von Sankt Helena Anker zu werfen. Als Philipp auf Deck erschien, um die Mittelwache anzutreten, traf er dort auf den alten Priester, der an der Laufplanke auf ihn wartete. Im Schiff war alles ruhig. Die Matrosen schlummerten zwischen den Kanonen, und Philipp begab sich mit seinem neuen Bekannten nach hinten, wo sie auf dem Geflügelkorb Platz nahmen. Der Priester begann wie folgt: »Ihr wisst vielleicht nicht, dass die Portugiesen zwar ängstlich bemüht sind, sich ein Land zu sichern, das durch ihren Mut und ihren Unternehmungsgeist entdeckt wurde und dessen Inbesitznahme, wie ich fürchte, von ihnen viele Verbrechen gefordert hat – aber dennoch eine Sache, die allen guten Katholiken teuer ist, nie aus den Augen verloren haben: Ich meine nämlich die Ausbreitung des wahren Glaubens und des Banners Christi in den Regionen des Götzendienstes. Durch einen Schiffbruch, der einige von unseren Landsleuten an die Küste warf, lernten wir die japanischen Inseln kennen, und sieben Jahre später landete unser heiliger Franziskus, der jetzt bei Gott ist, auf der Insel Ximo, wo er zwei Jahre und fünf Monate blieb, unsern Glauben verkündigte und viele Heiden bekehrte. Dann schiffte er sich nach China, seinem ursprünglichen Reiseziel, ein, sollte aber nicht dort anlangen; denn schon auf der Überfahrt beschloss er sein reines und heiliges Leben. Nach seinem Tode vergrößerte sich auf den japanischen Inseln die Anzahl der Bekehrten mehr und mehr, trotz der vielen Hindernisse, die uns die Götzenpriester in den Weg legten, und trotz der Verfolgungen, von denen die Angehörigen unseres Glaubens von Zeit zu Zeit heimgesucht wurden. Die christliche Religion verbreitete sich schnell, und viele Tausende beteten den wahren Gott an.

Nach einer Weile gründeten die Holländer in Japan eine Ansiedlung, und als sie gewahr wurden, dass die japanischen Christen in der Umgebung der Faktorei nur mit den Portugiesen, zu denen sie Vertrauen hatten, verkehren wollten, so wurden sie unsere Feinde; auch beschloss der Mann, von dem wir gesprochen haben und der damals an der Spitze der holländischen Faktorei stand, in seinem Durst nach Gold, den Kaiser des Landes gegen die christliche Religion argwöhnisch zu machen und so die Portugiesen samt ihren Anhängern zugrunde zu richten. So, mein Sohn, benahm sich ein Mensch, welcher sich zur reformierten Religion bekannte, die er für reiner als die unsrige erklärte.

In unserer Nähe wohnte auch ein wohlhabender, einflussreicher Japaner, der sich mit zweien von seinen Söhnen zum Christentum bekehrte und getauft wurde. Er hatte noch zwei andere Söhne, die am Hofe des Kaisers lebten. Dieser reiche Mann schenkte uns ein Haus, in dem wir ein Kollegium und eine Schule einrichten durften; nach seinem Tode aber verlangten die beiden am Hofe befindlichen Söhne, welche noch Götzendiener waren, den Besitz zurück.

Wir weigerten uns, und der holländische Präsident ergriff die Gelegenheit, die jungen Männer gegen uns aufzureizen und durch ihre Vermittlung dem japanischen Kaiser einzureden, dass Portugiesen und Christen sich gegen seinen Thron und sein Leben verschworen hätten; denn wenn ein Holländer gefragt wird, ob er ein Christ sei, so pflegt er zu antworten: ›Nein, ich bin Holländer‹.

Der Kaiser, der an diese angebliche Verschwörung glaubte, gab augenblicklich Befehl, die Portugiesen und alle Japaner, welche sich zum Christentum bekehrt hatten, auszurotten. Er stellte zu diesem Zweck eine Armee auf und übergab das Kommando den beiden jungen Männern, von denen ich gesprochen habe – den Söhnen des reichen Mannes, der uns das Haus geschenkt hatte. Die Christen sahen, dass der Widerstand ihre einzige Rettung war, und griffen zu den Waffen. Sie wählten zu ihren Führern die beiden anderen Söhne des reichen Japaners, welche zusammen mit ihrem Vater zum Christentum übergetreten waren. So standen sich nun zwei Armeen gegenüber, die von vier Brüdern befehligt wurden, zwei auf der einen und zwei auf der anderen Seite.

Das christliche Heer belief sich auf mehr denn vierzigtausend Mann, was übrigens der Kaiser nicht wusste, denn er schickte nur eine Streitmacht von fünfundzwanzigtausend aus, um die Christen anzugreifen und zu vertilgen. Die Armeen trafen zusammen, und nach einem hartnäckigen Kampf (denn die Japaner sind sehr tapfer) blieb der Sieg auf der Seite der Christen, welche – mit Ausnahme der wenigen, die sich in den Booten retteten – das ganze kaiserliche Heer zusammenhieben.

Dieser Sieg gab Anlass zu neuen Bekehrungen, und unsere Armee wuchs bald bis auf fünfzigtausend Mann an. Der Kaiser aber, als er erfuhr, dass seine Truppen vernichtet waren, ordnete eine neue Aushebung an, stellte hundertundfünfzigtausend Mann ins Feld und erteilte seinen Generälen Befehl, den Christen keinen Pardon zu geben, die beiden Führer des feindlichen Heeres ausgenommen, die er lebendig ergreifen lassen wollte, um sie unter langen Folterqualen hinrichten zu können. An eine Beilegung des Zwists war nicht zu denken; der Kaiser wies jedes diesbezügliche Anerbieten zurück und erschien in Person vor seiner Armee. Die beiden Heere trafen wieder zusammen, und am ersten Schlachttag blieb der Sieg auf der Seite der Christen; aber dennoch hatten diese den Verlust eines ihrer Generäle zu beklagen, der verwundet und gefangen wurde; auch das Heer erlitt schwere Verluste, da die Feinde keinen Pardon gegeben hatten.

Der zweite Tag der Schlacht wurde verhängnisvoll für die Christen. Ihr General fiel, sie selbst wurden von dem weit überlegenen Feind bis auf den letzten Streiter erschlagen. Der Kaiser griff sodann das Lager aus dem Hinterhalt an und ließ Greise, Weiber und Kinder töten. Im Felde, im Lager und unter der Folter kamen mehr als sechzigtausend Christen um. Dies war jedoch noch nicht alles. Man fahndete eifrig viele Jahre lang auf den Inseln nach Christen und marterte alle, die aufgefunden wurden, aufs grausamste zu Tode. Seit fünfzehn Jahren nun ist im japanischen Reich das Christentum gänzlich ausgerottet, und während einer mehr als sechzehnjährigen Verfolgung wurden mehr als viermal hunderttausend Christen getötet. Und dieses blutige Schlachten, mein Sohn, wurde veranlasst durch die Falschheit und den Geiz jenes Mannes, der vor einigen Tagen seine gerechte Strafe erhielt. Die holländische Kompanie war zufrieden mit seinen Methoden, die ihr so große Vorteile sicherten, und beließ ihn noch viele Jahre lang in der Stellung eines Präsidenten auf ihrer Faktorei zu Japan. Als er nach Indien kam, war er noch ein junger Mann, und erst als seine Haare grau waren, dachte er an die Rückkehr ins Vaterland. Er hatte sich ungeheure Schätze zusammengescharrt – und ungeheuer mussten sie auch sein, um einen Geiz wie den seinen befriedigen zu können! Alles ist mit ihm zugrunde gegangen; er selbst aber steht jetzt vor seinem Richter. Denkt ein wenig nach, mein Sohn: Ist es nicht besser, wenn wir dem Pfad der Pflicht folgen und die Reichtümer und Freuden dieser Welt meiden, um uns die Hoffnung zu retten, dass uns nach unserem Hingang ein ewiges Glück vorbehalten ist?«

»Sehr wahr, guter Vater«, versetzte Philipp nachdenklich.

»Ich habe nur noch wenige Jahre zu leben«, fuhr der alte Mann fort, »und Gott weiß, dass ich bereitwillig aus dieser Welt scheiden werde.«

»Auch ich könnte es«, versetzte Philipp.

»Ihr, mein Sohn? – Nein. Ihr seid jung und solltet voll von Zukunftshoffnungen sein. Es bleibt Euch noch die Erfüllung Eurer Pflicht vorbehalten – an dem Platze, an den Euch Gottes Gnade berufen wird.«

»Ich weiß, dass ich eine Pflicht zu erfüllen habe«, entgegnete Philipp. »Vater, die Nachtluft ist zu scharf für Eure Jahre. Geht zu Bett und überlasst mich meiner Wache und meinen Gedanken.«

»Du hast recht, mein Sohn; möge der Himmel dich behüten. Nimm den Segen eines alten Mannes – gute Nacht.«

»Gute Nacht«, entgegnete Philipp, der erfreut war, jetzt allein zu sein. »Soll ich ihm alles bekennen?«, dachte er. »Ich fühle, dass ich ihm vertrauen könnte. – Doch nein. Ich mochte Pater Seysen mein Geheimnis nicht enthüllen – warum ihm? Ich würde mich in seine Gewalt geben, und er könnte mir auferlegen – nein, nein! Das Geheimnis ist nicht mein Eigentum. Ich brauche keine Ratgeber.«

Und Philipp zog die Reliquie hervor, um sie ehrfurchtsvoll an die Lippen zu drücken. Die »Batavia« lag einige Tage lang vor St. Helena und setzte dann ihre Reise fort. Sechs Wochen später lag sie wieder in der Zuidersee vor Anker, und mit Erlaubnis des Kapitäns brach Philipp alsbald nach seiner Heimat auf; den alten portugiesischen Priester Matthias, den er sehr lieb gewonnen hatte, nahm er mit sich und bot ihm für die Zeit, in der es dem Greise belieben mochte, in den Niederlanden zu weilen, seine Gastfreundschaft an.

13

»Es liegt mir fern, Euch etwas Unangenehmes sagen zu wollen, mein Sohn«, sprach Pater Matthias, der kaum mit Philipp Schritt halten konnte, als sie noch etwa eine Viertelmeile von der Behausung unseres Helden entfernt waren, »aber doch muss ich Euch daran erinnern, dass wir in einer vergänglichen Welt leben und dass Ihr

Eure Heimat lange nicht gesehen habt. Aus diesem Grunde bitte ich Euch, die freudigen Erwartungen zu dämpfen, in denen Ihr Euch seit dem Verlassen des Schiffes ergeht. Ich vertraue auf die Gnade Gottes und hoffe, dass alles recht steht und dass Ihr in wenigen Minuten in den Armen Eurer vielgeliebten Gattin liegt; aber je mehr sich jetzt Eure freudige Erwartung steigert, desto härter wird es Euch treffen, solltet Ihr Euch in Euren Hoffnungen getäuscht sehen. In Vließingen sagte man uns, dass eine furchtbare Heimsuchung dieses Land getroffen habe, und der Tod hat vielleicht auch Jugend und Schönheit nicht geschont.«

»Lasst uns eilen, Vater«, versetzte Philipp. »Was Ihr sagt, ist wahr, und die Ungewissheit wird zur fürchterlichsten Qual.«

Philipp beschleunigte seine Schritte noch mehr und ließ den Greis weit hinter sich; endlich langte er auf der Brücke an und stand vor dem hölzernen Türchen. Es war ungefähr sieben Uhr morgens; denn sie hatten schon bei Tagesgrauen die Schelde überquert.

Philipp bemerkte, dass die unteren Läden noch geschlossen waren.

»Sie könnten eigentlich schon seit einiger Zeit auf sein«, dachte er, als er die Hand auf die Klinke legte.

Die Haustüre war nicht verschlossen; Philipp trat ein. In der Küche brannte Licht, und als er die Türe öffnete, erblickte er ein Dienstmädchen, das schlafend in einem Stuhle lehnte. Ehe er noch Zeit hatte, hineinzugehen und das Mädchen zu wecken, hörte er eine Stimme von oben.

»Marie, ists der Doktor?«

Philipp wartete nicht länger. Mit drei Sprüngen war er im oberen Flur; er eilte an der Person, welche gesprochen hatte, vorbei und öffnete die Türe zu Aminens Gemach.

Ein flackender Docht in einem mit Öl gefüllten Glase verbreitete nur ein mattes Dämmerlicht; die Vorhänge des Bettes waren zugezogen, und daneben kniete eine Gestalt, in welcher Philipp augenblicklich den Pater Seysen erkannte. Er fuhr zurück; das Blut schoss ihm zum Herzen, und ohne sprechen zu können, lehnte er sich, nach Luft ringend, an die Wand, bis er seiner inneren Qual schließlich in einem tiefen Stöhnen Luft machte. Erst jetzt wandte der Priester sich um, und sobald er den Ankömmling erkannte, erhob er sich von seinen Knien und streckte ihm stumm die Hand entgegen.

»So ist sie also tot?«, rief Philipp endlich.

»Nein, mein Sohn, nicht tot – es ist noch Hoffnung vorhanden. Sie befindet sich in einem Zustand der Krise, und in einer Stunde wird ihr Schicksal entschieden sein. Dann wird sie Euch entweder zurückgegeben werden, oder sie folgt den vielen Hunderten, welche diese verhängnisvolle Epidemie schon hinweggerafft hat.«

Pater Seysen führte Philipp sodann an die Seite des Bettes und zog die Vorhänge zurück. Amine lag teilnahmslos da und atmete schwer; ihre Augen waren geschlossen. Philipp kniete nieder, fasste ihre glühende Hand, presste sie an seine Lippen und brach in einen Strom von Tränen aus. Sobald er sich einigermaßen gefasst hatte, ließ er sich von Pater Seysen bereden, neben ihm an der Seite des Bettes Platz zu nehmen.

»Das ist ein trauriger Willkomm, Philipp«, sagte der Pater, »und muss für einen so leidenschaftlichen Charakter, wie es der Deinige ist, doppelt schmerzlich sein; aber Gottes Wille geschehe. Vergiss übrigens nicht, dass noch Hoffnung vorhanden ist – keine große zwar, aber doch noch Hoffnung; das sagte mir der Arzt, der sie behandelt und den ich in wenigen Minuten erwarte. Ihre Krankheit ist ein Typhusfieber, das im Laufe der letzten zwei Monate ganze Familien hingerafft hat und noch mit fast unverminderter Heftigkeit fortwütet. Wer unter seinen Angehörigen nur ein Opfer zu beklagen hat, darf sich in der Tat glücklich preisen. Ich wollte, Ihr wäret nicht ausgerechnet jetzt angekommen; denn die Krankheit ist sehr ansteckend. Viele haben um ihrer Sicherheit willen dieses Land verlassen. Unser Unglück wurde noch dadurch erhöht, dass wir der ärztlichen Hilfe entbehrten; denn die Seuche hatte mit den Patienten auch die Ärzte hinweggerafft.«

Die Tür öffnete sich nun langsam, und ein großer, dunkelhaariger Mann in braunem Mantel, der sich einen mit Weinessig getränkten Schwamm unter die Nase hielt, trat ins Zimmer. Er verbeugte sich gegen Philipp und den Priester, worauf er sich an das Bett begab. Eine Minute lang fühlte er mit den Fingerspitzenden Puls der Kranken; dann ließ er ihren Arm auf die Bettdecke gleiten, berührte mit der Hand ihre Stirn und deckte sie ganz mit den Betttüchern zu. Nachdem er Philipp den Schwamm mit Weinessig gereicht und ihm durch ein Zeichen zu verstehen gegeben hatte, dass er davon Gebrauch machen solle, forderte er den Pater durch ein Kopfnicken auf, mit ihm aus dem Zimmer zu gehen.

Eine Minute später kehrte der Priester wieder zurück.

»Er hat mir seine Anweisungen erteilt, mein Sohn, und er glaubt, dass sie wieder aufkommen kann. Sie muss gut zugedeckt bleiben; aber alles hängt davon ab, dass sie sich nicht aufregt, wenn sie das Bewusstsein wieder erlangt.«

»Da können wir ganz sicher sein«, versetzte Philipp.

»Dass sie beim Erwachen von deiner Rückkehr erfahren oder dich vielleicht sogar gleich erblicken wird, beunruhigt mich wenig; denn die Freude tötet selten, wenn auch die Erschütterung noch so groß ist; aber ich habe sehr wohl noch einen anderen Grund zur Besorgnis.«

»Und welcher wäre das, guter Vater?«

»Philipp – dreizehn Tage lang hat Amine im Fieber gerast, und während dieser Zeit wich ich nur dann von ihrer Seite, wenn meine Pflicht mich zu den übrigen Kranken rief. Ich scheute mich, sie zu verlassen, denn in ihren Fieberfantasien hat sie eine Geschichte erzählt, die, wie unzusammenhängend sie auch sein mochte, doch meine Seele mit Entsetzen erfüllte. Augenscheinlich hat diese Geschichte lange Zeit schwer auf ihr gelastet und muss nun ihre Genesung verzögern. Philipp Vanderdecken, du erinnerst dich, dass ich dich einmal aufforderte, mir dein Geheimnis anzuvertrauen – das Geheimnis, welches deiner Mutter das Leben verkürzte und ihr vielleicht jetzt dein junges Weib nachsendet, denn Amine scheint alles zu wissen. Ists nicht so?«

»Ja, sie weiß alles«, versetzte Philipp traurig.

»Und hat in ihrem Fieber alles verraten – ja, sogar mehr als alles; denn ich hoffe, dass nicht alles wahr ist, was sie gesagt hat. Doch wir sprechen später davon – bleibe bei ihr, Philipp. Ich werde in einer halben Stunde zurückkehren; denn der Doktor sagt, bis dahin werde sich entscheiden, ob sie das Bewusstsein wiedererlangt oder du sie für immer verlierst.«

Philipp flüsterte nun dem Priester zu, dass er einen Gast mitgebracht habe, und bat ihn, dem Pater Matthias die augenblickliche Lage der Dinge zu erklären und dafür Sorge zu tragen, dass ihm gebührend aufgewartet werde. Pater Seysen verließ das Gemach, und Philipp setzte sich, nachdem er den Vorhang zugezogen hatte, neben dem Bett nieder.

Vielleicht gibt es keine schmerzlichere Lebenslage als diejenige, in welcher sich Philipp jetzt befand. Er war in freudiger Erwartung nach Hause geeilt, um seine Amine, den Gegenstand seiner wärmsten Zuneigung, nach einer langen Reise, auf der er fast unablässig an sie gedacht hatte, in der Fülle ihrer Gesundheit und Jugend zu umarmen, und nun saß er stattdessen tief bekümmert an ihrem Bett, während sie abgezehrt, durch Krankheit entstellt und bewusstlos dalag, ohne ihn wahrzunehmen – während ihr Leben an einem Faden hing und der Tod sie mit erhobener Sense umschwebte.

»Ach«, dachte Philipp, »müssen wir so uns wieder sehen, Amine? Oh, wie weise hat mir Vater Matthias geraten, als ich so ungestüm meinem vermeintlichen Glücke entgegeneilte, das sich nun in Elend verwandelt hat. Gott im Himmel, sei barmherzig und vergib mir, wenn ich diesen Engel, der dein Geschöpf ist, mehr als dich selbst geliebt habe. Schone sie – schone sie – oder ich bin für immer verloren!«

Philipp bedeckte sein Gesicht mit den Händen und verharrte eine Weile in stummem Gebet. Dann beugte er sich über Amine und drückte einen Kuss auf ihre glühenden Lippen. Sie glühten allerdings, waren aber auch ein wenig feucht, und Philipp bemerkte außerdem Schweißtropfen auf ihrer Stirne. Er befühlte ihre Hand; sie zeigte Spuren von Schweiß. Nun deckte er sie sorgfältig mit den Tüchern zu und blieb voll Hoffnung und Angst an ihrer Seite sitzen.

Nach einer Viertelstunde entdeckte er mit großer Freude, dass

Amine in reichlichem Schweiße lag. Ihr Atem ging allmählich leichter; und sie warf sich nun unruhig hin und her. Philipp deckte seine Gattin stets mit den abgeworfenen Tüchern sorgfähig wieder zu, bis sie endlich in einen tiefen und ruhigen Schlaf verfiel. Bald nachher erschien Pater Seysen mit dem Arzt. Philipp berichtete in wenigen Worten, was geschehen war. Der Doktor trat ans Bett und wandte sich nach einer halben Minute wieder Philipp zu.

»Eure Gattin bleibt Euch erhalten, aber es ist nicht ratsam, dass sie Euch so unerwartet sieht, da die Erschütterung zu heftig auf ihren geschwächten Zustand wirken könnte. Wir müssen sie so lang als möglich schlafen lassen; wenn sie erwacht, wird sie wieder bei klarem Verstand sein. Ihr müsst Pater Seysen mit ihr allein lassen.«

»Darf ich nicht im Zimmer bleiben, bis sie erwacht? Ich will mich dann unbemerkt wegstehlen.«

»Das führt zu nichts; die Krankheit ist ansteckend, und Ihr seid bereits zu lange hier gewesen. Bleibt unten; Ihr müsst Eure Kleider wechseln und für die Kranke in einem anderen Zimmer ein Bett aufschlagen lassen; dorthin muss sie gebracht werden, sobald es ihr Zustand erlaubt. Lasst dann diese Fenster öffnen, damit das Gemach gehörig durchlüftet wird. Was nützt es auch, eine Frau eben dem Rachen des Todes entrissen zu haben, wenn man sie dann den Gefahren aussetzt, die mit der Pflege eines kranken Gatten verbunden sind.«

Philipp leuchtete dieser kluge Ratschlag ein; er verließ mit dem Arzt das Zimmer, um seine Kleider zu wechseln, und begab sich sodann in die untere Wohnstube, wo er Pater Matthias fand.

»Ihr hattet recht, Vater«, sagte Philipp und warf sich auf das Sofa.

»Ich bin alt und misstrauisch, Ihr aber seid jung und voller Lebensmut, Philipp; indes will ich hoffen, dass noch alles gut gehen wird.«

»Ich gleichfalls«, versetzte Philipp.

Dann schwieg er. Nachdem nun die Gefahr überstanden war, dachte er über das nach, was ihm Pater Seysen von Aminens Fieberfantasien und der Preisgabe seines Geheimnisses erzählt hatte. Pater Matthias mochte ihn in dieser Beschäftigung nicht stören, und nach einer Stunde trat Pater Seysen in das Gemach.

»Danke dem Himmel, mein Sohn – Amine ist erwacht und vollkommen bei Besinnung; ich zweifle nun nicht mehr an ihrer Genesung. Sie hat die stärkende Arznei, die ihr der Arzt gab, eingenommen, obgleich sie so müde war, dass ich sie kaum dazu bewegen konnte. Jetzt liegt sie wieder in tiefem Schlafe, aus dem sie so bald nicht erwachen wird, und eines der Mädchen ist bei ihr; sie darf nicht gestört werden, denn unter solchen Umständen ist jeder Augenblick der Ruhe kostbar. Ich will mich nun nach Erfrischungen umsehen, deren wir ja alle bedürfen. Philipp, du hast mich deinem Begleiter noch nicht vorgestellt, der, wie ich bemerke, meinem Stand angehört.«

»Vergebt mir«, versetzte Philipp, »die Bekanntschaft mit Vater Matthias wird Euch sicher sehr angenehm sein; er hat mir versprochen, einige Zeit bei mir zu wohnen. Ich will Euch mit ihm allein lassen und inzwischen für ein Frühstück sorgen, und Vater Matthias wird hoffentlich verzeihen, dass ihm dieses so spät gereicht wird.«

Philipp entfernte sich und ging in die Küche. Er befahl, das Frühstück in die Wohnstube zu bringen, setzte seinen Hut auf und verließ das Haus. Er konnte nicht essen; denn er befand sich in einem Zustand höchster Verwirrung. Die Ereignisse des Morgens hatten ihn zu sehr mitgenommen und er fühlte ein starkes Bedürfnis nach frischer Luft.

Er lief ziellos umher und traf auf viele Bekannte, die ihm ihre Teilnahme bekundeten und ihn beglückwünschten, als sie aus seinem Munde erfuhren, dass die Gefahr vorüber sei. Auch erfuhr er von ihnen, wie furchtbar die Seuche allenthalben gewütet hatte.

Kein Drittel der Bewohner von Terneuse und der Umgebung war übrig geblieben, und die Genesenen befanden sich in einem Zustand von Erschöpfung, der sie hinderte, zu ihrer gewohnten Beschäftigung zurückzukehren. Sie hatten die Krankheit überstanden, waren aber nun dem Elend und der Verzweiflung ausgeliefert, und Philipp gelobte in seinem Innern, mit seinen Ersparnissen die Not seiner Nachbarn lindern zu helfen. Nach zwei Stunden kehrte er wieder nach Hause zurück.

Amine schlummerte noch immer; die beiden Priester aber saßen in dem unteren Zimmer im Gespräch beieinander.

»Mein Sohn«, sagte Pater Seysen, »gib uns nun eine Erklärung. Ich habe mich lange mit Vater Matthias besprochen, der mir viel Interessantes über die Ausbreitung unserer heiligen Religion unter den Heiden erzählte; sein Bericht war erfreulich und besorgniserregend zugleich. Unter anderem befragte ich ihn auch über eine übernatürliche Schiffserscheinung in den östlichen Meeren – was ich aus den Fieberfantasien deiner Gattin erfahren hatte, bewog mich dazu. Du siehst, Philipp, dass mir dein Geheimnis bekannt ist, da ich eine solche Frage sonst nicht gestellt hätte. Zu meinem Erstaunen berichtet mir nun Pater Matthias, dass er eine solche Erscheinung mit eigenen Augen gesehen habe und dass sie sich nur aus übernatürlichen Ursachen erklären lasse. Gewiss eine seltsame und schreckliche Heimsuchung! Philipp, wäre es nicht besser, du machtest meinen Zweifeln und meiner Ungewissheit ein Ende und vertrautest uns beiden alles an, was mit dieser seltsamen Geschichte zusammenhängt, damit wir darüber nachdenken und dir mit einem guten Rat nützlich sein können? Denn wir sind älter als du und schon durch unseren Beruf eher in der Lage, mit Sicherheit zu beurteilen, ob diese übernatürliche Macht von guten oder von bösen Geistern ausgeübt wird.«

»Der hochwürdige Vater spricht ganz meine Ansicht aus, Philipp Vanderdecken«, bemerkte Pater Matthias.

»Handelt es sich um ein Werk des Allmächtigen – wem solltest du dich dann anvertrauen als denjenigen, die sich hier auf Erden dem Dienste Gottes geweiht haben? Treibt aber der Böse sein Spiel, wer wird dich besser beraten als Männer, deren Aufgabe und Pflicht es ist, seinem verderblichen Einfluss entgegenzuwirken? Bedenke überdies, Philipp, dass das Geheimnis schwer auf deiner teuren Amine lastet und sie ins Grab bringen könnte, wie dies bei deiner – wie ich hoffe – seligen Mutter der Fall war. Solange du bei ihr bist, wird Amine es wohl tragen können, aber vergiss nicht wie viele Tage und Nächte sie einsam verbringen muss – und wie sehr sie dann wohl des Trostes und der Hilfe bedarf. Ein solches Geheimnis ist ein nagender Wurm, der ihr trotz ihres Mutes das Dasein verkürzen muss, wenn ihr nicht die Diener unserer heiligen Kirche tröstenden Balsam ins Herz gießen. Es war grausam und selbstsüchtig von dir, Philipp, sie mit einem so schrecklichen Wissen allein zu lassen.«

»Ihr habt mich überzeugt, hochwürdiger Vater«, versetzte Philipp. »Ich fühle, dass ich Euch schon früher mit dieser seltsamen und unheimlichen Geschichte hätte bekannt machen sollen, will Euch aber jetzt alle Einzelheiten darlegen, obschon ich nur geringe Hoffnung habe, dass mir Euer Rat in einem so schwierigen Falle, in einer so unentrinnbaren Pflicht und einer so verwirrenden Aufgabe hilfreich werden kann.«

Philipp erzählte nun ausführlich, was von den paar Tagen vor dem Tod seiner Mutter an bis auf den gegenwärtigen Augenblick geschehen war – und schloss dann mit der Bemerkung: »Ihr seht, Vater, dass ich mich durch ein feierliches Gelübde gebunden habe und dass dieses Gelübde angenommen wurde. Es ist mir klar, dass mir jetzt kein anderer Weg offen bleibt, als meiner traurigen Bestimmung zu folgen.«

»Mein Sohn, du hast uns seltsame, schreckliche Dinge erzählt – Dinge, die nicht der irdischen Welt angehören – vorausgesetzt, dass du nicht das Opfer einer Täuschung geworden bist. Verlass uns jetzt! Vater Matthias und ich, wir beide wollen uns über diese ernste Angelegenheit beraten und dich unsere Entscheidung wissen lassen, sobald wir zu einem Entschluss gekommen sind.«

Philipp ging die Treppe hinauf, um nach Aminen zu sehen. Sie lag noch in tiefem Schlafe; er entließ das Dienstmädchen und nahm neben dem Bett seiner Gattin Platz. Nach zwei Stunden ließen die beiden Priester ihn holen.

»Wir haben über diese seltsamen und vielleicht übernatürlichen Ereignisse lange gesprochen, mein Sohn«, begann Pater Seysen. »Ich sage *vielleicht;* denn was deine verstörte Mutter dir anvertraut hat, könnte sehr wohl das Wahngebilde eines kranken Gehirns sein, und ebenso gut könnte man annehmen, dass die gewaltige Aufregung, die dir der Tod deiner Mutter verursachte, auch deinen Verstand beeinträchtigt hat. Da jedoch Vater Matthias mit Bestimmtheit behauptet, er sei auf seiner Rückreise selbst Zeuge einer wundersamen, wo nicht übernatürlichen Schiffserscheinung gewesen, die mit deiner Erzählung vollkommen zusammenstimme und sie bestätige, so will ich die *Möglichkeit* eines übernatürlichen Waltens nicht ausschließen.«

»Vergesst nicht, dass das selbe Geisterschiff außer mir auch noch vielen anderen begegnet ist«, versetzte Philipp.

»Ja«, entgegnete Pater Seysen, »aber welcher Lebende außer dir kann die Tatsache bestätigen? Doch das ist nicht so wichtig. Wir wollen zugeben, dass das Ganze nicht das Werk von Menschen, sondern das eines mächtigeren Wesens ist.«

»O gewiss!«, erwiderte Philipp. »Es ist das Werk des Himmels.«

»Das ist ein Punkt, der nicht so leicht zugestanden werden kann, denn es gibt noch eine andere Macht außer der göttlichen – nämlich die des Teufels, des Erzfeindes der Menschheit! Da jedoch Letzterer der göttlichen Gewalt untergeordnet ist und nichts tun kann, was der Allmächtige nicht zulässt, so wollen wir unter diesem Vorbehalt zugeben, es sei der Wille des Himmels, dass bei gewissen Anlässen derartige Zeichen erscheinen.«

»Dann sind also unsere Ansichten die gleichen, guter Vater.«

»Nein, nicht ganz, mein Sohn. Der Zauberer Elymas durfte seine vom Teufel stammenden Künste üben, um durch seinen Sturz und seine Erblindung den Beweis zu liefern, wie unterlegen sein Herr dem göttlichen Meister sei; daraus folgt aber nicht, dass die Zauberei allgemein zugelassen wird. Vielleicht ist es dem Bösen gestattet worden, seine Macht über den Kapitän und die Mannschaft jenes Schiffes auszuüben, und es ist sehr wohl denkbar, dass der Allmächtige einen solchen Spuk zulässt, um vor ähnlichen Vergehen zu warnen. So weit sind wir berechtigt, an die Erscheinung zu glauben. Doch erheben sich nun zwei große Fragen – erstlich, ob jener vom Fluch betroffene Mann wirklich dein Vater ist, und dann, inwieweit du die Verpflichtung hast, dieses wahnwitzige Treiben fortzusetzen, das meiner Ansicht nach wohl mit deinem Untergang endigen, aber nicht geeignet sein kann, deinen Vater aus seinem unheiligen Zustand zu befreien. Verstehst du mich, Philipp?«

»Ich verstehe allerdings, was Ihr sagen wollt, Vater; indes –«

»Antworte mir jetzt nicht. Es ist die Ansicht dieses hochwürdigen Vaters sowohl als meine eigene, dass dein Bericht zwar nicht auf Einbildung beruht, dass aber die Offenbarung nicht von oben kam, sondern eben eine Einflüsterung des Teufels ist, der dich in Gefahr und zuletzt in den Tod führen will; denn wäre dir wirklich auferlegt, was du meinst – warum erschien dir das Schiff nicht auf dieser letzten Reise, und wie könntest du, selbst wenn du ihm fünfzigmal begegnetest, mit ihm oder mit den darauf befindlichen Verdammten eine Verbindung herstellen, da sie doch alle nicht der irdischen Welt angehören? Wir machen dir daher den Vorschlag, dass du einen Teil des von deinem Vater hinterlassenen Geldes auf Seelenmessen verwendest, da deine Mutter unter anderen Verhältnissen zuverlässig ein Gleiches getan hätte. Ist dies geschehen, so magst du ruhig an Land bleiben, bis dir ein neues Zeichen gegeben wird, welches dich zu der Annahme berechtigt, du seist wirklich für diese seltsame Aufgabe auserwählt.«

»Aber mein Eid, Vater – mein im Himmel angenommenes Gelübde?«

»Mein Sohn, die heilige Kirche hat die Macht, dich davon zu absolvieren, und die Absolution sollst du erhalten. Du hast dich in unsere Hände gegeben und musst dich durch unsere Entscheidung leiten lassen. Geschieht hier ein Unrecht, so sind wir verantwortlich, nicht du. Aber jetzt wollen wir nicht weiter darüber sprechen. Ich will hinaufgehen und Amine, sobald sie erwacht, darauf vorbereiten, dass sie dich heute noch wiedersehen wird.«

Pater Seysen verließ nun das Gemach, und Pater Matthias besprach die Sache noch weiter mit Philipp. Es entstand zwischen ihnen eine lange Debatte, und der Priester führte ähnliche Beweisgründe auf wie zuvor Pater Seysen – Beweisgründe, welche zwar Philipp nicht überzeugten, welche ihn aber doch zuletzt zweifeln ließen. Nach dem Gespräch verließ Philipp das Haus.

»Ein neues Zeichen – ein bekräftigendes Zeichen!«, dachte Philipp, »wahrhaftig, es waren der Zeichen und Wunder genug. Indes mag es doch wahr sein, dass Seelenmessen meinen Vater aus seinem qualvollen Zustand befreien können. Jedenfalls trifft mich kein Vorwurf, da mir ja die Entscheidung abgenommen wird. Wohlan – wenn es also sein muss, so will ich ein neues Zeichen des göttlichen Willens abwarten.«

Und Philipp ging weiter, während er hin und wieder an Pater Seysens Beweisgründe, aber noch öfter an Amine dachte.

Es war jetzt Abend, und die Sonne bewegte sich sichtbar auf den Horizont zu. Philipp wanderte weiter, bis er endlich an der Stelle anlangte, an der er kniend sein feierliches Gelübde ausgesprochen hatte. Er erkannte den Ort wieder und blickte auf die fernen Berge. Die Sonne stand auf der selben Höhe wie damals – die Landschaft, der Platz, die Tageszeit, alles das Gleiche. Abermals kniete Philipp nieder, zog die Reliquie hervor und küsste sie. Er sah der Sonne nach. Dann beugte er sich bis zur Erde nieder und wartete auf ein Zeichen. Aber die Sonne versank hinter dem Horizont, und der Schleier der Nacht breitete sich über die Landschaft. Kein Zeichen hatte sich kundgegeben. Philipp erhob sich und machte sich auf den Heimweg; er war mehr als je geneigt, Pater Seysens Rat zu befolgen.

Zu Hause angelangt, ging Philipp leise die Treppe hinauf und trat in das Gemach Aminens, die inzwischen erwacht war und nun mit dem Priester sprach. Der Vorhang war zugezogen, und Philipp blieb zunächst unbemerkt.

Mit klopfendem Herzen blieb er an der Wand zu Häupten des Bettes stehen.

»Ihr habt Grund zu glauben, dass mein Gatte angelangt sei?«, fragte Amine mit matter Stimme. »Oh, redet doch – welchen Grund?«

»Wir wissen; dass sein Schiff eingetroffen ist, und haben aus dem Munde eines Augenzeugen vernommen, dass sich alles an Bord wohl befindet.«

»Aber warum ist er nicht hier? Wer sollte denn die Kunde von seiner Rückkehr bringen als er selbst? Vater Seysen, er ist entweder nicht mitgekommen, oder befindet sich hier – ich weiß, er muss hier sein, wenn er unversehrt und gesund ist. Ich kenne meinen Philipp zu gut. Sagt mir – ist er hier? Fürchtet nichts, wenn Ihr ›ja‹ sagt; aber das Gegenteil wird mir den Tod bringen.«

»Ja, Amine, er befindet sich hier«, versetzte Pater Seysen – »und er befindet sich wohl.«

»O Gott, ich danke dir! Aber wo ist er? Wenn er hier ist, dann muss er in diesem Zimmer sein, oder Ihr täuscht mich. Oh, diese Ungewissheit ist bitterer als der Tod!«

»Ich bin hier«, rief Philipp, die Vorhänge öffnend.

Amine richtete sich mit einem Schrei empor, breitete ihre Arme aus und sank dann besinnungslos zurück. Nach einer kurzen Weile erholte sie sich jedoch wieder und bestätigte damit Pater Seysens Behauptung, dass die Freude nicht tötet.

Wir müssen nun die paar Tage übergehen, in denen Philipp kaum das Krankenlager seiner Amine verließ. Sie erholte sich schnell, und sobald sie sich kräftig genug fühlte, musste ihr Philipp alles erzählen, was er seit seiner Abreise erlebt hatte. Er erzählte auch, dass er Pater Seysen alles gestanden und welchen Rat ihm dieser gegeben hatte. Amine fühlte sich überglücklich, dass Philipp bei ihr bleiben sollte, und unterstützte die Ratschläge der Priester noch nachträglich mit ihrer eigenen Überredungskunst, sodass Philipp eine Zeit lang nicht mehr davon sprach, dass er wieder auf See gehen wolle.

14

Sechs Wochen waren wie im Flug vergangen; Amine war wieder gesund und ging am Arm ihres innig geliebten Philipp spazieren oder schmiegte sich an seine Seite, wenn sie in ihrem behaglichen Heim beieinander saßen. Vater Matthias war noch immer ihr Gast. Die Messen für Vanderdeckens Seele waren bezahlt, und Pater Seysen hatte außerdem noch Geld erhalten, um das Leid der bedrängten Armen zu lindern. Man kann sich leicht denken, dass die Entscheidung, welche die beiden Priester an Philipps Stelle gefällt hatten, den bevorzugten Gegenstand der Gespräche zwischen unserem Helden und Amine bildete. Philipp war zwar seines Eides entbunden worden, aber obgleich er sich in die Weisungen seiner geistlichen Ratgeber fügte, fühlte er sich doch keineswegs zufriedengestellt. Seine Liebe zu Amine und ihr Wunsch, dass er zu Hause bleiben möchte, verliehen allerdings Pater Seysens Machtspruch großes Gewicht, und Philipp gehorchte bereitwillig, obgleich er seine Zweifel nicht zu unterdrücken vermochte. Erst seitdem sie sich auf die Ansichten der beiden Priester berufen konnte, sprach Amine sich offen gegen Philipps erneute Abreise aus; aber ihre Beweisgründe und sogar die Liebkosungen, mit denen sie ihrer Überredungskunst Nachdruck verlieh, blieben immer nur für den Augenblick wirksam; denn sobald unser Held allein war, klagte eine innere Stimme ihn an, dass er eine heilige Pflicht verabsäume. Amine bemerkte oft die düstere Wolke auf seiner Stirn, und da sie deren Ursache nur zu gut kannte, so begann sie mit ihren Beweisgründen und ihren Liebkosungen immer wieder von Neuem, bis Philipp vergessen hatte, dass es außer Amine noch etwas anderes auf der Welt gab.

Eines Morgens saßen sie an einer grünen Böschung; sie pflückten die ringsumher blühenden Blumen und warfen sie achtlos wieder weg. Da ergriff denn Amine die langersehnte Gelegenheit, um einen Gegenstand zur Sprache zu bringen, der zwischen ihnen bisher niemals berührt worden war. »Philipp« sagte sie, »glaubst du an Träume, und hältst du es für möglich, dass wir in ihnen übernatürliche Offenbarungen empfangen können?«

»Allerdings«, versetzte Philipp, »wir haben hinreichende Beweise dafür in der Heiligen Schrift.«

»Warum suchst du dann nicht in einem Traum einen Ausweg aus deinen Zweifeln?«

»Meine teuerste Amine, Träume kommen ungeheißen; wir können nicht über sie gebieten oder sie verhindern.«

»Wir können über sie gebieten, Philipp. Du brauchst nur zu sagen, dass du von dem träumen willst, das dir am meisten am Herzen liegt, und du wirst es.«

»Wirklich?«

»Ja, mir steht diese Macht zu Gebote, Philipp, obgleich ich davon noch niemals gesprochen habe. Das Geheimnis wurde mir von meiner Mutter anvertraut – zusammen mit vielen anderen, an die ich in letzter Zeit nie mehr gedacht habe. Du weißt, Philipp, dass ich nie eine Unwahrheit spreche; wenn du willst, so sollst du von der Sache träumen.«

»Aber wozu soll das führen, Amine? Wenn du die Macht hast, mich träumen zu lassen, so muss sie von irgendwoher kommen.«

»Allerdings, es gibt Kräfte, von denen du keine Ahnung hast, obschon man sich ihrer in meinem Geburtslande noch immer bedient. Ich bin im Besitze eines Zaubers, Philipp, der nie trügt.«

»Eines Zaubers, Amine? So gibst du dich also mit der schwarzen Kunst ab; denn solche Kräfte stammen nicht vom Himmel.«

»Ihren Ursprung kenne ich nicht. Ich weiß nur, dass sie einem gegeben werden.«

»Sie müssen vom Teufel kommen, Amine.«

»Und warum, Philipp? Kann ich mich hier nicht auf die Priester deiner eigenen Religion berufen, welche sagen, die Macht des Teufels könne sich nur geltend machen, wenn Gott es zulässt? Nenne daher meine Gewalt Zauberei oder was du willst – sie würde fehlschlagen, wenn der Himmel nicht seine Genehmigung dazu gäbe. Gleichwohl sehe ich nicht ein, warum wir vermuten sollten, dass meine Kräfte aus einer schlimmen Quelle fließen. Wir suchen in einem Traum Winke und warnende Vorzeichen zu erhalten, die uns in unsicheren Lebenslagen lenken und leiten. Sicher würde uns der Teufel lieber irreführen, statt uns den rechten Weg zu zeigen.«

»Amine, wir können im Traume gewarnt werden wie die Patriarchen des Altertums; aber geheimnisvolle oder unheimliche Zauber anzuwenden, um Traumgesichte herbeizuführen, heißt nichts anderes, als einen Bund mit dem Teufel schließen.«

»Den der Teufel aber nicht zu erfüllen vermag, wenn es ihm nicht von einer höheren Macht gestattet wird. Philipp, deine Folgerungen sind falsch. Wir wissen, dass wir durch richtige Anwendung bestimmter Mittel die Träume, die wir wünschen, herbeiführen können. Dass wir uns gewissenhaft an die notwendigen Riten halten, ist dabei noch das Mindeste, was wir tun können, um unsere ehrliche Absicht unter Beweis zu stellen – und, vergib mir, Philipp, ist nicht die Beobachtung von Zeremonien auch in deiner eigenen Religion, die jetzt auch die meinige ist, nötig? Sagt man uns nicht, dass man ein Kind der ewigen Verdammnis ausliefert, wenn man ihm auch nur die Taufzeremonie verweigert?«

Philipp schwieg eine Weile.

»Ich fürchte, Amine«, sagte er endlich in gedämpftem Tone, »dass ich –«

»Ich fürchte nichts, Philipp, solange die Absicht gut ist«, versetzte Amine. »Die Anwendung gewisser Mittel lässt mich mein Ziel erreichen, und dieses ist im gegenwärtigen Falle nichts anderes, als wo möglich ausfindig zu machen, was in dieser zweifelhaften Sache der Wille des Himmels ist. Sollte uns dieser auch durch den Teufel kundgetan werden – was macht das schon? Er wird zu meinem Knechte und nicht zu meinem Herrn; der Himmel gestattet ihm nur, gegen sich selbst zu handeln.«

Und Aminens Augen funkelten, während sie so kühn redete.

»Hat deine Mutter ihre Kunst oft geübt?«, fragte Philipp nach einer Pause.

»Ich habe hierüber keine Kunde, sondern weiß nur, dass sie in dieser Kunst sehr erfahren war. Es ist dir bekannt, dass sie sehr jung starb. Hätte sie länger gelebt, so hätte ich wahrscheinlich viel mehr erfahren.

Glaubst du, Philipp, dass diese Welt bloß von uns vergänglichen, aus Ton gebildeten Geschöpfen bevölkert sei – von Geschöpfen, die über die Tiere herrschen und dabei selbst nicht viel besser sind als jene? Wird nicht in den heiligen Schriften deiner Kirche wiederholt zugestanden oder sogar bewiesen, dass ein höheres Walten auch hienieden unter den Menschen wirksam ist? Warum sollte das, was vor Zeiten geschah, nicht mehr stattfinden – und warum sollte es heute schädlicher sein, den Beistand überlegener Mächte anzurufen, als vor einigen Tausend Jahren? Warum sollte es den Geistern damals gestattet gewesen sein, auf Erden zu weilen, wenn das heute nicht mehr der Fall wäre? Was ist aus ihnen geworden? Sind Sie zugrunde gegangen? – Wurden Sie zurückberufen? Wenn ja, wohin? – Nach dem Himmel? Wenn nach dem Himmel, so müssten die Welt und die Menschheit ganz der Willkür des Teufels und seines Gefolges preisgegeben sein. Glaubst du, wir armen Sterblichen seien so ganz verlassen? Ich sage dir offen, dass ich nicht dieser Ansicht bin. Wir haben die Verbindung mit der Geisterwelt abgebrochen, weil mit unserer Einsicht auch unser Hochmut gewachsen ist, aber ich bin überzeugt, dass sie immer noch vorhanden sind – eine Schar guter Geister gegen eine Schar von bösen, die unsichtbar miteinander kämpfen. Aber sage mir, Philipp, glaubst du in deinem Innersten, dass alles, was dir geoffenbart wurde, ein bloßes Hirngespinst ist?«

»Nein, gewiss nicht, Amine; wollte Gott, ich könnte es glauben.«

»Dann ist meine Beweisführung vollständig; denn wenn dir solche Mitteilungen gemacht werden können – warum nicht auch anderen? Welch ein Einfluss dabei waltet, weißt du nicht zu sagen. Deine Priester behaupten, der Böse sei dabei im Spiele, während du das Ganze für eine Offenbarung von Oben hältst. Nehmen wir dies zum Maßstab – wer ist wohl dann imstande zu entscheiden, woher der Traum kommen wird?«

»Das ist wahr, Amine, bist du aber deiner Kraft gewiss?«

»Allerdings, und wenn es einem höheren Wesen beliebt, mit dir im Traum Kontakt aufzunehmen, so kannst du dich auf seine Mitteilung verlassen. Du wirst entweder gar nicht träumen und die Nacht in tiefem Schlaf verbringen, oder dein Traum steht in Verbindung mit der Frage, die du zu entscheiden wünschst.«

»Wohlan, Amine, ich bin entschlossen. Ich will träumen, denn ich werde ohne Unterlass von Zweifeln gequält. Ich muss wissen, ob ich recht oder unrecht tue. Diese Nacht noch sollst du deine Kunst anwenden.«

»Nicht in dieser Nacht und auch nicht in der morgigen. Kommt es dir denn keinen Augenblick in den Sinn, dass mein Vorschlag ganz gegen meine eigenen Wünsche ist? Es ist mir, als ob dein Traum gegen mich entscheiden werde, als ob du Befehl erhieltest, zu deiner Pflicht zurückzukehren; denn, ehrlich gesagt, ich teile die Ansicht der Priester nicht. Aber ich bin deine Gattin, Philipp, und es ist meine Pflicht zu verhüten, dass du getäuscht wirst. Ich glaube im Besitz der Mittel zu sein, die eine Entscheidung über dein künftiges Verhalten erlauben – und ich biete sie dir an. Aber eines musst du mir dafür versprechen – eine Gunst, die ich als meine Belohnung fordern werde.«

»Zugesagt, Amine, auch ohne dass ich deinen Wunsch kenne«, versetzte Philipp, sich vom Rasen erhebend, »aber jetzt wollen wir nach Hause gehen.«

Wir haben oben bemerkt, dass Philipp vor seiner Ausfahrt auf der »Batavia« einen großen Teil seines Vermögens bei der holländischen Ostindien-Kompanie angelegt hatte. Die Zinsen, die er daraus erhielt, waren mehr als ausreichend, um Amines Bedürfnisse zu befriedigen, und bei seiner Rückkehr aus Batavia stellte er fest, dass das Vermögen, das er in den Händen seiner Gattin gelassen, sich gleichfalls vermehrt hatte. Nachdem Pater Seysen das Geld für die Seelenmessen und für die Unterstützung der Armen erhalten hatte, blieb noch ein beträchtlicher Rest, den Philipp auf den Ankauf weiterer Aktien der ostindischen Kompanie verwendete.

Der Gegenstand der eben beschriebenen Unterhaltung wurde nicht wieder erneuert: Denn Philipp sah es nicht gerne, dass Amine solche geheimnisvollen Künste übte, welche ihr wahrscheinlich den Fluch der Kirche eingetragen hätten, wenn sie den Priestern bekannt geworden wären. Zwar konnte Philipp nicht umhin, die Kühnheit und Kraft in Amines Argumentation zu bewundern, aber dennoch war er nicht geneigt, sie in die Praxis umzusetzen. Drei Tage vergingen, ohne dass der Sache weiter gedacht worden wäre.

Als Philipp sich am Abend des dritten Tages zu Bett begeben hatte, war er bald fest eingeschlafen. Aber Amine schlief nicht. Sobald sie sich vergewissert hatte, dass Philipp nicht mehr so leicht erwachen würde, schlüpfte sie aus dem Bett und kleidete sich an. Dann verließ sie das Gemach und kehrte nach einer Viertelstunde mit einem kleinen Becken voll glühender Holzkohlen zurück; auch hatte sie zwei Stückchen Pergament mitgebracht, die sie aufrollte und mit einem Knoten an einem schmalen Bande befestigte. Eines der beiden Pergamentstücke knüpfte sie vorsichtig um die Stirn ihres Gatten, das andere um seinen linken Arm. Dann warf sie Räucherwerk in das Becken, und als die Gestalt des Schlafenden infolge des Rauches, der das Zimmer erfüllte, kaum mehr zu sehen war, murmelte sie einige Sprüche, schwenkte einen kleinen Zweig, den sie in ihrer weißen Hand hielt, über ihren Gatten hin, zog dann die Vorhänge zu, entfernte das Kohlenbecken und setzte sich an der Seite des Bettes nieder.

»Wenn ein Unrecht darin liegt, so trifft wenigstens die Schuld nicht ihn, sondern mich; man kann ihm nicht nachsagen, dass er Künste geübt habe, die seine Kirche verbietet. Die Strafe komme dann über mich!« Sie kräuselte verächtlich ihre schön geschwungenen Lippen und bekundete damit nicht gerade besonders viel Ehrfurcht gegen ihr neues Glaubensbekenntnis.

Beim Morgengrauen schlummerte Philipp noch immer. »Es ist genug«, sagte Amine, sobald sie die Sonne über den Horizont emporsteigen sah. Und abermals schwenkte sie den Zweig über ihren Gatten und rief: »Philipp, wach auf!«

Philipp fuhr zusammen, öffnete seine Augen, schloss sie wieder vor dem grellen Licht des Tages, stützte sich auf seine Ellbogen und schien seine Gedanken zu sammeln.

»Wo bin ich?«, rief er. »In meinem Bett? Ja!«

Er fuhr mit der Hand über die Stirn und fühlte das Pergament. »Was ist das?«, fuhr er fort, indem er es abriss und näher betrachtete. »Amine, wo ist sie? Gütiger Himmel, welch ein Traum! – Noch eines!«, fügte er hinzu, als er das Pergament an seinem Arme bemerkte. »Ach, ich verstehe – Amine, das ist dein Werk!« Mit diesen Worten warf er sich auf sein Kissen zurück und begrub das Antlitz darin.

Amine war mittlerweile wieder in ihr Bett geschlüpft und lag nun an seiner Seite. »Schlafe, lieber Philipp, schlafe!«, sagte sie und schlang ihre Arme um ihn, »wir wollen darüber sprechen, wenn wir wieder erwachen.«

»Bist du da, Amine?«, fragte Philipp verwirrt. »Ich glaubte, allein zu sein; ich habe geträumt –« Und abermals verfiel Philipp in einen tiefen Schlaf, noch ehe er den Satz beenden konnte. Amine war von ihrer Nachtwache erschöpft und schlummerte gleichfalls ein.

Pater Matthias musste an diesem Morgen lange auf sein Frühstück warten, da Philipp und Amine zwei Stunden später aufstanden als sonst.

»Seid gegrüßt, meine Kinder«, begann er, »Ihr seid heute spät auf den Beinen.«

»Ja, Vater«, versetzte Amine, »denn Philipp schlief, und ich habe bis zum Tagesanbruch gewacht.«

»Er ist doch hoffentlich nicht krank.«

»Nein, aber ich konnte nicht schlafen.«

»Dann hast du gut daran getan, die Nacht in frommen Betrachtungen zu verbringen – denn ich zweifle nicht, dass du dies getan hast, mein Kind.«

Philipp schauderte; denn ihm war klar, dass das Wachen seiner Gattin in den Augen des Priesters nichts weniger als fromm gewesen wäre, hätte dieser nur um die Ursachen gewusst. Amine versetzte rasch: »Ich habe allerdings mit höheren Mächten verkehrt, so weit mein unzulänglicher Verstand dazu in der Lage war.«

»Der Segen unserer heiligen Kirche sei mit dir, mein Kind«, sagte der alte Mann, indem er seine Hand auf ihr Haupt legte, »und auch mit dir, Philipp.«

Philipp setzte sich verwirrt zu Tisch, aber Amine war gefasster denn je, obgleich sie nur wenig sprach und mit ihren Gedanken zurate zu gehen schien.

Nach dem Frühstück griff der alte Priester zu seinem Brevier; Amine aber winkte Philipp, und sie gingen ins Freie. Sie wandelten stumm nebeneinander her, bis sie an dem Abhang anlangten, an dem Amine ihrem Gatten zuerst mitgeteilt hatte, dass sie im Besitze einer geheimnisvollen Macht sei. Amine ließ sich nieder und Philipp, der ihre Absicht vollkommen erriet, setzte sich stumm an ihre Seite.

»Philipp«, begann Amine, indem sie seine Hand fasste und ihm aufmerksam ins Gesicht blickte, »du hast in der letzten Nacht geträumt.«

»Allerdings, Amine«, versetzte Philipp ernst.

»Erzähle mir deinen Traum; denn ich muss ihn dir auslegen.«

»Ich fürchte, dass er kaum einer Auslegung bedarf, Amine, und will weiter nichts wissen, als woher die Einflüsse kommen, denen der Traum seine Entstehung verdankt.«

»Erzähle ihn mir«, entgegnete Amine mit Ruhe.

»Mir war«, sagte Philipp wehmütig, »als segelte ich als Kapitän eines Schiffes um das Kap. Die See war ruhig, und es wehte eine leichte Brise. Ich stand auf dem Hinterschiff und blickte, da die Sonne bereits untergegangen war, die Sterne an, die in ungewöhnlichem Glanze strahlten. Das Wetter war warm. Ich legte mich auf meinen Mantel und blickte dabei noch immer zum Himmel empor, wo die Sterne wie Edelsteine funkelten und hin und wieder auch Meteore zu sehen waren. Endlich schlief ich ein und erwachte mit einem Gefühl, als sänke ich in die Tiefe. Ich blickte umher; die Masten, das Takelwerk, der Rumpf des Schiffes – alles war verschwunden, und ich schwamm allein in einer großen, schön geformten Muschel auf der endlosen Wasserfläche. Ich war beunruhigt und scheute mich, auch nur eine einzige Bewegung zu machen, um meine leichte Barke nicht zum Kentern zu bringen. Endlich bemerkte ich, dass der vordere Teil der Muschel nach unten gedrückt wurde, als ob ein Gewicht daran hinge, und bald nachher entdeckte ich eine kleine weiße Hand, die sich daran festklammerte. Ich blieb regungslos und wollte schreien, vermochte aber kein Wort hervorzubringen. Allmählich erhob sich eine Gestalt aus den Wogen und stützte sich mit beiden Armen auf den vorderen Teil der Muschel, wo ich zuvor nur die Hand gesehen hatte. Nun erblickte ich eine wunderschöne Frauengestalt. Ihre Haut war weiß wie frisch gefallener Schnee. Ihr langes Haar fiel ihr locker über die Schultern und berührte die Wasserfläche. Ihre Arme waren rund und wie Elfenbein. Mit sanfter, süßer Stimme begann sie: ›Philipp Vanderdecken, was fürchtest du? Hast du nicht ein gefeites Leben?‹

›Ob mein Leben gefeit ist oder nicht, ist mir unbekannt‹, versetzte ich, ›so viel aber weiß ich, dass es sich in Gefahr befindet.‹

›In Gefahr?‹, entgegnete sie. ›Das möchte der Fall sein, wenn du dich einem jener zerbrechlichen Dinger von Menschenhand anvertraut hättest, welche die Wellen so gerne zertrümmern – einem von Euren guten Schiffen, wie Ihr sie nennt, die aber nur schwimmen, wenn sie von den Wellen geduldet werden. Wo kann jedoch Gefahr sein, wenn du dich in der Muschel einer Wassernixe befindest, vor welcher der größte Wogenberg Achtung hat – auf die er nicht einmal seinen Gischt zu sprühen wagt. Philipp Vanderdecken, du bist gekommen, um deinen Vater zu suchen?‹

›Ja‹, antwortete ich, ›ist es nicht der Wille des Himmels?‹

›Es ist dein Schicksal – und das Schicksal regiert in den Höhen und in den Tiefen. Wollen wir ihn gemeinsam aufsuchen? Diese Muschel gehört mir; du weißt nicht, wie du sie zu lenken hast – soll ich dir beistehen?‹

›Ist sie imstande, uns beide zu tragen?‹

›Du wirst sehen‹, versetzte sie lachend. Dann verschwand sie im Wasser und tauchte unmittelbar darauf wieder am seitlichen Rande auf, der nur etwa drei Zoll über dem Wasser stand. Zu meinem Schrecken zog sie sich daran empor und setzte sich auf die Kante, aber ihr Gewicht schien keine Wirkung zu üben. Während sie so dasaß, die Füße stets unter Wasser haltend, schoss die Schale rasch auf den Wellen dahin, immer schneller und schneller und durch keine andere Kraft als den Willen der Wassernixe vorangetrieben.

›Fürchtest du dich noch immer, Philipp Vanderdecken?‹

›Nein‹, antwortete ich.

Sie fuhr sich mit der Hand über die Stirn, strich die Locken zurück, die ihr Gesicht teilweise verhüllt hatten, und sprach: ›So sieh mich an!‹

Ich gehorchte und erblickte dich, Amine.«

»Mich?«, fragte Amine mit einem Lächeln auf den Lippen.

»Ja, Amine, du warst es. Ich nannte dich beim Namen und schlang meinen Arm um dich. Ich fühlte, dass ich bei dir bleiben und in Ewigkeit mit dir um die Welt hätte segeln können.«

»Fahre fort, Philipp«, entgegnete Amine mit Ruhe.

»Es war mir, als führen wir tausend und abertausend Meilen weit. Wir kamen an schönen Inseln vorbei, die wie Edelsteine auf dem Ozean lagen. Bald hüpfte die Barke, bald strich sie nahe an einem

Ufer durch murmelnde Wellen, welche den Sand bespülten, und ich sah am Strand die Kokospalmen, deren Blätter sich in der kühlenden Brise bewegten. ›In ruhiger See werden wir deinen Vater nicht finden‹, sagte sie, ›wir müssen es anderswo versuchen.‹

Jetzt wurden die Wellen allmählich stärker, bis sie endlich in voller Wut tobten und die Muschelschale ungestüm hin- und herwarfen. Dennoch drang nicht ein einziger Tropfen in unsere Barke, und wir fuhren ungefährdet über Wellen, welche das stolzeste Schiff verschlungen haben würden.

›Fürchtest du dich, Philipp?‹, fragte sie mich.

›Nein‹, entgegnete ich, ›an deiner Seite, Amine, fürchte ich nichts.‹

›Wir sind nun wieder auf der Höhe des Kaps‹, sagte sie, ›und hier wirst du deinen Vater finden. Wir wollen uns umsehen; denn wenn wir jetzt auf ein Schiff treffen, muss es das seine sein. Nur das Geisterschiff vermag in einer Bö wie dieser zu segeln.

Wir wurden über berghohe Wogen dahingetragen – schwammen von einem Kamme zum andern, sodass unsere kleine Barke bisweilen ganz das Wasser verließ. Wir fuhren in allen Richtungen des Kompasses und wechselten in jeder Minute unseren Kurs. Hunderte von Meilen legten wir so zurück. Endlich sahen wir ein Schiff, das von der ungestümen Bö umhergeworfen wurde.

›Dort!‹, rief sie mit ausgestrecktem Zeigefinger. ›Dort ist das Schiff deines Vaters!‹

Wir kamen ihm rasch näher – die an Bord bemerkten uns und brachten das Schiff gegen den Wind. Das Geisterschiff und unsere Barke lagen nebeneinander – die Laufplanke wurde losgemacht – denn obgleich es keinem anderen Boot möglich gewesen wäre, an das Schiff anzulegen, so war doch unsere Muschel sicher. Ich blickte empor, Amine, und sah meinen Vater – ja, ich sah ihn und hörte, wie er seine Befehle erteilte. Ich zog die Reliquie hervor und streckte sie ihm entgegen. Er stand auf dem Schandeck und hielt sich an der Hauptwante fest. Er lächelte mir zu. Ich wollte eben aufstehen, um an Bord zu klettern; denn man hatte mir die Strickleiter zugeworfen, als ich einen gellenden, lauten Ruf vernahm und ein Mann von der Laufplanke aus in die Schale stürzte. Du schriest laut auf, glittest vom Rand der Muschel und verschwandest in den Wogen; die Muschel aber wurde nun durch den Mann, der deinen Platz eingenommen hatte, gesteuert und entfernte sich mit der Schnelligkeit eines Gedankens von dem Schiff. Ich fühlte, wie eine eisige Kälte meinen Körper durchdrang, und als ich mich umwandte, um meinen neuen Begleiter anzusehen, entdeckte ich, dass es der Steuermann Schriften war, der einäugige Wicht, welcher ertrank, als wir in der Tafelbai Schiffbruch erlitten.

›Nein, nein, noch nicht!‹, rief er.

Voll Wut und Verzweiflung schleuderte ich ihn von seinem Sitz, und im nächsten Moment trieb er auf dem tobenden Wasser.

›Philipp Vanderdecken‹, rief er, während er fortschwamm, ›wir werden uns wieder sehen!‹

Ich wandte voll Abscheu das Gesicht ab; aber jetzt füllte eine Welle meine Barke, und ich sank. Unter der Wasseroberfläche kämpfend, wurde ich zwar schmerzlos aber doch unaufhaltsam in die Tiefe gezogen, bis ich erwachte.«

»Nun, Amine«, fuhr Philipp nach einer Pause fort, »was hältst du von meinem Traum?«

»Zeigt er nicht deutlich, dass ich deine Freundin bin, Philipp, und dass Schriften dein Feind ist?«

»Ich gebe es zu; aber er ist tot.«

»Weißt du das so gewiss?«

»Er kann sich kaum gerettet haben, ohne dass ich davon wüsste.«

»Wohl wahr, aber der Traum scheint etwas anderes anzudeuten, Philipp. Meiner Ansicht nach ist die einzig mögliche Auslegung des Traumes die, dass du vorderhand an Land zu bleiben hast. Mein Rat steht im Einklang mit dem deiner Priester. Jedenfalls bedarfst du jetzt eines weiteren Winks. In deinem Traum war ich deine sichere Führerin – lass dich jetzt abermals von mir leiten.«

»Es sei so, Amine. Wenn deine wunderbare Kunst im Widerspruch zu unserem heiligen Glauben steht, so erklärst du doch den Traum im Einklang mit dem Rat seiner Diener.«

»Ganz recht. Doch jetzt, Philipp, wollen wir nicht mehr daran denken. Kommt einmal die Zeit, so wird dich Amine nicht von deiner Pflicht abhalten; aber vergiss nicht, du hast versprochen, mir einen Gefallen zu tun, sobald ich dich darum bitte.«

»Allerdings; also sprich, Amine, was wünschst du dir?«

»Oh! Vorderhand nichts. Außer den Wünschen, die mir bereits erfüllt sind, habe ich keine. Bist nicht du mein Eigentum, teuerster Philipp?«, versetzte Amine und schmiegte sich zärtlich an seine Schulter.

15

Etwa drei Monate nach diesem Gespräch saßen Amine und Philipp abermals auf dem erwähnten Platz, der ihr Lieblingsaufenthalt geworden war. Pater Matthias hatte eine innige Freundschaft mit Pater Seysen geschlossen, und die beiden Priester waren fast ebenso unzertrennlich wie Philipp und Amine. Da sich unser Held vorgenommen hatte, zu seiner seltsamen und furchtbaren Aufgabe erst dann wieder zurückzukehren, wenn er durch einen erneuten Wink dazu aufgefordert würde, so lebte das Ehepaar glücklich und in innigem Einvernehmen, und der Gegenstand wurde selten zur Sprache gebracht. Bei seiner letzten Rückkehr hatte Philipp gegenüber den Direktoren der Ostindien-Kompanie den Wunsch geäußert, der Gesellschaft möglichst bald wieder zu Diensten zu sein, wenn möglich als Kommandeur eines Schiffes. Da er aber seit dieser Zeit keine weiteren Schritte unternommen hatte, so war auch ein Bescheid aus Amsterdam ausgeblieben.

»Ich liebe diesen Abhang, Philipp«, sagte Amine, »und es ist, als hätte ich eine enge Freundschaft mit ihm geschlossen. Hier haben wir, wenn du dich erinnerst, darüber gesprochen, ob es erlaubt sei, mit gewissen Mitteln Träume hervorzurufen; auch hast du mir, mein teurer Philipp, an eben dieser Stelle deinen Traum erzählt, und ich habe ihn ausgelegt.«

»Allerdings, Amine, aber wenn du Pater Seysen um seine Meinung fragtest, dann würde er sehr streng über dich urteilen. Er würde dich eine verdammenswürdige Ketzerin nennen.«

»Seis drum, wenn es ihm beliebt. Ich hätte nichts dagegen, ihm das Geschehene mitzuteilen.«

»Tu dies ja nicht, Amine! Das Geheimnis soll unter uns bleiben.«

»Glaubst du, Pater Matthias würde mir Vorwürfe machen?«

»Gewiss.«

»Aber ich nicht; der alte Mann hat eine Freundlichkeit und eine Großzügigkeit an sich, die ich bewundere. Ich würde gern die Frage mit ihm erörtern.«

Während Amine sprach, spürte Philipp, dass jemand seine Schulter berührte, und ein plötzlicher eisiger Schauder rann durch seinen ganzen Körper; als er sich umwandte, erblickte er zu seinem größten Erstaunen den Steuermann der »Ter Schilling«, den einäugigen Schriften, den er für ertrunken gehalten hatte, mit einem Brief in der Hand.

»Barmherziger Himmel! Ist es möglich?«, rief er, erschreckt durch das plötzliche Auftauchen des Bösewichts, aus.

Amine, welche sich gleichfalls umgewandt hatte, bedeckte ihr Gesicht mit den Händen und brach in Tränen aus – aber nicht Furcht war es, was diese an ihr ungewohnte Reaktion auslöste, sondern die plötzliche Gewissheit, dass ihr Gatte erst im Grab Ruhe finden werde.

»Philipp Vanderdecken«, sagte Schriften, »hihi! Ich habe einen Brief an Euch – er ist von der Kompanie.«

Philipp nahm das Schreiben, heftete aber, ehe er es erbrach, seine Blicke auf Schriften.

»Ich dachte«, sagte er, »Ihr wäret ertrunken, als wir in der False Bai Schiffbruch erlitten. Wie habt Ihr Euch gerettet?«

»Wie ich mich gerettet habe?«, versetzte Schriften. »Erlaubt mir die Frage, wie Ihr gerettet wurdet.«

»Ich wurde von den Wellen an Land geworfen«, entgegnete Philipp, »aber –«

»Aber«, unterbrach ihn Schriften, »hihi! – mich hätten die Wellen nicht an Land werfen sollen.«

»Wieso? Das habe ich nicht gesagt.«

»Nein, aber ich denke doch, Euch aus dem Herzen zu sprechen. Doch ich rettete mich in der selben Weise wie Ihr – wurde gleichfalls von den Wellen an Land geworfen – hihi! Doch ich kann nicht länger bleiben; meinen Auftrag habe ich erledigt.«

»Halt«, versetzte Philipp, »beantwortet mir nur noch eine einzige Frage. Segelt Ihr diesmal wieder in dem gleichen Schiffe wie ich?«

»Muss mich entschuldigen«, erwiderte Schriften, »ich suche nicht nach dem Geisterschiff, Mynheer Vanderdecken.« Und mit dieser Antwort wandte sich der kleine Mann und ging raschen Schrittes von hinnen.

»Ist dies nicht eine Aufforderung, Amine?«, fragte Philipp nach einer Pause, den erbrochenen Brief noch immer in der Hand haltend.

»Ich will es nicht bestreiten, teuerster Philipp. Es ist zuverlässig so; der abscheuliche Überbringer scheint eigens aus dem Grabe erstanden zu sein, um seinen Auftrag zu erledigen. Vergib mir, Philipp, aber die Überraschung hat mich überwältigt. Ich will dir nicht wieder mit weibischer Schwachheit lästig fallen.«

»Meine arme Amine«, versetzte Philipp traurig. »Ach! Warum bin ich auf meiner Erdenpilgerschaft nicht allein geblieben? Es war selbstsüchtig von mir, dich mit so viel Elend zu verketten und dich zu zwingen, die Last einer nie endenden Angst und Ungewissheit mit mir zu tragen!«

»Und wer sollte sie mit dir teilen, teuerster Philipp, wenn nicht das Weib deines Herzens? Du kennst mich wenig, wenn du glaubst, dass ich vor meiner Pflicht zurückbebe. Nein, auch im bittersten Schmerz, den sie bereitet, liegt eine Wonne; denn während ich deinen Kummer tragen helfe, nehme ich dir einen Teil desselben ab, und ich bin stolz darauf, das Weib eines Mannes zu sein, der dazu auserkoren ist, vom Schicksal so schwer geprüft zu werden. Doch nichts mehr davon, mein Teuerster. Du musst den Brief lesen.«

Philipp gab keine Antwort. Er erbrach das Siegel und las in dem Brief, dass er zum ersten Maaten der »Vrow Katharina«, eines Schiffes, welches mit der nächsten Flotte aussegelte, ernannt worden sei; er solle übrigens so schleunig als möglich eintreffen, da man bald die Ladung an Bord nehmen werde. Dem Brief war ferner noch zu entnehmen, dass Philipp nach dieser Reise zuverlässig darauf rechnen dürfe, das Kommando eines Schiffes zu erhalten. Die Vorbedingungen, so hieß es, würden ihm näher erläutert werden, sobald er beim Kollegium vorspreche.

»Ich dachte, Philipp, du habest schon für diese Fahrt um eine Kapitänsstelle nachgesucht?«, bemerkte Amine traurig.

»Ja«, versetzte Philipp, »aber wahrscheinlich hat man meiner Bitte deshalb keine Aufmerksamkeit geschenkt, weil ich ihr zu wenig Nachdruck gab. Die Schuld liegt bei mir.«

»Und jetzt ist es zu spät?«

»Ja, meine Teuerste – ohne Zweifel. Doch daran liegt jetzt nichts; ich mache diese Fahrt ebenso gerne als erster Maat mit, vielleicht sogar noch lieber.«

»Philipp, ich kann jetzt wohl sprechen und will dir bekennen, dass ich in meinen Hoffnungen schmerzlich getäuscht bin. Ich erwartete zuverlässig, du würdest das Kommando eines Schiffes erhalten. Du erinnerst dich, dass ich an eben dem Platz, an dem wir jetzt sitzen – es war, als du mir deinen Traum erzähltest – von dir ein Versprechen erhielt, dessen Erfüllung ich mir noch immer vorbehalte, obschon ich dir jetzt sage, um was ich zu bitten beabsichtige. Du solltest mir nämlich erlauben, mein teurer Philipp, mit dir zu segeln. An deiner Seite kümmert mich nichts, da kann ich glücklich sein in jeder Entbehrung oder Gefahr. Aber so lange allein zu bleiben, über meinen quälenden Gedanken zu brüten, mich in Ungewissheit zu verzehren, in steter, ungeduldiger Unruhe zu verharren und nicht imstande zu sein, mich an irgendjemand zu wenden – dies, teuerster Philipp, ist das größte Elend, das einem widerfahren kann – das Elend, zu dem ich in deiner Abwesenheit verurteilt bin. Merke wohl, Philipp, ich habe dein Versprechen. Als Kapitän wärst du in der Lage, dein Weib mit an Bord zu nehmen. Ich bin bitter enttäuscht, dass es diesmal noch nicht möglich ist; tröste mich daher wenigstens mit dem Versprechen, dass ich die nächste Fahrt mitmachen werde, wenn dir der Himmel diesmal die Heimkehr gestattet.«

»Du hast mein Wort, Amine, da dir so viel daran gelegen ist. Ich kann dir nichts abschlagen, obgleich mich eine trübe Ahnung erfüllt, dass unser Glück für immer zu Ende sein wird. Ich bin kein Träumer, aber doch ist mir, da ich nun einmal so seltsam mit dieser Welt und mit einer andern verkettet bin, als ob mir ein kleiner Teil der Zukunft aufgeschlossen sei. Ich habe dir mein Versprechen gegeben, Amine, aber es wäre mir lieb, wenn du mich davon entbändest.«

»Wenn wirklich ein Unglück geschieht, Philipp, so ist es unsere Bestimmung. Wer vermag sein Schicksal abzuwenden?«

»Amine, wir entscheiden frei über unser Handeln, und damit ist es uns bis zu einem gewissen Grade gestattet, unser Schicksal selbst zu bestimmen.«

»Ach, das möchte mich Pater Seysen auch glauben machen, aber ich kann die Gründe nicht verstehen, mit denen er seine Behauptung stützt. Er sagt, das sei ein Bestandteil des katholischen Glaubensbekenntnisses. Möglich – aber ich vermag Euren Glauben auch in so vielen anderen Punkten nicht zu fassen. Ich wollte, Euer Glaube wäre einfacher; denn bis jetzt hat mich der gute Mann – denn gut ist er in der Tat – nur in Zweifel gestürzt.«

»Durch die Schule der Zweifel wirst du zum Glauben gelangen.«

»Möglich«, versetzte Amine, »aber doch dünkt es mich, als sei ich erst am Anfang meines Weges. Kehren wir jetzt lieber nach Hause zurück. Du musst nach Amsterdam, und ich will dich begleiten. Wenigstens bis zur Abfahrt soll dich das Lächeln deiner Amine nach den Mühen des Tages erheitern. Ists dir nicht recht so?«

»Ja, meine Teure, ich würde dir selbst auch diesen Vorschlag gemacht haben. Aber, wie mag nur Schriften hierher gekommen sein? Seinen Leichnam habe ich allerdings nicht gesehen, aber seine Rettung scheint doch ein Wunder. Warum ließ er sich nicht blicken, als er gerettet war? Und wo mag er gewesen sein? Was hältst du von der Sache, Amine?«

»Was ich schon seit Langem denke, Philipp. Er ist ein Ghul mit einem bösen Auge, dem es aus irgendeinem Grunde gestattet ist, in menschlicher Gestalt auf Erden zu wandeln; auch steht er zuverlässig mit deiner wundersamen Bestimmung in irgendeinem Zusammenhang. Wenn es überhaupt eines Beweises bedürfte, um mich von der Wirklichkeit dessen, was du erlebt hast, zu überzeugen, so wäre er jetzt mit dem Auftauchen Schriftens erbracht. Der elende Afrit! Oh, dass mir doch die Kräfte meiner Mutter zu Gebote stünden, doch ich vergesse, dass du es nicht liebst, wenn ich von solchen Dingen spreche. Ich will also schweigen.«

Philipp erwiderte nichts; in seine Grübeleien vertieft, ging er stumm nach Hause zurück. Obgleich er bereits einen unabänderlichen Entschluss gefasst hatte, schickte er doch den portugiesischen Priester nach Pater Seysen, um sich mit den beiden Geistlichen besprechen und ihre Ansicht über die an ihn ergangene Aufforderung hören zu können. Nachdem er sich aufs Neue umständlich über Schriftens mutmaßlichen Tod und sein abermaliges Auftauchen als Überbringer des Briefes verbreitet hatte, ging er zu Aminen hinauf, um die beiden Priester ihren Beratungen zu überlassen. Erst nach zwei Stunden wurde unser Held wieder in die Wohnstube gerufen, und Pater Seysen war augenscheinlich in einem Zustand großer Verwirrung.

»Mein Sohn«, begann er, »wir befinden uns in arger Verlegenheit. Wir hatten gehofft, unsere Ansichten seien richtig und was dir deine Mutter anvertraut hat und was du selbst mit Augen gesehen hast, sei zwar keine Täuschung, wohl aber ein Werk des Teufels; in diesem Falle hätten unsere Gebete und Messen die Macht des Erzfeindes brechen müssen. Wir rieten dir, eine weitere Aufforderung abzuwarten, die du jetzt auch erhalten hast. Der Brief selbst ist natürlich von keinem Belang, wohl aber ist das erneute Auftauchen des mysteriösen Überbringers ein Punkt, der beachtet werden muss. Sage mir, Philipp, was hältst du davon? Wäre es nicht möglich, dass er gerettet worden ist – wie es ja auch bei dir selbst der Fall war?«

»Ich gebe die Möglichkeit zu, Vater«, versetzte Philipp, »er kann an Land geworfen worden sein und eine andere Richtung eingeschlagen haben. Dies ist möglich, obgleich nichts weniger als wahrscheinlich. Da Ihr mich aber um meine Meinung fragt, so muss ich Euch aufrichtig sagen, dass ich ihn nicht für ein irdisches Wesen halte – ja, ich bin sogar fest vom Gegenteil überzeugt. Dass er mit meiner Bestimmung in einem geheimnisvollen Zusammenhang steht, ist gewiss, obschon ich natürlich über ihn keine näheren Angaben zu machen vermag.«

Für diesen Fall, mein Sohn, sind wir zu dem Entschluss gekommen, dir gar keinen Rat zu erteilen. Du musst jetzt auf deine eigene Verantwortung hin und nach deinem eigenen Urteil handeln. Für was du dich auch entscheiden magst, wir werden dir keine Vorwürfe machen, wohl aber unsere Gebete zum Himmel schicken, damit der Allmächtige dich in seine heilige Obhut nehme.«

»Ich habe mich entschlossen, hochwürdiger Vater, der Aufforderung Folge zu leisten.«

»So seis drum, mein Sohn; es wird vielleicht etwas geschehen, was dir das Geheimnis enträtseln hilft – ein Geheimnis, das, wie ich zugebe, mein Fassungsvermögen übersteigt und mich zu sehr quält, als dass ich noch weiter darüber sprechen könnte.«

Philipp sagte nichts mehr, denn er merkte, dass der Priester nicht geneigt war, das Gespräch fortzusetzen. Pater Matthias benutzte die Gelegenheit, um Philipp für seine wohlwollende Gastfreundschaft zu danken, und erklärte, dass er mit dem nächsten Schiff nach Lissabon zurückkehren wolle.

Ein paar Tage später verabschiedeten sich Amine und Philipp von den Priestern, um nach Amsterdem aufzubrechen. Sie baten Pater Seysen, bis zu Amines Rückkehr ein Auge auf das Häuschen zu haben. In Amsterdam angelangt, sprach Philipp bei den Direktoren der Kompanie vor, welche ihm für seine übernächste Ausfahrt ein Kommando versprachen, vorausgesetzt, dass er Miteigentümer des betreffenden Schiffes werden wolle. Unser Held erklärte sich einverstanden und entfernte sich sodann, um einen Besuch auf der »Vrow Katharina« zu machen, dem Schiff, auf welchem er demnächst als erster Maat fahren sollte. Es war noch nicht aufgetakelt; denn die Flotte sollte erst in zwei Monaten aussegeln. Nur ein Teil der Mannschaft befand sich an Bord, und der Kapitän, welcher zu Dort wohnte, war gleichfalls noch nicht angekommen.

So weit Philipp die Sache zu beurteilen wusste, war die »Vrow Katharina« ein ziemlich minderwertiges Schiff, zwar größer als viele andere, aber alt und schlecht gebaut; dennoch hatte sie schon mehrere Indienfahrten glücklich hinter sich gebracht, und es war anzunehmen, dass die Kompanie sie nicht gechartert hätte, wenn sie nicht von ihrer Seetüchtigkeit überzeugt gewesen wäre. Nachdem unser Held den an Bord befindlichen Matrosen einige Weisungen erteilt hatte, kehrte er nach dem Gasthaus zurück, wo für ihn und Amine Zimmer gemietet waren.

Am anderen Tage, als Philipp eben das Auftakeln des Schiffs beaufsichtigte, langte der Kapitän an, sprang über die Planke, welche mit dem Kai in Verbindung stand, an Bord und lief dann zuerst auf den großen Mast zu, den er mit beiden Armen umklammerte. Dass der Mast reichlich mit Talg bestrichen war und dass er sich damit das Tuch seines Rockes besudelte, störte den Kapitän wenig.

»Oh, meine liebe Vrow, meine Katharina!«, rief er, als ob er mit einem Frauenzimmer spräche, »wie geht es dir? Freut mich, dich wieder zu sehen. Du bist doch hoffentlich immer wohl gewesen? Freilich wird es dir nicht gefallen haben, in dieser Weise abgetakelt zu werden. Doch sei unbesorgt, meine Liebe, du sollst bald wieder flott sein.«

Der Name des Mannes, der sich gegen sein Schiff so verliebt gebärdete, war Wilhelm Barentz. Er war ein junger Mann von weniger als dreißig Jahren, von kleiner Statur und ebenmäßigem Körperbau. Seine Züge waren schön, aber weibisch, seine Bewegungen rasch und unruhig, und wenn nicht bereits sein Benehmen den Schwärmer verraten hätte, dann hätte es sicher der Ausdruck in seinen Augen getan.

Sobald die Raserei des Kapitäns sich gelegt hatte, stellte Philipp sich vor.

»Ah! Ihr seid der erste Maat der ›Vrow Katharina‹? Da seid Ihr ein sehr glücklicher Mann. Nach dem Kapitän hat der erste Maat dieses Schiffes die beneidenswerteste Stellung in der Welt.«

»Was das Aussehen des Schiffes angeht, freilich nicht«, bemerkte Philipp, »es mag indes andere gute Eigenschaften haben.«

»Das Aussehen? Ei, Herr, ich sage Euch, was schon mein Vater gesagt hat – und die ›Vrow Katharina‹ war sein, ehe sie mein wurde –, dass sie nämlich das schönste Fahrzeug in der Welt ist. Jetzt könnt

Ihr allerdings noch nicht urteilen, aber ich versichere Euch, abgesehen davon, dass sie das schönste Schiff ist, besitzt sie auch sonst alle guten Eigenschaften unter der Sonne.«

»Das höre ich gerne«, versetzte Philipp, »und finde darin zugleich einen Beweis dafür, dass man nicht nach dem Aussehen urteilen sollte. Ist sie aber nicht schon sehr alt?«

»Alt? Nicht älter als zweiundachtzig Jahre – gerade in der Blüte ihres Lebens. Geduldet Euch nur, mein Teuerster, bis Ihr sie auf dem Wasser tanzen seht, und ich stehe Euch dafür, Ihr sprecht den ganzen Tag mit mir von ihrer Vortrefflichkeit; auch zweifle ich nicht, dass wir eine sehr vergnügte Zeit miteinander verbringen werden.«

»Vorausgesetzt, dass sich der Gegenstand unserer Unterhaltung nicht erschöpft«, erwiderte Philipp.

»Meinerseits wird dies nie der Fall sein; und erlaubt mir, zu bemerken, Herr Vanderdecken, dass es jeder Offizier mit mir zu tun bekommt, der an der ›Vrow Katharina‹ etwas auszusetzen hat. Ich bin ihr Ritter und habe ihr zu Ehren schon drei Männer in den Sand gestreckt – ich hoffe, ich werde nicht etwa mit einem vierten zu kämpfen haben.«

Philipp lächelte; denn die Dame schien ihm des Kampfes durchaus nicht würdig. Dennoch behielt er die Worte des Kapitäns im Gedächtnis und wagte es fortan nie mehr, sich abfällig über die schöne »Vrow Katharina« zu äußern.

Die Mannschaft war bald vollzählig, das Schiff getakelt und das Segelwerk gesetzt; die »Vrow Katharina« lag mit den anderen Schiffen der Flotte im Strom vor Anker. Die Ladung wurde an Bord genommen, und sobald der Laderaum voll war, erhielten sie, zu Philipps großem Ärger, den Befehl, noch hundertundfünfzig Soldaten und andere Passagiere aufzunehmen, von denen viele ihre Weiber und Kinder bei sich hatten. Unser Held musste tüchtig arbeiten; denn der Kapitän beschränkte sich auf das Lob seines Schiffes, und als sie zuletzt alles an Bord genommen hatten, war die Flotte zur Ausfahrt bereit.

Amine war die ganze Zeit über im Gasthof geblieben, und Philipp hatte ihr jeden freien Augeblick gewidmet, der ihm vergönnt gewesen war. Nun war es Zeit, sich von ihr zu verabschieden. Die Flotte sollte in zwei Tagen in See stechen, Amine aber am gleichen Morgen ihre Heimreise antreten. Sie war ruhig und gefasst, denn sie fühlte, sie würde ihren Gatten wieder sehen. In dieser süßen Vorahnung umarmte sie ihn, als sie sich trennten – und Philipp stieg in das Boot, das ihn an Bord brachte.

»Ja«, dachte Amine, als sie der Gestalt ihres Gatten nachsah und die Entfernung zwischen ihnen größer und größer wurde, »ja, ich weiß, dass wir uns wieder sehen werden. Nicht diese Fahrt wird für dich oder mich verhängnisvoll werden, wohl aber habe ich ein dunkles Vorgefühl, dass die nächste, bei welcher ich dich begleite, uns für immer trennen wird. Wie dies geschehen soll, weiß ich nicht – aber es ist uns bereits so bestimmt. Die Priester sprechen von freiem Willen – ist es ein freier Wille, der Philipp zwingt, mich zu verlassen? Würde er nicht lieber mit mir an Land bleiben? Doch, aber er darf nicht; denn er muss seine Bestimmung erfüllen. Freier Wille? Wenn es nicht Schicksal wäre, dann wäre es Tyrannei. Ist es mir doch stets gewesen, als ob diese Priester meine Feinde seien, ohne dass ich gewusst hätte, warum. Sie sind beide gute Menschen, und auch der Glaube, den sie lehren, ist gut. Guten Willens sein und Barmherzigkeit üben, alle Mitmenschen lieben, Kränkungen verzeihen und darauf verzichten, andere zu verurteilen – all dies ist gut, und doch flüstert mir eine Stimme in meinem Innern zu, dass – Doch das Boot ist am Schiff angelangt, und Philipp klettert hinauf. Lebe wohl, lebe wohl, mein teuerster Gatte. Ich wollte, ich wäre ein Mann! Doch nein, es ist besser so, wie es ist.«

Amine blieb am Ufer stehen, bis sie Philipp nicht mehr sehen konnte, und ging dann langsam nach dem Gasthof zurück. Als sie am anderen Morgen aufstand, erfuhr sie, dass die Flotte bei Tagesanbruch abgesegelt sei; der Kanal, auf dem es vorher von Schiffen gewimmelt hatte, lag jetzt öde und verlassen da.

»Er ist fort«, murmelte Amine, »und nun werde ich viele Monate lang still und einsam ausharren – leben kann ich nicht sagen; denn ich lebe nur in seiner Gegenwart.«

16

Wir müssen jetzt Amine ihrer Einsamkeit überlassen und Philipp auf seiner dritten Seereise folgen. Die Flotte war mit vollen Segeln ausgefahren und steuerte rüstig die Zuidersee hinab, war aber noch keine Stunde unterwegs, als die »Vrow Katharina« bereits eine Meile oder zwei zurückblieb. Mynheer Barentz suchte die Schuld bei den Segelsetzern und dem Steuermann, der wiederholt ausgewechselt wurde; der Kapitän fand an allem etwas auszusetzen, nur nicht an seiner teuren »Vrow Katharina«. Aber alle seine Anordnungen waren umsonst; das Schiff blieb zurück und erwies sich als der schlechteste Segler der ganzen Flotte.

»Mynheer Vanderdecken«, sagte endlich der Kapitän, »die ›Vrow‹ ist, wie mein Vater zu sagen pflegte, vor dem Wind gar so schnell. Schiffe, die sich am Wind gut halten, sind das selten; aber ich will Euch sagen, dass die ›Vrow Katharina‹ in jedem anderen Punkte eine unvergleichliche Seglerin ist – die beste der ganzen Flotte.«

»Außerdem«, versetzte Philipp, welcher bemerkte, wie sehr sich sein Kapitän die Sache zu Herzen nahm, »haben wir schwer geladen und so viele Truppen an Bord.«

Nachdem die Flotte die Sandbänke im Rücken hatte und nun dicht an den Wind kam, erwies sich, dass die »Vrow Katharina« sogar noch langsamer segelte als zuvor.

»Wenn wir gar so dicht am Winde liegen«, bemerkte Mynheer Barentz, »hält sich die ›Vrow‹ nicht am besten; aber gebt ihr einen Strich frei, und Ihr werdet sehen, wie sie der ganzen Flotte ihr Heck zeigen wird. Sie ist ein schönes Schiff, Mynheer Vanderdecken, oder nicht?«

»Ein recht hübsch geräumiges Schiff«, versetzte Philipp, und dies war auch alles, was er mit gutem Gewissen sagen konnte.

Die Flotte segelte weiter, bisweilen am Wind, bisweilen frei; wie übrigens auch der Segelstrich sein mochte, die »Vrow Katharina« blieb stets zurück, und die Flotte musste bei Sonnenuntergang beidrehen, dass die Dame nachkommen konnte. Aber in welchem Segelstrich sie sich gerade befand, der Kapitän fuhr fort zu behaupten, dass es der einzige sei, in welchem die »Vrow Katharina« sich als untüchtig erweise. Im Übrigen hatte das Schiff auch noch andere schlechte Eigenschaften; denn es lief fortwährend Gefahr umzukippen, war leck und sprach auch auf das Steuer nicht gut an. Mynheer Barentz war jedoch nicht zu überzeugen. Er betete sein Schiff an und konnte, wie alle Verliebten, keinen Mangel an seiner Geliebten entdecken. Andere waren jedoch nicht so blind, und der Admiral beschloss, weil er nicht wünschte, dass die Reise durch die Langsamkeit eines einzigen schlecht segelnden Schiffes allzu sehr verzögert würde, die gute »Vrow« sich selbst zu überlassen, sobald sie das Kap umschifft hätten. Doch die Ausführung seines unmenschlichen Entschlusses blieb ihm erspart; denn eine schwere Bö zerstreute die ganze Flotte, und am zweiten Tag befand sich die gute »Vrow Katharina« allein und kämpfte sich mühsam durch die Wellentröge. Sie war leck, und man musste stets die Pumpen betätigen. Vor einer Bö aber triftete sie fast ebenso schnell leewärts ab, als sie gewöhnlich zu segeln pflegte. Der Sturm hielt eine ganze Woche an, und mit jedem Tag wurde der Zustand der »Vrow Katharina« bedenklicher. Mit Truppen überfüllt und mit einer Menge von Vorräten belastet, ächzte und stampfte sie, während ungeheuere Wassermassen sie überspülten und die Matrosen an den Pumpen kaum noch durchzuhalten vermochten. Philipp strengte sich aufs Äußerste an, ermunterte die erschöpfte Mannschaft, machte fest, was der Gewalt der Wogen und des Sturmes nachgegeben hatte, und der Kapitän, der selbst kein Seemann war, ließ ihn gewähren.

»Nun«, bemerkte der Kapitän, der sich an den Belegnägeln festhielt, zu Philipp, »Ihr werdet doch zugeben, dass sie schön Luv hält in einer Bö – oder nicht? Gemach, mein Herzchen, gemach«, fuhr er fort, das Schiff anredend, das gerade einen so schweren Sturz in ein Wellental tat, dass alles Gebälk ächzte.

»Gemach, mein Liebchen, gemach! Wie mögen wohl die armen Teufel in den anderen Schiffen umhergeworfen werden! He! Mynheer Vanderdecken, diesmal haben wir einen Vorsprung vor ihnen; sie müssen furchtbar weit im Lee drunten liegen. Meint Ihr nicht auch?«

»Ich kann mir da in der Tat kein Urteil erlauben«, versetzte Philipp lächelnd.

»Ei, es lässt sich ja nicht ein einziges Schiff blicken. Doch ja, beim Himmel – da ist eines! Schaut über unsern Leebaum! Nun, das muss jedenfalls ein Kapitalsegler sein. Schaut da – einen Strich backstags hinten aus! Barmherziger Himmel, was für ein steifes Schiff muss das sein, das unter einem solchen Segeldruck fahren kann.

Philipp hatte das Schiff bereits gesehen – ein großes Fahrzeug am Winde und auf dem gleichen Gange mit der »Vrow Katharina«. In einer Bö, in welcher kein Schiff die Marssegel führen konnte und die »Vrow Katharina« unter dicht gerefften Fock- und Stagsegeln ging, steuerte dieses Fahrzeug unter vollem Segeldruck – Bramsegel, Oberbramsegel, Klüver, kurz jedes Stück Segeltuch war gesetzt, als wehte nur eine leichte Brise. Die Wogen türmten sich berghoch auf, und die »Vrow Katharina« tauchte jede Minute bis ans Schandeck ins Wasser; das andere Schiff aber schien sich nicht an die tobenden Wellen zu kehren, sondern segelte stetig und glatt auf ebenem Kiele fort. Philipp wurde es mit einem Mal klar, dass dies das Geisterschiff sein müsse, auf welchem der Fluch, der über seinen Vater ergangen war, sich erfüllte.

»Ist das nicht sehr sonderbar?«, bemerkte Mynheer Barentz.

Unser Held fühlte ein solches Gewicht auf seiner Seele, dass er nicht zu antworten vermochte. Während er sich mit der einen Hand immer noch festhielt, bedeckte er mit der anderen die Augen.

Die Matrosen hatten nunmehr das Schiff gleichfalls gesehen und erinnerten sich der wohl bekannten Sage. Viele von den Soldaten waren, als das Gerücht umging, gleichfalls an Deck geklettert, und aller Augen waren auf das übernatürliche Schiff geheftet. Da brach unter heftigen Donnerschlägen ein wütender Windstoß auf die »Vrow Katharina« los, und ein schwerer Regen sorgte dafür, dass sich schon auf kurze Entfernungen nichts mehr unterscheiden ließ. Nach einer Viertelstunde hellte sichs wieder auf, und als sie wieder leewärts blickten, war das fremde Schiff verschwunden.

»Barmherziger Himmel, es muss gekentert und in der Bö untergegangen sein!«, sagte Mynheer Barentz. »Dachte ich mirs doch gleich, als ich es einen solchen Segeldruck führen sah. Es hat noch nie ein Schiff gegeben, das mehr Segel zu führen vermochte als die ›Vrow Katharina‹. Es war ein Wahnsinn seitens des Schiffskapitäns, aber ich denke wohl, dass er nicht hinter uns zurückbleiben mochte – was meint Ihr, Mynheer Vanderdecken?«

Philipp gab auf diese Bemerkungen, welche den Wahnsinn seines Kapitäns voll bekundeten, keine Antwort. Er fühlte, dass die »Vrow Katharina« den Schicksalsmächten verfallen war, und konnte nur mit Schauder an die vielen Menschen an Bord denken, die dem drohenden Unglück möglicherweise zum Opfer fallen würden. Nach einer Pause sagte er: »Mynheer Barentz, diese Bö wird wahrscheinlich so schnell nicht aufhören, und meiner Ansicht nach vermag das beste Schiff, das je gebaut wurde, einem solchen Wetter nicht standzuhalten. Mein Rat wäre daher, zu wenden und nach der Tafelbai zurückzulaufen. Verlasst Euch darauf, wir werden die ganze Flotte bereits vor uns dort finden.«

»Habt keine Sorge um die gute ›Vrow Katharina‹«, versetzte der Kapitän, »seht nur, wie schön sie luvt.«

»Verteufelt schlecht«, bemerkte einer der Matrosen, die sich um Philipp gesammelt hatten, um zu hören, welchen Rat er geben würde. »Hätte ich gewusst, dass sie ein so altes gebrechliches Biest ist, so hätte ich mich nie an Bord gewagt. Mynheer Vanderdecken hat recht, wir müssen nach der Tafelbai zurück, ehe noch Schlimmeres geschieht. Das Schiff im Lee hat uns ein Warnungszeichen gegeben – hat sich nicht umsonst sehen lassen. Fragt Herrn Vanderdecken, Kapitän; er kann Euch Auskunft geben; denn er ist wirklich ein Seemann.«

Philipp fuhr bei diesen Worten zusammen. Der Mann, der so sprach, ahnte jedoch nichts von dem Interesse, welches unser Held an dem Geisterschiff nahm.

»Ich muss sagen«, versetzte Philipp, »dass diesem Schiff stets das Unglück auf dem Fuße gefolgt ist, sooft ich mit ihm auch zusammengetroffen bin.«

»Mit diesem Schiffe? Ei, was war denn an ihm, das Euch so erschreckte? Es führte zu viele Segel und ist untergegangen.«

»Es geht nie unter«, entgegnete einer der Matrosen.

»Nein! nein!«, riefen viele Stimmen. »Aber uns wird dieses Los blühen, wenn wir nicht zurückfahren.«

»Pah! Unsinn! Mynheer Vanderdecken, was sagt Ihr?«

»Ich habe bereits meine Ansicht geäußert«, antwortete Philipp, dem es sehr darum zu tun war, das Schiff wieder in einem Hafen zu sehen. »Das Beste, was wir machen können, ist, dass wir auf die Tafelbai zusteuern.«

»Und wir alle sind dazu entschlossen, Kapitän», fuhr der alte Matrose, der eben gesprochen hatte, fort, »mag es Euch nun anstehen oder nicht; also herum mit dem Steuer, mein Schatzkind, und Mynheer Vanderdecken wird die Segel brassen.«

»Ha! Was soll das?«, rief Kapitän Barentz. »Eine Meuterei an Bord der ›Vrow Katharina‹? Unmöglich! An Bord der ›Vrow Katharina‹, des besten und schnellsten Schiffes in der ganzen Flotte!«

»Des garstigsten, wurmstichigsten alten Fasses«, rief einer der Matrosen.

»Was?«, rief der Kapitän. »Was muss ich hören? Mynheer Vanderdecken, dieser lügnerische Schuft muss wegen Meuterei in Ketten gelegt werden.«

»Pah, Unsinn! Er ist toll«, versetzte der alte Seemann. »Kommt, kümmert Euch nicht um ihn! Mynheer Vanderdecken, wir wollen Euch gehorchen; aber das Steuer muss augenblicklich herum.«

Der Kapitän tobte, er fügte sich schließlich, da Philipp die Überlegenheit des Schiffes zwar anerkannte, zugleich aber darauf aufmerksam machte, dass man mit dem panischen Schrecken der Matrosen, obschon derselbe die ernstlichste Rüge verdiene, Nachsicht haben müsse. Das Steuer wurde nach Luv umgelegt, die Segel wurden gebrasst, und die »Vrow Katharina« rollte schwerfällig vor dem Sturme einher. Gegen Abend wurde das Wetter milder, und der Himmel hellte sich auf. Seegang und Wind legten sich schnell, durch das Leck strömte allmählich weniger Wasser in das Schiff, und Philipp hoffte, sie würden in vierundzwanzig bis achtundvierzig Stunden wohlbehalten in der Bai anlangen.

Der Wind legte sich mehr und mehr, bis zuletzt völlige Stille eintrat. Nichts erinnerte mehr an den Sturm, als eine lange, schwere Dünung in Richtung Westen, von welcher die »Vrow Katharina« allmählich weiter abtriftete. Die ermatteten Matrosen konnten jetzt ausruhen, desgleichen auch die Soldaten und Passagiere, welche unten eingesperrt gewesen oder auf dem Hauptdeck durchnässt worden wären.

Das obere Deck war gedrängt voll. Mütter saßen, ihre Kinder in den Armen, in der Sonne, um sich zu wärmen; das Takelwerk war allenthalben mit nassen Kleidern behangen, und die Matrosen mühten sich eifrig, den Schaden, den der Sturm auf dem Schiff angerichtet hatte, wieder zu reparieren. Ihrer Berechnung nach waren sie nicht weiter als fünfzig Meilen von der Tafelbai entfernt, und jeden Augenblick erwarteten sie, im Süden Land zu sehen. Aufs Neue herrschte Heiterkeit, und alle an Bord, Philipp ausgenommen, glaubten, dass keine Gefahr mehr zu fürchten sei.

Der zweite Maat hieß Krantz und war ein tatkräftiger, tüchtiger Seemann. Philipp hatte ihn sehr lieb gewonnen, weil er wusste, dass er ihm vertrauen konnte, und an dem Nachmittag nach dem Sturm gingen sie beide miteinander auf dem Deck umher.

»Was haltet Ihr von dem seltsamen Schiff, das wir gesehen haben, Vanderdecken?«

»Es ist mir schon früher in den Weg gekommen, Krantz, und –«

»Nun, was weiter?«

»Meines Wissens ist kein Schiff, das ihm begegnete, jemals wieder in einen Hafen zurückgekehrt. Andere wissen gleiche Geschichten zu erzählen.«

»So ist es also wirklich nur das Gespenst eines Schiffes?«

»So sagt man; auch trägt man sich mit unterschiedlichen Erzählungen darüber. Aber eines scheint mir gewiss – dass uns nämlich ein Unglück zustoßen wird, noch ehe wir den Hafen erreichen, obgleich in diesem Augenblick alles so ruhig erscheint und der Ankerplatz ganz nahe ist.«

»Ihr seid abergläubisch«, versetzte Krantz, »und doch – ich muss sagen, dass mir die ganze Erscheinung auch nicht wie Wirklichkeit vorkam. Kein Schiff hätte im Sturm so viele Segel führen können, obschon Tollköpfe genug auf dem Wasser herumschwimmen, die bisweilen die unvernünftigsten Dinge versuchen. Wenn es ein wirkliches Schiff war, so muss es untergegangen sein; denn als sich das Wetter aufhellte, war keine Spur mehr davon zu sehen. Ich bin übrigens nicht sehr leichtgläubig und werde erst dann glauben, dass an der Sache etwas Übernatürliches war, wenn die Folgen eintreten, die Ihr vorauszusehen glaubt.«

»Gebe Gott, dass ich unrecht habe«, entgegnete Philipp, »aber mich quälen schlimme Vorahnungen. Wir sind noch nicht im Hafen.«

»Nein, aber auch nicht sehr weit von ihm entfernt, und es ist alle Aussicht vorhanden, dass das Wetter schön bleibt.«

»Es lässt sich nicht sagen, von welcher Seite uns Gefahr droht«, erwiderte Philipp, »aber wir haben noch andere Dinge zu fürchten als die Gewalt der Stürme.«

»Allerdings«, sagte Krantz, »aber deswegen brauchen wir nicht gleich Unglück zu prophezeien. Ich sage Euch, wir werden spätestens in zwei Tagen wohlbehalten in der Tafelbai vor Anker liegen.«

Die Unterhaltung wurde abgebrochen, und Philipp war froh, allein sein zu können. Eine noch nie empfundene Schwermut und Niedergeschlagenheit hatte ihn ergriffen. Er lehnte sich über die Laufplanke und betrachtete das Wogen des Meeres.

»Barmherziger Himmel!«, rief er. »Möge es dir gefallen, dieses Schiff zu schonen! Lass mich nicht das Wehklagen der Weiber und die Hilferufe der armen Kinder vernehmen; lass nicht die vielen Menschen, die sich diesen Planken anvertraut haben, dem Verbrechen meines Vaters zum Opfer fallen!«

Philipp verlor sich in tiefes Nachsinnen. »Die Wege des Himmels sind in der Tat rätselhaft«, sagte er zu sich selbst. »Warum sollten andere leiden, weil mein Vater gesündigt hat? Und doch, ists nicht allenthalben so? Wie viele Tausende fallen nicht auf dem Schlachtfeld dem Ehrgeiz eines Königs oder den Intrigen eines Weibes zum Opfer? Wie viele Millionen sind vernichtet worden, weil sie sich zu einem anderen Glauben bekannten? Der Herr waltet in seiner eigenen Weise, und wir können nur staunen und mit der Ungewissheit vorlieb nehmen!«

Die Sonne war untergegangen, ehe Philipp die Laufplanke verlassen und sich zur Ruhe begeben hatte. Sich selbst und seine Schiffsgefährten dem Schutze der Vorsehung empfehlend, schlief er endlich ein; aber ehe die acht Glockenzüge Mitternacht verkündeten, wurde er durch einen unsanften Stoß gegen die Schulter geweckt; Krantz, der die erste Wache hatte, stand neben ihm.

»Beim allmächtigen Gott! Vanderdecken, Ihr habt richtig prophezeit. Hurtig – auf! Das Schiff brennt!«

»Es brennt?«, rief Vanderdecken, von seinem Lager aufspringend. »Wo?«

»Im Hauptraum.«

»Ich bin augenblicklich droben, Krantz. Inzwischen haltet die Luken zu und macht die Pumpen bereit.«

In weniger als einer Minute befand sich Philipp an Deck, wo er bereits den Kapitän Barentz fand, welchem der zweite Maat gleichfalls das Unglück verkündet hatte. Krantz erklärte in wenigen Worten, was vorgefallen war: Er hatte bemerkt, dass aus dem Hauptraum ein starker Brandgeruch drang, und als er – ohne fremde Hilfe, um nicht den Schrecken sogleich über das ganze Schiff zu verbreiten – eine der Luken geöffnet hatte, war der Raum bereits voll Rauch gewesen. Er hatte den Deckel augenblicklich wieder geschlossen und die Sachlage nur Philipp und dem Kapitän mitgeteilt.

»Eure Geistesgegenwart verdient dankbare Anerkennung«, versetzte Philipp, »wir haben jetzt Zeit, ruhig zu überlegen, was geschehen muss. Wenn die Truppen, die armen Weiber und die Kinder von der Gefahr wüssten, so würden sie uns mit ihrem Schrecken sehr hinderlich werden; aber wie konnte nur im Hauptraum Feuer ausbrechen?«

»Ich habe nie gehört, dass die ›Vrow Katharina‹ jemals Feuer gefangen hätte. Ich halte es für unmöglich. Es muss ein Irrtum sein – sie ist –«

»Ich erinnere mich jetzt, dass sich bei unserer Ladung mehrere Kisten mit Vitriolöl befinden«, unterbrach ihn Philipp. »Wahrscheinlich sind die Flaschen im Sturm durcheinandergerüttelt worden und zerbrochen. Für den Fall eines Unglücks ließ ich sie zuoberst verpacken; das lange Rollen und Untertauchen des Schandecks muss dazu geführt haben, dass eine davon frei wurde.«

»Da haben wir die Bescherung; so wird es sein«, bemerkte Krantz.

»Ich wollte sie gar nicht an Bord nehmen und verlangte, man sollte sie auf ein Schiff bringen, das nicht so mit Truppen überfüllt sei, damit die Kisten auf dem Hauptdeck stehen bleiben könnten; aber man erwiderte, die Fakturen seien bereits ausgefertigt und könnten nicht mehr abgeändert werden. – Doch jetzt ans Werk! Ich denke, wir lassen die Luken zu, um die Flammen so weit als möglich zu ersticken.«

»Ja«, versetzte Krantz, »und gleichzeitig hauen wir ein Loch ins Deck, gerade groß genug, um den Spritzenschlauch durchzulassen, damit wir möglichst viel Wasser in den Raum pumpen können.«

»Ihr habt recht, Krantz; ruft den Zimmermann und heißt ihn anfangen. Ich will die Matrosen wecken und mit ihnen reden. Der Brandgeruch wird jetzt sehr stark; wir haben keine Zeit zu verlieren. – Wenn wir nur die Truppen und die Weiber veranlassen können, ruhig zu bleiben, so lässt sich noch etwas tun.«

Die Matrosen wurden geweckt und erschienen alsbald mit erstaunten Gesichtern an Deck. Sie hatten das Feuer noch nicht bemerkt; denn der wenige Rauch, der sich unter den geschlossenen Lukendeckeln entwickeln konnte, stieg an der Luke empor, ohne das untere Deck zu füllen.

»Meine Jungen«, sagte Philipp, »es tut mit leid, Euch sagen zu müssen, dass im Hauptladeraum vermutlich ein Feuer ausgebrochen ist.«

»Ich rieche es«, rief einer der Matrosen.

»Ich auch«, stimmten mehrere andere erschrocken ein und machten eine Bewegung, als ob sie nach unten gehen wollten. »Stille! – und bleibt, wo Ihr seid, Leute. Hört, was ich Euch sage. Wenn wir die Truppen und die Passagiere erschrecken, so ist damit gar nichts gewonnen. Wir müssen uns auf uns selbst verlassen, dürfen aber keine Zeit verlieren. Herr Krantz und der Zimmermann tun alles, was sich vorderhand tun lässt; und nun, meine Leute, erweist mir den Gefallen, Euch niederzusetzen – Ihr alle miteinander – ich will Euch dann sagen, was wir tun müssen.«

Philipps Befehl wurde befolgt. Das Resultat war vortrefflich; denn die Leute gewannen nun Zeit, sich von der ersten Erschütterung zu erholen. Kein Schrecken ist furchtbarer als der, den das erste Anzeichen eines Brandes an Bord eines Schiffes auslöst. Freilich ist die Lage der Betroffenen in einem solchen Augenblick in höchstem Grade bedauernswert, wenn man bedenkt, dass sie unter zwei Elementen zu wählen haben, die beide alles Leben zerstören. Philipp schwieg eine Weile; dann machte er die Matrosen auf die Gefahr ihrer Lage aufmerksam, teilte ihnen mit, welche Maßnahmen er und Krantz bereits getroffen hatten und legte ihnen wiederholt ans Herz, wie wichtig es sei, dass sie sich ruhig und gefasst verhielten. Zugleich erinnerte er daran, dass nur wenig Pulver im Magazin sei, und dass es überdies weit vom Feuer abliege, sodass es leicht entfernt und über Bord geworfen werden könne; lasse sich das Feuer nicht löschen, so hätten sie genug Spieren auf dem Deck, um ein Floß zu bauen, das ihnen allen neben den Booten eine umso sicherere Zuflucht böte, als sie ja nicht weit vom Lande entfernt seien.

Philipps Worte übten die vorteilhafteste Wirkung. Auf sein Geheiß erhoben die Matrosen sich wieder, und die einen begaben sich nach dem Magazin, um das Pulver heraufzureichen und über Bord zu werfen, während die anderen zu den Pumpen gingen. Krantz kam herbei und berichtete, dass in die Deckplanken über dem Hauptraum ein Loch gehauen sei. Die Schläuche wurden befestigt, und bald strömte das Wasser in Mengen hinunter; aber es war unmöglich, die Gefahr länger geheim zu halten. Die Soldaten schliefen auf dem Deck, und schon die Beschäftigung der Matrosen hätte ihnen verraten, was vorgefallen war, selbst wenn sie der Rauch, der sich jetzt sehr vermehrte und die unteren Decks erfüllte, nicht darauf aufmerksam gemacht hätte. Nach einigen Minuten ließ sich der Schreckensruf »Feuer!« durch das ganze Schiff vernehmen, und bald sah man Männer, Weiber und Kinder nach ihren Kleidern eilen und entsetzt auf den Decks herumlaufen, die einen schreiend, die andern betend – kurz, die Verwirrung und der Schrecken waren kaum zu beschreiben.

Nun erst zeigte sich, wie vernünftig und überlegt Philipp gehandelt hatte; denn wären die Matrosen durch diesen Ruf erst geweckt worden, so wären sie zum Handeln wohl ebenso unfähig gewesen wie die Soldaten und Passagiere. Alle Subordination hätte aufgehört: Die einen wären nach den Booten geeilt und hätten die Mehrzahl der Passagiere dem Untergang preisgegeben, die andern hätten den Branntweinverschlag erbrochen, und die Betrunkenen hätten die Verwirrung und den allgemeinen Schrecken nur noch vergrößert. Nichts hätte dann geschehen können, und wahrscheinlich wäre die gesamte Mannschaft elend zugrunde gegangen. Aber all dies war durch die Geistesgegenwart Philipps und des zweiten Maaten verhindert worden; denn der Kapitän war eine Null, da es ihm an aller Kenntnis seines Berufes gebrach, obschon es ihm nicht an Mut fehlte. Die Matrosen arbeiteten unermüdlich und schoben die Soldaten beiseite, die ihnen dabei im Wege waren. Philipp sah, dass Krantz die Beaufsichtigung der Arbeiten allein übernehmen konnte; er ging hinunter und redete mit den besonnensten von den Soldaten und brachte es schließlich so weit, dass sich die Mehrzahl der Truppen vergleichsweise ruhig verhielt.

Das Pulver war bereits über Bord geworfen. Man hatte ein zweites Loch in das Deck gehauen und betätigte nun eine weitere Pumpe, sodass die doppelte Wassermenge in den Raum strömte. Philipp konnte sich jedoch nicht verhehlen, dass der Brand immer weiter um sich griff. Gewaltige Massen von Rauch brachen nun aus den Ritzen der Luken und aus den ins Deck gehauenen Löchern hervor und beseitigten jeden Zweifel über das Ausmaß des unten tobenden Feuers. Philipp hielt es deshalb für ratsam, sämtliche Weiber und Kinder nach der Hütte und dem Halbdeck des Schiffes zu schaffen. Die Männer forderte er auf, bei ihren Familien zu bleiben. Es war ein wehmütiger Anblick, und die Tränen standen unserem Helden in den Augen, als er die Schar der Frauen überblickte – einige weinend und die Kinder an die Brust drückend – andere ruhig und sogar gefasster als die Männer. Die älteren Kinder waren stumm oder sie weinten, weil sie ihre Mütter weinen sahen, die jüngeren spielten arglos mit dem nächstbesten Gegenstand, der ihre Aufmerksamkeit fesselte, oder sie blickten lächelnd auf ihre Eltern, ohne zu wissen, welche Gefahr ihnen drohte. Die Offiziere, welche die

Truppen kommandierten, waren zwei neu eingetretene Fähnriche, sehr junge Leute, die nichts von ihrem Dienst verstanden und keinerlei Autorität besaßen – denn in Fällen außerordentlicher Gefahr gehorcht niemand einem Vorgesetzten, der weniger weiß als er. Philipp forderte daher die Fähnriche auf, bei den Frauen und Kindern zu bleiben und dort für Ordnung zu sorgen, wozu die beiden denn auch gerne bereit waren.

Philipp befahl den Frauen und Kindern, sich vollständig anzukleiden (denn bei vielen war der Befehl durchaus vonnöten), und begab sich wieder nach dem Vorderschiff, um die Matrosen zu beaufsichtigen, welche infolge der übermäßigen Anstrengung bereits Symptome der Ermattung zu zeigen begannen; nun erboten sich viele der Soldaten zum Dienst an den Pumpen, was bereitwillig angenommen wurde. Ihre Bemühungen waren jedoch vergeblich. Nach einer weiteren halben Stunde barsten die Luken mit lautem Getöse, eine Feuersäule schoss senkrecht aus dem Laderaum empor, und die Flammen umzüngelten sogar noch den unteren Stengenkopf. Jetzt hörte man das laute Geschrei der Weiber, die in ihrer Todesangst ihre Kinder an die Brust drückten, während die Matrosen und Soldaten, die an den Pumpen gearbeitet hatten, in rascher Flucht vor dem verzehrenden Feuer nach dem Hinterschiff stürzten.

»Nur ruhig, Jungen – ruhig, meine guten Burschen«, rief Philipp, »es hat noch keine Gefahr. Vergesst nicht, wir haben unsere Boote und das Floß, und wenn wir auch vielleicht nicht in der Lage sind, das Feuer zu löschen und das Schiff zu retten, so können wir doch, wenn ihr nur die Besonnenheit nicht verliert, sowohl uns selbst in Sicherheit bringen, als auch die armen Kinder, um deretwillen ihr jetzt das Äußerste aufbieten müsst. Kommt, kommt, Jungen; lasst uns unsere Pflicht tun. Wenn wir keine Zeit verlieren, können wir uns retten. Zimmermann, holt Eure Axte und haut die Spierenbindsel durch. Wir wollen jetzt unsere Boote aussetzen und ein Floß für die armen Weiber und Kinder bauen; das Land ist keine zehn Meilen mehr entfernt. Krantz, seht mit der Steuerbordwache nach den Booten; die Backbordwache lässt mit mir die Spieren über

Bord. Kanoniere, rafft so viel Tauwerk zusammen, als ihr könnt; wir wollen es zu Bindseilen verwenden. So, Jungen – an Licht fehlts uns nicht, wir können ohne Laterne arbeiten.«

Ein Scherz ist oft sogar am Platze, wenn man schon an der Pforte zur Ewigkeit zu stehen vermeint, und Philipps launige Bemerkung gab den Matrosen neuen Mut, und sie gehorchten. Die Feuersäule stieg nun über die große Mars hinauf, die Flammen leckten an dem Stengentakelwerk und hüllten den Hauptmast ein. Das laute Brausen des Feuers zeigte, mit welcher Schnelligkeit der ungestüme Brand im Innern des Schiffs um sich griff und wie sehr nun Eile geboten war. Die unteren und die Hauptdecks wurden nun so mit Rauch erfüllt, dass niemand mehr dort zu bleiben vermochte. Einige arme Tröpfe, die krank in ihren Hängematten lagen, waren längst erstickt; denn man hatte sie vergessen. Kein Lüftchen regte sich, und die Wellen gingen niedrig; der Rauch, der aus den Luken hervordrang, stieg senkrecht in die Höhe, was ein großes Glück war, da das Schiff allen Steuergang verloren hatte. Die Boote waren bald im Wasser und mit zuverlässigen Männern besetzt; die Spieren wurden über Bord gelassen und von den Matrosen, die bereits in den Booten saßen, zusammengebunden. Dann sammelte man alle Abtropftröge, um sie als Sitze auf den Spieren zu befestigen, und Philipp war hocherfreut über die Aussicht, die vielen Menschen, welche sich mit ihm eingeschifft hatten, retten zu können.

17

Aber noch war ein Ende der Schwierigkeiten nicht abzusehen. Das Feuer hatte sich jetzt auch auf das Hauptdeck ausgebreitet und brach in der Mitte des Schiffs aus den Geschützpforten heraus. Das Floß, das an der Längsseite des Schiffs angefertigt wurde, musste man daher nach achtern abtriften lassen, wo es der Dünung stärker ausgesetzt war. Dadurch wurde die Arbeit verzögert, und in der

Zwischenzeit breiteten sich die Flammen rasch aus. Der Hauptmast, welcher schon lange brannte, fiel bei einem Schlingern des Schiffs über die Seite, und das Feuer, das aus den Hauptdeckpforten kam, griff auf die Bollwerke über, während dicke Rauchwolken das obere Deck erfüllten und die Menschen, die dort in Scharen zusammengedrängt waren, fast erstickten; denn da man schon seit einiger Zeit durch die Flammen vom Vorderschiff abgeschnitten war, so hatte sich alles nach hinten zurückgezogen. Die Weiber und Kinder brachte man nun auf die Hütte, um sie aus dem erstickenden Qualm zu entfernen; auch konnten sie von dort aus leichter über das Heck auf das Floß niedergelassen werden.

Gegen vier Uhr morgens war alles bereit, und es gelang den Anstrengungen Philipps und der Seeleute, ungeachtet der starken Dünung Weiber und Kinder wohlbehalten auf dem Floß unterzubringen, wo sie weniger im Weg waren und die Männer sich beim Rudern gegenseitig ablösen konnten, wenn sie müde waren. Nach den Weibern und Kindern mussten die Truppen die Leitern hinuntersteigen. Einige fielen dabei unter die Boote und kamen nicht wieder zum Vorschein; aber dennoch langten zwei Dritteile wohlbehalten an den Plätzen an, die Krantz ihnen zugewiesen hatte; denn Letzterer war mit hinuntergestiegen, um diesen wichtigen Vorgang zu überwachen. Philipp hatte den Kapitän Barentz gebeten, sich mit Pistolen bewaffnet vor die Luke über der Branntweinkammer zu stellen, bis der Rauch des Hauptdecks diese Vorsichtsmaßnahme unnötig machte; der Umsicht Philipps war es zu danken, dass alle nüchtern blieben – ein Umstand, welchem man die Ordnung und Regelmäßigkeit, die bei der ganzen schrecklichen Szene herrschte, zuzuschreiben hatte.

Noch ehe ein Drittel der Soldaten an der Hinterleiter hinuntergestiegen war, brachen die Flammen mit unwiderstehlicher Gewalt aus den Heckfenstern; mächtige Feuerfontänen schossen mehrere Fuß hoch aus dem Schiffe heraus und brausten wie eine Esse. Zu gleicher Zeit brachen die Flammen durch alle Hinterpforten des Hauptdecks, sodass diejenigen, welche sich noch an Bord befanden, vom Feuer eingeschlossen und von Rauch und Hitze fast erstickt wurden. Die Heckleitern waren in einer Minute verbrannt, und die Überreste fielen ins Wasser. Wegen der ungeheuren Hitze mussten auch die Boote, welche die Mannschaft aufgenommen hatten, vom Heck abstoßen. Die Weiber schrien laut auf, als sie von den brennenden Stücken getroffen wurden, die auf das Floß niederfielen. Sie waren in eine dichte Rauchwolke gehüllt, die die noch an Bord Befindlichen vor ihren Augen verbarg. Philipp versuchte, die Mannschaft an Bord anzureden, wurde aber nicht gehört. Die Szene der Verwirrung endete mit dem Verlust vieler Menschenleben. Jeder dachte nur an sich selbst, doch es bot sich kein anderer Ausweg als ein Sprung über Bord. Hätten sie übrigens noch gewartet und – wozu Philipp sie aufgefordert hätte, wenn es noch möglich gewesen wäre – sich nacheinander in die See geworfen, so wären die Leute in den Booten darauf vorbereitet gewesen, sie aufzulesen; auch hätten sie bis ans Ende der niedergelassenen lateinischen Besanrah hinausklettern und sich von dort an einem Tau niederlassen können – aber die sengenden Flammen und der erstickende Rauch veranlassten die Soldaten, haufenweise über die Heckreling zu springen. Die Folge davon war eine herzzerreißende und schreckliche Szene. Die Matrosen in den Booten suchten die dreißig bis vierzig Schwimmer möglichst schnell zu retten, und die Weiber auf dem Floß warfen ihnen Gewänder zu, um sie daran heraufzuziehen; bald hörte man eine Frau laut aufschreien, die ihren Gatten vergeblich mit den Wellen kämpfen und dann versinken sah, bald ließen sich Flüche und Verwünschungen vonseiten der Schwimmer hören, die von irgend einem Ertrinkenden gefasst wurden und Gefahr liefen, mit ihm in die Tiefe gezogen zu werden. Von den achtzig Soldaten, welche sich in dem Augenblick, da die Flammen aus dem Heckfenster brachen, noch an Bord befanden, wurden nur fünfundzwanzig gerettet. Mit Philipp waren auch noch einige Matrosen auf dem Schiff; die Übrigen bauten das Floß oder waren in die Boote gegangen. Was sich noch an Bord befand, hielt sich an Philipp. Nachdem man den Matrosen in den Booten genügend Zeit gelassen hatte, die Soldaten aufzulesen, hieß Philipp die Leute an die Lateinrah, welche über die Heckreling hing, hinausklettern und sich entweder auf das Floß niederzulassen oder den Booten ein Zeichen zu geben, dass sie aufgenommen würden. Das Floß war jedoch weiter zurückgeblieben, weil die Frauen und Kinder sonst allzu sehr unter dem Rauch und der Hitze gelitten hätten. Die sich niederlassenden Matrosen wurden nacheinander von den Booten an Bord genommen. Philipp forderte Kapitän Barentz auf, ihm vorauszugehen, aber dieser weigerte sich. Der Rauch erstickte seine Stimme, sonst würde er gewiss noch etwas zum Preise der »Vrow Katharina« gesagt haben. Philipp kletterte nun hinaus; der Kapitän folgte ihm, und beide wurden in eines der Boote aufgenommen.

Das Tau, welches bisher das Floß am Schiffe festgehalten hatte, wurde nun losgemacht und den Booten zugeworfen. In kurzer Zeit befand sich die »Vrow Katharina« im Lee; Philipp und Krantz waren darum bemüht, die Leute in den Booten und auf dem Floß zweckmäßiger zu verteilen. Die meisten Matrosen wurden in die Boote verwiesen, damit sie sich gegenseitig im Rudern ablösen konnten; die Übrigen aber erhielten ihren Platz bei den Soldaten, Weibern und Kindern auf dem Floß. Obgleich die Boote gedrängt voll waren, barg auch das Floß noch eine so große Anzahl von Menschen, dass es fast fußtief untertauchte, sooft eine Woge darauf zukam. Indes hatte man Stieper und Taue befestigt, um die Menschen auf dem Floß besser zu schützen; auch befanden sich die Männer an den Seiten, während die Weiber und die Kinder in die Mitte zusammengedrängt waren.

Die Boote nahmen nun das Floß ins Schlepptau und ruderten bei Anbruch des Tages dem Lande zu.

Mittlerweile war die »Vrow Katharina« zu einer einzigen Flammenmasse geworden. Sie war ungefähr eine halbe Meile ins Lee abgetriftet, und Kapitän Barentz, der neben Philipp im Boot saß, brach, während er dem Brande zusah, in folgende Lobrede aus: »Nun, da geht ein liebliches Schiff dahin – ein Schiff, das alles konnte, nur nicht sprechen. Ich bin überzeugt, dass kein Fahrzeug in der Flotte ein solches Freudenfeuer abgegeben hätte wie sie – brennt sie nicht schön und herrlich? Meine arme ›Vrow Katharina‹ – vollkommen bis zum letzten Augenblick! Wir werden nie wieder ein solches

Schiff sehen! Ich bin froh, dass mein Vater diese Stunde nicht mehr erlebt; denn sie würde dem armen Mann das Herz brechen.«

Philipp erwiderte nichts; denn er respektierte die Achtung, die Kapitän Barentz gegen sein Schiff hegte, selbst dort, wo sie nur übel angebracht war. Sie kamen nur langsam vorwärts; denn die Dünung war gegen sie, und das Floß lag tief im Wasser. Der Tag war angebrochen und das Wetter versprach nichts Gutes. Bereits kräuselte eine Brise die Oberfläche des Meeres, und die Dünung schien sich eher zu vermehren als zu vermindern. Der Himmel überzog sich mit dichtem Gewölk. Philipp sah nach Land aus, konnte aber nichts entdecken; denn der Horizont war in einen Nebel gehüllt, sodass man nicht mehr als etwa fünf Meilen weit schauen konnte. Er fühlte, dass es nötig war, noch vor dem Abend die Küste zu gewinnen, wenn nicht die vielen Personen, die ohne Nahrung auf einem zerbrechlichen, tief im Wasser gehenden Floße saßen, zugrunde gehen sollten. Aber nirgends war Land zu sehen, und überdies drohte ein Sturm. In der Tat eine verzweifelte Lage, und Philipp fühlte sich sehr unglücklich, wenn er daran dachte, dass so viele unschuldige Wesen möglicherweise noch vor dem nächsten Morgen in einem feuchten Grab enden könnten. Und warum? – Da war wieder das Gefühl, welches Philipp trotz aller Gegenraisonnements nicht überwinden konnte. Sein eigenes Leben kümmerte ihn wenig, in solchen Augenblicken fiel auch der Gedanke an seine geliebte Amine nicht ins Gewicht. Das Einzige, was ihn nun aufrecht erhielt und ihn veranlasste, sich wieder zu fassen, war das Bewusstsein, dass er seine Pflicht zu erfüllen habe.

»Land in Sicht!«, rief jetzt Krantz, der sich in dem vordersten Boote befand – eine Freudenbotschaft, die auf dem Floß und in den Booten mit lautem Jubel aufgenommen wurde. Die armen Weiber auf dem Floß, die in der schweren Dünung zuweilen bis an den Gürtel unter Wasser getaucht wurden, drückten ihre Kinder noch heftiger an die Brust und riefen: »Mein Herzchen, du wirst gerettet werden!«

Philipp stand auf dem Achtersitz und blickte auf das Land hin. Er machte dabei die freudige Entdeckung, dass es keine fünf Meilen entfernt war, und ein Hoffnungsstrahl erwärmte sein Herz. Die Brise hatte sich mehr und mehr gesteigert; sie war weder günstig noch ungünstig; denn sie kam von der Seite. Hätten sie Segel für ihre Boote gehabt, so wäre es freilich anders gewesen; aber diese waren weggeräumt worden und hatten nicht herausgeholt werden können. Der Anblick des Landes erregte natürlich große Freude; die Matrosen in den Booten jubelten laut und verdoppelten die Rudermannschaften, um ihre Fahrt zu beschleunigen; aber es war nicht einfach, ein so schwer beladenes Floß über das Wasser zu schleppen, und trotz aller Mühe legten sie pro Stunde nicht mehr als eine halbe Meile zurück.

Sie setzten ihre Anstrengungen bis zum Mittag fort, und nicht ohne Erfolg; denn sie waren jetzt höchstens noch drei Meilen vom Land entfernt. Als jedoch die Sonne kaum ihren Zenit verlassen hatte, trat eine Veränderung ein. Die Brise wehte scharf, die See schwoll schnell an, und das Floß tauchte oft so tief in den Wellen unter, dass die Menschen auf ihm in große Gefahr gerieten. Dementsprechend minderte sich auch die Geschwindigkeit ihrer Fahrt, und um drei Uhr waren sie kaum eine weitere Meile vorangekommen. Die Matrosen, die während so vieler Stunden schwerster Arbeit nichts zu sich genommen hatten, begannen zu erschlaffen, und allerseits wurde der Wunsch nach Trinkwasser laut. Philipp bot all seine Kräfte auf, um die Leute zu ermutigen. Aber da sie sich nun ihrem Ziel so nahe sahen und die Erschöpfung sie im letzten Augenblick noch zu überwältigen drohte, murrten die Matrosen über das Floß, das sie daran hinderte, sich in Sicherheit zu bringen, und sie sprachen von der Notwendigkeit, das Schlepptau zu kappen, da sie für sich selbst sorgen müssten. Die Selbstsucht regierte sie, und sie wurden rebellisch, aber Philipp machte ihnen Vorhaltungen, und aus Achtung gegen ihn mühten sie sich noch eine Stunde länger. Jetzt aber trat ein Umstand ein, der die Frage, über welche sie noch einmal zu debattieren angefangen hatten, entschied.

Die hohe See und die starke Brise hatten das Floß so umhergestoßen, dass es den Leuten oft schwer wurde, sich auf ihm zu halten. Ein lauter Schrei, mit Wehklagen gemischt, erregte plötzlich die Aufmerksamkeit der Mannschaft in den Booten, und als Philipp sich umwandte, sah er, dass das Floß der Gewalt der Wogen nachgegeben hatte und in zwei Hälften auseinandergebrochen waren. Es war eine herzzerreißende Szene – Gatten waren von ihren Weibern und Kindern getrennt, und die Entfernung zwischen den Getrennten wurde zusehends größer; denn der Teil des Floßes, welcher mit den Booten durch das Schlepptau verbunden war, hatte die andere Hälfte bereits weit hinter sich gelassen. Die Weiber erhoben sich mit wildem Geschrei und hielten ihre Kinder in die Höhe. Einige stürzten sich verzweifelnd ins Wasser; sie wollten das schwimmende Wrack erreichen, auf dem ihre Männer standen, versanken aber, ehe man ihnen Beistand leisten konnte. Aber damit war der Höhepunkt des Entsetzens noch nicht erreicht; denn nachdem in der Mitte des Floßes das Bindseil nachgegeben hatte, folgten auch die Übrigen bald, und ehe die Boote zu Hilfe kommen konnten, war die See mit den losen Spieren des Floßes bestreut, an denen sich Männer, Weiber und Kinder festklammerten. Wilde Verzweiflungsrufe zerrissen die Luft, und viele der Weiber gingen zugrunde, während sie ihre Kleinen zu retten bemüht waren. Die noch zusammenhängenden Spieren wurden von den Wellen plötzlich übereinandergeschoben, und viele der Unglücklichen wurden zwischen ihnen erdrückt. Obgleich alle Boote herbeieilten, konnten sie sich doch kaum zwischen den Spieren hindurchzwängen, sodass nur wenige gerettet wurden, und sogar diese wenigen waren mehr, als die Boote aufzunehmen vermochten.

Die Matrosen und einige Soldaten wurden aufgelesen, aber sämtliche Weiber und Kinder fanden ihren Tod in den Wellen.

Die Wirkung dieser Katastrophe lässt sich kaum beschreiben. Die Matrosen, welche noch kurz zuvor das Schlepptau kappen und die Leute auf dem Floß dem Untergang preisgeben wollten, weinten nun, als sie dem Ufer zuruderten – auch Philipp wurde vom Schmerz überwältigt; er verhüllte sein Gesicht und erteilte, völlig achtlos gegen das, was um ihn herum vorging, geraume Zeit keine Befehle.

Es war fünf Uhr abends; die Boote hatten das Schlepptau eingezogen und wetteiferten jetzt miteinander in gewaltiger Anstrengung. Noch ehe die Sonne unterging, landeten sie sicher in einer kleinen

Sandbucht, die weder vom Wind noch von der Brandung erreicht wurde. Die erschöpften Matrosen zogen die Boote an Land und legten sich, ohne an Essen oder Trinken zu denken, auf dem von der Hitze des zu Ende gehenden Tages noch warmen Sand nieder, um alsbald einzuschlafen. Kapitän Barentz, Philipp und Krantz hielten eine kurze Beratung, folgten aber dann dem Beispiel ihrer Leute, um nach der Erschöpfung der letzten vierundzwanzig Stunden im Schlummer Vergessen zu finden.

Viele Stunden lagen sie alle in tiefem Schlafe und träumten von Trinkwasser. Als sie erwachten, wurden sie von heftigem Durst gequält, der sie unsanft daran erinnerte, dass sie sich an einer Sandküste befanden, wo die Salzwellen ihren Bedürfnissen Hohn sprachen. Sie dachten jedoch an die vielen Gefährten, die das Meer verschlungen hatte, und dankten dem Himmel für ihre Rettung. Es war früh am Tage, als sie sich aus den Mulden, welche sie dem nachgiebigen Sand eingedrückt hatten, erhoben, und Philipps Weisung gemäß gingen sie nach allen Richtungen auseinander, um zu sehen, wo sie ihren verzehrenden Durst stillen könnten. Als sie über die sandigen Hügel gingen, fanden sie ein niedriges Gesträuch mit fleischigen Blättern, ähnlich dem sogenannten Eiskraut unserer Gewächshäuser, dessen dickes Laub mit großen Tautropfen bedeckt war. Sie sanken auf die Knie nieder und leckten die Feuchtigkeit ab, die bald ihren Durst vorläufig stillte. Nachdem sie bis Mittag ihre Suche nach Wasser ohne Erfolg fortgesetzt hatten, gesellte sich zu ihrem Durst auch der Hunger. Jeder von ihnen kehrte nach der Küste zurück, um zu erfahren, ob die Gefährten nicht mehr Glück gehabt hatten. Aber alle hatten ihren Durst mit dem Tau des Himmels löschen müssen und weder Wasser noch etwas Essbares gefunden. Einige hatten von den Blättern der erwähnten Pflanze gegessen und festgestellt, dass sie zwar sauer schmeckten, aber einen wässrigen Saft enthielten, der dem Gaumen sehr angenehm war. Das Kraut dient dem Kamel und anderen Tieren der Wüste als Nahrung; es findet sich nur in sandigen Strichen und wird von allen Wiederkäuern gierig verzehrt. Auf Philipps Rat sammelten die Matrosen die Pflanze in Menge ein, brachten sie in die Boote, und man stach wieder in See.

Sie waren nicht mehr als fünfzig Meilen von der Tafelbai entfernt, und wenn es ihnen auch an Segeln fehlte, so hatte sich doch wenigstens der Wind zu ihren Gunsten gedreht. Die Männer waren noch so erschöpft, dass sie die Ruder nur mechanisch ins Wasser tauchten. Erst am nächsten Morgen langten sie vor der False Bai an und hatten noch viele Meilen zu rudern; was sie bisher erreicht hatten, verdankten sie fast ausschließlich dem günstigen Wind; denn sie selbst konnten nur wenig oder gar nichts tun.

Der Anblick eines bekannten Gestades wirkte ermutigend, und gegen Mittag erreichten sie die Küste im Rücken der Tafelbai. Dort standen Häuser und ein Fort, das die seit einigen Jahren hier wohnenden Ansiedler beschützen sollte. Sie landeten an einer Stelle, an der ein Flüsschen, das sich im Winter zu einem reißenden Strome umwandelt, in die Bai mündet. Als sie das Süßwasser sahen, ließen einige der Matrosen ihre Ruder fallen und warfen sich in die seichte See, wo ihnen das Wasser bis über die Lenden ging, langten aber doch nicht so bald an wie diejenigen, welche warteten, bis die Boote den Strand berührten, und dann auf das trockene Land sprangen. Nun aber rannten sie auf das Flüsslein los, welches etwa fünf oder sechs Zoll tief über den Kies dahinströmte; sie tranken, bis sie nicht mehr konnten, tauchten ihre heißen Hände ein und wälzten sich entzückt in dem kühlen Wasser.

Despoten und Fanatiker haben all ihren Scharfsinn aufgeboten, um Qualen für ihre Opfer zu erfinden. – Vergebliche Mühe! – Die Folterbank, der spanische Stiefel, das Feuer – nichts lässt sich mit der Pein eines heftigen Durstes vergleichen. Im Übermaß ihrer Schmerzen rufen die Gefolterten nach Wasser, und es wird ihnen gewährt; die Peiniger könnten sich all ihre raffinierten Vorrichtungen und deren widerliche Schaustellung sparen, wenn sie den Gefangenen in seine Zelle einschlössen, ohne ihm jemals zu Trinken zu geben.

Sobald die Matrosen ihren Durst gestillt hatten, erhoben sie sich triefend aus dem Wasser und gingen auf die Häuser der Faktorei zu. Die Bewohner hatten die Boote bereits bemerkt, und da kein Schiff in der Bai lag, zogen sie daraus natürlich den Schluss, dass ein Unglück geschehen sei, und gingen den Ankömmlingen entgegen. –

Die traurige Geschichte war bald erzählt. Von beinahe dreihundert eingeschifften Menschen hatten sich nur sechsunddreißig gerettet, und diese waren mehr als zwei Tage ohne Nahrung geblieben. Die menschenfreundlichen Ansiedler stellten auf diese Kunde hin keine weiteren Fragen, bis die Schiffbrüchigen ihren Hunger gestillt hatten, und dann gaben Philipp und Krantz einen ausführlichen Bericht.

»Ich meine, Euch schon einmal gesehen zu haben«, bemerkte einer der Ansiedler zu Philipp. »Kamt Ihr nicht an Land, als die Flotte hier vor Anker lag?«

»Nein«, versetzte Philipp, »aber ich bin dennoch schon hier gewesen.«

»Ah, ich erinnere mich jetzt«, entgegnete der Mann. »Ihr wart der Einzige, der mit dem Leben davonkam, als die ›Ter Schilling‹ in der False Bai zugrunde ging.«

»Nicht der Einzige«, erwiderte Philipp. »Ich glaubte es damals auch, traf aber nachher mit dem Steuermann Schriften zusammen, der mein Schiffsgefährte gewesen war – er muss nach mir hier angelangt sein. Ihr werdet ihn natürlich gesehen haben.«

»Nein«, sagte der Mann. »Von der Mannschaft der ›Ter Schilling‹ ist nach Euch niemand mehr angekommen; denn da ich mich seitdem immer hier aufgehalten habe, so würde ich mich bestimmt daran erinnern, wenn es anders gewesen wäre.«

»So muss er wohl auf anderem Wege nach Holland zurückgekehrt sein.«

»Wüsste nicht, wie er das hätte anstellen sollen. Wenn unsere Schiffe die Bai verlassen haben, nähern sie sich der Küste nicht mehr, da es zu gefährlich ist.«

»Und doch habe ich ihn gesehen«, versetzte Philipp nachdenklich.

»Nun, wenn Ihr ihn gesehen habt, so ist das genug. Vielleicht wurde ein Schiff nach der Ostseite hinuntergeblasen und hat ihn an Bord genommen; denn die Eingeborenen in jener Gegend hätten wahrscheinlich das Leben eines Europäers nicht geschont. Die Kaffern sind grausame Leute.«

Die Nachricht, dass Schriften sich nicht auf dem Kap gezeigt hatte, bot Philipp einen neuen Gegenstand zum Nachdenken. Wie der Leser weiß, glaubte unser Held stets, etwas Übernatürliches an dem Manne zu finden, und seine Mutmaßung fand in den Aussagen des Ansiedlers eine neue Bekräftigung.

Wir müssen nun einen Zeitraum von zwei Monaten überspringen, während derer die Matrosen von den Ansiedlern sehr wohlwollend behandelt wurden. Endlich langte eine kleine Brigg in der Bai an, um Lebensmittelvorräte einzunehmen; sie war mit voller Ladung auf dem Heimweg begriffen, und da sie im Dienste der Kompanie stand, so durfte sie sich nicht weigern, die Mannschaft der »Vrow Katharina« an Bord zu nehmen. Philipp, Krantz und die Matrosen schifften sich ein; Kapitän Barentz blieb zurück, um sich am Kap anzusiedeln.

»Warum sollte ich auch nach Hause zurückkehren«, sagte er zu Philipp, welcher ihm Vorhaltungen machte, »da ich dort nichts mehr zu suchen habe? Ich bin ohne Weib und Kinder – hatte nur einen einzigen teuren Gegenstand, meine ›Vrow Katharina‹, die mir Weib, Kind und alles war – sie ist dahin, und ich werde nie ein anderes Schiff finden, das ihr gleicht. Und wenn auch, so könnte ich es doch nicht so lieben, wie ich sie liebte. Nein, alle meine Neigungen sind mit ihr in der Tiefe des Meeres begraben. Wie schön sie brannte! Wie ein Phönix ging sie aus der Welt – den Namen hätte sie eigentlich tragen sollen; denn sie hätte ihn verdient. Nein, nein, ich will ihr treu sein, will mir mein kleines Vermögen nachbringen lassen und ihrem Grabe so nahe als möglich bleiben. So lange ich lebe, werde ich sie nie vergessen; ich will sie betrauern, und wenn ich sterbe, wird man den Namen der ›Vrow Katharina‹ in meinem Herzen eingegraben finden.«

Philipp konnte sich des Wunsches nicht erwehren, der Kapitän möchte seine Liebe einem würdigeren Gegenstand zugewendet haben, da in diesem Falle die Katastrophe wahrscheinlich vermieden worden wäre; er wechselte jedoch den Gesprächsgegenstand, da Kapitän Barentz, der ja kein Seemann war, ohnehin besser an Land blieb, als dass er abermals den Befehl über ein Schiff übernahm. Sie drückten sich die Hand und schieden voneinander – Philipp mit dem Versprechen, für das Geld des Kapitäns Gegenstände zu kaufen, die für einen Ansiedler nützlich wären, und diese mit der ersten Flotte nachzuschicken, welche aus der Zuidersee ausfahren würde. Unser Held war jedoch nicht so glücklich, diesen Auftrag vollziehen zu können. Die Brigg, welche den Namen »Wilhelmina« trug, fuhr aus und langte bald vor St. Helena an. Nachdem sie Wasser eingenommen hatte, setzte sie ihre Fahrt fort. Sie hatte bereits die westlichen Inseln erreicht, und Philipp tröstete sich schon mit der süßen Hoffnung, bald seine Amine in die Arme schließen zu können, als sie nördlich der Azoren in einen wütenden Sturm gerieten, vor welchem sie viele Tage lang, den Schiffsschnabel nach Südost gedreht, lenzen mussten. Als das Wetter sich besserte und die »Wilhelmina« wieder an den Wind gehen konnte, trafen sie mit einer aus fünf Schiffen bestehenden holländischen Flotte zusammen, die von einem Admiral befehligt wurde. Letzterer hatte Amsterdam vor mehr als zwei Monaten verlassen und war seitdem fast ununterbrochen von widrigen Stürmen hin- und hergeworfen worden. Kälte, Anstrengung und schlechter Mundvorrat hatten zum Ausbruch des Skorbuts geführt, und die Schiffe waren so schwach bemannt, dass sie kaum voranzukommen vermochten. Als der Kapitän der »Wilhelmina« dem Admiral berichtete, er habe einen Teil von der Mannschaft der »Vrow Katharina« an Bord, befahl dieser die Schiffbrüchigen auf seine Flotte, wo sie den Dienst der Erkrankten versehen sollten. Alle Einwände waren vergeblich. Philipp hatte gerade noch Zeit, an Amine zu schreiben und von seinem Missgeschick zu berichten. Mit dem Brief an seine Gattin übergab er dem Kapitän der »Wilhelmina« auch einen Bericht an die Direktoren über den Untergang der »Vrow Katharina«. Dann packte er seine Habseligkeiten zusammen und begab sich mit Krantz und seinen Matrosen an Bord des Admiralsschiffs. Mit ihnen gingen noch sechs Mann, auf die der Admiral Anspruch erhoben hatte, obwohl sie zur Besatzung der »Wilhelmina« gehörten. Dann durfte die Brigg, nachdem sie die Depeschen des Admirals in Empfang genommen hatte, ihre Fahrt fortsetzen.

Nichts ist einem Matrosen ärgerlicher, als wenn er sich unerwartet am Beginn einer neuen Kette von Mühsalen und Gefahren sieht, nachdem er bereits damit gerechnet hat, von den überstandenen Strapazen ausruhen zu können – und wie oft kommt dergleichen doch vor! Philipp war sehr niedergeschlagen. »Es ist mein Schicksal«, sagte er zu sich selbst mit den Worten seiner Amine, »und warum sollte ich mich nicht darein finden?« Krantz wütete, und die Matrosen zeigten sich rebellisch – aber vergeblich. Auf dem weiten Meere, wo keine Appellation möglich ist, entscheidet die Gewalt, nicht das Recht.

So hart übrigens auch sein Vorgehen erscheinen mochte, handelte der Admiral doch ganz nach seiner Befugnis. Die wenigen Matrosen, die ihren Dienst noch zu versehen imstande waren, vermochten die Schiffe kaum zu lenken, und der kleine Zuwachs an Arbeitskraft konnte Hunderte retten, die jetzt hilflos in ihren Hängematten lagen. Von den zweihundertundfünfzig Mann, welche in dem Admiralsschiff »Löwe« von Amsterdam abgesegelt waren, konnten kaum siebzig noch Dienst tun, und die übrigen Schiffe hatten in gleichem Grade gelitten.

Der erste Kapitän des »Löwen« war tot, der zweite lag in seiner Hängematte, und der Admiral hatte keinen anderen Beistand als die Maaten des Schiffs, von denen einige gleichfalls mehr tot als lebendig herumkrochen. Das zweite Schiff, die »Dort«, befand sich in einer noch schlimmeren Notlage. Der Kommodore war tot, und der erste Kapitän, der noch immer seinen Dienst versah, hatte nur noch einen einzigen verfügbaren Offizier auf dem Deck.

Der Admiral berief Philipp nach seiner Kajüte, ließ sich von ihm über den Untergang der »Vrow Katharina« berichten und wies ihn an, in der Eigenschaft eines Kapitäns auf das Schiff des Kommodore zu gehen; dem andern Kapitän verlieh er den Rang eines Kommodore. Krantz wurde als zweiter Kapitän auf dem Admiralsschiff zurückbehalten; denn der Admiral erkannte aus Philipps Erzählung sofort, dass beide sowohl tüchtige Offiziere als auch tapfere Männer waren.

18

Die Flotte unter Admiral Rymelandts Kommando hatte den Auftrag, auf der Westpassage, also durch die Magellanstraße und den Pazifik, nach Ostindien zu fahren; denn trotz früherer Fehlschläge glaubte man, dass diese Route mit weniger Hindernissen verbunden sei und die Reise in kürzerer Frist möglich mache.

Die Fahrzeuge, aus denen die Flotte bestand, waren das mit vierundvierzig Kanonen versehene Admiralsschiff »Löwe«, das Schiff des Kommodore, die »Dort«, mit sechsunddreißig Kanonen, die »Zuyder-Zee« mit zwanzig, die »Junge Frau« mit zwölf und die »Schevelling«, eine Ketsch, mit vier Geschützstücken.

Die Mannschaft der »Vrow Katharina« wurde auf die beiden größeren Schiffe verteilt, da sich die kleineren mit weniger Händen lenken ließen. Nachdem alle Vorbereitungen getroffen waren, wurden die Boote hochgezogen, und die Schiffe begannen aufs Neue ihre Fahrt. Zehn Tage lang wurden sie durch leichte Gegenwinde behindert, und die Opfer des Skorbuts erhielten an Bord der »Dort« einen beträchtlichen Zuwachs. Viele starben und wurden über Bord geworfen, andere lagen krank in den Hängematten.

Der neuernannte Kommodore, der Avenhorn hieß, ging an Bord des Admiralsschiffs, um über die Sachlage Bericht zu erstatten und auf Philipps Rat hin den Vorschlag zu machen, dass sie an der Küste von Südamerika landen und versuchen sollten, ob es ihnen nicht durch Bestechung oder Gewalt gelänge, von den Spaniern oder den Eingeborenen frischen Mundvorrat zu erhalten. Davon wollte jedoch der Admiral nichts hören. Er war ein anmaßender, kühner und starrköpfiger Mann, der sich durch nichts überzeugen ließ und kein Mitgefühl für die Leiden anderer besaß. Er verwarf den Vorschlag augenblicklich und weigerte sich, auf die Küste zuzusteuern, obwohl er dies sofort getan hätte, wäre er von sich aus auf die Idee gekommen. Der Kommodore kehrte nicht nur mit getäuschten Hoffnungen, sondern auch höchst entrüstet über die gegen ihn gebrauchte Sprache auf sein Schiff zurück.

»Was können wir tun, Kapitän Vanderdecken? Ihr kennt unsere Lage nur zu gut – wir können nicht damit rechnen, uns noch lange auf See zu halten, und wenn wirs tun, müssen wir das Schiff auf Gnade und Ungnade den Wellen preisgeben, während die Mannschaft einen elenden Tod in ihren Hängematten stirbt. Wir haben jetzt nur noch vierzig Mann und in zehn Tagen vielleicht nur noch zwanzig; denn je strenger die Arbeit wird, desto schneller schwinden uns die Leute dahin. Täten wir nicht besser daran, unser Leben in einem Kampf mit den Spaniern zu wagen, als hier wie die Fliegen zu sterben?«

»Ich bin vollkommen Eurer Ansicht, Kommodore«, antwortete Philipp, »aber wir müssen der Order Gehorsam leisten. Der Admiral ist ein unbeugsamer Mann.«

»Und ein grausamer obendrein. Ich habe gute Lust, ihn diese Nacht noch zu verlassen, und wenn er daran etwas auszusetzen hat, werde ich mich nach meiner Rückkehr wohl vor den Direktoren zu rechtfertigen wissen.«

»Handelt nicht übereilt – vielleicht wird er doch noch ein Einsehen haben und Eurem Rat folgen, wenn er merkt, dass seine eigene Mannschaft mit jedem Tage mehr und mehr geschwächt wird.«

Eine weitere Woche verging, und die Flotte war nur wenig vorwärts gekommen. Die Krankheit hatte auf jedem Schiff eine verheerende Wirkung geübt, und auf der »Dort« befanden sich, wie der Kommodore vorausgesagt hatte, nur noch zwanzig dienstfähige Matrosen. Aber auch das Admiralsschiff und die übrigen Fahrzeuge hatten in gleichem Grade gelitten. Der Kommodore begab sich deshalb aufs Neue zum Admiral, um seinen Vorschlag zu wiederholen.

Admiral Rymelandt war nicht nur ein finsterer, sondern auch ein tückischer Mann. Er sah wohl ein, dass der Rat des Kommodore seine Berechtigung hatte, mochte ihm aber nicht folgen, da er ihn schon einmal zurückgewiesen hatte. Es gelüstete ihn nach Rache, da er sich vor die Wahl gestellt sah, entweder den Vorschlag anzunehmen oder auf das einzige Mittel zu verzichten, wodurch die Mannschaft und der Erfolg der Reise noch zu retten gewesen wäre. Zu stolz, um seinen Irrtum einzugestehen, gab er abermals eine abschlägige Antwort, und der Kommodore kehrte auf sein Schiff zurück. Die Flotte war zu diesem Zeitpunkt etwa drei Tagereisen von der Küste entfernt und steuerte auf die Magellanstraße zu. In der folgenden Nacht aber, sobald Philipp in seiner Hängematte lag, erschien der Kommodore auf Deck und befahl, dass der Kurs des Schiffes um einige Striche westwärts geändert werde. Die Nacht war sehr dunkel, und da nur der »Löwe« eine Laterne auf der Hütte führte, so merkten es weder der Admiral noch die übrigen Schiffe der Flotte, dass die »Dort« sich von ihnen trennte. Als Philipp am anderen Morgen an Deck erschien, waren die Begleitschiffe außer Sicht. Er blickte auf den Kompass, bemerkte die Kursänderung und fragte, wann und auf wessen Geheiß sie vorgenommen worden sei. Gegen einen Befehl seines Vorgesetzten konnte er natürlich nichts einwenden, und als der Kommodore an Deck erschien, teilte er unserem Helden mit, er habe sich für befugt gehalten, sich den Befehlen des Admirals zu widersetzen, da er andernfalls die ganze Schiffsmannschaft geopfert haben würde – und damit hatte er in der Tat recht.

Nach zwei Tagen sahen sie Land, und als sie auf die Küste zuliefen, bemerkten sie eine große Stadt und Spanier am Gestade. Sie ankerten an der Mündung eines Flusses und hissten eine englische Flagge, worauf ein Boot herankam, um zu fragen, wer sie wären und was sie verlangten. Der Kommodore kannte den Hass der Spanier gegen die Holländer und wusste wohl, dass er sich, wenn die Nationalität seines Schiffes bekannt wurde, nur durch Gewalt Mundvorrat verschaffen konnte; er bezeichnete daher sein Fahrzeug als ein englisches Schiff, das mit einem gestrandeten Spanier zusammengetroffen sei und die vom Skorbut befallene Mannschaft desselben an Bord genommen habe, weil er es für grausam halte, so viele seiner Mitmenschen zugrunde gehen zu lassen; die Kranken lägen unten in den Hängematten, und er sei von seinem Kurs abgewichen, um sie an dem ersten spanischen Fort, das er passieren würde, an Land bringen zu lassen. Dann bat er, man möchte doch unverweilt Gemüse und frischen Mundvorrat für die Patienten an Bord schicken, da diese nur unter Lebensgefahr an Land gebracht werden könnten, wenn sie sich nicht zuvor einige Tage lang mit kräftiger Nahrung gestärkt hätten; auch hoffe er, so fügte er hinzu, der Gouverneur werde zum Dank für die Hilfe, welche man seinen Landsleuten geleistet habe, die Mannschaft des Schiffs nicht vergessen.

Dieses wohlersonnene Märlein konnte der Offizier, den der spanische Gouverneur an Bord geschickt hatte, nur bestätigen. Man forderte ihn nämlich auf, hinunterzugehen, um sich die Kranken anzusehen; der Anblick so vieler armer Teufel im Endstadium dieser furchtbaren Krankheit – die Zähne ausgefallen, das Zahnfleisch mit Geschwüren bedeckt, der ganze Körper voll Beulen und Schwären – genügte ihm vollends; er verließ eilig das untere Deck, als wäre es ein Beinhaus, begab sich hastig ans Ufer und erstattete seinen Bericht.

Nach zwei Stunden langte ein großes Boot mit frischem Rindfleisch und grünem Gemüse an. Es brachte Verpflegung für drei Tage, die alsbald unter der Mannschaft verteilt wurde. Der Kommodore dankte mit einem Brief, in dem er unter anderem erklärte, dass ihm seine angegriffene Gesundheit nicht erlaube, an Land zu gehen und dem Gouverneur persönlich zu danken; er fügte dem Brief eine Liste der angeblich an Bord befindlichen Spanier bei, unter denen er einige Offiziere und angesehene Leute namhaft machte, von denen er glaubte, dass sie mit der Familie des Gouverneurs verwandt seien; denn er hatte Namen und Titel des Letzteren von den an Bord geschickten Boten erfahren. Den Holländern waren die meisten spanischen Adelsfamilien wohl bekannt; denn es hatte in der Tat vor dem Abfall der Niederlande von Spanien häufig Heiratsverbindungen zwischen dem holländischen und dem spanischen Adel gegeben. Der Kommondore schloss seinen Brief mit der Versicherung, er werde in ein paar Tagen imstande sein, dem Gouverneur seine Aufwartung zu machen und die Kranken an Land bringen zu lassen; denn es sei ihm darum zu tun, seine Entdeckungsreise möglichst bald fortzusetzen.

Am dritten Tage wurde frischer Mundvorrat an Bord geschafft, und bald darauf begab sich der Kommodore in englischer Uniform ans Ufer, um dem Gouverneur seine Aufwartung zu machen; er erstattete einen ausführlichen Bericht über die Leiden der angeblich geretteten Spanier und wurde mit dem Gouverneur einig, dass die Kranken erst in zwei Tagen an Land gebracht werden sollten. Nach vielen Höflichkeitsbezeigungen kehrte er wieder an Bord zurück. Der Gouverneur hatte die Absicht zu erkennen gegeben, am andern Tage, falls das Wetter nicht zu ungünstig sei, den Besuch zu erwidern – ein Versprechen, das er jedoch erst am dritten Tage einhalten konnte. Dies war übrigens genau das, was der Kommodore sich wünschte.

Wohl keine Krankheit ist so furchtbar und so rasch in ihren Wirkungen auf den menschlichen Körper, keine aber auch durch entsprechende Gegenmittel so schnell wieder heilbar wie der Skorbut. Wenige Tage hatten genügt, um diejenigen, die sich zuvor nicht einmal in ihren Hängematten umdrehen konnten, vollständig wieder herzustellen. Der Kommodore wartete auf die Ankunft des Gouverneurs und empfing seinen Gast mit allen gebührenden Ehren, erklärte ihm aber, sobald sie in der Kajüte waren, mit großer Höflichkeit, dass er und alle seine Offiziere Gefangene seien; denn das Fahrzeug sei ein holländisches Kriegsschiff und nicht Spanier, sondern seine eigenen Leute seien in Gefahr gewesen, am Skorbut zu sterben. Er tröstete den Gouverneur jedoch mit der Bemerkung, dass er der List den Vorzug gegeben habe, um keine Gewalt anwenden zu müssen, und dass die Gefangenschaft Seiner Exzellenz nicht länger dauern werde, als bis er eine hinreichende Zahl lebendiger Ochsen und eine genügende Menge frischen Gemüses an Bord habe, um die vollständige Genesung seiner Leute sicherzustellen. Der spanische Gouverneur blickte zuerst auf den Kommodore, dann auf die Reihe bewaffneter Männer an der Kajütentüre und endlich auf die ziemlich weit entfernte Stadt; dabei mochte er auch die Möglichkeit ins Auge fassen, dass er in dem holländischen Schiff entführt werden könnte. In Erwägung all dieser Punkte und in Anbetracht des mäßigen Lösegeldes, welches verlangt wurde (denn in jener Gegend wird ein Ochse bloß mit einem Dollar bezahlt), beschloss er, aus der Not eine Tugend zu machen und sich in die Forderungen des Kommodore zu fügen. Er ließ sich Feder und Tinte reichen und schrieb einen Befehl, dass man unverweilt

Ochsen und Gemüse an Bord bringe. Noch vor Sonnenuntergang wurde alles herbeigeschafft. Sobald die beladenen Boote neben der »Dort« lagen, geleitete der Kommodore seinen vornehmen Gefangenen unter vielen Verbeugungen und Dankesbezeigungen nach der Laufplanke und komplimentierte ihn noch, wie bei seiner Ankunft, mit einer Salve aus dem großen Geschütz. Die Leute an der Küste meinten, Se. Exzellenz habe einen langen Besuch gemacht; da der Gouverneur aber nicht eingestehen mochte, dass er sich hatte hinters Licht führen lassen, so durfte die Sache, wenigstens in seiner Anwesenheit, nicht zur Sprache gebracht werden, obgleich sie bald allgemein ruchbar wurde.

Nachdem die Boote geleert waren, lichtete der Kommodore die Anker und stach in See, wohl zufrieden, dass er auf diese Weise die Rettung seiner Schiffsmannschaft hatte bewerkstelligen können. Für den Fall einer Trennung der Flotte waren die Falklandinseln zum Sammelplatz bestimmt worden. Nach vierzehn Tagen langte der Kommodore dort an, ohne jedoch den Admiral vorzufinden. Seine Mannschaft war jetzt wieder völlig genesen und sein frisches Fleisch noch nicht ganz verbraucht, als sich endlich der »Löwe« und die drei anderen Schiffe auf offener See blicken ließen. Es schien, dass der Admiral, unmittelbar nachdem die »Dort« sich von ihm getrennt hatte, von dem Rat des Kommodore Gebrauch gemacht hatte und auf die Küste zugelaufen war, ohne jedoch so glücklich zu sein wie der ihm untergeordnete Offizier. Er hatte nämlich aus allen vier Fahrzeugen eine bewaffnete Macht ans Land geworfen und zwar einige Stück Vieh erbeutet, dabei aber ebenso viele Leute verloren. Auch hatten seine Matrosen eine große Menge verschiedener Pflanzen und Gemüse gesammelt, die sie an Bord brachten und mit gutem Nutzen unter die Kranken verteilten, welche allmählich wieder genasen.

Sobald der Admiral Anker geworfen hatte, beschied er durch ein Signal den Kommodore an Bord und nahm ihn wegen seines Ungehorsams ins Verhör. Der Kommodore leugnete nicht, dass er die Flotte absichtlich verlassen habe, entschuldigte sich aber mit dem Zwang der Notwendigkeit und erbot sich, nach der Rückkehr die ganze Sache dem Direktorengremium vorzulegen. Der Admiral war jedoch mit den ausgedehntesten Vollmachten ausgestattet und hatte das Recht, jede Person, die sich der Meuterei und der Insubordination schuldig machte, nicht nur vor ein Gericht zu stellen, sondern auch zu verurteilen und zu bestrafen. Er ließ daher den Kommodore in Ketten legen und unter das Halbdeck bringen.

Sämtliche Kapitäne, unter ihnen natürlich auch Philipp, wurden auf das Admiralsschiff gerufen. Der Admiral hielt ein summarisches Kriegsgericht und berief sich auf seine Instruktionen, die ihn dazu ermächtigten. Das Ergebnis des Gerichtes konnte nur ein einziges sein – eine Verurteilung wegen Ungehorsams, welche Philipp, sehr gegen seinen Willen, mit seiner Unterschrift bekräftigen musste. Der Admiral ernannte sodann unsern Helden zum Zweiten im Kommando mit dem Wimpel des Kommodore – sehr zum Verdrusse der Kapitäne auf den übrigen Schiffen. Hierin erwies er sein gesundes Urteil, da kein anderer der Aufgabe so gewachsen war wie Philipp. Nachdem dies geschehen war, wurden die Offiziere entlassen. Philipp hätte gerne den vormaligen Kommodore gesprochen, wurde aber durch die Schildwache, der der Admiral eine entsprechende Order gegeben hatte, daran gehindert. Unser Held sah sich daher genötigt, den Gefangenen sich selbst zu überlassen, und konnte ihn nur mit einem freundlichen Kopfnicken grüßen. Die Flotte blieb drei Wochen vor den Falklandinseln, damit die Mannschaft sich erholen konnte. Frisches Ochsenfleisch war nicht zu haben, doch fanden sie auf den Inseln Löffelkraut in reichlichen Mengen und außerdem eine Unzahl von Pinguinen vor. Letztere saßen dicht beieinander auf graslosen Flächen, bebrüteten ihre Eier und zogen ihre Jungen auf. Die Matrosen konnten sich Eier und Vögel auswählen, so viele sie nur wollten; denn deren Zahl war so ungeheuer, dass sie sich nicht zu vermindern schien, so ausgiebig sich auch die Mannschaft mit Eiern und Vögeln versorgte. Diese Nahrung wollte zwar den Gaumen der Seeleute auf die Dauer nicht sonderlich behagen, war aber doch geeignet, ihre Gesundheit wiederherzustellen, und ehe sie wieder absegelten, gab es auch nicht einen einzigen Skorbutkranken mehr auf der Flotte.

In der Zwischenzeit verblieb der Kommodore fortwährend in Gefangenschaft, und man trug sich mit unterschiedlichen Mutmaßungen über sein endgültiges Schicksal. Es war zwar bekannt, dass der Admiral Gewalt über Leben und Tod hatte, aber dennoch glaubte niemand, dass er von seiner Vollmacht gegenüber einem Delinquenten von so hohem Range Gebrauch machen würde. Die übrigen Kapitäne hielten sich von Philipp fern, weshalb dieser ihre Meinung nur wenig kannte. An Bord des Admiralsschiffes wagte er es hin und wieder, die Frage zur Sprache zu bringen, wurde aber jedes Mal augenblicklich zum Schweigen ermahnt; schließlich verzichtete er vollständig darauf, weil er befürchtete, der Sache des Kommodore, den er sehr schätzte, damit zu schaden. Endlich segelte die Flotte nach der Magellanstraße ab, ohne dass jemand gewusst hätte, wie die Sache ausgehen würde. Vierzehn Tage später langten sie in der Meerenge an. Der Wind war anfangs günstig, und sie legten die Hälfte der Durchfahrt zurück; dann aber hatten sie nicht nur mit Gegenwind, sondern auch mit einer widrigen Strömung zu kämpfen und kamen mit jedem Tag schlechter voran. Infolge der Anstrengung und der Kälte begannen die Matrosen zu erkranken. Ob nun der Admiral schon früher seinen Entschluss gefasst hatte oder ob ihn die fruchtlosen Bemühungen um die Fortsetzung der Reise erst dazu brachten, wissen wir nicht zu sagen; wir beschränken uns auf die Mitteilung, dass er nach einem dreiwöchigen vergeblichen Kampf gegen Wind und Strömung beidrehen ließ, sämtliche Kapitäne zu sich an Bord beschied und nun die Bestrafung des Gefangenen zur Sprache brachte: Dieser sollte maroniert, das heißt mit Mundvorrat für einen Tag an einer Küste ausgesetzt werden, wo ihm jede Möglichkeit fehlte, sein Leben zu fristen. Diese Art der Strafe wurde in jener Zeit, so viel den damaligen Reiseberichten zu entnehmen ist, von den Holländern häufig in Anwendung gebracht, obgleich sie wohl selten oder nie an einem Manne vollstreckt wurde, der den Rang eines Kommodore bekleidete.

Philipp protestierte augenblicklich dagegen, und Krantz folgte seinem Beispiel, obgleich beide recht wohl wussten, dass sie sich dadurch den Admiral zum Feinde machten; die übrigen Kapitäne jedoch hatten die beiden Fremdlinge von jeher mit eifersüchtigem Auge betrachtet und schlugen sich nun auf die Seite des Oberbefehlshabers. Aber trotz dieser Majorität hielt es Philipp für seine Pflicht, dem Admiral ins Gewissen zu reden.

»Ihr wisst wohl, Admiral«, sagte er, »dass ich die Verurteilung wegen Ungehorsams mit unterzeichnete; dessen ungeachtet aber sind wichtige Strafmilderungsgründe vorhanden. Er wich von seiner Order ab, um seine Mannschaft zu retten, und hat dabei richtig gehandelt, wie Ihr selbst durch Euer eigenes Vorgehen bewiesen habt. Straft daher ein so leicht entschuldbares Vergehen nicht mit solcher Grausamkeit, sondern überlasst die Entscheidung der Kompanie und schickt den Gefangenen alsbald nach Eurer Ankunft in Indien nach Hause zurück. Durch den Verlust seines Kommandos ist er hinreichend bestraft, und was Ihr ihm darüber hinaus noch auferlegt, wird man mehr Eurer Rachsucht als Eurem Gerechtigkeitssinn zuschreiben. Außerdem, welches Glück können wir uns noch erhoffen, wenn wir eine derartige Barbarei begehen, und wie dürfen wir erwarten, die Vorsehung werde uns gegen Wind und Wellen schützen, wenn wir so gegen einen unserer Mitmenschen wüten?«

Philipps Argumente fruchteten jedoch nichts. Der Admiral befahl ihm, an Bord seines Schiffes zurückzukehren, und würde ihn wohl auch seines Kommandos enthoben haben, wenn er dafür einen beschönigenden Vorwand hätte auffinden können. Dies war jedoch nicht so einfach, aber bald wurde Philipp gewahr, dass der Admiral von nun an sein Todfeind war. Der Kommodore wurde seiner Fesseln entledigt und nach der Kajüte gebracht, wo man ihm sein Urteil verkündete.

»Seis drum, Admiral«, versetzte Avenhorn, »denn ich weiß wohl, dass es nichts nützen würde, Euch von Eurem vorgefassten Entschluss abbringen zu wollen. Nicht wegen Ungehorsams gegen Eure Befehle werde ich bestraft, sondern weil ich Euch durch mein Abweichen von der Order auf Eure Pflicht aufmerksam machte – auf eine Pflicht, zu der Euch die Notwendigkeit zwang. Wie dem übrigens sein mag, lasst mich immerhin auf diesen schwarzen Felsen ohne Rettung zugrunde gehen, aber hört auf meine Worte, grausamer und rachsüchtiger Mann! Ich werde nicht der Einzige sein, der hier vermodert, und ich prophezeie Euch, dass viele andere mein Geschick teilen werden. Selbst Ihr, Admiral, werdet vielleicht unter ihnen sein – ja, wenn ich nicht irre, werdet Ihr sogar an meiner Seite liegen.«

Der Admiral antwortete nicht, sondern deutete nur durch ein Zeichen an, dass der Gefangene entfernt werden solle. Er hielt dann eine Beratung mit den Kapitänen der drei kleineren Schiffe, und da Letztere durch die Schwerfälligkeit des »Löwen« aufgehalten worden waren, desgleichen auch die »Dort«, die von Philipp kommandiert wurde, so entschied er, dass die Schiffe sich trennen und so schnell als möglich nach Indien vorrücken sollten. Zuvor aber sollten die kleineren Schiffe all ihren entbehrlichen Mundvorrat an die größeren abtreten, die bereits Not zu leiden begannen.

Nachdem der Gefangene entfernt war, hatte Philipp mit Krantz die Kajüte verlassen. Unser Held schrieb nun ein paar Zeilen auf einen Papierstreifen; sie lauteten: »Wenn man Euch an Land gesetzt hat, so verlasst die Küste nicht, solange Ihr die Schiffe noch seht.« Philipp bat Krantz, er möge versuchen, dem Kommodore das Billet zuzustecken, und kehrte an Bord seines Schiffes zurück.

Als die Matrosen der »Dort« von der Strafe hörten, welche über ihren alten Befehlshaber verhängt worden war, gerieten sie außer sich. Sie fühlten, dass er sich geopfert hatte, um sie zu retten, und murrten über die Grausamkeit des Admirals.

Etwa eine Srunde, nachdem Philipp auf sein Schiff zurückgekehrt war, wurde der Gefangene ausgesetzt. Keine Kleidungsstücke außer denen, die er am Leibe trug, keine Werkzeuge zum Feuerschlagen wurden ihm zugestanden. Die Leute, die ihn an Land gebracht hatten, durften ihm nicht einmal Lebewohl sagen.

Wie Philipp erwartet hatte, blieb die Flotte liegen; der überflüssige Mundvorrat der kleineren Schiffe wurde auf die größeren geschafft, und bei Einbruch der Nacht war man noch nicht damit fertig. Diese Gelegenheit durfte nicht versäumt werden.

Philipp wusste zwar, dass er gesetzwidrig handelte, kehrte sich jedoch nicht daran; denn er wusste, der Admiral würde nichts erfahren, da die Mannschaft der »Dort« sowohl ihm als dem unglücklichen Kommodore sehr zugetan war. Er trug einigen vertrauenswürdigen Seeleuten auf, ein paar Musketen, eine Quantität Munition, mehrere Decken und unterschiedliche andere Gegenstände, desgleichen auch Mundvorrat für zwei oder drei Monate in eines der Boote zu schaffen, dann aber im Schutze der Nacht ans Ufer zu rudern. Die Männer trafen den Kommodore noch an der Küste und versahen ihn mit dem Notwendigsten, worauf sie nach ihrem Schiff zurückkehrten, ohne dass der Admiral auch nur den geringsten Verdacht geschöpft hätte. Bald nachher brach die Flotte bei günstigem Wind auf, die Schnäbel von der Küste abgekehrt. Am anderen Tage trennten sich die kleineren Schiffe von ihren Begleitern; sie hatten bei Sonnenuntergang schon viele Meilen windwärts gewonnen und wurden dann nicht mehr gesehen.

Der Admiral hatte Philipp rufen lassen, um ihm Instruktionen zu geben; sie waren sehr streng und augenscheinlich darauf berechnet, dem Oberbefehlshaber mit der Zeit einen beschönigenden Grund zu liefern, unsern Helden seines Kommandos zu berauben. Unter anderem lautete die Order, die »Dort« solle, da sie viel weniger Tiefgang habe als das Admiralsschiff, im Laufe der Nacht voraussegeln, damit sie den Admiral rechtzeitig warnen könne, wenn sie auf der Durchfahrt durch die Meerenge in seichtes Wasser gerieten. Diese Auflage zwang Philipp, sich an Deck zu begeben, sobald sie sich auf irgendeiner Seite zu weit dem Lande näherten. In der zweiten Nacht nach der Teilung der Flotte wurde Philipp an Deck gerufen, weil sie sich der Küste von Feuerland näherten. Er sah eben zu, wie der Mann in den Püttingen das Lot auswarf, als ihm der Offizier der Wache meldete, dass das Admiralsschiff vor ihnen liege. Philipp fragte, wann es an ihnen vorbeigekommen sei, erhielt aber keine klare Antwort, weshalb er sich nach dem Vorderschiff begab und vor sich das Admiralsschiff mit seinem Hüttenlicht entdeckte, das, wenn der »Löwe« sich hinter ihnen befand, nicht sichtbar war.

»Was mag das zu bedeuten haben?«, dachte Philipp. »Ist der Admiral vielleicht vorausgeschossen, um mir eine Vernachlässigung meines Dienstes zur Last legen zu können? Es muss wohl so sein. Je nun, tue er, wie ihm beliebt; er muss jetzt warten, bis wir in Indien anlangen; denn ich werde nicht zulassen, dass er mich gleichfalls maroniert; auch möchte ich fast glauben, dass ich mit meinen bedeutenden Aktien einen größeren Einfluss auf die Kompanie habe als er. Gut! Da er es für passend gehalten hat, vorauszufahren, so habe ich nichts zu tun, als zu folgen – Ihr könnt aus den Püttingen wieder heraufkommen«, rief er dem Mann mit dem Lote zu.

Philipp segelte vorwärts. Der »Löwe« war jetzt, dem Anscheine nach, in großer Landnähe, obschon sich in der Dunkelheit nicht viel erkennen ließ, und setzte zu Philipps großem Erstaunen seinen Kurs fort, obwohl man bereits die Küste durch die Finsternis unterscheiden konnte. Philipps Augen waren ohne Unterlass auf das vor ihm segelnde Schiff gerichtet, und er erwartete jeden Augenblick, dass es wenden würde; dies geschah aber nicht, und Philipp folgte dem Admiralsschiff weiterhin mit seinem eigenen Fahrzeug.

»Wir sind sehr nahe am Land, Herr«, bemerkte der Leutnant Van der Hagen, welcher die Wache hatte.

»So scheint es; der Admiral aber noch mehr, obschon er tiefer im Wasser geht als wir«, versetzte Philipp.

»Ich meine, Felsen neben den Leespieren zu sehen, Herr.«

»Ihr habt, glaube ich, recht«, entgegnete Philipp. Ich verstehe das nicht. Klar zum Wenden! Haltet eine Kanone bereit! Verlasst Euch darauf, sie glauben, wir seien vor ihnen.«

Philipp hatte kaum diese Befehle erteilt, als das Schiff schwer auf den Klippen aufstieß. Unser Held lief nach hinten und sah, dass das Steuer losgebrochen war, während die »Dort« unbeweglich festsaß. Seine Gedanken kehrten zu dem Admiralsschiff zurück. War es vielleicht gestrandet? Er eilte nach vorne; aber der Admiral segelte noch immer mit seinem Hüttenlicht in einer Entfernung von ungefähr zwei Kabellängen voraus.

»Feuert die Kanone ab«, rief Philipp über die Maßen verwirrt. –

Das Geschütz entlud sich, und alsbald folgten Blitz und Knall einer andern Kanone dicht am Heck der »Dort«. Philipp sah erstaunt über die Windvierung und bemerkte das Admiralsschiff dicht hinter sich, augenscheinlich gleichfalls an der Küste.

»Barmherziger Himmel!« rief Philipp, nach dem Vorderschiff stürzend. »Was kann das sein?«

Das andere Schiff segelte noch immer mit seinem Lichte voraus und entfernte sich immer weiter. Der Tag dämmerte, und es war nun hell genug, dass man das Land sehen konnte. Die »Dort« befand sich auf fünfzig Ellen in Küstennähe und war rings von hohen, zackigen Felsen umgeben, und doch segelte das vordere Schiff immer weiter, scheinbar über das Land hin. Die Matrosen sammelten sich in der Back und sahen dem wunderbaren Phänomen nach, das sich weiter und weiter aus ihrem Gesichtskreis entfernte.

»Bei allem, was heilig ist, das ist der fliegende Holländer!«, rief einer von den Matrosen und sprang von der Kanone herunter.

Kaum hatte der Mann diese Worte ausgesprochen, als das Schiff mit einem Male verschwand.

Philipp war überzeugt, dass der Mann recht hatte, und begab sich in einem sehr verstörten Zustand nach dem Hinterdeck. Seines Vaters verhängnisvolles Schiff hatte sie also in den wahrscheinlichen Untergang gelockt. Er wusste kaum, wie er handeln sollte. Er wollte sich nicht sofort dem Zorn des Admirals aussetzen, weshalb er den Offizier der Wache beauftragte, das Boot mit Leuten zu bemannen, die bezeugen konnten, was vorgefallen war, und an Bord des Admiralsschiffes zu gehen, um Bericht zu erstatten.

Sobald das Boot abgefahren war, wandte Philipp seine Aufmerksamkeit dem Zustand des eigenen Schiffes zu. Es war heller geworden, und Philipp bemerkte jetzt, dass sie zwischen zwei Riffen, die sich eine halbe Meile weit ins Meer vorschoben, gestrandet waren.

Durch wiederholtes Loten stellte er fest, dass die »Dort« vom Bug bis zum Heck festsaß, und es stand nicht zu erwarten, dass man sie wieder flott machen könne, ohne sie wenigstens zum Teil zu entladen. Als sich unser Held umwandte, entdeckte er, dass sich das Admiralsschiff in einer ebenso traurigen, wo nicht schlimmeren

Klemme befand, da die Felsen in seinem Lee aus dem Wasser emporragten und es im Falle eines Sturmes viel stärker gefährdeten. Vielleicht gab es nie eine traurigere und entsetzlichere Szene. Eine dunkle Wasserwüste – ein mit schweren Wolken behangener Himmel – der Wind kalt und schneidend – die ganze Küstenlinie eine Anhäufung von kahlen Felsen ohne die geringste Spur einer Vegetation! Das Binnenland bot einen ebenso trübseligen Anblick, und die höheren Punkte waren mit Schneekappen bedeckt, obgleich es nicht Winter war. Als Philipp den Blick an der Küste entlanggleiten ließ, bemerkte er nicht ganz vier Meilen leewärts die Stelle, an der der Kommodore ausgesetzt worden war.

»Zuverlässig ist dies eine Strafe für seine Grausamkeit«, dachte Philipp, »und die Prophezeiung des armen Avenhorn wird sich bewahrheiten – nicht nur *seine* Gebeine werden auf diesen Felsen bleichen.« Er wandte sich wieder nach der Stelle um, wo das Admiralsschiff am Ufer lag, und fuhr plötzlich zusammen; denn ihm bot sich ein Anblick, grauenhafter als alles, was ihm je zuvor begegnet war – der Körper Van der Hagens, des Offiziers, welchen er auf das Admiralsschiff geschickt hatte, baumelte am großen Nock.

»Mein Gott, ist es möglich!«, rief Philipp, voll Entrüstung und Schmerz auf den Boden stampfend.

Das Boot war auf dem Rückweg, und unser Held sah seiner Ankunft mit Ungeduld entgegen. Die Matrosen eilten herauf und meldeten Philipp atemlos, der Admiral habe, sobald er den Rapport des Leutnants gehört und vernommen hatte, dass Van der Hagen der wachhabende Offizier gewesen sei, Befehl erteilt, ihn zu hängen; sie seien beauftragt, dem Kommandeur der »Dort« zu melden, dass er augenblicklich beim Admiral zu erscheinen habe; auch hätten sie gesehen, wie ein weiteres Tau am anderen Nock befestigt worden sei.

»Aber nicht für Euch, Herr«, riefen die Matrosen, »das darf nicht geschehen! Ihr sollt nicht auf das Admiralsschiff; wir wollen Euch mit unserem Leben verteidigen.«

Philipp dankte ihnen freundlich und versicherte ihnen, dass er gar nicht daran denke, an Bord zu gehen, ersuchte sie aber zugleich, sich ruhig zu verhalten, bis man sicher wisse, was der Admiral vorhabe. Dann ging er nach seiner Kajüte hinunter, um zu überlegen, was weiter zu tun sei. Während er zum Heckfenster hinausschaute und die Leiche des jungen Mannes noch immer im Winde baumeln sah, wünschte er fast, an der Stelle des Toten zu sein, damit doch sein widriges Geschick einmal ein Ende habe; dann aber dachte er an Amine und merkte, dass er um ihretwillen noch leben wollte. Dass das Geisterschiff ihn in den Untergang gelockt haben sollte, bereitete ihm großen Schmerz. Er presste die Hände gegen die Schläfen und grübelte lange Zeit. »Es ist mein Schicksal«, dachte er endlich, »und der Wille des Himmels muss geschehen; denn ohne seine Zustimmung hätten wir nicht derart getäuscht werden können.« Dann fasste er wieder seine gegenwärtige Lage ins Auge.

Zweifelsohne hatte der Admiral durch das Bluturteil über den jungen Mann seine Vollmachten überschritten; denn obgleich ihm seine Instruktionen Macht über Leben und Tod gaben, so sollte doch jeder Hinrichtung ein Kriegsgericht vorausgehen, bei dem alle Kapitäne der Flotte ein Mitspracherecht hatten. Unser Held fühlte sich daher zum Widerstand berechtigt, obgleich ihn der Gedanke an ein möglicherweise notwendig werdendes Blutvergießen schwer beunruhigte. Während er noch über seine weiteren Schritte mit sich zurate ging, wurde ihm gemeldet, dass ein Boot vom Admiralsschiff abgestoßen sei. Unser Held begab sich auf das Deck, um den Offizier zu empfangen, der die Befehle des Admirals überbrachte; Philipp wurde aufgefordert, sich unverweilt an Bord des »Löwen« zu begeben, sich als Gefangenen zu betrachten und seinen Degen abzuliefern.

»Nein! Nein!«, rief die Mannschaft des Kommodoreschiffs. »Er geht nicht! Wir wollen unserem Kapitän bis zum Äußersten beistehn.«

»Stille, ihr Männer, stille!«, rief Philipp.

»Ihr werdet einsehen, Herr«, fuhr er zu dem Offizier gewandt fort, »dass der Admiral in der grausamen Strafe gegen jenen unschuldigen jungen Mann seine Vollmachten überschritten hat, und so sehr mir auch jedes Anzeichen von Meuterei und Ungehorsam verhasst ist, muss ich doch darauf hinweisen, dass ein Befehlshaber, der seine Instruktionen missachtet, in dem er sie überschreitet, nicht nur ein schlimmes Beispiel gibt, sondern auch gegenüber seinen Untergebenen den Anspruch auf unbedingten Gehorsam verliert. Sagt dem Admiral, dass ich nach dem Mord, den er an jenem unschuldigen Manne begangen hat, nicht länger gewillt bin, mich in seine Befehle zu fügen, und dass ich mich ebenso wie er für mein Benehmen nur vor der Kompanie verantworten werde, der wir gemeinschaftlich dienen. Ich habe nicht im Sinn, an Bord zu gehen und mich in seine Macht zu geben, um seiner Rachsucht mit einem schimpflichen Tod Genüge zu tun. Ich habe gegenüber meinen Untergebenen die Pflicht, mein Leben zu erhalten, damit ich in dieser Notlage, wenn möglich, auch das ihrige retten kann; ein kurzes Nachdenken müsste den Admiral darüber belehren, dass wir jetzt gut daran täten, uns mit allen unseren Kräften wechselseitig beizuspringen, statt uns zu bekriegen. Wir sind an einer öden Küste gestrandet, ohne für lange mit Mundvorrat versehen zu sein, und haben keine Aussicht auf fremden Beistand, desgleichen nur wenig Hoffnung, mit dem Leben davonzukommen. Wie der Kommodore richtig prophezeit hat, werden viele sein trauriges Ende teilen – und der Admiral selbst wird wahrscheinlich unter ihnen sein. Ich will hier seine Antwort abwarten. Ist er geneigt, alle Feindseligkeit aufzugeben und die Entscheidung über unser beiderseitiges Verhalten einem höheren Tribunal zu überlassen, so erkläre ich mich zu wechselseitiger Hilfeleistung bereit – wo nicht, so könnt ihr ihm aus eigener Anschauung berichten, dass ich Leute um mich habe, welche bereit sind, mich gegen jede Gewalttat zu verteidigen. Ihr habt meine Antwort, Herr, und könnt an Bord Eures Schiffes zurückkehren.«

Der Offizier begab sich nach der Laufplanke, fand aber, abgesehen vom Bugmann, keinen seiner Matrosen im Boot. Sie waren heraufgekommen, um von der Mannschaft der »Dort« endlich zuverlässig und ganz zu erfahren, was vorgefallen war. Sie stimmten mit den Leuten der »Dort« darin überein, dass nicht nur das Erscheinen des Geisterschiffs, sondern auch ihr gegenwärtiges Unglück ein

Gottesgericht sei, das der Admiral durch seine Grausamkeit gegenüber dem armen Kommodore über sie herabgerufen habe.

Nachdem der Offizier Philipps Antwort überbracht hatte, kannte die Wut des Admirals keine Grenzen. Er befahl den Kanonieren des Hinterschiffs, doppelt zu laden und auf die »Dort« zu feuern. Krantz machte ihn jedoch darauf aufmerksam, dass sie in ihrer Lage nicht mehr Kanonen gegen die »Dort« aufbringen könnten, als die »Dort« gegen sie in Tätigkeit zu setzen vermöge – die Überlegenheit des Admiralsschiffs werde dadurch aufgehoben, und ein Angriff auf die »Dort« könne zu nichts Gutem führen. Der Admiral ließ hierauf Krantz gefangen setzen und schickte sich an, seine wahnsinnige Absicht auszuführen; daran aber hinderten ihn seine Matrosen, die weder auf ihre Kameraden feuern noch von deren Kugeln getroffen werden wollten. Was die Bootsmannschaft zu berichten wusste, verbreitete sich schnell durch das ganze Schiff, und die Leute, welche dem Admiral ohnehin nicht geneigt waren, erkannten zu sehr das Gefährliche ihrer Lage, um sie noch schlimmer machen zu wollen. Ohne direkt in offene Meuterei auszubrechen, begaben sie sich in den Laderaum hinunter, und als die Offiziere sie heraufbeorderten, weigerten sie sich, an Deck zu erscheinen. Die Offiziere, welche das Vorgehen des Admirals gleichfalls verurteilten, meldeten nun einfach den Stand der Dinge, ohne jedoch einzelne Matrosen namhaft zu machen, gegen die sich die Rache des Tyrannen hätte geltend machen können. Dies war der Stand der Dinge bei Sonnenuntergang. Auf dem Amiralsschiff war nichts getan worden; denn Krantz befand sich im Arrest, und der Admiral hatte sich in einem Zustand der höchsten Wut nach seiner Kajüte begeben.

Inzwischen war Philipp mit seinen Leuten nicht müßig gewesen – sie hatten nach achtern einen Anker ausgelegt und straff angeholt; eben waren sie eifrig beim Auspumpen des Wassers, da langte ein Boot an, und Krantz erschien auf dem Deck.

»Kapitän Vanderdecken, ich komme, um mich unter Euren Befehl zu stellen, falls Ihr mich annehmen wollt – wo nicht, so gewährt mir doch Euren Schutz; denn ich wäre todsicher morgen früh gehangen worden, wenn ich auf dem Admiralsschiff geblieben wäre.

Die Mannschaft im Boot kommt in derselben Absicht – sie will sich Euch anschließen, wenn Ihr nichts dagegen habt.«

Obgleich Philipp gerne mit einem derartigen Ansinnen verschont geblieben wäre, konnte er sich unter den gegebenen Umständen nicht gut weigern, Krantz aufzunehmen – und dies umso weniger, da er ihn lieb gewonnen hatte und für die Rettung seines Lebens, das ohne Frage jetzt in großer Gefahr schwebte, sogar noch viel mehr getan haben würde; die Matrosen forderte er jedoch zur Rückkehr auf. Als ihm aber Krantz mitteilte, was an Bord des »Löwen« vorgefallen war, und die Matrosen dringend baten, man möchte sie nicht in einen fast gewissen Tod zurückschicken, gab Philipp nach, wenn auch mit Widerstreben.

Die Nacht war stürmisch, die See aber nicht rau, da der Wind vom Land her kam. Es gelang der Mannschaft der »Dort« im Laufe der Nacht, unter der Leitung von Philipp und Krantz das Schiff so weit zu entladen, dass sie am andern Morgen imstande waren, es umzuholen; denn der Boden hatte keinen ernstlichen Schaden genommen. Es war ein Glück für sie, dass sie in ihren Bemühungen nicht nachgelassen hatten; denn einige Stunden vor Sonnenaufgang schlug der Wind um, und sie hatten kaum ihr Steuer wieder befestigt, als er bereits steif die Meerenge herunterkam und einen schweren Wellenschlag mit sich führte. Das Admiralsschiff lag noch immer auf Grund, und augenscheinlich hatte sich niemand Mühe gegeben, es wieder flott zu machen. Philipp fühlte sich in großer Verlegenheit; denn er mochte die Mannschaft des »Löwen« nicht zurücklassen und konnte auch dem Admiral die Aufnahme nicht verweigern, wenn dieser an Bord kommen wollte; indes entschloss er sich, letzteren in diesem Falle als Passagier zu betrachten und sich selbst im Kommando zu behaupten. Vorderhand begnügte er sich damit, in ausreichender Entfernung von dem Riff an einer durch einen schroff abfallenden Landvorsprung geschützten Stelle Anker zu werfen. Das Admiralsschiff lag ungefähr eine Meile einwärts am Ufer. Philipp befahl seiner Mannschaft, aus einem Flusse, der in der unmittelbaren Nähe des Schiffs in die Meerenge mündete, die Wasserfässer zu füllen, und wartete ab, ob das Admiralsschiff nicht etwa wieder loskäme, da er andernfalls damit rechnete, dass man sich bald an ihn wenden würde. Nachdem der Wasservorrat an Bord genommen war, schickte Philipp eines seiner Boote zu der Stelle, an der der Kommodore ausgesetzt worden war; die Matrosen kehrten jedoch zurück, ohne etwas von ihm gesehen zu haben, obgleich sie über die Berge ziemlich weit ins Innere des Landes vorgedrungen waren.

Am zweiten Morgen, nachdem Philipp sein Schiff umgeholt hatte, bemerkten sie, dass die Boote des Admiralsschiffs unaufhörlich zur Küste und wieder zurück fuhren, dass also die Mannschaft dabei war, sämtliche Vorräte an Land zu bringen. Tags darauf waren Zelte am Ufer aufgeschlagen, woraus man entnehmen konnte, dass die Mannschaft den »Löwen« verlassen hatte, obgleich die Boote noch immer damit beschäftigt waren, die Ladung herauszuholen. In der Nacht wehte ein steifer Wind und die See ging hoch; am andern Morgen waren die Masten des »Löwen« dahin, und das Admiralsschiff auf die Seite gekippt – der »Löwe« war also augenscheinlich ein Wrack, und Philipp beriet sich jetzt mit Krantz über die weiteren Schritte. Die Mannschaft des »Löwen« an der Küste zu lassen, war unmöglich, da sie an einem so öden Orte im Winter notwendig zugrunde gehen musste. Indes hielten sie es doch für angebracht, die erste Anfrage von der anderen Partei ausgehen zu lassen, weshalb Philipp beschloss, ruhig vor Anker zu bleiben.

Es war offensichtlich, dass unter den Matrosen des »Löwen« keine Disziplin mehr herrschte; denn man sah sie tagsüber in allen Richtungen über die Felsen klettern, während sie des Nachts ein großes Feuer anzündeten und tranken und zechten. Eine solche Verschwendung von Vorräten verdross Philipp sehr. Er besaß selbst nicht mehr, als er für die Verpflegung seiner eigenen Mannschaft brauchte, und musste jetzt damit rechnen, dass die Matrosen des »Löwen« darum bitten würden, von ihm aufgenommen zu werden, sobald das verbraucht war, was sie aus dem Admiralsschiff an Land gebracht hatten.

Bei dem eben geschilderten Zustand blieb es eine Woche lang, bis endlich eines Morgens ein Boot herausruderte, in dessen Heck

Philipp den Offizier erkannte, der schon früher zu ihm an Bord geschickt worden war, um ihm seinen Arrest anzukündigen. Als der Offizier auf dem Deck erschien, nahm er vor unserem Helden den Hut ab.

»Ihr erkennt mich demnach als kommandierenden Offizier an?«, fragte ihn Philipp.

»Ja, Herr, zuverlässig; Ihr wart der zweite im Kommando, seid aber jetzt der erste – der Admiral ist tot.«

»Tot?«, rief Philipp. »Wie ist das zugegangen?«

»Er wurde am Strand unterhalb einer hohen Klippe tot aufgefunden. Die Leiche des Kommodore lag in seinen Armen – sie hatten sich fest aneinandergeklammert. Der Admiral pflegte jeden Tag auf die Felsen zu steigen, um zu sehen, ob nicht Schiffe durch die Meerenge herunterkämen; vermutlich traf er bei dieser Gelegenheit auf den Kommodore und bekam Streit mit ihm; auf diese Weise werden sie wohl miteinander über den Abgrund gestürzt sein. Niemand hat sie beobachtet; aber sie müssen über die Felsen gestürzt sein, da die Leichen furchtbar verstümmelt waren.«

Philipp stellte noch weitere Fragen und erfuhr, dass schon nach der zweiten Nacht alle Aussicht, den »Löwen« zu retten, verloren gewesen sei; denn sein Backbordgang war eingestoßen worden, und das Schiff hatte nach kurzer Zeit sechs Fuß Wasser im Laderaum gehabt. Die Mannschaft war in offene Meuterei ausgebrochen und hatte fast allen Branntwein verbraucht. Die Kranken waren bereits sämtlich zugrunde gegangen, desgleichen auch viele andere, welche in betrunkenem Zustand von Felsen herabgestürzt oder nachts im Freien erfroren waren.

»Die Prophezeiung des ehemaligen Kommodore ist also eingetroffen«, bemerkte Philipp zu Krantz. »Viele andere und sogar der Admiral selbst sind mit ihm zugrunde gegangen. – Mögen sie in Frieden ruhen! Doch jetzt wollen wir sobald als möglich diesem schrecklichen Ort den Rücken kehren.«

Unser Held beauftragte sofort den Offizier, seine Matrosen und die noch übrig gebliebenen Vorräte zu sammeln und augenblicklich an Bord zu bringen. Krantz folgte bald nachher mit sämtlichen

Booten, und noch vor Einbruch der Nacht befand sich alles an Bord. Die Leichen des Admirals und des Kommodore waren an der Stelle, an der man sie gefunden hatte, begraben worden, und am anderen Morgen lichtete die »Dort« die Anker und steuerte bei schrägem Wind geradeaus durch die Meerenge.

19

Es hatte den Anschein, als ob nach dem tragischen Tod des Admirals und des Kommodore ihr Unglück ein Ende nehmen sollte. Nach wenigen Tagen hatte die »Dort« die Magellanstraße hinter sich und segelte bei blauem Himmel und ruhiger See in den Pazifik hinaus. Die Schiffsmannschaft gewann ihre Gesundheit und ihren Lebensmut wieder, und da es jetzt nicht an Händen fehlte, so versah alles seinen Dienst in fröhlicher Stimmung.

Nach ungefähr vierzehn Tagen waren sie weit an der spanischen Küste hinaufgekommen und hatten zwar viele Küstenbewohner, aber noch kein spanisches Schiff gesehen. Philipp, der wohl wusste, dass ein Angriff zu erwarten stand, wenn sie einem spanischen Fahrzeug von überlegener Kraft begegneten, hatte alle nötigen Vorbereitungen getroffen, desgleichen auch seine Leute gut an den Geschützen eingeübt. Die »Dort«, die jetzt die Matrosen zweier Schiffe an Bord hatte, war ein gut bemanntes Schiff, und die Aussicht auf Prisengeld ließ die Leute nichts sehnlicher wünschen als ein Zusammentreffen mit einem Spanier, den Philipp, wie sie wohl wussten, nach Möglichkeit kapern würde. Leichte Brisen, die mit völliger Windstille abwechselten, hielten sie einen vollen Monat lang in Küstennähe fest, und eines Tages beschloss Philipp, auf die spanische Insel Santa Maria loszusteuern, wo sie hofften, entweder durch gute Worte oder durch Gewalt frische Mundvorräte erhalten zu können. Sie waren ihrer Schätzung nach etwa dreißig Meilen von der Insel entfernt, und nachdem sie bis zum Einbruch der Dunkelheit gesegelt waren, drehten sie für die Nacht bei. Krantz war auf dem Verdeck; er lehnte sich über die Reling, und als die Segel an die Masten schlugen, suchte er die Linie des Horizonts zu unterscheiden. Es war sehr dunkel, aber nach einem aufmerksamen Spähen glaubte er für einen Augenblick, ein Licht zu bemerken, welches dann wieder verschwand. Die Stelle scharf ins Auge fassend, erkannte er bald, dass keine zwei Kabellängen entfernt ein Schiff beigedreht hatte. Er eilte hinunter, um Philipp davon in Kenntnis zu setzen und ein Glas heraufzuholen, und als unser Held auf dem Deck erschien, wurde das Fahrzeug deutlich als eine sehr tief im Wasser gehende dreimastige Schebecke erkannt. Nach kurzer Beratung kam man überein, dass die Schanzboote niedergelassen und ohne Geräusch bewaffnet werden sollten, um sich sodann sachte neben die Schebecke zu stehlen und sie im Handstreich zu nehmen. Die Matrosen wurden gerufen, man schärfte ihnen ein, geräuschlos vorzugehen, und in wenigen Minuten hatte die Bootsmannschaft das Schiff in Besitz genommen. Die Leute waren an Bord gestiegen und hatten die Luken verschlossen, ehe noch die wenigen, welche an Deck waren, Lärm machen konnten. Krantz warf sodann noch mehr Mannschaft auf das fremde Schiff, und bis zum Morgen ließ man die Schebecke im Lee der »Dort« liegen. Nun wurden die Luken geöffnet und die Gefangenen auf die »Dort« gebracht. Es waren sechzig Mann – eine große Zahl für ein derartiges Schiff.

Auf die Frage nach Herkunft und Fahrtziel des Schiffes traten zwei gut gekleidete, vornehm aussehende Personen vor und gaben an, die Schebecke sei von Santa Maria ausgefahren, um mit einer Ladung Mehl und mit Passagieren an Bord nach Lima zu segeln; die Mannschaft zähle mit dem Kapitän fünfundzwanzig Köpfe, während die übrigen Personen an Bord Passagiere seien und nach Lima wollten. Sie selbst gehörten gleichfalls zu den Reisenden und hofften, dass Schiff und Ladung alsbald wieder freigegeben würden, da sich die beiden Nationen nicht miteinander im Kriege befänden.

»In Europa allerdings nicht«, versetzte Philipp, »aber in diesen Meeren zwingen mich die beharrlichen Angriffe Eurer bewaffneten

Schiffe zur Vergeltung. Euer Schiff und Eure Ladung erkläre ich daher zur Prise. Gleichwohl will ich, da ich Privatpersonen nicht zu belästigen wünsche, sämtliche Passagiere und Matrosen in Santa Maria an Land bringen lassen, denn ich segle selbst nach dieser Insel, um Vorräte an Bord zu nehmen, und ich hoffe, sie werden mir bereitwillig als Lösegeld ausgehändigt werden, um mir die Anwendung von Gewalt zu ersparen.«

Die Gefangenen legten zwar lauten Protest ein, aber ohne Erfolg. Sie baten sodann, auch das Schiff und die Ladung auslösen zu dürfen, und boten eine weit größere Summe, als beides wert zu sein schien; Philipp aber, dessen Mundvorräte zur Neige gingen, wollte sich nicht von der Beute trennen, und die Spanier schienen über ihren Misserfolg sehr unglücklich zu sein. Sie baten, wenigstens das Schiff auslösen zu dürfen, wozu Philipp nach einer Beratung mit Krantz seine Zustimmung gab. Die beiden Schiffe fuhren nun weiter und steuerten nach der Insel, die nur noch vier Meilen entfernt war. Die Schebecke war ein vortrefflicher Segler, und Philipp bereute, ihre Auslösung genehmigt zu haben.

Um Mittag ankerte die »Dort« außer Schussweite in der Reede, und ein Teil der Reisenden erhielt die Erlaubnis, an Land zu gehen, um die Auslösung der übrigen vorzubereiten. Die Schebecke wurde herangeholt, und die »Dort« übernahm ihre Ladung. Gegen Abend kamen drei große Boote mit Gemüse, lebendigem Vieh und der vereinbarten Geldsumme an. Sobald eines der Boote geleert war, wurde den Gefangenen gestattet, sich darin an Land rudern zu lassen. Nur der spanische Steuermann wurde auf Krantz' Rat hin zurückgehalten und erhielt das Versprechen, dass man ihn sofort entlassen werde, sobald die »Dort« sich außerhalb der spanischen Gewässer befinde. Auf eigenen Wunsch hin durfte auch ein Neger an Bord bleiben, sehr zum Verdrusse der beiden oben erwähnten Passagiere, welche den Sklaven als ihr Eigentum ansprachen und Philipp einen Bruch des geschlossenen Vertrages vorwarfen.

»Ihr beweist mein Recht durch Eure eigenen Worte«, versetzte Philipp, »denn ich versprach, alle Passagiere freizugeben, nicht aber deren Eigentum. Der Sklave bleibt an Bord.«

Als die Spanier sahen, dass alle ihre Bemühungen fruchtlos waren, nahmen sie mit einer stolzen Miene Abschied. Die »Dort« blieb die Nacht über vor Anker, und die Mannschaft prüfte das Takelwerk nach; am andern Morgen entdeckten die Matrosen, dass die Schebecke verschwunden war; sie war im Laufe der Nacht unbemerkt an ihnen vorbeigesegelt.

Sobald die Anker gelichtet und die Segel gespannt waren, begab sich Philipp mit Krantz nach der Kajüte hinunter, um sich mit ihm zu beraten, welcher Kurs nun der beste sei. Der Negersklave folgte ihnen, blickte, nachdem er die Türe geschlossen hatte, aufmerksam umher und erklärte, dass er mit ihnen zu sprechen wünsche. Was er zu sagen hatte, war sehr wichtig, kam aber ein wenig zu spät. Die freigegebene Schebecke war ein Depeschenschiff der Regierung und der schnellste Segler, den die Spanier besaßen. Die zwei angeblichen Passagiere gehörten als Offiziere der spanischen Marine an, und die andern waren die Mannschaft des Schiffes. Das Depeschenschiff war mit dem Auftrag ausgesegelt, die Steuer an ungemünztem Gold einzutreiben und nach Lima zu bringen, gleichzeitig aber der holländischen Flotte aufzulauern, von welcher man schon vor einiger Zeit auf dem Landweg Kunde erhalten hatte. Wenn Letztere auftauchen sollte, hatte die Schebecke die Nachricht nach Lima zu bringen, damit spanische Kriegsschiffe gegen die Holländer geschickt werden könnten. Es stellte sich ferner heraus, dass einige der angeblichen Mehlfässer je zweitausend Golddublonen, andere aber Silberbarren enthielten – eine Vorsichtsmaßnahme für den Fall, dass das Schiff aufgebracht würde. Dass die Schebecke jetzt nach Lima abgegangen war, unterlag keinem Zweifel, und der Grund, warum die Spanier den Neger nicht auf der »Dort« lassen wollten, war einfach der, dass sie befürchteten, er werde alles verraten – was er nun auch getan hatte. Was den Steuermann betraf, so war dieser bei den Spaniern als ein zuverlässiger Mann bekannt, und der Neger warnte vor ihm, da er die »Dort« leicht in Schwierigkeiten bringen könne.

Philipp bereute jetzt sehr, das Schiff freigegeben zu haben, da ihm nunmehr mit aller Wahrscheinlichkeit ein Kampf mit einer überlegenen Streitmacht bevorstand, noch ehe er die spanischen Gewässer verlassen konnte; doch da war nicht zu helfen. Er beriet sich mit Krantz und wurde mit ihm einig, dass die Schiffsmannschaft versammelt und mit den Tatsachen vertraut gemacht werden solle; sie nahmen an, dass das Bewusstsein, einen so wertvollen Fang getan zu haben, die Matrosen zu tapferem Widerstand anspornen werde. Die Leute vernahmen die Nachricht mit großer Freude und beteuerten, es jederzeit mit einer spanischen Macht aufnehmen zu wollen, die doppelt so stark sei wie sie. Dann ließ Philipp die Fässer auf das Halbdeck bringen und das Geld herausschütten. Das Ganze belief sich auf ungefähr eine halbe Million Dollar; unser Held ließ das gemünzte Gold gleich am andern Tag vor dem Gangspill verteilen, die Barren aber zurücklegen, bis man sie verkaufen und ihren Wert feststellen könne.

Weitere sechs Wochen steuerte Philipp sein Schiff an der Küste entlang, ohne mit einem anderen zusammenzutreffen. Die Schebecke hatte die Nachricht augenscheinlich bereits verbreitet, und sämtliche Fahrzeuge, groß oder klein, lagen unter den Batterien vor Anker. Die »Dort« war fast die ganze Küste entlanggelaufen, und Philipp hatte sich vorgenommen, am nächsten Tage mit vollen Segeln Kurs auf Batavia zu nehmen, als er in Küstennähe ein Schiff unter starkem Segeldruck Lima zueilen sah.

Die Jagd wurde alsbald begonnen; da jedoch das Wasser seicht war, so fragte man den spanischen Steuermann, ob es möglich sei, den Kurs beizubehalten. Er bejahte und erklärte, dass sie jetzt im seichtesten Wasser seien, da es näher an der Küste wieder tiefer werde. Der Lotmatrose erhielt Auftrag, in die Püttinge zu gehen, aber beim ersten Wurf riss die Lotleine. Man schaffte eine andere herbei, und die »Dort« verfolgte ihren Kurs noch immer unter schwerem Segeldruck. Jetzt kam der Negersklave zu Philipp herauf und berichtete, er habe den spanischen Steuermann mit dem Messer in den Püttingen gesehen und glaube, dass dieser die Lotleine so weit durchgeschnitten habe, dass sie beim Auswerfen riss; man solle dem Menschen doch ja kein Vertrauen schenken. Das Steuer wurde augenblicklich in Lee gelegt; und als das Schiff wendete, berührte es mit dem hinteren Kiel den Grund, schleifte ein wenig und war wieder flott.

»Schurke!«, rief Philipp. »Du hast also die Lotleine durchschnitten? Der Neger sah dich und hat uns gerettet.«

Der Spanier sprang von der Kanone herunter und stieß, ehe er daran gehindert werden konnte, dem Neger sein Messer ins Herz. »Maldetto! Nimm dies für deine Mühe!«, rief er mit wütendem Zähneknirschen und schwang sein Messer.

Der Neger stürzte tot zusammen; der Steuermann wurde von der Mannschaft der »Dort«, welche dem Neger sehr zugetan war, da sie ihm ihren jüngst erworbenen Reichtum verdankte, ergriffen und entwaffnet.

»Erlaubt, dass die Matrosen nach Gutdünken mit ihm verfahren«, sagte Krantz zu Philipp.

»Seis drum«, versetzte Philipp, »rasche Justiz!«

Die Matrosen berieten sich einige Minuten, banden dann den Steuermann mit dem Neger zusammen und warfen beide über die Heckreling. Ein schweres Klatschen auf dem Wasser, und der Gerichtete verschwand mit seinem Opfer unter den wirbelnden Wellen im Kielwasser des Schiffs.

Philipp beschloss nun, Kurs auf Batavia zu nehmen. Er war ein paar Tagereisen von Lima entfernt und hatte allen Grund zu der Vermutung, dass Schiffe ausgeschickt worden seien, um ihm den Weg abzuschneiden. Mit günstigem Winde steuerte er nun von der Küste ab und legte im Laufe von drei Tagen eine schöne Strecke zurück. Am vierten Morgen ließen sich windwärts zwei Schiffe blicken, welche auf die »Dort« zuhielten. Es waren augenscheinlich große bewaffnete Fahrzeuge, und die spanischen Flaggen und Wimpel, welche sichtbar wurden, als sie eine Meile windwärts beidrehten, zeigten bald, dass man es mit Feinden zu tun hatte. Das eine der beiden Schiffe war eine Fregatte, größer als die »Dort«, das andere eine Korvette mit zweiundzwanzig Geschützen.

Die Mannschaft der »Dort« zeigte keinerlei Beunruhigung über diese Ungleichheit der Streitmacht; die Matrosen klimperten mit den Dublonen in ihren Taschen, gelobten, sie, wenn irgend möglich, nicht an die ursprünglichen Eigentümer zurückzugeben, und rannten an die Geschütze. Herausfordernd wurde nun die holländische Flagge entfaltet, und die beiden spanischen Schiffe, die nun wieder ihre Schnäbel der »Dort« zuwandten, um ihr endlich näher zu kommen, erhielten einige scharfe Lagen, durch die sie etwas aus der Fassung gebracht wurden; als sie jedoch auf eine Kabellänge herangekommen waren, drehten sie bei und begannen das Gefecht mit großer Lebhaftigkeit – die Fregatte vor der Längsseite, die Korvette vor dem Bug von Philipps Schiff liegend. Nachdem eine halbe Stunde lang zwischen beiden Parteien scharfe Lagen gewechselt worden waren, stürzte der Fockmast der spanischen Fregatte und riss die große Stenge mit sich. Dieser Unfall tat ihrem Feuer Einhalt. Die »Dort« breitete alsbald ihre Segel aus, steuerte auf die Korvette zu, setzte sie mit drei oder vier Breitseiten außer Gefecht, lavierte dann und gelangte schließlich neben die Fregatte, deren Leekanonen noch immer durch den umgestürzten Fockmast behindert waren. Die zwei Schiffe lagen kurze Zeit später in einem Abstand von zehn Fuß hintereinander, und der Kampf begann zum Schaden der Spanier aufs Neue. Nach einer Viertelstunde fing das über Bord hängende Segel unter dem Kanonenbeschuss Feuer, und der Brand teilte sich sehr bald dem Schiff mit, während die »Dort« weiterhin ihre zerstörenden Lagen hinüberschickte, ohne dass sie vonseiten des Gegners wirksam erwidert werden konnten. Nach vielen vergeblichen Versuchen, die Flammen zu löschen, beschloss der Kapitän des spanischen Schiffes, dass beide Fahrzeuge das gleiche Los teilen sollten. Er ließ wenden und steuerte rasch auf die »Dort« zu; dann kam es zu einem furchtbaren Kampf. Die Spanier versuchten, ihre Enterketten durchzuschlingen, damit der Feind nicht entkommen könne, während sich die Holländer alle Mühe gaben, dies zu verhindern. Die Püttinge und die Seiten der beiden Schiffe füllten sich mit verzweifelt kämpfenden Männern, und die Getöteten fielen zwischen den beiden Fahrzeugen nieder, deren endgültiger Zusammenstoß noch immer durch den umgestürzten Fockmast verhindert wurde.

Inzwischen blieben Philipp und Krantz nicht untätig. Sie brassten die Hinterrahen unter rechten Winkeln und setzten im Vorderschiff alle Segel, und es gelang ihnen, die »Dort« vor den Wind zu bringen. Dadurch kamen sie aus dem Rauch, der ihnen sehr hinderlich war, und da beide Schiffe gute Fahrt hatten, so vierten sie, um auf einen andern Gang zu kommen und den Spanier ins Lee zu bringen. Dies gewährte ihnen einen augenscheinlichen Vorteil und gab bald der Sache den Ausschlag. Der Rauch und die Flammen wurden auf das spanische Schiff zurückgeschlagen, auf der »Dort« löschte man das Feuer, und die Spanier, welche nun nicht länger imstande waren, ihre Versuche, die beiden Schiffe aneinander festzumachen, fortzusetzen, zogen sich hinter die Bollwerke ihres eigenen Schiffes zurück. Nach gewaltigen Anstrengungen hatte die »Dort« sich befreit und bewegte sich an ihrem Gegner vorbei, der jetzt ganz in Flammen eingehüllt war. Die Korvette lag einige Kabellängen windwärts und feuerte hin und wieder eine Kanone ab. Philipp gab ihr eine volle Breitseite, und sie holte ihre Flagge ein. Der Kampf konnte nun als beendigt betrachtet werden, und es galt jetzt nur noch, die Mannschaft der brennenden Fregatte zu retten. Die Boote der »Dort« wurden niedergelassen, aber nur zwei davon schwammen. Eines wurde alsbald zu der Korvette hinübergeschickt, um ihr die Aufforderung zu überbringen, dass sie alle ihre Boote aussetze und der Fregatte Beistand leiste. Dies geschah, und der größte Teil der überlebenden Mannschaft wurde gerettet. Noch zwei Stunden lang entluden sich die erhitzten Kanonen der Fregatte von selbst, und als endlich das Feuer die Pulverkammer erreichte, explodierte das Schiff, und was von seinem Rumpf noch übrig blieb, sank langsam und verschwand.

Unter den Gefangenen, welche die Uniform der spanischen Marine trugen, bemerkte Philipp auch die beiden Männer, die sich auf der Schebecke als Passagiere ausgegeben hatten, was ihm die Richtigkeit der von dem Neger gemachten Angaben bewies. Die zwei Kriegsschiffe, welche von Lima ausgeschickt worden waren, um ihn abzufangen, mochten sich wohl mit ihrer überlegenen Streitmacht einen leichten Sieg erhofft haben. Nach einer kurzen Beratung kamen Krantz und Philipp darin überein, dass es ratsam sein dürfte, die kampfunfähige Korvette samt den Gefangenen frei zu geben, da die beiden Nationen sich nicht in einem eigentlichen Kriegszustand befanden. So geschah es, und die »Dort« nahm ihre Fahrt nach Batavia wieder auf und ankerte drei Wochen nach dem Gefecht in der Reede. Sie fand daselbst den Rest der Flotte vor, nämlich diejenigen Schiffe, welche vorausgeschickt worden waren. Sie waren schon vor einigen Wochen angelangt, hatten bereits ihre Ladung an Bord genommen und waren bereit, nach Holland abzusegeln. Philipp schrieb seine Depeschen, in welchen er den Direktoren mitteilte, was auf der Reise geschehen war, und ging dann an Land, um wieder in dem Hause des Kaufmanns, der ihn schon früher einmal aufgenommen hatte, zu wohnen, bis die »Dort« für die Heimfahrt beladen werden konnte.

20

Wir müssen jetzt zu Amine zurückkehren. Sie sitzt an der moosbewachsenen Böschung, wo sie und Philipp miteinander sprachen, als sie von dem Steuermann Schriften unterbrochen wurden. Sie ist in tiefen Gedanken – die Augen niedergeschlagen, als suche sie sich die Vergangenheit ins Gedächtnis zu rufen. »Ach, besäße ich die geheimen Kräfte meiner Mutter«, rief sie, »aber sie sind dahin – dahin für immer! Ich kann die Qual der Ungewissheit nicht ertragen – und dazu noch diese törichten Priester!«

Amine erhob sich und kehrte nach Hause zurück.

Pater Matthias war noch immer nicht nach Lissabon abgereist; denn anfangs hatte sich keine Gelegenheit geboten, und später veranlasste ihn die Dankbarkeit gegen Philipp, bei Aminen zu bleiben, weil diese den Lehren des christlichen Glaubens mit jedem Tage abgeneigter zu sein schien. Oft beriet er sich mit Pater Seysen, und die guten alten Leute ließen es an Ermahnungen nicht fehlen, die sich Amine bisweilen anhörte, ohne etwas zu antworten, obschon sie gelegentlich auch kühn ihre Gegengründe vorbrachte. Es schien ihnen, als weise sie die christliche Religion mit einer Hartnäckigkeit zurück, die ebenso unverzeihlich wie unbegreiflich war. In Aminens Augen nahm die Sache sich wesentlich einfacher aus. Sie könne eben nicht glauben, sagte sie, was sie nicht zu verstehen vermöge. Sie war zwar bereit, die Lauterkeit der Grundsätze anzuerkennen, aber wenn die guten Priester auf ihre Dogmen zu sprechen kamen, schüttelte Amine entweder den Kopf oder versuchte, dem Gespräch eine andere Wendung zu geben. Dies vermehrte aber nur noch den Eifer des guten Pater Matthias, der die Seele eines so jungen und schönen Wesens unbedingt retten wollte. Er dachte nicht länger an die Rückkehr nach Lissabon, sondern widmete sich unablässig der Belehrung Aminens, obgleich diese zuletzt seiner Zudringlichkeit in einem solchen Grade überdrüssig war, dass ihr fast schon seine bloße Anwesenheit zuwider wurde.

Wenn man ein wenig nachdenkt, wird man es nicht überraschend finden, dass Amine einem Glaubensbekenntnis abgeneigt war, das so gar nicht mit ihren Wünschen und Absichten im Einklang stand. Der menschliche Geist ist so stolz, dass er alle ihm zu Gebote stehende Demut aufbieten muss, ehe er sich zu beugen vermag, und sei es vor der Gottheit.

Amine wusste, dass ihre Mutter geheime Kenntnisse und Kräfte besessen hatte, und war Zeuge gewesen, wie ihre Mutter ihr Wissen mit Erfolg angewandt hatte, obgleich sie selbst damals noch so jung gewesen war, dass sie sich jetzt die geheimnisvollen Vorbereitungen nicht mehr ins Gedächtnis zu rufen vermochte, mit denen die Mutter ihre Absichten erreicht hatte. Sie war nun voll und ganz darauf bedacht, sich das Vergessene wieder in Erinnerung zu rufen, und Pater Matthias wollte ihr einen Glauben aufdringen, der ihr nicht erlaubte, dies auch nur zu versuchen. Die eigentümliche und geheimnisvolle Sendung ihres Gatten bestärkte sie in ihrer Ansicht, dass es kein Unrecht sei, zu übernatürlichen Einflüssen Zuflucht zu nehmen, und die Beweisgründe, welche ihr die zwei würdigen, aber nicht sehr talentvollen Lehrer des Christentums vorhielten, übten nur geringen Eindruck auf die resolute und willensstarke Amine, die, im Augenblick nur einen einzigen Gegenstand ins Auge fassend, mit Geringschätzung eine Lehre zurückwies, welche man ihr nicht anschaulich machen konnte; sie war nicht bereit, blindlings Dinge zu glauben, die ihrer Ansicht nach mit dem gesunden Menschenverstand im Widerspruch standen. Dass die Kunst ihrer Mutter den Beweis ihrer Wahrhaftigkeit in sich selbst trug, hatte sie bereits gezeigt, und der Traum, den sie in Philipp hervorgerufen hatte, überzeugte sie restlos davon. Aber welche Beweise konnten die Priester ihr bieten? – Schriften, welche sie nicht einmal lesen sollte!

»Oh, dass ich die Kunst meiner Mutter besäße!«, wiederholte Amine noch einmal, als sie ins Haus trat. »Dann wüsste ich doch, wo sich mein Philipp in diesem Augenblick befindet. Wie oft schaute ich nicht auf ihr Geheiß in den schwarzen Spiegel und sagte ihr, was ich darin vorgehen sah. Ich erinnere mich noch gut an jene Zeit – die Zeit, da mein Vater abwesend war –, ich blickte in die Flüssigkeit auf meiner Handfläche und erzählte ihr von dem Beduinenlager – von dem Gefecht – von dem Ross ohne Reiter – von dem Turban im Sand!«

Und abermals versank Amine in tiefe Gedanken.

»Ja«, rief sie nach einer Weile, »du kannst mir beistehen, Mutter! Teile mir dein Wissen in einem Traum mit! Deine Tochter erbittet sich dieses Geschenk. Wie ists doch – das Wort – wie lautete das Wort – der Name des Geistes – Turschun? Ja, ich glaube, es war Turschun. Mutter! Mutter! Hilf deiner Tochter!«

»Rufst du die gebenedeite Jungfrau an, mein Kind?«, fragte Pater Matthias, der, als Amine die letzten Worte sprach, ins Zimmer getreten war. »Wenn dies der Fall ist, so tust du gut daran; denn sie kann dir in deinen Träumen erscheinen und dich im wahren Glauben stärken.«

»Ich habe meine Mutter angerufen, die im Lande der Geister weilt, guter Vater«, versetzte Amine.

»Ja, aber als eine Ungläubige. Ich fürchte, sie ist nicht im Lande der seligen Geister, mein Kind.«

»Sie wird doch wohl nicht an einem Orte der Strafe sein, weil sie dem Glauben ihrer Väter folgte, da an dem Ort, wo sie lebte, kein anderer bekannt war?«, entgegnete Amine unwillig. »Wenn diejenigen, die auf Erden Gutes tun, in einer andern Welt belohnt werden, wenn meine Mutter, wie Ihr behauptet, eine Seele hatte, die dazu bestimmt war, gerettet zu werden – eine unsterbliche Seele –, so wird der Schöpfer sie nicht vernichten, weil sie ihn in der Weise ihrer Väter angebetet hat. Ihr Leben war gut; Warum sollte sie bestraft werden, weil sie ohne den christlichen Glauben lebte, den zurückzuweisen sie nie Gelegenheit hatte?«

»Wer kann mit dem Willen des Himmels rechten, mein Kind? Danke Gott, dass du belehrt und in den Schoß der heiligen Kirche aufgenommen wurdest.«

»Ich bin für vieles dankbar, Vater, aber ich bin müde – und wünsche Euch eine gute Nacht.«

Amine zog sich nach ihrem Gemach zurück, aber nicht um zu schlafen. Wieder versuchte sie sich in den Zeremonien, welche ihre Mutter einst angewandt hatte, und änderte sie etliche Male, als zweifle sie an dem Erfolg. Das Rauchfass wurde angezündet und die Zauberformel versucht; das Zimmer füllte sich abermals mit Rauch, nachdem sie die verschiedenen Kräuter auf die Pfanne geworfen hatte, von denen sie Kenntnis besaß; denn sie hatte alle Papiere, die nach dem Tode ihres Vaters beiseite geworfen worden waren, sorgfaltig gesammelt und in vielen von ihnen Anweisungen über den Gebrauch der Kräuter gefunden.

»Das Wort! Das Wort! Ich habe das erste – das zweite Wort! Hilf mir, Mutter!«, rief Amine neben dem Bette sitzend, während das Zimmer so von Rauch angefüllt war, dass sich nichts unterscheiden ließ.

»Es nützt nichts«, dachte sie endlich und ließ die Arme sinken, »ich habe die Kunst vergessen. Mutter! Mutter! Hilf mir diese Nacht im Traum!«

Der Rauch verzog sich allmählich, und als Amine aufblickte, bemerkte sie vor sich eine Gestalt. Anfangs glaubte sie, ihr Zauber sei erfolgreich gewesen; aber als die Gestalt bestimmter hervortrat, erkannte sie den Pater Matthias, der mit verschränkten Armen dastand und sie mit finsterem Stirnrunzeln ansah.

»Gottloses Kind! Was tust du?« Amine hatte nicht nur durch ihre Äußerungen im Gespräch, sondern auch durch verschiedene Versuche, welche sie vorher angestellt hatte, um ihre verlorene Kunst wiederzugewinnen, den Argwohn des Priesters geweckt. Einmal hatte sie diese Kunst sogar vor den beiden Priestern verteidigt, und sowohl Pater Matthias als auch Pater Seysen hatte sie und alle, die zu solchen Praktiken ihre Zuflucht nahmen, mit den bittersten Verwünschungen bedacht.

Der Duft der würzigen Kräuter und der Rauch, welcher das ganze Haus erfüllte, waren Pater Matthias verdächtig vorgekommen, weshalb er leise hinaufgeschlichen und unbemerkt in das Gemach getreten war. Amine erkannte mit einem Mal die Gefahr, in der sie sich befand. Wäre es nur um sie selbst gegangen, so hätte sie dem Priester Trotz geboten, aber um Philipps willen beschloss sie, ihn hinters Licht zu führen.

»Ich tue nichts Unrechtes, Vater«, versetzte sie ruhig, »aber es scheint mir nicht schicklich, dass Ihr in das Gemach einer jungen Frau eintretet, während ihr Gatte abwesend ist. Ich hätte schon im Bett liegen können. Das ist eine seltsame Aufdringlichkeit.«

»Das ist nicht dein Ernst, Weib! Mein Alter – mein Beruf – beides ist eine hinreichende Garantie«, versetzte Pater Matthias etwas verwirrt über diesen unerwarteten Vorwurf.

»Nicht immer, Vater, wenn das wahr ist, was man mir von Mönchen und Priestern erzählt hat«, versetzte Amine. »Ich frage Euch noch einmal, warum kommt Ihr in das Gemach eines unbeschützten Weibes?«

»Weil ich überzeugt bin, dass sie gottlose Künste übt.«

»Gottlose Künste? Was meint Ihr damit? Ist die Kunst eines Arztes gottlos? Ist es gottlos, dem Leidenden Erleichterung zu bringen – das Fieber hinwegzuzaubern, das den Leib derjenigen martert, welche in diesem ungesunden Klima wohnen?«

»Jeder Zauber ist gottlos.«

»Wenn ich vom Hinwegzaubern sprach, Vater, so meinte ich dies in einem ganz andern Sinne als Ihr; ich hätte ebenso gut vom Heilen sprechen können. Wenn die Kenntnis gewisser Kräuter, deren passende Verbindung eine vortreffliche Arznei für Leidende abgibt, eine Kunst, die meine Mutter gut verstand und die ich mir jetzt vergeblich zurückzurufen bemüht bin – wenn diese Kenntnis oder der Wunsch, diese Kenntnis wieder zu erlangen, gottlos ist, dann habt Ihr recht.«

»Ich hörte dich aber den Beistand deiner Mutter anrufen.«

»Ja; denn sie kannte die Bestandteile genau, aber mir fehlt, fürchte ich, ihr Wissen. Ist das sündig, guter Vater?«

»Du wolltest also ein Arzneimittel finden?«, entgegnete der Priester. »Ich meinte, du trügest dich mit Dingen, die nicht erlaubt sind.«

»Kann es verboten sein, einige Kräuter zu verbrennen? Was erwartet Ihr zu finden? Betrachtet diese Asche, Vater – mit Öl in die Haut eingerieben, kann sie Kranken Erleichterung bringen – zu was sonst sollte sie dienen? Was erwartet Ihr von dieser Asche? – Einen Geist? – Ein Gespenst wie das, welches die Prophetin vor dem König Israels erscheinen ließ?« Amine lachte laut.

»Ich bin unsicher geworden, aber nicht überzeugt«, erwiderte der Priester.

»Ich bin auch unsicher, aber nicht überzeugt«, antwortete Amine geringschätzig. »Ich kann nicht begreifen, wie ein Mann von Eurem Verstande wirklich zu glauben vermag, dass im Verbrennen von Kräutern etwas Unrechtes liege; auch bin ich nicht überzeugt, dass es die Kräuter sind, die Euch in nächtlicher Stunde in das Gemach eines einsamen Weibes führen. Es gibt vielleicht einen natürlichen Zauber, der weit gewaltiger ist als der, den Ihr übernatürlich nennt. Ich bitte Euch, Vater, verlasst dieses Zimmer. Es gehört sich nicht. Solltet Ihr Euch abermals erdreisten, so verlasst Ihr das Haus. Ich hatte eine bessere Meinung von Euch. In Zukunft werde ich keinen Augenblick mehr allein bleiben.«

Dieser Angriff auf die Ehre des alten Priesters war allzu hart. Pater Matthias verließ augenblicklich das Gemach und sprach beim Hinausgehen: »Möge dir Gott deinen falschen Argwohn und dein großes Unrecht verzeihen! Ich kam aus keinem andern als aus dem angegebenen Grunde hierher.«

»Ja«, sagte Amine zu sich selber, nachdem sie die Türe geschlossen hatte, »ich weiß das, aber ich wollte mich deiner unwillkommenen Gesellschaft entledigen. Niemand soll meinen Handlungen nachspionieren, niemand mir in den Weg treten und meine Absicht vereiteln. In deinem Eifer hast du dich selbst bloßgestellt, und ich will den Vorteil nutzen, den du mir zugespielt hast. Ist Euch heiligen Männern nicht einmal die Abgeschiedenheit eines Frauengemachs heilig? Zum Dank für den Beistand im Unglück, für Nahrung und Obdach willst du mir nachspionieren? – Wie würdig ist dies des Glaubens, zu dem du dich bekennst!«

Sobald Amine das Rauchfass weggeräumt hatte, öffnete sie die Türe und rief eines der Mädchen herbei, dass es die Nacht über im Zimmer bleibe, weil der Priester ihr Gemach betreten habe und seine Aufdringlichkeit ihr unangenehm sei.

»Der hochwürdige Vater – ists möglich?«, rief das Mädchen.

Amine gab keine Antwort, sondern ging zu Bett. Pater Matthias, der in dem Zimmer unten auf- und abging, hörte jedoch alles, was oben vorfiel. Er besuchte am anderen Tage den Pater Seysen und berichtete ihm, was sich zugetragen hatte; auch verschwieg er dabei Aminens ungerechtfertigte Verdächtigungen und Vorwürfe nicht.

»Ihr habt voreilig gehandelt«, versetzte Pater Seysen, »dass Ihr zu einer solchen Stunde ein Frauengemach betratet.«

»Ich hatte meine guten Gründe, lieber Vater Seysen.«

»Und sie wird die ihren haben. Sie ist jung und schön.«

»Aber bei der gebenedeiten Jungfrau!«

»Ich glaube Euch gerne, guter Matthias«, entgegnete Pater Seysen, »aber doch könnte die Sache, wenn sie ruchbar würde, viel Ärgernis in unserer Gemeinde erregen.«

Und sie wurde ruchbar; denn das Mädchen, welches von Amine gerufen worden war, versäumte nicht, der Sache Erwähnung zu tun. Pater Matthias wurde jetzt allenthalben mit solcher Kälte behandelt und fühlte sich selbst so unbehaglich, dass er bald nachher das Land verließ und nach Lissabon zurückkehrte, ärgerlich über seine eigene Unklugheit, aber noch ärgerlicher über Aminens ungerechten Verdacht.

21

Die Ladung der »Dort« war bald bereit, und Philipp langte ohne weitere Abenteuer in Amsterdam an. Dass ihn Amine in der Heimat mit Entzücken empfing, brauche ich kaum zu sagen. Sie hatte ihn erwartet; denn den beiden Schiffen des Geschwaders, welche nach seiner Ankunft von Batavia abgesegelt waren, hatte Philipp außer seinen Depeschen auch Briefe übergeben, die ersten, welche Amine je während einer Reise ihres Gatten erhielt. Sechs Wochen nach den Briefen traf unser Held selbst ein, und Amine fühlte sich überglücklich. Die Direktoren waren natürlich mit Philipp sehr zufrieden und übertrugen ihm das Kommando über ein großes, bewaffnetes Schiff, welches im Frühjahr nach Indien ausfahren und, wie bereits früher vereinbart, zum dritten Teil aus dem Kapital erworben werden sollte, welches unser Held in die Hände der Kompanie übergeben hatte. Es blieben ihm nun fünf Monate der Ruhe, ehe er sich wieder den Elementen anvertraute, und diesmal hatte er auf dem Schiff auch Vorbereitungen für die Aufnahme Aminens zu treffen. Amine erzählte Philipp, was zwischen ihr und dem Priester Matthias vorgefallen war, desgleichen, durch welche Mittel sie sich seiner unerwünschten Aufsicht entledigt hatte.

»Hast du dich denn wirklich mit den Künsten deiner Mutter abgegeben, Amine?«, fragte Philipp.

»Nein, denn ich konnte sie mir nicht mehr ins Gedächtnis rufen, obschon ich mir Mühe gab.«

»Warum hast du dies getan, Amine? Es darf nicht sein, und der gute Vater hatte ganz recht, wenn er dein Tun für ›gottlos‹ erklärte. Versprich mir ein für alle Mal, es aufzugeben.«

»Wenn mein Tun gottlos ist, Philipp, so ists auch deine Sendung. Du verkehrst mit Geistern einer andern Welt, und auch ich will nicht mehr als das. Gib deine schreckliche Mission auf – lass ab von deiner Suche nach körperlosen Geistern – bleibe zu Hause bei deiner Amine, und sie wird mit Freuden deinem Wunsche entsprechen.«

»Meine Sendung kommt von dem Höchsten.«

»Dann gestattet dir also der Höchste den Umgang mit Wesen, die nicht der irdischen Welt angehören?«

»Ja, du weißt, dass sogar die Priester nichts dagegen einwenden können, obgleich sie schon bei dem Gedanken daran schaudern.«

»Was der Allerhöchste dem einen gestattet, wird Er auch einem andern erlauben, und ohnehin kann ich nichts tun, was er nicht zulässt.«

»Wohl, Amine, aber Er gestattet auch dem Bösen, auf der Erde umherzugehen, obgleich es nicht mit Seinem Einverständnis geschieht.«

»Er duldet es, dass du nach deinem verurteilten Vater spähst und ihm zu begegnen suchst – ja, noch mehr – Er befiehlt dirs sogar. Wenn dir der Umgang mit Geistern gestattet ist, warum nicht mir? Ich bin dein Weib und ein Teil deines Selbst, und wenn ich an einem verödeten Herd zurückbleibe, während du deinen gefahrvollen Weg gehst, sollte ich da nicht gleichfalls die wesenlose Welt anrufen dürfen, dass sie mir Einsichten gewähre, die meinen Kummer mildern, meine Last erleichtern und gleichwohl keinem lebenden Geschöpf schaden können? Wollte ich jene Künste in böser Absicht üben, so wäre es billig, sie mir zu wehren, und ich würde unrecht handeln, wenn ich darin fortführe, aber ich wollte nur in die Fußstapfen meines Gatten treten und in bester Absicht das suchen, was auch er sucht.«

»Aber es verträgt sich nicht mit unserem Glauben.«

»Haben die Priester deine Sendung für unvereinbar mit ihrem Glauben erklärt? Und falls sie es jemals taten, wurden sie nicht vom Gegenteil überzeugt und zu einem ehrfurchtsvollen Schweigen bewogen? Doch wozu dieser Streit, mein teurer Philipp? Werde ich dich nicht begleiten? Und solange ich bei dir bin, will ich nichts mehr versuchen. Du hast mein Versprechen. Bin ich aber von dir getrennt, so kann ich keine Zusage geben; denn ich werde dann von den Unsichtbaren Kunde einzuholen versuchen über meinen Gatten, der gleichfalls auf der Suche nach den Unsichtbaren ist.«

Der Winter ging rasch dahin; denn Philipp verbrachte ihn in

glücklicher Ruhe. Als das Frühjahr kam, musste das Schiff ausgerüstet werden, und unser Held begab sich mit Aminen nach Amsterdam.

Das Schiff, das Philipp übernehmen sollte, hieß »Utrecht«, führte vierhundert Tonnen, hatte erst kürzlich die Werft verlassen und war für vierundzwanzig Kanonen gebohrt. Es vergingen zwei weitere Monate, in denen Philipp die Ausstattung und das Beladen des Fahrzeugs überwachte, dabei treulich unterstützt von seinem Freund Krantz, der die Fahrt als erster Maat mitmachen sollte. Unser Held sorgte nach Kräften für Aminens Bequemlichkeit, und die »Utrecht« brach im Mai auf; sie hatte Order, zu Gambrun und Ceylon Halt zu machen, dann aber durch die Straße von Sumatra hinunterzulaufen und sich von dort aus den Weg ins Chinesische Meer zu erzwingen; die Kompanie hatte allen Grund zu der Annahme, dass das Unternehmen dem entschiedensten Widerstand vonseiten der Portugiesen begegnen würde. Die Schiffsmannschaft war sehr zahlreich; auch hatte Philipp eine kleine Abteilung Soldaten an Bord, und zwar zum Schutze des Ladungsaufsehers, der viele Tausend Taler mit sich führte, um in den Häfen von China, wo vielleicht die holländischen Erzeugnisse nicht gefragt waren, Einkäufe zu machen. Auf die Ausstattung des Schiffes hatte man alle nur denkbare Sorgfalt verwandt; es war vielleicht das schönste und am besten bemannte Fahrzeug, das je von der Ostindien-Kompanie ausgeschickt worden war, und hatte außerdem noch die wertvollste Ladung an Bord.

Die »Utrecht« segelte mit fliegenden Schoten aus und hatte bald den Ärmelkanal hinter sich. Es schien eine glückliche Reise werden zu wollen; denn günstige Winde trugen das Schiff ohne Unfall auf einige Hundert Meilen in die Nähe des Kaps der Guten Hoffnung, und jetzt trat zum ersten Mal Windstille ein. Amine war entzückt. In den Abendstunden ging sie mit Philipp an Deck auf und ab. Ringsum herrschte tiefe Stille – abgesehen vom Plätschern der Wogen, welche leicht gegen die Außenseiten des Schiffes schlugen. Alles war so still und schön wie das klare südliche Sternenzelt über ihren Häuptern.

»Wessen Geschick mögen diese Sterne bestimmen, die von den Bewohnern der nördlichen Regionen gar nicht gesehen werden?«, sagte Amine, als sie ihren Blick erhob und das Firmament betrachtete, »und was mag der fallende Meteor zu bedeuten haben? Was ist schuld daran, dass er so rasch vom Himmel fällt?«

»Du suchst also einen geheimnisvollen Sinn in den Sternen, Amine?«

»In Arabien tut man das – und warum sollte man nicht? Sie stehen nicht am Himmel, um Licht zu geben – warum wohl sonst?«

»Um die Welt zu verschönern. Sie haben darüber hinaus auch noch ihren Nutzen.«

»Dann stimmst du mit mir überein; sie haben ihren Nutzen, und die Schicksale der Menschen sind in ihnen verborgen. Meine Mutter gehörte zu denjenigen, die gut in den Sternen zu lesen vermochten. Ach, für mich sind sie ein versiegeltes Buch!«

»Ist es nicht besser so, Amine?«

»Besser? Ist es besser, mit unserem selbstsüchtigen, gedemütigten Geschlecht im Staube zu kriechen und voll von Furcht und Zweifeln im Dunkeln zu tappen, wenn wir mit höheren Mächten verkehren könnten? Sehnt sich nicht unsere Seele nach diesem Umgang? Klopft nicht das Herz stolzer bei dem Gefühl, dass es mit größeren Gaben ausgestattet sei als das Geschlecht der gewöhnlichen Sterblichen? Ist das nicht ein edles Streben?«

»Ein gefährliches – ein höchst gefährliches.«

»Und eben deshalb auch höchst edel. Ist es doch, als ob die Sterne mit mir reden wollten. Sieh jenen dort, der so hell glänzt – er winkt mir.«

Eine Weile blieben Aminens Augen aufwärts gerichtet; sie sprach nicht, und Philipp blieb an ihrer Seite stehen. Dann ging sie nach der Laufplanke und blickte auf die sanften Wellen, die bis in die Tiefe hinab vom Mondlicht erhellt waren.

»Beschwört vielleicht deine Einbildungskraft ein Geschlecht von Wesen herauf, Amine, die unter diesen blauen Wogen leben, zwischen den Korallenriffen spielen und Perlen in ihre Haare flechten?«, fragte Philipp lächelnd.

»Ich weiß nicht, aber es ist mir, als müsste es schön sein, da unten zu leben. Denke nur an deinen Traum zurück, Philipp; deiner eigenen Beschreibung nach war ich damals eines jener Wesen.«

»Du warst es«, versetzte Philipp nachdenklich.

»Und doch kommt es mir vor, als würde mich das Wasser zurückweisen, selbst wenn das Schiff sänke. In welcher Weise meine sterbliche Hülle sich in ihre Elemente auflösen mag, weiß ich nicht, aber doch fühle ich, dass sie nie ein Spielball der tückischen Wellen sein wird. Doch lass uns in die Kajüte gehen, teuerster Philipp; es ist spät und das Deck ist feucht vom Tau.«

Als der Tag graute, meldete der Ausluger aus dem Mastkorb, dass er in Fahrtrichtung etwas auf der glatten Wasserfläche schwimmen sehe. Krantz stieg mit seinem Glas hinauf, um nachzusehen, und erkannte ein kleines Boot, das wahrscheinlich von einem Schiff losgetriftet war. Da noch immer kein Wind kommen wollte, ließ Philipp ein Boot aussetzen, und nach einer Weile kehrten die Matrosen mit dem kleinen Boot im Schlepptau zurück.

»Es ist ein menschlicher Körper darin, Herr«, sagte der zweite Maat zu Krantz, als er auf der Laufplanke anlangte, »aber ich weiß nicht zu sagen, ob der Mann tot ist oder noch lebt.«

Krantz meldete es Philipp, welcher eben mit Amine beim Frühstück in der Kajüte saß, nun aber sich gleichfalls nach der Laufplanke begab, nach der die Matrosen bereits den mutmaßlichen Leichnam hinaufgeschafft hatten. Der herbeigerufene Wundarzt erklärte, das Leben sei noch nicht erloschen, und erteilte eben die Weisung, dass man den Mann nach dem Krankenverschlag hinunterbringe, als sich dieser plötzlich zum allgemeinen Erstaunen umdrehte, aufrichtete und zuletzt ganz erhob, um nach einer Kanone hinzuwanken, wo er nach einer Weile wieder gänzlich zu sich zu kommen schien. Auf die Fragen der Matrosen erwiderte er, er komme von einem Schiff, das in einer Bö gekentert sei, und habe gerade noch Zeit gehabt, das kleine Boot am Heck loszuschneiden; die ganze übrige Mannschaft sei in den Wellen zugrunde gegangen. Während er noch sprach, kamen Philipp und Amine aus der Kajüte und begaben sich nach der Stelle, wo die Matrosen den Geretteten umringten. Die Matrosen der »Utrecht« traten beiseite, um für den Kapitän Platz zu machen, und nun entdeckten Philipp und Amine plötzlich ebenso erstaunt wie erschreckt, dass der Mann niemand anders war als ihr alter Bekannter, der einäugige Steuermann Schriften.

»Hihi! Kapitän Vanderdecken, wie ich glaube. Freut mich, Euch im Kommando zu sehen – und auch Euch, schöne Dame.«

Philipp wandte sich mit einem inneren Schauder ab, und Aminens Auge blitzte, als sie die abgezehrte Gestalt des elenden Geschöpfs musterte. Nach ein paar Sekunden wandte sie sich um und folgte Philipp nach der Kajüte; er saß regungslos da und hatte das Gesicht mit den Händen bedeckt.

»Mut, Philipp, Mut!«, begann Amine. »Es war allerdings ein schwerer Schlag, und ich fürchte, mir schwant Übles – doch wenn auch; es ist unser Schicksal.«

»Es ist – es sollte vielleicht das meinige sein«, versetzte Philipp und blickte auf, »aber du, Amine, warum solltest du daran teilhaben?«

»Ich bin deine Gefährtin, Philipp, im Leben und im Tode. Ich möchte nicht zuerst sterben, Philipp, weil es dich grämen würde, aber dein Tod wird auch das Signal für den meinigen sein; denn ich will nicht säumen, dir nachzufolgen.«

»Wie, Amine, du würdest doch hoffentlich dein Ende nicht selbst herbeiführen?«

»Doch, und es bedarf dazu nur eines einzigen Augenblicks, in dem dieser kleine Stahl seinen Dienst tut.«

»Nein, Amine, das ist nicht recht – unsere Religion verbietet es.«

»Mag sein, aber ich kann mir nicht vorstellen, warum. Ich kam auf die Welt, ohne dass ich darum befragt wurde – zuverlässig muss es mir freistehen, sie zu verlassen, ohne dass ich die Priester zuvor um Erlaubnis bitte! Doch vorderhand genug davon; was willst du mit diesem Schriften anfangen?«

»Ich werde ihn am Kap an Land schicken; denn ich kann die Anwesenheit dieses garstigen Menschen nicht ertragen. Wandelte dich nicht abermals ein kalter Schauder an, als du in seine Nähe kamst?«

»Ja – ich wusste, dass er da war, noch ehe ich ihn sah. Aber dennoch – ich weiß nicht, warum – habe ich das Gefühl, dass ich ihn nicht wegschicken würde.«

»Warum nicht?«

»Ich glaube, der Grund liegt darin, dass ich lieber dem Schicksal die Stirn biete, als vor ihm zurückbebe. Der armselige Mensch kann kein Unheil anrichten.«

»Doch, er kann – und zwar sehr viel; er ist imstande, die Schiffsmannschaft meuterisch und unzufrieden zu machen. Außerdem hat er versucht, mich meiner Reliquie zu berauben.«

»Es wäre mir fast lieb, wenn er es getan hätte, dann müsstest du wenigstens dieses unstete Suchen aufgeben.«

»Oh, Amine, sprich nicht so; es ist meine Pflicht, und ich habe einen feierlichen Eid darauf abgelegt –«

»Aber dieser Schriften – du kannst ihn nicht wohl an Land setzen, da er im Dienste der Kompanie steht, obschon sich möglicherweise insofern ein Ausweg finden lässt, als du ihn vielleicht einem andern Schiff übergeben kannst; das nach Holland zurückkehrt. Aber dennoch würde ich an deiner Stelle das Geschick walten lassen; denn zuverlässig ist das seinige mit dem deinen verwoben. Fasse Mut, Philipp, und behalte ihn an Bord.«

»Du hast vielleicht recht, Amine. Was immer mir das Schicksal zugedacht haben mag – ich kann es wohl verzögern, aber nicht vermeiden.«

»So lass ihn bleiben und lass ihn tun, was er will. Behandle ihn freundlich – wer weiß, was wir durch ihn gewinnen können!«

»Du hast recht, Amine. Er ist ohne allen Grund mein Feind gewesen – wer weiß, ob er nicht vielleicht noch mein Freund wird.«

»Und wenn auch nicht, so hast du doch deine Pflicht getan. Lass ihn rufen.«

»Nein, nicht jetzt – morgen. In der Zwischenzeit will ich Sorge tragen, dass ihm jede Bequemlichkeit geboten wird.«

»Wir sprechen von ihm, als ob er einer der unsrigen wäre, obschon ich fühle, dass dies nicht der Fall ist«, entgegnete Amine. »Doch wie dem auch sein mag, wir können ihm bloß Erdenfreundlichkeit erweisen und ihm nur das zuteilwerden lassen, was diese Welt oder vielmehr dieses Schiff bietet. Ich verlange danach, ihn zu sprechen und zu sehen, ob ich auf diese Eisgestalt nicht Eindruck zu üben vermag. Soll ich dem Ghulen den Hof machen?« Amine brach in ein bitteres Lachen aus.

Das Gespräch wurde nun abgebrochen, sein Gegenstand aber nicht vergessen. Als am andern Morgen der Wundarzt meldete, dass Schriften augenscheinlich wieder hergestellt sei, ließ Philipp den einäugigen Steuermann nach der Kajüte kommen. Er war zu einem Gerippe abgezehrt, seine Bewegungen und seine Sprache aber waren noch so widerlich wie eh und je; seine Stimme klang schrill und verdrießlich.

»Ich habe Euch rufen lassen, Schriften, um zu erfahren, ob ich etwas für Eure Bequemlichkeit tun kann. Braucht Ihr etwas?«

»Ob ich etwas brauche?«, versetzte Schriften, zuerst Philipp und dann Amine ansehend. – »Hihi! Ich denke, ich könnte ein wenig Ausfüllung brauchen.«

»Das wird sich, hoffe ich, bald finden; mein Steward hat Auftrag, für Euch zu sorgen.«

»Der arme Mensch«, sagte Amine mit einem Blick des Mitleids, »wie viel muss er gelitten haben! Ist das nicht der Mann, der dir den Brief der Kompanie überbrachte, Philipp?«

»Hihi – ja! Ich war wohl nicht sehr willkommen, Madame?«

»Nein, mein guter Freund, dem Weib ist eine Botschaft, die ihr den Gatten entreißt, nie sehr willkommen. Doch es war nicht Eure Schuld.«

»Besonders, wenn ein Mann durchaus auf See gehen und ein schönes Weib zu Hause lassen will, während er doch, wie es heißt, Geld die Fülle hat, um an Land leben zu können, hihi!«

»In der Tat, Ihr habt wohl recht, so zu reden«, entgegnete Amine.

»Besser, er gäbe es auf. Lauter Narrheit und Wahnsinn – he, Kapitän?«

»Jedenfalls muss ich diese Reise zu Ende bringen«, sagte Philipp zu Amine, »ganz gleich, wozu ich mich auch nachher entschließe. Ich habe viel durchgemacht, und auch bei Euch ists der Fall gewesen, Schriften. Ihr habt zweimal Schiffbruch erlitten. Nun sagt mir aber, was Ihr zu tun wünscht? Wollt Ihr mit dem ersten Schiff nach Hause oder am Kap an Land gehen – oder –«

»Oder irgendetwas anderes, sofern Ihr mich nur aus diesem Schiff wegkriegt? – Hihi!«

»Nicht doch; wenn Ihr es vorzieht, mit mir zu segeln, so sollt Ihr, da ich Euch als einen guten Steuermann kenne, die Ration und den Sold eines Steuermanns erhalten – das heißt, im Falle Ihr Lust habt, meinem Glücksstern zu folgen.«

»Zu folgen? – Muss folgen. Ja, ich will mit Euch segeln, Mynheer Vanderdecken. Ich wünsche stets in Eurer Nähe zu sein – hihi!«

»So sei es denn. Sobald Ihr Euch wieder kräftig genug fühlt, könnt Ihr Euren Dienst antreten. Ich will Sorge dafür tragen, dass es Euch an nichts gebricht.«

»Und auch ich, mein guter Freund. Wendet Euch an mich, wenn Euch etwas abgeht, und ich will Euch dazu verhelfen«, sagte Amine. »Ihr habt viel gelitten, wir wollen jedoch alles tun, was in unseren Kräften steht, um Euch Euer Unglück vergessen zu lassen.«

»Sehr gut, sehr freundlich!«, versetzte Schriften, Aminens liebliche Gestalt musternd. Nach einer Weile zuckte er die Achseln und fügte hinzu: »Wahrhaftig schade – muss aber dennoch sein.«

»Gott befohlen«, fuhr Amine fort, indem sie Schriften die Hand entgegenstreckte.

Der Steuermann nahm sie, und ein kalter Schauder fuhr Aminen durchs Herz, obschon sie, darauf vorbereitet, sich nichts anmerken ließ. Schriften hielt ihre Hand ein paar Augenblicke in der seinigen und blickte ihr dann angelegentlich ins Gesicht.

»So schön und so gut! Mynheer Vanderdecken, ich danke Euch. Dame, möge Euch der Himmel bewahren.«

Dann drückte er die zarte Hand, welche er noch immer nicht losgelassen hatte, und eilte aus der Kajüte.

Die Eiseskälte, die Aminens Körper bei dem Händedruck Schriftens durchschauert hatte, war so gewaltig gewesen, dass Amine jetzt nur mit Mühe das Sofa erreichen konnte, bevor sie erschöpft darauf niedersank. Sie blieb eine Weile, die Hand aufs Herz gedrückt, liegen, und als sich Philipp über sie beugte, sagte sie mit erstickter Stimme: »Dieses Geschöpf muss ein Gespenst sein – ich weiß es jetzt gewiss. – Nun«, fuhr sie nach einer Pause fort, »umso besser, wenn wir ihn zu unserem Freunde machen können, und ich will all meine Kräfte aufbieten, um es zu erreichen.«

»Aber glaubst du denn, Amine, dass diejenigen, die nicht dieser Welt angehören, ebenso mit Gefühlen der Zuneigung, der Dankbarkeit und des Hasses begabt sind wie wir, und kann man sich diese Wesen dienstbar machen?«

»Zuverlässig. Wenn sie Hass empfinden – was, wie wir wissen, der Fall ist –, so müssen sie auch der besseren Gefühle fähig sein. Warum gibt es gute und böse Mächte? Sie mögen sich ihrer sterblichen Hülle entledigt haben, aber die Seele muss dieselbe bleiben. Eine Seele ohne Gefühl wäre gar keine Seele. Sie ist in dieser Welt mit Empfindungen ausgestattet und muss es auch in der andern sein. Wenn die Engel Mitleid empfinden können, so müssen sie auch fühlen wie wir, und sind die bösen Geister imstande zu quälen und zu necken, so müssen ihre Empfindungen ebenfalls den unsrigen ähnlich sein. Unsere Gefühle ändern sich, warum nicht auch die ihrigen? Ohne Empfindungen gäbe es weder Himmel noch Hölle. Hier auf Erden sind unsere Seelen eingeengt, überladen und niedergedrückt durch das träge Fleisch, aber die Seele, die sich ihrer Erdenhülle entledigt hat, ist meiner Ansicht nach um keine Spur reiner, herrlicher oder vollkommener, als diejenige in unserem Innern. Ob sie dienstbar gemacht werden können, fragst du? Ja, der Sterbliche ist sogar imstande, sie zu zwingen, wenn er die Mittel und Kräfte besitzt. Ein böser Geist kann ebenso zum Guten als zum Schlimmen genötigt werden. Nicht die guten und vollkommenen Geister können wir uns unterwerfen, sondern nur diejenigen, welche zum Bösen neigen. Nur über sie haben die Sterblichen Gewalt.«

»Du hängst noch immer an verbotenen Künsten, Amine; ist das recht?«

»Recht? Wenn uns Macht gegeben ist, haben wir dann nicht das Recht, sie zu gebrauchen?«

»Allerdings, aber nur zum Guten, nicht zum Schlimmen.«

»Die Mächtigen dieser Erde, die nichts besitzen, als was irdisch ist, sind für den Gebrauch ihrer Macht verantwortlich; ebenso verhält sichs bei denjenigen, welche mit überirdischen Kräften begabt sind – sie haben über deren Gebrauch Rechenschaft abzulegen. Hat der Herr im Himmel die Blume in der Absicht wachsen lassen, dass sie nicht gepflückt werde? Nein! Und ebenso wenig würde er die Hilfe der Geister möglich gemacht haben, wenn der Mensch sich ihrer nicht bedienen dürfte.«

Als Aminens leuchtender Blick dem seinen begegnete, konnte Philipp sich für einen Moment des Gedankens nicht erwehren, dass seine Gattin nicht sei wie andere Sterbliche, und er bemerkte gelassen: »Ist es auch gewiss, Amine, dass ich mit einem sterblichen Wesen vermählt bin?«

»Ja, ja, Philipp, beruhige dich, ich bin nur eine Sterbliche. Wollte der Himmel, ich wäre es nicht, sondern gehörte zu jenen Wesen, die über dir schweben und dich in allen Gefahren bewachen, die dich retten können und dich bei deinem wahnsinnigen Treiben beschützen. Aber ich bin nur ein armes, schwaches Weib, dessen Herz zärtlich und treu für dich schlägt – das für dich alles wagen würde – das durch die Liebe zu dir erst mutig geworden ist – und ich will von keinem Glaubensbekenntnis etwas wissen, das mir verbietet, Himmel, Erde oder Hölle anzurufen, wenn es gilt, den bei mir zu behalten, von dessen Gegenwart ich lebe.«

»Amine, sprich nicht so vom Glauben. Beweist nicht diese« – Philipp zog bei diesen Worten die heilige Reliquie hervor – »beweist nicht diese und die Botschaft, die mir mit ihr zuging, die Wahrheit unseres Glaubens?«

»Ich habe viel darüber nachgedacht, Philipp, und mein Erschrecken bewog mich anfangs fast zum Glauben; aber deine eigenen Priester haben dazu beigetragen, mich eines Besseren zu belehren. Sie wollten dir nicht Rede stehen und überließen dich deiner eigenen Entscheidung. Die Botschaft und die wunderbaren Zeichen standen nicht im Einklang mit ihrem Glauben, und sie zweifelten. Musste dies nicht auch mich stutzig machen? Die Reliquie mag so wundertätig und mächtig sein wie du sagst, aber die Ursachen ihrer

Wunderkraft sind vielleicht böse und gottlos – die Macht, die ihr innewohnt, ist vielleicht in unrechte Hände gefallen – und wird nun ihrem eigentlichen Zweck entfremdet.«

»Ihre Wunderkraft, Amine, kann nur denjenigen zugute kommen, die Freunde dessen sind, der am Kreuz gestorben ist.«

»Dann ist es gar keine Kraft oder doch eine, die nicht halb so groß ist wie die des Erzfeindes, der ebenso wohl Gutes als Schlimmes wirken kann. Aber in diesem Punkt, lieber Philipp, sind wir verschiedener Meinung und können einander auch nicht überzeugen; denn du wurdest in dem einen Glauben erzogen, ich aber in einem anderen. Ich habe mit angesehen, wie meine Mutter große Zauber wirkte und darin ihre Absichten erreichte, du hast vor den Priestern gekniet – ich will es dir nicht zum Vorwurf machen, aber tadle deshalb auch deine Amine nicht. Ich hoffe, bei uns beiden herrscht die gleiche Absicht, das Rechte zu tun.«

»Wenn es nur auf ein Leben voll Unschuld und Reinheit ankäme, so dürfte meine Amine der ewigen Seligkeit sicher sein.«

»Mein Glaube lehrt mich, dass dies der Fall ist. Es gibt der Religionen so viele – wer vermag zu sagen, welche die wahre ist? Und was liegt im Grund daran; alle führen zu dem gleichen Ziele – zum Himmel.«

»Du sprichst wahr, Amine«, versetzte Philipp, während er nachdenklich in der Kajüte auf- und abging, »und doch sind unsere Priester nicht dieser Ansicht.«

»Was ist die Grundlage ihres Glaubens, Philipp?«

»Barmherzigkeit und guter Wille.«

»Verdammt Barmherzigkeit diejenigen zu einem ewigen Elend, welche nie von diesem Glauben gehört haben – welche das Erhabene Wesen anbeteten, so gut sie es eben wussten und konnten?«

»Nein, gewiss nicht.«

Amine machte keine weitere Bemerkung, und Philipp ging noch einige Minuten in tiefen Gedanken auf und ab und verließ dann die Kajüte.

Die »Utrecht« langte am Kap an, nahm Wasser ein, setzte ihre Reise wieder fort und ging nach einer zwei Monate währenden schwierigen Fahrt vor Gambrun vor Anker. Während dieser zwei Monate war Amine unablässig bemüht gewesen, Schriftens Zuneigung zu gewinnen. Sie hatte sich oft mit ihm auf dem Deck unterhalten, ihm jede mögliche Freundlichkeit erwiesen und sogar die Furcht überwunden, die sie stets ergriffen hatte, wenn er ihr nahe gekommen war. Schriften schien Aminens Freundlichkeit allmählich zur Kenntnis zu nehmen und zuletzt sogar gerne in ihrer Gesellschaft zu sein. Gegen Philipp benahm er sich zumeist höflich, gegen Amine aber stets ehrerbietig. Seine Sprache war rätselhaft, und selbst in Aminens Gegenwart konnte er sein kicherndes Lachen, sein gelegentliches »Hihi!« nicht unterdrücken. Als sie jedoch bei Gambrun vor Anker lagen, stand er mit ihr auf so gutem Fuße, dass er hin und wieder in die Kajüte kam und sich, ohne jedoch Platz zu nehmen, einige Minuten mit ihr unterhielt, und eines Abends kam er zu ihr auf die Hütte, wo sie gerade Platz genommen hatte.

»Dame«, sagte er nach einer Pause, »das Schiff dort drüben segelt in ein paar Tagen in Eure Heimat.«

»Ich habe es gehört«, versetzte Amine.

»Wollt Ihr den Rat eines Mannes annehmen, der es gut mit Euch meint? Wenn ja, dann kehrt auf jenem Schiff nach Hause zurück und bleibt dort, bis Euer Gatte wieder zu Euch kommt.«

»Und warum gebt Ihr mir diesen Rat?«

»Weil ich voraussehe, dass Euch Gefahr droht, ja, es steht vielleicht der Tod – ein grausamer Tod – einer Person bevor, der ich nichts Böses wünsche.«

»Doch nicht mir?«, versetzte Amine, indem sie ihre Augen auf Schriften heftete und dabei seinem stechenden Blick begegnete.

»Ja, Euch. Es gibt Leute, die weiter in die Zukunft schauen können als andere.«

»Aber nicht, wenn sie zu den Sterblichen gehören«, entgegnete Amine.

»Ja, auch wenn sie sterblich sind. Doch sterblich oder nicht, ich sehe etwas voraus, was ich abwenden möchte. Fordert Euer Schicksal nicht noch weiter heraus.«

»Wer kann es abwenden? Wenn ich Euren Rat annehme, so ist es mein Schicksal, dass ich es tue – wo nicht, so ist dies gleichfalls meine Bestimmung.«

»Wohlan denn, so geht dem aus dem Wege, was Euch bedroht.«

»Ich fürchte mich nicht, aber dennoch danke ich Euch. Sagt mir, Schriften, ist Euer Schicksal nicht irgendwie mit dem meines Gatten verwoben? Ich fühle, dass es so ist.«

»Warum glaubt Ihr das, Dame?«

»Aus vielen Gründen. Zweimal habt Ihr ihm einen Bescheid überbracht, habt ebenso oft Schiffbruch erlitten und seid jedes Mal auf eine wunderbare Weise gerettet worden und wieder zum Vorschein gekommen. Ihr habt auch Kunde von seiner Sendung, das ist augenscheinlich.«

»Beweist aber nichts.«

»Doch, es beweist viel – denn es beweist, dass Ihr etwas wisst, wovon eigentlich nur er allein Kunde haben kann.«

»Auch Ihr wurdet eingeweiht, und heilige Männer haben sich darüber den Kopf zerbrochen«, entgegnete Schriften mit einem höhnischen Lachen.

»Wie könnt Ihr hiervon nun wieder unterrichtet sein?«

»Hihi!«, lachte Schriften. »Doch vergebt mir, Dame, ich wollte Euch nicht kränken.«

»Ihr könnt nicht leugnen, dass Ihr auf eine geheimnisvolle und unbegreifliche Weise mit der Sendung meines Mannes in Verbindung steht. Sagt mir, ist sie wirklich so wahr und heilig wie er glaubt?«

»Wenn er sie für wahr und heilig hält, so wird sie es.«

»Warum tretet Ihr denn als sein Feind auf?«

»Ich bin nicht sein Feind, schöne Dame.«

»Ihr nicht *sein* Feind? Warum versuchtet Ihr dann einmal, ihn der wundertätigen Reliquie zu berauben, durch die allein er seine Aufgabe erfüllen kann?«

»Ich wollte erreichen, dass er seine Suche aufgibt – aus Gründen, die ich nicht zur Sprache bringen kann. Beweist dies, dass ich sein Feind bin? Wäre es nicht besser, er gäbe sich mit seinem guten Auskommen zufrieden und bliebe bei Euch an Land, als dass er in wahnsinnigem Suchen die wilden Meere durchkreuzt? Ohne die

Reliquie kann er seinen Auftrag nicht erfüllen – es wäre daher ein Liebesdienst, wenn man sie ihm abnähme.«

Amine antwortete nicht, denn sie war in Gedanken versunken.

»Dame«, fuhr Schriften nach einer Weile fort, »ich meine es gut mit Euch. Euer Gatte kümmert mich nicht, obgleich ich ihm nichts Schlimmes wünsche. So hört mich denn. Wenn Ihr wollt, dass Euer künftiges Leben ruhig und friedlich verläuft – wenn Ihr mit dem Gatten Eurer Wahl lange in dieser Welt zu bleiben wünscht – wenn Ihr wollt, dass er als ein alter Mann in seinem Bett stirbt und Ihr ihm die Augen schließen könnt – unter dem Wehklagen Eurer Kinder, deren Lächeln Euch erhalten bleibt, um Euch aufzuheitern – so kann ich Euch all dies für die Zukunft, in der ich zu lesen imstande bin, versprechen, sofern Ihr ihm jene Reliquie abnehmt und sie mir übergebt. Wollt Ihr aber, dass er mehr leidet, als je ein Mensch auf Erden erduldet hat – wollt Ihr, dass er sein ganzes Leben in Zweifel, Angst und Leid verbringt, bis das tiefe Meer seinen Leichnam aufnimmt, dann lasst sie ihm. Wollt Ihr, dass Euer eigenes Leben verkürzt wird und dass Euch selbst die kurze Zeit, die Euch noch bleibt, in Euren Qualen zu lang wird – wollt Ihr von Eurem Gatten getrennt werden und eines grausamen Todes sterben, so lasst ihm die Reliquie. Die Zukunft liegt offen vor mir, und dies ist Eure Bestimmung. Überlegt es Euch wohl, Dame. Ich will Euch jetzt verlassen und morgen Eure Antwort hören.«

Schriften entfernte sich und überließ Amine ihren Betrachtungen. Geraume Zeit wiederholte sie sich die Worte und Prophezeiungen des Mannes und war jetzt vollkommen überzeugt, dass er nicht dieser Welt angehöre und in irgendeiner Weise mit dem Geschick ihres Gatten in Verbindung stehe.

»Mit mir meint er es gut, und er wünscht auch meinem Gatten nichts Böses, nur will er Philipp von der Suche nach dem Geisterschiff abhalten. Warum das? Er will es nicht sagen. Er hat mich unsicher gemacht – auf die seltsamste Weise unsicher gemacht. Wie leicht wäre es, Philipp die Reliquie abzunehmen, während er an meiner Seite schläft – aber auch wie hinterhältig! Und doch – ein Leben des Wohlstands und der Ruhe, eine glückliche Familie, ein hohes Alter – welches Anerbieten für eine zärtliche und innig liebende Gattin! Im andern Falle aber Mühsale, Ängste und ein feuchtes Grab! Und für mich – pah! – das ist nichts. Und doch – ist es nichts, von Philipp getrennt sterben zu müssen? Oh, schon der Gedanke ist schrecklich. – Ich glaube ihm. Ja, er hat die Zukunft vorausgesagt und die Wahrheit gesprochen. Kann ich Philipp wohl überzeugen? Nein, ich kenne ihn nur zu gut; er hat ein Gelübde getan und lässt sich nicht davon abbringen. Und doch, wenn ihm die Reliquie ohne sein Wissen abgenommen würde, so könnte er sich nichts vorwerfen. Aber müsste er dann die Schuld nicht mir zuschreiben? Könnte ich ihn täuschen? Sollte ich, das Weib seines Herzens, ihn anlügen? Nein, nein, es darf nicht sein. Komme, was da will – es ist unsere Bestimmung, und ich ergebe mich darein. Hätte doch Schriften lieber nicht gesprochen. Ach! Wir suchen in die Zukunft zu schauen, möchten aber, wenn es uns gelungen ist, alles wieder ungeschehen machen und wünschen, dass wir in der Ungewissheit geblieben wären!«

»Was macht dich so nachdenklich, Amine?«, fragte Philipp, der einige Zeit später zu ihr heraufkam.

Amine gab zunächst keine Antwort. »Soll ich ihm alles sagen?«, dachte sie. »Es ist mein einziger Ausweg – ja.«

Sie wiederholte ihm sodann das Gespräch mit Schriften. Philipp entgegnete nichts, sondern setzte sich an Aminens Seite nieder und fasste ihre Hand. Sie ließ das Haupt auf die Schulter ihres Gatten sinken. »Was ist deine Ansicht, Amine?«, fragte Philipp nach einer Weile.

»Ich könnte dir die Reliquie nicht entwenden, Philipp, aber vielleicht gibst du sie mir.«

»Und mein Vater, Amine, mein armer Vater – soll seine schreckliche Verdammnis ewig währen, wo es ihm doch gestattet wurde, seinen Sohn um Beistand anzuflehen, damit das Urteil abgewendet werde? Beweisen nicht die Worte dieses Mannes, dass mein Auftrag kein Trugbild ist? Die Tatsache, dass er von allem Kunde hat – bekräftigt sie nicht das Ganze? Und doch, warum will er es verhindern?«, fügte Philipp nachsinnend hinzu.

»Ach, Philipp, ich weiß nicht, aber ich möchte es selbst auch gerne verhindern. Ich fühle, dass er die Macht besitzt, in die Zukunft zu schauen, und dass er darin richtig gelesen hat.«

»Seis drum; er hat gesprochen, aber nicht deutlich. Seine Prophezeiungen betreffen Dinge, auf die ich seit Langem vorbereitet bin – die zu erdulden ich dem Himmel gelobt habe. Ich habe bereits viel gelitten, und ich bin darauf gefasst, noch mehr über mich ergehen zu lassen. Die Welt ist mir längst zur Pilgerfahrt geworden, und da ich für eine Aufgabe erkoren bin, so hoffe ich, dass ich den Lohn dafür in einer anderen Welt finden werde. Du aber, Amine, bist durch keinen Eid gebunden und hast kein Gelübde abgelegt. Er riet dir, nach Hause zurückzukehren, und sprach von einem grausamen Tode. Folge seinem Rat, um einem so traurigen Geschick zu entgehen.«

»Ich bin durch keinen Eid gebunden, Philipp, aber höre mich. So wahr ich auf eine ewige Seligkeit hoffe, verpflichte ich mich jetzt –«

»Halt ein, Amine!«

»Nein, Philipp, du kannst mich nicht hindern; denn wenn dus auch tust, so werde ich meinen Eid in deiner Abwesenheit wiederholen. Ein grausamer Tod wäre eine Wohltat für mich; denn ich würde dich dann nicht mehr leiden sehen. Möge mir die ewige Seligkeit verschlossen und ewiges Elend mein Los sein, wenn ich dich verlasse, solange uns das Schicksal gestattet, beisammen zu sein. Ich bin dein – deine Gattin; mein Glück, mein Leben, mein alles hängt jetzt und in Zukunft an dir, und das Schicksal mag tun, was es will – Amine wird nicht wanken. Mein Herz ist nicht feige und weicht vor Gefahr und Leid nicht zurück. In diesem einen Punkte wenigstens, Philipp, ist deine Wahl gut gewesen.«

Philipp hob ihre Hand stumm an seine Lippen, und das Gespräch wurde nicht wieder aufgenommen. Am andern Abend kam Schriften wieder zu Amine herauf.

»Nun, Dame?«, begann er.

»Schriften, es kann nicht sein«, versetzte Amine, »aber dennoch danke ich Euch von Herzen.«

»Wenn er seiner Bestimmung folgen muss, Dame, warum wollt Ihr Euch unbedingt anschließen?«

»Schriften, ich bin sein Weib – sein für immer, in dieser Welt und in der nächsten. Ihr könnt mich nicht tadeln.«

»Nein«, entgegnete Schriften, »ich tadle Euch nicht, sondern bewundere Euch. Ihr tut mir leid. Aber was ist schon der Tod? Nichts. Hihi!«

Schriften eilte hinweg und ließ Amine allein.

22

Die »Utrecht« segelte von Gambrun ab, berührte Ceylon und setzte ihre Fahrt in den östlichen Meeren fort. Schriften blieb an Bord, hielt sich aber seit seinem letzten Gespräch mit Amine abseits und schien sowohl sie als auch Philipp zu meiden. Dennoch versuchte er nicht wie früher, die Schiffsmannschaft aufzuwiegeln, und ebenso wenig erging er sich in seinen gewöhnlichen Hohnreden und Schmähungen. Die Mitteilung, die er Amine gemacht hatte, hinterließ einen tiefen Eindruck. Amine und Philipp waren nachdenklicher als sonst und suchten sich gegenseitig ihre Schwermut zu verbergen. Wenn sie sich umarmten, so geschah es mit dem traurigen Vorgefühl, dass sie dieser Wonne vielleicht bald beraubt sein würden, obschon sie zugleich ihre Herzen stählten und sich darauf gefasst machten, dem Schlimmsten zu begegnen. Krantz wunderte sich nicht wenig über diese Veränderung, die er sich natürlich nicht zu erklären vermochte. Die »Utrecht« war nicht weit von den Andaman-Inseln, als Krantz, der das Barometer beobachtet hatte, eines Morgens zu Philipp kam.

»Wir haben alle Aussicht auf einen Taifun, Herr«, sagte Krantz, »das Barometer und das Wetter verkünden beide nichts Gutes.«

»Dann müssen wir alles festmachen. Lasst augenblicklich die Bramrahen und die kleinen Segel nieder; wir wollen auch die Bramstengen streichen. Ich werde sogleich nachkommen.«

Philipp eilte an Deck. Die See war glatt, aber schon verkündete das Ächzen des Windes einen herannahenden Sturm. Das Vakuum in der Luft wollte ausgefüllt werden, und ein schrecklicher Aufruhr der Elemente kündigte sich an. Ein weißer Nebel sammelte sich und wurde schnell dichter; die Matrosen wurden an Deck gerufen, alle wichtigen Gegenstände nach unten geschafft und die Kanonen festgemacht. Nun kam ein Windstoß, der das Schiff auf die Seite legte, sodass es sich erst nach einer Minute wieder aufzurichten vermochte; dann kam ein zweiter, und dann ein dritter – einer immer heftiger als der andere. Die See, obschon noch glatt, schien sich zuletzt unter dem gewaltig einherfegenden Taifun in eine schneeweiße Schaumfläche zu verwandeln. Der Sturm brach auf das Schiff los, das sich bis zu seinem Schandeck niederbeugte und so verblieb. Nach einer Viertelstunde war der Taifun vorüber und das Schiff wieder im Gleichgewicht; aber nun hatte sich die See gehoben, und der Wind wehte stark. Nach einer Stunde kamen abermalige Stöße, noch wilder und wütender als zuvor; die Wogen schäumten hoch auf, und der Gischt spritzte den Matrosen in die Gesichter. Der Regen fiel in Strömen nieder, und das Schiff wurde ganz auf die Seite gelegt. So verblieb es, bis der wilde Orkan vorbeigefegt war, um die Zerstörung in weit entfernte Gegenden zu tragen; er ließ eine wild tobende See zurück.

»Ich glaube, es ist beinahe vorüber, Herr«, sagte Krantz. »Windwärts heitert sichs ein wenig auf.«

»Ich glaube selbst auch, dass wir das Schlimmste schon überstanden haben«, entgegnete Philipp.

»Nein, es kommt noch ärger«, ließ sich eine leise Stimme in Philipps Nähe vernehmen. Es war Schriften, der gesprochen hatte.

»Ein Schiff windwärts, das vor der Bö lenzt!«, rief Krantz.

Philipp blickte in die Richtung, aus der der Wind kam, und entdeckte an der Stelle, wo der Horizont am klarsten war, ein Schiff unter Mars- und Focksegeln, das auf sie zuhielt.

»Es ist ein großes Schiff. Bringt mir mein Fernglas!«

Das Teleskop wurde aus der Kajüte geholt, aber ehe Philipp davon Gebrauch machen konnte, hatte sich im Luv der Nebel wieder gesammelt, und das Schiff war nicht mehr zu sehen.

»Da ists wieder dick«, bemerkte Philipp, indem er sein Teleskop zusammensteckte, »wir müssen auf das Schiff achthaben, dass es nicht zu dicht auf uns zuläuft.«

»Es hat uns ohne Zweifel auch gesehen«, entgegnete Krantz.

Nach einigen Minuten tobte der Taifun aufs Neue, und sie waren von einem undurchdringlichen Dunkel umgeben. Es schien, als ob ein dicker Nebel vor dem wütenden Sturm einhergejagt werde. Nichts ließ sich unterscheiden als der weiße Schaum des Meeres, und auch dieser nicht weiter als bis auf eine halbe Kabellänge; darüber hinaus verlor sich alles in dunklem, grauem Dunst. Das Sturmstagsegel wich der Gewalt des Windes; es wurde zerfetzt, und die Stücke flogen mit einem krachenden Getöse umher, das sogar noch lauter war als der Sturm. Der wütende Orkan ging wieder vorüber, und der Nebel klärte sich ein wenig auf.

»Ein Schiff im Luv – ganz nahe!«, rief einer der Matrosen.

Krantz und Philipp sprangen auf das Schandeck und erblickten das große Schiff, das in einer Entfernung von nicht ganz drei Kabellängen auf sie zusteuerte.

»Steuer nach Luv! Wir werden nicht bemerkt, das Schiff stößt mit uns zusammen!«, rief Philipp. »Steuer nach Luv, sage ich! Hart nach Luv – hurtig!«

Das Ruder wurde in Luv gelegt; die Matrosen erkannten die drohende Gefahr und kletterten auf die Kanonen, um zu sehen, ob das fremde Schiff seinen Kurs ändere. Aber nein – es kam näher, und da die Hauptsegel der »Utrecht« entfernt worden waren, mussten sie jetzt zu ihrem Entsetzen feststellen, dass ihr Schiff auf das Ruder nicht ansprach und nicht in der gewünschten Weise ausweichen konnte.

»Schiff ahoi« schrie Philipp durch sein Sprechrohr, aber der Sturm jagte den Ton zurück.

»Schiff ahoi!«, rief Krantz auf dem Schandeck, indem er seinen Hut schwenkte.

Es war vergeblich – das fremde Schiff kam näher, und das Wasser schäumte unter seinem Bug, der jetzt nur noch einen Pistolenschuss von der »Utrecht« entfernt war.

»Schiff ahoi!«, brüllten die Matrosen im Chor und hätten eigentlich gehört werden müssen.

Aber das fremde Schiff achtete nicht darauf, sondern kam auf sie zu, und sein Schegg stand nur noch zehn Ellen von der »Utrecht« ab. Die Mannschaft der Letzteren, welche jeden Augenblick die Zertrümmerung ihres Schiffes erwartete, kletterte auf das Luvschandeck, um die Taue des anderen aufzufangen und hinüber zu klettern. Amine kam, erstaunt über den Lärm, der an Deck herrschte heraus und packte Philipp am Arm.

»Halte dich an mich – die Erschütterung –«

Philipp sagte nicht mehr. Das Schegg des Fremden berührte die Schiffswand. Die Matrosen der »Utrecht« erhoben ein allgemeines Geschrei und sprangen vor, um das Bugspriettakelwerk des andern Schiffes zu fassen, das sich jetzt zwischen die Masten bohrte – aber sie griffen ins Leere – ins Nichts – es fand keine Erschütterung, kein Zusammenstoß statt. Der Fremde schien die »Utrecht« zu durchschneiden – sein Rumpf bewegte sich lautlos voran – kein krachendes Gebälk – kein Fallen der Masten – die Fockrah des Fremden drang durch das große Segel der »Utrecht«, und doch blieb dieses ganz – das ganze Schiffbewegte sich langsam durch die »Utrecht« hindurch und hinterließ keine Spur von einer Beschädigung – unter dem Heben und Stoßen der Wellen schien sein scharfer Schnabel sie zu durchsägen. Die Fockpüttinge des Fremden waren bereits durch das Schandeck vorgedrungen, ehe Philipp sich zu fassen vermochte.

»Amine«, rief er endlich, »das Geisterschiff! Mein Vater!«

Die Matrosen der »Utrecht«, die durch dieses Wunder noch mehr in Schrecken versetzt wurden, als vorher durch die Gefahr, warfen sich auf dem Deck nieder oder eilten nach unten, um zu beten; andere wieder waren vor Furcht wie versteinert. Amine war augenscheinlich die Ruhigste an Bord, Philipp nicht ausgenommen; sie sah zu, wie das Schiff sich langsam weiter bewegte, während seine Matrosen sich ruhig über das Schandeck lehnten, als lachten sie über die Verwirrung, die sie angerichtet hatten. Auch nach Vanderdecken spähte Amine und entdeckte ihn endlich auf der Hütte des Schiffes, das Sprechrohr unter dem Arm, das getreue Ebenbild ihres

Philipp – die nämliche kühne, kräftige Gestalt, dieselben Züge, augenscheinlich auch das gleiche Alter – nein, es bestand kein Zweifel! Dies war der verurteilte Vanderdecken.

»Sieh, Philipp«, sagte sie, »sieh! – Dein Vater!«

»Ja – barmherziger Himmel! Es ist – es ist –«

Und Philipp sank von seinen Gefühlen überwältigt auf dem Deck nieder.

Das Schiff hatte nun die »Utrecht« durchschnitten, und man sah die Gestalt des älteren Vanderdecken nach hinten gehen und über die Heckreling blicken. Amine bemerkte, wie er zusammenfuhr und sich plötzlich wegwandte – sie blickte nach unten und sah, wie Schriften grimmig die Faust nach dem übernatürlichen Wesen schüttelte! Abermals flog das Geisterschiff im Lee vor dem Sturm dahin und war bald im Nebel verschwunden; aber schon vorher hatte sich Amine umgewandt und Philipps tiefe Bestürzung bemerkt. Außer ihr und Schriften waren alle wie versteinert. Amine begegnete dem Blick des Steuermanns; sie winkte ihm und führte Philipp unter seinem Beistand in die Kajüte.

23

»Ich habe ihn also gesehen«, sagte Philipp, als er nach einigen Minuten wieder zur Besinnung kam. »Ich habe ihn endlich gesehen. Kannst du jetzt noch zweifeln?«, sagte er zu Amine, die sich über ihn gebeugt hatte.

»Nein, Philipp, ich zweifle nun nicht mehr«, versetzte Amine traurig, »aber fasse Mut, Philipp.«

»Für mich selbst fehlt es mir nicht an Mut, aber wenn ich an dich denke, Amine – du weißt, dass diese Erscheinung ein Unheil verkündet, das bestimmt kommen wird.«

»Möge es kommen«, entgegnete Amine ruhig, »ich bin seit Langem darauf vorbereitet, und du bist es auch.«

»Ja, soweit ich selbst davon betroffen bin, aber nicht, falls du darunter leiden sollst.«

»Du hast schon oft Schiffbruch erlitten und bist gerettet worden, warum sollte ich nicht ein Gleiches zu hoffen haben?«

»Aber die Leiden und die Entbehrungen?«

»Können denen am wenigsten anhaben, welche den Mut besitzen, sie zu ertragen. Ich bin nur ein Weib, schwach und gebrechlich am Körper, aber ich hoffe, es liegt etwas in mir, dessen sich mein Philipp nicht zu schämen braucht. Nein, du sollst kein Wehklagen, keinen Jammer der Verzweiflung von Aminens Lippen vernehmen, sondern sie wird dich trösten und dir beistehen, so gut sie kann. Aber was auch kommen mag – wenn sie nicht imstande ist, dir zu helfen, so wird sie dir wenigstens nicht zur Last fallen.«

»Es würde mich zermürben, wenn du im Unglück mit dabei wärst.«

»Nicht doch – es wird deine Entschlossenheit steigern. Möge es so schlimm wie möglich kommen.«

»Verlass dich darauf, Amine, das wird ehestens geschehen.«

»Seis drum«, versetzte Amine. »Übrigens wäre es gut, Philipp, wenn du dich an Deck zeigtest. Die Matrosen sind noch immer sehr erschreckt, und deine Abwesenheit wird bemerkt werden.«

»Du hast recht«, sagte Philipp; er erhob sich, umarmte sie und verließ dann die Kajüte.

»Es ist also nur zu wahr«, dachte Amine. »Nun heißt es sich auf Unglück und Tod vorbereiten – denn der Unheilsbote ist schon da gewesen. Ich wollte, ich könnte mehr erfahren. O Mutter, Mutter, sieh nieder auf dein Kind und enthülle mir in einem Traum die geheimnisvollen Künste, die ich vergessen habe! – Dann wüsste ich freilich mehr – aber ich habe Philipp versprochen, wenn wir nicht getrennt werden – oh, dieser Gedanke ist schlimmer als der Tod, und ich habe eine böse Vorahnung. Mein Mut sinkt, wenn ich nur daran denke!«

Als Philipp auf dem Deck erschien, fand er die Matrosen des Schiffes in großer Bestürzung. Auch Krantz selbst war verwirrt; denn er hatte nicht vergessen, wie das Geisterschiff vor der Küste von Feuerland erschienen war und die Schiffe ins Verderben gelockt hatte. Dieses erneute Auftauchen, das noch unheimlicher war als das frühere, hatte ihn völlig entmutigt; er lehnte in düsterem Schweigen an der Luvwand, als Philipp aus der Kajüte kam.

»Wir werden nie wieder einen Hafen erreichen, Herr«, sagte er, als Philipp herantrat.

»Stille, stille, die Leute könnten Euch hören.«

»Das spielt keine Rolle – sie sind alle derselben Meinung«, versetzte Krantz.

»Aber sie haben unrecht«, versetzte Philipp und wandte sich an die Matrosen. »Meine Jungen, dass uns nach dem Erscheinen dieses Schiffs ein Unglück zustoßen kann, ist sehr wahrscheinlich; denn ich habe es schon mehr als einmal gesehen, und jedes Mal ist ein Unglück eingetroffen; aber hier stehe ich vor Euch, lebendig und gesund – es ist also nicht gesagt, dass wir uns nicht retten können, wie ich mich schon des Öfteren gerettet habe. Wir müssen unser Bestes tun und auf den Himmel bauen. Der Sturm schwächt sich rasch ab, und in wenigen Stunden werden wir wieder schönes Wetter haben. Wie gesagt, ich bin diesem Geisterschiff schon öfters begegnet und mache mir nichts daraus, wie oft es mir auch in den Weg kommen mag. Herr Krantz, schafft Branntwein herauf – die Leute haben hart gearbeitet und müssen erschöpft sein.«

Schon die Aussicht auf einen guten Trunk schien die Matrosen wieder zu ermutigen; sie beeilten sich, dem Befehl zu gehorchen, und die ausgeteilten Mengen waren hinreichend, um auch dem Furchtsamsten Mut einzuflößen, die Übrigen aber dazu zu bewegen, dass sie dem alten Vanderdecken und seiner ganzen Mannschaft von Kobolden Trotz boten. Am andern Morgen war das Wetter schön und die See glatt; die »Utrecht« aber setzte rüstig ihre Fahrt fort.

Viele Tage leichter Brisen und günstiger Winde milderten nachgerade den Schrecken, welchen die übernatürliche Erscheinung veranlasst hatte, und obgleich man das Geisterschiff nicht ganz vergaß, so sprach man doch nur noch im Scherz oder mit Gleichgültigkeit davon.

Sie waren nun die Malakka-Straße hinuntergefahren und in den polynesischen Archipel eingedrungen. Philipp hatte den Auftrag, an der kleinen Insel Boton, welche damals im Besitze der Holländer war, zu landen, um seine Wasservorräte zu ergänzen und weitere Instruktionen einzuholen. Sie langten wohlbehalten dort an, blieben zwei Tage und nahmen ihre Fahrt wieder auf, in der Absicht, zwischen Galago und Celebes durchzusteuern. Das Wetter war noch immer klar und der Wind leicht; sie setzten ihren Weg mit großer Vorsicht fort, da sie sich vor den Riffen und Strömungen, wie auch vor Piratenschiffen in Acht zu nehmen hatten, die schon seit Jahrhunderten jene Meere unsicher machten. Aber sie wurden nicht belästigt und waren zwischen den Inseln im Norden von Galago schon ziemlich weit vorangekommen, als sie von einer plötzlichen Windstille befallen wurden und das Schiff in der Strömung nach Osten abtrieb. Die Windstille hielt mehrere Tage an; sie konnten nicht ankern und befanden sich endlich inmitten der Inselgruppe vor der Nordküste von Neuguinea.

Jetzt warfen sie Anker und beschlugen für die Nacht ihre Segel. Ein dünner Regen machte die Luft dunstig, und auf allen Teilen des Schiffes wurden Wachen aufgestellt, damit man nicht von einer Piraten-Proa überrascht werde; denn die Strömung ging mit einer Geschwindigkeit von acht oder neun Meilen in der Stunde an dem Schiff vorbei, und wenn sich eine jener Proas zwischen den Inseln verbarg, konnte sie ganz unbemerkt und in Windeseile auf die »Utrecht« zuschießen.

Um Mitternacht wurde Philipp, der in seinem Bette lag, durch eine Erschütterung des Schiffes geweckt; er dachte, es könnte eine Proa sein, die die »Utrecht« an der Seite gestreift hatte, sprang auf und eilte zur Kajüte hinaus. Auf dem Deck fand er Krantz, der aus dem gleichen Grund wach geworden und unangekleidet heraufgekommen war – jetzt folgte ein zweiter Stoß, und das Schiff kippte nach Backbord auf die Seite. Philipp erkannte daraus, dass die »Utrecht« gestrandet war.

In der pechfinsteren Nacht konnten sie nicht feststellen, wo sie sich befanden, als jedoch das Lot ausgeworfen wurde, zeigte sich, dass die »Utrecht« vor der Küste auf einer Sandbank lag und an der tiefsten Stelle nicht mehr als vierzehn Fuß Wasser unter sich hatte; dabei war sie seitwärts aufgelaufen, und eine starke Strömung, die ein Mühlrad hätte antreiben können, drängte sie immer weiter an der Sandbank hinauf. Eine weitere Untersuchung zeigte, dass die »Utrecht« ihren Anker geschleppt hatte, dessen Kabel noch immer straff von Steuerbord niederlief, obschon das Schiff weiter und weiter auf die Sandbank hinaufgefegt wurde. Man glaubte, der Anker sei am Schaft gebrochen, und warf deshalb einen anderen aus.

Indes ließ sich bis zum Anbruch des Tages nichts weiter tun, und die Mannschaft erwartete mit Ungeduld den anderen Morgen. Als die Sonne aufging, zerteilte sich auch der Nebel. In einer Entfernung von ungefähr drei Meilen sah man jetzt eine kleine Inselgruppe, die mit Kokospalmen bewachsen, aber dem Anschein nach nicht bewohnt war.

»Ich fürchte, unsere Aussichten sind schlecht«, bemerkte Krantz zu Philipp. »Auch wenn wir das Schiff leichter machen, wird der Anker nicht halten; wir werden weiter hinaufgefegt werden, und es ist unmöglich, gegen die Gewalt der Strömung einen Anker auszulegen.«

»Jedenfalls müssen wirs versuchen, obschon ich zugestehe, dass unsere Lage nichts weniger als beruhigend ist. Schickt alle Mannschaft nach hinten.«

Die Matrosen erschienen niedergeschlagen und mit düsteren Mienen im Hinterschiff.

»Meine Jungen«, begann Philipp, »warum seid Ihr so verzagt?«

»Es ist um uns geschehen; wir wussten wohl, dass es so kommen würde.«

»Ich hielt es selbst für wahrscheinlich, dass das Schiff verloren sein würde, und sagte es Euch; aber wenn das Schiff verloren ist, so muss es nicht die Mannschaft sein – ja, es ist noch nicht einmal gewiss; dass das Schiff nicht noch gerettet werden kann, obgleich es sich gegenwärtig in einer bedenklichen Lage befindet. Was haben wir denn zu fürchten, Leute? Das Wasser ist glatt, und es bleibt uns noch hinreichend Zeit. Wir können ein Floß bauen und zu den

Booten unsere Zuflucht nehmen – es gibt keine Stürme in diesem Archipel, und wir haben das Land dicht in unserem Lee. Lasst uns zuerst sehen, was wir mit dem Schiff anzufangen vermögen; können wir es nicht retten, so haben wir immer noch Zeit, für uns selbst zu sorgen.«

Den Matrosen leuchtete dies ein, und sie gingen bereitwillig an die Arbeit. Wasserfässer wurden entleert, die Pumpen in Bewegung gesetzt und alles, was man entbehren konnte, über Bord geworfen, um das Schiff zu erleichtern; aber noch immer trieb die »Utrecht« in der gewaltigen Strömung und schleppte ihren Anker, der in dem sandigen Grund keinen hinreichenden Halt fand. Philipp und Krantz bemerkten, dass sie immer weiter an der Bank hinaufgefegt wurden.

Die Matrosen arbeiteten bis in die Nacht hinein, und nun kam eine frische Brise auf, unter der die See anschwoll. Die Wellen schlugen das Schiff gegen den harten Sand, und so ging es fort bis zum nächsten Morgen. Mit Tagesanbruch nahm die Mannschaft ihre Beschäftigung wieder auf; die Matrosen setzten die Pumpen von Neuem in Bewegung, um das Schiff von dem ausgeschütteten Wasser zu befreien, aber nach einiger Zeit kam Sand mit herauf. Hieraus schlossen sie, dass eine Planke zertrümmert und all ihre Mühe vergeblich war. Sie verließen daher ihre Arbeit, aber Philipp sprach ihnen abermals Mut zu und machte sie darauf aufmerksam, dass sie sich leicht retten könnten, wenn sie jetzt ein Floß bauten, das nicht nur ihren Mundvorrat, sondern auch denjenigen Teil der Mannschaft, der in den Booten nicht Platz fände, aufnehmen könnte.

Nach einer kurzen Ruhepause machten die Leute sich von Neuem an die Arbeit. Die Marssegel wurden gestrichen, die Rahen niedergelassen und mit dem Bau des Floßes im Lee des Schiffes, wo die starke Strömung etwas abgeschwächt war, begonnen. Philipp, der sich sehr wohl des Unglücks erinnerte, das die Passagiere der »Vrow Katharina« ereilt hatte, als man sie auf einem Floß zu retten versuchte, gab sich alle Mühe, das Floß, das jetzt gebaut wurde, besser zu konstruieren. Es sollte aus zwei Teilen bestehen, die leicht auseinandergingen; denn da das Wasser und der Mundvorrat ziemlich auf die Neige gegangen waren, nahm Philipp an, dass es später nicht mehr nötig sein würde, eine so schwere Masse im Schlepptau zu behalten, und die Boote konnten sich, sobald die Umstände es erlaubten, von der Last der einen Floßhälfte befreien.

Die Nacht machte den Anstrengungen der Matrosen abermals ein Ende; sie begaben sich zur Ruhe, während das Wetter fortwährend schön und der Wind leicht blieb. Am andern Mittag war das Floß fertig. Man brachte Wasser und Mundvorrat auf ihm unter, machte in der Mitte des einen Teils einen trockenen Sitzplatz für Amine zurecht und nahm sämtliches Tau- und Segelwerk und alles andere mit, was nützlich werden konnte, falls das Floß stranden sollte. Auch Musketen und Munition wurden nicht vergessen, und als alles bereit war, kamen die Matrosen ins Hinterschiff, um Philipp darauf aufmerksam zu machen, dass noch viel Geld an Bord sei und dass nur Dummköpfe es zurücklassen könnten; es sei daher ihr Wunsch, sagten sie, so viel davon mitzunehmen als sie zu tragen vermöchten. Da diese Mitteilung in einer Weise gemacht wurde, welche keinen Widerspruch zuließ, so fügte sich Philipp darein, obschon er sich vornahm, an dem nächsten besten Ort, an dem er sein Ansehen wieder geltend machen konnte, das Eigentum der Kompanie zurückzufordern. Während Philipp zusammen mit Amine die letzten Vorbereitungen traf, begaben sich die Matrosen in den Laderaum hinunter, schafften die Dollarfässer heraus, erbrachen sie und füllten ihre Taschen, was allerdings nicht ohne Händel abging. Als endlich jeder so viel an sich genommen hatte, als er tragen konnte, brachten sie die Beute und ihre sonstigen Habseligkeiten auf das Floß und in die Boote. Alles war jetzt bereit – Amine wurde niedergelassen und nahm ihren Platz auf dem Floß ein – die Boote nahmen das Floß, das vom Schiff losgemacht wurde, ins Schlepptau, und nun gings in der Strömung dahin. Die Matrosen ruderten mit all ihrer Kraft, um nicht zu stranden, wo die Sandbank aus dem Wasser hervorsah. Dies war größte Gefahr, die sie im Augenblick zu bestehen hatten, und sie entkamen ihr nur mit knapper Not.

Sie zählten im Ganzen sechsundachtzig Köpfe; in den Booten waren zweiunddreißig, die Übrigen befanden sich auf dem Floß, das gut gebaut war und jetzt – bei glatter See – sichtbar aus dem Wasser hervorragte. Philipp und Krantz hatten unter sich ausgemacht, dass einer von ihnen auf dem Floß, der andere in einem der Boote bleiben sollte. Beide befanden sich jedoch auf dem Ersteren, als man vom Schiff abstieß, da sie, sobald sie die Richtung der Strömung festgestellt haben würden, miteinander beraten wollten, welchen Kurs sie am besten einschlugen. Sie fanden, dass die Strömung, wo sie die Sandbank verließ, sich gegen Süden nach Neuguinea wandte, und überlegten nun, ob es nicht ratsam sei, dort zu landen. Die Bewohner der Insel waren zwar als tückisch, aber auch als feige bekannt. Eine lange Debatte, die nun zwischen Philipp und Krantz entstand, lief darauf hinaus, dass sie vorderhand noch keine Entscheidung treffen wollten. Inzwischen ruderten die Boote westwärts, während die Strömung sie bald in eine südlichere Richtung trieb.

Mit dem Einbruch der Nacht warfen die Boote die kleinen Anker aus, mit welchen sie versehen waren, und Philipp freute sich, als er entdeckte, dass die Strömung nicht mehr so stark war und die Anker sowohl die Boote als das Floß festhielten. Die Matrosen deckten sich mit den Segeln zu, die sie mitgenommen hatten, stellten eine Wache auf und versanken nach den Anstrengungen des Tages bald in einen tiefen Schlaf.

»Wäre es nicht besser, wenn ich in einem der Boote bliebe?«, bemerkte Krantz. »Es wäre denkbar, dass uns die Burschen, um sich selbst zu retten, im Stich lassen.«

»Ich habe bereits daran gedacht«, versetzte Philipp, »und deshalb weder Mundvorrat noch Wasser in die Boote schaffen lassen. Schon aus diesem Grunde werden sie bei uns bleiben.«

»Richtig – ich hatte es vergessen.«

Krantz blieb auf Wache, und Philipp begab sich zur Ruhe, deren er so sehr bedurfte. Amine empfing ihn mit offenen Armen. »Ich fürchte mich nicht, Philipp«, sagte sie, »sondern finde sogar Gefallen an dieser wilden und abenteuerlichen Abwechslung. Wir gehen an Land, bauen uns unter Kokospalmen unsere Hütte, und es wird mir leid tun, wenn der Tag kommt, der uns Hilfe bringt und uns von unserer einsamen Insel erlöst. Was brauche ich denn noch außer dir?«

»Wir sind in den Händen des Allmächtigen, meine Liebe, der mit uns nach seinem Wohlgefallen verfahren wird. Wir dürfen dankbar sein, dass es nicht noch schlimmer ist. Doch jetzt zur Ruhe«, fügte Philipp hinzu, »denn ich werde bald die Wache übernehmen müssen.«

Die Sonne stieg an einem schönen blauen Himmel und über einer glatten See empor. Das Floß war ins Lee der unbewohnten Inselgruppen getragen worden, und Philipp durfte jetzt nicht mehr hoffen, sie je wieder zu erreichen; aber am westlichen Horizont zeigten sich die gezackten Wipfel von Kokospalmen, und in diese Richtung, so beschloss man, sollte nun das Floß getaut werden. Die Matrosen hatten nach dem Frühstück wieder zu ihren Rudern gegriffen, als sie plötzlich eine wohlbemannte Proa entdeckten, die ihnen von einer der windwärts gelegenen Inseln her nachsegelte. Dass das Schiff ein Seeräuber war, unterlag keinem Zweifel; aber Philipp und Krantz waren der Ansicht, sie seien stark genug, ihn zurückzuschlagen, wenn er einen Angriff wagen sollte. Dies wurde auch den Matrosen bedeutet. Philipp ließ sofort Waffen verteilen und gab den Matrosen in den Booten Befehl, die Ruder niederzulegen und die Ankunft des Schiffes zu erwarten, damit sie sich vor einem möglichen Kampfe nicht allzu sehr erschöpften.

Sobald der Pirat in Schussweite kam und seine Gegner gewahr wurde, hörte er auf zu rudern, und begann aus einem kleinen Geschütz, welches auf dem Bug stand, zu feuern. Die Kartätschenschüsse verwundeten mehrere von Philipps Matrosen, obgleich unser Held Befehl erteilt hatte, dass sich alles auf dem Floß und in den Booten flach niederlegen solle. Der Pirat kam näher, und sein Feuer wurde immer verderblicher, ohne dass die Mannschaft der »Utrecht« es hätte erwidern können. Endlich wurde als einziger Ausweg der Vorschlag gemacht, dass die Boote den Seeräuber angreifen sollten. Philipp gab seine Zustimmung und schickte noch mehr Leute in die Boote. Krantz übernahm das Kommando, während das Floß losgemacht wurde. Kaum waren die Boote ihrer Schlepplast ledig, als sie wie auf Kommando wendeten und in die entgegengesetzte Richtung ruderten. Philipp hörte noch Krantz' Stimme und sah, wie sein Schwert durch die Luft blitzte – einen Augenblick später stürzte der treue Maat in die See und schwamm auf das Floß zu. Es schien, dass die Leute in den Booten, um ihr Geld zu retten, unter sich eins geworden waren, davonzurudern und das Floß seinem Schicksal zu überlassen; nur in dieser Absicht hatten sie den Vorschlag getan, den Seeräuber anzugreifen, und sobald sie ihrer Bürde ledig waren, setzten sie ihren Plan in die Tat um. Vergeblich machte Krantz ihnen Vorhaltungen und drohte sogar. Sie wollten ihn ermorden, und als er sah, dass seine Bemühungen umsonst waren, sprang er ins Wasser.

»Dann sind wir verloren, fürchte ich«, sagte Philipp, »wir sind so wenige geworden, dass wir nicht hoffen dürfen, uns lange zu halten. Was meint Ihr, Schriften?«, wagte Philipp den Steuermann zu fragen, der in der Nähe stand.

»Verloren – aber nicht durch die Seeräuber – von dieser Seite geschieht uns nichts. Hihi!«

Die Bemerkung Schriftens war richtig. Sie Seeräuber wähnten, die Leute, welche sich in den Booten davonmachten, hätten alles Wertvolle mit sich geführt, und jagten daher den Booten nach, statt auf das Floß Feuer zu geben. Die Proa setzte ihre breiten Ruder aus und flog wie ein Seevogel über die glatte Wasserfläche. Sie kam an dem Floß vorbei und schien anfangs rasch gegenüber den Booten aufzuholen; bald aber erschlaffte sie in ihrer Eile, und gegen Abend verschwand das Piratenschiff samt den Booten im Süden, und die Entfernung zwischen ihnen mochte ungefähr die selbe sein wie beim Beginn der Jagd. Das Floß war nun ganz dem Wind und den Wellen preisgegeben. Philipp und Krantz sammelten das Zimmermannswerkzeug, das sie aus dem Schiff mitgenommen hatten, lasen zwei Spieren des Floßes aus und trafen alle Vorbereitungen, um am andern Morgen einen Mast aufzurichten und Segel zu setzen. Beim Morgengrauen sahen sie, wie die Boote, denen der Pirat dicht nachfolgte, wieder zum Floß zurückruderten. Die Mannschaft hatte sich die ganze Nacht durch aufs Äußerste angestrengt und war nun völlig erschöpft. Wahrscheinlich hatten die Leute eine Beratung abgehalten und waren eins geworden, kehrt zu machen und zu dem Floß zurückzurudern, da sie sich dort besser verteidigen und obendrein Mundvorrat und Wasser haben konnten – beides hatte ihnen ja seit ihrem Ausreißen gänzlich gefehlt. Der Himmel hatte jedoch etwas anderes über sie beschlossen; denn sie sanken allmählich erschöpft von dem Rudern in die Boote zurück, und das Piratenschiff folgte ihnen mit erneutem Eifer. Die Boote wurden nacheinander genommen und lieferten den Seeräubern eine reichere Beute, als diese erwartet hatten; es braucht kaum bemerkt zu werden, dass sämtliche Mannschaft erschlagen wurde. Alles dies fand etwa drei Meilen vom Floß entfernt statt, und Philipp glaubte, der nächste Angriff der Piraten werde ihnen gelten; aber er war im Irrtum. Zufrieden mit ihrem Raube ruderten die Seeräuber, die auf dem Floße nichts mehr zu finden hofften, ostwärts nach den Inseln, von denen sie hergekommen waren. So hatte die wohlverdiente Strafe diejenigen ereilt, welche in der Hoffnung auf Rettung ihre Gefährten verlassen hatten, während die Bemannung des Floßes, welche von ihrer Verlassenheit das Schlimmste erwartet hatte, gerade dadurch gerettet wurde.

Auf dem Floß befanden sich ungefähr fünfundvierzig Leute – Philipp, Krantz, Schriften, Amine, die zwei Maaten, sechzehn Matrosen und vierundzwanzig Soldaten, die zu Amsterdam eingeschifft worden waren. Mundvorrat war für drei oder vier Wochen zur Genüge vorhanden, aber das Trinkwasser konnte bei gewöhnlichen Rationen kaum mehr als drei Tage ausreichen. Sobald man den Mast aufgerichtet und, obwohl kaum ein Windhauch zu spüren war, die Segel gesetzt hatte, bedeutete Philipp der Mannschaft die Notwendigkeit, die Wasserrationen zu vermindern, und es wurde ausgemacht, dass nicht mehr als eine halbe Pinte pro Tag ausgeteilt werden sollte, damit der Vorrat auf zwölf Tage ausreiche.

Da das Floß aus zwei Teilen bestand, so wurde jetzt darüber debattiert, ob es nicht besser sei, den kleineren den Wellen zu überlassen und sämtliches Volk auf den andern zu schaffen. Dieser Vorschlag wurde jedoch verworfen, da das Floß unter Segeln viel besser steuerte, wenn es länger war, als wenn es zu einer quadratischen Masse schwimmenden Holzes verkürzt wurde. Drei Tage lang herrschte

Windstille. Die Sonne brannte auf die Schiffbrüchigen nieder, und der Mangel an Wasser wurde schmerzlich gefühlt. Diejenigen, welche im Branntwein Ersatz suchten, litten am meisten.

Am vierten Tage kam eine günstige Brise auf, und der Wind füllte das Segel. Die Brise kühlte die glühenden Stirnen und die blasenbedeckten Rücken, und als das Floß mit einer Geschwindigkeit von vier Meilen in der Stunde dahinsegelte, wurden die Leute wieder heiter und hoffnungsvoll. Das Land, auf dem die Kokospalmen standen, ließ sich jetzt deutlicher unterscheiden, und sie hofften, am nächsten Tage das Ufer zu erreichen, wo sie sich das heiß ersehnte Trinkwasser verschaffen wollten. Sie segelten die ganze Nacht hindurch, mussten aber am nächsten Morgen feststellen, dass sie eine starke Gegenstömung hatten, die den Vorteil der steifen Brise wieder zunichte machte, sobald diese sich legte; gegen Abend trat denn auch völlige Windstille ein, und bei diesem Wechsel von Brise und Flaute blieb es noch vier weitere Tage. Jeden Mittag befanden sie sich auf weniger als zehn Meilen in Landnähe, aber am nächsten Morgen hatte die Strömung sie wieder zurückgefegt, und sie mussten die Entfernung aufs Neue zurücklegen.

Acht Tage waren jetzt vergangen, und die Mannschaft, die fortwährend der glühenden Sonne ausgesetzt war, wurde jetzt unzufrieden und meuterisch. Das eine Mal verlangten sie, dass das Floß geteilt werden solle, damit sie mit der einen Hälfte das Land erreichen könnten, während sie ein andermal darauf drangen, dass man den Mundvorrat, den sie doch nicht mehr essen könnten, über Bord werfe, um das Fahrzeug zu erleichtern. Das Hauptproblem bestand darin, dass sie keinen Anker besaßen, da die Boote alle derartigen Geräte mit sich genommen hatten. Philipp machte nun den Matrosen den Vorschlag, dass jeder seine vielen Dollars in einen Beutel nähe, damit man die Geldstücke am Tau befestigen könne; dieses Gewicht werde das Floß wahrscheinlich eine Nacht lang gegen die Gewalt der Strömung sichern, und sie könnten dann am andern Tage das Ufer erreichen. Davon wollten die Matrosen jedoch nichts wissen; denn niemand mochte den Verlust seines Geldes riskieren. Nein – sie wollten lieber den allerelendesten Tod sterben, die Toren!

Philipp und Krantz wiederholten den Vorschlag des Öfteren, aber stets mit gleich wenig Erfolg.

Die ganze Zeit über verlor Amine ihren Mut nicht und bewies ihrem Gatten, dass sie im Unglück ebenso zu raten als zu trösten wusste.

»Verzage nicht, Philipp«, sagte sie oft, »wir werden doch noch unsere Hütte im Schatten jener Kokospalmen bauen und dort einen Teil, wo nicht den Rest unseres Lebens in Frieden hinbringen; denn wer wird auch daran denken, uns in diesen öden und unbetretenen Gegenden aufzusuchen?«

Schriften verhielt sich ruhig und manierlich; sprach viel mit Amine, mochte sich aber sonst mit niemandem einlassen. Überhaupt schien er Aminen geneigter zu sein als jemals zuvor. Er wachte über sie und sorgte für ihre Bequemlichkeit; auch bemerkte Amine oft, wenn sie nach einem längeren Stillschweigen zu ihm aufblickte, dass sein Gesicht einen Ausdruck von Mitleid und Schwermut trug, dessen sie ihn nie für fähig gehalten hätte.

Abermals verging ein Tag. Sie näherten sich wieder dem Land, aber die Brise legte sich wieder, und sie wurden aufs Neue durch die Strömung zurückgetrieben. Nun erhoben sich die Matrosen und rollten, trotz der Proteste ihres Kapitäns und des ersten Maaten, alle Vorräte in die See, ein einziges Branntweinfass und den Rest des Wassers ausgenommen. Dann setzten sie sich in eifriger Beratung an das obere Ende des Floßes und schauten mit düsteren, drohenden Blicken umher.

Die Nacht brach herein, und Philipp fühlte sich schwer geängstigt. Abermals drang er darauf, dass man mit den Geldstücken das Tau beschwere, aber vergeblich. Sie hießen ihn sich entfernen, und er kehrte nach dem hinteren Teil des Floßes zurück, wo Aminens Platz war. In tiefen, wehmütigen Gedanken beugte er sich über seine Gattin; denn er glaubte, sie schlafe.

»Was beunruhigt dich, Philipp?«

»Was mich beunruhigt? Ach, der Geiz und die Torheit dieser Leute. Sie wollen lieber sterben als dieses abscheuliche Geld aufs Spiel setzen. Sie haben die Mittel, sich und uns zu retten, und wollen davon keinen Gebrauch machen. Es ist genug schweres Metall auf dem Vorderteil des Floßes, um ein Dutzend solcher schwimmender Holzmassen festzuhalten, und doch mögen sie ihr Geld nicht aus der Hand geben. Verwünschte Liebe zum Gold! Sie macht die Menschen zu Narren, Wahnsinnigen und Schurken. Selbst wenn wir es tropfenweise ausgeben, reicht uns das Wasser nur noch zwei Tage. Betrachte ihre ausgemergelten, abgezehrten Gestalten und sieh, wie sie dennoch am Gelde hängen – an einem Geld, für das sie wahrscheinlich nie mehr Verwendung haben werden, selbst wenn sie das Land erreichen. Man möchte wahnsinnig werden!«

»Du leidest unter der Entbehrung, Philipp, aber ich bin vorsichtig gewesen, weil ich mir wohl dachte, dass es so kommen würde, und habe sowohl Wasser als Zwieback aufgespart. Hier sind vier Flaschen – trink, Philipp, es wird dir helfen.«

Philipp trank und fühlte sich wirklich besser – die Aufregungen des Tages hatten schwer auf ihm gelastet.

»Dank, Amine, Dank, meine Teuerste, ich fühle mich jetzt besser. Gütiger Himmel! Dass es auch solche Toren geben kann, die in einer Lage wie der unseren ihr schnödes Geld höher schätzen als einen einzigen Tropfen Wasser!«

Es wurde wieder Nacht. Die Sterne funkelten hell an dem mondlosen Himmel, und Philipp hatte sich um Mitternacht erhoben, um Krantz am Steuer abzulösen. Gewöhnlich waren die Matrosen überall auf dem Floß herumgelegen; in dieser Nacht blieben jedoch die meisten von ihnen auf der vorderen Hälfte. Philipp erging sich gerade in seinen bitteren Gedanken, als er weiter vorne den Lärm eines Handgemenges und Krantz' Hilferufe vernahm. Er verließ das Steuer und sprang mit gezücktem Säbel nach vorne, wo Krantz auf dem Boden lag, während die Matrosen ihn festhielten. Unser Held suchte sich mit seinem Säbel einen Weg zu bahnen, wurde aber gleichfalls ergriffen und entwaffnet.

»Kappt die Taue«, riefen diejenigen, welche ihn festhielten, und nach einigen Sekunden musste Philipp den Jammer erleben, dass der hintere Teil des Floßes, auf welchem sich Amine befand, getrennt von dem vorderen auf den Wellen dahintriftete.

»Um aller Barmherzigkeit willen, mein Weib! – meine Amine! – um des Himmels willen, rettet sie!«, rief Philipp, der vergeblich bemüht war, sich zu befreien.

Amine war an den Rand der losgetrennten Floßhälfte geeilt und streckte die Arme nach ihrem Gatten aus – umsonst – sie waren schon mehr als eine Kabellänge voneinander entfernt. Philipp wehrte sich noch einmal verzweifelt gegen die Matrosen, die ihn festhielten, und brach dann bewusstlos zusammen.

24

Erst bei Tagesanbruch öffnete Philipp seine Augen wieder, und sein erster Blick fiel auf Krantz, der an seiner Seite kniete. Anfangs waren seine Gedanken wirr und unzusammenhängend; er wusste, dass sich etwas Schreckliches zugetragen hatte, obgleich er sich nicht erinnern konnte, was geschehen war. Endlich tauchte die ganze Entsetzensszene wieder vor ihm auf, und er bedeckte das Antlitz mit seinen Händen.

»Tröstet Euch«, sagte Krantz, »wir werden wahrscheinlich noch heute das Ufer gewinnen, und sobald wir können, gehen wir auf die Suche nach ihr.«

»Dies ist also die Trennung und der grausame Tod, wie sie der elende Schriften uns prophezeit hat«, dachte Philipp. »Grausam ist es in der Tat, unter einer glühenden Sonne zum Gerippe abgezehrt zu werden, ohne einen einzigen Tropfen Wasser, um die lechzende Zunge zu kühlen! Der Willkür des Windes und der Wellen preisgegeben, allein – ganz allein umherzutriften – getrennt von ihrem Gatten, in dessen Armen sie bereitwillig gestorben wäre – wahnsinnig gemacht durch die Ungewissheit und durch den Gedanken an mich! Steuermann, du hast recht! Für ein zärtliches, treu liebendes Weib kann es keinen schrecklicheren Tod geben. Oh, mir schwindelt! Für was hat Philipp Vanderdecken jetzt noch zu leben?«

Krantz bot alle Trostesworte auf, die ihm die Freundschaft einflüsterte, aber vergeblich. Er sprach dann von Rache, und erst jetzt hob Philipp den Kopf. Nach einem kurzen Nachdenken stand er auf.

»Ja«, entgegnete er, »Rache! – Rache an diesen elenden Verrätern! Sagt mir, Krantz, wie vielen können wir trauen?«

»Ich dächte, mindestens der Hälfte. Es war ein Handstreich einiger weniger.«

Man benutzte jetzt eine Spiere als Steuer, und das Floß war dem Ufer nun näher als jemals zuvor. Die Matrosen waren darüber hocherfreut und setzten sich auf ihre Dollarhaufen, die in ihren Augen an Wert zunahmen, je mehr sie darauf hoffen durften, dass sie sich retten würden.

Philipp erfuhr von Krantz, dass die Soldaten mithilfe der schlechtesten unter den Matrosen die Meuterei des vorigen Abends angezettelt und die beiden Floßhälften voneinander getrennt hatten. Die besten aus der Schiffsmannschaft waren neutral geblieben.

»Und das werden sie, glaube ich, auch weiterhin sein«, fuhr Krantz fort. »Nur die Aussicht, das Ufer zu gewinnen, hat sie mit dem Verrat ihrer Kameraden versöhnt.«

»Vermutlich«, versetzte Philipp mit einem bitteren Lächeln, »aber ich weiß, was sie aus ihrer Gleichgültigkeit aufrütteln wird. Schickt sie zu mir.«

Philipp sprach zu den Matrosen, welche Krantz ihm herübergeschickt hatte. Er machte sie darauf aufmerksam, dass die anderen treulose Verräter seien, auf die man sich nicht verlassen könne, weil man zu gewärtigen habe, dass sie alles ihrer Gewinnsucht opfern würden; um des Geldes willen hätten sie bereits so gehandelt, und unter solchen Leuten sei niemand seines Lebens sicher, weder auf dem Floß, noch auf dem Lande; man könne nicht einmal einschlafen, ohne befürchten zu müssen, dass man ermordet werde, und es sei daher besser, sich dieser Schurken zu entledigen. Dadurch würden sie sich nicht nur selbst die Rettung erleichtern, sondern könnten auch das Geld an sich bringen, das die andern aus dem Schiff mitgenommen hätten, sodass ihr eigener Anteil verdoppelt würde.

Obschon er nichts davon habe laut werden lassen, sei es doch seine Absicht gewesen, im Namen der Kompanie die Rückgabe des Geldes zu verlangen, sobald sie in einem zivilisierten Hafen angelangt wären, wo die Obrigkeit sich ins Mittel legen könnte; wenn sie aber treu zu ihm hielten und ihm Beistand leisteten, so wolle er ihnen das Ganze als ihr Eigentum überlassen.

Was vermag nicht die Habsucht! Darf man sich wohl wundern, dass die Männer, welche in der Tat nur wenig besser waren als diejenigen, welche Philipp in seinem Durst nach Rache als treulose Verräter bezeichnete, auf seinen Vorschlag eingingen? Es wurde beschlossen, dass, im Falle sie das Ufer nicht erreichten, die andern in der selben Nacht angegriffen und in die See gestoßen werden sollten.

Die geheime Beratung hatte jedoch das Misstrauen der andern geweckt; diese berieten sich gleichfalls und ließen die Waffen nicht von ihrer Seite. Als die Brise sich legte, waren sie weniger als zwei Meilen vom Lande entfernt, aber aufs Neue trifteten sie zurück in den Ozean. Seit er Amine verloren hatte, war Philipp vom Gram gebeugt. Bei dem Gedanken an die geplante Rache erholte er sich jedoch wieder einigermaßen. Dieses Gefühl stärkte ihn; er betastete oft die Schneide seines Stutzsäbels und sah voll Ungeduld dem Augenblick der Vergeltung entgegen.

Es war eine liebliche Nacht. Die See war nun glatt wie ein Spiegel, und kein Lüftchen regte sich. Das Segel des Floßes hing schlaff am Mast und spiegelte sich im Licht der Sterne auf der ruhigen Meeresfläche. Es war eine Nacht, die zu nachdenklichen Betrachtungen einlud – zur Einkehr im Inneren und zur Anbetung der Gottheit; und hier, auf einem zerbrechlichen Floß, waren mehr als vierzig Menschen zusammengedrängt, bereit zum Kampf, zum Mord und zum Raub. Beide Parteien gaben sich scheinbar der Ruhe hin, obschon jeder Einzelne in aller Stille, die Hand an seine Waffe gelegt, die Bewegungen seines Nachbarn beobachtete. Es war vereinbart, dass Philipp das Signal geben sollte; er sollte die Ziehtaue der Rah lockern, damit das Segel auf einige Leute von der andern Partei niederfiele und sie ersticke. Auf Philipps Befehl hatte Schriften das Steuer ergriffen, und Krantz blieb an seiner Seite.

Die Rah fiel samt dem Segel rasselnd nieder, und nun begann der Kampf auf Leben und Tod. Kein langes Verhandeln, keine Ungewissheit – jeder sprang auf und erhob seinen Säbel. Die Stimmen von Philipp und Krantz ließen sich allein vernehmen, und die Waffe unseres Helden übte ein blutiges Werk. Die Rache stählte seinen Arm, und er konnte nicht aufhören, solange noch einer von denen übrig war, welche seine Amine ihrer Selbstsucht geopfert hatten. Wie Philipp erwartet hatte, waren viele von dem fallenden Segel bedeckt und erstickt worden, sodass den seinigen die Arbeit wesentlich erleichtert wurde.

Einige fielen an der Stelle, wo sie standen, andere taumelten nach rückwärts und verschwanden unter der glatten Meeresfläche, wieder andere fanden den Tod, während sie unter dem Segeltuch zappelten. Schriften sah zu und ließ hin und wieder sein kicherndes, dämonisches Lachen hören.

Der Kampf war vorüber, und Philipp lehnte sich gegen den Mast, um wieder zu Atem zu kommen. »So weit wärest du gerächt, meine Amine«, dachte er, »aber ach! – was ist das Leben dieser erbärmlichen Wichte im Vergleich zu dem deinigen!« Und nun, da sein Rachedurst gestillt war und nichts mehr zu tun blieb, bedeckte er das Gesicht mit seinen Händen und weinte bitterlich, während diejenigen, welche ihm Beistand geleistet hatten, bereits das Geld der Erschlagenen als ihren Lohn einsammelten. Die Elenden beklagten sogar, dass auf ihrer Seite nur drei gefallen waren, da ein größerer Verlust in ihren eigenen Reihen ihren Anteil an den Dollars vergrößert haben würde. Außer Philipp, Krantz und Schriften befanden sich nur noch dreizehn Mann auf dem Floß. Als der Tag graute, kam die Brise wieder, und sie teilten unter sich die Wassermengen, die ursprünglich für ihre nunmehr toten Gefährten bestimmt gewesen waren. Hungrig fühlten sie sich nicht, aber das Wasser belebte ihr Kräfte wieder.

Obgleich Philipp seit seiner Trennung von Amine nur wenig mit Schriften gesprochen hatte, war es doch nicht zu übersehen, dass in den Steuermann der ganze frühere Groll gegen unsern Helden zurückgekehrt war. Sein Kichern, seine Hohnreden, sein »Hihi!«

nahmen kein Ende, und seine Blicke waren wieder so boshaft auf Philipp geheftet wie zu der Zeit, als er zum ersten Male mit ihm zusammengetroffen war. Es war augenscheinlich, dass allein Amine für eine Weile seinen Groll besiegt hatte, und dass mit Amine auch Schriftens Freundlichkeit gegenüber ihrem Gatten verschwunden war. Doch unser Held kümmerte sich wenig darum; er hatte eine weit drückendere Last auf dem Herzen und war gleichgültig gegen alles andere.

Die Brise frischte nun auf, und sie hofften, in zwei Stunden das Gestade erreichen zu können, sahen sich aber aufs Neue in ihren Erwartungen getäuscht. Die Mastspur wich der Gewalt des Windes, und das Segel fiel auf das Floß; dadurch wurden sie lange aufgehalten, und noch ehe der Schaden ausgebessert werden konnte, legte sich der Wind wieder, als sie nur noch eine Meile von der Küste entfernt waren. Müde und von Kummer verzehrt, schlummerte Philipp endlich an der Seite des ersten Maaten ein und überließ Schriften das Ruder. Er schlief gut; denn er träumte von Amine, die er unter einer Gruppe von Kokospalmen in süßem Schlummer zu sehen glaubte; er stand neben ihr und betrachtete sie – Amine lächelte im Schlaf und murmelte »Philipp« – da wurde er plötzlich durch eine ungewöhnliche Bewegung geweckt. Noch halb im Traume glaubte er, Schriften habe versucht, ihm die Reliquie zu stehlen; es war ihm, als habe ihm der Steuermann bereits die Kette über den Kopf gezogen und zerre jetzt vorsichtig an dem Teil, auf welchem er noch mit seinem Nacken lag. Er fuhr auf, streckte die Hand aus, um den Arm des Elenden zu ergreifen – und hatte wirklich den Steuermann gefasst, welcher neben ihm kniete und bereits im Besitze der Kette und der Reliquie war. Der Kampf war kurz; Philipp nahm das geweihte Holz wieder an sich, und Schriften lag mit der Brust unter den Knien seines Überwinders. Bis zum Wahnsinn aufgeregt, verbarg unser Held die Reliquie wieder an seiner Brust, erhob sich, ergriff den atemlosen Schriften mit seinen Armen und schleuderte ihn in die See.

»Mensch oder Teufel, ich kümmere mich nicht darum!«, rief er außer sich. »Entkomme jetzt, wenn du kannst!«

Der Zweikampf hatte bereits Krantz und einige andere geweckt, die jedoch nicht Zeit fanden, Philipp an der Ausübung seiner Rache zu hindern. Philipp erzählte Krantz in wenigen Worten, was vorgegangen war. Die Matrosen kümmerten sich nicht darum, sondern legten sich wieder auf die Spieren nieder und fragten nicht weiter; denn sie waren zufrieden, dass sie ihr Geld noch hatten.

Philipp gab acht, ob Schriften wieder aus dem Wasser auftauchen und den Versuch machen würde, an Bord des Floßes zu gelangen; der Steuermann ließ sich jedoch nicht wieder auf der Meeresoberfläche blicken, und Philipp fühlte sich beruhigt.

25

Welche Feder vermag zu schildern, was in Amine vorging, als sie erkannte, dass sie von ihrem Gatten getrennt war! In einem Zustand halben Wahnsinns sah sie der andern Floßhälfte nach, die sich immer weiter von ihr entfernte. Endlich verbargen die Schatten der Nacht sie vor ihren schmerzenden Augen, und Amine brach in stummer Verzweiflung zusammen.

Allmählich erholte sie sich wieder, sie wandte sich um und rief: »Wer ist da?«

Keine Antwort.

»Wer ist da?«, wiederholte sie mit lauterer Stimme. »Allein – allein – und Philipp fort. Mutter, Mutter, blicke nieder auf dein unglückliches Kind!«

Und mit irren Sinnen warf sich Amine so nahe an dem Rande des Floßes nieder, dass ihr langes Haar, das sich inzwischen aufgelöst hatte, die Wasserfläche berührte.

»Wehe! Wo bin ich?«, rief Amine, nachdem sie einige Stunden in einem Zustand der Erstarrung dagelegen hatte. Die Sonne brannte auf sie nieder und blendete sie, als sie die Augen öffnete. Sie schaute in die blauen Wogen dicht neben sich und erblickte einen großen

Haifisch, der regungslos an der Seite des Floßes auf seine Beute lauerte. Amine schauderte zurück und sprang auf. Sie wandte sich um, ihr Blick fiel auf das leere Floß, und sie wurde sich plötzlich wieder ihrer Lage bewusst.

»Oh, Philipp, Philipp!«, rief sie. »So ists also wahr! Du bist fort für immer! Ich dachte, es sei nur ein Traum – jetzt aber erinnere ich mich wieder an alles – ja an alles – an alles!« Sie sank in der Mitte des Floßes nieder, wo sich ihr Platz befand, und blieb dort geraume Zeit regungslos liegen.

Aber das Verlangen nach Wasser war gebieterisch; sie ergriff einer der Flaschen und trank. »Doch warum soll ich trinken oder essen – warum mein Leben zu erhalten wünschen?«

Sie stand auf und blickte am Horizont entlang. »Himmel und Wasser, nichts anderes. Ist dies der Tod, den ich sterben soll – der grausame Tod, den mir Schriften prophezeit hat – ein langsamer Tod unter einer glühenden Sonne, wo die Eingeweide im Innern verdorren? Doch seis drum! Schicksal, ich fordere dich auf, dein Äußerstes zu tun! Wir können nur einmal sterben – und was kümmert mich das Leben ohne ihn! Und doch wäre es vielleicht möglich, dass ich ihn wiedersähe«, fuhr Amine nach einer Pause hastig fort. »Ja, wer weiß es? Dann sei mir willkommen, Leben! Ich will dich sorgsam bewahren, schon um dieser Hoffnung willen – so gering sie auch ist. Lass sehen, ist er auch noch da?« Amine blickte auf ihren Gürtel und sah, dass sie noch immer im Besitz ihres Dolches war. »Wohlan denn, ich will leben, obgleich der Tod in meiner Macht steht – will auf mein Leben sorgfältig achtgeben um meines teuren Gatte willen.« Dann warf sie sich auf das Lager, das Philipp ihr einst in der Mitte des Floßes bereitet hatte, und suchte ihre Not zu vergessen. Es gelang ihr – denn von diesem Morgen an bis zum Mittag des nächsten Tages blieb sie in einem Zustand der Betäubung.

Als sie sich wieder erhob, fühlte sie sich äußerst schwach; sie blickte aufs Neue umher, aber da war nichts als Himmel und Wasser zu sehen. »Oh, diese Öde, sie ist entsetzlich! Der Tod würde mich befreien – aber nein, ich darf nicht sterben – ich muss leben für Philipp.« Sie erquickte sich mit Wasser und einigem Zwieback; dann kreuzte sie die Arme auf ihrer Brust. »Noch ein paar Tage ohne Hilfe, und alles muss vorüber sein. Hat sich je ein Weib in einer solchen Lage befunden? Und dennoch wage ich zu hoffen. Ach, es ist Wahnsinn! Und warum erleide gerade ich ein solches Schicksal? Weil ich mich mit Philipp vermählt habe? Möglich – und wenn dies der Fall ist, so muss es mir willkommen sein. Oh, die Elenden, die mich von meinem Gatten trennten und, um ihr eigenes Leben zu retten, ein hilfloses Weib opferten! Ja, sie hätten auch mich retten können, wenn sie nur eine Spur von Mitleid in ihrer Seele gehabt hätten – aber Mitleid haben sie nie empfunden. Und sie sind Christen – Anhänger des Glaubensbekenntnisses, zu dem die alten Priester mich bekehren wollten – ja, und sogar auch Philipp. Liebe und Erbarmen! Sie sprechen wohl davon, aber ich habe sie diese Tugenden nie anwenden sehen! Gegenseitige Liebe und Vergebung – man spreche lieber von Hass und Raubgier! Ein Glaube, den man nicht in seinen Werken zeigt – wozu ist er nütze? Jeder andere Glaube ist besser – ich schwöre ihm ab, und auch wenn ich gerettet werde, will ich nie wieder zu ihm zurückkehren. Schatten meiner Mutter! Werde ich nun dafür bestraft, dass ich auf diese Männer gehört habe – dass ich, um die Liebe meines Gatten zu gewinnen, vergessen wollte, was du mich lehrtest, da ich als Kind zu deinen Füßen saß – den Glauben, der sich in Werken tätig zeigt, und im Gehorsam gegen den Willen des Propheten? Sage mir dies, Mutter – oh, sage mirs in meinen Träumen!«

Die Nacht brach herein, und am Himmel erhoben sich schwere Wolken. Blitze durchzuckten das Firmament und beleuchteten hin und wieder das Floß. Endlich kamen sie so rasch – nicht hintereinander, sondern aus allen Richtungen gleichzeitig –, dass das ganze Firmament in Flammen zu stehen schien. Zugleich rollte der Donner – bald nah und laut, bald wieder mehr in der Ferne. Die Brise frischte auf; die Wellen warfen das Floß umher und umspülten von Zeit zu Zeit sogar noch die Füße Aminens, die in der Mitte ihres zerbrechlichen Fahrzeugs stand.

»So ists recht – dies ist weit besser als die Windstille und die sengende Hitze; es gibt mir wieder Kräfte«, sagte Amine, die Augen aufwärts gerichtet und in die zuckenden Blitze schauend, bis ihre Sehkraft versagte. »Ja, so muss es sein. Ihr Blitze, zerschmettert mich, wenn ihr Lust dazu habt – ihr Wellen, spült mich weg und begrabt mich in einem schäumenden Grabe! Möge sich der Zorn aller Elemente über mein todgeweihtes Haupt ergießen, ich kehre mich nicht daran; ich lache darüber und spreche Euch Hohn. Ihr könnt nur töten, und das Gleiche vermag auch dieser kleine Stahl. Mögen diejenigen zittern, welche Reichtümer zusammenscharren – welche im Glanz leben – die Glücklichen, die Gatten, Kinder oder überhaupt Etwas zu lieben haben – ich habe nichts. Elemente – mögt ihr nun Feuer, Wasser, Luft oder Erde heißen – Amine trotzt Euch! Und doch – nein, nein, täusche dich nicht, Amine – du bist verloren. So will ich denn meine Bahre besteigen und dem Willen des Geschicks entgegenharren.« Sie begab sich wieder nach dem sichern Platz, den Philipp in der Mitte des Bootes für sie bereitet hatte, warf sich auf ihr Bett und schloss die Augen.

Dem Gewitter folgten Ströme schweren Regens, die bis zum Morgen niederschossen. Der Wind blieb noch immer frisch, aber der Himmel klärte sich auf, und die Sonne kam hervor. Amine fröstelte in ihrem nassen Gewand. Dann wirkte die Sonnenhitze allzu mächtig auf ihren erschöpften Zustand, und ihr Gehirn wurde irre. Sie richtete sich in eine sitzende Stellung auf, blickte umher und sah in jeder Richtung grünende Felder und Kokospalmen, die sich im Winde bewegten; sie meinte sogar, ihren Philipp aus der Ferne herbeieilen zu sehen, breitete ihre Arme aus und versuchte aufzustehen, um ihm entgegenzustürzen, aber ihre Glieder versagten ihr den Dienst. Sie rief nach ihm, schrie laut auf und sank zuletzt erschöpft auf ihr Lager zurück.

26

Wir müssen nun für eine Weile zu Philipp zurückkehren und seinem außergewöhnlichen Schicksalsweg wieder ein Stück weit folgen. Einige Stunden nachdem er den Steuermann in das Meer geworfen hatte, erreichte das Floß das Ufer, dem man so lange mit Angst und Bangen entgegengeblickt hatte. Die Spieren des armseligen Fahrzeugs knarrten und ächzten in den Wellen, die sich an der Küste brachen. Die Brise war frisch, aber die Brandung nur unbedeutend, weshalb das Landen ohne Schwierigkeit vor sich ging. Das Gestade war abschüssig und bestand aus festem weißem Sand, der da und dort mit farbenprächtigen Muscheln besät war; auch sah man bisweilen die bleichen Knochen irgendeines Tieres, das zugrunde gegangen war, weil die Wogen es an Land geworfen hatten. Die Insel war, wie alle übrigen, mit einem dichten Gehölz von Kokosbäumen bedeckt, deren Wipfel im Winde hin- und herschwankten und eine schattige Frische erzeugten. Diese wohltätige Wirkung ging jedoch an allen, nur Krantz ausgenommen, verloren; denn Philipp dachte nur an seine Amine, und die Matrosen hatten nichts als ihren jüngst erworbenen Reichtum im Auge. Krantz half Philipp ans Ufer und führte ihn in den Schatten der Bäume; unser Held raffte sich aber bald wieder auf und eilte auf dem kürzesten Weg ans Ufer zurück, wo er ängstlich nach dem andern Teil des Floßes Ausschau hielt, der Amine jetzt leider in unsichtbarer Ferne dahintrug. Krantz war ihm gefolgt, obgleich er, nachdem der erste Paroxismus vorüber war, nicht mehr befürchtete, dass Philipp seinem Leben ein Ende machen könnte.

»Fort – dahin für immer!«, rief Philipp, die Hände gegen die Augen drückend.

»Nicht doch, Philipp; dieselbe Vorsehung, welche uns gerettet hat, wird zuverlässig auch ihr beistehen. Es ist unmöglich, dass sie unter so vielen Inseln, welche zum Teil bewohnt sind, zugrunde gehen kann, und ein Weib darf stets einer freundlichen Behandlung sicher sein.«

»Wenn ich das nur auch glauben könnte!«, entgegnete Philipp.

»Wenn ich mirs recht überlege, so ist es vielleicht sogar gut, dass sie von uns getrennt wurde – nicht gerade von Euch, sondern von so vielen ruchlosen Begleitern, deren vereinigter Macht wir nicht hätten widerstehen können. Glaubt Ihr, dass diese Leute im Falle eines längeren Aufenthalts auf dieser Insel Euch gestatten würden, ruhig im Besitz Eures Weibes zu bleiben? Nein – sie würden keine Gesetze achten, und Amine ist deshalb meiner Ansicht nach auf eine wunderbare Weise vor Schmach und Misshandlung, wo nicht vor dem Tode bewahrt geblieben.«

»Nein, dessen hätten sie sich nicht unterfangen dürfen! Aber nun, Krantz, müssen wir ein Floß bauen und ihr folgen. Wir dürfen nicht hier bleiben – ich will sie durch die weite Welt suchen.«

»Es sei so, wie Ihr wünscht, Philipp, und ich will Euch begleiten«, versetzte Krantz, froh, dass doch wenigstens etwas – wie irr auch der Gedanke sein mochte – vorhanden war, an dem sein Freund sich aufrichten konnte. »Kehren wir indes jetzt wieder zu dem Floß zurück, um die Erquickung zu suchen, deren wir so sehr bedürfen; dann wollen wir überlegen, wie wir unser Vorhaben am besten ausführen können.«

Hierzu gab Philipp, der sehr erschöpft war, seine stillschweigende Einwilligung, indem er Krantz nach der Stelle folgte, wo das Floß auf dem Ufer lag. Die Matrosen hatten das Fahrzeug verlassen und saßen voneinander abgesondert im Schatten der Kokospalmen. Die Gegenstände, die man auf dem Floß gerettet hatte, waren nicht an Land geschafft worden, und Krantz rief nun einigen Leuten zu, sie sollten herbeikommen und die Gegenstände ans Ufer bringen; aber keiner wollte antworten oder gehorchen. Jeder bewachte sein Geld und fürchtete sich, es zu verlassen, damit es nicht von den andern gestohlen würde. Nun, da ihr Leben verhältnismäßig sicher war, hatte der Dämon des Geizes ihre Seelen in Besitz genommen; da saßen sie, erschöpft nach Wasser lechzend und sich nach dem Schlafe sehnend, und doch wagten sie es nicht, sich von der Stelle zu rühren – sie waren wie durch einen Zauber gebannt.

»Diese verwünschten Dollars haben sie verrückt gemacht«, bemerkte Krantz gegen Philipp. »Wir wollen sehen, ob wir nicht selbst das Nötigste an Land schaffen können, und dann nach Wasser forschen.«

Philipp und Krantz sammelten die Zimmermannswerkzeuge, die besten Waffen und sämtliche Munition, da ihnen der Besitz der Letzteren im Notfall einen Vorteil sicherte; dann schleppten sie die Segel und einige kleine Spieren ans Ufer und brachten alles unter eine Gruppe von Kokospalmen, die hundert Schritte vom Strand entfernt war.

Nach einer Stunde hatten sie ein notdürftiges Zelt errichtet, in welchem sie alles unterbrachten, was sie an Land geschleppt hatten, mit Ausnahme des größten Teils der Munition, den Krantz hinter dem Zelt verborgen unter einem Haufen trockenen Sandes begrub. Um ihren Bedürfnissen wenigstens für den Augenblick abzuhelfen, hieb Krantz sodann mit der Axt einen kleinen Kokosbaum nieder, der reichlich mit Früchten behangen war. Man muss selbst die Qual eines langen Durstes erlitten haben, um sich die Wonne vorstellen zu können, mit der Krantz und Philipp nacheinander die Milch aus allen Nüssen in ihre vertrockneten Kehlen hinuntergossen. Die Matrosen sahen ihnen schweigend und mit glotzenden Augen zu. Sooft ihre Vorgesetzten eine frische Kokosnuss ergriffen und den Inhalt hinunterstürzten, fühlten sie schmerzlicher und quälender ihren eigenen verzehrenden Durst – ihre ausgetrockneten Lippen klebten fester aneinander – und doch rührten sie sich nicht von der Stelle, obgleich sie die Qualen von Verdammten erduldeten.

Der Abend kam. Philipp hatte sich auf die übrig gebliebenen Segel niedergeworfen und war eingeschlafen, während Krantz sich aufmachte, um die Insel zu durchforschen. Sie war klein, nicht über drei Meilen lang und nirgends mehr als fünfhundert Fuß breit. Wasser gab es nicht – jedenfalls, solange man nicht danach grub; indes wurde zum Glück durch die Nüsse der jungen Kokospalmen der größten Not abgeholfen. Auf dem Rückwege kam Krantz an den Matrosen vorbei, die voneinander abgesondert dalagen. Jeder war wach und richtete sich auf den Ellbogen auf, um zu sehen, ob sich vielleicht ein Angreifer nähere; sobald sie aber den ersten Maaten erkannten, legten sie sich wieder flach auf den Boden. Krantz kam am Floß vorbei – das Wasser war jetzt ganz glatt; denn der Wind blies vom Ufer ab, und die Spieren, aus welchen das Fahrzeug bestand, wurden vom Wasser nicht mehr wie vorher gegeneinander gestoßen. Krantz ging ein paar Schritte zurück und begab sich auf das Floß, und da der Mond hell am Himmel stand, so benutzte der umsichtige Mann die Gelegenheit, alle zurückgebliebenen Waffen aufzusammeln und so weit als möglich in die See hinaus zu werfen. Dann begab er sich nach dem Zelt, wo er Philipp noch in tiefem Schlafe fand; bald darauf lag er an seiner Seite.

Philipp träumte von Amine. Es war ihm, als sähe er den verhassten Schriften wieder aus den Wellen auftauchen, auf das Floß klettern und sich an Aminens Seite setzen. Abermals meinte Philipp sein gespenstisches Kichern und sein höhnisches Lachen zu hören, als seine unerfreulichen Worte von Amine mit Bestürzung aufgenommen wurden. Amine flüchtete sich in die See, um Schriften zu entkommen, aber das Wasser schien sie zurückzuweisen; sie schwamm auf der Oberfläche dahin. Ein Sturm erhob sich, und wieder sah Philipp sie in der Muschelschale über die Wellen hingleiten. Dann erblickte er sie in der tosenden Brandung einer Küste; ihre Muschel sank, und Amine fand ihr Grab in den Wogen. Dann sah er sie, wie sie furchtlos und ungefährdet ans Ufer stieg; denn das sonst so gnadenlose Wasser schien sie zu schonen. Philipp versuchte, sich ihr zu nähern, wurde aber durch eine unbekannte Gewalt zurückgehalten. Amine winkte ihm mit der Hand und sagte: »Wir werden uns wieder sehen, ja, noch einmal auf dieser Erde werden wir uns wieder sehen.«

Die Sonne stand schon hoch am Himmel und verbreitete eine sengende Hitze, als Krantz seine Augen öffnete und Philipp weckte. Die Axt verschaffte ihnen ihr Morgenmahl. Philipp blieb stumm; denn er grübelte über seine Träume nach, die ihm Trost gebracht hatten.

»Wir werden uns wieder sehen!«, dachte er. »Ja, noch einmal wenigstens werden wir uns wieder sehen. Vorsehung, ich danke dir!«

Krantz trat jetzt hinaus, um zu sehen, was die Matrosen machten. Er fand sie so schwach und erschöpft, dass sie unmöglich mehr lange leben konnten, und doch verließen sie ihren teuren Schatz licht. Ein kläglicher Anblick – diese Perversion des menschlichen Verstandes, und Krantz dachte auf einen Plan, das Leben dieser Leute zu retten. Er machte jedem gesondert den Vorschlag, das Geld so tief zu verscharren, dass es nicht ohne Zeitaufwand herausgeschafft werden könne; dadurch werde verhindert, dass einer den Schatz des anderen angreife, ohne dass es bemerkt und der Versuch vereitelt werden könne; auch würden sie dadurch in den Stand gesetzt, sich die nötige Nahrung und Erfrischung zu verschaffen, ohne einen Raub befürchten zu müssen.

Dies leuchtete den Matrosen ein. Krantz brachte die einzige Schaufel, welche sie besaßen, aus dem Zelt, und nun verscharrte einer nach dem andern seine Dollars viele Fuß tief in den nachgiebigen Sand. Nachdem sie ihren Reichtum in Sicherheit gebracht hatten, holte Krantz eine der Axte herbei. Kokospalmen fielen, und die Matrosen erwachten zu neuem Leben und neuer Kraft. Nachdem sie Hunger und Durst gestillt hatten, legte jeder von ihnen sich an der Stelle nieder, an der er seine Dollars vergraben hatte, und sie alle lagen bald in dem tiefen Schlaf, dessen sie so sehr bedurften.

Philipp und Krantz berieten sich häufig und ernsthaft darüber, wie sie von der Insel loskommen könnten, um nach Amine zu suchen; denn obgleich Krantz ein solches Vorhaben für nutzlos hielt, so wagte er doch keinen Widerspruch. Auf der Insel konnten sie nicht bleiben, und das Äußerste, was sie sich erhoffen konnten, war eine Landung an einem bewohnten Gestade. Was Amine betraf, so hielt Krantz sie für tot; denn er glaubte, sie sei entweder vom Floß gespült worden oder in der glühenden Hitze zugrunde gegangen.

Um Philipp aufzuheitern, äußerte er jedoch eine gegenteilige Ansicht, und sooft sie von einem Aufbruch sprachen, geschah es nicht in der Absicht, das eigene Leben zu retten, sondern sie hatten dabei schließlich die Suche nach Philipps verlorener Gattin im Auge.

Ihr Plan war, ein leichtes Floß zu bauen und zu diesem Zwecke drei Wasserfässer auseinanderzusägen, deren Hälften sie in gerader Reihe untereinander fest verbinden und überdies an den Seiten mit einander überkreuzenden Spieren zusammenhalten wollten. So konnte das notdürftige Fahrzeug unter Segeln rasch durch das Wasser gehen und sogar gesteuert werden. Die notwendigen Spieren wurden ausgesucht und an Land gebracht. Die beiden Offiziere mussten ihr Werk alleine verrichten; denn die Matrosen schienen vorderhand an einen Aufbruch von der Insel nicht zu denken. Durch Nahrung und Ruhe wiederhergestellt, begnügten sie sich nicht mit dem Gelde, das sie bereits hatten, sondern dachten auf mehr. Jeder hatte einen Teil seiner Habe wieder ausgegraben, und sie spielten jetzt den ganzen Tag ein neu erfundenes Spiel mit Kieselsteinen, die sie am Strand gesammelt hatten. Auch hatte sich noch ein anderes Übel unter ihnen breit gemacht: Sie hieben nämlich Stufen in die größten Kokospalmen, klommen mit Matrosengewandtheit hinauf, zapften die Baumwipfel an, ließen den austretenden Saft in Kokosnussschalen träufeln und verschafften sich damit jene Flüssigkeit, die in ihrer ersten Gärung Toddy genannt und später zum Arrak destilliert wird. Der Toddy reicht jedoch vollkommen zu, um zu berauschen, und die gewalttätigen Auftritte zwischen den betrunkenen und heftig fluchenden Matrosen wurden von Tag zu Tag schrecklicher. Die Verlierer rauften sich die Haare und stürzten wie Wahnsinnige auf diejenigen los, welche ihnen ihre Dollars abgewonnen hatten. Es war ein Glück, dass Krantz alle Waffen ins Meer geworfen oder verborgen hatte.

Blutige Schlägereien waren an der Tagesordnung, wenn auch bis jetzt noch keine Menschenleben zu beklagen waren, da die streitenden Parteien immer wieder von den anderen Matrosen getrennt wurden, die ängstlich darauf bedacht waren, jede Unterbrechung des Spiels zu vermeiden. So standen die Dinge nun schon seit vierzehn Tagen, und in dieser Zeit waren Philipp und Krantz mit dem Bau des Floßes leidlich vorangekommen. Einige der Matrosen hatten ihre ganze Habe verloren und waren auf einstimmigen Beschluss derjenigen, die ihren Reichtum an sich gezogen hatten, dazu verbannt worden, sich von den Gewinnern fern zu halten, um sie nicht bestehlen zu können. Sie wanderten nun mit finsteren Mienen an der Küste hin und suchten nach irgendeinem Werkzeug, mit welchem sie Rache nehmen und erneut in den Besitz ihres Geldes gelangen konnten. Krantz und Philipp hatten ihnen den Vorschlag gemacht, sie sollten sich ihnen anschließen und mit ihnen die Insel verlassen, waren aber störrisch zurückgewiesen worden.

Krantz ließ nun die Axt nicht mehr von seiner Seite. Er hieb die Kokospalmen um, die für den Lebensunterhalt nötig waren, gestattete aber den Matrosen nicht, weitere Bäume anzuzapfen, um sich mit dem gegorenen Saft zu betrinken. Am sechzehnten Tage war alles Geld in die Hände von drei Matrosen übergegangen, welche mehr Glück gehabt hatten als die Übrigen. Die Verlierer bildeten nun bei Weitem die Mehrzahl, und die Folge davon war, dass man die drei Gewinner am andern Morgen erdrosselt an der Küste liegen sah. Das Geld war wieder verteilt worden, und sie begannen das Spiel mit größerem Eifer denn je.

»Wie wird dies enden?«, rief Philipp, als er die schwarzblauen Gesichter der Ermordeten betrachtete.

»Mit dem Tode aller«, versetzte Krantz. »Wir können es nicht hindern – es ist eine Strafe Gottes.«

Das Floß war nun fertig. Philipp und Krantz hatten den darunterliegenden Sand weggegraben, um das Wasser hereinfließen zu lassen. Das Fahrzeug lag jetzt an einem Pfahle befestigt und schwamm auf einer ruhigen Wasserfläche. Ein großer Vorrat von reifen und unreifen Kokosnüssen war an Bord gebracht worden, da Philipp mit seinem Freunde am andern Tage die Insel zu verlassen gedachte.

Unglücklicherweise hatte einer der Matrosen beim Baden in seichtem Wasser die über Bord geworfenen Waffen gefunden. Er tauchte unter und versah sich mit einem Stutzsäbel; andere folgten seinem Beispiel, bis alle bewaffnet waren. Dies veranlasste Philipp und Krantz, an Bord des Floßes zu schlafen und stets auf der Hut zu sein. In der folgenden Nacht wurde wieder eifrig gespielt, und ein schwerer Verlust auf der einen Seite endete mit einem allgemeinen Gemetzel. Der Kampf war furchtbar, da alle mehr oder weniger unter dem Einfluss des berauschenden Getränks standen. Von dem ganzen Haufen blieben nur drei am Leben. Philipp wartete mit Krantz auf den Ausgang. Die Verwundeten wurden ohne Zögern vollends getötet, und die drei Überlebenden, welche auf der selben Seite gefochten hatten, ruhten, auf ihre Waffen gestützt, keuchend aus. Nach einer Pause setzten sich zwei von ihnen miteinander ins Einvernehmen, und das Ergebnis war ein Angriff auf den dritten, der unter ihren Hieben starb.

»Barmherziger Gott! Sind das deine Geschöpfe?«, rief Philipp.

»Nein«, versetzte Krantz, »sie beteten den Teufel an in der Gestalt des Mammons. Glaubt Ihr wohl, dass diese beiden, welche sich jetzt einen größeren Reichtum teilen könnten, als sie bei ihrer Rückkehr nach ihrer Heimat je zu verbrauchen vermögen, sich über eine Teilung einigen werden? Nimmermehr! Jeder will alles haben – ja, alles.«

Krantz hatte kaum seine Meinung ausgesprochen, als einer der Matrosen sich abwandte und der andere sich die Gelegenheit zu Nutze machte, um ihm den Stutzsäbel in den Rücken zu stoßen. Der Mann brach stöhnend zusammen, und die Waffe durchbohrte seinen Körper noch einmal.

»Sagte ichs nicht? Aber der tückische Schurke soll seinen Lohn nicht ernten«, fuhr Krantz fort, indem er seine Muskete anlegte und den hinterhältigen Mörder erschoss.

»Ihr habt unrecht getan; denn Ihr habt ihm die Strafe erspart, die er verdient hätte. Alleingelassen auf dieser Insel, ohne die Mittel, sich seinen Unterhalt zu verschaffen, hätte er eines langsamen und elenden Todes sterben müssen, trotz des Geldes, das um ihn herum aufgehäuft war – das wäre in der Tat eine Folter gewesen!«

»Möglich, dass ich unrecht hatte, und wenn es der Fall ist, so möge mir Gott vergeben – ich konnte nicht anders. Wir wollen an Land gehen; denn wir sind jetzt allein auf dieser Insel. Wir müssen das Geld sammeln und so verscharren, dass es wieder aufgefunden werden kann; wir müssen aber auch einiges davon mitnehmen;

denn wer weiß, ob wir es nicht brauchen können. Den morgigen Tag bleiben wir besser noch hier; denn wir werden genug zu tun haben, um die Leichen dieser Toren zu begraben und auch das Geld, das diese Menschen getötet hat, der Erde anzuvertrauen«.

Philipp hatte gegen diesen Vorschlag nichts einzuwenden. Am nächsten Tag begruben sie die Leichen und warfen das Geld in eine tiefe Grube unter einem Kokosbaum, den sie mit ihrer Axt kennzeichneten. Auch nahmen sie für sich fünfhundert Goldstücke und schafften sie an Bord, um sie in ihrer Kleidung zu verbergen und im Falle der Not dazu ihre Zuflucht zu nehmen.

Am folgenden Morgen setzten sie die Segel und verließen die Insel. Ist es nötig zu sagen, in welche Richtung sie steuerten? Natürlich in keine andere als diejenige, in der sie das Floß, das die verlassene Amine trug, zum letzten Male gesehen hatten.

27

Das Fahrzeug tat gute Dienste; denn obgleich es nicht sehr schnell durch das Wasser ging, sprach es doch auf das Steuer an und ließ sich nach Wunsch lenken. Philipp und Krantz prägten sich Lage und Aussehen der Insel sorgfältig ein, um sie später, falls nötig, wieder auffinden zu können. Mit einer günstigen Strömung fuhren sie jetzt rasch nach Süden und hielten auf eine große Insel zu, die in dieser Richtung lag. Abgesehen von ihrem Wunsch, Amine aufzufinden, verfolgten sie den Zweck, die Insel Ternate zu suchen; denn sie wussten, dass der dortige König mit den Portugiesen, welche in dem nicht fern gelegenen Tidore ein Fort und eine Faktorei hatten, in Feindschaft lebte. Von dort aus hofften sie, in einer der chinesischen Dschunken, welche auf ihrer Fahrt nach Bantam vor Ternate anzuhalten pflegten, Platz zur Überfahrt zu finden.

Gegen Abend näherten sie sich der großen Insel und fuhren an ihrer Küste entlang. Philipp schaute in allen Richtungen umher, ob nicht irgendwo eine Spur von Aminens Floß zu sehen sei; er bemerkte jedoch nichts Derartiges, noch kam ihm ein Bewohner der Insel zu Gesicht.

Um nicht in der Dunkelheit versehentlich an ihrem Ziel vorbeizusteuern, brachten sie ihr Floß in einer kleinen Bai, wo das Wasser ganz glatt war, ans Gestade und blieben dort bis zum nächsten Morgen, um dann wieder ihre Segel auszubreiten und ihre Reise fortzusetzen. Krantz steuerte eben mit dem langen Ruder, das sie zu diesem Zweck angefertigt hatten, als er Philipp, welcher geraume Zeit stumm geblieben war, die Reliquie von der Brust nehmen und aufmerksam betrachten sah.

»Tragt Ihr da ihr Porträt, Philipp?«, fragte Krantz.

»Nein, meine Bestimmung«, versetzte Philipp, ohne zu wissen, was er sagte.

»Eure Bestimmung? Was meint Ihr damit?«

»Redete ich von meiner Bestimmung? Ich weiß kaum was ich sagte«, entgegnete Philipp, die Reliquie wieder an seiner Brust verbergend.

»Ich glaube fast, Ihr sagtet mehr als Ihr wolltet«, erwiderte Krantz, »aber gleichwohl etwas, was der Wahrheit nahe kommt. Ich habe Euch oft mit diesem Geschmeide in der Hand bemerkt und nicht vergessen, wie viel Schriften daran gelegen war, es zu erhalten – desgleichen auch, welchen Erfolg seine Anschläge hatten. Ist vielleicht irgendein Geheimnis damit verbunden? Wenn dies der Fall ist, so habt Ihr mich sicher hinreichend als Euren Freund kennengelernt, um mich Eures Vertrauens für würdig zu halten.«

»Dass Ihr mein Freund seid, Krantz, mein aufrichtiger und unschätzbarer Freund, fühle ich in tiefster Seele. Wir haben viele Gefahren miteinander geteilt, und das ist Grund genug, eine innige Freundschaft zu schließen. Ich glaube wohl, dass ich mich Euch anvertrauen könnte, fühle aber, dass ich es nicht wagen darf. An dieser Reliquie (denn es ist ein Splitter vom heiligen Kreuze) haftet ein Geheimnis, das bis jetzt nur meiner Gattin und heiligen Männern mitgeteilt wurde.«

»Wenn es heiligen Männern anvertraut werden konnte, wird es

gewiss auch bei einem aufrichtigen Freund gut geborgen sein – denn was wäre heiliger als die Freundschaft?«

»Ich habe aber das ungute Gefühl, dass es Euch verderblich werden könnte, darum zu wissen. Warum mirs so vorkommt, weiß ich nicht, aber ich fühle es, Krantz, und ich könnte den Verlust eines so teuren Freundes nicht verschmerzen.«

»So scheint es also, dass Ihr von meiner Freundschaft keinen Gebrauch machen wollt«, entgegnete Krantz. »Ich habe schon früher mein Leben mit Euch gewagt und bin nicht der Mann, der sich von den Pflichten der Freundschaft durch eine kindische Ahnung Eurerseits, die das Resultat von Aufregungen und Strapazen ist, abschrecken lässt. Ist es nicht eine höchst widersinnige Vermutung, dass Euer Geheimnis mir gefährlich werden könnte, wenn Ihr mirs anvertraut? Es sei denn, dass mein Eifer, Euch beizustehen, mich vielleicht in Schwierigkeiten bringt. Es ist nicht leere Neugierde, was mich so sprechen lässt; wir sind schon so lange miteinander in Verbindung und stehen jetzt so abgeschieden von der übrigen Welt da, dass ich meine, es müsste Euch eine Beruhigung sein, wenn Ihr einem Menschen, auf den Ihr bauen dürft, Euer Herz ausschütten könntet. Trost und Rat eines Freundes, Philipp, sind Dinge, die Ihr nicht verachten solltet, und es muss Euch doch eine Erleichterung sein, mit jemandem über eine Sache sprechen zu können, die Euch augenscheinlich schwer bedrückt. Wenn Ihr meine Freundschaft schätzt, so gestattet mir, auch Euren Kummer zu teilen.«

Es gibt nur wenige, deren Leben so ruhig verlaufen ist, dass sie nicht wüssten, wie sehr der Gram gemildert wird, wenn sein Anlass einem teuren Freunde anvertraut werden kann, der den Leidenden mit guten Ratschlägen und Trosteswörten ermuntert. Niemand wird es daher überraschend finden, wenn Philipp in seiner augenblicklichen Lage und unter dem Eindruck des herben Schmerzes, den ihm der Verlust seiner teuren Amine bereitete, Krantz als den Mann betrachtete, dem er sein wichtiges Geheimnis mitteilen zu können vermeinte. Er begann seine Erzählung nicht mit der Bitte um Verschwiegenheit; denn er fühlte, dass Krantz, wenn er sein Geheimnis nicht um der Sache selbst willen und aus Liebe zu ihm bewahrte, sich wahrscheinlich nicht durch ein gegebenes Versprechen binden ließ; die Geschichte, die der Leser bereits kennt, wurde Krantz anvertraut, während das Floß an den kleinen Vorgebirgen und Landzungen der Insel vorbeischwamm.

»Ihr wisst jetzt alles«, sagte Philipp am Schluss seiner Erzählung mit einem tiefen Seufzer. »Was haltet Ihr davon? Schenkt Ihr meiner wundersamen Erzählung Glauben, oder haltet Ihr sie, wie wahrscheinlich viele andere es tun würden, für die bloße Ausgeburt eines verstörten Gehirns?«

»Ich glaube nicht, dass sie das Letztere ist, Philipp«, versetzte Krantz, »denn für die Richtigkeit eines Teils Eurer Geschichte habe ich allzu augenfällige Proben. Erinnert Euch, wie oft ich selbst dieses gespenstische Schiff gesehen habe – und wenn es möglich ist, dass Euer Vater durch die Meere irrt, warum solltet Ihr nicht erwählt und bestimmt sein können, seiner Strafe ein Ende zu machen? Ich glaube Euch jedes Wort, und da ich nun in Euer Geheimnis eingeweiht bin, kann ich viel von Eurem Verhalten begreifen, das mir hin und wieder ganz unerklärlich schien. Es gibt viele, die Euch beklagen würden, Philipp, ich aber beneide Euch.«

»Ihr beneidet mich?«, rief Philipp.

»Ja, ich beneide Euch und würde Euch mit Freuden Eure Last abnehmen, wenn es nur möglich wäre. Ist es nicht ein herrlicher Gedanke, dass Ihr zu einem so großen Werke berufen seid? Statt wie wir alle in der Welt dem Reichtum nachzujagen, den wir uns durch jahrelange Mühe erringen und vielleicht durch das Wagnis eines einzigen Tages verlieren, jedenfalls aber einmal zurücklassen müssen, seid Ihr auserkoren, eine glorreiche Aufgabe – ein Werk für Engel, möchte ich sagen – zu erfüllen – die Seele eines Vaters zu erlösen, der für seine menschlichen Gebrechen leidet, aber nicht verurteilt ist, für alle Ewigkeit zugrunde zu gehen. Ihr habt in der Tat ein Ziel vor Euch, für das sich alle Gefahren und Mühsale lohnen, die zum Leben eines Seemanns gehören. Und wenn Eure Suche auch mit Eurem Tode enden sollte – wo anders finden unsere vergeblichen Sehnsüchte und unser mühseliges Streben nach nichts ihr Ziel? Wir alle müssen sterben, aber wie wenigen – wem überhaupt, außer Euch – wurde es je gestattet, vor dem Tode die Seele dessen zu retten, dem sie ihr Dasein verdanken? Ja, Philipp, ich beneide Euch.«

»Ihr denkt und sprecht wie Amine. Auch sie hat eine glühende und schwärmerische Seele, die gerne mit den Wesen einer andern Welt verkehren möchte und nach Gemeinschaft mit körperlosen Geistern verlangt.«

»Sie hat recht«, versetzte Krantz. »Auch ich habe in meinem Leben Dinge erfahren – sie haben mit meiner Familie zu tun –, die mir oft die volle Überzeugung gaben, dass etwas Derartiges nicht nur möglich ist, sondern auch wirklich geschieht. Eure Geschichte hat nur bekräftigt, was ich bereits früher glaubte.«

»Wirklich, Krantz?«

»Ja, doch davon zu einer andern Zeit. Die Nacht kommt, und wir müssen unsere kleine Barke wieder in Sicherheit bringen. Da ist eine Bucht, welche ganz unseren Bedürfnissen zu entsprechen scheint.«

Noch vor dem nächsten Morgen begann eine starke Brise von der See her zu wehen, und die Brandung wurde so hoch, dass dem Floß Gefahr drohte. Die Fahrt fortzusetzen war unmöglich; es blieb ihnen nichts übrig, als ihr Fahrzeug an Land zu ziehen, um zu verhindern, dass es von den Brechern zertrümmert wurde. Philipps Gedanken beschäftigten sich wie gewöhnlich mit Amine, und während er dem Stoßen der Wellen zusah, deren Kämme im Lichte der Sonne glänzten, rief er aus: »Ozean! Hast du meine Amine? Ist dies der Fall, so gib deine Toten heraus! Doch was ist dort?«, fügte er hinzu, indem er auf eine Stelle am Horizont deutete.

»Das Segel irgendeines kleinen Fahrzeugs«, versetzte Krantz, »es kommt augenscheinlich vor dem Wind herunter, um in dem selben Winkel, den wir uns ausgewählt haben, Schutz zu suchen.«

»Ihr habt recht, es ist das Segel eines Schiffes – wahrscheinlich eine von den Pirogen, wie sie über diese Meere fahren. Seht, wie sie von der Dünung emporgehoben wird! Sie ist augenscheinlich stark bemannt.«

Die Piroge kam rasch näher und war bald dicht bei der Küste; das

Segel wurde niedergelassen und das Schiff fuhr rückwärts durch die Brandung.

»Wenn es Feinde sind, so wäre jeder Widerstand vergeblich«, bemerkte Philipp. »Wir werden bald unser Schicksal kennen.«

Die Leute in der Piroge achteten nicht auf unsere Abenteurer, bis das Schifflein angehalten und festgemacht war; dann näherten sich drei von ihnen mit Speeren in der Hand, aber augenscheinlich nicht in feindseliger Absicht. Der eine redete Philipp und Krantz in portugiesischer Sprache an und fragte sie, wer sie seien.

»Wir sind Holländer«, antwortete Philipp.

»Von der Mannschaft des verunglückten Schiffes?«

»Ja.«

»Ihr habt nichts zu fürchten; denn Ihr seid ebenso gut Feinde der Portugiesen wie wir. Wir kommen von der Insel Ternate, und unser König lebt im Kriege mit den schurkischen Portugiesen. Wo sind Eure Gefährten? Auf welcher Insel?«

»Sie sind alle tot«, entgegnete Philipp. »Darf ich fragen, ob Ihr nicht mit einer Frau zusammengetroffen seid, die allein auf einem Floße in der See triftete? Oder habt Ihr von ihr gehört?«

»Wir haben gehört, dass im Süden eine Frau an der Küste gefunden und von den Bewohnern Tidores nach der portugiesischen Ansiedlung gebracht wurde, weil man sie für eine Portugiesin hielt.«

»Gott sei Dank, dann ist sie gerettet«, rief Philipp. »Barmherziger Himmel, nimm meinen Dank! – Auf Tidore, sagt Ihr?«

»Ja, aber wir können Euch nicht dorthin bringen, weil wir mit den Portugiesen im Kriege leben.«

»Nein, aber wir werden uns wieder sehen.«

Der Mann, welcher sie angeredet hatte, war augenscheinlich von einiger Bedeutung. Seine Kleidung war ein Gemisch von mohammedanischer und malaiischer Tracht – er führte Waffen in seinem Gürtel und einen Speer in der Hand. Sein Turban war aus gedrucktem Kattun; auch benahm er sich wie die meisten Personen von Stand in dieser Gegend höflich und würdevoll.

»Wir kehren jetzt nach Ternate zurück und wollen Euch mitnehmen. Unser König wird sich freuen, Holländer bei sich zu empfangen, besonders weil sie Feinde der portugiesischen Hunde sind. Ich vergaß, Euch zu sagen, dass wir einen Eurer Gefährten bei uns an Bord haben; wir fischten ihn ganz erschöpft aus der See, doch ist er jetzt wieder bei Kräften.«

»Wer kann das sein?«, bemerkte Krantz. »Er muss zu einem andern Schiff gehören.«

»Nein«, versetzte Philipp schaudernd, »mir sagt eine Ahnung, dass es niemand anders als Schriften ist.«

»Dann muss ich ihn mit meinen eigenen Augen sehen, ehe ich es glaube«, erwiderte Krantz.

»So glaubt Euern Augen«, sagte Philipp, auf Schriften deutend, der jetzt auf sie zukam.

»Mynheer Vanderdecken, freut mich, Euch zu sehen. Mynheer Krantz, ich hoffe, Ihr befindet Euch wohl. Wie glücklich, dass wir alle gerettet wurden, hihi!«

»Der Ozean hat also meiner Aufforderung gehorcht und seine Toten wieder herausgegeben«, dachte Philipp.

Ohne über die wenig förmliche Art und Weise, in der sie voneinander geschieden waren, ein Wort zu verlieren, wandte sich Schriften in augenscheinlich guter Laune und mit einem leichten Anflug von Sarkasmus an Krantz, und es währte geraume Zeit, bis Krantz ihn wieder loswurde.

»Was denkt Ihr von ihm, Krantz?«, fragte Philipp.

»Dass er mit zum Ganzen gehört, und dass er ebenso seine Bestimmung zu erfüllen hat wie Ihr. Er muss in dem wunderbaren Geheimnis eine Rolle spielen und wird bleiben, bis er sie beendet hat. Kehrt Euch nicht an ihn und vergesst nicht, dass Eure Amine gerettet ist.«

»Ihr habt recht«, versetzte Philipp, »der Elende ist keines Gedankens wert. Wir schiffen uns jetzt mit diesen Leuten ein, schaffen uns nachher den Menschen vom Halse und geben uns Mühe, meine teure Amine wieder aufzufinden.«

28

Als Amine wieder zur Besinnung kam, lag sie in einer kleinen Hütte auf Palmblättern. Ein schwarzes Kind saß an ihrer Seite und wehrte ihr die Fliegen ab. Wo war sie?

Das Floß war zwei Tage lang auf dem Meere umhergeworfen worden, und Amine befand sich während dieser Zeit abwechselnd in einem Zustand von Irresein und Betäubung. Von Wind und Strömung getrieben, wurde ihr Fahrzeug endlich an die Ostküste von Neuguinea geworfen. Etliche Eingeborene, welche zufällig an der Küste mit einigen Tidore-Leuten Tauschgeschäfte tätigten, entdeckten Amine und eilten herbei, um sich ihrer Kleider zu bemächtigen, obschon sie sahen, dass sie nicht tot war; aber ehe sie die arme Amine so nackt wie sie selbst zurückließen, fesselte ein Diamant von großem Wert, ein Geschenk Philipps, die Aufmerksamkeit eines Wilden, der, da sich der Ring nicht ohne Weiteres abstreifen ließ, ein rostiges, stumpfes Messer herauszog und eben nach Kräften an dem Finger sägte, als eine alte Frau, welche bei ihnen in großem Ansehen stand, sich ins Mittel legte und ihm befahl, von seinem Beginnen abzulassen. Die Leute aus Tidore, die mit den Portugiesen befreundet waren, machten die Wilden gleichfalls darauf aufmerksam, dass sie für die Rettung einer Person, die dieser Nation angehöre, eine große Belohnung erhalten würden und versprachen außerdem, sie wollten auf ihrem Rückweg die Leute auf der Faktorei davon unterrichten, dass eine portugiesische Frau auf einem Floß an die Küste geworfen worden sei.

Diesem Umstand verdankte Amine die aufmerksame Sorgfalt, die man ihr nun erwies. Jener Teil von Neuguinea war einigermaßen zivilisiert, und zwar durch den häufigen Verkehr mit den Leuten von der Insel Tidore, welche kamen, um europäischen Tand gegen die nützlicheren Produkte der Insel Ternate umzutauschen.

Amine wurde von der Papusfrau in deren Hütte gebracht, wo sie viele Tage mit dem Tode rang und sich einer sorgfältigen Pflege erfreute, obschon sich ihre Bedürfnisse auf das Anfeuchten ihrer trockenen Lippen und das Abwehren der Moskitos und der Fliegen beschränkten.

Als Amine ihre Augen öffnete, eilte das kleine Papusmädchen hinaus, um diese Kunde der Frau zu überbringen, welche sofort in die Hütte trat. Sie war groß, sehr beleibt, schwerfällig und fast ohne Kleider; ein Teil ihres wolligen Kraushaars war zu Zöpfen geflochten, und ihr ganzer Anzug bestand aus einem um die Lenden geschlungenen Tuch und einem Stück verblichenen gelben Seidenstoffs über den Schultern. Ein paar silberne Ringe an den fetten Fingern und ein Perlmutthalsband waren ihr Schmuck. Ihre Zähne waren vom Kauen der Betelnuss pechschwarz, und ihr ganzes Äußeres konnte in Amine nur Ekel und Abscheu erregen.

Sie redete Amine an, aber ihre Worte waren unverständlich. Die Leidende richtete sich ein wenig auf, sank aber sofort wieder völlig erschöpft in ihre frühere Lage zurück und schloss die Augen. Wie Ekel erregend übrigens auch der Anblick der Frau wirken mochte, so war sie doch gutherzig, und dank ihrer aufmerksamen Pflege war Amine nach drei Wochen imstande, aus der Hütte herauszuwanken und die Abendluft zu genießen. Die Insulaner umringten sie oft, behandelten sie aber aus Furcht vor der alten Frau mit Achtung. Das wollige Haar der Eingeborenen war gekräuselt oder zu Zöpfen geflochten, bisweilen auch mit Chunam weiß gepudert. Ihre ganze Gewandung bestand aus einigen Palmblättern, die von den Hüften bis zu den Knien reichten; sie trugen Ringe in den Nasen und Ohren und waren mit Paradiesvogelfedern geschmückt. Amine, welche die Sprache dieser Leute nicht verstand, war dem Himmel dankbar für ihr Leben; sie saß im Schatten der Bäume und sah den schnellen Pirogen zu, die vor ihren Augen durch die blaue See strichen; aber ihre Gedanken weilten anderswo – sie waren bei Philipp.

Eines Morgens kam Amine mit freudigem Antlitz aus der Hütte heraus und setzte sich auf ihren Platz unter den Bäumen.

»Ja, Mutter, teuerste Mutter, ich danke dir! Du bist mir erschienen und hast mir die Künste ins Gedächtnis gerufen, die ich vergessen hatte. Besäße ich nur die Mittel, mit diesen Leuten zu sprechen, so könnte ich sogar jetzt schon erfahren, wo mein Philipp ist.«

Zwei Monate blieb Amine unter der Obhut der Papusfrau. Als die Leute von Tidore wiederkamen, brachten sie den Auftrag mit, die weiße Frau, die das Meer an die Küste geworfen hatte, nach der Faktorei zu holen und diejenigen zu belohnen, welche sich ihrer angenommen hatten. Sie gaben Amine, welche jetzt ihre ganze frühere Schönheit wiedererlangt hatte, durch Zeichen zu verstehen, dass sie mit ihnen gehen solle. Jede Veränderung war dem gegenwärtigen Aufenthalt vorzuziehen, und Amine folgte ihnen nach der Piroge hinunter, wo sie an einem sichern Platz untergebracht wurde. Bald schoss das Schiff mit ihr und ihren neuen Begleitern über das Wasser. Amine dachte dabei an Philipps Traum und an die Muschel der Wassernixe.

Gegen Abend langten sie an der Südspitze von Galolo an, wo sie für die Nacht an Land gingen; am andern Tage erreichten sie das Ziel ihrer Reise, und Amine wurde nach der portugiesischen Faktorei gebracht.

Dass ihre Ankunft große Neugierde erweckte, darf niemanden befremden; denn die Geschichte, welche die Eingeborenen von Aminens Rettung erzählt hatten, lautete gar zu sonderbar. Vom Kommandanten bis zum unbedeutendsten Diener erwartete jedermann ihre Ankunft mit größter Spannung. Aminens schöne, vollkommene Gestalt setzte alle in Erstaunen. Der Kommandant hielt eine lange Begrüßungsrede in portugiesischer Sprache und war ganz erstaunt, dass er keine entsprechende Antwort erhielt.

Amine bedeutete ihm durch Zeichen, dass ihr seine Sprache unbekannt sei, weshalb man annahm, dass sie entweder eine Engländerin oder eine Holländerin sei. Man schickte nach einem Dolmetscher, und Amine erklärte, dass sie die Gattin eines holländischen Kapitäns sei, der Schiffbruch erlitten habe; sie wisse nicht anzugeben, ob die Mannschaft gerettet worden sei oder nicht. Die Portugiesen freuten sich sehr über den Untergang eines holländischen Schiffs, noch mehr aber darüber, dass ein so liebliches Wesen wie Amine gerettet worden war. Der Kommandant hieß sie willkommen und versicherte ihr, dass während ihres Aufenthalts nach Kräften für ihre Bequemlichkeit gesorgt werden solle. Man erwarte in drei Monaten ein Schiff aus dem chinesischen Meer, das nach Goa fahre und das sie, wenn sie Lust habe, dorthin mitnehmen werde; von Goa aus aber werde sie leicht Gelegenheit finden, auf einem andern Schiff nach jedem beliebigen Ort weiterzureisen. Sie wurde dann in ein Gemach geführt und erhielt eine kleine Negerin zur Bedienung.

Der portugiesische Kommandant war ein mageres Männchen, dem der lange Aufenthalt unter der tropischen Sonne ein vertrocknetes Aussehen gegeben hatte; das Auffallendste an ihm waren ein großer Backenbart und ein sehr langer Degen.

Seine Aufmerksamkeiten konnten nicht missdeutet werden, und Amine würde über ihn gelacht haben, hätte sie nicht gefürchtet, er möchte sie auf Tidore zurückbehalten. Nach einigen Wochen hatte sie sich in der portugiesischen Sprache so weit eingeübt, dass sie ihre Wünsche äußern konnte, und noch ehe sie die Insel Tidore verließ, war sie imstande, ganz geläufig zu sprechen. Ihr Verlangen, die Insel Tidore zu verlassen, um sich über Philipps Schicksal Gewissheit zu verschaffen, wurde mit jedem Tag größer, und am Ende der drei Monate richtete sie ihre Blicke unablässig auf das Meer, um das sehnlich erwartete Schiff auftauchen zu sehen.

Als es zuletzt erschien und Amine eben das von Westen her näher kommende Segel aufmerksam beobachtete, fiel der Kommandant vor ihr auf die Knie, erklärte ihr seine Liebe und bat sie, nicht an eine Abreise zu denken, sondern ihr Geschick mit dem seinigen zu vereinen.

Amine, welche wusste, dass sie in seiner Gewalt war, gab eine vorsichtige Antwort. Sie müsse zuerst wissen, wie es mit ihrem Gatten stehe, da dessen Tod noch nicht gewiss sei; zu diesem Zwecke wolle sie nach Goa reisen und ihm (dem Kommandanten) schreiben, wenn sie feststelle, dass ihre Hand frei sei.

Zu gegebener Zeit wird sich zeigen, dass diese Antwort für Philipp verhängnisvoll wurde. Der Kommandant, überzeugt davon, dass er Philipps Tod herbeiführen könne, gab sich zufrieden und erklärte, sobald ihm irgendeine verlässliche Nachricht zu Ohren komme, wolle er diese selbst nach Goa bringen, und er schwur Amine tausend Eide der Liebe und Treue.

»Der Tor!«, dachte Amine, auf das Schiff hinblickend, das sich nun mehr und mehr dem Ankerplatz näherte.

In einer halben Stunde hatte es angelegt, und die Leute kamen an Land. Amine bemerkte einen Priester darunter. Sie schauderte, ohne zu wissen, warum, und als die Ankömmlinge sich näherten, stand ihr mit einem Male Pater Matthias gegenüber.

29

Sowohl Amine als auch Pater Matthias fuhr bei dem unerwarteten Wiedersehen zusammen, und beide traten in ihrer Überraschung einige Schritte zurück.

Amine war die Erste, die die Hand ausstreckte; sie hatte für den Moment in ihrer Freude über den plötzlichen Anblick eines wohl bekannten Gesichts fast ganz vergessen, wie sie voneinander geschieden waren.

Pater Matthias nahm kalt ihre Hand und legte ihr die seinige mit den Worten aufs Haupt: »Möge Gott dich segnen und dir vergeben, meine Tochter, wie ich es längst getan habe.«

Jetzt tauchte die Rückerinnerung an das Vergangene wieder in Amine auf, und sie errötete.

Hatte ihr Pater Matthias wirklich vergeben? Der Ausgang musste es zeigen. So viel war übrigens gewiss, dass er sie wie eine alte Bekannte behandelte, voll Teilnahme auf die Geschichte ihres Schiffbruchs hörte und mit ihr darin übereinstimmte, dass sie gut daran tue, ihn nach Goa zu begleiten.

Einige Tage später segelte das Schiff aus, und Amine verließ die Faktorei und deren verliebten Kommandanten. Sie gelangten wohlbehalten durch das Inselmeer und kreuzten die Mündung der Bai von Bengalen, ohne dass das schöne Wetter irgendeine Unterbrechung erfahren hätte.

Nachdem Pater Matthias Terneuse verlassen hatte, war er nach

Lissabon zurückgekehrt, war dort aber der Untätigkeit bald müde geworden und hatte sich erboten, abermals als Missionar nach Indien zu gehen. Er war in Formosa angelangt und hatte bald nachher von seinen Obern die Weisung erhalten, in einer wichtigen Angelegenheit nach Goa zu reisen; dadurch war er auf der Insel Tidore mit Amine zusammengetroffen.

Es würde schwer sein, die Gefühle des Pater Matthias gegenüber Amine zu schildern, da sie einem gar häufigen Wechsel unterworfen waren. Das eine Mal erinnerte er sich der Wohltaten, die ihm von ihr und Philipp erwiesen worden waren, der Selbstlosigkeit, die sie gegenüber ihrem Gatten an den Tag legte, und der vielen guten Eigenschaften, welche er an ihr kannte – aber dann gedachte er auch der Schmach, der unverdienten Schmach, die er durch ihre Schuld erlitten hatte, und er pflegte dann mit sich zurate zu gehen, ob sie wirklich geglaubt habe, dass ihn andere Gründe als die, die ihn tatsächlich dazu bewogen, in ihr Gemach geführt hatten, oder ob sie sich damals nur seine Unbesonnenheit zu Nutze gemacht hatte. Beides hielt sich in seinen Überlegungen beinahe das Gleichgewicht. Er hätte ihr alles vergeben können, wenn er geglaubt hätte, dass sie mit aufrichtigem Herzen an den Lehren der Kirche hänge; so aber fühlte er sich überzeugt, dass sie nicht nur eine Ungläubige sei, sondern auch verbotene Künste übe, und dies veränderte das Gleichgewicht allmählich zu ihrem Nachteil. Er beobachtete sie genau, und wenn sie im Gespräch irgendein religiöses Gefühl zeigte, so tat sich sein Herz auf; entschlüpfte ihr jedoch einmal ein Wort, das anzudeuten schien, dass sie keine sehr hohe Meinung von seinem Glaubensbekenntnis habe, so erfüllte sein Inneres sich mit Unwillen und Rachsucht.

Nachdem sie die Bai von Bengalen beinahe ganz überquert hatten und binnen Kurzem das südliche Kap von Ceylon umfahren wollten, trafen sie zum ersten Male auf schlechtes Wetter. Der Sturm steigerte sich mehr und mehr, und die abergläubischen Matrosen zündeten Kerzen vor dem Heiligenbild an, das auf Deck in einem Schrein stand. Amine, die es bemerkte, lächelte geringschätzig, ohne sich dessen so recht bewusst zu werden, und gleichzeitig fiel ihr Blick auf Pater Matthias, der sie mit ernster Miene betrachtete.

»Die Papus, die ich vor Kurzem verlassen habe, tun auch nichts Schlimmeres, als dass sie Bilder anbeten, und werden Götzendiener geschimpft«, murmelte Amine. »Was sind denn dann diese Christen?«

»Wäre es nicht besser, wenn Ihr hinuntergingt?«, sagte Pater Matthias, während er auf Amine zukam. »Dies ist für eine Frau nicht der rechte Augenblick, an Deck zu bleiben, Ihr würdet besser daran tun, für unsere Rettung zu beten.«

»Nicht doch, Vater, ich kann hier weit besser beten. Ich liebe diesen Kampf der Elemente, und während ich ihm zusehe, beuge ich mich voll Bewunderung vor der Gottheit, welche die Stürme lenkt, die Winde im Zorn aufbegehren lässt und sie dann wieder beschwichtigt.«

»Das ist schon gut, mein Kind«, versetzte Pater Matthias, »aber der Allmächtige will nicht nur angesichts seiner Werke angebetet werden, sondern auch im stillen Kämmerlein – in gläubiger Beschaulichkeit und Selbstprüfung. Habt Ihr die Lehren befolgt, die man Euch erteilte, und die erhabenen Geheimnisse, die man Euch offenbarte, mit Ehrfurcht im Hetzen getragen?«

»Ich habe mein Bestes getan, Vater«, versetzte Amine, indem sie ihr Antlitz abwandte und in die rollenden Wogen blickte.

»Habt Ihr die unbefleckte Jungfrau und die Heiligen angerufen – diese treuen Fürsprecher der sündigen Sterblichen, zu denen auch Ihr gehört?«

Amine gab keine Antwort; sie mochte den Priester nicht aufbringen und wollte ihm auch keine Unwahrheit sagen.

»Antworte mir, mein Kind«, fuhr der Priester mit Strenge fort.

»Vater«, versetzte Amine, »ich habe allein zu Gott gebetet, dem Gott der Christen – dem Gott des ganzen Weltalls!«

»Wer nicht alles glaubt, glaubt nichts, junges Weib! Ich dachte mirs wohl; denn ich sah Euch eben jetzt verächtlich lächeln. Warum habt Ihr gelächelt?«

»Über meine eigenen Gedanken, guter Vater.«

»Sagt lieber, über den wahren Glauben und über diejenigen, die sich zu ihm bekannt haben.«

Amine gab keine Antwort.

»Ihr seid also noch immer eine Ungläubige und eine Ketzerin. Hütet Euch, junges Weib, hütet Euch!«

»Vor was soll ich mich hüten, guter Vater, und warum? Sind nicht in diesen Breiten Millionen noch ungläubiger und ketzerischer, als vielleicht ich es bin? Wie viele habt Ihr zu Eurem Glauben bekehrt? Wie viel Mühsal und Gefahr habt Ihr nicht auf Euch genommen, um ihn zu verbreiten, und warum hatten Eure Anstrengungen einen so geringen Erfolg? Soll ich es Euch sagen, Vater? Der Grund liegt darin, dass die Leute bereits ihr eigenes Glaubensbekenntnis haben – einen Glauben, den man sie von ihrer Kindheit an gelehrt hat und dem die Menschen in ihrer Umgebung anhängen. Bin ich nicht in der selben Lage? Ich wurde in einem andern Glauben erzogen. Könnt Ihr erwarten, dass ich diesen so mit einem Male aufzugeben und die Vorurteile früher Jugend urplötzlich auszutilgen vermag? Ich habe über das, was Ihr mir sagtet, gründlich nachgedacht – habe gefühlt, dass vieles davon wahr ist, und dass die Lehren Eurer Kirche überaus edel sind – ist das nicht hinreichend? Und doch seid Ihr nicht zufrieden. Ihr wollt blinden Glauben und blinden Gehorsam – unter solchen Voraussetzungen bin ich freilich eine unwürdige Bekehrte. Wir werden übrigens bald im Hafen sein; dann belehrt und überzeugt mich, wenn Ihr dazu geneigt seid; ich bin bereit zu prüfen und zu bekennen, aber Letzteres nur, wenn ich überzeugt bin. Habt Geduld mit mir, guter Vater, und die Zeit wird vielleicht noch kommen, wo ich fühle, was ich jetzt nicht fühlen kann – dass zum Beispiel jenes Stück bemalten Holzes dort drüben einen Anspruch darauf hat, dass man sich vor ihm auf die Knie wirft und es anbetet.«

Ungeachtet des Hohnes, mit dem Amine schloss, lag doch so viel Wahrheit in ihren Bemerkungen, dass auch Pater Matthias sich nicht dagegen verschließen konnte. Er hatte sich übrigens daran gewöhnt, in Amine, dem Weib eines Katholiken, nicht eine Person zu sehen, welche in einem anderen Glaubensbekenntnis erzogen, sondern eine, die von der römischen Kirche abtrünnig geworden war.

»Ihr sprecht kühn, aber Ihr sprecht, wie Ihr fühlt, mein Kind«, versetzte Pater Matthias nach einer Pause. »Wenn wir zu Goa anlangen, wollen wir diese Dinge weiter besprechen, und unter Gottes Beistand wird Euch der neue Glaube offenbar werden.«

»So sei es«, erwiderte Amine.

Der Priester hatte keine Ahnung davon, dass Aminens Gedanken in diesem Augenblick bei einem Traum weilten, den sie auf Neuguinea gehabt und in dem ihr ihre Mutter die geheimen Künste geoffenbart hatte, welche die Tochter anzuwenden wünschte, sobald sie Goa erreicht haben würde.

Mit jeder Stunde steigerte sich die Bö, und das Schiff stampfte und schlingerte und war leck. Die portugiesischen Matrosen wussten sich vor Schrecken nicht zu helfen und riefen ihre Heiligen an. Pater Matthias und die übrigen Passagiere gaben sich für verloren; denn die Pumpen konnten das Schiff nicht vom eingedrungenen Wasser befreien, und ihre Wangen erbleichten, während die Wogen wütend über die Decks fegten. Sie zitterten und beteten. Pater Matthias erteilte ihnen die Absolution; einige weinten wie Kinder, andere zerrauften sich das Haar, wieder andere fluchten und lästerten auf die Heiligen, welche sie noch tags zuvor angerufen hatten. Aber Amine stand unbewegt und verzog, als sie die Lästerworte hörte, ihre Lippen nur zu einem geringschätzigen Lächeln.

»Mein Kind«, sagte Vater Matthias und suchte dabei seine bebende Stimme zu beherrschen; denn er wollte vor einem Weib, das er so ruhig und unbeweglich inmitten der tobenden Elemente sah, seine Angst nicht zeigen, »mein Kind, lass diese Stunde der Gefahr nicht vorübergehen. Ehe du abberufen wirst, will ich dich aufnehmen in den Schoß unserer Kirche und dir deine Sünden vergeben, damit die ewige Seligkeit dir gewiss ist.«

»Guter Vater, Amine lässt sich nicht durch Furcht zum Glauben zwingen, auch dann nicht, wenn sie sich vor dem Sturm wirklich fürchtet«, entgegnete sie, »ebenso wenig vertraut sie Eurer Macht, ihr die Sünden zu vergeben, wenn bloß die Angst sie zu einem Schritt veranlasst, den sie bei ruhiger Besinnung verwerfen müsste. Wenn je Furcht mich hätte zwingen können, so wäre es der Fall gewesen, als ich allein auf dem Floß war – das war in der Tat eine schwere Prüfung meiner Seelenstärke, und schon der Gedanke daran ist mir weit schrecklicher als der Sturm, der jetzt um uns tobt, und der Tod, der uns vielleicht erwartet. Es ist ein Gott im Himmel, auf dessen Erbarmen ich baue, in dessen Liebe ich Vertrauen setze, vor dessen Willen ich mich beuge. Sein Wille geschehe!«

»Stirb nicht im Unglauben, mein Kind.«

»Vater«, entgegnete Amine, auf die Reisenden und die Matrosen deutend, welche auf dem Deck weinten und wehklagten, »dies sind Christen – Ihr habt ihnen eben erst die vollkommenste Seligkeit versprochen. Was ist ihr Glaube, wenn er ihnen nicht die Kraft gibt, wie Männer zu sterben? Warum ist ein Weib die einzige Person, die nicht zittert, während diese vor Angst auf dem Boden kriechen?«

»Das Leben ist süß, mein Kind – sie lassen ihre Weiber, ihre Kinder zurück und fürchten sich vor dem Jenseits. Wer stirbt gerne?«

»Ich«, antwortete Amine, »Ich habe keinen Gatten – wenigstens fürchte ich es. Für mich hat das Leben keine Annehmlichkeiten mehr – und doch bleibt noch eine einzige kleine Hoffnung, ein Strohhalm für den versinkenden Unglücklichen. Ich fürchte den Tod nicht; denn ich besitze nichts, für das ich leben möchte. Wäre Philipp hier – ja, dann freilich – aber er ist mir vorangegangen, und ich wünsche jetzt nichts sehnlicher, als ihm zu folgen.«

»Er starb im Glauben, mein Kind – wenn du ihn wieder sehen willst, musst du ein Gleiches tun.«

»Nimmermehr ist er wie diese gestorben«, versetzte Amine, mit Geringschätzung auf die Reisenden blickend.

»Vielleicht lebte er auch nicht, wie sie gelebt haben«, entgegnete Pater Matthias. »Ein guter Mensch stirbt in Frieden und hat keine Furcht.«

»So sterben die guten Menschen eines jeden Glaubensbekenntnisses, Vater«, erwiderte Amine, »und in jeder Religion ist der Tod für den Lasterhaften gleich schrecklich.«

»Ich will für dich beten, mein Kind«, sagte Pater Matthias und sank auf die Knie.

»Vielen Dank – Euer Gebet wird erhört werden, selbst wenn es einem Geschöpf wie mir gilt«, erwiderte Amine, die sich jetzt an den gespannten Tauen entlang zur Leiter tastete und an Deck stieg.

»Verloren! Signora, verloren!«, rief der Kapitän, der unter dem Bollwerk kauerte und die Hände rang.

»Nein«, versetzte Amine, welche die Luvseite gewonnen hatte und sich dort an einem Tau festhielt, »diesmal nicht.«

»Was sagt Ihr, Signora?«, entgegnete der Kapitän, mit Bewunderung zu Aminens ruhigem und gefasstem Antlitz aufblickend. »Wie könnt Ihr das wissen, Signora?«

»Mir sagt etwas, guter Kapitän, dass Ihr nicht verloren seid, wenn Ihr Eure Kräfte anstrengt – eine Stimme in meinem Innern sagt es mir.«

Es war nämlich Amine nicht entgangen, dass der Sturm bereits nachgelassen hatte, wenn auch die Matrosen in ihrem Schrecken davon keine Notiz nahmen. Aminens Ruhe, ihre Schönheit und vielleicht auch der ungewöhnliche Anblick einer so jungen, besonnenen und zuversichtlichen Frau inmitten der vielen Verzweifelten übten die entsprechende Wirkung auf den Kapitän und die Matrosen. Da sie Amine für eine Katholikin hielten, so wähnten sie, eine höhere Eingebung habe sie zu ihrer Behauptung veranlasst; denn Leichtgläubigkeit und Aberglaube wachsen auf dem selben Holz. Mit Bewunderung und Achtung blickten sie auf Amine, nahmen alle ihre Tatkraft zusammen und versahen wieder ihren Dienst. Die Pumpen wurden aufs Neue in Tätigkeit gesetzt, der Sturm legte sich im Laufe der Nacht, und das Schiff war, wie Amine vorausgesagt hatte, gerettet.

Die Schiffsmannschaft und die Passagiere betrachteten sie fast als eine Heilige und sprachen darüber mit Pater Matthias, der sich in einer nicht geringen Verwirrung befand. Der Mut, den sie gezeigt hatte, war außerordentlich, und selbst wenn sie zitterte, ließ sie sich noch keine Furcht anmerken. Er gab keine Antwort, sondern ging mit sich selbst zurate, ohne zu einem für Amine günstigen Resultat kommen zu können. Was hatte ihr diese Ruhe und die Kraft der Prophezeiung gegeben? Nicht der Gott der Christen; denn sie war keine Gläubige. Wer sonst? Pater Matthias dachte an Aminens Gemach zu Terneuse und schüttelte den Kopf.

30

Wir müssen uns nun von Neuem Philipp und Krantz zuwenden, die sich lange miteinander über Schriftens seltsame Wiederkehr besprachen. Das Ergebnis ihrer Beratung lief darauf hinaus, dass man ihn sorgfältig beobachten und seine Gesellschaft so gut als möglich meiden solle. Krantz hatte ihn über seine Rettung befragt, und Schriften hatte ihm in der ihm eigenen höhnischen Art und Weise erwidert, ein Floßruder sei während des Kampfes über Bord gerollt, und auf ihm sei er fortgeschwommen, bis er eine kleine Insel erreicht habe; als er die Piroge sah, habe er das Stück Holz wieder zu Wasser gebracht und sich daran festgehalten, bis er entdeckt und aufgelesen worden sei. Wie unwahrscheinlich dies auch klingen mochte, so war es doch keineswegs unmöglich, und Krantz stellte keine weiteren Fragen. Am nächsten Morgen legte sich der Wind; die Piroge wurde wieder zu Wasser gebracht und segelte der Insel Ternate zu.

Sie brauchten vier Tage zu ihrer Fahrt, da sie jede Nacht an Land gingen und ihr Fahrzeug an das Sandgestade hinaufzogen. Die Nachricht von Aminens Rettung hatte Philipp getröstet, und er wäre in seiner Hoffnung auf ein baldiges Wiedersehen mit seiner Gattin sehr glücklich gewesen, hätte nicht Schriftens beständige Nähe wie ein Stachel auf sein Inneres gewirkt.

Es lag etwas so Seltsames und aller menschlichen Natur Widersprechendes in dem kleinen Mann, der trotz seines augenfällig dämonischen Charakters nie darauf anspielte, dass Philipp ihm nach dem Leben getrachtet hatte, geschweige denn sich darüber beklagte. Hätte er sich beschwert und Philipp des Mordes beschuldigt, hätte er Rache geschworen und damit gedroht, dass er bei seiner Rückkehr von den Behörden Gerechtigkeit verlangen werde, so wäre es ganz anders gewesen. Aber nein – er stand da mit seinem Sarkasmus und seinem unaufhörlichen Kichern und erlaubte sich ungehörige, vorlaute Bemerkungen, als hätte er nicht den geringsten Grund zu Zorn oder Hass. Sobald sie in dem Hafen der Hauptstadt von Ternate anlangten, wurden sie nach einer großen, aus Palmblättern und Bambusrohr gebauten Hütte geführt, welche sie nicht verlassen sollten, bis ihre Ankunft dem König gemeldet wäre. Die Höflichkeit und Wohlerzogenheit, die diesen Insulanern eigen war, gab Philipp und Krantz fortwährend Anlass zu Bemerkungen; wie ihre Kleidung, so schien auch ihre Religion aus mohammedanischen und malaiischen Elementen gemischt zu sein.

Nach ein paar Stunden beschied man sie vor den König zur Audienz, die im Freien abgehalten wurde. Der König saß unter einem Portikus, von einer großen Menge von Priestern und Soldaten umgeben, und bei der Audienz herrschte zwar ein großes Gedränge, aber es wurde nur wenig Pracht entfaltet. Die gesamte Umgebung des Herrschers war in weiße Gewänder und Turbane gekleidet; er selbst aber erschien ganz ohne Schmuck. Besonders auffallend dünkte Philipp und Krantz die große Reinlichkeit in der Umgebung des Königs; denn die Gewänder waren von so fleckenlosem Weiß, wie nur die Sonne sie zu bleichen vermochte. Sie folgten dem Beispiel derer, die sie vor den König geführt hatten, und begrüßten den Herrscher auf mohammedanische Weise. Man forderte sie auf, sich niederzulassen. Durch den früheren Verkehr mit den Portugiesen waren viele Insulaner mit der portugiesischen Sprache vertraut geworden, und der König ließ unseren Abenteurern auf Portugiesisch einige Fragen stellen, hieß sie dann willkommen und wünschte die Geschichte ihres Schiffbruchs zu erfahren.

Philipp berichtete kurz und vergaß dabei nicht zu erwähnen,

dass seine Gattin von ihm getrennt worden sei und sich dem Vernehmen nach in der portugiesischen Faktorei auf Tidore befinde. Er fragte sodann, ob Seine Majestät in der Lage sei, ihre Befreiung zu erwirken oder ihn wieder mit ihr zusammenzubringen.

»Gut«, versetzte der König, »für die Fremden sollen Erfrischungen herbeigebracht werden. Die Audienz ist geschlossen.«

Nach einigen Minuten waren von dem ganzen Hofstaat nur noch zwei oder drei vertraute Freunde und Ratgeber des Königs zugegen. Man trug Reis, Fische und unterschiedliche andere Gerichte auf. Nachdem alles vorüber war, sagte der König: »Die Portugiesen sind Hunde, sie sind unsere Feinde – wollt Ihr uns im Kampf gegen sie Beistand leisten? Wir haben große Kanonen, verstehen sie aber nicht so gut zu gebrauchen wie Ihr. Wenn Ihr mir Beistand leisten wollt, so werde ich eine Flotte gegen die Portugiesen auf Tidore ausschicken. Sprecht, Holländer, wollt Ihr fechten? – Du«, fügte er gegen Philipp gewandt hinzu, »wirst dann dein Weib wiedergewinnen.«

»Ihr sollt morgen meine Antwort erhalten«, versetzte Philipp, »da ich mich zuvor mit meinem Freunde beraten muss. Wie ich Euch bereits gesagt habe, war ich der Kapitän des Schiffs und dieser der Zweite im Kommando – wir wollen die Sache zuvor miteinander besprechen.« Schriften, welchen Philipp als einen gewöhnlichen Matrosen bezeichnet hatte, war dem König nicht vorgestellt worden.

»Gut«, erwiderte der König, »ich will morgen deine Antwort hören.«

Philipp und Krantz verabschiedeten sich. Als sie nach der Hütte zurückkehrten, fanden sie, dass ihnen der König zwei vollständige mohammedanische Gewänder mit Turbanen zum Geschenk gemacht hatte. Dies war ihnen sehr willkommen; denn ihre Kleider befanden sich in einem sehr zerlumpten Zustand und waren durchaus nicht geeignet, sie gegen die glühende Sonne jener Breiten zu schützen. Auch sammelten ihre Spitzhüte die Strahlen in einer Weise, dass sie es fast nicht auszuhalten vermochten, weshalb sie sie gerne gegen die weißen Turbane vertauschten. Ihr Geld in dem malaiischen Gürtel verbergend, der einen Teil des Anzugs bildete, kleideten sie sich in die Tracht der Eingeborenen, deren Zweckmäßigkeit sie bald erkannten. Nach einer langen Beratung entschieden sie sich dafür, den Wünschen des Königs zu entsprechen, da dies der einzig mögliche Weg war, auf dem Philipp seine Amine wiedergewinnen konnte. Ihre Zustimmung wurde am folgenden Tage dem König mitgeteilt, und für den Feldzug wurden alle nötigen Vorbereitungen getroffen.

Nun erblickte man bald eine Szene hastiger Geschäftigkeit. Hunderte und Aberhunderte von Pirogen in jeder Größe, die Seite an Seite dicht am Gestade lagen, bildeten auf dem glatten Wasser der Bai gleichsam ein einziges Floß, das beinahe eine halbe Meile lang war. Es wimmelte auf ihnen von Männern, welche die Fahrzeuge für den Feldzug ausrüsteten. Die einen setzten Segel, und die andern besorgten die nötigen Zimmermannsarbeiten, während die Mehrzahl ihre Säbel schliff und das tödliche Ananasgift für ihre Krisen bereitete. Am Ufer herrschte ein buntes Durcheinander. Wasserkrüge, Reissäcke, Geflügelkörbe und Fisch- und Gemüsevorräte standen oder lagen überall zwischen den bewaffneten Eingeborenen umher, während die Häuptlinge in ihren buntesten Gewändern und in dem prunkenden Glanz ihrer Waffen und ihres Geschmeides auf- und niedergingen, um Befehle zu erteilen. Der König besaß sechs lange bronzene Vierpfünder, das Geschenk eines Indienkapitäns; diese wurden unter der Leitung unserer beiden Abenteurer mit einer entsprechenden Quantität von Kugeln und Kartätschen auf einige der größten Pirogen gebracht, und etliche Eingeborene wurden in ihrem Gebrauch unterrichtet. Der König, der mit Zuversicht der Zerstörung des portugiesischen Forts entgegensah, war anfangs willens, in Person mitzukommen, änderte aber auf den Rat seiner Freunde und auf Philipps Bitte hin seinen Entschluss, damit sein kostbares Leben keiner Gefahr ausgesetzt werde. Nach zehn Tagen war alles bereit, und die mit siebentausend Streitern bemannte Flotte segelte nach der Insel Tidore aus.

Es war ein schöner Anblick – die blaue, leicht gekräuselte See und darauf fast sechshundert jener malerischen Fahrzeuge, alle unter

Segeln und Delfinen gleich, die ihren Raub verfolgen, durch das Wasser schwimmend – dazu die zahlreiche Bemannung, deren weiße Gewänder einen lebhaften Kontrast zu dem tiefen Blau des Meeres bildeten. Die großen Pirogen, in welchen sich Philipp, Krantz und die eingeborenen Heerführer befanden, waren mit Wimpeln und Flaggen in allen Farben geziert, die lustig in der frischen Brise flatterten. Das Ganze schien eher eine Lustpartie zu sein als eine Expedition, die auf Kampf und Blutvergießen auszog.

Am Abend des zweiten Tages erreichten sie die Insel Tidore und näherten sich dem portugiesischen Fort bis auf wenige Meilen. Die Eingeborenen von Tidore, welche den Portugiesen nur ungern und aus Furcht gehorchten, hatten ihre Hütten in der Nähe des Gestades verlassen und sich in die Wälder zurückgezogen. Die Flotte warf Anker und blieb unbehelligt die Nacht über in der Nähe der Küste liegen. Am andern Morgen zogen Philipp und Krantz zum Rekognoszieren aus.

Das Fort und die Faktorei von Tidore waren nach dem selben Prinzip erbaut wie fast alle portugiesischen Festungen in jenen Meeren. Eine äußere Verschanzung aus einem Graben und starken, in Mauerwerk eingebetteten Palisaden bestehend, umgab die Faktorei und sämtliche Häuser der Niederlassung. Durch die Tore der äußeren Mauer konnte man tagsüber aus- und eingehen wie man wollte, des Nachts aber waren sie geschlossen. Auf der Seeseite befand sich die Zitadelle oder das eigentliche Festungswerk, ein massives Gebäude, mit Wällen und einem tiefen Graben umgeben und nur durch eine Zugbrücke zugänglich, die rechts und links mit einer Kanone besetzt war. Die stärksten Schanzwerke aber wurden kaum wahrgenommen, da sie hinter der hohen Palisadenwand verborgen waren, welche das ganze Fort umgab. Nach einer sorgfältigen Musterung riet Philipp, man solle von der See aus mit den großen Pirogen und ihren Geschützen angreifen, während die Mannschaften der kleineren Fahrzeuge an Land gehen, das Fort umzingeln und jede sich darbietende Deckung ausnutzen sollten, während sie den Feind mit Luntengewehren, Pfeilen und Speeren bedrängten. Da dieser Plan Beifall fand, so breiteten hundertundfünfzig Pirogen ihre Segel aus; die übrigen wurden ans Ufer gezogen, und die zu ihnen gehörigen Mannschaften setzten ihren Weg zu Lande fort.

Die Portugiesen hatten jedoch von ihrem Herannahen Kunde erhalten und waren auf den Angriff vorbereitet. Die gegen die Seeseite hinausgehenden Geschütze waren von schwerem Kaliber und wurden gut bedient, während die Kanonen der Pirogen unter Philipps Leitung zwar so wirksam als möglich eingesetzt wurden, aber bei ihrer geringen Größe den dicken Steinmauern des Forts nur wenig anhaben konnten. Nach einem vierstündigen Gefecht, in dessen Verlauf die Ternaten viele Leute verloren, drehten die Pirogen auf den Rat unserer beiden Abenteurer hin ab, kehrten zum Standort der übrigen Flotte zurück und hielten daselbst einen abermaligen Kriegsrat. Die Truppen, welche man an Land geworfen hatte, wurden jedoch nicht zurückbeordert, da sie den Portugiesen den Nachschub und jede Hilfe von außen abschnitten und hin und wieder Gelegenheit hatten, einen von ihnen, der sich zu weit herauswagte, zusammenzuschießen – ein Vorteil, der bei der Belagerung eines so schwach bemannten Forts von großer Wichtigkeit war, wie Philipp wohl wusste.

Dass sie das Fort nicht mithilfe ihrer Kanonen erobern konnten, war augenscheinlich; von der Seeseite aus war es uneinnehmbar, weshalb jetzt sämtliche Streitkräfte an Land Verwendung finden mussten. Nachdem die eingeborenen Häuptlinge gesprochen hatten, machte Krantz den Vorschlag, man solle die Nacht erwarten und danach den Angriff in folgender Weise ausführen. Sobald abends die Brise an der Küste hinstreiche, sollten die Leute Bündel von trockenem Palmen- und Kokoslaub zurechtmachen, diese windwärts vor den Palisaden aufschichten und dann in Brand stecken. So könnte sie den Palisadenzaun zerstören und sich Zugang zu den äußeren Festungswerken verschaffen – dann würde man weitersehen. Der Rat war zu vernünftig, um nicht Zustimmung zu finden. Alle, die nicht mit Luntengewehren ausgerüstet waren, sollten Laub sammeln; auch eine große Menge dürren Holzes war bald zusammengetragen, und vor Einbruch der Nacht war alles für einen zweiten Angriff bereit.

Die weißen Gewänder wurden beiseitegelegt; die Ternaten behielten nichts auf dem Leib als ihre Gürtel, ihre Krummsäbel, ihre Krisen und die blauen Unterbeinkleider. So krochen sie leise an die Palisaden heran, wo sie ihre Bündel niederlegten und dann wieder zurückkehrten, um das Gleiche noch einmal zu tun. Je höher der Laubwall anwuchs, desto kühner stiegen sie mit neuen Bündeln hinauf, bis alles Laub aufgeschichtet war und mit lautem Jubel an verschiedenen Stellen angezündet wurde. Die Flammen stiegen in die Höhe, die Kanonen des Forts donnerten, und eine große Anzahl von Ternaten fiel unter dem Kartätschenhagel und dem Platzen der Handgranaten. Von den gewaltigen Rauchmassen fast erstickt, sah sich jedoch die Mannschaft des Forts bald genötigt, die Wälle zu verlassen. Das Feuer griff von den Palisaden lodernd bald auch auf die Faktorei und die Häuser über. Der Widerstand hatte jetzt aufgehört, weshalb die Ternaten die brennenden Palisaden niederrissen, sich einen Weg in die Verschanzung bahnten und mit ihren Krummsäbeln und Krisen alles erschlugen, was unglücklicherweise nicht in der Zitadelle Zuflucht gesucht hatte. Dies waren namentlich die eingeborenen Diener, welche durch den Angriff überrascht worden waren und um deren Leben sich die Portugiesen nur wenig zu kümmern schienen, da sie auf ihre Hilferufe nicht hörten und nicht daran dachten, die Zugbrücke niederzulassen, um sie zu retten.

Die aus Stein gebaute Faktorei und alle übrigen Häuser standen in Flammen und erhellten in meilenweitem Umkreis die Insel. Der Rauch hatte sich verzogen, und die Mauern des Forts waren nun im grellen Licht des Feuers deutlich sichtbar.

»Wenn wir Sturmleitern hätten«, rief Philipp, »so wäre das Fort unser; es ist nicht eine Menschenseele mehr auf den Wällen.«

»Wohl wahr«, versetzte Krantz, »aber auch wie die Dinge liegen, wird es uns Vorteil bringen, die Faktorei zu besetzen, sobald das Feuer erloschen ist. Dann können wir den Feind in Schach halten, während wir die Leitern zusammensetzten. Morgen Abend haben wir sie fertig, und wenn wir erst das Fort nochmals mit einigen Laubbündeln eingeräuchert haben, können wir auf die Mauern steigen und die Festung nehmen.«

»Das wird zum Ziele führen«, erwiderte Philipp im Weggehen.

Er verfügte sich sodann zu den Häuptlingen, welche sich an der Außenseite der Verschanzung versammelt hatten, und teilte ihnen seine Pläne mit. Sobald die Ternatenhäuptlinge dazu ihre Zustimmung gegeben hatten, kam Schriften zum Vorschein, der sich ohne Philipps Wissen der Expedition angeschlossen hatte.

»Das wird Euch nichts nützen. Ihr werdet dieses Fort niemals nehmen, Philipp Vanderdecken, hihi!«, rief Schriften.

Er hatte kaum zu Ende gesprochen, als eine furchtbare Explosion stattfand und die Luft mit großen Steinen erfüllte, die in alle Richtungen flogen und, als sie niederfielen, Hunderte töteten oder verstümmelten. Die Faktorei war in die Luft geflogen; denn in den Gewölben hatte sich eine große Menge Schießpulver befunden, die endlich vom Feuer erreicht worden war.

»So endet dieses Plänlein, Mynheer Vanderdecken, hihi!«, kreischte Schriften. »Ihr werdet dieses Fort niemals nehmen.«

Der Verlust an Menschenleben und das allgemeine Durcheinander, das auf die Explosion folgte, verbreiteten einen panischen Schrecken, und sämtliche Ternaten flüchteten sich nach dem Ufer hinunter, wo ihre Pirogen lagen.

Vergeblich suchten Philipp und die Häuptlinge das Heer wieder zu sammeln. Unbekannt mit den schrecklichen Wirkungen größerer Mengen von Schießpulver, glaubten sie, dass sich etwas Übernatürliches ereignet habe, weshalb viele in die Pirogen stürzten und die Segel ausbreiteten, während der Rest sich zitternd, keuchend und in größter Verwirrung am Ufer drängte.

»Ihr werdet dieses Fort nicht kriegen, Mynheer Vanderdecken«, kreischte die wohlbekannte Stimme.

Philipp erhob seinen Säbel, um den kleinen Mann entzwei zu hauen, ließ ihn aber alsbald wieder sinken. »Ich fürchte, er sagt eine unwillkommene Wahrheit«, dachte Philipp, »aber warum sollte ich ihm dafür das Leben nehmen?«

Einige von den Ternatenhäuptlingen hielten ihren Mut noch aufrecht, aber die meisten von ihnen waren ebenso eingeschüchtert wie ihre Leute. Nach einer kurzen Beratung wurde beschlossen, die Armee solle bis zum andern Morgen bleiben, wo sie war; dann könne man die endgültige Entscheidung treffen.

Als der Tag graute, bemerkten sie, dass das portugiesische Fort, welches jetzt nicht länger von den anderen Gebäuden umgeben wurde, weit gewaltigere Verteidigungswerke besaß, als sie anfangs vermutet hatten. Die Wälle waren mit Menschen gefüllt, welche nun ihre schweren Geschütze auf die Streitkräfte der Ternaten richteten.

Philipp beriet sich mit Krantz, und beide gestanden sich ein, dass bei der augenblicklichen Panik nichts mehr getan werden konnte. Die Häuptlinge waren der selben Ansicht, und so wurde denn der Rückzug befohlen. Die Ternatenhäuptlinge waren übrigens mit ihrem Erfolg völlig zufrieden; denn sie hatten das große Fort, die Faktorei und sämtliche portugiesischen Gebäude zerstört und nur eine unbedeutende Festung übrig gelassen, weil sie aus Stein gebaut und unzugänglich war – genug, um das Ganze dem König als einen großen Sieg darstellen zu können. Zwei Stunden später befand sich die ganze Flotte, welche ungefähr siebenhundert Mann verloren hatte, wieder auf dem Weg nach Ternate. Krantz und Philipp waren diesmal in die selbe Piroge gestiegen, um sich miteinander unterhalten zu können. Sie waren jedoch nicht mehr als drei Stunden gesegelt, als Windstille eintrat, und gegen Abend kündigte sich allenthalben schlechtes Wetter an. Als erneut eine Brise aufkam, blies sie aus einer widrigen Richtung; aber die Schiffe steuerten so dicht am Wind, dass man hierauf nicht achtete. Um Mitternacht steigerte sich der Wind zu einer Bö, und ehe sie noch die nordöstlichen Vorgebirge von Tidore hinter sich hatten, wütete ein Orkan, in welchem viele aus ihren Fahrzeugen weggeschwemmt wurden, und wer nicht schwimmen konnte, musste rettungslos ertrinken. Die Segel wurden niedergelassen, und die Schiffe waren nun der Willkür von Wind und Wellen preisgegeben, und die Wogen brachen in ungeheuren Massen über sie herein. Die Flotte triftete schnell der Küste zu, und noch ehe der Morgen graute, befand sich die Piroge, in welcher Philipp und Krantz saßen, inmitten der Roller am nördlichen Ufer der Insel. Sie war bald in Stücke zertrümmert, und jeder musste nun für sich selbst sorgen. Philipp und Krantz griffen nach einem Wrackteil ihres Schiffes und hielten sich daran fest, bis sie die Küste erreichten. Hier fanden sie ungefähr dreißig weitere Unglücksgefährten. Als der Tag graute, bemerkten sie, dass der größere Teil der Flotte die Landspitze umluvt hatte, während die anderen mit großer Wahrscheinlichkeit gleichfalls zu entkommen hoffen durften, da der Wind sich gelegt hatte. Die Ternaten machten den Vorschlag, mit bewaffneter Hand einige Schiffe der Tidore-Insulaner zu nehmen und, sobald das Wetter sich gemildert hätte, sich der Flotte anzuschließen. Philipp aber, der sich mit Krantz beraten hatte, hielt dies für eine gute Gelegenheit, über Aminens Schicksal Nachricht einzuholen, und da die Portugiesen nichts gegen sie zu beweisen vermochten, so konnten sie entweder ganz in Abrede ziehen, dass sie an dem Angriff teilgenommen hatten, oder sich mit erlittenem Zwang entschuldigen. Philipp war entschlossen, auf jede Gefahr hin zu bleiben, und Krantz willigte ein, sein Schicksal zu teilen. Ohne sich gegenüber ihren Begleitern etwas anmerken zu lassen, warteten sie, bis die Letzteren nach den Tidore-Pirogen gingen, und während die Schiffe zu Wasser gebracht wurden, zogen sich Philipp und Krantz in das Gebüsch zurück und verschwanden.

Die Portugiesen hatten den Schiffbruch ihrer Feinde bemerkt und schickten, aufgebracht über den erlittenen Verlust, die Tidore-Insulaner aus, um alle diejenigen, welche an die Küste getrieben wurden, gefangen zu nehmen. Da der Angriff vorüber war, gehorchten die Eingeborenen von Tidore und trafen sehr bald auf Philipp und Krantz, welche ruhig unter dem Schatten eines großen Baumes saßen und den Ausgang der Sache abwarteten. Sie wurden nach dem Fort geführt, wo sie bei Einbruch der Nacht anlangten. Der Kommandant – der selbe kleine Mann, welcher sich in Amine verliebt hatte – ließ sie vor sich bringen und wollte, da sie muselmännische Tracht trugen, eben Befehl geben, sie zu hängen, als ihm Philipp erklärte, sie seien holländische Schiffbrüchige und von dem König der Insel Ternate gezwungen worden, sich der Expedition anzuschließen; sie hätten deshalb die eheste Gelegenheit zur Flucht ergriffen, was schon daraus ersichtlich sei, dass diejenigen, welche mit ihnen an die Küste geworfen wurden, in den Booten der Insel abgefahren seien, während sie selbst es vorgezogen hätten, zu bleiben. Der kleine portugiesische Kommandant stieß nun seinen Degen fest auf das Pflaster der Festung, warf sich in die Brust und befahl, die beiden ins Gefängnis zu werfen, damit man sie weiter verhören könne.

31

Da jeder, der es erfahren hat, über den Mangel an Bequemlichkeit in einem Gefängnis sein Liedchen zu singen weiß, so lässt sich vermuten, dass es auch unsere beiden Abenteurer nicht sehr behaglich hatten. In der Tat hatte der Raum, in welchen Philipp und Krantz geführt wurden, durchaus nicht das Aussehen eines angenehmen Aufenthalts. Er befand sich unter dem Fort, hatte ein kleines Luft- und Lichtloch gegen die See hinaus, war sehr heiß und entbehrte außerdem aller jener kleinen Bequemlichkeiten, die in modernen Häusern und Gasthöfen so viel zur Wohnlichkeit beitragen – mit einem Wort, man fand dort vier kahle Wände und einen Steinboden vor; das war alles.

Philipp, der über Amine einige Erkundigungen einzuziehen wünschte, redete den Soldaten, der sie heruntergebracht hatte, in portugiesischer Sprache an.

»Mein guter Freund, ich bitte um Verzeihung –«

»Und ich um die Eurige«, versetzte der Soldat, zur Türe hinausgehend und sie hinter sich abschließend.

Philipp lehnte sich trübsinnig gegen die Wand; Krantz, der von lebhafter Natur war, ging auf und ab, soweit dies der drei Schritte lange Raum zuließ.

»Wisst Ihr, was mir gerade für ein Gedanke kommt?«, bemerkte Krantz, nachdem er eine Weile stehen geblieben war. »Es ist ein großes Glück, dass wir (er dämpfte seine Stimme) all unsere Dublonen bei uns haben. Wenn wir nicht durchsucht werden, können wir durch Bestechung wieder loskommen.«

»Und ich habe eben daran gedacht«, entgegnete Philipp, »dass wir ehestens auch den elenden Schriften hier haben werden, dessen Anblick schon zureicht, mich elend zu machen.«

»Das Aussehen des Kommandanten wollte mir nicht recht gefallen, aber ich denke, wir werden morgen mehr erfahren.« Hier wurden sie durch das Umdrehen des Schlüssels unterbrochen, und ein Soldat trat mit einem Krug Wasser und einer großen Schüssel gesottenen Reises ein. Es war nicht der selbe, der sie in den Kerker gebracht hatte, und Philipp redete ihn an.

»Ihr habt im Laufe der letzten zwei Tage im Fort schwere Arbeit gehabt?«

»Jawohl, Signor.«

»Die Eingeborenen zwangen uns, an der Expedition teilzunehmen; wir sind ihnen aber entkommen.«

»Das hörte ich Euch sagen, Signor.«

»Sie haben fast tausend Mann verloren«, bemerkte Krantz.

»Heiliger Franziskus! Das freut mich.«

»Sie werden, denke ich, die Portugiesen so schnell nicht wieder angreifen«, versetzte Krantz.

»Ich meine es auch«, entgegnete der Soldat.

»Habt Ihr bedeutende Verluste erlitten?«, wagte Philipp zu fragen, als er bemerkte, dass der Soldat sehr redselig war.

»Von unseren Leuten keine zehn. In der Faktorei waren ungefähr hundert Eingeborene mit einigen Weibern und Kindern; doch das kommt nicht in Anschlag.«

»Wie ich höre, habt ihr eine junge europäische Frau hier«, fuhr Philipp mit Beklommenheit fort, »eine Schiffbrüchige – war sie auch unter denen, die umgekommen sind?«

»Eine junge Frau? Heiliger Franziskus! Doch ja, ich erinnere mich jetzt. Die Sache verhält sich nämlich so –«

»Pedro!«, rief eine Stimme von oben.

Der Mann hielt inne, legte die Finger auf die Lippen, ging hinaus und verschloss die Türe.

»Gott im Himmel, gib mir Geduld!«, rief Philipp. »Dies ist eine zu harte Probe!«

»Er wird morgen früh wieder herunterkommen«, bemerkte Krantz.

»Ja, morgen früh; aber welche endlose Zeit der Ungewissheit liegt nicht dazwischen!«

»Ich fühle wohl mit Euch«, versetzte Krantz, »aber was lässt sich machen? – Die Stunden vergehen schließlich doch, wenn auch die Ungewissheit sie zu endlosen Jahren auszudehnen scheint. Doch ich höre Schritte.«

Die Türe wurde wieder aufgeschlossen, und der erste Soldat erschien.

»Folgt mir; der Kommandant wünscht Euch zu sprechen.«

Philipp und sein Leidensgefährte gingen bereitwillig auf diese unerwartete Aufforderung ein. Sie stiegen die schmale, steinerne Treppe hinan und erreichten zuletzt ein kleines Gemach, in welchem sie den Kommandanten, der unsern Lesern bereits kein Fremder mehr ist, vorfanden. Er rekelte sich auf einem kleinen Sofa, sein langer Degen lag vor ihm auf dem Tisch, und zwei junge eingeborene Weiber fächelten ihm Kühlung zu, die eine am Kopf, die andere zu den Füßen.

»Wie seid Ihr zu diesen Gewändern gekommen?«, lautete die erste Frage.

»Die Eingeborenen, welche uns von der Insel, auf die wir uns gerettet hatten, als Gefangene fortführten, nahmen uns unsere Kleider und gaben uns diese als ein Geschenk von ihrem König.«

»Und warben Euch an, bei dem Angriff auf dieses Fort in ihrer Flotte zu dienen?«

»Sie zwangen uns«, versetzte Krantz, »denn da zwischen unseren Nationen kein Krieg besteht, weigerten wir uns. Dessen ungeachtet brachten sie uns an Bord, um die gemeinen Soldaten glauben zu machen, dass die Europäer ihnen hülfen.«

»Wie kann ich wissen, ob dies wahr ist?«

»Ihr habt erstens unser Wort und zweitens die Tatsache, dass wir ihnen entwichen sind.«

»Ihr gehört zu einem holländischen Ostindienfahrer. Seid Ihr Offiziere oder gemeine Matrosen?«

Krantz, welcher der Ansicht war, dass sie weniger Gefahr liefen, festgehalten zu werden, wenn sie ihren Rang verhehlten, stieß Philipp leicht mit dem Finger an und versetzte: »Wir sind untergeordnete Offiziere. Ich war der dritte Maat, und mein Gefährte war Steuermann.«

»Und Euer Kapitän – wo ist der?«

»Ich – kann keine Auskunft darüber geben, ob er noch am Leben ist.«

»Hattet Ihr nicht ein Weib an Bord?«

»Ja, der Kapitän hatte sein Weib bei sich.«

»Was ist aus ihr geworden?«

»Man glaubt, sie sei auf einem Teil des Floßes, das auseinanderbrach, zugrunde gegangen.«

»Ha!« versetzte der Kommandant und blieb dann für eine geraume Weile stumm.

Philipp sah Krantz an, als wolle er sagen: »Wozu dieses Versteckspiel?« Aber Krantz bedeutete ihm durch ein Zeichen, er solle nur ihm das Wort überlassen.

»Ihr sagt, es sei Euch unbekannt, ob sich Euer Kapitän noch am Leben befinde oder unter die Toten gehöre?«

»Ja.«

»Wohlan, gesetzt ich gebe Euch Eure Freiheit, würdet Ihr Euchs gefallen lassen, ein Papier zu unterzeichnen, das ihn unter die Toten zählt, und darauf zu schwören, dass die Angabe wahr sei?«

Philipp sah zuerst den Kommandanten und dann Krantz mit großen Augen an.

»Ich hätte gerade nichts dagegen einzuwenden, aber wenn das Papier nach Holland geschickt würde, könnte es uns Ungelegenheiten bereiten. Darf ich fragen, Signor Kommandant, welchem Zweck ein solches Schriftstück dienen soll?«

»Nein!«, brüllte der kleine Mann mit Donnerstimme. »Ich will Euch keinen anderen Grund angeben, als dass es mein Wille ist; dies muss Euch genügen. Ihr habt die Wahl – den Kerker oder die Freiheit und die Heimkehr mit dem nächsten Schiffe, das hier anlangt.«

»Ich zweifle nicht – in der Tat – ich bin überzeugt – er muss wohl tot sein«, entgegnete Krantz, seine Worte dehnend, als ob er noch nachdenke. »Kommandant, wollt Ihr uns bis morgen früh Bedenkzeit geben?«

»Ja, Ihr könnt gehen.«

»Aber doch nicht ins Gefängnis, Kommandant?«, erwiderte Krantz. »Wir können doch nicht als Gefangene betrachtet werden, und Ihr werdet uns doch nicht so übel behandeln, wenn Ihr von uns einen Gefallen erwartet.«

»Ihr habt selbst eingestanden, dass Ihr gegen den allerchristlichsten König die Waffen ergriffen habt. Wie dem übrigens sein mag, Ihr sollt heute Nacht in Freiheit bleiben – morgen früh wird es sich entscheiden, ob Ihr Gefangene seid oder nicht.«

Philipp und Krantz dankten dem kleinen Kommandanten für seine Güte und eilten dann nach den Wällen. Es war dunkel und der Mond noch nicht aufgegangen. Sie setzten sich auf die Böschung, genossen die frische Luft und fühlten das Entzücken der Freiheit, selbst nach einer so kurzen Gefangenschaft. Da jedoch in ihrer Nähe Soldaten lagen und standen, so sprachen sie nur flüsternd miteinander.

»Was kann er damit bezwecken, dass er uns zwingen will, den Tod des Kapitäns zu bescheinigen? Und warum gabt Ihr ihm eine solche Antwort?«

»Philipp Vanderdecken, Ihr könnt Euch denken, dass ich das Geschick Eurer schönen Gattin oft zum Gegenstand meiner Erwägungen gemacht habe, und als ich hörte, dass sie hierher gebracht worden sei, zitterte ich für sie. Wie liebenswürdig muss sie nicht erst neben den Weibern dieses Landes erscheinen? Und jener kleine Kommandant – ist er nicht ganz die Person, von ihren Reizen eingenommen zu werden? Ich verheimlichte unseren Rang, weil ich dachte, er würde unbedeutende Individuen eher wieder in Freiheit setzen als einen Kapitän und einen ersten Maaten, zumal er vermutet, wir hätten die Ternaten zum Angriff geführt, und als er uns um

Euren Totenschein anging, hatte ich sogleich den Eindruck, als ob er mit einem solchen Schriftstück Amine dazu veranlassen wolle, dass sie ihn heiratet. Die Hauptfrage ist aber jetzt, wo sie sich befindet. Könnten wir nur jenen Soldaten auffinden, so dürfte es uns gelingen, einige Auskunft zu erhalten.«

»Verlasst Euch darauf, sie ist hier«, versetzte Philipp und ballte die Fäuste.

»Ich glaube es selbst auch«, sagte Krantz. » Jedenfalls dürfen wir überzeugt sein, dass sie noch am Leben ist.«

Die Unterhaltung wurde fortgesetzt, bis der Mond aufging und seine Strahlen auf die wogende See warf. Philipp und Krantz lehnten sich schweigend über die Bollwerke und blickten auf das Meer. Nachdem sie sich einige Zeit lang ihren Träumereien hingegeben hatten, wurden sie durch eine Person gestört, die auf sie zukam und ihnen ein »Buenos noches, Signor« zurief. Krantz erkannte augenblicklich den portugiesischen Soldaten aus dem Gefängnis, der in seinem Gespräch mit ihnen so plötzlich unterbrochen worden war.

»Guten Abend, mein Freund! Wir danken dem Himmel, dass Ihr nicht mehr genötigt seid, uns einzusperren.«

»Ja, das nimmt mich wunder«, versetzte der Soldat in gedämpftem Tone. »Unser Kommandant liebt es, seine Macht geltend zu machen; er herrscht hier unbeschränkt, kann ich Euch sagen.«

»Er ist nicht in der Nähe, dass er uns hören könnte«, versetzte Krantz. »Ihr habt hier einen lieblichen Aufenthaltsort. Wie lange seid Ihr schon in dieser Gegend?«

»Jetzt dreizehn Jahre, Signore, und ich bin es nachgerade satt! Ich habe ein Weib und Kinder in Oporto – das heißt, ich *hatte;* denn wer kann sagen, ob sie noch am Leben sind?«

»Hofft Ihr nicht zurückzukehren und sie wieder zu sehen?«

»Zurückzukehren, Signor? Kein portugiesischer Soldat in meinem niedrigen Rang kehrt je wieder zurück. Wir werden für fünf Jahre angeworben und lassen unsere Knochen hier.«

»Das ist in der Tat hart.«

»Hart, Signor?«, versetzte der Soldat flüsternd. »Nein, grausam und verräterisch ist es. Ich habe schon oft daran gedacht, mir eine

Kugel durch den Kopf zu jagen, aber solange man noch am Leben ist, gibt man die Hoffnung nicht auf.«

»Ihr tut mir leid, mein guter Freund«, entgegnete Krantz. »Seht, es sind mir noch zwei Goldstücke geblieben; nehmt eines davon, Ihr könnt es vielleicht Eurem armen Weib nach Hause schicken.«

»Und da habt Ihr auch eines von mir, mein guter Freund«, fügte Philipp hinzu, indem er ihm eine zweite Dublone in die Hand drückte.

»Mögen Euch alle Heiligen beschützen, Signors«, erwiderte der Soldat, »denn dies ist die erste Freundlichkeit, die mir seit vielen Jahren erwiesen wurde. Freilich haben mein Weib und meine Kinder nicht viel Aussicht, das Geld je zu erhalten.«

»Als wir im Kerker waren, spracht Ihr von einer jungen Europäerin«, bemerkte Krantz nach einer Pause.

»Ja, Signor, von einem sehr schönen Geschöpf. Unser Kommandant war gewaltig in sie verliebt.«

»Wo ist sie jetzt?«

»Sie ist nach Goa abgereist – in Begleitung eines Priesters, der sie kannte, eines guten alten Mannes namens Pater Matthias; er erteilte mir die Absolution, als er hier war.«

»Pater Matthias?«, rief Philipp, aber Krantz brachte ihn durch einen leichten Wink zum Schweigen.

»Ihr sagt, der Kommandant sei in sie verliebt gewesen?«

»Ja, der kleine Mann war ganz verrückt nach ihr, und ich bin überzeugt, wäre Pater Matthias nicht gekommen, so hätte er sie nie ziehen lassen, obgleich sie das Weib eines anderen ist.«

»Also nach Goa abgereist, sagt Ihr?«

»Ja, in einem Schiff, das hier anhielt. Es muss ihr sehr lieb gewesen sein, von hier fortzukommen; denn unser kleiner Kommandant war ihr den lieben langen Tag auf den Fersen, und sie sorgte sich augenscheinlich sehr um ihren Gatten. Wisst Ihr, Signors, ob ihr Mann noch am Leben ist?«

»Nein, wir haben nichts von ihm gehört.«

»Nun, wenn er noch lebt, so hoffe ich, er wird nicht hierher kommen; denn, wenn ihn der Kommandant in seiner Gewalt hat, wird er hart mit ihm umspringen; er bleibt nicht bei halben Maßregeln. Er ist ein guter Soldat, das lässt sich nicht leugnen – aber um diese Dame zu gewinnen, würde er rücksichtslos alle Hindernisse beseitigen – und ein Gatte ist in einem solchen Falle ein gar ernstlicher Hemmschuh. Nun, Signors«, fuhr der Soldat nach einer Pause fort, »es ist besser, wenn ich mich hier nicht zu lange sehen lasse. Wenn Ihr etwas braucht, so könnt Ihr über mich gebieten; wohlgemerkt, mein Name ist Pedro – gute Nacht und tausend Dank.«

Mit diesen Worten entfernte sich der Soldat.

»Zumindest einen einzigen Freund haben wir gewonnen«, sagte Krantz, »und außerdem eine Auskunft von nicht geringer Wichtigkeit erhalten.«

»Von höchster Wichtigkeit«, versetzte Philipp. »Amine ist also mit Pater Matthias nach Goa abgesegelt; ich fühle, dass sie sich in guten Händen befindet. Jener Pater Matthias ist ein vortrefflicher Mann – das ist ein großer Trost für mich.«

»Ja, aber vergesst nicht, dass Ihr in der Gewalt Eures Feindes seid. Wir müssen so schnell als möglich von hier fortzukommen suchen – und morgen unterzeichnen wir das Papier. Es ist von geringem Belang, da wir wahrscheinlich vor dem Totenschein in Goa anlangen, und wenn auch nicht, so wird die Kunde von Eurem Hingang Amine nicht veranlassen, dieses welke Stück Sterblichkeit zu heiraten.«

»Dessen bin ich sicher, aber bedenkt, welchen Kummer sie ihr bereiten wird.«

»Glaubt mir, Philipp, keinen schlimmeren, als ihre gegenwärtige Ungewissheit ihr verursacht. Doch es ist nutzlos, über das Vergangene zu brüten – es muss geschehen. Ich unterzeichne als Cornelius Richter, unser dritter Maat, und Ihr als Jakob Vantreat – vergesst das nicht.«

»Gut«, versetzte Philipp, der sich dann abwandte, als wünsche er mit seinen Gedanken alleingelassen zu werden.

Krantz bemerkte es und legte sich unter eine Schießscharte, wo er bald einschlief.

32

Von den Anstrengungen des vorigen Tages ermattet, hatte sich Philipp neben Krantz niedergelegt und war eingeschlafen. Am anderen Morgen wurde er zeitig durch die Stimme des Kommandanten und das Rasseln seines langen Säbels auf dem Pflaster geweckt. Unser Held erhob sich und wurde Zeuge, wie der kleine Mann seine Soldaten ausschimpfte und dabei dem einen mit dem Gefängnis, dem anderen mit Strafdienst drohte. Krantz hatte sich, noch ehe der Kommandant mit seiner morgendlichen Strafpredigt zu Ende gekommen war, gleichfalls auf die Beine geholfen. Schließlich bemerkte der Kommandant unsere Abenteurer und gebot ihnen mit strenger Stimme, ihm nach seinem Gemach zu folgen. Sie gehorchten; der Kommandant warf sich auf sein Sofa und fragte, ob sie bereit seien, das Papier zu unterzeichnen, oder ob sie es vorzögen, ins Gefängnis zurückzukehren. Krantz antwortete, sie hätten alle Möglichkeiten erwogen und sich so vollkommen von dem Tode des Kapitäns überzeugt, dass sie nicht Anstand nähmen, die Tatsache zu beglaubigen – eine Erwiderung, auf welche der Kommandant augenblicklich sehr gnädig wurde. Er ließ Schreibmaterialien herbeibringen und fertigte das Dokument aus, das sodann ordnungsgemäß von Krantz und Philipp unterzeichnet wurde. Sobald der kleine Mann im Besitz des kostbaren Papiers war, wurde er so vergnügt, dass er unsere beiden Abenteurer einlud, an seinem Frühstück teilzunehmen.

Während des Mahles versprach er ihnen, dass sie bei ehester Gelegenheit die Insel sollten verlassen dürfen. Philipp blieb sehr schweigsam, aber Krantz wusste sich so angenehm zu machen, dass der Kommandant sie auch zum Mittagessen einlud. Nachdem sie vertraulicher miteinander geworden waren, teilte Krantz dem Kommandanten mit, sie hätten noch einige Goldstücke und wünschten, ein Zimmer zu bekommen, wo sie ihre Tafel halten könnten. Ob es nun ein Bedürfnis nach Geselligkeit oder die Gier nach dem Gold oder vielleicht auch beides war – jedenfalls bot ihnen der Kommandant an, an seinem Tische mitzuspeisen und ihren Anteil an den Kosten zu tragen – ein Vorschlag, den sich unsere Freunde bereitwillig gefallen ließen. Die Bedingungen wurden festgesetzt, und Krantz bestand darauf, für die erste Woche vorauszubezahlen. Von diesem Augenblick an stand der Kommandant auf dem besten Fuße mit ihnen und wusste der Schmeicheleien kein Ende, nachdem er sie vorher so artig in einen Kerker geworfen hatte, der tiefer lag als der Meeresspiegel. Am Abend des dritten Tages, als sie, ihre Manila-Zigarren rauchend, beisammen saßen, war der Kommandant in besonders guter Stimmung, weshalb sich Krantz die Frage erlaubte, warum ihm so viel an einem Papier gelegen sei, das den Tod des Kapitäns bescheinigte. Zu Philipps großem Erstaunen lautete die Antwort: Amine habe ihm versprochen, ihn zu heiraten, sobald er ein derartiges Dokument beibringe.

»Unmöglich!«, rief Philipp, von seinem Sitze aufspringend.

»Unmöglich, Signor? Und warum unmöglich?«, versetzte der Kommandant mit der Miene des Zorns und der Überraschung, während er an seinem Schnurrbart drehte.

»Ich würde das selbe gesagt haben«, unterbrach ihn Krantz, dem nicht entging, was Philipps Unbesonnenheit anrichtete, »denn wenn Ihr gesehen hättet, Kommandant, mit welcher Innigkeit dieses Weib an ihrem Gatten hing und wie zärtlich sie mit ihm tat, so würdet Ihr es gleichfalls für unmöglich gehalten haben, dass sie ihre Liebe so schnell auf einen andern übertrug. Doch Weiber sind Weiber, und Soldaten haben einen großen Vorteil über andere Leute; vielleicht ist das eine Rechtfertigung, Kommandant. – Auf Eure Gesundheit und gut Glück!«

»Gerade dies wollte ich auch bemerken«, fügte Philipp, auf den Plan seines Freundes eingehend, hinzu, »und zuverlässig ist sie sehr zu entschuldigen, Kommandant, wenn ich mir ihren Gatten vergegenwärtige und gleichzeitig Euch vor mir habe.«

Durch diese Schmeichelei beschwichtigt, entgegnete der Kommandant: »Nun ja, es heißt, das Militär habe stets besonderes Glück bei dem schönen Geschlecht. Vermutlich liegt der Grund darin, dass sie bei uns Schutz suchen, und wo können sie des Schutzes mehr versichert sein, als bei einem Manne, der ein Schwert an der

Seite trägt. – Kommt, Signors, wir wollen auf ihre Gesundheit trinken. Auf das Wohl der schönen Amine Vanderdecken!«

»Auf das Wohl der schönen Amine Vanderdecken!«, rief Krantz und stürzte seinen Wein hinunter.

»Auf das Wohl der schönen Amine Vanderdecken!«, stimmte Philipp ein. »Aber, Kommandant, wie mochtet Ihr sie auch nach Goa lassen, wo auf ein Weib so viele Verlockungen warten?«

»Das ficht mich nicht im Geringsten an – ich bin überzeugt, dass sie mich liebt – ja, unter uns gesagt, sie betet mich an.«

»Ha, der Lüge!«, rief Philipp.

»Wie, Signor – soll das mir gelten?«, rief der Kommandant, nach seinem Säbel greifend, der auf dem Tische lag.

»Nicht doch«, erwiderte Philipp, sich fassend, »ich meinte *sie* damit; denn ich hörte mit meinen eigenen Ohren, wie sie ihrem Gatten schwur, dass sie für niemanden leben wolle als für ihn.«

»Ha, ha! Ist das alles?«, sagte der Kommandant. »Mein Freund, Ihr kennt die Weiber nicht.«

»Nein, auch ist er ihnen nicht besonders zugetan«, versetzte Krantz; er beugte sich gegen den Kommandanten hinüber und flüsterte ihm in die Ohren: »Er treibts stets so, wenn von Frauenzimmern die Rede ist. Er wurde einmal grausam getäuscht und hasst nun das ganze Geschlecht.«

»Dann müssen wir nachsichtig gegen ihn sein«, entgegnete der kleine Offizier. »Ich denke, wir wollen das Thema wechseln.«

Als sie sich wieder nach ihrem eigenen Gemach begaben, machte Krantz unseren Helden darauf aufmerksam, dass er seine Gefühle beherrschen müsse, weil sie andernfalls zu gewärtigen hätten, wieder in den Kerker geworfen zu werden. Philipp gestand seine Unbesonnenheit ein, betonte aber, der Grund für seine Aufwallung sei die Tatsache, dass Amine dem Kommandanten das Versprechen gegeben habe, ihn zu heiraten, im Falle er sichere Nachrichten über den Tod ihres Gatten beibringe.

»Ist es möglich, dass sie so falsch sein konnte?«, rief Philipp. »Und doch scheint der Eifer, mit dem er sich um dieses Dokument bemühte, seine Behauptung zu bestätigen.«

»Ich glaube, Philipp, und es dünkt mich sehr wahrscheinlich, dass sichs wirklich so verhält«, versetzte Krantz gleichgültig. »Ihr könnt aber daraus weiter nichts entnehmen, als dass sie sich in einer sehr gefährlichen Lage befand und dass sie so gehandelt hat, um sich für Euch zu retten. Verlasst Euch darauf, wenn sie mit Euch zusammentrifft, wird sie Euch den vollen Beweis liefern, dass sie den Kommandanten in dieser Weise täuschen musste, da sie sonst seiner Gewalttätigkeit zum Opfer gefallen wäre.«

»Möglich«, entgegnete Philipp düster.

»Nicht nur möglich, Philipp, sondern ich setze mein Leben darauf, dass sichs so verhält. Ihr sollt nicht einen einzigen Augenblick lang einen so kränkenden Verdacht gegen ein Wesen hegen, das nur in Eurer Liebe lebt – Argwohn gegen jenes holde und aufopfernde Wesen! Ich erröte für Euch, Philipp Vanderdecken.«

»Ihr habt recht, und ich bitte Amine um Verzeihung, dass ich mich nur einen Moment von derartigen Gefühlen und Gedanken überwältigen ließ«, erwiderte Philipp, »aber es ist hart für einen Gatten, der so liebt wie ich, wenn sein Weib ins Gerede kommt und wenn ihre Ehre durch einen so erbärmlichen Wicht, wie dieser Kommandant es ist, angegriffen wird.«

»Ich will das zugeben, obschon es noch immer besser ist, als wenn wir in einem Kerker schmachteten«, versetzte Krantz. »Und nun gute Nacht.«

Drei Wochen blieben sie in dem Fort und wurden jeden Tag vertrauter mit dem Kommandanten, der in Philipps Abwesenheit das Gespräch oft auf seine Liebe zu Amine lenkte und alles, was vorgefallen war, aufs umständlichste berichtete. Krantz erkannte mehr und mehr, dass seine Ansicht richtig war und dass Amine ihrem Zwingherrn nur geschmeichelt hatte, um ihm entrinnen zu können. Indessen wurde Philipp und Krantz die Zeit lang; denn immer wollte sich noch kein Schiff blicken lassen.

»Wann werde ich sie wieder sehen?«, sagte Philipp eines Morgens mehr zu sich selbst, als er mit Krantz über den Wall blickte.

»Wen wollt Ihr wieder sehen?«, fragte der Kommandant, der zufällig hart an seiner Seite gestanden hatte.

Philipp wandte sich um und stammelte etwas Unverständliches.

»Wir sprachen von seiner Schwester, Kommandant«, antwortete Krantz, seinen Arm ergreifend und ihn hinwegführend. »Ihr müsst vor meinem Freunde das Thema nicht zur Sprache bringen; denn es ist sehr schmerzlich für ihn und mit schuld an dem Groll, den er gegen das schwache Geschlecht hegt. Sie war an einen Freund, den er sehr liebte, verheiratet und lief ihrem Gatten davon. Sie war seine einzige Schwester; die Schande brach seiner Mutter das Herz und hat ihn selbst elend gemacht. Ich bitte Euch, achtet nicht darauf.«

»Nein, nein, gewiss nicht«, erwiderte der Kommandant. »Es nimmt mich auch gar nicht wunder; denn die Ehre einer Familie ist eine ernste Angelegenheit. Der arme junge Mann! Bei dem Benehmen seiner Schwester und der Falschheit seiner Geliebten finde ich es nur natürlich, dass er so ernst und schweigsam ist. Gehört er einer guten Familie an, Signor?«

»Einer der edelsten in Holland«, antwortete Krantz. »Er hat ein großes Vermögen zu erwarten und ist bereits unabhängig durch die Hinterlassenschaft seiner Mutter. Aber die beiden unglücklichen Ereignisse bewogen ihn, heimlich die Niederlande zu verlassen und in fremde Länder zu ziehen, um dort seinen Schmerz zu vergessen.«

»Eine der edelsten Familien?«, versetzte der Kommandant. »Dann reist er unter einem angenommenen Namen – Jakob Vantreat ist natürlich nicht der richtige?«

»Ihr habt recht«, entgegnete Krantz, »er heißt nicht so – aber darüber sind meine Lippen versiegelt.«

»Versteht sich, ausgenommen etwa gegen einen Freund, der ein Geheimnis bewahren kann. Ich will jedoch nicht weiter danach fragen. Er ist also wirklich von hohem Adel?«

»Wie gesagt, er gehört einer der höchsten Familien des Landes an, besitzt große Reichtümer und Einfluss und ist mit dem spanischen Hochadel verschwägert.«

»Wirklich?«, versetzte der Kommandant nachsinnend. »So kennt er ohne Zweifel auch viele portugiesische Granden?«

»Freilich, sie stehen ja alle mehr oder weniger miteinander in Verbindung.«

»Da muss er Euch wohl ein sehr wertvoller Freund sein, Signor Richter.«

»Ich darf mich für den Rest meines Lebens als versorgt betrachten, sobald wir in die Heimat zurückkommen. Er ist von sehr dankbarem und edelmütigem Charakter, und als solcher wird er sich auch Euch gegenüber erweisen, wenn Ihr je wieder mit ihm zusammentreffen solltet.«

»Ich zweifle nicht daran und kann Euch versichern, dass ich es gründlich satt habe, auf dieser Insel zu bleiben. Ich werde wahrscheinlich noch ein paar Jährchen ausharren müssen, ehe ich abgelöst werde, und gehe dann zu meinem Regiment nach Goa, wo ich wahrscheinlich keinen Urlaub in die Heimat erhalten werde, wenn ich nicht auf mein Offizierspatent verzichte. Doch da kommt er eben.«

Nach diesem Gespräch mit Krantz veränderte sich das Benehmen des portugiesischen Kommandanten, der die größte Achtung vor dem Adel hatte, auf höchst auffallende Weise. Er behandelte Philipp mit einer Ehrerbietung, die keinem Bewohner des Forts entgehen konnte und auch Philipp in Erstaunen setzte, bis ihm Krantz die Ursache erklärte. Der Kommandant brachte gegenüber Letzterem die Sache öfters zur Sprache und suchte von ihm zu erfahren, ob sein Benehmen gegen Philipp auch von der Art gewesen sei, dass es einen günstigen Eindruck machte; denn der kleine Mann hoffte jetzt, durch eine so einflussreiche Verbindung einige Vorteile zu ernten.

Etliche Tage nach diesem Gespräch saßen alle drei bei Tische, als ein Korporal eintrat, vor dem Kommandanten salutierte und ihm meldete, dass ein holländischer Matrose in dem Fort angekommen sei, und dann fragte, ob der Ankömmling vorgelassen werden solle. Philipp und Krantz erblassten über diese Meldung, denn sie ahnten Unheil, verhielten sich aber stumm. Der Matrose wurde hereingerufen, und nach einigen Augenblicken trat niemand anders als ihr Peiniger, der einäugige Schriften, ein. Kaum hatte er Philipp und Krantz am Tisch erblickt, als er ausrief: »Ah, da treffe ich ja den Kapitän Philipp Vanderdecken und meinen Freund Mynheer

Krantz, den ersten Maaten der »Utrecht«. Freut mich sehr, Euch wieder zu sehen!«

»Kapitän Philipp Vanderdecken!«, brüllte der Kommandant, von seinem Stuhle aufspringend.

»Ja, das ist mein Kapitän, Mynheer Philipp Vanderdecken, und dies mein erster Maat, Mynheer Krantz, beide zu dem guten Schiff »Utrecht« gehörig. Wir haben miteinander Schiffbruch erlitten – ists nicht so –, Mynheer? Hihi!«

»Sangue de – Vanderdecken – ihr Gatte? Corpo del Diavolo – ist es möglich?«, rief der Kommandant, nach Luft ringend, während er mit beiden Händen nach seinem Säbel griff und ihn wütend mit den Fäusten umspannte. »Ha, ich bin also getäuscht, hinters Licht geführt und verlacht worden!« Die Adern seiner Stirn schwollen fast zum Bersten an, und nach einer Pause fuhr er mit gedämpfter Stimme fort: »Höchstedler Herr, ich danke Euch – aber jetzt ist die Reihe an mir. – Heda, ho! Korporal – Soldaten – augenblicklich herbei – hurtig!«

Philipp und Krantz fühlten sich überzeugt, dass alles Leugnen vergeblich sei. Der Erstere verschränkte die Arme, ohne zu antworten, während Krantz bloß bemerkte: »Ein kurzes Nachdenken wird Euch davon überzeugen, dass Ihr keinen Grund zu dieser Entrüstung habt.«

»Keinen Grund?«, entgegnete der Kommandant mit einem Hohngelächter. »Ihr habt mich getäuscht, seid aber jetzt in Eurer eigenen Falle gefangen. Ich habe das unterzeichnete Papier und werde nicht versäumen, davon Gebrauch zu machen. *Ihr* Kapitän, seid tot, wie Ihr wisst; denn ich habe es von Eurer eigenen Hand, und Euer Weib wird der Kunde mit Freuden Glauben schenken.«

»Sie hat Euch getäuscht, Kommandant, um Eurer Gewalt zu entkommen, das ist alles«, sagte Vanderdecken, »denn wenn sie frei wäre wie der Wind, würde sie einen so nichtswürdigen, welken Tropf wie Euch verächtlich zurückweisen.«

»Nur so fortgemacht – nur so fortgemacht – die Reihe wird bald an mich kommen! Korporal, werft diese beiden Männer in den Kerker – eine Schildwache vor die Türe, bis ich weitere Befehle erteile.

Hinweg mit ihnen! Höchst edler Signor, vielleicht werden Euch Eure einflussreichen holländischen und spanischen Freunde in den Stand setzen, wieder herauszukommen.«

Philipp und Krantz wurden von den Soldaten abgeführt, die über diesen Wechsel nicht wenig erstaunt waren. Schriften folgte ihnen, und als sie über den Wall nach der Treppe gingen, die zu ihrem Gefängnis führte, riss Krantz sich wütend von den Soldaten los und versetzte dem Steuermann einen so derben Fußtritt, dass dieser mehrere Schritte weit taumelte und auf sein Gesicht niederstürzte.

»Das war gut gezielt – hihi!«, rief Schriften, der, sobald er sich wieder auf die Beine geholfen hatte, Krantz lächelnd ansah.

Als sie die Treppe nach ihrem Kerker hinunterstiegen, begegneten sie einem verständnisvollen Blick; es war derjenige Pedros und er sagte ihnen, dass wenigstens ein einziger Freund da war, auf den sie sich verlassen konnten und der keine Mühe scheuen würde, ihnen in dieser neuen Schwierigkeit beizustehen. Welch ein Trost für die Beiden! Ein Hoffnungsstrahl war ihnen wenigstens geblieben, als sie wieder die enge Treppe hinunterstiegen und kurz darauf den schweren Schlüssel klirren hörten, der sie in ihren Kerker einschloss.

33

»So sind also alle unsere Hoffnungen gescheitert«, sagte Philipp wehmütig. »Welche Aussicht bleibt uns noch, diesem kleinen Tyrannen zu entkommen?«

»Wir müssen auf den Zufall bauen«, versetzte Krantz, »obschon die Aussichten vorderhand nicht sehr erfreulich sind. Hoffen wir jedoch das Beste.«

»Da kommt mir ein Gedanke, der vielleicht zu etwas führen wird«, fügte Krantz nach einer Weile hinzu. »Wir wollen sehen, was sich ausrichten lässt, sobald sich der Zorn des kleinen Mannes etwas gelegt hat.«

»Und das wäre?«

»So sehr er auch Euer Weib liebt, gibt es doch etwas, das ihm zumindest ebenso am Herzen liegt – ich meine das Geld. Da wir nun wissen, wo der ganze aus der »Utrecht« gerettete Schatz verborgen ist, so denke ich, er könnte sich bewegen lassen, uns die Freiheit zu geben, wenn wir ihm versprächen, ihm zu dem Besitz des Geldes zu verhelfen.«

»Das wäre nicht unmöglich. Verdammt sei dieser boshafte kleine Wicht, dieser Schriften! Ihr habt zuverlässig recht, wenn Ihr meint, dass er nicht dieser Welt angehört. Er ist mein ständiger Peiniger und scheint nicht aus eigenem Antrieb zu handeln.«

»Dann muss er ein Stück und ein Teil von Eurer Bestimmung sein. Ich bin nur begierig, ob unser edler Kommandant uns ohne Essen und Trinken zu lassen gedenkt.«

»Es sollte mich nicht wundern. Ich bin überzeugt, dass er mir nach dem Leben trachtet, wenn er auch nicht imstande sein wird, mich zu töten. Indes ists immerhin genug, wenn er meine Leiden vermehrt.«

Sobald seine Wut sich einigermaßen gelegt hatte, erteilte der Kommandant den Befehl, Schriften herbeizubringen, damit er ihn ausführlicher befragen könne, aber trotz allen Spähens war der Steuermann nirgends aufzufinden. Die Schildwache am Tor erklärte, dass er nicht herausgekommen sei, und nun wurden neue Nachforschungen angestellt, die jedoch gleichfalls zu keinem Erfolg führten. Sogar die Kerker und die unterirdischen Gänge wurden durchsucht, aber vergeblich.

»Sollte er vielleicht mit den beiden Gefangenen eingeschlossen worden sein?«, dachte der Kommandant. »Unmöglich – doch ich will hingehen und mich selbst überzeugen.«

Er stieg hinab, öffnete die Kerkertüre und sah hinein. Ohne zu sprechen, wollte er wieder umkehren, als ihn Krantz anredete: »Ei, Signor, das ist ja eine recht freundliche Behandlung, nachdem wir so lange auf dem besten Fuß miteinander gelebt haben – uns ins Gefängnis zu werfen, bloß weil so ein Kerl erklärt, dass wir nicht seien für was wir uns ausgegeben haben. Vielleicht gesteht Ihr uns doch ein wenig Trinkwasser zu?«

Der Kommandant, welcher über Schriftens merkwürdiges Verschwinden sehr bestürzt war, wusste kaum, was er antworten sollte. Endlich entgegnete er in milderem Tone, als man hätte erwarten können: »Ich werde Befehl geben, dass Eurem Begehren entsprochen wird.«

Er schloss dann die Kerkertüre wieder und verschwand. »Seltsam«, bemerkte Philipp, »er scheint bereits ein wenig besänftigt zu sein.«

Nach einigen Minuten wurde die Tür abermals geöffnet, und Pedro kam mit einem Krug Wasser herein.

»Er ist wie durch Zauberei verschwunden, Signors, und kann nirgends aufgefunden werden. Wir haben jeden Winkel durchspäht, aber vergeblich.«

»Nach wem? – Nach dem kleinen alten Matrosen?«

»Ja, nach dem, dem Ihr einen Fußtritt versetztet, als Ihr ins Gefängnis geführt wurdet. Alle Leute sagen, er müsse ein Gespenst gewesen sein. Die Schildwache erklärt, er habe das Fort nicht verlassen und sei auch nicht in ihre Nähe gekommen. Sein Verschwinden ist ein Rätsel, das, wie ich bemerke, unserem Kommandanten nicht wenig Furcht eingejagt hat.«

Krantz ließ einen lang gezogenen Pfiff hören und sah Philipp an. »Werden wir in Eurem Gewahrsam bleiben, Pedro?«

»Ich hoffe es.«

»Gut, so sagt dem Kommandanten, wenn er bereit sei, mich anzuhören, so wolle ich ihm etwas von großer Wichtigkeit mitteilen.«

Pedro ging hinaus.

»Wohlan, Philipp, ich kann diesem kleinen Wicht so viel Furcht einjagen, dass er uns gerne freilassen wird, wenn Ihr mir zu sagen erlaubt, dass Ihr nicht Aminens Gatte seid.«

»Das kann ich nicht tun, Krantz. Ich will nicht länger einer solchen Lüge Raum geben.«

»Ich habe es bereits befürchtet, und doch dünkt es mich, dass wir von der Lüge Gebrauch machen dürfen, um damit der Grausamkeit und dem Unrecht entgegenzutreten. Wenn Ihr nicht in meinen Vorschlag einwilligt, so weiß ich kaum, wie ich die Sache bewerkstelligen soll; indes – auf jeden Fall will ich all meine Kräfte aufbieten.«

»Ich will Euch in jeder Weise beistehen, nur dürft Ihr nicht von mir verlangen, dass ich mein Weib verleugne. Dies kann und darf nimmermehr geschehen.«

»Wohlan denn, so will ich sehen, ob mir nicht eine Geschichte einfällt, die allen Beteiligten gerecht wird. Lasst mich ein wenig nachdenken.«

Krantz ging sinnend auf und ab und war noch mit seinen Gedanken beschäftigt, als die Türe aufging und der Kommandant eintrat.

»Wie ich höre, habt Ihr mir etwas mitzuteilen – nun, und das wäre?«

»Fürs Erste, Signor, lasst jenen kleinen Wicht herunterbringen, damit er uns gegenübergestellt werde.«

»Ich wüsste nicht, wozu dies gut sein sollte«, versetzte der Kommandant. »Was mögt Ihr mir zu sagen haben, Signor?«

»Wisst Ihr auch, mit wem Ihrs zu tun habt, wenn Ihr mit jener einäugigen Missgestalt sprecht?«

»Vermutlich mit einem holländischen Matrosen.«

»Nein – mit einem Gespenst – mit einem Dämon, der unseren Schiffbruch verursacht hat und Unglück mit sich bringt, wo immer er auch erscheinen mag.«

»Heilige Jungfrau, was sagt Ihr da, Signor?«

»Die reine Wahrheit, Herr Kommandant. Wir sind Euch sehr verbunden, dass Ihr uns hier einsperrt, solange er in dem Fort ist, aber nehmt Ihr Euch vor ihm in acht!«

»Ihr macht Euch über mich lustig.«

»Gewiss nicht, lasst ihn herunterbringen. Dieser edle Herr hat Gewalt über ihn. Es wundert mich überhaupt, dass der Dämon zu bleiben wagt, solange mein Freund in der Nähe ist. Er trägt etwas auf seinem Herzen, was ihn zitternd von hinnen scheuchen wird. – Lasst ihn herunterbringen, und Ihr werdet bald sehen, wie er sich fluchend und schreiend in Luft auflöst.«

»Der Himmel steh uns bei!«, rief der Kommandant erschrocken.

»Wollt Ihr nicht nach ihm schicken, Signor?«

»Er ist fort – verschwunden – nirgends aufzufinden!«

»Dacht ichs doch«, versetzte Philipp bedeutungsvoll.

»Er ist fort, verschwunden –, sagt Ihr? Dann, Kommandant, werdet Ihr wohl diesen edlen Herrn für die Behandlung, die Ihr ihm zuteilwerden ließt, um Entschuldigung bitten und uns gestatten, wieder nach unserem Gemach zurückzukehren. Ich will Euch dort diese höchst sonderbare und interessante Geschichte auseinandersetzen.«

Der Kommandant, der jetzt verwirrter war als je, wusste kaum, wie er sich verhalten sollte. Endlich verbeugte er sich gegen Philipp und bat ihn, er möchte sich als freien Mann betrachten. Gegen Krantz fuhr er fort: »Es wird mir ungemein lieb sein, wenn Ihr mir unverweilt die ganze Sache erklärt; denn alles scheint so widersprüchlich zu sein.«

»Und muss es auch bleiben, bis ich Euch alles erkläre. Ich will Euch nach Eurem eigenen Gemach folgen – eine Höflichkeit, die Ihr von meinem edlen Freunde nicht erwarten dürft, da er über die Behandlung, die er von Euch erfahren hat, nicht wenig entrüstet ist.«

Der Kommandant ging hinaus und ließ die Türe offen stehen, Philipp und Krantz folgten nach, Ersterer begab sich nach seinem eigenen Gemach, während der Letztere seine Schritte nach dem Wohnzimmer des Kommandanten lenkte. Die Verwirrung, die ihn ergriffen hatte, ließ den kleinen Mann ungemein lächerlich erscheinen. Er wusste kaum, ob er den Befehlshaber herauskehren oder höflich sein sollte, ob er wirklich mit dem ersten Maaten des Schiffes oder mit jemand anderem sprach, und ebenso wenig, ob er einen Adeligen gekränkt oder einem einfachen Schiffskapitän den Hof gemacht hatte. Er warf sich auf sein Sofa und Krantz, der in einem Stuhl Platz nahm, begann folgendermaßen: »Ihr seid zum Teil getäuscht worden, zum Teil auch nicht, Kommandant. Als wir hierher kamen, wussten wir nicht, welche Behandlung wir zu gewärtigen hatten, und verheimlichten deshalb unseren Rang. Nachher unterrichtete ich Euch über die Stellung meines Freundes in seiner Heimat, obgleich ich es nicht für der Rede wert hielt, mich über diejenige zu verbreiten, die er an Bord des Schiffes einnahm. Wie sich von einem so hoch gestellten Manne, wie er ist, erwarten lässt, war er der Eigentümer des schönen Schiffes, das durch die Einmischung jenes einäugigen Wichtes verloren ging; doch davon bei einer anderen Gelegenheit – jetzt zu der Geschichte.

Vor zehn Jahren gab es in Amsterdam einen großen Geizhals. Er lebte in der allerärmlichsten Weise, in der ein Mensch nur leben kann, und trug nichts als Lumpen. Seine Kleidung glich im Allgemeinen der eines Matrosen, da er früher selbst Seemann gewesen war. Er hatte einen einzigen Sohn, dem er nicht einmal die einfachsten Lebensbedürfnisse zugestand und den er aufs grausamste misshandelte. Nach vielen vergeblichen Versuchen, einen Teil des väterlichen Reichtums an sich zu bringen, wurde der Sohn vom Teufel angestiftet, den alten Mann zu ermorden, der denn auch eines Tages tot in seinem Bett gefunden wurde. Man entdeckte keine Spuren von Gewalttätigkeit, die man hätte beschwören können, und, obgleich auf den Sohn Verdacht fiel, wurde doch die ganze Geschichte vertuscht, sodass der junge Mann in den Besitz des ganzen väterlichen Reichtums kam. Man erwartete jetzt von ihm, er werde üppig leben und einen Teil seines Erbes verschwenden, wie das gewöhnlich der Fall ist; er gab aber nichts aus, sondern schien immer noch genau so arm, ja noch ärmer als jemals zu sein. Frohsinn und Heiterkeit bemerkte man nie an ihm; stattdessen erweckte er den Eindruck, als sei er der unglücklichste und niedergeschlagenste Mensch auf der Welt. Er wandelte umher und suchte sich eine Brotkruste, wo er sie finden konnte. Einige sagten, das Laster seines Vaters habe sich auf ihn vererbt, und er sei ein ebenso großer Geizhals geworden. Andere schüttelten den Kopf und meinten, dass nicht alles mit rechten Dingen zugehe. Endlich, nach sechs oder sieben Jahren eines kümmerlichen Lebens, starb der junge Mann ohne Beichte oder Absolution – er wurde tot in seinem Bett gefunden. Neben seinem Lager fand man ein Schreiben an die Behörden, in welchem er eingestand, dass er seinen Vater um des Geldes willen ermordet habe; als er den Tag darauf etwas von der Hinterlassenschaft an sich nehmen wollte, sah er den Geist seines Vaters auf den Geldsäcken sitzen, der ihm mit dem augenblicklichen Tod drohte, wenn er auch nur ein einziges Stück berühre. Er kam wieder und wieder zurück, aber stets hielt der Geist des Alten Wache. Endlich gab er jeden Versuch auf; sein Verbrechen machte ihn elend, und obschon er vor den Augen der Welt große Reichtümer besaß, so durfte er es doch nicht wagen, auch nur einen Stüber davon auszugeben. – Er bat außerdem, da sein Ende herannahe, so solle das Geld der Kirche seines Schutzheiligen gegeben werden, wo immer man diese auch finden möge; sei aber eine solche nicht vorhanden, so möge man eine bauen und sie dem Heiligen weihen. Man stellte Nachforschungen an und fand weder in Holland noch in den Nachbarländern – denn Ihr wisst, dass es dort nicht viele Katholiken gibt – eine solche Kirche, weshalb man in katholischen Ländern, in Lissabon und in Spanien, Erkundigungen einzog, ohne jedoch einen besseren Erfolg zu erzielen. Indes, man fand doch so viel heraus, dass die einzige Kirche, welche jenem Heiligen geweiht ist, zu Goa in Ostindien von einem portugiesischen Edelmann erbaut wurde. Der katholische Bischof entschied sich dafür, dass das Geld nach Goa geschickt werden solle; zu diesem Zweck wurde es von dem Schiff meines Gönners an Bord genommen, und es sollte der ersten portugiesischen Obrigkeit, der wir begegnen würden, überantwortet werden.

Um der besseren Sicherheit willen wurde das Geld in die Kapitänskajüte gebracht, die natürlich mein vornehmer Freund bewohnte, und als er in der ersten Nacht zu Bette ging, bemerkte er zu seinem großen Erstaunen, dass ein kleiner einäugiger alter Mann auf den Truhen saß.«

»Barmherziger Heiland!«, rief der Kommandant. »Wie, der selbe kleine Mann, der heute hier aufgetaucht ist?«

»Derselbe«, versetzte Krantz.

Der Kommandant bekreuzigte sich, und Krantz fuhr fort: »Wie Ihr Euch denken könnt, wurde mein vornehmer Gönner dadurch in großen Schrecken versetzt. Er ist jedoch ein sehr mutiger Mann und fragte den Alten, was er wolle und wie er an Bord gekommen sei.

›Ich kam mit meinem Geld an Bord‹, versetzte das Gespenst. ›Es ist alles mein Eigentum, und ich will es behalten. Die Kirche soll keinen Stüber davon haben, wenn ich es wehren kann.‹

Hierauf zog mein Gönner eine berühmte Reliquie heraus, die er auf seiner Brust trägt, und hielt sie ihm entgegen. Der alte Mann heulte und schrie, bis er zuletzt, obgleich nur sehr ungern, verschwand. Zwei weitere Nächte verharrte das Gespenst in seinem Starrsinn, machte sich aber jedes Mal bei dem Anblick der Reliquie davon und heulte dabei, als leide es großen Schmerz. Auch pflegte es beim Verschwinden stets zu schreien: ›Verloren – verloren!‹ – und für den Rest der Reise belästigte es uns nicht wieder.

Wir meinten, das Geschrei beziehe sich auf das Geld, welches für das Gespenst verloren sei, obschon sich später herausstellte, dass es dem Schiffe galt. In der Tat war es sehr unüberlegt von uns, dass wir die Schätze eines Vatermörders an Bord genommen hatten. Wir konnten nichts Gutes von einer solchen Fracht erwarten, und das zeigte sich denn auch. Als das Schiff zugrunde ging, gab sich sein Eigentümer alle Mühe, das Geld zu retten; es wurde auf das Floß gebracht und, als wir landeten, ans Ufer geschafft und verscharrt, damit es später der Kirche übergeben werden könne, der es vermacht worden war. Die Leute, welche es in die Erde vergruben, sind jetzt alle tot, und außer meinem Freunde, dem Eigentümer unseres verlorenen Schiffs, ist nicht ein einziger übrig geblieben, dem die Stelle bekannt wäre. – Ich vergaß zu bemerken; sobald das Geld auf die Insel gebracht und vergraben war, erschien das Gespenst wieder und setzte sich auf die Stelle, wo der Schatz eingescharrt lag. Ich glaube, wenn dies nicht der Fall gewesen wäre, würden sich die Matrosen ihn angeeignet haben. Da der Geist heute hier erschienen ist, vermute ich, dass er es satt hat, sein Geld zu bewachen – oder er kam vielleicht hierher, damit man es von der Insel fortbringe, obgleich ich mir den Grund dafür nicht denken kann.«

»Seltsam – sehr seltsam! – Also liegt ein großer Schatz in dem Sand begraben?«

»Ja.«

»Und da das Gespenst hierher kam, könnte man vermuten, dass es ihn verlassen hat?«

»Natürlich, sonst könnte es nicht hier sein.«

»Könnt Ihr Euch nicht vorstellen, was das Gespenst hierher geführt haben mag?«

»Wahrscheinlich wollte es seine Absicht kundtun und meinen Freund bitten, dass er den Schatz holen lasse; aber Ihr wisst, es wurde unterbrochen.«

»Allerdings. Aber es nannte Euren Freund Vanderdecken.«

»Dies war der Name, den er an Bord des Schiffes führte.«

»Und auch der Name jener Dame?«

»Ja, er traf am Kap der Guten Hoffnung mit ihr zusammen und führte sie mit sich fort.«

»Dann ist sie also sein Weib?«

»Ich darf diese Frage nicht beantworten; es reicht vollkommen zu, dass er sie als Gattin behandelte.«

»Ah so! Aber was diesen Schatz betrifft – Ihr sagt, dass niemand wisse, wo er begraben sei als Euer Gönner, wie Ihr ihn nennt?«

»Niemand.«

»Wollt Ihr so gut sein, ihm mein Bedauern über das Vorgefallene auszudrücken und ihm zu sagen, dass ich mir das Vergnügen vorbehalte, ihn morgen zu sprechen?«

»Gewiss, Signor«, versetzte Krantz, sich von seinem Stuhle erhebend. Er wünschte dem Kommandanten einen guten Abend und entfernte sich.

»Ich habe nach dem einen gejagt und das andere gefunden. Ein Gespenst muss das gewesen sein, aber es bedarf eines dreisten Gespenstes, wenn es mich von Dublonen wegschrecken soll – und außerdem kann ich ja die Priester zu Hilfe rufen. Will einmal sehen. Wenn ich diesen Mann unter der Bedingung ziehen lasse, dass er den Ort, an dem der Schatz liegt, der Obrigkeit – das heißt mir – anzeigt – ja, dann muss ich freilich das schöne junge Weib aufgeben. Wenn ich dieses Papier an sie abgehen lasse, so kann ich sie gewinnen – aber ich muss mir ihn zuerst vom Halse schaffen. Was wähle ich von beidem? – Ja – das Gold! Es lässt sich nicht alles zumal erringen. Jedenfalls will ich mir zuerst das Geld aneignen – ich kann es besser brauchen als die Kirche. Aber wenn ich das Geld habe, könnten mich diese zwei Männer bloßstellen – ich muss sie beseitigen, für immer zum Schweigen bringen – und dann kann ich vielleicht auch noch die schöne Amine gewinnen. Ja, ihr Tod wird nötig sein, um mir beides zu verschaffen – das heißt, wenn ich zuvor das Erste in meinen Besitz gebracht habe. Ich will mir die Sache gut überlegen.«

Der Kommandant ging noch einige Minuten im Zimmer auf und ab und überlegte bei sich, wie er am besten verfahren solle.

»Er sagt, es sei ein Gespenst, und hat mir da eine ganz glaubhafte Geschichte erzählt«, dachte er, »aber ich weiß nicht – ich habe meine Bedenken, sie könnten mich prellen. Nun, seis drum, wenn das Geld wirklich auf der Insel ist, so soll es mein Eigentum werden – wo nicht, so will ich Rache nehmen. Ja, ich habe es; nicht nur sie müssen beiseite geschafft werden, sondern allmählich auch alle Übrigen, welche mithelfen, den Schatz fortzubringen. Dann – doch – wer ist da? Pedro?«

»Ja, Signor.«

»Wie lange bist du schon hier?«

»Erst seit diesem Augenblick, Signor; es war mir, als hörte ich Euch rufen.«

»Du kannst gehen – ich brauche nichts.«

Pedro entfernte sich; er hatte jedoch schon geraume Zeit im Zimmer gestanden und das ganze Selbstgespräch des Kommandanten mit angehört.

34

Es war ein schöner Morgen, als das portugiesische Schiff mit Amine an Bord in der Bai und der Reede von Goa einlief. Goa stand damals in seinem Zenit – stolz, üppig, prächtig, reich, die Hauptstadt des Ostens, eine Stadt der Paläste, in der ein Vizekönig fast unumschränkte Gewalt ausübte. Als sie sich dem Flusse näherten, zwischen dessen beiden Mündungen Goa auf einer Insel liegt, eilten sämtliche Passagiere an Deck, und der portugiesische Kapitän, der schon oft an Ort und Stelle gewesen war, zeigte Amine die bemerkenswertesten Gebäude. Sie fuhren an den Festungswerken vorbei und liefen in den Strom ein, dessen Ufer zu beiden Seiten von den Landsitzen des Adels und der Hidalgos gesäumt waren – prachtvolle Gebäude, von Orangenhainen umgeben, deren Wohlgeruch die Luft erfüllte.

»Dies, Signora, ist der Sommersitz des Vizekönigs«, sagte der Kapitän, auf ein Schloss deutend, das beinahe drei Morgen Land bedeckte.

Das Schiff segelte weiter, bis es fast die Stadt erreichte. Amine blickte staunend auf die stolzen Türme der Kirchen und anderer öffentlicher Gebäude – denn sie hatte in ihrem Leben nur wenig große Städte gesehen, wie man sich leicht denken kann, wenn man sich ihre Geschichte ins Gedächtnis ruft.

»Das ist die Jesuitenkirche mit ihrem Kollegium«, sagte der Kapitän, auf einen prachtvollen Gebäudekomplex deutend. »In der Kirche, die wir jetzt direkt vor uns liegen sehen, befinden sich die kanonisierten Gebeine des heiligen Franziskus, der in seinem Eifer, das Evangelium in diesen Gegenden zu verbreiten, sein Leben hingab.«

»Ich habe Vater Matthias von ihm sprechen hören«, versetzte Amine, »doch was ist dies für ein Gebäude?«

»Das Augustinerkloster, das andere zur Rechten gehört den Dominikanern.«

»In der Tat prachtvoll«, bemerkte Amine.

»Das Gebäude, das Ihr dort am Ufer seht, ist der Palast des Vizekönigs, das weiter rechts ist das Kloster der barfüßigen Karmeliter. Jener hohe Turm gehört zu der Kathedrale der heiligen Katharina, und jener schöne, heitere Dom ist die Kirche zu »Unserer lieben Frau von der Barmherzigkeit«. Ihr bemerkt dort gleichfalls ein Gebäude mit einem Dom – unmittelbar hinter dem Palast des Vizekönigs?«

»Ja«, antwortete Amine.

»Das ist die Heilige Inquisition.«

Obgleich Amine ihren Philipp schon von der Inquisition hatte sprechen hören, so wusste sie doch wenig von ihren Eigentümlichkeiten; aber dennoch überflog, als der Kapitän den Namen aussprach, ihren Körper ein plötzlicher Schauder, den sie sich nicht zu erklären vermochte.

»Wir haben jetzt den Palast des Vizeköngs vor uns. Ihr seht, welch ein schönes Gebäude er ist«, fuhr der Kapitän fort, »das große Haus ein wenig weiter oben ist das Zollhaus, vor dem wir Anker werfen werden. Ich muss Euch jetzt verlassen, Signora.«

Einige Minuten später ankerte das Schiff vor dem Zollhaus. Der Kapitän und die Passagiere gingen an Land, Amine ausgenommen, welche auf dem Schiff blieb, während Pater Matthias einen passenden Aufenthalt für sie suchte.

Am nächsten Morgen kehrte der Priester mit der Nachricht zurück, dass er für Amine im Kloster der Ursulinerinnen, mit deren Äbtissin er bekannt sei, eine Unterkunft gefunden habe. Ehe Amine an Land ging, wies er sie darauf hin, dass die Äbtissin eine sehr strenge Frau sei und es gerne sehen werde, wenn auch sie sich so viel als möglich den Klosterregeln unterwerfe; das Kloster selbst nehme nur junge Personen aus den höchsten und reichsten Familien auf, und er hoffe, Amine werde sich dort glücklich fühlen; zugleich versprach er ihr, sie zu besuchen und mit ihr über das zu sprechen, was seinem Herzen so teuer und für ihr Seelenheil so notwendig sei. Der Ernst und das Wohlwollen, womit der alte Mann sprach, rührten Amine beinahe zu Tränen, und der hochwürdige Vater, der sich jetzt in den Laderaum hinunter begab, um ihr Gepäck zu holen, verließ sie mit einer Wärme des Gefühls, die er selten zuvor empfunden hatte, und gab sich mehr als je der Hoffnung hin, dass seine Bemühungen um ihre Bekehrung doch am Ende zum Ziel führen würden.

»Er ist ein guter Mann«, dachte Amine, als sie an Land stieg. Sie hatte recht: Vater Matthias war ein guter Mann, aber – wie alle Menschen – nicht vollkommen. Ein Eiferer für die Sache seiner Religion, würde er mit Freuden sein Leben im Märtyrertod hingegeben haben; aber wenn man seinen Absichten in den Weg trat, konnte er auch grausam und ungerecht sein.

Pater Matthias hatte viele Gründe, die ihn bewogen, Amine in dem Kloster der Ursulinerinnen unterzubringen. Er fühlte sich verpflichtet, ihr den selben Schutz angedeihen zu lassen, den er so lange unter ihrem Dache genossen hatte, und wünschte zugleich, sie unter die Aufsicht der Äbtissin zu stellen; denn er konnte sich des Gedankens nicht erwehren, dass sie noch immer verbotene Künste versuche oder übe, obgleich er keine Beweise dafür hatte. Allerdings äußerte er hierüber nichts gegen die Äbtissin; denn er fühlte, dass es ungerecht gewesen wäre, gegen Amine Argwohn zu erregen; aber dennoch stellte er sie als eine Person vor, die noch nicht ganz zum katholischen Glauben bekehrt sei, obschon sie ihm große Ehrfurcht entgegenbringe. Schon der Gedanke, an einer Bekehrung mitwirken zu können, hat für die Bewohner eines Klosters einen ungeheuren Reiz, und die Äbtissin war weit mehr erfreut, eine Frau aufzunehmen, die ihres Rats und ihres Zuspruchs bedurfte, als eine fromme Christin, die ihr keine Mühe gemacht hätte. Amine ging mit Pater Matthias an Land, ohne von der Sänfte, die man für sie vorbereitet hatte, Gebrauch zu machen, und sie begaben sich nach dem Kloster. Zwischen dem Zollhaus und dem Palast des Vizekönigs verfügten sie sich nach dem dahinter liegenden großen freien Platz und dann die Strada Diretta oder Gerade Straße hinauf nach der Barmherzigkeitskirche, in deren Nähe das Kloster lag. Die genannte Straße ist die schönste in Goa und verdankt ihren Namen der einfachen Tatsache, dass fast alle anderen Straßen Kreissegmente sind. Amine war erstaunt über die hohen, massiven Steingebäude, die in sämtlichen Stockwerken mit schön gemeißelten Marmorbalkonen versehen waren, während sich über jeder Türe das Wappen des Adeligen oder Hidalgos befand, welchem das Haus gehörte. Der freie Raum hinter den Palästen und die breiten Straßen waren mit Leben erfüllt. Elefanten in prachtvollem Schmuck, Pferde, die an der Hand geführt oder geritten wurden, mit stolzen Schabracken, Sänften, die von Eingeborenen in bunten Livreen getragen wurden, hin- und herlaufende Bediente, Angehörige aller Nationen vom stolzen Portugiesen bis zum halb nackten Eingeborenen, Moslems, Araber, Hindus, Armenier, Offiziere und Soldaten in ihren Uniformen, alles drängte sich bunt durcheinander, und alles war voll geschäftiger Bewegung. So äußerte sich der Reichtum, der Glanz und der Luxus der stolzen Stadt Goa, der Kaiserin des Ostens, zu der Zeit, in der die Geschichte, die wir erzählen, sich zutrug.

Nach einer halben Stunde hatten sie das Gewühl hinter sich und waren im Kloster angelangt, wo Amine bei der Äbtissin gute Aufnahme fand. Pater Matthias verabschiedete sich bald, und die Äbtissin zögerte nicht, ihr Bekehrungswerk zu beginnen. Sie ließ zwar zuvörderst einige kandierte Früchte bringen – kein so übler Anfang, da sie sehr schmackhaft waren –, ließ unmittelbar darauf aber ihre Beweisgründe folgen, welche ihrem Gast nicht so gut zusagen wollten, da die gnädige Oberin sehr unwissend und nicht an theologische Disputationen gewöhnt war. Nachdem die alte Dame etwa eine Stunde lang ziemlich wirr gesprochen hatte, war sie der Sache bereits überdrüssig und meinte, Wunder was getan zu haben. Amine wurde nun den Nonnen vorgestellt, die zumeist jung waren und den besten Familien angehörten. Man wies ihr sodann ihr Schlafgemach an, und da sie den Wunsch äußerte, allein zu sein, so folgten ihr nur sechzehn nach ihrer Zelle, was ungefähr die Anzahl war, welche der Raum fassen konnte.

Wir müssen nun die zwei Monate überspringen, welche Amine in dem Kloster verbrachte. Pater Matthias hatte alles getan, um festzustellen, ob sich ihr Gatte auf eine der unter portugiesischer Herrschaft befindlichen Inseln gerettet habe, konnte aber keine Auskunft erhalten. Amine hatte das Klosterleben bald satt; sie wurde unablässig von der Geschwätzigkeit der alten Äbtissin verfolgt, aber mehr noch von dem Benehmen und den Reden der Nonnen angeekelt. Alle hatten ihr Geheimnisse anzuvertrauen – Geheimnisse, die zuvor schon dem ganzen Kloster bekannt waren, und zwar von einer Art, dass sich Aminens züchtiger Sinn mit Widerwillen davon abwandte. Wie konnte es übrigens auch anders sein? Die armen Geschöpfe waren in der vollen Blüte ihrer Jugend aus der Welt gerissen und in unnatürlicher Weise in ein Kloster eingesperrt worden, um den Geiz und den Stolz ihrer Familien zu befriedigen. Da die Nonnen durchgängig aus den besten Häusern stammten, so war die Ordensregel nicht so streng wie in anderen Klöstern; man gewährte den Nonnen große Freiheiten, und noch größere nahmen sie sich – und Amine fand zu ihrem Erstaunen, dass sich in dieser dem Himmel geweihten Gemeinschaft mehr schlimme Leidenschaften entfalteten, als sie je zuvor angetroffen hatte. Beständig unter Aufsicht und keinen Augenblick sich selbst überlassen, begann sie den Aufenthalt im Kloster unerträglich zu finden, und nach drei Monaten bat sie Pater Matthias, er möchte ihr ein anderes Refugium suchen, und sagte ihm offen, dass ihr augenblicklicher Aufenthalt nicht sehr geeignet sei, ihre Bekehrung zu den Grundsätzen seines Glaubens zu bewirken. Pater Matthias verstand sie vollkommen, erwiderte aber: »Ich habe nicht die Mittel.«

»Hieran solls nicht fehlen«, versetzte Amine und zog den Diamantring von ihrem Finger. »Dieser ist in unserem Lande achthundert Dukaten wert; welchen Erlös er hier bringen wird, weiß ich nicht.«

Pater Matthias nahm den Ring. »Ich werde morgen wieder herkommen und Euch wissen lassen, was ich ausgerichtet habe. Der Äbtissin werde ich sagen, Ihr geht zu Eurem Gatten; denn es wäre nicht ratsam, sie glauben zu lassen, dass Ihr Grund habt, ihr Dach zu meiden. Was Ihr mir erzählt, habe ich wohl auch früher gehört, habe es aber für bloße Verleumdung gehalten. Indes weiß ich, dass Ihr einer Lüge unfähig seid.«

Am andern Tage kehrte Pater Matthias zurück und besprach sich mit der Äbtissin, welche nach einer Weile Amine holen ließ und ihr mitteilte, es sei nötig, dass sie jetzt das Kloster verlasse. Sie tröstete sie so gut sie konnte über das Ungemach der Trennung von einem so glücklichen Aufenthalt, ließ, um den Abschied weniger schmerzlich zu machen, einige Süßigkeiten bringen, segnete Amine und übergab sie dem Pater Matthias, der ihr, als sie miteinander allein waren, mitteilte, er habe ihren Ring für achtzehnhundert Dollars verkauft und ihr eine Unterkunft in dem Hause einer verwitweten Dame von Stand verschafft.

Nachdem sich Amine von den Nonnen verabschiedet hatte, verließ sie mit Pater Matthias das Kloster und befand sich bald in ihren neuen Gemächern in einem Haus, das an einem geräumigen freien Platz, Terra di Sabaio genannt, stand. Pater Matthias stellte sie ihrer Gastgeberin vor und entfernte sich. Die Zimmer, welche Amine zugedacht waren, gingen nach dem freien Platz hinaus, waren luftig und boten alle Bequemlichkeit. Die Besitzerin des Hauses begleitete Amine nach ihren Gemächern.

»Was ist das für eine große Kirche auf der anderen Seite des Platzes?«, fragte Amine.

»Die Himmelfahrtskirche«, versetzte die Dame. »Die Musik ist dort sehr schön. Wenn Ihr wollt, können wir morgen hingehen und sie anhören.«

»Und das wuchtige Gebäude vor uns?«

»Das ist die Heilige Inquisition«, antwortete die Witwe und bekreuzigte sich.

Amine fuhr wieder zusammen, ohne sich dafür einen Grund angeben zu können. »Ist das Euer Kind?«, fragte sie, als ein etwa zwölf Jahre alter Knabe in das Zimmer trat.

»Ja«, erwiderte die Witwe, »das einzige, das mir geblieben ist. Möge Gott ihn behüten.«

Der Knabe war schön und verständig. Amine, die ihre besonderen Gründe hatte, tat alles, um ihn zu ihrem Freunde zu machen, und erreichte bald ihren Zweck.

35

Amine kehrte eines Nachmittags von einem Spaziergang durch die Straßen zurück. Sie hatte in verschiedenen Läden des Basars einige Einkäufe gemacht und brachte nun das Erstandene unter ihrer Mantilla nach Hause. »Dem Himmel sei Dank, da bin ich endlich allein und unbeobachtet«, dachte Amine, als sie sich auf das Kanapee niederwarf – »Philipp, Philipp, wo bist du? Ich habe jetzt die Mittel und werde es bald erfahren.« Der kleine Pedro, der Sohn der Witwe, trat in das Gemach, eilte auf Amine zu und küsste sie. »Sage mir, Pedro, wo ist deine Mutter?«

»Sie ist diesen Abend ausgegangen, um einige Freundinnen zu besuchen. Wir sind allein, ich will bei dir bleiben.«

»Recht so, mein Lieber. Sage mir, Pedro, kannst du ein Geheimnis bewahren?«

»Ja, ich will es – sage es mir.«

»Nein, ich habe dir nichts zu sagen, sondern wünsche nur, dass du etwas tust. Ich habe ein Spiel im Sinne, und du sollst Dinge in deiner Hand sehen.«

»O ja, zeige mirs, zeige mirs!«

»Wenn du mir versprichst, nichts davon auszuplaudern.«

»Nein, bei der heiligen Jungfrau, das werde ich nicht.«

»Dann sollst dus sehen.«

Amine zündete einige Holzkohlen in einem Becken an und stellte dieses zu ihren Füßen nieder. Sie nahm dann eine Rohrfeder, etwas Tinte aus einer kleinen Flasche und eine Schere; sie schrieb mehrere Zeichen auf ein Stückchen Papier und sang unverständliche Worte dabei. Dann warf sie Weihrauch und Koriandersamen in das Kohlenbecken, und es verbreitete sich ein stark aromatischer Rauch. Sie bat Pedro, sich auf einen kleinen Schemel neben sie zu setzen, und ergriff die rechte Hand des Knaben. In deren Innenflächen zeichnete sie eine viereckige Figur mit geheimnisollen Buchstaben an jeder Seite und goss in die Mitte ein wenig Tinte, welche einen schwarzen Spiegel von der Größe einer halben Krone bildete.

»Jetzt ist alles fertig«, sagte Amine. »Gib acht, Pedro, was siehst du in der Tinte?«

»Mein eigenes Gesicht«, versetzte der Knabe.

Sie warf noch mehr Weihrauch in das Becken, bis das Zimmer mit dichten Wolken erfüllt war, und sang wieder:

Turschun, Turcioschun – komm herab, komm herab!
Erscheint, ihr Diener dieses Namens.
Entfernt den Schleier und gebt richtige Kunde.

Sie hatte die Zeichen auf dem Papier mit der Schere zerschnitten, nahm jetzt eines der Stücke und warf es auf das Kohlenbecken, während sie die Hand des Knaben noch immer festhielt.

»Sage mir jetzt, Pedro, was siehst du?«

»Ich sehe einen Mann einhergehen«, versetzte Pedro unruhig. »Fürchte dich nicht, Pedro, du sollst noch mehr sehen. Ist er vorübergegangen?«

»Ja.«

Und Amine flüsterte einige unverständliche Worte, warf die andere Hälfte des Papiers, auf welches sie die geheimnisvollen Buchstaben gezeichnet hatte, auf das Kohlenbecken und fuhr zu dem Knaben gewandt fort: »Sprich mir jetzt nach und sage: ›Philipp Vanderdecken, erscheine!‹«

»Philipp Vanderdecken, erscheine!«, entgegnete der Knabe zitternd.

»Sage mir, was du siehst, Pedro – aber sage mir die Wahrheit«, sprach Amine ängstlich.

»Ich sehe einen Mann, der auf dem weißen Sand liegt. – Dieses Spiel gefällt mir nicht!«

»Habe keine Angst, Pedro, du sollst sogleich Konfekt bekommen. Sage mir, was du siehst – wie ist der Mann gekleidet?«

»Er hat einen kurzen Rock – er hat eine weiße Hose – er blickt umher – er nimmt etwas von seiner Brust und küsst es.«

»Er ists! Er ists! Und er lebt! Himmel, ich danke dir! Sieh wieder hin, Knabe.«

»Er steht auf – ich mag dieses Spiel nicht! Ich fürchte mich – ja wirklich, ich fürchte mich!«

»Du brauchst dich nicht zu fürchten.«

»Oh, doch, ich – ich kann nicht«, versetzte Pedro, auf seine Knie niederfallend, »bitte, lass mich gehen.«

Pedro hatte seine Hand herumgedreht und die Tinte verspritzt. Der Zauber war gebrochen, und Amine konnte nichts mehr erfahren. Sie suchte den kleinen Knaben durch Geschenke zu beruhigen, nahm ihm nochmals das Versprechen ab, dass er nichts ausplaudere, und verschob ihre weiteren Fragen an das Schicksal auf eine Zeit, da der Knabe sich von seinem Schrecken erholt haben und bereit sein würde, das Spiel wieder aufzunehmen.

»Mein Philipp lebt! Mutter – teure Mutter, ich danke dir!«

Amine ließ Pedro nicht eher aus dem Zimmer, als bis er sich von seinem Schrecken ganz erholt zu haben schien. Sie schwieg einige Tage über ihre Absichten, erinnerte aber den Knaben mehrmals an sein Versprechen, weder seiner Mutter noch sonst einem Menschen etwas zu sagen, und überhäufte ihn mit Geschenken.

Eines Nachmittags, als die Witwe ausgegangen war, kam Pedro herein und fragte Amine, ob sie nicht mit dem Spiel noch einmal beginnen wollten.

Amine, welche begierig war, mehr zu erfahren, freute sich über das Ansinnen des Knaben und hatte bald alles vorbereitet. Wieder füllte sich ihr Gemach mit Weihrauch – abermals murmelte sie ihre Zauberformeln; der Zauberspiegel war auf der Hand des Knaben, und aufs Neue rief Pedro: »Philipp Vanderdecken, erscheine!«, da flog die Türe auf, und Pater Matthias stürzte mit der Witwe und mehreren anderen Personen herein. Amine sprang auf – Pedro schrie und eilte auf seine Mutter zu.

»Ich täuschte mich also nicht über das, was ich in Eurem Hause zu Terneuse sah«, sagte Pater Matthias, mit Blicken der Entrüstung seine Arme auf der Brust verschränkend. »Fluchwürdige Zauberin, du bist entlarvt!«

Amine erwiderte seinen Blick mit Verachtung und entgegnete ruhig: »Ihr wisst, ich gehöre nicht Eurem Glauben an. Andere heimlich zu belauschen scheint ein Teil Eurer Religion zu sein. Dies ist mein Gemach – es ist nicht das erste Mal, dass ich Euch auffordere, es zu verlassen – ich tue es jetzt abermals – Euch fordere ich auf – und diejenigen, die mit Euch gekommen sind.«

»Nehmt zuerst all diese Zaubergeräte fort«, sagte Pater Matthias zu seinen Begleitern.

Das Kohlenbecken und die anderen Gegenstände, welche Amine benutzt hatte, wurden weggeschafft, worauf Pater Matthias mit seinen Begleitern das Gemach verließ und Amine allein zurückblieb.

Amine hatte eine Vorahnung, dass sie verloren sei. Sie wusste, dass Zauberei in den katholischen Ländern als das höchste Verbrechen galt und dass sie jetzt auf frischer Tat ertappt worden war.

»Wohlan«, dachte sie, »es ist meine Bestimmung; so will ich denn mutig dem Schlimmsten entgegensehen.«

Um das unerwartete Auftauchen des Pater Matthias und der übrigen Zeugen zu erklären, muss bemerkt werden, dass der kleine Pedro schon an dem Tag nach Aminens erstem Versuch sein Versprechen vergessen und seiner Mutter alles, was vorgefallen war, erzählt hatte. Die Witwe, über das Gehörte erschrocken, hielt sich für verpflichtet, zu dem Pater Matthias zu gehen und ihm den Bericht ihres Sohnes anzuvertrauen, da es sich hier, wie sie meinte, um Zauberei handelte. Pater Matthias nahm Pedro streng ins Verhör, gewann die gleiche Überzeugung und beschloss, Aminen in Anwesenheit von Zeugen zu überführen. Er machte daher den Vorschlag, der Knabe solle sich zu einem zweiten Versuch anheischig machen, belehrte ihn über seine Rolle und traf alle Vorbereitungen, um über Aminen in der beschriebenen Weise hereinzubrechen.

Eine halbe Stunde nachdem sich der Priester entfernt hatte, traten zwei schwarz gekleidete Mönche in Aminens Gemach und forderten sie auf, ihnen zu folgen, da, falls sie sich weigere, Gewalt angewendet würde. Amine leistete keinen Widerstand. Sie ging mit den Mönchen über den Platz – das Tor eines großen Gebäudes tat sich auf – und sie wurde aufgefordert, einzutreten. Einige Augenblicke später befand sie sich in einem Kerker der Inquisition.

36

Ehe wir in unserer Erzählung fortfahren, wollen wir unseren Lesern ein wenig Einblick in das Wesen, in die Zeremonien und in die Gesetze der Inquisition gewähren, und wenn wir den Inquisitionshof von Goa beschreiben, sind auch alle übrigen geschildert, da sie nur sehr wenig oder gar nicht voneinander abweichen.

Die Santa Casa oder der Inquisitionshof zu Goa liegt auf der einen Seite eines großen freien Platzes, der den Namen Terra di Sabaio trägt. Die Santa Casa ist ein schönes und wuchtiges Steingebäude, vorn mit drei Toren versehen – das mittlere, größer als die beiden anderen, führt nach der Gerichtshalle, die Seitentore führen zu geräumigen und schönen Wohnungen für die Inquisitoren und die übrigen Beamten des Gerichts.

Hinter diesen Wohnungen befinden sich die Zellen und Kerker der Inquisition; sie sind in zwei langen Galerien angeordnet, haben je eine doppelte Türe und umfassen etwa zehn Fuß im Geviert. Ihre Anzahl beläuft sich auf etwa zweihundert; einige davon sind behaglicher als die anderen, da Licht und Luft Zutritt erhalten, andere aber sind völlig dunkel. In den Galerien befindet sich die Inquisitionswache, und kein Laut kann aus einer Zelle dringen, ohne gehört zu werden. Die Behandlung der Gefangenen ist, was die Verpflegung betrifft, sehr gut, und die verabreichte Kost ist ganz darauf berechnet, eine Indigestion zu verhüten, die aus dem Mangel an Bewegung entstehen könnte. Auch ärztlicher Beistand wird den Gefangenen gewährt, wenn auch abgesehen von ganz besonderen Fällen keine Priester zu ihnen eintreten dürfen. Liegt ein Gefangener im Sterben, so ist ihm jede Tröstung der Religion, ja sogar der Zuspruch des Beichtvaters und die letzte Ölung versagt. Wer in der Haft stirbt – möge seine Schuld nun erwiesen sein oder nicht –, wird ohne Leichenzeremonie bestattet und nachher gerichtet. Wird er dann für schuldig befunden, so gräbt man seine Gebeine aus und vollzieht an ihnen den Urteilsspruch.

Es gibt zwei Inquisitoren in Goa – den Großinquisitor und seinen Adjunkten, die beide stets aus dem Orden des heiligen Dominikus gewählt werden. Sie werden an den Gerichtstagen und bei den Verhören von Männern aus verschiedenen religiösen Orden unterstützt, welche die Deputierten des Heiligen Offiziums genannt werden, aber nur erscheinen, wenn man sie dazu auffordert. Es gibt auch noch andere Beamte, deren Obliegenheit es ist, alle veröffentlichten Bücher zu untersuchen und sich zu überzeugen, dass nichts gegen die heilige Religion darin vorkomme. Außer diesen hat man noch einen öffentlichen Ankläger, einen Prokurator der Inquisition und Rechtsgelehrte, welche die Gefangenen verteidigen dürfen, obgleich ihr Hauptgeschäft darin besteht, den angeblichen Schützlingen ihre Geheimnisse zu entlocken und sie zu verraten. Sie sind die sogenannten Vertrauten der Inquisition, und ihren schmachwillen Dienst nehmen sogar Leute vom höchsten Adel auf sich; denn man rechnet sichs ebenso sehr zur Ehre an, als man persönliche Sicherheit darin findet, unter die Vertrauten der Inquisition aufgenommen zu werden, welche unter alle Gesellschaftsklassen verstreut sind; man darf daher darauf zählen, dass jedes unbedachte Wort dem Heiligen Offizium hinterbracht wird.

Einer Aufforderung, vor dem Inquisitionsgericht zu erscheinen, wird niemals Widerstand entgegengesetzt, da andernfalls die ganze Bevölkerung darüber in Aufruhr geraten und dem Befehl Nachdruck verleihen würde. Die Gefangenen werden abgesondert gehalten, und es kommt nur sehr selten vor, dass zwei in einen Kerker gesperrt werden, dies geschieht nur dann, wenn man glaubt, die lange Einzelhaft habe das Gemüt eines Unglücklichen so niedergedrückt, dass sein Leben in Gefahr stehe. Unverbrüchliches Schweigen wird eingeschärft und streng beobachtet. Diejenigen, welche in der völligen Finsternis ihres Kerkers wehklagen, weinen oder sogar beten, werden durch Schläge zur Ruhe gezwungen. Die Schmerzensrufe der in dieser Weise Gezüchtigten und die Schreie, welche die Folter auspresst, hallen durch die Gänge und schrecken die Armen, welche in ihrer einsamen Nacht einem gleichen Los entgegensehen.

Die erste Frage, welche an eine Person gerichtet wird, die der Inquisition in die Hände gefallen ist, betrifft deren Vermögen. Der Gefangene muss bis auf den letzten Heller genau angeben, was er besitzt, und die Wahrheit seiner Aussage beschwören, wobei man ihm zugleich bedeutet, dass jede Unwahrheit in diesem Punkte – wie unschuldig er auch in Betreff der Anklage sein mag – den Zorn der Inquisition auf ihn herabrufe; denn selbst wenn er für unschuldig befunden werde, stehe ihm eine neue Haft bevor, und zwar wegen des falschen Eides, den er vor der Inquisition geleistet habe, während jedoch anderenfalls seine Habe ungeschmälert bleibe. Diese erste Frage der Inquisitoren hat ihren guten Grund;

denn wenn eine Person das Verbrechen, dessen man sie beschuldigt, bekennt, so wird sie in den meisten Fällen zwar freigelassen, hat aber ihre gesamte Habe verwirkt.

Die Regeln der Inquisition erwecken den Anschein, als ob man beim Schuldspruch Gerechtigkeit walten ließe; denn, obgleich zwei Zeugen hinreichend sind, jemanden in Verhaft zu nehmen, so werden doch sieben erfordert, um ihn zu verurteilen; da jedoch die Zeugen nie mit dem Gefangenen konfrontiert werden und an ihnen sogar oft die Tortur in Anwendung kommt, so ist es nicht schwer, die nötige Anzahl aufzubringen. Mancher hat, um sein eigenes Leben zu retten, durch einen falschen Eid das seines Nächsten geopfert. Die Hauptverbrechen, welche unter die Zuständigkeit der Inquisition fallen, sind Zauberei, Ketzerei, Gotteslästerung und der sogenannte Judaismus.

Um zu verstehen, was mit dem zuletzt genannten Verbrechen gemeint ist, für das schon mehr Leute die Qualen der Inquisition erduldet haben als für irgend ein anderes, muss der Leser wissen, dass die Juden, welche Ferdinand und Isabella von Kastilien aus Spanien vertrieben hatten, sich nach Portugal flüchteten, dort aber einzig unter der Bedingung, dass sie Christen würden, Aufnahme fanden. Sie willigten ein oder taten wenigstens so, als wären sie einverstanden, wurden aber fortwährend von den Portugiesen verachtet, weil man ihrer Aufrichtigkeit keinen Glauben schenkte. Im Gegensatz zu den alten Christen erhielten sie den Namen Neuchristen und vermischten sich im Laufe der Zeit gelegentlich durch Heirat mit den Ersteren; dies gereichte jedoch den alten Familien stets zur Schande, und den Abkömmlingen solcher Verbindungen haftete noch lange ein Makel an.

Sie verloren nicht nur ihr Ansehen in der Gesellschaft, sondern wurden auch, da die Genealogie jeder Familie genau bekannt war, mit Argwohn betrachtet und sahen sich stets der Willkür des Heiligen Offiziums preisgegeben, wenn man sie des Judaismus beschuldigte; darunter ist die Rückkehr zu den altjüdischen Gebräuchen des Passahfestes und zu sonstigen von Moses befohlenen Zeremonien zu verstehen.

Wir wollen nun sehen, welche Wirkung eine derartige Anklage in den Händen der Inquisition übt. Ein wahrhaft aufrichtiger Katholik, der von einer dieser unglücklichen Familien abstammt, wird angeklagt und von der Inquisition verhaftet; er muss sein Vermögen angeben, was er – von seiner Unschuld überzeugt und einer baldigen Befreiung gewärtig – ohne Rückhalt tut. Aber kaum hat sich der Kerkerschlüssel hinter ihm herumgedreht, als auch schon seine ganze Habe in Beschlag genommen und öffentlich versteigert wird; denn es versteht sich von selbst, dass man sie ihm nie wieder zurückerstattet. Nach einigen Monaten Gefangenschaft wird er in die Gerichtshalle gerufen und gefragt, ob er den Grund seiner Verhaftung kenne; man rät ihm angelegentlich, sein Verbrechen zu beichten und nichts zu verheimlichen, da dies der einzige Weg sei, seine Freiheit wiederzuerlangen. Er beteuert seine Unwissenheit, und zwar jedes Mal, sooft er vorgeladen wird.

Endlich naht die Zeit des Autodafé oder Ketzergerichts, das alle zwei oder drei Jahre abgehalten wird (es handelt sich dabei um die öffentliche Hinrichtung derjenigen, welche von der Inquisition für schuldig gefunden wurden). Nun tritt der öffentliche Ankläger auf und gibt an, der Gefangene sei von einer Anzahl Zeugen des Judaismus bezichtigt worden. Man redet dem Unglücklichen zu, seine Schuld zu bekennen; er besteht auf seiner Unschuld, und nun wird das Convicto Invotivo ausgesprochen, was so viel heißen will wie »für schuldig befunden, obgleich der Gefangene sein Verbrechen nicht eingesteht«. Hierdurch wird er verurteilt, beim nächsten Fest verbrannt zu werden. Man folgt ihm nun nach seiner Zelle, ermahnt ihn, seine Schuld zu beichten und verspricht ihm in diesem Falle Begnadigung. So geht es fort bis zum Abend vor dem Tage der Hinrichtung. Erschreckt durch den Gedanken an einen qualvollen Tod, wird zuletzt der Unglückliche, um sein Leben zu retten, geständig. Er wird in die Gerichtshalle gerufen, bekennt das Verbrechen, das er nicht begangen hat, und meint nun gerettet zu sein – aber leider, nein; er hat sich damit ausgeliefert und kann jetzt nicht mehr entkommen.

»Du bekennst also, dass du schuldig bist, die Gesetze des Moses beobachtet zu haben. Die Zeremonien kann niemand allein vollziehen; du musst mit anderen das Osterlamm gegessen haben – sage uns augenblicklich, wer noch daran teilnahm, oder dein Leben ist verwirkt und der Scheiterhaufen für dich bereit.«

Er hat sich also für schuldig erklärt, ohne etwas zu gewinnen, und wenn er sein Leben retten will, muss er andere anklagen. Wen anders könnte es treffen als seine Verwandten und Freunde? Ja, aller Wahrscheinlichkeit nach seine Brüder, seine Schwestern, seine Gattin, seine Söhne und Töchter – denn die Annahme liegt nahe, dass man in derartigen Dingen nur seiner Familie vertraut. Man mag indes seine Schuld bekennen oder noch sterbend seine Unschuld beteuern – in jedem Falle geht die weltliche Habe verloren. Es ist übrigens für die Inquisition von großer Wichtigkeit, dass ein Bekenntnis erfolgt; denn dieses wird von dem Gefangenen unterzeichnet, dann der Öffentlichkeit bekannt gegeben und erfüllt den Zweck, der Welt zu beweisen, dass die Inquisition nicht nur unparteiisch und gerecht, sondern sogar barmherzig sei, da sie diejenigen begnadigt, welche sich schuldig bekannt haben.

In Goa waren Anklagen wegen Zauberei weit häufiger als bei den Inquisitionshöfen anderer Orte, weil die Gebräuche und Zeremonien der Hindus viel törichten Aberglauben enthielten. Diese Leute und die Sklaven, die aus anderen Gegenden kamen, ließen sich oft taufen, um ihren Gebietern zu gefallen; nun aber lautete ihr Urteil, sobald sie nach ihrer Taufe eines Verbrechens überwiesen wurden, stets auf den Tod durch das Feuer, während die Nichtgetauften nur durch die Peitsche, im Gefängnis oder auf den Galeeren gezüchtigt wurden. Aus diesem einzigen Grunde weigerten sich viele, das Christentum anzunehmen.

Wir haben nun alles auseinandergesetzt, was der Leser vorderhand wissen muss. Das Übrige wird er dem weiteren Verlauf unserer Geschichte entnehmen.

37

Einige Stunden, nachdem Amine in ihre Zelle geführt worden war, traten die Schließer ein, lösten, ohne ein Wort zu sprechen, ihr weiches Seidenhaar und schnitten es dicht am Kopf ab. Die Gefangene warf ihre Lippen verächtlich auf und ließ es ohne Widerstand geschehen. Als die Kerkerknechte damit fertig waren, entfernten sie sich, und Amine blieb wieder ihrer Einsamkeit überlassen.

Am andern Tag erschienen sie abermals und befahlen ihr, die Füße zu entblößen und ihnen zu folgen. Sie sah die Männer an, welche ihren Blick erwiderten.

»Wenn Ihr nicht wollt, so müssen wir Euch zwingen«, bemerkte der eine, der von ihrer Jugend und Schönheit gerührt war.

Amine tat, wie ihr befohlen wurde, und man führte sie nach der Gerichtshalle, wo sie nur den Großinquisitor und den Sekretär vorfand.

Die Gerichtshalle war ein langer Saal mit hohen Fenstern zu beiden Seiten und im Hintergrund. Im Mittelpunkt stand auf einer erhöhten Plattform ein langer Tisch, der mit einem blau und braun gestreiften Tuch bedeckt war; am hinteren Ende befand sich ein ungeheures Kreuz mit dem geschnitzten Bild unseres Erlösers. Der Schließer wies auf eine kleine Bank und bedeutete Amine, dass sie sich niedersetzen solle.

Der Sekretär musterte sie eine Weile und begann dann zu sprechen: »Wie ist Euer Name?«

»Amine Vanderdecken.«

»Aus welchem Lande?«

»Mein Gatte ist aus den Niederlanden, ich selbst aber stamme aus dem Osten.«

»Was ist Euer Gatte?«

»Kapitän eines holländischen Indienfahrers.«

»Wie kamt Ihr hierher?«

»Sein Schiff strandete, und wir wurden getrennt.«

»Wen kennt Ihr hier?«

»Den Pater Matthias.«

»Wie viel Vermögen besitzt Ihr?«

»Keines. Es ist das Eigentum meines Gatten.«

»Wo ist es?«

»In den Händen des Pater Matthias.«

»Wisst Ihr, warum Ihr hierher gebracht wurdet?«

»Wie sollte ich das?«, versetzte Amine ausweichend. »Sagt mir, wessen man mich beschuldigt!«

»Ihr müsst wissen, ob Ihr unrecht getan habt oder nicht. Ihr tätet daher gut daran, alles zu beichten, was Euch Euer Gewissen zur Last legt.«

»Mein Gewissen klagt mich keines Unrechts an.«

»Dann wollt Ihr also nichts bekennen?«

»Ihr selbst belehrt mich darüber, dass ich nichts anzugeben habe.«

»Ihr behauptet, aus dem Morgenland zu sein. Seid Ihr eine Christin?«

»Ich will nichts von Eurem Glauben wissen.«

»Ihr seid an einen Katholiken verheiratet?«

»Ja, an einen guten Katholiken.«

»Wer hat die Trauung vollzogen?«

»Pater Seysen, ein katholischer Priester.«

»Und Ihr seid nicht in den Schoß der Kirche aufgenommen worden? Wagte er es, Euch zu vermählen, ehe Ihr getauft wart?«

»Es fanden einige Zeremonien statt, welche ich mir gefallen ließ.«

»Das war die Taufe – oder nicht?«

»Ich glaube, dass man es so nannte.«

»Und doch sagt Ihr jetzt, dass Ihr von dem katholischen Glauben nichts wissen wollt?«

»Ja; denn ich habe seitdem mit eigenen Augen gesehen, wie sich diejenigen benehmen, welche sich dazu bekennen; zur Zeit meiner Vermählung war ich ihm zugetan.«

»Wie hoch beläuft sich die Geldsumme, die Ihr in Pater Matthias' Händen stehen habt?«

»Auf einige Hundert spanische Taler – er weiß es genau!«

Der Großinquisitor zog eine Klingel; die Schließer traten wieder ein, und Amine wurde nach ihrem Kerker zurückgeführt.

»Warum fragen sie wohl so oft nach meinem Gelde?«, dachte Amine bei sich selber. »Wenn es ihnen darum zu tun ist, so mögen sie es nehmen. Welche Macht haben sie, und was können sie mit mir anfangen? Nun ja – in einigen Tagen wird es sich zeigen.«

In einigen Tagen? – O nein, Amine! Jahre wären vielleicht ohne eine Entscheidung vergangen, hätte nicht vier Monate nach deiner Einkerkerung ein Schauspiel stattfinden sollen, das man nun schon drei Jahre lang nicht mehr gesehen hatte – nämlich ein Autodafé, für das noch nicht genügend Verurteilte zur Verfügung standen, um die Zeremonie des Verbrennens eindrucksvoll zu machen. Man bedurfte noch einiger Personen für den Scheiterhaufen, sonst würdest du wohl dem Kerker nicht so bald entronnen sein! – Aber wie dem auch sein mochte, ein fast unerträglicher Monat der Ungewissheit und Angst musste vergehen, ehe Amine wieder in die Gerichtshalle gerufen wurde.

Als dies endlich geschah, wurde sie abermals gefragt, ob sie bekennen wolle. Aufgebracht über ihre lange Haft und über die Ungerechtigkeit des Verfahrens, antwortete sie: »Ich habe Euch ein für alle Mal erklärt, dass ich nichts zu bekennen habe. Fangt mit mir an, was Ihr wollt, aber tut es schnell.«

»So wird Euch wohl die Tortur zur Beichte zwingen?«

»Versucht es einmal«, entgegnete Amine mit Festigkeit, »versucht es einmal, grausame Männer, und wenn Ihr mir nur eine Silbe entlockt, so mögt Ihr mich feigherzig nennen. Ich bin nur ein Weib – aber ich biete Euch Trotz – und fordere Euch zum Schlimmsten heraus.«

Es geschah selten, dass solche Ausdrücke vor den Ohren dieser Richter laut wurden, noch seltener aber, dass ein Antlitz einen solchen Ausdruck der Entschlossenheit zeigte. Die Tortur wurde jedoch in der Regel erst angewendet, wenn die Anklage vorgebracht war und der Gefangene darauf geantwortet hatte.

»Wir werden sehen«, sagte der Großinquisitor. »Schafft sie fort.«

Amine wurde nach ihrer Zelle zurückgeführt. Pater Matthias hatte in der Zwischenzeit mehrere Unterredungen mit dem Inquisitor gehabt; denn, obgleich er Amine in seinem Zorn angeklagt und die nötigen Zeugen gegen sie beigebracht hatte, so fühlte er sich doch jetzt unbehaglich und verwirrt. Sein langer Aufenthalt in ihrem Hause – ihre unveränderliche Güte gegen ihn bis zu jener unseligen Nacht, in der er sie belauschte – das Wissen, dass sie nie den christlichen Glauben angenommen hatte – ihre mutige Entschlossenheit – ihre Schönheit und Jugend – alles dies wirkte in seinem Innern sehr zu ihren Gunsten. Sein einziges Ziel war es jetzt, sie zu einem Bekenntnis des Unrechts zu bereden und sie dadurch zu retten, dass er sie bewog, den katholischen Glauben anzunehmen. Zu diesem Zweck hatte er von dem Heiligen Offizium die Erlaubnis erhalten, ihren Kerker zu betreten und mit ihr zu sprechen – eine besondere Gunst, die man ihm aus vielen Gründen nicht wohl abschlagen konnte. Am dritten Tage nach Aminens zweitem Verhör wurden die Riegel zu einer ungewöhnlichen Stunde zurückgeschoben, und Pater Matthias trat in die Zelle; die Tüt schloss sich wieder, und er blieb mit Aminen allein.

»Mein Kind! Mein Kind!«, rief Pater Matthias mit tief bekümmerter Miene.

»Wozu noch diesen Hohn, Vater? Ihr habt mich hierher gebracht – verlasst mich.«

»Es ist wahr, ich habe Euch hierher gebracht; aber ich möchte Euch auch wieder befreien, wenn Ihr es mir nur gestatten wolltet, Amine.«

»Oh, recht gerne; ich will mit Euch gehen.«

»Nein, nein, zuvor muss noch viel besprochen, viel getan werden. Dies ist kein Gefängnis, aus dem man so leicht wieder herauskommen kann.«

»Dann sprecht aus, was Ihr zu sagen habt, und lasst mich wissen, was geschehen muss.«

»Ich will es.«

»Doch halt! Ehe Ihr ein Wort über etwas anderes redet, beantwortet mir eine einzige Frage und sagt mir die Wahrheit, so Ihr auf eine ewige Seligkeit hofft. Habt Ihr nichts von Philipp gehört?«

»Doch. Es geht ihm gut.«

»Und wo ist er?«

»Er wird bald hier eintreffen.«

»Gott, ich danke dir! Werde ich ihn wieder sehen, Vater?«

»Das hängt von Euch selbst ab.«

»Von mir? So sprecht – hurtig! Was wollt Ihr, dass ich tue?«

»Ihr müsst Eure Sünden – Eure Verbrechen – bekennen.«

»Welche Sünden? – Welche Verbrechen?«

»Habt Ihr nicht mit bösen Wesen verkehrt, die Geister angerufen und bei Geschöpfen Beistand gesucht, die nicht dieser Welt angehören?«

Amine schwieg.

»Antwortet mir, wollt Ihr nicht bekennen?«

»Ich kann nicht zugeben, dass ich etwas Unrechtes getan habe.«

»Es ist zwecklos. Ich und andere haben Euch gesehen. Wozu soll Euer Leugnen führen? Wisst Ihr, welche Strafe Euch unabwendbar bevorsteht, wenn Ihr nicht bekennt und eine Christin werdet.«

»Warum soll ich eine Christin werden? Ihr straft also diejenigen, welche von Eurem Glauben nichts wissen wollen?«

»Nein. Hättet Ihr nicht bereits die Taufe empfangen, so würde man Euch kein derartiges Ansinnen stellen. Da Ihr aber getauft seid, müsst Ihr auch Christin werden, oder Ihr werdet des Rückfalls in die Ketzerei verdächtigt.«

»Mir war das Wesen der Taufe damals unbekannt.«

»Zugegeben, aber Ihr willigtet ein, sie zu empfangen.«

»Wohl. Jetzt aber bitte ich, sagt mir, welche Strafe steht mir bevor, wenn ich mich weigere?«

»Ihr werdet lebendig am Pfahle verbrannt werden, und nichts kann Euch retten. Hört mich, Amine Vanderdecken! Wenn man Euch das nächste Mal wieder vor den Inquisitor holt, so müsst Ihr alles bekennen, um Verzeihung flehen und darum bitten, dass man Euch in den Schoß der Kirche aufnimmt. Dann seid Ihr gerettet und Ihr werdet –«

»Was?«

»Wieder Euren Philipp in die Arme schließen.«

»Meinen Philipp! Meinen Philipp! Ihr setzt mir in der Tat hart zu. Aber, Vater, wie kann ich bekennen, dass ich unrecht getan habe, wenn ich doch vom Gegenteil überzeugt bin?«

»Vom Gegenteil überzeugt?«

»Ja. Ich rief den Beistand meiner Mutter an, und sie gewährte mir ihre Hilfe im Traum. Würde eine Mutter ihrer Tochter beistehen, wenn es sich um etwas Unrechtes handelte?«

»Es war nicht Eure Mutter, sondern der Teufel, der ihre Gestalt annahm.«

»Es war meine Mutter. Wieder verlangt Ihr von mir, dass ich etwas zu glauben vorgebe, was ich nicht glauben kann.«

»Was Ihr nicht glauben könnt? Oh, Amine Vanderdecken, seid doch nicht so starrsinnig!«

»Ich bin nicht starrsinnig, guter Vater. Habt Ihr mir nicht in Aussicht gestellt, dass ich wieder in die Arme meines Gatten zurückkehren soll – eine Hoffnung, die mir über alles teuer ist? Aber darf ich mich zu einer Lüge herabwürdigen? Nein, und gälte es mein Leben oder meine Freiheit – ja, nicht einmal um meines Philipps willen.«

»Amine Vanderdecken, wenn Ihr Euer Verbrechen bekennen wollt, ehe man Euch anklagt, so habt Ihr viel getan; nachher wird Euch eine Beichte nur noch wenig nützen.«

»Darum will ich sie sowohl vorher als auch nachher unterlassen, Vater. Was ich getan habe, ist geschehen, aber es ist weder für mich noch für die meinigen ein Verbrechen. Wie es sich auch in Euren Augen darstellen mag, ich gehöre nicht zu Euch.«

»Vergesst nicht, dass Ihr auch Euren Gatten in Gefahr bringt, weil er sich mit einer Zauberin vermählt hat. Bedenkt das wohl! Morgen will ich Euch wieder besuchen.«

»Mein Geist ist wirre«, versetzte Amine. »Verlasst mich, Vater – Ihr erweist mir eine Freundlichkeit damit.«

Pater Matthias verließ die Zelle, hocherfreut über Aminens letzte Worte. Der Gedanke, dass sie ihren Gatten gefährdete, schien sie aufgerüttelt zu haben.

Amine warf sich in der Ecke der Zelle auf ihr Lager nieder und verhüllte ihr Antlitz.

»Lebendig verbrannt!«, rief sie nach einer Weile, indem sie sich aufrichtete und sich mit der Hand über die Stirn fuhr. »Lebendig verbrannt! Und dies sind Christen! Dies war also der grausame Tod, der mir von dem elenden Schriften vorhergesagt wurde – vorhergesagt! – ja, und daher muss er wohl eintreffen; es ist meine Bestimmung – ich kann mich nicht retten.

Wenn ich bekenne, so gebe ich zugleich zu, dass er sich mit einer Zauberin vermählt hat, und auch ihn würde die Strafe treffen. Nein, nimmermehr – nimmermehr! Ich kann leiden – es ist zwar grausem – schon der Gedanke ist schrecklich – aber es wird bald vorüber sein. Gott meiner Väter, gib mir Kraft gegen diese schändlichen Menschen und setze mich in den Stand, alles zu ertragen – um meines teuren Philipp willen!«

Am nächsten Abend erschien Pater Matthias wieder. Er fand die Gefangene ruhig und gefasst – sie weigerte sich, seine Ratschläge anzuhören oder seinen dringenden Ermahnungen Folge zu leisten. Seine letzte Bemerkung, dass ihr Gatte in Gefahr sei, wenn sie der Zauberei überführt werde, hatte ihr Herz gestählt und sie in dem Entschluss bestärkt, dass weder Folter noch Scheiterhaufen sie dazu bewegen sollten, sich schuldig zu bekennen. Der Priester verließ mit zerknirschtem Herzen die Zelle; er fühlte sich elend bei dem Gedanken, dass Amine einen so schrecklichen Tod sterben sollte, warf sich seine Übereiltheit vor und wünschte, Amine nie gesehen zu haben, da ihre mutige Beharrlichkeit – wenn sie auch dem Irrtum galt – Bewunderung und Mitleid in seinem Inneren weckte. Dann dachte er auch an Philipp, der ihn so freundlich behandelt hatte – wie konnte er ihm unter die Augen treten? Und wenn er ihn nach seiner Gattin fragte, welche Antwort konnte er ihm geben?

Wieder vergingen zwei Wochen. Amine wurde aufs Neue in die Gerichtshalle gerufen und abermals aufgefordert, ihre Verbrechen zu bekennen. Da sie sich weigerte, so wurden die Beschuldigungen, die man gegen sie erhob, verlesen. Sie war von Pater Matthias angeklagt, dass sie verbotene Künste geübt habe, und die Angaben des Paters wurden durch das schriftliche Zeugnis des Knaben Pedro und anderer Personen bekräftigt. In seinem Glaubenseifer hatte Pater Matthias überdies behauptet, er habe Amine schon zu Terneuse über dem nämlichen Treiben ertappt; außerdem sei sie in einem heftigen Sturm, als alles dem Untergang entgegensah, als Einzige ruhig und gefasst geblieben und habe dem Kapitän gesagt, sie würden gerettet werden, wozu sie allein durch eine unlautere Kraft der Prophetie, die ihr böse Geister eingegeben hätten, in der Lage gewesen sei. Aminens Lippen kräuselten sich verächtlich, als sie diese letzte Anschuldigung hörte. Sie wurde gefragt, was sie zu ihrer Verteidigung vorzubringen habe.

»Wie kann man sich denn gegen solche Anklagen verteidigen?«, versetzte sie. »Nehmen wir nur die letzte – weil ich nicht so feigherzig war wie die Christen, werde ich der Zauberei beschuldigt! Der alte Narr – aber ich will ihn bloßstellen! Sagt mir: Wenn jemand weiß, dass Zauberei angewandt wird, und es verhehlt oder zulässt – hat er dann nicht daran teil und ist er nicht in gleicher Weise schuldig?«

»Allerdings«, versetzte der Inquisitor, mit Spannung dem Resultat entgegensehend.

»So tue ich denn hiermit kund –«

Amine war eben im Begriff, zu enthüllen, dass Philipps Sendung sowohl dem Pater Matthias als dem Pater Seysen bekannt war und von den beiden Priestern geduldet wurde. Als sie sich jedoch entsann, dass ihr Gatte dabei ins Spiel kommen könnte, so hielt sie inne.

»Was wollt Ihr kundtun?«, fragte der Inquisitor.

»Nichts«, versetzte Amine, indem sie ihre Arme verschränkte und das Haupt beugte.

»Sprich, Weib!«

Amine gab keine Antwort.

»Die Folter wird dich wohl zum Reden bringen!«

»Nimmermehr!«, rief Amine. »Nimmermehr! Martert mich meinetwegen zu Tode, wenn Ihr wollt – es ist mir lieber als eine öffentliche Hinrichtung.«

Der Inquisitor und der Sekretär berieten sich eine Weile. Überzeugt, dass Amine auf ihrem Entschluss beharren würde, gaben sie den Gedanken an die Folter umso bereitwilliger auf, als sie der Gefangenen für die öffentliche Hinrichtung bedurften.

»Du willst also nicht bekennen?«, fragte der Inquisitor.

»Nein«, antwortete Amine mit Festigkeit.

»Dann fort mit ihr!«

Am Abend vor dem Autodafé trat Pater Matthias abermals in Aminens Zelle; aber alle seine Bemühungen, sie zu bekehren, waren vergeblich.

»Morgen wird alles zu Ende sein, Vater«, versetzte Amine. – »Verlasst mich, ich wünsche allein zu sein.«

38

Wir müssen nun zu Philipp und Krantz zurückkehren. Sobald Letzterer von der Unterredung mit dem portugiesischen Kommandanten zurückgekehrt war, erzählte er Philipp, was sich zugetragen und welches Märchen er erfunden hatte, um den Kommandanten zu täuschen.

»Ich sagte ihm, Ihr allein wüsstet, wo der Schatz verborgen liege«, fuhr Krantz fort. »Ich tat dies, um zu erreichen, dass man Euch auf die Insel schickt, um ihn zu holen; denn wahrscheinlich wird er mich als Geisel zurückbehalten. Doch seis drum, ich muss es darauf ankommen lassen. Versucht Ihr nur, auf die eine oder andere Weise zu entkommen und Aminen nachzureisen.«

»Nicht doch«, versetzte Philipp, »Ihr müsst mit mir gehen, mein Freund; denn ich fühle, dass ich kein Glück mehr zu erhoffen habe, sobald Ihr Euch von mir trennt.«

»Pah! – Das ist eine grundlose Einbildung; außerdem werde ich ihm so oder so zu entrinnen wissen.«

»Ich werde den Schatz niemandem entdecken, wenn Ihr nicht mitkommt.«

»Nun gut – Ihr könnts wenigstens versuchen.«

Da ließ sich plötzlich ein leises Pochen an der Türe vernehmen. Philipp stand auf, um zu öffnen (denn beide hatten sich schon zur Ruhe begeben), und Pedro trat ein. Er blickte sorgfältig umher, schloss dann sachte die Türe und legte den Finger an seine Lippen, um ihnen Stillschweigen zu gebieten. Nun erzählte er ihnen flüsternd, was er mit angehört hatte. »Sucht es wo möglich zu bewerkstelligen, dass ich Euch begleiten darf«, fuhr er fort. »Ich muss Euch jetzt verlassen; denn er geht noch immer in seinem Zimmer auf und ab.« Pedro schlüpfte zur Türe hinaus und schlich verstohlen über die Wälle.

»Der tückische kleine Halunke! Aber wir wollen ihn, wenn möglich, überlisten«, sagte Krantz in gedämpftem Tone. »Ja, Philipp, Ihr habt recht, wir müssen miteinander ausziehen; denn Ihr werdet meines Beistands bedürfen. Ich werde ihn überreden, dass er selbst an der Expedition teilnimmt. Will jetzt darüber nachdenken – darum gute Nacht, Philipp.«

Am andern Morgen wurden Philipp und Krantz zum Frühstück gerufen; der Kommandant empfing sie lächelnd und leutselig. Namentlich war er gegen Philipp ungemein höflich. Sobald das Mahl vorüber war, teilte er ihm seine Absichten und Wünsche folgendermaßen mit: »Signor, ich habe über das nachgedacht, was mir Euer Freund erzählte, und dabei auch Erwägungen über das Gespenst angestellt, das gestern so viel Verwirrung anrichtete und mich bewog, eine Übereilung gegen Euch zu begehen, die ich Euch jetzt aus aufrichtigem Herzen abbitte. Die angestellten Betrachtungen und die Frömmigkeit, die jeder wahre Katholik im Herzen trägt, haben mich zu dem Entschluss bestimmt, mit Eurem Beistand jenen Schatz, der der heiligen Kirche gehört, zu heben. Ich mache Euch daher den Vorschlag, dass eine Abteilung Soldaten unter Eurem Befehl nach der Insel zieht, auf der er vergraben ist; habt Ihr ihn gehoben, so kehrt Ihr wieder hierher zurück. Sollte in der Zwischenzeit ein Schiff anlangen, so will ich es bis zu Eurer Rückkehr hier festhalten. Ihr könnt sodann das Geld samt meinen Briefen den Behörden in Goa überbringen. Dies führt Euch auf eine ehrenvolle Weise bei ihnen ein und verschafft Euch die Möglichkeit, Eure Zeit dort in der angenehmsten Weise zu verbringen. Zugleich, Signor, werdet Ihr auch Eure Gattin auffinden, deren Reize einen so großen Eindruck auf mich geübt haben. Wenn ich vor Euch ihren Namen nicht mit der gebührenden Achtung genannt habe, so kann ich mich nur damit entschuldigen, dass ich durchaus nicht wusste, wer sie war und in welcher Beziehung sie zu Euch steht. Wenn Euch meine Vorschläge genehm sind, Signor, so werde ich mich höchst glücklich schätzen, die notwendigen Befehle zu erteilen.«

»Da ich mich selbst zu den treuen Anhängern der katholischen Religion zähle«, versetzte Philipp, »so wird es mich ungemein freuen, die Stelle aufzeigen zu können, an der der Schatz verborgen liegt, damit er der Kirche zurückgegeben werde. Was meine Gattin betrifft, so nehme ich Eure Entschuldigung mit Vergnügen an, da ich weiß, wie sehr Euer Verhalten dadurch gerechtfertigt wird, dass Ihr ihre Stellung und ihren Rang nicht kanntet. Aber über eines bin ich noch nicht im Klaren: Ihr wollt einige Soldaten unter meinen Befehl stellen – werden sie mir gehorchen? – darf man ihnen trauen? Ich und mein Freund sind nur zwei Personen gegen sie – und wenn sie sich unbotmäßig erwiesen?«

»Fürchtet das nicht, Signor; sie sind gut diszipliniert. Auch ist es nicht gerade nötig, dass Euch Euer Freund begleitet; ich wünsche ihn bei mir zu behalten, damit er mir in Eurer Abwesenheit Gesellschaft leistet.«

»Nein, darauf kann ich nicht eingehen«, antwortete Philipp. »Allein wage ich das Unternehmen nicht.«

»Vielleicht ist es mir erlaubt, eine Meinung in der Sache zu äußern?«, bemerkte Krantz. »Wenn mein Freund mit einer Anzahl Soldaten abreist, so sehe ich keinen Grund, warum ich ihn nicht begleiten sollte; ich bin übrigens der Ansicht, dass es nicht ratsam ist, nach den Vorschlägen des Kommandanten zu verfahren, mag ich nun dabei sein oder nicht. Ihr werdet Euch erinnern, Kommandant, dass die Summe, um welche sichs handelt, keine Kleinigkeit ist und von Euren Leuten gesehen werden muss. Die Soldaten sind viele Jahre in dieser Gegend zurückgehalten worden und wünschen sich sehnlichst, die Heimat wieder zu sehen. Wenn sie daher mit zwei Fremden allein und Eurer Autorität entrückt sind – Wird dann der Besitz einer so großen Geldsumme nicht eine allzu gewaltige Versuchung für sie sein? Sie brauchen nur den südlichen Kanal hinunterzusegeln und den Hafen von Bantam zu gewinnen, um sich sowohl ihre Freiheit als auch das Geld zu sichern. Wenn Ihr daher meinen Freund und mich auf die Insel schickt, so gehen wir in einen fast unabwendbaren Tod; diese Gefahr wäre jedoch gebannt, sobald Ihr Euch entschließen könntet, in eigener Person die Reise mitzumachen. Eure Gegenwart und Euer Ansehen wird die Soldaten im Zaum halten; welcher Art dann auch immer ihre Wünsche oder ihre Gedanken sein mögen, sie werden schon vor dem Blitz Eures Auges zittern.«

»Sehr wahr, ganz richtig«, versetzte Philipp. »Dass mir auch dies nicht gleich anfangs einfiel!«

Auch dem Kommandanten war es nicht eingefallen; aber als man ihn darauf aufmerksam machte, übte die Überzeugungskraft dieser Vorschläge augenblicklich eine so große Wirkung auf ihn, dass er sich entschieden hatte, selbst zu reisen, noch ehe Krantz seine Rede zu Ende brachte.

»Gut, Signors«, versetzte er, »ich bin stets bereit, Euren Wünschen entgegenzukommen. Da Ihr meine Teilnahme nötig erachtet und ich nicht glaube, dass eben jetzt von den Ternaten ein Angriff zu besorgen steht, so will ich es verantworten, das Fort für einige Tage unter den Befehl meines Leutnants zu stellen, während wir der heiligen Mutter Kirche diesen Dienst erweisen. Ich habe bereits nach einem der hier gebräuchlichen Schiffe geschickt, das groß und bequem ist; wir wollen uns daher, sofern Ihr nichts dagegen habt, gleich morgen einschiffen.«

»Zwei Schiffe werden besser sein«, bemerkte Krantz, »einmal für den Fall eines Unglücks, und zweitens, weil wir dann den ganzen Schatz in das Fahrzeug schaffen können, in welchem wir uns selbst befinden, während eine Anzahl Soldaten in dem anderen fährt. Wir behalten dadurch die Oberhand, wenn der Anblick einer so großen Menge Geldes die Soldaten zum Ungehorsam verführen sollte.«

»Ihr habt recht, Signor, wir wollen zwei Schiffe nehmen. Euer Rat ist gut.«

Alles war nun zufrieden stellend eingeleitet, und es fehlte nur noch eines – dass nämlich Pedro gleichfalls an der Expedition teilnahm. Sie berieten sich eben, wie dieser Wunsch zur Sprache gebracht werden könne, als der Soldat zu ihnen kam und ihnen sagte, dass der Kommandant ihm die Teilnahme befohlen habe; er biete deshalb den beiden Freunden seine Dienste an.

Am andern Tag war alles bereit. Der Kommandant hatte zehn Soldaten und einen Korporal ausgesucht, und es bedurfte nur einer kurzen Frist, um den Mundvorrat und andere notwendige Dinge an Bord zu schaffen. Beim Morgengrauen schifften sie sich ein – der Kommandant und Philipp in der einen Piroge, Krantz, der Korporal und Pedro in der anderen. Die Soldaten, welche man über den Zweck der Fahrt im Ungewissen gelassen hatte, erhielten jetzt von Pedro die entsprechende Auskunft, und es fand ein langes Geflüster zwischen ihnen statt – sehr zur Freude unseres Krantz, der wohl wusste, dass der Geist der Meuterei sich bald regen würde, wenn es einmal ruchbar war, dass diejenigen, welche an der Expedition teilnahmen, dem Geiz des Kommandanten geopfert werden sollten. Das Wetter war schön; sie segelten die ganze Nacht durch, kamen auf zehn Meilen an Ternate vorbei und befanden sich noch vor der Morgendämmerung innerhalb der Gruppe von Inseln, deren südlichste den Schatz barg. Am zweiten Abend landeten die Schiffe an einem kleinen Eiland, und nun fand die erste Besprechung zwischen den Soldaten der beiden Boote statt. Auch Philipp hatte Gelegenheit, seinen Freund Krantz für einen Augenblick beiseite zu nehmen.

Als sie am andern Morgen aussegelten, führte Pedro offen das Wort. Er erklärte Krantz, dass die Soldaten des Boots ihren Entschluss gefasst hätten, und fügte hinzu, er zweifle nicht, dass die anderen noch vor dem Abend ein Gleiches tun würden, obwohl sie sich am Morgen noch nicht ganz darüber einig gewesen seien. Sie wollten den Kommandanten töten, dann nach Batavia segeln und von dort nach Europa zurückzukommen suchen.

»Aber könntet Ihr Euer Ziel nicht auch ohne einen Mord erreichen?«

»Wohl, aber auch unser Rachedurst verlangt Befriedigung. Ihr wisst nicht, welche Behandlung wir von seinen Händen erlitten haben, und so angenehm uns auch das Geld sein mag, so freut uns sein Tod doch wesentlich mehr. Außerdem – hat er sich nicht vorgenommen, uns alle in der einen oder anderen Weise ums Leben zu bringen? Wir üben nur Gerechtigkeit. Und wenn auch kein anderes Messer bereit wäre – das meinige ists!«

»Und auch die unsrigen sind es!«, riefen die übrigen Soldaten und griffen nach ihren Waffen.

Eine weitere Tagfahrt brachte sie auf zwanzig Meilen in die Nähe der Insel; denn Philipp hatte sich den Weg gut gemerkt.

Sie landeten abermals und begaben sich zur Ruhe: Der Kommandant träumte von Schätzen und Rache, während die Soldaten unter sich ausmachten, dass die Ausgrabung des von ihm so sehnlich begehrten Geldes das Signal für seinen Tod sein sollte.

Abermals schifften sie sich ein, und der Kommandant achtete nicht auf die düsteren und drohenden Gesichter, die ihn umgaben. Er war eitel Frohsinn und Höflichkeit. Rasch schwammen sie zwischen den lieblichen Inseln über die dunkelblaue See, und nicht ganz drei Stunden nach Sonnenaufgang erkannte Philipp die gesuchte Stelle. Er machte den Kommandanten auf den eingekerbten Kokosbaum aufmerksam, der als Wegweiser nach dem Orte diente, wo der Schatz begraben lag. Sie landeten an dem sandigen Ufer, und der ungeduldige kleine Offizier befahl, unverweilt die Schaufeln an Land zu schaffen, ohne sich träumen zu lassen, dass jeder Augenblick, den er zu gewinnen glaubte, seinem Leben abgerechnet wurde und dass die andern ebenso wie er auf Verrat sinnen und dabei lächeln konnten.

Die Soldaten langten unter dem Baum an – die Schaufeln hatten bald den leichten Sand beseitigt, und in wenigen Minuten lag der Schatz offen vor ihren Augen. Beutel um Beutel wurde herausgehoben, und die lose daliegenden Dollars wurden zu mehreren Haufen aufgeschichtet. Zwei Mann waren nach den Schiffen zurückgeschickt worden, um Säcke für die losen Geldstücke herbeizuholen; die Soldaten hatten ihre Arbeit eingestellt, sie legten ihre Spaten beiseite, tauschten Blicke und setzten sich in Bereitschaft.

Der Kommandant wandte sich um und rief den beiden, welche er nach den Säcken ausgeschickt hatte, zu, dass sie sich beeilen sollten, als sich zu gleicher Zeit drei oder vier Messer in seinen Rücken bohrten; er fiel und wollte eben anfangen zu toben, als die gleichen Messer noch einmal in seinen Körper drangen und ihn töteten. Philipp und Krantz blieben stumme Zuschauer – die Messer wurden wieder herausgezogen, abgewischt und in die Scheiden gesteckt.

»Er hat seinen Lohn dahin«, sagte Krantz.

»Ja«, riefen die portugiesischen Soldaten, »Gerechtigkeit, nichts als Gerechtigkeit!«

»Signors, Ihr sollt gleichfalls Euren Anteil haben«, bemerkte Pedro, »oder etwa nicht, Kameraden?«

»Ja! Ja!«

»Nicht einen Dollar, meine guten Freunde«, entgegnete Philipp. »Nehmt alles Geld, und mögt Ihr damit glücklich sein. Wir verlangen von Euch weiter nichts als Euren Beistand, um nach dem Ort zu gelangen, den wir seit Langem erreichen wollen. Ehe Ihr aber das Geld teilt, erweist mir den Gefallen, die Leiche dieses unglücklichen Mannes zu begraben.«

Die Soldaten gehorchten; sie nahmen ihre Schaufeln wieder auf und hatten bald ein seichtes Grab ausgehöhlt. Die Leiche des Kommandanten wurde hineingeworfen und mit Sand zugedeckt.

39

Kaum waren die Soldaten damit fertig, als sie ihre Schaufeln wegwarfen und untereinander zu streiten begannen. Es schien, dass dieses Geld noch einmal Anlass zu Mord und Blutvergießen geben sollte.

Philipp und Krantz waren entschlossen, unverweilt in einer der Pirogen fortzusegeln und die Leute miteinander zanken zu lassen, solange es ihnen beliebte. Unser Held bat die Soldaten um Erlaubnis, von dem Mund- und Wasservorrat, der in reichlicher Menge vorhanden war, den größeren Anteil mitnehmen zu dürfen, und gab ihnen dabei zu bedenken, dass ihm und Krantz eine lange Reise bevorstehe und dass sie – die Angeredeten – den Verlust reichlich durch Kokosnüsse wettmachen könnten. Die Soldaten, welche an nichts dachten als an ihren neu gewonnenen Reichtum, zeigten sich willfahrig. Unsere Freunde sammelten nun außerdem noch möglichst viele Kokosnüsse, schifften sich gegen Mittag ein und setzten auf der Piroge die Segel. Sie ließen die Soldaten mit gezogenen Messern zurück; ja, die Portugiesen waren in einem so wütenden Streit begriffen, dass sie die Abreise der beiden Fremden gar nicht beachteten.

»Da gibt es vermutlich wieder den nämlichen Auftritt, den wir schon einmal auf dieser Insel erlebt haben«, bemerkte Krantz, während das Fahrzeug sich rasch vom Ufer entfernte.

»Ich zweifle nicht daran; seht nur, sie gehen schon wieder mit Schlägen und Messerstichen aufeinander los.«

»Wenn ich dem Ort einen Namen geben müsste, so würde ich ihn die verfluchte Insel nennen.«

»Würde es aber nicht auf jeder anderen ebenso zugehen, wenn ein solcher Anlass gegeben wäre, um die Leidenschaften der Menschen zu entflammen?«

»Allerdings, welch ein Fluch ist doch das Gold!«

»Und welch ein Segen!«, versetzte Krantz. »Es tut mir leid, dass Pedro bei ihnen geblieben ist.«

»Es ist Schicksal«, entgegnete Philipp, »wir wollen daher nicht mehr an sie denken. Was habt Ihr jetzt vorzuschlagen? Mit diesem Fahrzeug, so klein es auch ist, können wir sicher übers Meer segeln; auch glaube ich, dass unser Mundvorrat für mehr als einen Monat ausreicht.«

»Ich meine, wir sollten uns auf die Route derjenigen Schiffe begeben, die gen Westen laufen, und auf einem von ihnen nach Goa zu kommen suchen.«

»Ja – und wenn uns keines begegnet, so können wir jedenfalls ohne Gefahr die Meerenge hinauf bis nach Pulo Penang segeln und dort in Sicherheit verbleiben, bis ein Schiff vorbeikommt.«

»Ich bin mit Eurem Vorschlag einverstanden. Es ist der beste, wo nicht der einzige Platz, wenn wir nicht etwa nach Cochin weitersegeln wollen, wo wir darauf zählen dürfen, jederzeit auf Dschunken zu treffen, die nach Goa ausfahren.«

»Cochin würde aber zu weit von unserem Wege abliegen, und die Dschunken können in der Meerenge nicht gut an uns vorbeifahren, ohne dass wir sie sehen.«

Es wurde ihnen nicht schwer, ihren Kurs zu steuern; bei Tag bildeten die Inseln und bei Nacht die hellen Sterne ihren Kompass. Allerdings nahmen sie nicht den kürzesten Weg, da sie lieber den sichersten wählten. Sie arbeiteten sich mühsam durch glattes Wasser voran und kamen dabei mehr nach Norden als gen Westen. Sie wurden oft von den malaiischen Proas gejagt, welche die Inseln unsicher machten, aber die Geschwindigkeit der kleinen Piroge war ihre Rettung. In der Regel gaben die Piraten allerdings die Verfolgung von selbst auf, sobald sie entdeckten, mit was für einem kleinen Fahrzeug sie es zu tun hatten; denn von einem solchen versprachen sie sich nur wenig oder gar keine Beute.

Dass Amine und Philipps Sendung das Hauptthema der Gespräche zwischen Krantz und Philipp bildeten, lässt sich leicht denken. Eines Morgens, als sie mit ungewöhnlich schwachem Winde zwischen den Inseln hinsegelten, bemerkte Philipp: »Krantz, Ihr sagtet, dass Ihr Euch aus Eurem eigenen Leben gewisser Vorfälle zu erinnern wüsstet, welche geeignet seien, die geheimnisvolle Geschichte, die ich Euch anvertraute, zu bekräftigen. Wollt Ihr mir erzählen, was Ihr damit gemeint habt?«

»Allerdings«, versetzte Krantz, »ich habe mir oft vorgenommen die Sache zur Sprache zu bringen, aber stets hat mich irgendetwas daran gehindert. Aber dies ist eine passende Gelegenheit; macht Euch aber darauf gefasst, eine seltsame Geschichte zu hören – vielleicht ebenso seltsam wie Eure eigene.

Ohne Zweifel habt Ihr schon vom Harzgebirge sprechen hören?«, fügte Krantz fragend hinzu.

»Nicht dass ich mich erinnern könnte«, entgegnete Philipp, »indes habe ich darüber in einem Buch gelesen, in welchem gar wunderliche Dinge, die sich dort zugetragen haben sollen, berichtet werden.«

»Es ist eine wilde Gegend«, erwiderte Krantz, »und man erzählt sich davon manch eine wundersame Mär; aber so seltsam die Geschichten auch klingen mögen, habe ich doch guten Grund, sie für wahr zu halten. Wie gesagt, Philipp, ich glaube vollkommen an Eure Beziehung zu einer anderen Welt, an die Geschichte von Eurem Vater und an die Rechtmäßigkeit Eurer Sendung; denn ich bin überzeugt, dass wir von Wesen umgeben werden, die von anderer Natur sind als wir; und dass wir zuweilen unter ihrem Einfluss stehen, werdet auch Ihr einräumen, sobald ich Euch erzähle, was sich in meiner eigenen Familie zugetragen hat. Warum so übelwollende Wesen wie diejenigen, von denen ich zu sprechen im Begriffe bin, sich in unser Leben einmischen und verhältnismäßig harmlose Sterbliche geradezu züchtigen dürfen, übersteigt mein Fassungsvermögen; indes ist es gewiss, dass es ihnen wirklich zuweilen gestattet ist.«

»Der Teufel, das große Prinzip alles Bösen, vollbringt sein böses Werk; warum sollten nicht untergeordnete Geister der selben Art ein Gleiches tun können?«, fragte Philipp. »Was liegt im Grunde daran, ob unsere Leiden von der Feindseligkeit unserer Mitmenschen verursacht werden oder von Wesen, die mächtiger und böswilliger sind als wir selbst? Wir wissen, dass wir uns unsere Erlösung verdienen müssen und dass wir gerichtet werden nach unserem Vermögen. Wenn es übrigens böse Wesen gibt, die eine Freude daran haben, den Menschen zu schaden, so muss es zuverlässig auch, wie Amine behauptet, gute Geister geben, denen es eine Wonne ist, ihnen zu dienen. Ob wir nun bloß gegen unsere Leidenschaften oder darüber hinaus auch gegen den verderblichen Einfluss unsichtbarer Feinde zu kämpfen haben, so dürfen wir doch immer damit rechnen, dass das Gute stärker ist als das Böse, mit dem wir ringen. Jedenfalls sind wir im Vorteil, ob wir nun, wie im ersten Fall, einzeln für die gute Sache streiten oder, wie im zweiten, die himmlischen Heerscharen auf unserer Seite haben. So stehen die Waagschalen der göttlichen Gerechtigkeit im Gleichgewicht; der Mensch kann frei handeln, und seine eigenen guten oder schlimmen Neigungen müssen stets entscheiden, ob er siegen oder unterliegen wird.«

»Ganz richtig«, versetzte Krantz, »doch jetzt zu meiner Geschichte:

Mein Vater stammt nicht eigentlich aus dem Harzgebirge – er war der Leibeigene eines reichen ungarischen Edelmanns in Siebenbürgen, aber trotz seiner abhängigen und untergeordneten Stellung doch keineswegs arm oder ungebildet, sondern sogar sehr vermögend und um seiner Einsicht willen so hoch geachtet, dass ihn sein Gebieter zum Verwalter gemacht hatte. Wer übrigens als Leibeigener geboren ist, muss Leibeigener bleiben, und wenn er auch noch so reich würde – und dies war bei meinem Vater der Fall. Er war etwa fünf Jahre verheiratet und hatte aus seiner Ehe drei Kinder – meinen älteren Bruder Cäsar, mich (Hermann) und eine Schwester namens Marcella. Ihr wisst, Philipp, dass das Lateinische in jener Gegend noch immer gesprochen wird, und daraus erklären sich auch unsere hochtönenden Namen. Meine Mutter war eine sehr schöne Frau, leider aber besaß sie weit weniger Tugend als Schönheit. Der Grundherr sah und liebte sie; mein Vater wurde mit irgendeinem Auftrag entfernt, und in seiner Abwesenheit gab meine Mutter, geschmeichelt und gewonnen durch seine Aufmerksamkeiten, den Wünschen des Edelmanns nach. Es traf sich, dass mein Vater ganz unerwartet zurückkehrte und die Intrige entdeckte. Die Schmach meiner Mutter war augenfällig erwiesen; denn mein Vater überraschte sie in der Gesellschaft ihres Verführers. Durch die Leidenschaftlichkeit seiner Gefühle hingerissen, lauerte er auf die nächste Zusammenkunft der beiden und ermordete sowohl seine Gattin als auch ihren Verführer. Er wusste, dass einem Leibeigenen nicht einmal die schwere Kränkung, die er erfahren hatte, zur Rechtfertigung dienen konnte; deshalb raffte er in großer Eile all sein verfügbares Geld zusammen, spannte seine Pferde vor den Schlitten (denn es war tiefer Winter) und brach mitten in der Nacht mit seinen Kindern auf, um zu fliehen, ehe der traurige Vorfall ruchbar würde. Innerhalb seines Vaterlandes, wo die Behörden überall Hand an ihn legen konnten, war keine Aussicht auf Rettung vorhanden, weshalb er seine Flucht ohne Unterlass fortsetzte, bis er schließlich in der abgeschiedenen Wildnis des Harzgebirges einen verborgenen Unterschlupf fand. Natürlich erfuhr ich alles, was ich Euch jetzt erzähle, erst später. Meine frühesten Erinnerungen knüpfen sich an eine primitive, aber doch behagliche Hütte, in welcher ich mit Vater, Bruder und Schwester lebte. Sie lag am Rande eines jener ungeheuren Wälder, welche den nördlichen Teil von Deutschland bedecken – darum her einige Morgen Landes, welche mein Vater während der Sommermonate bebaute und deren Ertrag zwar dürftig, aber doch für unseren Unterhalt ausreichend war. Zur Winterszeit blieben wir meist in der Hütte; denn da mein Vater der Jagd nachging, so waren wir allein, und die Wölfe streiften ohne Unterlass draußen herum. Mein Vater hatte das Grundstück samt der Hütte einem der rauen Waldbewohner abgekauft, welche sich teils von der Jagd, teils vom Brennen der Holzkohle ernähren, die man in den benachbarten Minen zum Erzschmelzen verwendet. Die nächste menschliche Behausung war ungefähr eine Stunde von uns entfernt. Ich kann mir noch jetzt die ganze Gegend gut vergegenwärtigen – die hohen Tannen, die an den Berghängen über uns in den Himmel ragten und die weite Waldfläche unter uns, auf deren Wipfel wir von unserer Hütte aus niedersahen, da der Berghang unter uns jäh in das Tal abfiel. Im Sommer war die Aussicht schön, dagegen im tiefen Winter die Landschaft so verödet, wie man sich kaum eine andere denken kann.

Ich sagte, dass sich mein Vater im Winter mit der Jagd beschäftigte. Er zog jeden Tag aus und pflegte oft die Türe zu verschließen, damit wir die Hütte nicht verlassen konnten. Er hatte niemanden, der ihm beistand oder in seiner Abwesenheit für uns sorgte; denn es war nicht leicht, eine Frauensperson aufzufinden, die in einer solchen Einöde leben mochte. Doch würde mein Vater ohnehin kein Weib ins Haus genommen haben; denn er hatte einen Abscheu vor dem ganzen Geschlecht, was schon aus seinem sehr unterschiedlichen Benehmen gegenüber uns, seinen zwei Knaben, und gegenüber meiner armen kleinen Schwester Marcella hervorging. Ihr könnt Euch denken, dass wir auf eine klägliche Weise vernachlässigt wurden. Wir hatten in der Tat viel durchzumachen; denn wenn unser Vater die Hütte verließ, so gestattete er uns aus Furcht, wir möchten zu Schaden kommen, nicht einmal Brennholz, weshalb wir uns genötigt sahen, in die Bärenhäute zu kriechen und uns darin so gut als möglich zu wärmen, bis er abends wieder zurückkehrte und zu unserer Freude das Feuer anzündete. Dass mein Vater ein so rastloses Leben wählte, mag sonderbar erscheinen; aber es war Tatsache, dass er nirgends Ruhe fand, sei es nun aus Gewissensbissen über den begangenen Mord oder aus Schmerz über die traurige Veränderung seiner Lebensumstände. Vielleicht wirkte auch beides zusammen – kurz, er fühlte sich nicht wohl, wenn er nicht unablässig tätig war. Kinder, die viel sich selbst überlassen bleiben, gelangen bald zu einer Nachdenklichkeit, die in ihrem Alter durchaus ungewöhnlich ist. Dies war auch bei uns der Fall; während der kurzen, kalten Wintertage saßen wir schweigend beieinander und sehnten uns nach der glücklichen Zeit, in der der Schnee schmelzen, die Blätter sprießen, die Vögel singen und wir unsere Freiheit wiedererlangen würden.

In diesem Zustand der Verwilderung verbrachten wir unser Leben, bis mein Bruder neun, ich sieben und meine Schwester fünf Jahre alt war. Um diese Zeit geschahen die Dinge, welche der eigentliche Anlass meiner außerordentlichen Erzählung sind.

Eines Abends kehrte mein Vater wesentlich später zurück als gewöhnlich. Er hatte keine Jagdbeute aufgetrieben, und da das Wetter sehr rau, zugleich auch der Boden viele Fuß tief mit Schnee bedeckt war, so kam er nicht nur halb erfroren, sondern auch in sehr übler Laune nach Hause. Er brachte Holz herein, und wir drei halfen einander, in die Asche zu blasen und ein Feuer anzufachen, als er mit einem Male die arme kleine Marcella am Arm ergriff und beiseite schleuderte. Das Kind fiel auf den Mund und blutete heftig. Mein Bruder eilte herzu, um sie aufzuheben. An üble Behandlung gewöhnt und aus Furcht vor meinem Vater wagte sie nicht zu weinen, sondern sah nur mit einer kläglichen Miene zu Cäsar auf. Mein Vater rückte seinen Schemel näher an den Kamin, murmelte einige Schimpfworte über die Weiber und machte sich mit dem Feuer zu schaffen, welches mein Bruder und ich verlassen hatten, sobald wir unsere Schwester so lieblos behandelt sahen. Eine lodernde Flamme war bald das Resultat seiner Bemühungen, aber wir drängten uns nicht wie sonst um das Feuer. Marcella, die in einer Ecke kauerte, blutete noch immer, und wir Brüder setzten uns zu ihr, während sich mein Vater düster und einsam über das Feuer beugte. Wir mochten etwa eine halbe Stunde so gesessen haben, als das Geheul eines Wolfes dicht unter den Fenstern der Hütte zu hören war. Mein Vater sprang auf und griff nach seinem Gewehr. Das Geheul wiederholte sich; er untersuchte die Zündpfanne, verließ eilig die Hütte und schloss die Tür hinter sich ab. Wir warteten alle in ängstlicher Spannung, weil wir glaubten, wenn es ihm gelinge, den Wolf zu erlegen, würde er in einer besseren Stimmung zurückkehren; denn obgleich er hart gegen uns alle, namentlich aber gegen unsere kleine Schwester war, so liebten wir ihn doch und freuten uns, wenn wir ihn heiter sahen – was hatten wir auch sonst? Ich muss hier bemerken, dass sich vielleicht nie drei Kinder so innig liebten wie wir. Nie gab es wie sonst unter Kindern Zank und Hader unter uns, und wenn jemals zwischen mir und meinem älteren Bruder eine Misshelligkeit aufkam, so eilte die kleine Marcella auf uns zu, küsste uns und stellte durch ihre Bitten den Frieden wieder her. Marcella war ein liebliches Kind; ich kann mir noch jetzt ihre schönen Züge vergegenwärtigen. Ach! Arme kleine Marcella!«

»So ist sie also tot?«, bemerkte Philipp.

»Tot! Ja, tot – aber *wie* musste sie sterben! – Doch ich darf meiner Erzählung nicht vorgreifen, Philipp, und will nun fortfahren:

Wir warteten eine Weile, konnten aber keinen Büchsenknall hören, und mein älterer Bruder sagte: ›Der Vater ist dem Wolf nachgegangen und wird so bald nicht zurückkehren. Komm, Marcella, wir wollen dir das Blut vom Mund waschen und uns dann am Feuer wärmen‹.

Wir taten dies und blieben bis gegen Mitternacht am Feuer sitzen, mit jeder Minute mehr darüber verwundert, dass unser Vater nicht zurückkehrte. Wir hatten keinen Begriff davon, dass er vielleicht in Gefahr sein könnte, sondern meinten eben, er habe den Wolf sehr weit verfolgt.

›Ich will hinaussehen, ob der Vater nicht kommt‹, sagte mein Bruder Cäsar, nach der Tür gehend.

›Nimm dich in acht‹, entgegnete Marcella, ›die Wölfe könnten vor der Hütte herumstreichen, und wir sind nicht imstande, sie zu töten, Bruder‹.

Mein Bruder öffnete vorsichtig die Türe, aber nur einige Zoll weit und blickte hinaus. ›Ich sehe nichts‹, sagte er nach einer Weile und kehrte abermals nach dem Feuer zurück.

›Wir haben nichts zum Nachtessen gehabt‹, sagte ich; mein Vater pflegte gewöhnlich zu kochen, sobald er nach Hause kam. In seiner Abwesenheit hatten wir nichts als die Überbleibsel des vorhergegangenen Tages.

›Und wenn der Vater nach seiner Jagd nach Hause kommt, Cäsar‹, sagte Marcella, ›so wird er sich freuen, wenn er etwas zu essen kriegt; wir wollen für ihn und für uns kochen.‹ Cäsar stieg auf den Schemel und langte etwas Fleisch herunter – ich weiß nicht mehr, ob es von einem Hirsch oder von einem Bären war. Genug, wir schnitten die gewöhnliche Portion herunter und richteten sie zu, wie wir es unter Aufsicht unseres Vaters zu tun pflegten. Eben waren wir damit beschäftigt, es in einem Topf über das Feuer zu setzen, als wir den Ton eines Horns vernahmen. Wir horchten – draußen ließ sich jedoch kein Laut mehr vernehmen, und einige Minuten später trat mein Vater ein. Ihm folgten eine junge Frau und ein großer, dunkelhaariger Mann in Jägertracht.

Vielleicht ists besser, wenn ich gleich jetzt berichte, was mir erst viele Jahre nachher bekannt wurde. Als mein Vater die Hütte verließ, bemerkte er etwa dreißig Ellen vor sich einen großen weißen Wolf, der sich, sobald er meinen Vater sah, langsam und knurrend immer weiter entfernte. Mein Vater folgte ihm; das Tier ergriff nicht eilig die Flucht, sondern hielt sich stets im gleichen Abstand. Mein Vater mochte nicht Feuer geben, bis er seines Zieles gewiss war. So ging es eine Weile fort. Bald ließ der Wolf meinen Vater weiter hinter sich zurück, bald machte er wieder halt und heulte ihn herausfordernd an, um dann wieder weiterzulaufen.

Voll Begier, das Tier zu erlegen (denn der weiße Wolf ist sehr selten), setzte mein Vater die Verfolgung mehrere Stunden fort und stieg dabei immer weiter in das Gebirge hinauf.

Ihr müsst wissen, Philipp, dass es in jenen Gebirgen besondere Stellen gibt, von denen man – und, wie meine Erzählung beweisen wird, mit Recht – annimmt, dass sie von bösen Geistern bewohnt werden. Derartige Orte sind den Jägern wohlbekannt und werden deshalb stets von ihnen gemieden. Eine solche Stelle, eine Lichtung in dem Tannenwald über uns, war meinem Vater namentlich als gefährlich bezeichnet worden. Sei es nun, dass er diesen Mären nicht glaubte oder in seinem Jagdfieber nicht darauf achtete – kurz, so viel ist gewiss, dass er sich durch den weißen Wolf nach jener Stelle locken ließ. Das Tier schien dort auf einmal seine Hast zu mäßigen. Mein Vater näherte sich, kam ganz dicht an den Wolf heran, erhob sein Gewehr und war eben im Begriff, Feuer zu geben, als das Tier plötzlich verschwand. Er dachte, der Schnee auf dem Boden müsse seine Augen geblendet haben, und senkte seine Waffe, um sich nach der Bestie umzusehen – aber sie war fort; wie sie über die Lichtung entkommen konnte; ohne dass er es bemerkt hatte, vermochte er nicht zu begreifen. Ärgerlich über den schlechten Erfolg seiner Jagd, wollte er eben wieder umkehren, als er den fernen Ton eines Horns vernahm. Dies zu einer solchen Stunde und in einer derartigen Wildnis! In seinem Erstaunen vergaß er für einen Augenblick seine Enttäuschung und blieb wie angewurzelt stehen. Eine Minute später ertönte das Horn zum zweiten Mal, und zwar in nicht großer Entfernung. Mein Vater stand noch immer und lauschte – endlich ließ sich der Ton zum dritten Male vernehmen. Ich vergaß den Ausdruck, mit dem man derartige Rufe bezeichnet; es war jedenfalls das Signal, durch welches man, wie mein Vater wohl wusste, zu erkennen gab, dass man sich in den Wäldern verirrt hatte. Einige Minuten später sah mein Vater einen Mann zu Pferd in der Lichtung anlangen und auf ihn zureiten. Hinter ihm auf der Kruppe saß eine Frau. Zuerst rief mein Vater sich die wundersamen Geschichten von den übernatürlichen Wesen ins Gedächtnis, von denen der Sage nach diese Gebirge bewohnt werden; als aber der Reiter näher kam, überzeugte er sich, dass dieser und die

Frau Sterbliche waren wie er. Der Fremde rief ihm zu: ›Freund Jäger, Ihr seid spät noch draußen – ein Glück für uns. Wir sind weit geritten und fürchten für unser Leben, dem man mit Eifer nachstellt. Diese Gebirge haben uns in die Lage gesetzt, unsere Verfolger zu täuschen; aber wenn wir nicht ein Obdach und Erfrischung finden, wird es uns wenig nützen, da wir dann vor Hunger und Frost umkommen müssen. Meine Tochter, die hinter mir sitzt, ist jetzt schon mehr tot als lebendig. Sagt an, könnt Ihr uns in unserer Not beistehen?‹

›Meine Hütte ist nicht sehr weit entfernt‹, versetzte mein Vater, ›aber ich habe Euch nur wenig zu bieten – außer einem Schutz gegen das Wetter. Aber das Wenige, das ich habe, steht Euch zur Verfügung. Darf ich fragen, woher Ihr seid?‹

›Ja, mein Freund, es ist jetzt kein Geheimnis mehr. Wir sind aus Siebenbürgen geflohen, wo der Ehre meiner Tochter und meinem Leben gleichermaßen Gefahr drohte!

Diese Nachricht war hinreichend, um im Herzen meines Vaters Anteilnahme zu wecken. Er erinnerte sich seiner eigenen Flucht und gedachte der verlorenen Ehre seines Weibes wie auch des traurigen Vorfalls, der daraus entsprungen war. Er bot ihnen unverweilt alle Hilfe an, die ihm zu Gebote stand.

›So verliert keine Zeit, guter Mann‹, bemerkte der Reiter. ›Meine Tochter ist vor Frost halb tot und kann es nicht viel länger in diesem bitterkalten Wetter aushalten.‹

›Folgt mir‹, versetzte mein Vater, auf dem Wege nach seiner Behausung vorangehend.

›Ich ließ mich durch einen großen weißen Wolf verlocken‹, fuhr er fort, ›er kam bis unter die Fenster meiner Hütte, sonst wäre ich nicht so spät in der Nacht noch draußen gewesen.‹

›Das Tier huschte an uns vorbei, als wir eben aus dem Wald herauskamen‹, sagte das Frauenzimmer mit einer Silberstimme.

›Ich hätte beinahe mein Gewehr nach ihm abgefeuert‹, versetzte der Jäger, ›nun es uns aber einen so guten Dienst geleistet hat, freut es mich, dass ich es entkommen ließ!‹

In ungefähr anderthalb Stunden, während welcher mein Vater

nach Kräften ausholte, langten sie an der Hütte an und traten, wie ich bereits erzählt habe, in unsere Stube.

›Wir kommen, scheint es, zu gelegener Zeit‹, bemerkte der Jäger, den Duft des gebratenen Fleisches in die Nase ziehend, während er auf das Feuer zuging und uns musterte. ›Ihr habt junge Köche hier, mein Herr.‹

›Freut mich, dass wir nicht zu warten brauchen‹, versetzte mein Vater. ›Kommt, Fräulein, setzt Euch an das Feuer; Ihr könnt nach dem kalten Ritt die Wärme wohl brauchen.‹

›Und wo kann ich mein Pferd einstellen, mein Herr?‹, fragte der Jäger.

›Ich will Sorge dafür tragen‹, entgegnete mein Vater, zur Tür hinausgehend.

Ich muss jetzt das Frauenzimmer ausführlich beschreiben; sie war jung, dem Anschein nach etwa zwanzig Jahre alt, hatte ein breit mit weißem Pelzwerk besetztes Reisekleid an und trug eine Mütze von weißem Hermelin auf dem Kopf. Ihr Antlitz war sehr schön – wenigstens kam es mir so vor, und mein Vater hat später das selbe erklärt. Ihr glattes, flachsblondes Haar glänzte wie ein Spiegel, und ihr Mund – wenngleich etwas groß, wenn er geöffnet war – zeigte die schönsten Zähne, die ich je gesehen habe. Dennoch lag etwas in ihren funkelnden Augen, das uns Kinder fürchten machte; sie waren so unruhig und unheimlich – ich konnte mir damals keinen Grund dafür angeben, aber doch war es mir, als ob eine gewisse Grausamkeit in ihrem Blick liege, und als sie uns heranwinkte, näherten wir uns nur mit Angst und Zittern. Aber sie war schön, sehr schön. Sie sprach freundlich mit mir und meinem Bruder, tätschelte unsere Wangen und liebkoste uns; Marcella mochte sich jedoch nicht in ihre Nähe wagen, sondern schlich fort, versteckte sich in ihrem Bett und wollte nicht auf das Nachtessen warten, nach dem sie sich doch eine Viertelstunde zuvor so sehr gesehnt hatte.

Mein Vater kehrte, sobald er das Pferd in dem nahen Schuppen untergebracht hatte, wieder zurück, und das Nachtessen wurde auf den Tisch gestellt. Als alles vorüber war, bat mein Vater die junge Dame, von seinem Bett Gebrauch zu machen, da er mit ihrem Vater beim Feuer sitzen wolle. Nach einigem Zögern ihrerseits wurde der Vorschlag angenommen, und nun kroch ich mit meinem Bruder zu Marcella in das andere Bett; denn wir hatten stets beisammen geschlafen.

Wir konnten jedoch nicht zur Ruhe kommen. Es lag etwas so Ungewöhnliches nicht nur in dem Anblick fremder Leute, sondern auch in dem Umstand, dass sie in der Hütte schlafen sollten – wir fühlten uns ganz verwirrt. Was die arme kleine Marcella betraf, so verhielt sie sich ruhig; aber ich bemerkte, dass sie die ganze Nacht hindurch zitterte, und bisweilen kam es mir vor, als ob sie ein Schluchzen unterdrücke. Mein Vater hatte etwas Branntwein hervorgeholt, den er nur selten gebrauchte, und er und der Jäger blieben vor dem Feuer sitzen und vertrieben sich die Zeit mit Trinken und Plaudern. Unseren Ohren wäre auch nicht das leiseste Flüstern entgangen, so sehr war unsere Neugier geweckt.

›Ihr kommt also aus Siebenbürgen‹, bemerkte mein Vater.

›Ja, mein Herr‹, versetzte der Jäger. ›Ich war Leibeigener in dem adeligen Hause von –. Mein Gebieter wollte, dass ich meine schöne Tochter seinen Wünschen preisgebe, und die Sache endete damit, dass ich ihm einige Zoll meines Waidmessers zu kosten gab.‹

›Wir sind Landsleute und Leidensbrüder‹, entgegnete mein Vater, nahm die Hand des Jägers und drückte sie mit Wärme.

›Wirklich? Ihr seid also auch aus diesem Lande?‹

›Ja, und habe gleichfalls durch Flucht mein Leben retten müssen. Ach, es ist eine traurige Geschichte.‹

›Euer Name?‹

›Krantz.‹

›Wie? Krantz von –? Ich habe Eure Geschichte gehört; Ihr braucht daher Euren Schmerz nicht dadurch zu erneuern, dass Ihr sie wiederholt. Willkommen, von Herzen willkommen, mein Herr – und ich darf wohl sagen – mein würdiger Vetter; denn das seid Ihr. Ich bin Wilfried von Barnsdorf und ein Vetter zweiten Grades von Euch‹, rief der Jäger, sich erhebend und meinen Vater umarmend.

Sie füllten ihre Hornbecher bis zum Rand und stießen nach deutscher Sitte miteinander an. Die Unterhaltung wurde nun in leiserem Tone geführt, und wir konnten nichts weiter daraus entnehmen, als dass unser neuer Vetter und seine Tochter wenigstens vorderhand ihren Aufenthalt in unserer Hütte nehmen sollten. Nach einer Stunde waren die beiden Männer in ihren Stühlen zurückgesunken und schienen zu schlafen.

›Liebe Marcella, hast du gehört?‹, fragte mein Bruder in gedämpftem Tone.

›Ja‹, versetzte Marcella flüsternd, ›ich habe alles gehört. Oh, Bruder, ich kann den Anblick dieser Frau nicht ertragen – es wird mir bange in ihrer Nähe.‹

Mein Bruder gab keine Antwort, und bald nachher lagen wir alle drei in tiefem Schlaf.

Als wir am anderen Morgen erwachten, sahen wir, dass die Tochter des Jägers vor uns aufgestanden war. Sie dünkte mich schöner denn je. Sie kam auf die kleine Marcella zu und liebkoste sie, das Kind aber brach in Tränen aus und schluchzte, als ob ihm das Herz brechen wollte.

Doch ich will Euch nicht mit einer allzu langen Geschichte aufhalten. Der Jäger und seine Tochter richteten sich in der Hütte ein. Mein Vater ging täglich mit dem Alten auf die Jagd und ließ Christina bei uns. Sie verrichtete alle Obliegenheiten des Hauswesens, war sehr freundlich gegen uns Kinder, und allmählich verlor sich auch die Abneigung der kleinen Marcella. In meinem Vater hatte jedoch eine große Veränderung stattgefunden. Er schien seinen Groll gegen das andere Geschlecht überwunden zu haben und erwies Christina alle nur erdenklichen Aufmerksamkeiten. Oft blieb er, nachdem ihr Vater und wir bereits im Bett waren, mit ihr noch beim Feuer sitzen und sprach leise zu ihr. Ich hätte erwähnen sollen, dass mein Vater mit dem Jäger Wilfried in einem andern Teil der Hütte schlief; denn das Bett, welches er früher eingenommen hatte und das mit dem unsrigen in dem gleichen Raume stand, war an Christina abgetreten worden. Die Gäste hatten ungefähr drei Wochen in der Hütte gewohnt, als eines Abends, nachdem wir Kinder zu Bett geschickt worden waren, eine Beratung stattfand. Mein Vater hatte um Christinens Hand geworben und sowohl ihre als auch ihres Vaters Einwilligung erhalten. Nun fand eine Unterredung statt, welche, soweit ich mich erinnern kann, folgendermaßen verlief:

›Ihr sollt mein Kind haben, Herr Krantz, und meinen Segen dazu. Ich verlasse Euch dann und suche eine andere Bleibe – gleichviel, wo ich sie finde!‹

›Aber so bleibt doch hier, Wilfried!‹

›Nein, nein, ich bin anderswohin berufen; begnügt Euch damit und stellt keine weiteren Fragen an mich. Ihr habt mein Kind.‹

›Ich danke Euch und werde sie gebührend in Ehren halten; aber ich sehe noch eine Schwierigkeit.‹

›Ich weiß, was Ihr sagen wollt – es gibt hier in dieser wilden Gegend keinen Priester. Ebenso wenig gibt es ein anderes bindendes Gesetz, und doch muss eine Zeremonie zwischen Euch stattfinden, um den Vater zufriedenzustellen. Wollt Ihr einwilligen, meine Tochter nach meiner Weise zu heiraten? In diesem Falle will ich Euch unverweilt zusammengeben.‹

›Ja‹, lautete die Antwort meines Vaters.

›So nehmt sie bei der Hand. Wohlan, Herr Krantz, schwört mir nach.‹

›Ich schwöre‹, entgegnete mein Vater.

›Bei allen Geistern des Harzgebirges –‹

›Ei, warum nicht beim Himmel?‹, unterbrach ihn mein Vater.

›Weil es mir so gefällt‹, versetzte Wilfried. ›Wenn ich diesen Eid vorziehe, der vielleicht weniger bindend ist als ein anderer, so werdet Ihr doch zuverlässig nichts dagegen einzuwenden haben?‹

›Nun, so sei es denn, weil es Euch so gefällt. Aber warum wollt Ihr mich bei den Geistern des Harzgebirges schwören lassen, an die ich nicht glaube?‹

›Das tun noch viele, die dem Äußeren nach Christen sind‹, entgegnete Wilfried. ›Wollt Ihr nun getraut werden, oder soll ich meine Tochter wieder mitnehmen, wenn ich fortgehe?‹

›Macht weiter‹, erwiderte mein Vater ungeduldig.

›Ich schwöre bei allen Geistern des Harzgebirgs und bei ihrer Macht, Gutes oder Böses zu wirken, dass ich Christina für mein angetrautes Weib nehme, dass ich sie immer schützen, in Ehren halten und lieben will; dass sich meine Hand nie gegen sie erheben wird, um ihr ein Leides zu tun.‹

Mein Vater sprach Wilfrieds Worte nach.

›Und wenn ich meinen Eid breche, möge mich und meine Kinder die ganze Rache der Geister treffen; mögen meine Kinder zugrunde gehen durch den Geier, den Wolf oder andere Tiere des Waldes; möge ihr Fleisch von ihren Gliedmaßen gerissen werden und mögen ihre Gebeine in der Wildnis bleichen. Dies alles schwöre ich.‹

Mein Vater stockte, als er die letzten Worte nachsprach. Die kleine Marcella konnte nicht mehr an sich halten, und als der Vater den letzten Satz wiederholte, brach sie in Tränen aus. Diese plötzliche Störung schien die an der Zeremonie Beteiligten, namentlich aber meinen Vater, aus der Fassung zu bringen; er redete das Kind in rauem Ton an, und Marcella unterdrückte ihr Schluchzen und begrub das Gesichtchen im Bettzeug.

So verlief die Trauung, als mein Vater sich zum zweiten Male vermählte. Am nächsten Morgen stieg der Jäger Wilfried auf sein Pferd und ritt von hinnen.

Mein Vater schlief wieder in seinem Bett in dem Raum, in dem auch das unsrige stand, und es ging beinahe alles so weiter wie vor der Verheiratung, nur dass unsere Stiefmutter durchaus keine Liebe mehr zu uns zeigte. In der Abwesenheit unseres Vaters schlug sie uns oft, namentlich aber die kleine Marcella, und ihre Augen sprühten Blitze, wenn sie das schöne, liebliche Kind ansah.

Eines Nachts weckte die Schwester mich und meinen Bruder. ›Was gibts?‹, fragte Cäsar.

›Sie ist hinausgegangen‹, flüsterte Marcella.

›Hinausgegangen?‹

›Ja, zur Türe hinaus – in ihrem Nachtkleid‹, versetzte das Kind. ›Ich sah, wie sie aus dem Bett stieg und den Vater ansah, ob er schlafe; dann ging sie zur Türe hinaus.‹

Was konnte sie dazu bewegen, ihr Bett zu verlassen und im Nachtkleid in die bittere Winterkälte und in den tiefen Schnee hinauszugehen? Es war uns unbegreiflich. Wir blieben wach liegen und hörten nach einer Stunde das Heulen eines Wolfes dicht unter dem Fenster.

›Da ist ein Wolf‹, sagte Cäsar, ›sie wird in Stücke gerissen werden.‹

›O nein!‹, rief Marcella.

Einige Minuten nachher erschien unsere Stiefmutter wieder; sie war in ihrem Nachtkleid, wie es Marcella zuvor behauptet hatte. Nachdem sie den Riegel lautlos vorgeschoben hatte, begab sie sich nach dem Wasserfass, wusch sich Gesicht und Hände und schlüpfte dann wieder in das Bett, in dem mein Vater lag.

Wir zitterten, ohne zu wissen, warum, beschlossen jedoch, die nächste Nacht wach zu bleiben. Aber nicht nur in der nächsten, sondern auch noch in vielen folgenden Nächten stand unsere Stiefmutter zu der selben Stunde auf und verließ die Hütte. Nachdem sie fort war, hörten wir jedes Mal das Heulen eines Wolfes unter dem Fenster, und wenn sie zurückkehrte, wusch sie sich, ehe sie sich wieder zu Bett legte. Wir bemerkten auch, dass sie sich selten zum Essen niedersetzte, und wenn sie etwas speiste, so geschah es mit augenscheinlichem Widerwillen. Wurde aber das Fleisch heruntergenommen, um zum Mahle zubereitet zu werden, so sahen wir oft, wie sie verstohlen ein rohes Stück in den Mund steckte.

Mein Bruder Cäsar war ein mutiger Knabe und wollte dem Vater nichts sagen, bis er mehr erfahren haben würde. Er beschloss, unserer Stiefmutter nach draußen zu folgen und sich über ihr Treiben Gewissheit zu verschaffen. Marcella und ich bemühten uns, ihm sein Vorhaben auszureden; er ließ sich jedoch nicht zurückhalten, sondern legte sich schon in der nächsten Nacht in seinen Kleidern zu Bett, stand, sobald die Stiefmutter die Hütte verlassen hatte, auf, nahm das Gewehr meines Vaters und ging ihr nach.

Ihr könnt Euch denken, in welch banger Erwartung er Marcella und mich in der Hütte zurückließ. Nach einigen Minuten hörten wir den Knall eines Gewehrs. Mein Vater erwachte nicht, und wir blieben vor Angst zitternd liegen. Eine Weile später sahen wir unsere Stiefmutter in die Hütte treten – ihr Nachtkleid war blutig. Ich legte meine Hand auf Marcellas Mund, um zu verhindern, dass sie aufschrie. Aber auch mich hatte ein großer Schrecken ergriffen. Unsere Stiefmutter näherte sich dem Bett meines Vaters, um zu sehen, ob er schliefe, und ging dann nach dem Kamin, wo sie die glimmende Asche zur Flamme anblies.

›Wer ist da?‹, rief mein Vater erwachend.

›Bleib ruhig liegen, mein Lieber‹, versetzte die Stiefmutter. ›Ich bins. Ich habe das Feuer angezündet, um etwas Wasser warm zu machen, weil ich nicht ganz wohl bin.‹

Mein Vater drehte sich im Bett herum und war bald wieder eingeschlafen; wir aber beobachteten aufmerksam die Bewegungen der Stiefmutter. Sie wechselte ihre Leibwäsche und warf das Nachtkleid, das sie getragen hatte, ins Feuer. Dabei bemerkten wir, dass ihr rechtes Bein stark blutete, wie von einer Schusswunde. Sie verband es, kleidete sich an und blieb bis zum Tagesanbruch vor dem Feuer sitzen.

Das Herz der armen kleinen Macella schlug heftig, während sie sich an meine Seite drückte – und auch das meinige pochte ungestüm. Wo war unser Bruder Cäsar? Wie konnte die Stiefmutter verwundet werden, wenn es nicht durch sein Gewehr geschehen war? Endlich stand mein Vater auf, und nun fasste ich den Mut, ihn anzureden.

›Vater‹, fragte ich, ›wo ist Bruder Cäsar?‹

›Cäsar?‹, rief er. ›Nun, wo mag er sein?‹

›Barmherziger Himmel! War mirs doch, als ich in der letzten Nacht schlaflos dalag, als hätte ich jemand den Riegel zurückschieben hören‹, bemerkte unsere Stiefmutter.

›Und mein Gott, Mann, was ist aus deinem Gewehr geworden?‹

Mein Vater blickte auf die Wand über dem Kamin und entdeckte, dass sein Gewehr fehlte. Für einen Augenblick war er verwirrt; dann ergriff er ein Beil und verließ, ohne noch ein weiteres Wort zu sprechen, die Hütte.

Er blieb nicht lange aus, sondern kehrte schon nach einigen Minuten zurück, die verstümmelte Leiche meines Bruders in seinen Armen; er legte das tote Kind nieder und bedeckte sein Gesicht mit den Händen.

Die Stiefmutter stand auf und betrachtete die Leiche, während Marcella und ich uns schluchzend und wehklagend neben dem Toten niederwarfen.

›Geht wieder zu Bett, Kinder‹, sagte sie mit Schärfe. ›Mann‹, fuhr sie fort, ›der Knabe muss dein Gewehr heruntergenommen haben, um einen Wolf zu schießen, und das Tier war zu stark für ihn. Der arme Junge, er hat seine Unvorsichtigkeit teuer bezahlen müssen.‹

Mein Vater gab keine Antwort. Ich wollte sprechen – wollte ihm alles sagen, aber Marcella, welche meine Absicht bemerkte, hielt mich am Arm und sah mich so flehentlich an, dass ich es unterließ.

Mein Vater blieb daher im Irrtum, aber Marcella und ich trugen – obschon wir nicht begreifen konnten, wie es zuging – die Überzeugung in uns, dass die Stiefmutter in irgendeiner Weise mit dem Tode unseres Bruders zu tun hatte.

Am nämlichen Tag ging der Vater hinaus, um ein Grab zu schaufeln. Nachdem er die Leiche in die Erde gelegt hatte, häufte er Steine darüber, um es den Wölfen unmöglich zu machen, sie wieder auszuscharren. Das Unglück erschütterte meinen armen Vater so sehr, dass er mehrere Tage nicht auf die Jagd ging, obgleich er von Zeit zu Zeit bittere Flüche gegen die Wölfe ausstieß und Rache gelobte.

Doch während mein Vater trauerte, setzte meine Stiefmutter ihre nächtlichen Wanderungen mit unveränderter Regelmäßigkeit fort.

Endlich nahm mein Vater sein Gewehr herunter, um sich in den Wald zu begeben; er kehrte jedoch bald wieder sehr bekümmert zurück.

›Würdest dus wohl glauben, Christina, dass die Wölfe – Gottes Fluch über die ganz Brut – wirklich den Leichnam meines armen Knaben ausgescharrt und nichts als seine Knochen übrig gelassen haben?‹

›So?‹, versetzte meine Stiefmutter.

Marcella blickte mich an, und ich las in ihrem verständigen Blick alles, was sie gerne gesagt hätte.

›Vater, jede Nacht heult ein Wolf unter unserem Fenster‹, nahm ich das Wort.

›Ist das wahr? Warum hast du nicht früher gesprochen, Knabe? Wenn du ihn das nächste Mal wieder hörst, so wecke mich.‹

Ich sah, wie die Stiefmutter sich abwandte; ihre Augen sprühten Feuer, und sie knirschte mit den Zähnen.

Mein Vater ging hinaus und bedeckte die wenigen Überreste meines armen Bruders, welche die Wölfe geschont hatten, mit einem noch größeren Steinhaufen. Dies war der erste Akt des Trauerspiels.

Der Frühling kam, der Schnee verschwand und wir durften die Hütte wieder verlassen. Ich mochte nicht einen Augenblick von der Seite meiner kleinen Schwester weichen, die ich seit dem Tode meines Bruders nur umso inniger liebte. Ja, ich fürchtete mich sogar, sie mit der Stiefmutter allein zu lassen, welche eine besondere Freude daran zu haben schien, das arme Kind zu misshandeln. Mein Vater war jetzt auf seinen Äckern beschäftigt, und ich konnte ihm einigen Beistand leisten.

Marcella pflegte in unserer Nähe zu sitzen, während wir bei der Arbeit waren, und die Stiefmutter blieb allein zu Hause. Ich muss dabei erwähnen, dass sie mit dem Eintritt des Frühlings von ihren nächtlichen Wanderungen abließ und dass wir, seit ich meinem Vater davon erzählt hatte, den Wolf nicht mehr unter dem Fenster heulen hörten.

Als ich eines Tages mit dem Vater auf dem Felde beschäftigt war und Marcella bei uns saß, kam die Stiefmutter heraus und sagte, sie wolle in den Wald gehen, um einige Kräuter zu sammeln, die der Vater brauche; Marcella müsse in die Hütte gehen und auf das Essen achthaben. Marcella ging, und die Stiefmutter verschwand bald im Wald. Sie schlug dabei eine Richtung ein, welche der Hütte gerade entgegengesetzt war, sodass ich und mein Vater uns gewissermaßen zwischen ihr und der Schwester befanden.

Etwa eine Stunde später wurden wir durch Schreie aufgeschreckt, die aus der Hütte kamen und offensichtlich von der kleinen Marcella herrührten.

›Marcella hat sich verbrannt, Vater‹, sagte ich und warf meinen Spaten weg.

Mein Vater legte den seinigen gleichfalls beiseite, und wir beide eilten zur Hütte. Ehe wir aber die Türe erreichen konnten, stürzte ein großer weißer Wolf heraus, der mit der größten Geschwindigkeit von hinnen floh.

Mein Vater hatte keine Waffe; er stürzte in die Hütte und fand dort die arme kleine Marcella im Sterben. Ihr Körper war furchtbar verstümmelt, und das Blut, das ihm entströmte, hatte eine große Lache auf dem Boden der Hütte gebildet. Zuerst hatte mein Vater sein Gewehr ergreifen und das Untier verfolgen wollen; der schreckliche Anblick aber hielt ihn zurück; er kniete an der Seite seines sterbenden Kindes nieder und brach in Tränen aus. Marcella konnte nur noch einige Sekunden die Augen freundlich zu uns aufschlagen und schloss sie dann für immer im Tode.

Der Vater und ich knieten noch immer neben der Leiche der armen Schwester, als die Stiefmutter hereintrat. Sie tat sehr bekümmert über das schreckliche Schauspiel, schien aber nicht, wie es doch bei den meisten Weibern der Fall ist, beim Anblick des Blutes zurückzubeben.

›Armes Kind!‹, sagte sie. ›Es muss der große weiße Wolf gewesen sein, der eben an mir vorbeikam und mich sehr erschreckte. Sie ist ganz tot, Krantz.‹

›Ich weiß – ich weiß es!‹, rief mein Vater in bitterem Schmerze.

Ich dachte, mein Vater würde sich nie wieder von den Folgen dieses zweiten Unglücks erholen. Er weinte bitterlich über der Leiche seines geliebten Kindes und mochte sie mehrere Tage nicht dem Grabe anvertrauen, obgleich die Stiefmutter ihn häufig darum anging. Endlich gab er nach und schaufelte ein Grab aus, dicht neben dem meines armen Bruders. Er traf dabei jede nur mögliche Vorsorge, damit die Wölfe den Überresten meiner armen Schwester nichts anhaben möchten.

Ich fühlte mich wirklich recht elend, wenn ich so allein in dem Bett lag, das ich früher mit meinem Bruder und meiner Schwester geteilt hatte. Ich konnte mich des Gedankens nicht erwehren, dass die Stiefmutter mit dem Tode beider etwas zu tun habe, obschon ich mir über die Art und Weise keine Rechenschaft zu geben vermochte. Aber ich fürchtete mich nicht länger vor ihr; mein kleines Herz war mit Hass und Rachsucht erfüllt.

Die Nacht nach dem Begräbnis meiner Schwester lag ich wach auf meinem Lager und bemerkte, dass meine Stiefmutter aufstand und die Hütte verließ. Ich wartete eine Weile, kleidete mich dann an und schaute zur Türe hinaus, die ich halb geöffnet hatte. Der Mond schien hell, und ich konnte die Stelle sehen, an der meine Geschwister begraben waren. Da bemerkte ich nun zu meinem Entsetzen, dass die Stiefmutter eifrig damit beschäftigt war, die Steine von Marcellas Grab zu entfernen.

Sie war in ihrem weißen Nachtgewand, und der Mond schien voll auf sie nieder. Ich bemerkte, wie sie mit den Händen grub und mit der ganzen Heftigkeit einer wilden Bestie die Steine hinter sich warf. Es stund eine Weile an, ehe ich mich besinnen und einen Entschluss fassen konnte. Endlich sah ich, dass sie an die Leiche herangekommen war. Sie zog sie heraus und legte sie neben das Grab. Jetzt konnte ich es nicht länger ertragen; ich eilte zu meinem Vater und weckte ihn. ›Vater, Vater!‹, rief ich. ›Kleidet Euch an und holt Euer Gewehr‹

›Wie?‹, rief mein Vater. ›Sind die Wölfe da?‹

Er sprang aus seinem Bett, legte die Kleider an und schien in seiner Hast die Abwesenheit seines Weibes nicht zu bemerken. Sobald er fertig war, öffnete er die Türe und ging hinaus; ich folgte ihm.

Man denke sich aber sein Entsetzen, als er, auf einen solchen Anblick gänzlich unvorbereitet, an dem Grabe nicht einen Wolf entdeckte, sondern sein Weib in Nachtkleidern, das auf Händen und Knien über der Leiche meiner Schwester kauerte, große Stücke Fleisch abriss und sie mit der ganzen Gier eines Wolfes verschlang. Sie war zu eifrig beschäftigt, um uns gewahr zu werden. Mein Vater ließ seine Waffe sinken – ihm und mir standen die Haare zu Berge. Sein Atem ging schwer und schien dann für eine Weile zu stocken. Ich hob das Gewehr auf und gab es ihm in die Hand. Da war es, als ob die Wut ihm plötzlich doppelt Kraft gegeben hätte; er legte seine Waffe an, und mit einem lauten Schrei sank die Elende zusammen, die er an seinem Busen genährt hatte.

›Gott im Himmel!‹, rief mein Vater und brach ohnmächtig zusammen, sobald er sein Gewehr abgefeuert hatte.

Ich blieb eine Weile an seiner Seite, bis er sich wieder erholte. ›Wo bin ich?‹, rief er. ›Was ist geschehen? – Ach! – Ja, ja, ich entsinne mich jetzt. Himmel, vergib mir!‹

Er stand auf, und wir gingen nach dem Grabe. Aber nun denkt Euch aufs Neue unseren Schrecken und unser Erstaunen, als wir statt meiner toten Stiefmutter, welche wir zu finden erwarteten, über der verstümmelten Leiche meiner armen Schwester eine große, weiße Wölfin liegen sahen.

›Der weiße Wolf!‹, rief mein Vater. ›Der weiße Wolf, der mich in den Wald lockte – ich verstehe jetzt alles – ich habe mit den Geistern des Harzgebirges verkehrt.‹

Eine Weile blieb mein Vater stumm und in tiefen Gedanken. Dann hob er die Leiche meiner Schwester behutsam auf, legte sie wieder in das Grab und bedeckte sie wie zuvor. Nun aber begann er wie ein Wahnsinniger zu rasen und zertrat den Kopf des toten Tieres mit dem Absatz seines Stiefels. Er ging nach der Hütte zurück, schloss die Türe und warf sich auf das Bett. Ich tat das Gleiche; denn ich war vor Schreck ganz betäubt.

Am andern Morgen wurden wir in aller Frühe durch ein lautes Klopfen an der Türe geweckt, und der Jäger Wilfried stürzte herein.

›Meine Tochter – Mensch – meine Tochter! Wo ist meine Tochter!‹, rief er wütend.

›Hoffentlich dort, wo diese Elende – dieser Teufel hingehört!‹, versetzte mein Vater, während er aufsprang und dem Jäger in gleichem Grimme entgegentrat. ›Wo sie hingehört – in die Hölle! – Verlass diese Hütte, oder es soll dir noch schlechter ergehen.‹

›Ha – ha!‹, entgegnete der andere. ›Glaubst du, du könntest einem mächtigen Geist des Harzgebirges etwas anhaben? Armer Sterblicher, der du eine Werwölfin heiraten musstest.‹

›Fort mit dir, Dämon! Ich trotze dir und deiner Macht!‹

›Du wirst sie noch fühlen. Erinnere dich deines Eides – des feierlichen Eides –, nie deine Hand gegen sie zu erheben, um ihr ein Leides zu tun.‹

›Ich habe keinen Pakt mit bösen Geistern geschlossen.‹

›Du hast es. Und wenn du den Eid brächest, sollte dich die ganze Rache der Geister treffen. Deine Kinder sollten zugrunde gehen durch die Geier, den Wolf –‹

›Hinaus, hinaus, Teufel!‹

›Und ihre Gebeine bleichen in der Wildnis – ha, ha!‹

Mein Vater griff vor Wut ganz außer sich nach seiner Axt und schwang sie über Wilfrieds Kopf.

›Dies alles schwöre ich‹, fuhr der Jäger höhnend fort.

Die Axt fuhr nieder, aber sie ging durch die Gestalt des Jägers hindurch. Mein Vater verlor sein Gleichgewicht und stürzte zu Boden.

›Sterblicher!‹, rief der Jäger, über den Körper meines Vaters wegschreitend. ›Wir haben nur über diejenigen Macht, welche einen Mord begangen haben. Du hast dich eines Doppelmords schuldig gemacht – und sollst die Strafe erleiden, die sich an dein Heiratsgelübde knüpft. Zwei deiner Kinder sind schon dahin und das dritte wird nicht verschont bleiben – ja, auch dieses wird noch nachfolgen; denn dein Eid ist gehört worden. Geh – es wäre eine gute Tat, dich zu töten – deine Strafe sei, dass du lebst.‹

Mit diesen Worten verschwand der Geist. Mein Vater erhob sich vom Boden, umarmte mich zärtlich und kniete im Gebet nieder.

Am andern Morgen verließ er die Hütte für immer. Er nahm mich mit und lenkte seine Schritte nach Holland, wo wir wohlbehalten anlangten. Er hatte einiges Geld bei sich, aber ehe er sich lange in Amsterdam aufgehalten hatte, wurde er von einem Hirnfieber befallen und starb in tobendem Wahnsinn. Ich wurde ins Waisenhaus gebracht und nachher als gemeiner Matrose auf See geschickt. – Ihr kennt jetzt meine ganze Geschichte. Es fragt sich nun, ob ich für den Eid meines Vaters büßen muss. Ich bin vollkommen davon überzeugt, dass dies in der einen oder anderen Weise geschehen wird.«

Am zweiundzwanzigsten Tage bekamen unsere Abenteurer das Hochland im Süden von Sumatra zu Gesicht. Da sie keine Schiffe bemerkten, so beschlossen sie, ihren Kurs durch die Straße zu halten und nach Pulo Penang zu laufen, welches sie, da ihr Schiff so dicht am Winde lag, in sieben oder acht Tagen zu erreichen hofften. Unter der Glut der Sonne waren ihre Gesichter so gebräunt worden, dass sie mit ihren langen Bärten und in ihren Moslemgewändern leicht für Eingeborene gelten konnten. Sie waren tagsüber unter der heißen Sonnenglut gesegelt und hatten im Tau der Nacht geschlafen, ohne dass ihre Gesundheit darunter gelitten hätte; aber Krantz wurde, einige Tage nachdem er unserem Helden die Geschichte seiner Familie anvertraut hatte, mit einem Male schweigsam und trübsinnig. Die gute Laune, die er für gewöhnlich an den Tag legte, war plötzlich verschwunden, und Philipp fragte ihn oft nach der Ursache. Als sie in die Malakka-Straße einliefen, sprach unser Held von dem, was nach der Ankunft in Goa zu tun sei. Krantz erwiderte jedoch mit Ernst: »Philipp, ich habe seit einigen Tagen eine düstere Vorahnung, dass ich diese Stadt nicht sehen werde.«

»Fühlt Ihr Euch unwohl, Krantz?«, fragte Philipp.

»Nein, ich bin an Körper und Geist gesund. Ich habe zwar versucht, mich der Gedanken zu entschlagen, aber vergeblich. Eine warnende Stimme ruft mir unaufhörlich zu, dass ich nicht mehr lange bei Euch sein werde. Philipp, wollt Ihr so gütig sein, mich über einen einzigen Punkt zu beruhigen? Ich trage Geld bei mir, das Euch nützlich werden kann; tut mir den Gefallen, es zu Euch zu nehmen.«

»Welcher Unsinn, Krantz!«

»Es ist kein Unsinn, Philipp. Habt Ihr nicht auch Eure bösen Vorahnungen gehabt? Warum sollte es bei mir nicht gleichfalls möglich sein? Ihr wisst, dass ich keine Furcht kenne und dass der Tod mir gleichgültig ist; aber die Vorahnung, von der ich spreche, verstärkt sich von Stunde zu Stunde. Es ist irgendein freundlicher Geist, der mir den Wink gibt, mich für eine andere Welt vorzubereiten. Sei es drum. Ich habe lange genug gelebt, um dieses Tal der Leiden bereitwillig verlassen zu können, obgleich es mir – ich gebe es zu – keineswegs leicht wird, mich von Euch und Aminen zu trennen, da ihr die beiden einzigen Wesen seid, welche mir teuer wurden.«

»Könnte der Grund nicht in der allzu großen Anstrengung und in der Erschöpfung liegen, Krantz? Bedenkt nur die Aufregung, unter der wir seit vier Monaten leiden. Reicht das nicht aus, um eine solche Niedergeschlagenheit zu erzeugen? Verlasst Euch darauf, mein lieber Freund, dass es nichts anderes ist.«

»Ich wollte, es wäre so, aber ich glaube es nicht. Auch verbindet sich eine gewisse Freude mit dem Gedanken, dass ich diese Erde verlassen soll. Sie kommt aus einer anderen Vorahnung, die gleichfalls meinen Geist beschäftigt.«

»Und das wäre?«

»Ich weiß es Euch kaum zu sagen, aber Amine und Ihr steht damit in Verbindung. Ich habe in meinen Träumen gesehen, wie ihr wieder zusammentraft; doch schien es mir, als ob ein Teil eurer Prüfungen absichtlich durch düstere Wolken vor meinen Blicken verhüllt werde. Ich fragte: ›Darf ich nicht sehen, was dort verborgen ist?‹ – und ein unsichtbares Wesen antwortete: ›Nein, es würde dich unglücklich machen. Ehe diese Heimsuchung stattfindet, wirst du abberufen sein.‹ Ich dankte dann dem Himmel und fügte mich.«

»Das sind nur die Einbildungen einer aufgeregten Fantasie, Krantz. Ohne Zweifel ist es wahr, dass mir noch viele Leiden bevorstehen, aber warum sollen sie Amine treffen? – oder warum solltet Ihr, jung, in der Blüte der Gesundheit und Kraft, nicht Eure Tage in Frieden hinbringen und ein hohes Alter erreichen? Ich sehe keinen Grund, das Gegenteil zu glauben. Morgen wird Euch besser sein.«

»Vielleicht«, antwortete Krantz. »Aber dennoch müsst Ihr meiner Grille nachgeben und das Geld nehmen. Bin ich im Irrtum und erreichen wir wohlbehalten das Ziel, so weiß ich wohl, Philipp, dass Ihr mirs wieder zurückgebt«, bemerkte Krantz mit einem matten Lächeln, »aber Ihr vergesst, dass unser Wasser beinahe zu Ende ist. Wir müssen nach einem Bach an der Küste spähen, um frischen Vorrat an Bord zu nehmen.«

»Ich dachte auch daran, noch ehe Ihr diesen unwillkommenen Gegenstand zur Sprache brachtet. Wir werden gut daran tun, uns noch vor der Dunkelheit nach Wasser umzusehen; sobald wir unsere Krüge gefüllt haben, können wir unsere Fahrt wieder aufnehmen.«

Zu der Zeit, als dieses Gespräch stattfand, steuerten sie auf der Ostseite der Straße, etwa vierzig Meilen von ihrem südlichen Ende entfernt. Landeinwärts sah man ein Felsengebirge, das jedoch zur Küste hin allmählich in eine Niederung überging, die mit Wald und Gebüsch bedeckt war und bis ans Ufer reichte. Das Land schien unbewohnt zu sein. Sich dicht ans Gestade haltend, entdeckten sie nach zweistündiger Fahrt einen frischen Strom, der in einem

Wasserfall vom Gebirge niederrauschte und sich durch das Gebüsch schlängelte, bis er sich in die Meerenge ergoss.

Sie fuhren dicht an die Flussmündung heran, strichen die Segel und ruderten die Piroge gegen die Strömung, bis sie weit genug vorgerückt waren, um überzeugt sein zu dürfen, dass sie sich auf Süßwasser befanden. Die Krüge waren bald gefüllt, und sie gedachten, wieder in See zu stechen, als sie, verführt von der Schönheit dieses Fleckens Erde und der langen Gefangenschaft an Bord ihres Schiffes überdrüssig, auf die Idee kamen, sich in dem kühlen Wasser zu baden – ein Hochgenuss, den diejenigen kaum zu würdigen wissen, welche sich nie in einer ähnlichen Lage befunden haben. Sie warfen ihre Kleider ab und stürzten sich in den Strom, in welchem sie eine Zeit lang blieben. Krantz stieg als Erster wieder heraus; er klagte über ein Frösteln und begab sich nach der Stelle, an der sie ihre Kleider abgelegt hatten. Philipp näherte sich gleichfalls dem Ufer, um ihm zu folgen.

»Das ist jetzt eine gute Gelegenheit, Philipp«, sagte Krantz, »Euch das Geld zu geben. Ich schütte es aus meiner Schärpe, und Ihr könnt es in der eurigen aufbewahren, ehe Ihr sie wieder anzieht.«

Philipp stand noch immer im Wasser, das ihm etwa bis zur Hüfte ging.

»Nun, Krantz«, entgegnete er, »wenn Ihr nun einmal darauf besteht, so seis drum, obschon mir der Gedanke gar lächerlich vorkommt; indes sollt Ihr Euren Willen haben.«

Philipp stieg aus dem Wasser und setzte sich neben Krantz nieder, der bereits damit beschäftigt war, die Dublonen aus den Falten seiner Schärpe zu schütteln. Endlich sagte er: »Ich glaube, Philipp, Ihr habt jetzt alles. Gut, ich bin zufrieden.«

»Ich kann mir nicht vorstellen, welche Gefahr Euch bedrohen könnte, der ich nicht in gleicher Weise ausgesetzt wäre«, entgegnete Philipp. »Je nun –«

Er hatte jedoch kaum die Worte ausgesprochen, als sich ein furchtbares Gebrüll vernehmen ließ. Durch die Luft sauste es wie ein gewaltiger Wind – es folgte ein Stoß, der ihn auf den Rücken niederwarf, ein lauter Schrei und ein Ringen. Philipp fasste sich wieder und sah, wie die nackte Gestalt seines Freundes Krantz von einem ungeheuren Tiger pfeilschnell in den Dschungel entführt wurde. Er blickte mit starren Augen auf die Schreckensszene, und in wenigen Sekunden waren Krantz und das Untier verschwunden!

»Gott im Himmel, hättest du mir doch dies erspart!«, rief Philipp und warf sich in bitterem Schmerz auf sein Gesicht nieder. »Oh, Krantz, mein Freund – mein Bruder – nur allzu richtig war deine Ahnung. Gnädiger Gott, habe Erbarmen! – Doch Dein Wille geschehe!«

Und Philipp brach in einen Strom von Tränen aus. Länger als eine Stunde blieb er wie gebannt auf der Stelle, ohne der Gefahr zu achten, die ihn umgab. Endlich fasste er sich einigermaßen. Er stand auf, kleidete sich an und setzte sich dann wieder. Seine Blicke hingen an den Kleidern seines Freundes und dem Gold, das noch immer auf dem Sand lag.

»Er wollte mir sein Gold geben und hat sein Ende vorausgesagt. Ja, ja, es war ihm vorherbestimmt, und sein Schicksal hat sich erfüllt! Seine Gebeine werden bleichen in der Wildnis, und der gespenstische Jäger und seine wölfische Tochter sind gerächt.«

Die Dunkelheit brach herein, und das dumpfe Heulen der wilden Tiere im Wald rief Philipp die Gefahr ins Gedächtnis, die seinem eigenen Leben drohte. Er dachte an Amine, packte hastig die Kleider und das Geld seines Freundes zusammen, stieg in die Piroge und stieß mit einiger Mühe vom Land ab. Schweigend und mit schwerem Herzen hisste er das Segel, um seine Fahrt wieder aufzunehmen.

»Ja, Amine«, dachte Philipp, während er die funkelnden Sterne betrachtete, »ja, du hast recht, wenn du behauptest, die Schicksale der Menschen ließen sich vorauswissen und manchen sei es gegeben, in der Zukunft zu lesen. Meine Bestimmung ist es, dass ich losgerissen werden soll von allem, was ich auf Erden wertschätze, um einsam und verlassen zu sterben. Wenn dies der Fall ist, dann willkommen, Tod – tausendmal willkommen! Welche Erleichterung wirst du nicht für mich sein! Mit welcher Freude werde ich nicht dem Rufe folgen, der den Müden Ruhe bringt! Ich habe meine Aufgabe zu erfüllen; gebe Gott, dass es bald geschehen sein möge und mein Leben fortan nicht mehr durch Heimsuchungen wie diese verbittert werde.«

Philipp weinte abermals; denn Krantz war sein bewährter und geschätzter Freund und sein Gefährte in Gefahren und Entbehrungen gewesen, seit jener Leidenszeit, die sie erlebt hatten, als die holländische Flotte durch die Magellanstraße ihren Weg nach Indien suchte.

Nach sieben Tagen schmerzlichen Wachens und Grübelns langte Philipp zu Pulo Penang an, wo er ein Schiff entdeckte, das im Begriffe war, nach Goa abzusegeln. Er legte neben ihm an und stellte fest, dass es eine Brigg unter portugiesischer Flagge war, die jedoch nur zwei Portugiesen an Bord hatte, da der Rest der Mannschaft aus Eingeborenen bestand. Er stellte sich als Engländer in portugiesischen Diensten vor, der Schiffbruch erlitten habe, und da er sich erbot, seine Überfahrt zu bezahlen, so wurde er sehr bereitwillig aufgenommen. Ein paar Tage nachher stach die Brigg in See.

Die Reise war glücklich; nach sechs Wochen ankerten sie in der Reede von Goa und fuhren am nächsten Tag den Strom hinauf. Der portugiesische Kapitän unterrichtete Philipp darüber, wo er eine Unterkunft finden könne, und gab ihn für einen von seiner Schiffsmannschaft aus, sodass ihm keine Schwierigkeiten in den Weg gelegt wurden, als er an Land ging. In seiner neuen Unterkunft begann unser Held alsbald seinen Wirt zu befragen, ob er nichts von einer jungen Frau wisse, die vor einigen Wochen in einem Schiff angelangt sei, konnte aber dabei nichts erfahren, was ihm über das Schicksal seiner Amine irgendeinen Aufschluss gegeben hätte.

»Signor«, sagte der Wirt, »morgen ist das große Autodafé; wir können nichts tun, bis es vorüber ist. Dann will ich Euch zu jeder gewünschten Auskunft verhelfen. Inzwischen mögt Ihr Euch die Stadt betrachten; morgen will ich Euch nach einer Stelle bringen, wo Ihr die große Prozession mit ansehen könnt – und dann wollen wir sehen, was wir tun können, um Euch in Euren Nachforschungen Beistand zu leisten.«

Philipp ging aus, besorgte sich andere Kleider, entfernte seinen Bart und spazierte dann durch die Stadt, nach jedem Fenster hinaufblickend, um zu sehen, ob er nicht Amine entdecken könne. An einer Straßenecke glaubte er, den Pater Matthias zu erkennen und eilte auf ihn zu; aber der Mönch hatte seine Kapuze über den Kopf gezogen und gab keine Antwort, als unser Held ihn mit dem Namen des Pater Matthias anredete.

»Ich habe mich getäuscht«, dachte Philipp, »aber ich dachte wahrhaftig, er wäre es.«

Und er hatte recht; es war Pater Matthias, der sich auf diese Weise davor zu bewahren suchte, dass Philipp ihn wieder erkannte.

Ermattet kehrte er endlich vor Einbruch der Nacht nach dem Gasthof zurück, in dem er sich eingemietet hatte. Es hatte sich dort viel Volk eingefunden; aus meilenweiter Entfernung war alles nach Goa gekommen, um das Autodafé mit anzusehen, und jedermann sprach von der Zeremonie.

»Ich bin auf diese große Prozession begierig«, sagte Philipp zu sich selbst, als er sich auf sein Bett warf. »Es wird für eine Weile meinen Gedanken eine andere Richtung geben; denn Gott weiß, wie schmerzlich sie mir werden. Amine, teure Amine, mögen die Engel dich beschützen!«

40

Obgleich der nächste Morgen ihrem ganzen Hoffen und Fürchten – ihrem kurzen Erdenglück – ihrem Elend und ihrer Ungewissheit ein jähes Ende setzen sollte, schlief Amine doch, bis ihr letzter irdischer Schlummer durch das Aufriegeln der Zellentüre gestört wurde und der Oberschließer mit einem Lichte erschien. Amine fuhr auf – sie hatte von ihrem Gatten, von glücklichen Kunden geträumt und erwachte jetzt zu einer traurigen Wirklichkeit. Der Kerkermeister hatte ein Kleid in der Hand und orderte sie auf, es anzuziehen. Er zündete eine Lampe an und ließ sie allein. Das Kleid war aus schwarzer Sersche mit weißen Streifen.

Amine legte es an, warf sich wieder auf das Bett und versuchte, sich den Traum ins Gedächtnis zu rufen, aus dem sie aufgestört worden war – aber vergeblich. Zwei Stunden vergingen; dann erschien der Kerkermeister und forderte sie auf, ihm zu folgen. Es gehört vielleicht zu den schauderhaftesten Gepflogenheiten der Inquisition, dass die Gefangenen, mögen sie nun ihre Schuld bekannt haben oder nicht, nach der Anklage wieder in ihre Kerker zurückkehren müssen, ohne sich die mindeste Vorstellung über ihr Urteil machen zu können, und wenn sie am Morgen der Hinrichtung vorgeladen werden, befinden sie sich noch in der gleichen Ungewissheit.

Die Kerkerknechte holten die Gefangenen aus den verschiedenen Zellen ab und führten sie in eine große Halle, wo sie ihre Leidensgenossen versammelt fanden.

In diesem riesigen, schwach beleuchteten Raum, sah man ungefähr zweihundert Menschen, die sich an die Wände lehnten, als ob sie dort Hilfe suchten; sie waren alle in schwarz-weiße Sersche gekleidet und standen so regungslos, so verängstigt da, dass man sie hätte für Bildsäulen halten können, wenn nicht ihre Augen, die unablässig den auf- und abschreitenden Kerkerknechten folgten, das Gegenteil bewiesen hätten. Sie litten die Qual der Ungewissheit, die noch weit schlimmer ist als Todesqualen. Nach einer Weile wurde jedem Gefangenen eine ungefähr fünf Fuß lange Wachskerze in die Hand gegeben, und dann mussten einige über ihre Gewänder die Sanbenitos, andere die Samarias anlegen. Diejenigen, welche diese mit Flammen bemalten Kleider erhielten, gaben sich für verloren, und es war schrecklich, die Angst eines jeden Einzelnen mit anzusehen, als die Kleider eines nach dem andern verteilt wurden; entsetzt und mit großen Schweißtropfen auf der Stirne warteten sie, ob nicht vielleicht auch ihnen eines gereicht würde. Alles war Zweifel, Furcht und Todesangst!

Aber die Gefangenen in dieser Halle gehörten nicht unter diejenigen, welche den Tod zu erleiden hatten. Die Träger der Sanbenitos sollten nur in der Prozession mitziehen und eine leichte Bestrafung erhalten. Die in Samarias Gekleideten waren verurteilt worden, hatten sich aber durch das Bekenntnis ihres Verbrechens vor dem verzehrenden Feuer gerettet; die Flammen auf ihren Kleidern zeigten *nach unten,* und das bedeutete, dass sie nicht hingerichtet werden sollten; aber die Unglücklichen wussten dies nicht, und alle Schrecken eines grausamen Todes vergegenwärtigten sich ihren Sinnen!

Eine andere Halle, ähnlich der, nach welcher die Männer geführt wurden, war mit weiblichen Verbrechern angefüllt.

Auch hier wurden die gleichen Zeremonien eingehalten – die selbe Ungewissheit, Furcht und Todesangst malte sich auf jedem Gesicht. Es gab jedoch noch ein drittes Gemach, kleiner als die beiden übrigen, welches denjenigen vorbehalten blieb, die verurteilt worden waren und den Tod am Pfahl sterben sollten. In diesen Raum wurde Amine geführt und fand daselbst sieben andere, wie sie gekleidete Gefangene, von denen nur zwei Europäer, die übrigen fünf aber Negersklaven waren. Jeder hatte seinen Beichtvater bei sich und lauschte angelegentlich auf dessen Ermahnungen. Ein Mönch näherte sich Aminen, aber sie wehrte mit einer Handbewegung ab; er sah sie an, spie auf den Boden und fluchte ihr. Jetzt kam der Hauptschließer mit den Gewändern für diejenigen, welche sich in dem kleinen Gemach befanden; es waren Samarias, die sich von den anderen nur dadurch unterschieden, dass die aufgemalten Flammen *nach oben* gerichtet waren. Diese Gewänder waren aus grauem Stoff und lose wie Fuhrmannskittel; auf dem unteren Teil sah man vorn und hinten das aufgemalte Bild der Verurteilten – das heißt, nur das Gesicht – über einem brennenden Reisigbündel, von Flammen und Dämonen umgeben. Unter dem Porträt stand zu lesen, für welches Verbrechen der Gefangene den Tod erleiden sollte. Sie mussten zuckerhutförmige Mützen aufsetzen, die mit Flammen bemalt waren, und man gab ihnen lange Wachskerzen in die Hand.

Amine und die anderen Verurteilten mussten in dieser Aufmachung einige Stunden ausharren, ehe die Prozession begann; denn der Schließer hatte sie schon morgens um zwei Uhr geweckt.

Die Sonne ging strahlend auf, sehr zur Freude der Mitglieder des Heiligen Offiziums, denen es sehr unlieb gewesen wäre, wenn sie an einem Tage schlechtes Wetter gehabt hätten, an welchem sie die Ehre der Kirche verteidigten und den Beweis lieferten, wie treulich sie sich an die weisen Lehren des Erlösers hielten, der da Erbarmen, Liebe und Vergebung fordert. Gott im Himmel! Und nicht nur die Mitglieder der Heiligen Inquisition freuten sich, sondern auch Tausende und Abertausende, welche von allen Seiten herbeigeströmt waren, um die furchtbare Zeremonie mitanzusehen und ein Freudenfest zu feiern – viele von Fanatismus und Aberglauben getrieben, die meisten aber aus bloßer Gedankenlosigkeit und Freude am Schaugepränge. Die Straßen und Plätze, durch welche die Prozession ziehen sollte, waren schon zu früher Morgenstunde mit Menschen angefüllt.

Seidenstoffe, Gobelins und mit Gold und Silber durchwirkte Tücher hingen zu Ehren der Prozession über die Balkone oder zu den Fenstern heraus. Auf jeder Altane, an jedem Fenster drängten sich Damen und Kavaliere in ihrem prunkhaftesten Anzug, sehnlich erwartend, dass die Unglücklichen vor ihrer Hinrichtung an ihnen vorbeikämen. Die Welt liebt die Aufregung, und wo konnte sie ein abergläubisches Volk besser finden, als auf einem Autodafé?

Bei Sonnenaufgang begann die große Glocke der Kathedrale zu läuten, und alle Gefangenen wurden nach der großen Halle hinuntergeführt, damit man die Prozession ordnen könne. Am großen Eingangstor saß unter einem Thronhimmel der Großinquisitor, umgeben von vielen der bedeutendsten Personen aus dem Adel und dem vornehmen Bürgertum Goas. Hinter ihm stand sein Sekretär, der, als die Gefangenen an dem Throne vorbeikamen und namentlich aufgerufen wurden, jeweils den Namen eines jener Kavaliere hinzufügte, der sodann unverweilt vortrat und seine Stelle neben dem Gefangenen einnahm. Diese Leute werden »Paten« genannt; ihre Aufgabe besteht darin, den ihnen Anbefohlenen zu begleiten und für ihn verantwortlich zu sein, bis die Zeremonie vorüber ist. Die Übertragung eines solchen Amtes durch den Großinquisitor wird für eine hohe Ehre gehalten.

Endlich begann die Prozession. Voran trug man die Fahne der Dominikaner, da dieser Orden die Inquisition gründete und deshalb die Eröffnung des Zuges als sein Recht ansprach. Hinter dem Banner folgten die Mönche selbst in doppelter Reihe. Und was war wohl das Motto ihrer Fahne? »Justitia et Misericordia«! Dann kamen die Verurteilten, etwa dreihundert an der Zahl, jeder mit seinem Paten an der Seite und einer großen, brennenden Wachskerze in der Hand. Diejenigen, die sich nur eines harmlosen Vergehens schuldig gemacht hatten, mussten barfuß und mit entblößtem Haupt vorangehen. Dieser Abteilung, welche nur die schwarz-weiße Sersche trug, folgten die Sanbenitos und dann die Samarias mit den umgekehrten Flammen. Hinter ihnen wurde der Zug durch ein großes Kruzifix unterbrochen; es wurde so getragen, dass die geschnitzte Gestalt des gekreuzigten Erlösers den Vorangehenden zugewandt war. Hiermit sollte angedeutet werden, dass diejenigen, auf welche der Heiland niedersah, nicht den Tod erleiden sollten, während die Nachfolgenden, von denen der Erlöser sich abgekehrt hatte, für immer verderben sollten – in dieser und in jener Welt.

Dem Kruzifix folgten die acht zum Tode Verurteilten – zuletzt Amine als die größte Verbrecherin. Aber damit schloss die Prozession noch nicht. Hinter Aminen wurden fünf Bilder auf Stangen getragen; sie waren in die gleichen mit Flammen und Teufeln bemalten Gewänder gehüllt. Jedem Bilde folgte ein Sarg, der ein Skelett enthielt. Die Bilder stellten diejenigen vor, welche in ihrem Kerker oder unter den Qualen der Folter gestorben und nach ihrem Tode zum Scheiterhaufen verurteilt worden waren. Man hatte die Skelette wieder ausgegraben, und die sollten jetzt die selbe Strafe erleiden, die ihnen im Leben geworden wäre. Die Bilder sollten an die Pfähle geheftet und die Gebeine von den Flammen verzehrt werden. Dann folgten die Mitglieder der Inquisition, die Vertrauten, die Mönche, die Priester und Hunderte von Büßenden in schwarzen Gewändern und mit verhüllten Gesichtern – alle trugen brennende Wachskerzen in der Hand.

Es währte zwei Stunden, bis die Prozession, welche fast jede bedeutende Straße von Goa durchzog, in der Kathedrale anlangte, wo die weiteren Zeremonien vorgenommen werden sollten. Die Barfüßigen konnten nun kaum mehr gehen; denn die kleinen scharfen Steine hatten ihre Füße dermaßen verwundet, dass jeder ihrer Schritte auf dem Boden der Kathedrale eine blutige Spur hinterließ.

Der Hochaltar der Kirche war mit schwarzem Tuch behangen und mit Tausenden von Wachskerzen erhellt. Auf der einen Seite befand sich ein Thron für den Großinquisitor, auf der anderen eine erhöhte Plattform für den Vizekönig von Goa und sein Gefolge. Im mittleren Gang standen Bänke für die Gefangenen und ihre Paten; die übrigen Teilnehmer der Prozession verteilten sich rechts und links unter den Zuschauern. Nachdem die Schuldiggesprochenen die Kathedrale betreten hatten, wurden sie nach ihren Sitzen geführt; diejenigen, die am wenigsten verbrochen hatten, saßen am nächsten beim Altar, die zum Tode Verurteilten am fernsten von ihm.

Die blutende Amine wankte nach ihrem Sitz und harrte mit Sehnsucht der Stunde entgegen, welche sie aus der christlichen Welt abberufen würde. Sie dachte nicht an sich selbst oder an die ihr bevorstehenden Leiden, sondern nur an Philipp – dass er sicher sei vor diesen erbarmungslosen Geschöpfen – und dass ihr das Glück werde, zuerst zu sterben, um in einer Welt der Seligen wieder mit ihm zusammenzutreffen. Durch die lange Gefangenschaft entkräftet, von banger Beklommenheit erfüllt und erschöpft von ihrem Schmerzensgang, der sie nach der Kerkerhaft vieler Monate plötzlich wieder der glühenden Sonne ausgesetzt hatte, war sie nicht mehr die gleiche strahlende Schönheit wie zuvor; umso rührender erschienen jetzt ihre abgehärmten, aber immer noch vollkommenen Züge.

Ein Gegenstand der allgemeinen Neugierde, war sie mit gesenkten, fast geschlossenen Augen einhergegangen; aber wenn sie hin und wieder einmal aufsah, kündete das Feuer in ihren Blicken von ihrer stolzen Seele, und viele betrachteten sie mit scheuer Verwunderung, während die Mehrzahl es beklagte, dass ein so junges und liebenswürdiges Geschöpf zu einem so schrecklichen Schicksal verdammt sein sollte. Amine hatte ihren Sitz in der Kathedrale kaum eingenommen, als sie, von der Erschöpfung und der Macht ihrer Gefühle überwältigt, ohnmächtig zusammenbrach.

Trat niemand vor, ihr Beistand zu leisten, sie aufzurichten und ihr belebende Mittel anzubieten? Nein – niemand. Hunderte würden es wohl getan haben, aber sie wagten es nicht – sie war ausgestoßen, exkommuniziert, verlassen und verloren, und hätte jemand aus Erbarmen für einen leidenden Mitmenschen sich unterfangen, sie aufzurichten, so wäre er jedenfalls mit Argwohn betrachtet, höchstwahrscheinlich aber vor Gericht gestellt worden, um diese Gewissenssache mit der Heiligen Inquisition abzumachen.

Nach einer Weile kamen zwei Gerichtsdiener der Inquisition auf Amine zu, um ihr wieder auf ihren Sitz zu helfen, und sie erholte sich hinreichend, um sich auf ihm halten zu können.

Jetzt predigte ein Dominikanermönch über das gütige Erbarmen und die väterliche Liebe des Heiligen Offiziums. Er verglich die Inquisition mit der Arche Noah, aus der nach der Sintflut alle Tiere wieder hervorkamen, nur mit dem großen Unterschiede, dass die Tiere die Arche in demselben Zustand verließen, in welchem sie hineingegangen waren, während diejenigen, welche mit der ganzen Unmenschlichkeit ihres Charakters und mit den Herzen von Wölfen die Räume des Heiligen Offiziums betreten hatten, dieselben so sanft und geduldig wie Lämmer verließen. Dann stieg der öffentliche Ankläger auf die Kanzel und verlas die Verbrechen der Verurteilten wie auch die Strafen, welche sie erleiden sollten. Jeder Gefangene, dessen Urteil an die Reihe kam, wurde von den Dienern des Offiziums vor die Kanzel gebracht, damit er stehend und mit der Wachskerze in der Hand den Spruch vernehme. Sobald die Urteile aller derjenigen, deren Leben geschont werden sollte, verlesen waren, legte der Großinquisitor sein priesterliches Gewand an und erschien im Gefolge mehrerer anderer, um die Begnadigten von dem Bannfluch, den sie sich zugezogen hatten, loszusprechen, indem er sie mit Weihwasser besprengte.

Sobald dieser Teil der Zeremonie vorüber war, wurden der Reihe nach die zur Hinrichtung Bestimmten und die Bilder derjenigen, welche dem Heiligen Offizium durch den Tod entkommen waren, vor die Kanzel gebracht, und man verlas ihre Urteile. Der Schluss war bei allen gleich lautend – dass es der Heiligen Inquisition in Anbetracht der Verstocktheit des Gefangenen und der Ungeheuerlichkeit seiner Verbrechen nicht möglich sei, ihn zu begnadigen. Mit großem Herzeleid überantwortete man ihn daher dem weltlichen Richter, dass er die Strafe der Gesetze an ihm vollziehe. Zugleich wolle man die Obrigkeit ermahnt haben, dem unglücklichen Elenden Milde und Erbarmen zu erweisen, und wenn denn einmal ein Todesurteil vollstreckt werden müsse, so solle es jedenfalls ohne Blutvergießen geschehen.

Welcher Hohn lag doch in dieser scheinbaren Fürbitte, kein Blut zu vergießen, wenn an ihre Erfüllung die Qual des Scheiterhaufens geknüpft war!

Amine war die Letzte, welche vor die Kanzel geführt wurde; diese befand sich an einer der dicken Säulen des Mittelschiffs, dicht neben dem Throne, welchen der Großinquisitor einnahm.

»Du, Amine Vanderdecken –« rief der öffentliche Ankläger.

In diesem Augenblick ließ sich ein ungewöhnliches Geräusch in der Menschenmenge unter der Kanzel vernehmen; es gab ein Handgemenge und einen Wortwechsel, die Beamten erhoben ihre Stäbe, um Anstand und Ruhe zu gebieten – aber ohne Erfolg.

»Du, Amine Vanderdecken, bist angeklagt –«

Ein abermaliges Handgemenge, und aus der Menschenmasse stürzte ein junger Mann hervor, der auf Amine zueilte und sie in seine Arme schloss.

»Philipp! Philipp!«, rief Amine, während sie an seine Brust sank. Als er sie umschlang, fiel ihr die Flammenmütze vom Kopf und rollte auf dem Marmorpflaster dahin.

»Meine Amine – mein angebetetes Weib – müssen wir so uns wieder sehen? Mein Gott, sie ist unschuldig. Zurück, ihr Männer«, fuhr er gegen die Diener der Inquisition gewandt fort, welche ihm Amine aus den Armen reißen wollten. »Zurück, oder Ihr sollts mit Eurem Leben bezahlen!«

Diese Drohung gegenüber den Gerichtsdienern und dieser Trotz gegen das Heilige Offizium waren nicht zu ertragen. Die ganze Versammlung geriet in einen Zustand von Aufruhr, und der Feierlichkeit der Zeremonie drohte Gefahr. Der Vizekönig und seine Begleiter hatten sich von ihren Stühlen erhoben, um zu sehen, was vorging, und die Menge drängte heran. Da gab der Großinquisitor seine Befehle, und weitere Gerichtsdiener eilten herbei, um den beiden Beistand zu leisten, welche Amine vorgeführt hatten und nun im Begriffe waren, sie Philipps Armen zu entreißen. Der Kampf war furchtbar. Philipp schien mit der Kraft von zwanzig Männern begabt zu sein, und es stund mehrere Minuten an, ehe es dem Gerichtspersonal gelang, die Gatten zu trennen; aber auch dann noch setzte Philipp sich verzweifelt zur Wehr.

Amine, die von zwei Vertrauten festgehalten wurde, schrie laut auf und versuchte abermals, obschon vergeblich, in die Arme ihres Gatten zu stürzen. Endlich gelang es Philipp in einer furchtbaren Anstrengung, sich loszumachen; dann aber sank er hilflos auf das Pflaster nieder. Infolge der entsetzlichen Anstrengung war ein Blutgefäß geborsten; er blieb regungslos auf dem Boden liegen.

»O Gott! O Gott! Sie haben ihn getötet – Ihr Ungeheuer! Ihr Mörder! Lasst mich ihn nur noch ein einziges Mal umarmen –«, rief Amine außer sich.

Ein Priester trat nun vor – es war Pater Matthias – mit tief bekümmertem Gesichte. Er forderte einige der Umstehenden auf, Philipp Vanderdecken hinauszubringen, und so wurde der Unglückliche in einem Zustand von Besinnungslosigkeit, während das Blut aus seinem Munde strömte, von Amine fortgetragen und war bald ihren Blicken entschwunden.

Aminens Urteil wurde verlesen – sie hörte es nicht; ihr Gehirn war verwirrt. Man führte sie nach ihrem Sitz zurück, und in diesem Augenblick waren all ihr Mut, ihre ganze Standhaftigkeit und ihre Seelenstärke dahin. Für die restliche Dauer der Zeremonie erfüllte sie die Kirche mit ihrem wilden, krampfhaften Schluchzen, und sowohl Bitten als Drohungen gingen an ihr verloren.

Alles war jetzt vorüber, bis auf die letzte und traurigste Szene des Dramas. Die Gefangenen, deren Leben verschont blieb, wurden von ihren Paten in das Inquisitionsgebäude zurückgeführt, die Verurteilten aber nach dem Ufer des Flusses hinuntergebracht, um den Tod zu erleiden. Die Zeremonie sollte auf einem großen, freien Platz links von dem Zollhause stattfinden. Wie in der Kathedrale waren auch hier für den Großinquisitor und den Vizekönig, die prunkhaft die Prozession eröffneten, während eine ungeheuere Volksmenge nachströmte, Throne errichtet. Dreizehn Pfähle waren aufgepflanzt, acht für die Lebenden, fünf für die Toten. Die Henker saßen auf den Scheiterhaufen oder standen daneben und harrten ihrer Opfer. Amine konnte nicht gehen; sie wurde zuerst von den Vertrauten gestützt, dann aber von ihnen nach dem für sie bestimmten Pfahl getragen. Als man sie vor dem Scheiterhaufen auf ihre Füße stellte, schien ihr Mut wieder neu zu erwachen; sie stieg in unerschrockener Haltung hinauf, verschränkte die Arme und lehnte sich an den Pfahl.

Die Henker begannen nun, ihres Amtes zu walten. Um Aminens Leib wurden Ketten geschlungen und die Holzscheite samt den Reisigbündeln um sie herum aufgeschichtet. Ein Gleiches geschah bei den übrigen Verurteilten, und die Beichtväter traten an die Seite der Opfer. Amine wehrte diejenigen, welche sich ihr näherten, mit einer unwilligen Handbewegung ab, als mit einem Male Pater Matthias fast atemlos aus der Menge hervorkam, durch die er sich einen Weg gebahnt hatte.

»Amine Vanderdecken – unglückliches Weib, hättest du auf meinen Rat gehört, so wäre dies nicht geschehen. Jetzt ist es zu spät – aber nicht zu spät, um deine Seele zu retten. Lass ab von deinem Starrsinn, von deiner Verstocktheit. Rufe den gebenedeiten Erlöser an, damit er deine Seele aufnehme; suche Gnade bei seinen heiligen Wunden. Es ist zwar der allerletzte Augenblick, aber es ist noch nicht zu spät, Amine«, fuhr der alte Mann unter Tränen fort, »ich bitte – ich beschwöre dich! Nimm wenigstens diese Bürde von Kummer von meinem Herzen.«

»Unglückliches Weib, sagst du?«, versetzte sie. »Sprich lieber: unglücklicher Priester; denn Aminens Leiden werden bald vorüber sein, während du noch die Folterqual der Verdammten erleiden musst. Unselig war der Tag, als mein Gatte dich vom Tode rettete – noch unseliger das Mitleid, das ihn bewog, dir eine Zufluchtsstätte anzubieten. Unselig war die Bekanntschaft mit dir vom ersten Tag an bis zum letzten. Ich überlasse dich deinem Gewissen – wenn du noch ein Gewissen hast –, aber ich möchte nicht diesen grausamen Tod gegen die Qualen vertauschen, die dich durch dein ganzes künftiges Leben begleiten werden. Verlass mich – ich sterbe im Glauben meiner Väter und verachte eine Religion, die eine Szene wie die gegenwärtige genehmigt.«

»Amine Vanderdecken!«, rief der Priester, auf seine Knie niederfallend und die Hände in bitterer Seelenqual ringend.

»Verlasst mich, Vater.«

»Dir bleibt nur noch eine Minute – um der Liebe Gottes willen –«

»Ich sage Euch noch einmal: Verlasst mich – diese Minute gehört mir.«

Pater Matthias wandte sich verzweifelnd ab, und Tränen strömten über die Wangen des Greises. Wie Amine sagte, kannte sein Schmerz keine Grenzen.

Die Scharfrichter fragten nun die Beichtväter, ob die Schuldigen im wahren Glauben stürben. Wurde die Frage mit »Ja« beantwortet, so schlang man den Unglücklichen einen am Pfahl befestigten Strick um den Hals und erdrosselte sie, ehe das Feuer angezündet wurde. Alle Verurteilten waren in dieser Weise gestorben, und der Scharfrichter fragte nun Pater Matthias, ob Amine gleichfalls Anspruch auf eine solche Gnade habe. Der alte Priester antwortete nicht, sondern schüttelte nur den Kopf.

Der Scharfrichter wandte sich ab. Nach einer kurzen Pause folgte ihm Pater Matthias, ergriff ihn am Arm und sagte zu ihm mit stockender Stimme: »Lasst sie nicht lange leiden.«

Der Großinquisitor gab das Signal, und sämtliche Scheiterhaufen wurden im gleichen Augenblick angezündet. Der Bitte des Priesters willfahrend, hatte der Henker auf Aminens Holzstoß einen Büschel feuchtes Stroh geworfen, der einen dichten Rauch verbreitete, ehe er in Brand geriet.

»Mutter, Mutter! Ich komme zu dir!«, waren die letzten Worte, die von Aminens Lippen kamen.

Die Flammen griffen bald wütend um sich und schlugen hoch über dem Pfahle zusammen, an den man Aminen gefesselt hatte. Allmählich wurden sie wieder kleiner, und als die glimmende Asche den Boden bedeckte, sah man einige Knochenstücke von einer Kette umschlungen. Dies war alles, was von der vormals so unvergleichlichen, hochherzigen Amine übrig blieb.

41

Jahre sind seit Aminens Leiden und ihrem grausamen Tode vergangen, und noch einmal bringen wir Philipp Vanderdecken auf die Bühne. Wo war er während dieser langen Zeit? In einem Irrenhaus – das eine Mal tobsüchtig, in Ketten gelegt und mit Schlägen misshandelt, ein andermal wieder sanft und friedlich.

Hin und wieder schien die Vernunft hervorzubrechen wie die Sonne an einem wolkigen Tag, dann aber war sie mit einem Male wieder verdunkelt. Viele Jahre beobachtete ihn sorgfältig ein Mann, welcher der Hoffnung lebte, ihn eines Tages wieder bei gesundem Verstande zu sehen. Er wartete voll Kummer und Reue darauf, aber er starb, ohne dass seine heißesten Wünsche erfüllt worden wären. Dieser Mann war Pater Matthias!

Das Häuschen zu Terneuse war längst verfallen; denn viele Jahre wartete es vergeblich auf die Rückkehr seiner Eigentümer, und endlich setzten sich die Erben in den Besitz von Philipp Vanderdeckens Vermögen. Selbst Aminens Schicksal war aus der Erinnerung der meisten Leute verschwunden, obschon ihr Porträt – über glühenden Kohlen und mit der Angabe ihres Verbrechens – nach der gewöhnlichen Sitte in der Kirche der Inquisition hing und durch seine außerordentliche Schönheit die Aufmerksamkeit auch des gleichgültigsten Vorbeigehenden auf sich zog.

Viele, viele Jahre sind so vergangen – Philipps Haare sind weiß, seine einst so kräftige Gestalt ist geschwächt, und er erscheint viel älter, als er in Wirklichkeit ist. Er hat seinen Verstand wiedergewonnen, aber seine Kräfte sind dahin. Des Lebens müde, wünscht er nichts mehr, als seine Sendung zu erfüllen und dann den Tod willkommen zu heißen.

Die Reliquie ist ihm nie abgenommen worden. Man hat ihn aus dem Irrenhaus entlassen und mit den Mitteln versehen, die ihm erlauben würden, in sein Vaterland zurückzukehren. Aber ach! Er hat jetzt kein Vaterland – keine Heimat – nichts mehr auf der Welt, was ihn im Diesseits festzuhalten vermöchte. Er wünscht nur noch seine Pflicht zu tun und zu sterben.

Das Schiff war bereit, nach Europa auszusegeln, und Philipp Vanderdecken begab sich an Bord – es war ihm gleichgültig, wohin es ging. Eine Rückkehr nach Terneuse hatte er nicht im Auge; denn er ertrug es nicht, einen Ort aufzusuchen, an dem er so glücklich und so elend gewesen war, und schon der Gedanke daran war ihm zuwider. Aminens Gestalt war in seinem Herzen eingegraben, und er sah mit Ungeduld der Zeit entgegen, da er abberufen werden sollte, um im Lande der Toten wieder mit ihr vereint zu werden.

Nach so vielen Jahren der Geistesverwirrung war er wie aus einem Traum erwacht, und er zählte nicht länger zu den eifrigen Katholiken; denn er konnte nie an seine Religion denken, ohne sich an Aminens grausames Schicksal zu erinnern. Dennoch hing er an seiner Reliquie. Er glaubte an sie – und an sie allein. Sie war sein Gott – sein Glaube – sein alles – ein Schlüssel in die andere Welt für ihn und seinen Vater – das Mittel, das ihn wieder mit seiner Amine zusammenführen würde. Stundenlang saß er oft da, betrachtete den teuren Gegenstand und vergegenwärtigte sich jedes wichtige Ereignis in seinem Leben, von dem Tod seiner armen Mutter und dem Augenblick an, als er Aminen zum ersten Mal sah, bis zur letzten fürchterlichen Szene. Die Reliquie war ihm ein Logbuch seines Daseins, und an sie knüpften sich alle seine künftigen Hoffnungen.

»Wann – o wann werde ich es vollenden?« – diese Frage war der gleich bleibende Gegenstand seiner Tagträume. »Gesegnet wird mir der Tag sein, an dem ich diese Welt des Hasses verlasse und in eine andere eingehe, wo der Müde Ruhe findet.«

Das Fahrzeug, auf dem sich Philipp als Passagier einschiffte, war die »Nostra Sefiora da Monte«, eine Brigg von dreihundert Tonnen, die nach Lissabon segelte. Der Kapitän war ein abergläubischer alter Portugiese und ein großer Freund des Arraks – eine Schwäche, die man unter den Angehörigen seiner Nation nicht gerade häufig antrifft. Sie segelten von Goa ab; Philipp stand auf dem Hinterschiff und betrachtete wehmütig den Turm der Kathedrale, in welcher er sein Weib zum letzten Male gesehen hatte, als er sich plötzlich am Ellbogen berührt fühlte. Er wandte sich um.

»Wieder einmal Reisegefährten«, sagte eine wohlbekannte Stimme – es war die des Steuermanns Schriften.

In dem Äußeren des Mannes war keine Veränderung zu sehen. Die Jahre schienen spurlos an ihm vorübergegangen zu sein, und sein einziges Auge blickte so stechend wie eh und je.

Philipp fuhr zusammen – nicht nur vor dem Anblick des Mannes, sondern auch vor den Erinnerungen, welche Schriftens unerwartetes Auftauchen in ihm wachrief. Eine Sekunde später aber wurde er wieder ruhig und nachdenklich.

»Ihr wieder hier, Schriften?«, bemerkte Philipp. »Ich hoffe, Euer Erscheinen bedeutet, dass mein Auftrag bald erfüllt sein wird.«

»Vielleicht«, versetzte der Steuermann, »wir sind beide müde.«

Philipp gab keine Antwort; er fragte Schriften nicht einmal, in welcher Weise er aus dem Fort entkommen sei. Es war ihm gleichgültig; denn er fühlte, dass der Mann ein gefeites Leben hatte.

»Während Ihr so lange eingeschlossen wart, Philipp Vanderdecken, sind viele Schiffe zugrunde gegangen und viele Seelen vor ihren Richter gerufen worden, die mit dem Schiffe Eures Vaters zusammengetroffen waren«, bemerkte der Steuermann.

»Möge unsere nächste Begegnung glücklicher – möge sie die letzte sein«, entgegnete Philipp.

»Nein, nein! Er soll lieber sein Urteil erfüllen und bis zum Jüngsten Tag segeln«, erwiderte Schriften mit Nachdruck.

»Elender! Doch ich habe eine Vorahnung, dass dein verabscheuenswürdiger Wunsch nicht in Erfüllung geht. Hinweg! – Verlasst mich, oder Ihr sollt spüren, dass dieser Arm doch noch Kraft besitzt, obgleich das Elend meine Haare gebleicht hat.«

Schriften ging mit finsterer Miene hinweg; er schien sich vor Philipp zu fürchten, obgleich die Furcht nicht seinem Hass gleichkam. Er versuchte nun wieder wie früher, die Schiffsmannschaft gegen Philipp aufzuhetzen, indem er erklärte, er sei ein Jonas, der den Verlust des Schiffes herbeiführen werde, da er mit dem fliegenden Holländer verwandt sei. Philipp bemerkte gar bald, dass er gemieden wurde; er zahlte daher mit gleicher Münze zurück und erklärte Schriften für einen Dämon. Das Aussehen des Steuermanns übte einen sehr ungünstigen Eindruck, während das unseres Philipp so gewinnend war, dass die Leute an Bord kaum wussten, was sie denken sollten. Die Meinungen teilten sich, einige traten auf Philipps, andere auf Schriftens Seite. Der Kapitän und viele andere betrachteten beide mit gleichem Grausen und sehnten sich nach einer Gelegenheit, um beide aus dem Schiff weisen zu können.

Wie bemerkt, war der Kapitän sehr abergläubisch und dem Arrak zugetan. Am Morgen, wenn er nüchtern war, pflegte er zu beten; nachmittags war er betrunken und fluchte auf die Heiligen, deren Schutz er einige Stunden vorher noch angerufen hatte. »Möge der heilige Antonius uns bewahren und uns vor Versuchung behüten«, sagte er eines Morgens, nachdem er mit den Passagieren über das Geisterschiff gesprochen hatte. »Mögen uns alle Heiligen vor Schaden bewahren«, fuhr er fort, indem er ehrerbietig seinen Hut abnahm und sich bekreuzigte. »Wenn ich mir diese zwei unheimlichen Menschen ohne Gefahr vom Halse schaffen kann, so will ich, sobald ich wohlbehalten vor dem Turm von Belem Anker werfe, hundert sechslötige Wachskerzen auf dem Altar der heiligen Jungfrau opfern.«

Am Abend änderte er seine Sprache. »Wenn der vermaledeite heilige Antonius uns nicht hilft, möge er selbst das höllische Feuer verspüren. Hole ihn der Teufel samt seinen Schweinen! Wenn er den Mut hat, seine Schuldigkeit zu tun, so wird alles gut gehen;

aber er ist ein feiger Wicht, kümmert sich um niemanden und lässt diejenigen im Stich, welche ihn in ihrer Not anrufen. Carambo! Ich gebe nicht so viel für dich«, rief der Kapitän, indem er nach dem kleinen Altar des Heiligen über dem Kompasshäuschen aufblickte und seine Finger nach dem Bilde schnippte, »ich gebe nicht so viel für dich, du unnützer Tropf, der uns nie in unseren Nöten hilft. Der Papst muss einige bessere Heilige für uns kanonisieren; denn alle, die wir jetzt haben, sind abgenutzt. Früher konnten sie doch etwas, jetzt aber möchte ich keine zwei Unzen Gold für den ganzen Kalender geben. Und du, du schläfriger alter Schurke –«, fuhr der Kapitän fort, die Faust nach dem armen St. Antonius schüttelnd.

Das Schiff befand sich nun auf gleicher Höhe mit der Südspitze Afrikas und war noch ungefähr hundert Meilen von der Lagullasküste entfernt. Der Morgen war schön; die leichte, stetige Brise kräuselte die Meeresoberfläche nur ein wenig, und das Schiff steuerte hart am Wind – mit einer Geschwindigkeit von etwa vier Meilen in der Stunde.

»Gepriesen seien die Heiligen«, sagte der Kapitän, welcher eben an Deck erschien, »noch so eine kleine Brise zu unseren Gunsten, und wir können unseren Kurs halten. – Ich sage noch einmal, gepriesen seien die Heiligen, und namentlich unser würdiger Schutzpatron, der heilige Antonius, der die ›Nostra Sehora da Monte‹ unter seine besondere Obhut genommen hat. Wir haben Aussicht auf schönes Wetter. Kommt, Signors, wir wollen unser Frühstück einnehmen und dann auf Deck unsere Cigarros rauchen.«

Aber die Szene änderte sich bald. Eine Wolkenmasse stieg im Osten mit einer Geschwindigkeit empor, die den Matrosen unnatürlich erschien, und bedeckte im Nu das ganze Firmament. Die Sonne verdunkelte sich, und alles war ein einziges, tiefes, unnatürliches Düster. Der Wind legte sich, und das Meer wurde ruhig. Es war nicht vollkommen dunkel, aber der Himmel hüllte sich in einen roten Nebel, sodass es schien, als stehe die Welt in Brand.

In der Kajüte bemerkte Philipp als Erster das zunehmende Dunkel und begab sich deshalb an Deck; erstaunt folgten ihm der Kapitän und die Passagiere. Es war unnatürlich und unbegreiflich.

»Heilige Jungfrau, schütze uns – was kann dies zu bedeuten haben?«, rief der Kapitän erschreckt. »Heiliger Antonius, steh uns bei – das ist ja fürchterlich!«

»Dort! Dort!«, schrien die Matrosen, über das Brustholz hinzeigend.

Jedermann schaute in die angedeutete Richtung, um zu sehen, was zu solchen Ausrufen Anlass gab. Philipp, Schriften und der Kapitän standen nebeneinander. Etwa zwei Kabellängen entfernt tauchten langsam die Mastspitzen und Spieren eines Schiffes aus dem Wasser empor. Dann folgten allmählich die Marsstengen und die Marsrahen mit ihren Segeln, und das Schiff hob sich höher und höher aus dem feuchten Element empor. Allmählich zeigten sich die niedrigeren Masten mit dem Takelwerk, und zuletzt hob sich auch der Rumpf über den Meeresspiegel; man sah die Geschützpforten mit den Kanonen auftauchen, und nun lag ein ganzes Schiff mit rechtwinklig gebrasster Hauptrah in kurzer Entfernung von der Brigg auf dem Wasser.

»Heilige Jungfrau!«, rief der Kapitän atemlos. »Ich habe wohl schon Schiffe untergehen, aber nie welche heraufkommen sehen. Ich will tausend zwanziglötige Kerzen auf dem Altar der heiligen Jungfrau opfern, wenn sie uns aus dieser Not rettet. Tausend Wachskerzen! Hörst du mich, gebenedeite Frau – jede zu zwanzig Lot. Signors«, rief der Kapitän den Reisenden zu, welche starr vor Entsetzen dastanden, »warum tut Ihr nicht auch ein Gelübde? – Gelobt, sage ich, gelobt doch wenigstens!«

»Das Geisterschiff – der fliegende Holländer«, kreischte Schriften. »Ich habe es Euch gesagt, Philipp Vanderdecken – da ist Euer Vater – hihihi!«

Philipps Augen blickten starr auf das Schiff; er bemerkte, dass man dort ein Boot über die Windvierung niederließ.

»Ists möglich«, dachte er, »dass es mir jetzt gestattet ist!« Und Philipp steckte die Hand in seinen Busen und umfasste die Reliquie.

Das Dunkel hatte jetzt so zugenommen, dass man kaum den Rumpf des fremden Schiffes durch die dunstige Atmosphäre unterscheiden konnte. Die Matrosen und die Reisenden warfen sich auf die Knie nieder und riefen ihre Heiligen an. Der Kapitän eilte hinunter, um eine Kerze zu holen und sie vor dem Bilde des heiligen Antonius anzuzünden, das er aus seinem Schrein herausnahm, augenscheinlich mit viel andächtiger Rührung küsste und dann wieder an seinen Ort stellte.

Bald nachher ließ sich das Klatschen von Rudern neben dem Schiff vernehmen und eine Stimme rief laut: »He, ihr guten Leute, werft ein Tau über das Vorderschiff herunter.«

Niemand antwortete oder entsprach dieser Aufforderung. Nur Schriften ging auf den Kapitän zu und sagte ihm, wenn die Leute im Boot Briefe übergeben wollten, solle man diese nicht annehmen, da sonst das Schiff zugrunde gehe und alle an Bord umkämen.

Jetzt stieg ein Mann bei der Laufplanke über das Schandeck. »Ihr hättet mir wohl ein Tau zuwerfen können, meine lieben Leute«, sagte er, als er auf das Deck trat. »Wo ist der Kapitän?«

»Hier«, antwortete der Kapitän, vom Kopf bis zu den Füßen zitternd.

Der Mann, der ihn angeredet hatte, war ein wetterharter Seemann mit einer Pelzmütze und Beinkleidern aus Segeltuch; er hielt einige Briefe in der Hand.

»Was wollt Ihr?«, rief endlich der Kapitän.

»Ja – was wollt Ihr?«, stimmte Schriften ein. »Hihi!«

»Wie, Ihr auch hier, Steuermann?«, versetzte der Matrose. »Ei – ich meinte, Ihr läget längst schon auf dem Meeresgrund.«

»Hihi!«, entgegnete Schriften und wandte sich ab.

»Nun, die Sache ist so, Kapitän: Wir haben sehr schlechtes Wetter gehabt und wünschen Briefe nach Hause zu schicken. Ich glaube, wir werden nie um dieses Kap herumkommen.«

»Ich kann sie nicht annehmen«, rief der Kapitän.

»Könnt sie nicht annehmen? Das ist doch sehr sonderbar – aber jedes Schiff weist unsere Briefe zurück. Es ist sehr unfreundlich – Seeleute sollten doch ein Mitgefühl für ihre Kameraden haben, namentlich für diejenigen, die im Unglück sind. Weiß Gott, wir möchten unsere Weiber und Familien wieder sehen, und es würde uns großen Trost gewähren, wenn die unseren nur von uns hören könnten.«

»Ich kann Eure Briefe nicht annehmen – die Heiligen mögen uns davor bewahren«, versetzte der Kapitän.

»Und wir sind schon so lange auf See«, sagte der Mann und schüttelte den Kopf.

»Wie lange schon?«, fragte der Kapitän, der nicht wusste, was er sagen sollte.

»Wir könnens nicht sagen; unser Kalender ist über Bord geblasen worden, und wir haben unsere Gissung verloren. Wir kennen unsere Breite nie genau; denn wir sind nicht imstande, die Abweichung der Sonne für den richtigen Tag anzugeben.«

»Lasst mich Eure Briefe sehen«, sagte Philipp, indem er vortrat und sie dem Seemann aus der Hand nahm.

»Sie dürfen nicht berührt werden«, kreischte Schriften.

»Hinweg, Ungeheuer!«, entgegnete Philipp. »Wer wagt es, mir in den Weg zu treten?«

»Verloren – verloren – verloren!«, rief Schriften, auf dem Deck hin- und herrennend und dann in ein wildes Gelächter ausbrechend.

»Berührt die Briefe nicht!«, sagte der Kapitän, der wie unter einem Fieberschauer zitterte.

Philipp gab keine Antwort, sondern streckte die Hand nach den Briefen aus.

»Hier ist einer von unserem zweiten Maat an sein Weib in Amsterdam, die auf dem Waser-Kai wohnt.«

»Der Waser-Kai existiert längst nicht mehr, mein guter Freund, dort befindet sich jetzt ein großes Dock«, versetzte Philipp.

»Unmöglich!«, entgegnete der Mann. »Da ist ein anderer vom Bootsmann an seinen Vater, der auf dem Alten Markt wohnt.«

»Der Alte Markt ist längst abgerissen worden und hat jetzt einer Kirche Platz gemacht.«

»Unmöglich!«, rief der Seemann. »Da ist ein anderer von mir selbst an meine Liebste, Vrow Ketser – mit Geld für eine neue Busennadel.«

Philipp schüttelte den Kopf. »Ich erinnere mich, eine alte Frau dieses Namens gekannt zu haben; sie wurde vor etwa dreißig Jahren begraben.«

»Unmöglich! Ich verließ sie jung und blühend. Hier ist einer an das Haus Slutz und Kompanie, welchem das Schiff gehört.«

»Es gibt keine solche Firma mehr«, erwiderte Philipp, »obschon ich gehört habe, dass vor vielen Jahren eine dieses Namens bestand.«

»Unmöglich! Ihr macht Euch über mich lustig. Da ist ein Brief von unserem Kapitän an seinen Sohn –«

»Gebt ihn her«, rief Philipp und griff nach dem Brief; er war eben im Begriff, das Siegel zu erbrechen, als ihm Schriften den Brief aus der Hand riss und über das Leeschandeck warf.

»Das ist ein garstiger Streich von einem alten Schiffskameraden«, bemerkte der Seemann.

Schriften gab keine Antwort, sondern packte auch die anderen Briefe, welche Philipp auf das Gangspill niedergelegt hatte, und warf sie dem ersten nach.

Der fremde Seemann vergoß Tränen und begab sich wieder nach der Seite des Schiffes.

»Er ist sehr hart und unfreundlich«, bemerkte er im Hinuntersteigen. »Ihr werdet noch an mich denken; denn die Zeit wird kommen, in der auch Ihr wünscht, dass Eure Familie Nachricht von Euch erhalten möchte.«

Mit diesen Worten verschwand er, und einen Augenblick später hörte man das Klatschen der Ruder, das sich vom Schiff entfernte.

»Heiliger Antonius!«, rief der Kapitän. »Ich weiß vor Schreck und Verwunderung nicht, wo mir der Kopf steht. Steward, bringt mir den Arrak herauf!«

Der Steward eilte nach unten; er war ebenso erschrocken wie sein Kapitän und bediente sich zuvor selbst, ehe er die Flasche heraufbrachte.

»Nun«, sagte der Kapitän, nachdem er die Flasche ein paar Minuten an den Mund gehalten und bis auf den Grund ausgetrunken hatte, »was ist jetzt zu tun?«

»Das will ich Euch sagen«, entgegnete Schriften, auf ihn zugehend. »Dieser Mann hat einen Zauber um seinen Hals hängen;

entreißt Ihr ihm diesen und werft ihn über Bord, so wird Euer Schiff gerettet sein; wo nicht, so geht es verloren – mit Mann und Maus.«

»Ja, ja, er hat recht – verlasst Euch darauf«, riefen die Matrosen.

»Ihr Toren«, entgegnete Philipp, »wie mögt Ihr diesem Elenden glauben? Habt Ihr nicht gehört, wie der Mann, der an Bord kam, ihn erkannte und als Schiffskameraden begrüßte? Er ist die Person, die dem Schiff Unglück bringt, wenn sie an Bord bleibt.«

»Ja, ja«, riefen die Matrosen, »er hat recht – der Mann nannte ihn Schiffskamerad!«

»Ich sage Euch, Ihr seid völlig auf dem Irrwege«, rief Schriften. »Dieser Mann hier ist es – nehmt ihm den Zauber weg!«

»Ja, ja – er soll den Zauber herausgeben«, riefen die Matrosen und stürzten auf Philipp zu.

Philipp wich nach der Stelle zurück, an der der Kapitän stand. »Wahnsinnige, was beginnt Ihr? Es ist ein Stück vom heiligen Kreuz, das ich an meinem Halse trage. Werft es über Bord, wenn Ihr es wagt, und Eure Seelen sind für immer verloren.« Er zog die Reliquie hervor und zeigte sie dem Kapitän.

»Nicht doch, ihr Leute«, rief der Kapitän, der jetzt einigermaßen zur Besinnung gekommen war, »das geht nicht an – mögen uns alle Heiligen behüten!«

Die Matrosen lärmten und schrien. Die einen wollten, dass Schriften, die andern, dass Philipp über Bord geworfen werden sollte. Endlich gab der Kapitän den Ausschlag, indem er den kleinen Nachen, der im Hinterschiff hing, niederzulassen befahl und sowohl Schriften als auch Philipp hineinsteigen hieß. Die Matrosen billigten diese Entscheidung, da sie beiden Parteien gerecht wurde. Philipp machte keine Einwendung, aber Schriften schrie und sträubte sich, bis er endlich in das Boot gestoßen wurde. Hier blieb er zitternd im Heck sitzen, während Philipp das Ruder ergriff und den Kahn nach der Richtung des Geisterschiffs in Bewegung setzte.

42

Nach einigen Minuten konnte man das Schiff, welches Philipp und Schriften verlassen hatten, durch den dichten Nebel nicht länger erkennen. Das Geisterschiff war zwar noch in Sicht, aber viel weiter entfernt als zuvor. Philipp ruderte aus Leibeskräften, aber obgleich das Schiff beigedreht hatte, schien sich doch die Entfernung zwischen ihm und dem Boot immer mehr zu vergrößern. Für eine kurze Weile hörte unser Held zu rudern auf, um Atem zu holen. Schriften erhob sich und nahm dann auf dem Achtersitz Platz.

»Ihr mögt rudern und rudern, so lange Ihr wollt, Philipp Vanderdecken«, bemerkte Schriften, »aber Ihr werdet jenes Schiff nicht einholen – nein, nein, es ist unmöglich – wir machen vielleicht eine lange Spazierfahrt miteinander, aber Ihr werdet an ihrem Ende Eurem Ziel so fern sein wie jetzt am Beginn. – Warum werft Ihr mich nicht wieder über Bord? Der Nachen würde dann umso leichter sein – hihi!«

»Ich warf Euch damals in einem Zustand der Raserei über Bord«, versetzte Philipp, »als Ihr versuchtet, mich meiner Reliquie zu berauben.«

»Und habe ich nicht auch heute versucht, andere dazu zu bewegen, dass sie Euch das Ding abnähmen? – Hihi!«

»Wohl«, versetzte Philipp, »aber ich bin jetzt überzeugt, dass Ihr so unglücklich seid wie ich selbst, und in Euren Handlungen nur Eurer Bestimmung folgt, wie ich der meinigen. Wie und weshalb, weiß ich mir nicht klar zu machen, aber wir sind beide in das gleiche Geheimnis verwickelt. Wenn der Erfolg meiner Bemühungen davon abhängt, ob mir die Reliquie erhalten bleibt, so ist es Eure Aufgabe, mein Vorhaben zu vereiteln, indem Ihr sie mir entreißt. Wir haben beide einen Auftrag zu erfüllen und Ihr seid, was meine Sendung angeht, mein schlimmster Feind gewesen. Aber, Schriften, ich habe nicht vergessen und werde auch nie vergessen, dass Ihr meiner Amine einen freundlichen Rat erteilt habt, dass Ihr ihr prophezeit habt, was ihr bevorstehe, wenn sie nicht darauf höre, und dass Ihr Euch nicht für ihren Feind erklärtet, obgleich Ihr der meinige wart und es noch seid. Doch gleichviel – um ihretwillen vergebe ich Euch, und ich will keinen Versuch mehr machen, Euch ein Leid zuzufügen.«

»So vergebt Ihr also Eurem Feinde, Philipp Vanderdecken?«, entgegnete Schriften traurig, »denn ich gestehe, dass ich es bin.«

»Ja, von ganzem Herzen und aus ganzer Seele«, antwortete Philipp.

»Dann habt Ihr mich überwunden, Philipp Vanderdecken. Ihr habt mich jetzt zu Eurem Freunde gemacht, und Eure Wünsche sind auf dem Punkte, in Erfüllung zu gehen. Ihr möchtet wissen, wer ich bin? – So hört. Als Euer Vater, dem Willen des Allmächtigen Trotz bietend, in seiner Wut an mir zum Mörder wurde, da gewährte ihm der Himmel eine einzige Hoffnung auf eine Erlösung aus seiner Verdammnis, und sein Sohn sollte sie erfüllen können. Aber auch ich hatte ein Gelübde getan – ein Gelübde der Rache, und es wurde mir gestattet, auf Erden zu bleiben und Euren Absichten in den Weg zu treten. Solange wir Feinde waren, konnte Eure Absicht nicht gelingen; Ihr solltet Eure Aufgabe erst erfüllen können, wenn Ihr dem höchsten Ideal des Christentums, das sich am heiligen Kreuze bekundete, dadurch entsprechen würdet, dass Ihr Eurem Feinde vergebt. Philipp Vanderdecken, Ihr habt Eurem Feinde verziehen und unser beider Schicksal hat sich erfüllt.«

Während Schriften sprach, sah Philipp ihn unverwandt an. Der Steuermann streckte seine Hand aus – Philipp nahm sie, und als er sie drückte, löste sich die Gestalt seines Begleiters in Luft auf.

»Vater des Erbarmens, ich danke Dir«, sagte Philipp, »dass meine Aufgabe vollbracht ist und dass ich meine Amine wieder sehen soll.«

Philipp ruderte nun auf das Geisterschiff zu und hatte dabei nicht länger den Eindruck, als weiche es vor ihm zurück; er kam ihm im Gegenteil mit jeder Minute näher. Endlich ließ er die Ruder fallen, kletterte an der Seite hinauf und erreichte das Deck.

Die Mannschaft des Schiffes scharte sich um ihn.

»Wo ist Euer Kapitän?«, fragte Philipp. »Ich muss mit Eurem Kapitän sprechen.«

»Wen soll ich melden, Herr?«, fragte einer, welcher der erste Maat zu sein schien.

»Wen Ihr melden sollt«? entgegnete Philipp. »Sagt ihm, sein Sohn wolle mit ihm reden – sein Sohn Philipp Vanderdecken.« Die Mannschaft des Schiffes brach bei dieser Antwort unseres Helden in ein schallendes Gelächter aus, und sobald es sich gelegt hatte, bemerkte der erste Maat mit einem Lächeln: »Ihr vergesst, Herr – vielleicht wolltet Ihr sagen: sein Vater.«

»Sagt ihm, sein Sohn«, entgegnete Philipp, »und kehrt Euch nicht an meinem grauen Haare.«

»Gut, Herr, da kommt er auf das Vorderschiff«, erwiderte der Maat, indem er beiseite trat und auf den Kapitän deutete.

»Was gibt es da?«, fragte der Kapitän.

»Seid Ihr Philipp Vanderdecken, der Kapitän dieses Schiffes?«

»Ich bin es«, antwortete der andere.

»Ihr scheint mich nicht zu kennen – aber wie solltet Ihr auch? Ihr saht mich zum letzten Mal, als ich kaum drei Jahre alt war – und doch erinnert Ihr Euch vielleicht eines Briefes, den Ihr Eurem Weibe gabt?«

»Ha!«, versetzte der Kapitän. »Und wer seid Ihr?«

»Auf diesem Schiff ist die Zeit stehen geblieben, aber nicht bei denen, welche in der Welt leben; ja, für solche, die an der Kette des Elends schleppen, eilt sie noch schneller dahin. Ihr seht in mir Euren Sohn Philipp Vanderdecken vor Euch, der euren Wünschen gehorcht und nach einem Dasein voll Jammer und Gefahr, wie es nur wenigen beschieden war, endlich sein Gelübde erfüllt hat; er bietet seinem Vater die kostbare Reliquie an, die er zu küssen verlangte.«

Philipp zog die Reliquie heraus und hielt sie seinem Vater entgegen. Als ob ein Blitz seinen Geist durchzuckt hätte, fuhr der Kapitän des Schiffes zusammen, faltete seine Hände, fiel auf die Knie nieder und weinte.

»Mein Sohn! Mein Sohn!«, rief er, wieder aufstehend und sich in

Philipps Arme werfend. – »Meine Augen sind geöffnet; der Allmächtige weiß, wie lange sie verdunkelt waren.« Sie umarmten einander und gingen nach dem Hinterschiff, von der Mannschaft weg, die noch immer um die Laufplanke versammelt stand.

»Mein Sohn, mein edler Sohn, ehe der Bann gebrochen ist –, ehe wir der Notwendigkeit gehorchen und uns in die Elemente auflösen –, lass mich voll Dankbarkeit und Zerknirschung niederknien. Mein Sohn, mein Sohn, nimm den Dank eines Vaters«, rief Vanderdecken. Dann wandte er sich mit Tränen der Freude und der Reue demütig an den Allmächtigen, dem er einst so frech Hohn gesprochen hatte.

Der ältere Vanderdecken kniete nieder, und Philipp tat ein Gleiches. Sie hielten sich noch immer mit einem Arm umfasst, während sie den andern im Gebete erhoben.

Philipp zog zum letzten Male die Reliquie hervor und reichte sie seinem Vater – dieser erhob die Augen gen Himmel und küsste das Kleinod. Und bei diesem Kusse zerfielen die langen oberen Spieren, die Rahen und die Segel des Geisterschiffs in Staub, der durch die Luft wirbelte und zu den Wellen niedersank. Dann löste sich der große Mast, der Fockmast und das Bugspriet – kurz, alles über dem Deck – in kleinste Teilchen auf und verschwand.

Wieder hob er die Reliquie an die Lippen, und das Werk der Zerstörung nahm seinen Fortgang. Die schweren eisernen Kanonen sanken durch die Decks und verschwanden. Die Matrosen des Schiffs, welche zusahen, zerfielen in Skelette, Staub und Gewandfetzen, bis zuletzt keine Spur von Leben mehr an Bord des Schiffes war, den Vater und den Sohn ausgenommen.

Noch einmal drückte der Vater das geweihte Emblem an seine Lippen, und das Gebälk brach auseinander. Die Decks des Schiffes versanken langsam, und die Reste des Rumpfes schwammen auf dem Wasser. Vater und Sohn – der Erstere jung und kräftig, der andere alt und hinfällig – knieten noch immer in stummer Umarmung, die Hände gen Himmel erhoben. Jetzt versanken sie langsam im tiefblauen Wasser, und der trübe Himmel über ihnen war für einen Augenblick durch ein leuchtendes Kreuz erhellt.

Dann verzogen sich die Wolken, welche den Himmel verdüstert hatten, mit der Schnelle eines Gedankens – die Sonne brach wieder in ihrem vollen Glanze hervor, und die leicht gekräuselten Wellen schienen vor Freude zu hüpfen. Die kreischende Seemöwe schwang sich wieder durch die Luft, und der erschreckte Albatros versuchte abermals seinen lautlosen und stetigen Flug. Der Tümmler überschlug sich in mutwilligem Spiel, die große Makrele und der Delfin hüpften aus der funkelnden Wasserfläche empor – die ganze Natur lächelte, als freue sie sich, dass der Zauber gebrochen und *das Geisterschiff für immer verschwunden war.*

Karl Heinz Kramberg
Zur Legende eines göttlichen Schmökers

1839 erscheint in England die Erstausgabe von *The Phantom Ship, Das Geisterschiff,* ein Abenteuerroman des Frederick Marryat.

Im Frühsommer des gleichen Jahres verlässt die »Thetis« den ostpreußischen Hafen Pillau, um nach London zu segeln. An Bord befindet sich ein junger Passagier sächsischer Mundart, der, von Schulden gedrückt, von Gläubigern verfolgt und bedrängt, die Stadt Riga, an deren Theater er den Posten eines Musikdirektors bekleidet hatte, verließ, um die Flucht über London nach Paris zu versuchen. In seinem Gepäck hat er die Partitur einer halb vollendeten Oper, *Rienzi,* nach Motiven des englischen Schriftstellers Bulwer. Der junge Mensch heißt Richard Wagner.

Nach anfänglich glatter Fahrt gerät das Schiff vor Norwegens Felsenküste in wütende Stürme. Dreimal droht ihm das Scheitern. Dreimal gelingt es der Umsicht des Kapitäns, die »Thetis« in einen Fjord zu steuern und Leib und Leben von Mannschaft und Passagieren zu retten.

Hätte der Kapitän die Nerven verloren, wäre das Schiff »Thetis« – ein Spielball der Wellen – im Widerstreit der Elemente untergegangen, dann hätte das romantische Musiktheater der Deutschen nimmermehr das schaurige Treuegelöbnis der blonden Senta vernommen, die sich, schrecklich zu denken, schrecklich zu hören, einem fluchwürdigen Phantom anvermählt:

Er sucht mich auf, ich muss ihn sehen,
Mit ihm muss ich zugrunde gehen.

Tatsache ist jedoch, dass der neunundzwanzigjährige Richard Wagner, als der »Thetis« der Untergang drohte, seine folgenreiche Begegnung mit dem Geisterschiff des Kapitäns Marryat, will sagen, mit dem fliegenden Holländer hatte.

»Die Sage vom fliegenden Holländer, wie ich sie aus dem Munde der Matrosen bestätigt erhielt, gewann in mir eine bestimmte poetische Farbe«, entsinnt er sich später (1842) in seiner autobiografischen Skizze. Und: »Der fliegende Holländer, dessen innige Bekanntschaft ich auf der See gemacht hatte, fesselte fortwährend meine Fantasie; dazu machte ich die Bekanntschaft mit H. Heines eigentümlicher Anwendung dieser Sage in einem Teile seines *Salons*.«

Armer Holländer!

»Die Fabel von dem fliegenden Holländer ist Euch gewiss bekannt. Es ist die Geschichte von dem verwünschten Schiffe, das nie in den Hafen gelangen kann, und jetzt schon seit undenklicher Zeit auf dem Meere herumfährt. Begegnet es einem anderen Fahrzeuge, so kommen einige von der unheimlichen Mannschaft in einem Boote herangefahren und bitten, ein Paket Briefe gefälligst mitzunehmen. Diese Briefe muss man an dem Mastbaum festnageln, sonst widerfährt dem Schiffe ein Unglück, besonders, wenn keine Bibel an Bord oder kein Hufeisen am Fockmaste befindlich ist. Die Briefe sind immer an Menschen adressiert, die man gar nicht kennt oder die längst verstorben, sodass zuweilen der späte Enkel einen Liebesbrief in Empfang nimmt, der an seine Urgroßmutter gerichtet ist, die schon seit hundert Jahr im Grabe liegt. Jenes hölzerne Gespenst, jenes grauenhafte Schiff, führt seinen Namen von seinem Kapitän, einem Holländer, der einst bei allen Teufeln geschworen, dass er irgendein Vorgebirge, dessen Namen mir entfallen, trotz des heftigen Sturms, der eben wehte, umschiffen wolle, und sollte er auch bis zum Jüngsten Tage segeln müssen. Der Teufel hat ihn beim Wort gefasst, er muss bis zum Jüngsten Tage auf dem Meer herumirren, es sei denn, dass er durch die Treue eines Weibes erlöst werde. Der Teufel, dumm wie er ist, glaubt nicht an Weibertreue und erlaubte daher dem verwünschten Kapitän, alle sieben Jahr einmal an Land zu steigen und zu heiraten, um bei dieser Gelegenheit seine Erlösung zu betreiben. Armer Holländer! Er ist oft froh genug, von der Ehe selbst wieder erlöst und seine Erlöserin loszuwerden, und er begibt sich dann wieder an Bord.«

So Heinrich Heines eigentümliche Anwendung der alten Seemannssage, die wir in dem berühmten siebten Kapitel seines 1834 gedruckten Romanfragments *Aus den Memoiren des Herrn von Schnabelewopski* lesen.

Trotz ihrer Lückenhaftigkeit ist Heines Digestfassung der ominösen Matrosenlegende vorzüglich geeignet, die kritische Fantasie lesender Amateure auf die von Kapitän Marryat nur kursorisch ins Bild gerückten Hintergrundphänomene der Abenteuer- und Gespensterhandlung zu lenken:

Die »Dummheit« des Teufels! Diese famose Unlust des fluchbeladenen Seemanns, sich »erlösen« zu lassen! Und die Qualität des Horriblen, die in diesem Zusammenhang die an sexuelle Hörigkeit grenzende Treue eines zu allem bereiten Weibsbildes hat!

An den Mastbaum genagelt

Mit einem Nagel durchs Hirn am Mastbaum befestigt, nimmt der Capitano des Gespensterschiffes von Wilhelm Hauff in der Geisterwelt der deutschen Romantik einen dauerhaften Ehrenplatz ein. Wilhelm Hauffs *Geschichte vom Gespensterschiff,* in seinem *Märchenalmanach auf das Jahr 1826* erschienen, durch die Rahmenerzählung *Die Karawane* mit einem schmucken orientalischen Kostüm ausgestattet, wird in ihrer grausigen Kleinmalerei von keiner Episode, die Marryats Roman zur krassen Moritat macht, übertroffen. Und auch das Erlösungsmotiv – eine Handvoll Erde, auf das Haupt des lebenden Leichnams gestreut, reicht aus, das arme Gespenst der Meere in Staub zerfallen zu lassen – geriet dem deutschen Märchenerzähler so sinnreich, dass danach und daneben diese ganze große Entsühnungsmaschinerie, die Marryat und Richard Wagner ansetzen mussten, fast unbeholfen erscheint. Doch obwohl Hauffs poetisch schöne und dichterisch filigrane Variante in nuce fast alles einschließt, was Seeleute vieler Nationen und Zeiten von den Geisterschiffen wissen, wähnen und munkeln, mangelt ihr ganz jener heroisch rebellische Zug, der die Erscheinung des fliegenden Holländers in der maritimen Bilderwelt des Frederick Marryat zu einer großartigen Galionsfigur macht. Um ein fliegender Holländer oder seinesgleichen zu werden, genügt es eben nicht, einen frommen Derwisch zu plagen oder ein Lästerwort auszustoßen, das man in Gesellschaft von Damen und Kindern vermeidet, da muss man sich mit dem Herrn des Bösen schon selber verschwören, in diesem wütenden Übermut, der unser gutes Schiff, aller Erfahrung entgegen und jeder Hoffnung zuwider, das Kap der Stürme ansteuern lässt. Nur wer dieses Spiel wagt, verfällt mit Leib und Seele jener grandiosen Verdammnis, gegen die sogar ein Span vom Kreuze des Heilands nur wenig ausrichten kann.

So bleibt der Nagel, der den Kopf des Kapitäns an den Mastbaum seines Schiffes heftet, das Requisit moralisierender Laune. Der Fluch aber, der den fliegenden Holländer umtreibt, zeugt keinen Schmerzensmann, sondern einen Günstling des Unheils, einen Freibeuter der Vernichtung, den Ahasver der Taifune, den *fliegenden* Holländer eben.

Wolf der Meere

»Käpt'n« Frederick Marryat, Sohn vermögender Eltern, wurde am 10. Juli 1792 in London geboren. Er hatte vierzehn Geschwister, von denen neun überlebten. Die Töchter der Marryats werden als hübsch und elegant, die Knaben als wild, aber talentvoll geschildert. Joseph, der Älteste, wurde bekannt als Autor eines der ersten Standardwerke über Porzellanmanufaktur. Sein jüngster Bruder tritt nachmals als Reiseautor und Verfasser eines Berichts über die Zustände in Dänemark hervor. Eine Schwester, verheiratet, schreibt ein Lehrbuch über weibliche Handarbeit. Eine andere, Emily, verrät pädagogische Neigung, sie wird ihn während seiner letzten Lebenswochen pflegen und sich nach seinem Tod (1848) um seine Kinder kümmern. Seine Mutter, die geborene von Geyer, ist eine deutschstämmige Amerikanerin, der Vater, stockenglisch, ein »fürstlicher Handelsherr«, beliebt und angesehen bei Hofe. Als Zögling der Internatsschule Ponder's End, die er bis 1805 besucht, kann Frederick nicht durch Leistungen imponieren. Seine natürliche Intelligenz wird aufgewogen durch Faulheit. Bemerkenswert ist jedoch sein Zeichentalent.

»Seit unvordenklichen Zeiten existiert der heidnische Brauch, den größten Dummkopf der Familie dem Wohlstand des Landes und der Vormachtstellung seiner Flotte zu opfern, und so wurde ich im Alter von vierzehn Jahren als Opfer ausersehen«, behauptet der Titelheld und Ich-Erzähler des *Peter Simple* (1832–33), der – wie schon sein erster größerer Roman *The Naval Officer* (1829) und fast alle anderen unterhaltenden Bücher Marryats – Ereignisse aus der seemännischen Biografie des Autors frei nachfabuliert. Ob sein Vater ihn für einen Dummkopf hielt, mag dahingestellt bleiben, wahr ist, dass der vierzehnjährige Frederick Marryat am 23. September 1806 im Hafen von Plymouth an Bord der den Spaniern weggekaperten, mit 38 Kanonen bestückten »Imperieuse« seine Karriere als »Seeheld« in der Kluft des gemeinen Matrosen begann. Das Schiff unterstand dem Kommando des jüngeren Lord Cochrane, eines vorzüglichen Offiziers, der später in Marryats Romanen immer wieder für die Idealfigur des Großen Kapitäns Modell stehen wird.

Für den an Wohlstand und Luxus gewöhnten Sohn des »fürstlichen

Kaufmanns« jedoch wurde der erste Eintritt in die Unterwelt von Englands stolzer Marine zum nie verwundenen Schock. Barsch, roh, gemein, rau und vulgär reichen als Adjektive nicht aus, um Ton und Sitten dieses oft zum Seedienst gepressten oder durch Gier nach Kriegsbeute angelockten Gesindels zu illustrieren, in dessen unflätiger Kumpanei dem Schiffsjungen Frederick Marryat keine der physischen und moralischen Beleidigungen erspart blieb, mit denen die Hölle der Deklassierten ihren Opfern aufzuwarten beliebt.

Wenn Marryat es während seiner ersten Ausfahrt dennoch erlernte, sich in diesem Milieu und gegen es zu behaupten, dann verdankte er das seiner guten körperlichen Kondition – schon als Internatsschüler hatte er beim Nachsagen schwer verdaulicher Texte gern den Kopfstand geübt – und einem zumal unter Seeleuten ungewöhnlichen Mangel an Wasserscheu. Als vor Malta ein Günstling des Kapitäns, ein übler Bursche ansonsten, bei hoher See über Bord ging, sprang Marryat ihm nach, holte ihn lebend heraus und gewann sich damit den ersten Freund seiner Marinelaufbahn. Er schildert diese Episode in *Jacob Faithful*, 1830. Seitdem war er aufs Rettungsschwimmen geradezu spezialisiert, eine Disziplin, die – wie auch die Leser des *Geisterschiffs* dank der Vielzahl der durch dasselbe ausgelösten Unglücksfälle erraten – zu Zeiten der Segelschifffahrt durchaus noch kein selbstverständlich geübter Seemannsbrauch war.

Zwischen Marryats maritimem Debüt in der Mannschaftskajüte und seinem ersten Kommando als Schiffskapitän liegt nur ein knappes Jahrzehnt. Doch diese wichtigste Etappe seiner Seemannskarriere schließt eine Sequenz weltgeschichtlicher Ereignisse ein, die das Lebensabenteuer unseres Helden entscheidend geprägt und den Motivkreis seiner Romane mitbestimmt haben. 1805 hatte Nelson bei Trafalgar die vereinigten Flotten Frankreichs und Spaniens geschlagen. 1815, nach Waterloo und Napoleons Verbannung nach St. Helena, sichert der zweite Pariser Friede Großbritannien die Vorherrschaft auf allen Meeren der Welt. Das Drama, das sich in der Zwischenzeit auf dem Wasser abspielte, gleicht einem einzigen großen Seeräuberstück, dessen grässliches, aber grandioses Szenario nur von einer Fantasie ausgemalt werden kann, die nach der Lektüre sämtlicher See- und Abenteuerromane des Kapitän Marryat noch bereit wäre, den Autor des *Geisterschiffs* für den nüchternen Chronisten realer Begebenheiten zu halten.

An Bord der »Imperieuse«, deren großer Kapitän als Kaperschiffer und

Blockadebrecher so erfolgreich war, dass Napoleon selbst ihn »Wolf der Meere« genannt hat, zahlte man den Mannschaften Kopfgeld für jeden gefangenen, getöteten oder nach der Versenkung eines Schiffes ertrunkenen Gegner. Ob Frederick Marryat, im Kampf der Schiffe selbst wenigstens dreimal verwundet, seine Caprice, sich als Rettungsschwimmer zu üben, auch auf Individuen ausgedehnt hat, für deren Tod die Extragage winkte, wird nicht überliefert. Immerhin wäre es möglich, dass diese fast spleenige Aversion gegen die Gier nach dem Mammon, die immer wieder auch in die Handlung um das Geisterschiff einfließt, das Produkt eines Traumes, Andenken nämlich an die goldene Zeit der legalisierten Freibeuterei ist, in welcher die Wölfe des Meeres unter Englands Flagge ein Seereich erkämpften, das sich von der Nordsee bis tief in den Stillen Ozean ausdehnte.

An Land

Die Militärs haben recht, wenn sie den Frieden nicht mögen. Mit seiner Beförderung zum Commander hat der erst 23-jährige Marryat, dem Kriege sei Dank, zwar im Sturmschritt gewonnen, was sich andere Berufsoffiziere erst in Dezennien verdienen – doch seine Marinelaufbahn erreicht damit auch schon den Zenit.

Um der Verbitterung auszuweichen, die einen ehrgeizigen, fähigen und temperamentvollen Menschen, dessen berufliche Karriere umständehalber ins Stocken gerät, unweigerlich trifft, nutzt der Käpt'n seine ihm zwischen 1815 und 1830 allzu reich bemessene Freizeit zur Erweiterung seines zivilen Weltbildes aus. Er reist – als »Tourist« – in die Schweiz, nach Italien, liest wohl auch Bücher, und entwirft, schreibt, zeichnet einen *Code of Signals* zum Gebrauch für die Handelsmarine, der schon 1817 gedruckt und 1829 zum vierten Mal aufgelegt wird. Er spielt mit dem Gedanken, an einer wissenschaftlichen Expedition nach Fez und Timbuktu teilzunehmen, aber da kommt eine dieser banalen Liebesaffären dazwischen, die freilich in diesem besonderen Fall 1819 zur Eheschließung mit der allenfalls landläufig hübschen, einzigen Tochter Sir Stephan Shairps führt. Cathrine (Kate) Marryat gebiert im Laufe dieser für das Bild des Kapitäns sonst farblosen Ehe elf Kinder, darunter vier Knaben, insgesamt sieben davon bleiben am Leben.

Hier muss erwähnt sein, dass Frederick Marryat nicht nur kinderlieb war, sondern Kinder auch ernst nahm. Das ist wichtig, denn es berührt ein Motiv seiner Schrifstellerei.

Den Verdruss nicht gerechnet, als Kapitän ohne Schiff bei der Admiralität antichambrieren zu müssen, bleibt das Leben des Seemanns an Land frei von Unbill und Sorgen. Auf dem Besitz seines vermögenden Vaters findet seine Familie eine standesgemäße Unterkunft, und nach dem Tod des reichen Handelsherrn kommt er in den Genuss eines in der Tat fürstlichen Erbes. Er kann es sich nun sogar leisten, seinen eigenen Berufsstand und Großbritanniens ruhmreiche Flotte durch die Niederschrift wahrheitsgetreuer Seemannsromane öffentlich zu diskreditieren. Während er 1829 als Kapitän eines Frachters, der nach den Azoren ausläuft, sein letztes Kommando antritt, erscheinen in England, zunächst anonym, *The Naval Officer* und *The King's Own*. Die beiden Bücher begründen seinen Ruhm als unterhaltsamer Marineschriftsteller und berauben ihn zugleich der Chance, in Diensten der britischen Seefahrt noch aktiv Karriere zu machen.

Nachzutragen ist, dass Marryat 1825 in Würdigung seiner Verdienste bei der Belagerung von Rangoon und in den Burmakriegen Rang und Titel eines »Kapitän 1. Klasse« erhielt und nach einem erfolgreichen, ruhmlosen, im Ganzen aber nicht unvergnüglichen Schriftstellerleben, am 9. August 1848, von der Öffentlichkeit fast unbemerkt, starb. Eine Abteilung Blaujacken von der Küstenwache gab ihm das letzte Geleit.

Sigismund Rüstig

Die Frage, wie und warum aus dem in Krieg und Frieden bewährten Seeoffizier ein unterhaltender und belehrender Populärschriftsteller wurde, der seiner Lesergemeinde fast alljährlich mit einem neuen Roman aufwartet, rührt keine Geheimnisse auf. Sein natürliches Erzähltalent, seine pragmatische Fantasie, sein von »künstlerischen Ambitionen« kaum getrübter Sinn für starke, auch brutale Effekte, diese kernige Mischung aus romantischer Allüre und redlichem Realismus, dazu jene commode Puritanermoral, die des lieben Gottes undurchschaubaren Ratschluss als Richtschnur menschlichen Wohlverhaltens betrachtet und dabei die Präsenz des Teufels nicht ignoriert – dies alles zusammengenommen stellt für den Publikumsgeschmack der Dickens-Zeit nachgerade einen belletristischen Idealtypus vor. Ein Autor, der so marktgerecht schreibt, wird von der offiziösen Literaturkritik seiner Epoche zwar als oberflächlich und unernst verpönt, doch der jüngere Dickens bekundet ihm amüsierten Respekt, und Joseph Conrad hat ihn postum als den erstaunlichsten Seeschriftsteller Englands bezeichnet.

Für Generationen deutschlesender Kinder verbindet sich die Figur des Kapitän Marryat mit Name und Gestalt eines Helden, der nach Robinson Crusoe der famoseste Schiffbrüchige zweier Jahrhunderte blieb: Sigismund Rüstig.

Die Entstehungslegende von *Masterman Ready or The Wreck of the Pacific* wirft ein freundliches Licht auf das Arbeitsethos des fleißigen Schriftstellers Marryat. Er war zur Niederschrift dieses 1841/42 publizierten Jugendbuchs durch seine eigenen Kinder angeregt worden. Sie hatten nämlich nach der Lektüre des inzwischen zu Recht vergessenen *Schweizerischen Robinson* von Johann David Wyss (1743–1818) den Vater gefragt, ob er nicht auch einmal ein Abenteuerbuch in dieser Art schreiben könne. Aber just in dieser Art, fand der Kapitän, dürfe man Kindern nicht kommen, denn Jugendbücher sollten unter allen Umständen auf Wahrheit beruhen und der *Schweizerischen Robinson* war voll nautischer Unmöglichkeiten und geografischer Absurditäten. Deshalb schrieb er nun selbst eine »richtige« Robinsonade, die sachlich fehlerlos und in der Erfindung glaubwürdig sein sollte. So kams zum *Schiffbruch der Pacific,* mit all diesen schrecklichen und rührenden Folgen, die dem guten alten Steuermann Ready Gelegenheit geben, den Kindern des Ehepaars Seagrave aus Sidney zu zeigen, wie man mit Gottes Hilfe und tapferem Mut aus einer unbewohnten Koralleninsel im Indischen Ozean ein irdisches Paradies machen kann, aber auch, wie schlimm sich der Leichtsinn kleiner Jungen, die in der Stunde der Gefahr ihre Pflicht nicht erfüllen, rächt, weil sie daran schuld sind, wenn ihr bester Freund für sie den Opfertod leidet. Das ist gut und schön für größere und kleinere Kinder und ungemein lehrreich, obwohl der Zauber des Buches nicht aus seinen moralischen Qualitäten und nicht aus der Fülle des Unterrichtenden wächst, sondern aus seinem »Duft«. Auch der *Schiffbruch der Pacific* ist vor allem ein »göttlicher Schmöker«!

Göttlicher Schmöker

»Schmok« ist ein niederdeutsches Wort für Rauchiges. Ich schmoke mein Pfeifchen. Es qualmt. Ich lese und rauche dabei, ich lese und rauche, rauche und lese, das Buch vergilbt mir unter den Händen, aber ich lass es nicht aus. Ein dergestalt verräuchertes Buch wird Schmöker genannt.

Das Attribut »göttlich« ziert einen Schmöker etwa in dem Sinn, wie es in der ersten Glanzzeit des Kinos einigen wenigen Filmstars beigegeben wurde, es spielt auf die Qualität der Unkritisierbarkeit, des gleichsam existenziell Entwaffnenden an. Ein göttlicher Schmöker kann ein literarisches Kunstprodukt sein, mit Anstand geschrieben, von ernster Stilgesinnung und einem schönen moralischen Anspruch geprägt. Aber er kann auch das Gegenteil sein: ein spekulatives Machwerk, ein nichtswürdiges Monstrum, ein Unflat in Worten und Sätzen. Das Wunderliche ist nur, dass sich nach der Lektüre eines göttlichen Schmökers diese Alternative nicht stellt. Denn ich begegne ihm nicht wie einem geschriebenen Buch, sondern ich falle ihm anheim wie einer Droge.

Ich wurde berauscht. Ich bin das Objekt einer Handlung geworden, in die ich nicht eingreifen kann. Ich habe geträumt. Ich kann mich daran erinnern, dass z. B. dieser Roman *Das Geisterschiff* streckenweise von pathetisch frömmelndem Leerlauf war. Von der Segelschiffahrt nur das Übliche wissend, stieß ich mich zuweilen auch an der seemännischen Nomenklatur. Wäre Käpt'n Marryat ein Koch, sein Buch ein Menü, der Konsument müsste über Blähungen klagen, den Koch zur Rede stellen, das Aufgetischte analysieren. Aber wie? Ich kann nur bemerken, dass ich keine Lust dazu habe, weil das sogenannte Licht der Vernunft über der Szene verlosch, solang ich der Teilnehmer der auf dieser (nun für mich magischen) Szene begangenen Aufführung war. Kein Aber und Ob, die Einverleibung des Lesers durch ein »verschlungenes« Buch. Literarische Piraterie.

Wäre ich Kapitän Marryats puritanischer Gott, dann würde ich sein *Geisterschiff* als einen Roman definieren, der des Teufels ist und dessen Lektüre mit zeitlicher Verdammnis (vergleiche den Vater des Helden) bestraft wird. Allein – »er sucht mich auf, ich muss ihn sehen. Mit ihm muss ich zugrunde gehen« – mir bleibt nur zu sagen und ich schreibe es in großen Buchstaben hin:

DIES IST
DER PROTOTYP DES GÖTTLICHEN
SCHMÖKERS.